Doktor Shiwago beginnt im Jahre 1903 und endet 1929 mit dem Tode Shiwagos, der in einer überfüllten Moskauer Straßenbahn einem Herzschlag erliegt. Ein Epilog führt in den Zweiten Weltkrieg bis ins Jahr 1943. Davor eine Zeit mit Krieg, Februar- und Oktoberrevolution, Bürgerkrieg, Hungersnot. Im Mittelpunkt dieses Romans stehen Juri Shiwago und Lara. Mit Shiwago ist ein neuer Typ in unsere Vorstellungswelt getreten, ein Mann, der nicht mehr gedrückt unter einem Ideologiezwang lebt, sondern über ihn hinausragt, ohne daß er allerdings das Leben im totalitären Staat gemeistert hätte.

Boris Pasternak wurde 1890 als Sohn des impressionistischen Malers Leonid Pasternak und der Pianistin Rosa Kaufmann in Moskau geboren. Er studierte Musik, Jura und Philosophie in Moskau und Marburg. Seine schriftstellerische Laufbahn begann er 1912 als Lyriker unter symbolistischem und futuristischem Einfluß. In den zwanziger Jahren galt er neben Alexander Blok, Majakowski und Jessenin als der bedeutendste moderne Lyriker Rußlands. Außer kleineren Prosaarbeiten erschienen seine Übersetzungen von Dramen Shakespeares und Kleists, von Goethes ›Faust‹, von Gedichten Verlaines und Rilkes. Dem 1956 vollendeten ›Doktor Shiwago‹, der erst 1988 in der Sowjetunion erscheinen konnte, folgten ›Über mich selbst. Versuch einer Autobiographie‹ (Fischer Taschenbuch Bd. 9293) und der Gedichtband ›Wenn es aufklart‹ (Bd. 9566). Im Fischer Taschenbuch Verlag erschien 1989 zudem die erweiterte Ausgabe der ›Briefe nach Georgien‹ (Bd. 9297). – ›Geleitbrief. Entwurf zu einem Selbstbildnis‹ sowie der ›Briefwechsel 1910–1954‹ mit Olga Freudenberg sind im S. Fischer Verlag lieferbar.
Boris Pasternak erhielt 1958 für ›Doktor Shiwago‹ den Nobelpreis. Er sah sich jedoch gezwungen, den Preis abzulehnen, als er wegen der Hetzkampagne gegen ihn mit der Ausbürgerung rechnen mußte. Er starb am 30. Mai 1960 auf seiner Datscha in Peredelkino bei Moskau.

Boris Pasternak
Doktor Shiwago
Roman

Deutsch von
Thomas Reschke

Fischer
Taschenbuch
Verlag

Die Gedichte Juri Shiwagos wurden von
Richard Pietraß nachgedichtet

Einmalige Sonderausgabe
Veröffentlicht im Fischer Taschenbuch Verlag GmbH,
Frankfurt am Main, Februar 1997

Lizenzausgabe mit Genehmigung des
S. Fischer Verlages GmbH, Frankfurt am Main
Titel der russischen Originalausgabe
Доктор Живаго

Satz: Offizin Andersen Nexö GmbH, Leipzig
Druck und Bindung: Clausen & Bosse, Leck
Printed in Germany
ISBN 3-596-13545-1

Gedruckt auf chlor- und säurefreiem Papier

Erstes Buch

Erster Teil

Der Fünf-Uhr-Schnellzug

1

Sie gingen und gingen und sangen das »Ewige Gedenken«, und jedesmal, wenn sie innehielten, schienen die Füße, die Pferdehufe, die Windstöße den Gesang harmonisch fortzusetzen.

Die Passanten ließen den Trauerzug vorüber, zählten die Kränze, bekreuzigten sich. Neugierige folgten der Prozession, fragten: »Wer wird beerdigt?« Sie bekamen zur Antwort: »Shiwago.« Aha. Verstehe. »Doch nicht er. Seine Frau.« Dennoch. Gott schenke ihr das Himmelreich. Ein reiches Begräbnis.

Die letzten Minuten verflogen, gezählt, unwiederbringlich. »Die Erde ist des Herrn und was darinnen ist; der Erdboden und was darauf wohnt.« Der Geistliche warf mit kreuzschlagender Geste eine Handvoll Erde auf Maria Nikolajewna Shiwago. »Im Geiste der Gerechten« wurde angestimmt. Dann hatten es alle schrecklich eilig. Der Sarg wurde geschlossen, zugenagelt, hinabgesenkt. Ein Regen von Erdklumpen prasselte auf ihn herab, vier Spaten schaufelten hastig das Grab zu. Darauf wuchs ein Hügelchen. Auf dieses stieg ein zehnjähriger Junge.

Nur im Zustand der Abgestumpftheit und Fühllosigkeit, der am Ende großer Beerdigungen einzutreten pflegt, konnte man den Eindruck gewinnen, daß der Junge auf dem Grab seiner Mutter eine Rede halten wollte.

Er hob den Kopf und ließ von seinem erhöhten Standpunkt aus abwesend den Blick über die herbstlichen Weiten und die Kuppeln des Klosters gleiten. Sein stupsnasiges Gesicht verzerrte sich. Sein Hals reckte sich hoch. Bei einem Wolfsjungen würde man an dieser Bewegung erkannt haben, daß es losheulen wollte. Der Junge hielt die Hände vors Gesicht und schluchzte. Eine auf ihn zufliegende Wolke peitschte ihm mit den nassen Ruten eines kalten Platzregens Gesicht und Hände. An das Grab trat ein Mann in Schwarz mit eng anliegenden faltenziehenden Ärmeln. Es war der Bruder der Verstorbenen und der Onkel des weinenden Jungen, der auf eigenen Wunsch aus dem Priesterstand ausgeschiedene Nikolai Nikolajewitsch Wedenjapin. Er nahm den Jungen bei der Hand und führte ihn vom Friedhof.

2

Sie übernachteten in einem der Klosterräume, der Wedenjapin als altem Bekannten zugewiesen wurde. Tags darauf, an Mariä Schutz und Fürbitte, sollten Onkel und Neffe eine weite Reise in den Süden antreten, in eine der Gouvernementsstädte im Wolgaland, wo Vater Nikolai in einem Verlag arbeitete, der die progressive Zeitung der Region herausgab. Die Fahrkarten waren gekauft, die Sachen gepackt, sie standen in der Klosterzelle. Vom nahen Bahnhof trug der Wind die weinerlichen Pfeifkonzerte der dort rangierenden Lokomotiven herüber.

Gegen Abend wurde es sehr kalt. Die beiden ebenerdigen Fenster blickten in einen Winkel des kümmerlichen Gartens mit gelben Akazienbüschen, auf die gefrorenen Pfützen der Landstraße und auf den Teil des Friedhofs, wo

Maria Shiwago am Tage beigesetzt worden war. Der Garten war leer bis auf ein paar Reihen Kohl, der in der Kälte bläulich schimmerte. Die fast kahlen Akazienbüsche schwankten bei jedem Windstoß wie Besessene und legten sich auf die Straße.

In der Nacht erwachte Jura von einem Klopfen ans Fenster. Die dunkle Zelle war überirdisch erleuchtet von weißem Flackerlicht. Jura lief im Nachthemd zum Fenster und drückte das Gesicht an die kalte Scheibe.

Draußen gab es weder die Straße noch den Friedhof, auch nicht den Garten. Ein Schneesturm tobte, die Luft rauchte von Schneestaub. Man konnte denken, der Sturm hätte Jura bemerkt und genösse im Bewußtsein seiner Schrecklichkeit den Eindruck, den er auf den Jungen machte. Er pfiff und heulte und trachtete mit allen Mitteln, Juras Aufmerksamkeit zu erregen. Vom Himmel senkte sich Bahn um Bahn ein endloses weißes Gewebe auf die Erde herab und hüllte sie in Leichentücher. Der Schneesturm war ganz allein auf der Welt, und nichts konnte es mit ihm aufnehmen.

Jura stieg vom Fensterbrett herunter. Am liebsten hätte er sich angezogen und wäre hinausgelaufen, um etwas zu tun. Vielleicht erschreckte ihn, daß der Kohl des Klosters ungeerntet zugeweht wurde, vielleicht auch, daß es seine Mutter zuschneite, daß sie wehrlos war und sie noch tiefer, weiter weg von ihm, in die Erde sank.

Wieder kamen ihm die Tränen. Der Onkel wachte auf, sprach zu ihm von Christus und tröstete ihn. Dann gähnte er, trat ans Fenster und überlegte. Sie zogen sich an. Es tagte.

3

Als Juras Mutter noch lebte, hatte er nicht gewußt, daß der Vater längst von ihnen weggegangen war, die Städte Sibiriens und das Ausland bereiste, ein zügelloses Säuferleben führte und ihr Millionenvermögen längst durchgebracht und verschleudert hatte. Man hatte Jura immer gesagt, der Vater wäre bald in Petersburg, bald auf einer Handelsmesse, zumeist in Irbit.

Dann brach bei der Mutter, die schon immer kränklich gewesen war, die Schwindsucht aus. Sie unternahm nun Reisen nach Südfrankreich und Oberitalien, um wieder gesund zu werden, und Jura durfte sie zweimal begleiten. In solcher Unordnung und voller Rätsel verlief seine Kindheit, oft bei fremden Menschen, die ständig wechselten. Er gewöhnte sich an diese Veränderungen, und in dem ewigen Hin und Her vermißte er den Vater nicht.

Als kleiner Junge hatte er noch die Zeit erlebt, als der Name, den er trug, viele ganz verschiedene Dinge bezeichnete.

Es gab die Shiwago-Manufaktur, die Shiwago-Bank, die Shiwago-Häuser, es gab die Shiwago-Methode, einem Krawattenknoten mit einer Nadel festen Halt zu verleihen, und es gab sogar einen süßen Rumkuchen mit dem Namen Shiwago, und man konnte eine Zeitlang in Moskau dem Kutscher zurufen »zu Shiwago!« wie dahin, wo sich die Füchse gute Nacht sagen!, dann fuhr er einen mit dem Schlitten über sieben Berge in ein Märchenreich. Man war von einem stillen Park umgeben. Auf die herunterhängenden Tannenzweige setzten sich, den Reif abschüttelnd, Krähen. Ihr Krächzen hallte lange nach wie das Knacken eines Astes. Von den Neubauten jenseits der Schneise kamen Rassehunde gelaufen. Dort wurden die Lichter angezündet. Es war Abend.

Mit einemmal zerstob das alles. Sie waren arm.

4

Im Sommer neunzehnhundertdrei fuhren Jura und sein Onkel in einem zweispännigen Reisewagen durch die Felder nach Dupljanka, auf das Gut des Seidenfabrikanten und Kunstmäzens Kologriwow, um den Pädagogen und Popularisator nützlicher Kenntnisse Iwan Woskoboinikow zu besuchen.

Es war um das Fest der Gottesmutter von Kasan, und die Ernte war in vollem Gange. Wegen der Mittagszeit oder des Festes aber war keine Menschenseele auf den Feldern. Die Sonne brannte auf die stehengebliebenen Getreidestreifen, die an halbrasierte Zuchthäuslerköpfe erinnerten. Über den Feldern kreisten Vögel. Der Weizen stand mit geneigten Ähren stramm angetreten in vollkommener Windstille oder ragte in Puppen fern der Straße, und man konnte, wenn man lange hinsah, den Eindruck gewinnen, als ob sich dort am Horizont Gestalten bewegten, Landmesser, die etwas notierten.

»Diese Felder«, erkundigte sich Wedenjapin bei Pawel, dem Arbeiter und Wächter des Buchverlags, der seitlich, krumm auf dem Bock saß, ein Bein übers andere geschlagen, zum Zeichen, daß er von Haus aus kein Kutscher sei und die Pferde nicht von Berufs wegen lenke, »diese Felder, gehören sie Gutsbesitzern oder Bauern?«

»Herrenland ist das«, antwortete Pawel und brannte sich umständlich eine Zigarette an, »und die da«, er machte ein paar Züge, dann zeigte er mit dem Peitschenstiel zur anderen Seite, »die sind unsere. He, schlaft ihr?« rief er immer wieder den Pferden zu, deren Schweife und Kruppen er ständig im Auge behielt wie ein Lokführer seine Manometer.

Aber die Pferde zogen wie alle Pferde auf der Welt, das heißt, das Gabelpferd mit der angeborenen Geradheit seiner schlichten Natur, das Beipferd hingegen hätte einem, der nichts davon verstand, als ausgemachter Faulpelz erscheinen können, der nur das eine im Sinn hatte, den Hals zu biegen wie ein Schwan und zu tänzeln beim Klang der Schellen, den es mit seinen Sprüngen selbst hervorbrachte.

Wedenjapin hatte für Woskoboinikow die Korrekturfahnen von dessen Buch über die Agrarfrage bei sich, die wegen des zunehmenden Drucks der Zensur auf den Verlag nochmals durchgesehen werden sollten.

»Das Volk im Kreis schlägt über die Stränge«, sagte Wedenjapin. »Im Landkreis Pankowskaja haben sie einen Kaufmann erstochen, und dem Landhauptmann haben sie das Gestüt angezündet. Was hältst du davon? Was sagen die Leute bei euch im Dorf?«

Es zeigte sich, daß Pawel die Dinge noch düsterer sah als selbst der Zensor, der Woskoboinikows Leidenschaft in der Agrarfrage zügeln wollte.

»Was sollen sie sagen? Das Volk ist von der Leine. Verwöhnt ist es, sagen sie. Bei unsereins ist alles drin. Gib den Mushiks Freiheit, dann murksen sie sich gegenseitig ab, wahrhaftigen Gottes. He, schlaft ihr?«

Es war die zweite Reise des Onkels und seines Neffen nach Dupljanka. Jura glaubte, den Weg in Erinnerung zu haben, und jedesmal, wenn sich die Fluren weiteten und nur noch von Waldstreifen gesäumt waren, kam es ihm so vor, als erkenne er die Stelle, wo die Straße nach rechts abbiegen und in der Kurve das zehn Werst breite Panorama von Kologriwows Besitz mit dem in der Ferne blinkenden Fluß und der dahinter verlaufenden Eisenbahnstrecke für einen Moment in Sicht kommen und gleich wieder verschwinden mußte. Aber er täuschte sich jedesmal. Den Feldern folgten weitere Felder, wieder und wieder von Wald eingefaßt. Dieser Wechsel der Räume hob die Stimmung. Man bekam Lust, zu träumen und an die Zukunft zu denken.

Keines der Bücher, die Wedenjapin späterhin berühmt machen sollten, war geschrieben. Aber seine Ideen standen schon fest. Er wußte nicht, wie nahe seine Zeit war.

Schon bald würde unter den Vertretern der damaligen Literatur, Universitätsprofessoren und Revolutionsphilosophen dieser Wedenjapin seinen Platz haben, der über alle ihre Themen nachsann und doch außer der Terminologie nichts mit ihnen gemein hatte. Sie alle klammerten sich an irgendwelche Dogmen und gaben sich mit Worten und äußerem Schein zufrieden, Vater Nikolai dagegen war ein Geistlicher, der durch Tolstoianertum und Revolution hindurchgegangen war und ständig weiterging. Er dürstete nach einer Idee, die beflügelt substantiell sein, einen ungeheuchelt eigenständigen Weg in seiner Bewegung vorzeichnen, auf der Welt etwas zum Besseren wenden und sogar für ein Kind und einen Ignoranten verständlich sein sollte wie ein Blitzstrahl oder das Echo eines Donnerschlags. Er dürstete nach Neuem.

Jura fühlte sich wohl bei dem Onkel. Der ähnelte seiner Mutter. Wie sie war er ein freidenkender Mensch, der an alles Ungewohnte vorurteilslos heranging. Wie sie hatte er ein aristokratisches Empfinden für die Gleichheit aller Lebenden. Wie sie begriff er alles auf den ersten Blick und wußte seine Gedanken so auszudrücken, wie sie ihm in den Kopf kamen, solange sie noch lebendig und sinnerfüllt waren.

Jura freute sich, daß er mit dem Onkel nach Dupljanka fahren durfte. Dort war es sehr schön, und die malerische Stätte erinnerte ihn wiederum an seine Mutter, die die Natur geliebt und ihn häufig zu Ausflügen mitgenommen hatte. Überdies war es ihm angenehm, Nika Dudorow wiederzusehen, den Gymnasiasten, der bei Woskoboinikow lebte, obwohl der ihn gewiß verachtete, weil er zwei Jahre älter war; bei der Begrüßung zerrte er dem andern die Hand jedesmal nach unten und neigte den Kopf so tief, daß ihm die Haare in die Stirn fielen und das halbe Gesicht verdeckten.

5

»Der Lebensnerv des Pauperismusproblems«, las Wedenjapin aus dem korrigierten Manuskript.

»Ich finde, wir schreiben lieber – das Wesen«, sagte Woskoboinikow und trug die Korrektur ein.

Sie arbeiteten im Halbdunkel der verglasten Terrasse. Das Auge unterschied unordentlich herumliegende Gießkannen und Gartengeräte. Über die Lehne eines zerbrochenen Stuhls war ein Regenmantel geworfen. In einem Winkel standen Wasserstiefel mit angetrocknetem Schlamm und umgeknickten Schäften.

»Die Statistik der Geburten und Todesfälle zeigt jedoch...«, diktierte Wedenjapin.

»Wir müssen einfügen: im Berichtsjahr«, sagte Woskoboinikow und schrieb.

Auf der Terrasse zog es leicht. Auf den Manuskriptseiten lagen Granitbrocken, damit sie nicht wegflogen.

Als sie fertig waren, wollte Wedenjapin gleich nach Hause.

»Es gibt ein Gewitter. Wir müssen los.«

»Kommt nicht in Frage. Ich lasse Sie nicht weg. Wir trinken jetzt Tee.«

»Ich muß am Abend unbedingt in der Stadt sein.«

»Keine Ausrede. Ich will nichts davon hören.«

Vom Garten wehte brandiger Samowargeruch herein, der den Duft des Tabaks und des Heliotrops verdrängte. Aus dem Haus wurden Sahne, Himbeeren und Quarkkuchen gebracht. Dann kam die Nachricht, Pawel sei zum Fluß geritten, um zu baden und die Pferde zu schwemmen. Wedenjapin mußte sich fügen.

»Kommen Sie mit zum Fluß, wir setzen uns ein Weilchen auf die Bank, während der Teetisch gedeckt wird«, schlug Woskoboinikow vor.

Mit dem Recht des Freundes bewohnte er bei dem steinreichen Kologriwow zwei Zimmer im Verwalterhaus. Dieses lag mit dem Vorgarten in dem düsteren, verwilderten Teil des Parks mit der alten bogenförmigen Zufahrtallee. Die Allee war dicht mit Gras bewachsen. Sie wurde nur noch befahren, wenn Erde und Bauschutt zu der Schlucht gebracht werden mußten, die als Kippe diente. Kologriwow, ein Mann mit fortschrittlichen Ansichten und Millionär, der mit der Revolution sympathisierte, weilte derzeit mit seiner Frau im Ausland. Auf dem Gut wohnten nur seine Töchter Nadja und Lipa mit ihrer Erzieherin und einer kleinen Dienerschaft.

Von dem Park mit seinen Teichen und Wiesen und dem Herrenhaus war der Garten des Verwalters durch eine dichte Hecke aus Wasserholunder getrennt. Woskoboinikow und Wedenjapin gingen außen an diesem Gesträuch entlang, und immer wieder stoben Schwärme von Spatzen, von denen es im Gesträuch wimmelte, vor ihnen auf. Das erfüllte die Hecke mit einem gleichmäßigen Rauschen, als flösse an der Hecke Wasser durch ein Rohr.

Sie passierten die Orangerie, die Gärtnerwohnung und ein zerfallenes Gemäuer. Im Gehen unterhielten sie sich über die neuen jungen Kräfte in der Wissenschaft und der Literatur.

»Ab und zu gibt es Leute mit Talent«, sagte Wedenjapin. »Aber es sind gegenwärtig allerlei Zirkel und Vereinigungen im Schwange. Jede solche Vereinigung ist eine Zuflucht für Unbegabte, ob sie nun Solowjow, Kant oder Marx die Treue halten. Nach der Wahrheit suchen nur Einzelgänger, und die brechen mit all denen, die sie nicht genug lieben. Gibt es etwas auf der Welt, was Treue verdient? Nur sehr wenige Dinge. Ich finde, man soll der Unsterblichkeit treu sein, die ein anderes Wort für das Leben ist, nur ein wenig stärker. Man soll der Unsterblichkeit die Treue halten, man soll Christus treu sein! Ach, Sie verziehen das Gesicht, Sie Unglücklicher. Schon wieder haben Sie rein gar nichts begriffen.«

»Tja«, brummte Woskoboinikow, ein dünner, weißblonder, flinker Mann mit boshaftem Spitzbart, der ihn einem Amerikaner aus der Zeit Lincolns ähnlich machte (er nahm ihn aller naselang in die Hand und haschte mit den Lippen nach dem Ende). »Ich sage nichts dazu. Sie wissen, daß ich die Dinge anders sehe. Übrigens, erzählen Sie doch, wie Sie als Geistlicher ausgeschieden sind. Das wollte ich Sie schon immer mal fragen. Man hat Sie bestimmt hart hergenommen? Das Anathema ausgesprochen. Oder?«

»Warum lenken Sie ab? Aber von mir aus. Anathema? Nein, der Bannfluch wird nicht mehr ausgesprochen. Es gab Unannehmlichkeiten, die Folgen haben. So darf ich zum Beispiel für lange Zeit nicht in den Staatsdienst treten. Und nicht in die Hauptstädte. Aber unwichtig. Kehren wir zu unserem Thema zurück. Ich sagte, man müsse Christus treu sein. Das erkläre ich Ihnen. Sie begreifen eines nicht: Man kann Atheist sein und möglicherweise nicht wissen, ob es einen Gott gibt und wozu, aber man kann dennoch wissen, daß der Mensch nicht in der Natur lebt, sondern in der Geschichte, die aus heutiger Sicht von Christus begründet wurde, mit dem Evangelium als Grundlage. Und was ist die Geschichte? Sie ist die Festschreibung jahrhundertelanger Bemühungen um die fortschreitende Enträtselung des Todes und seine künftige Überwindung. Zu diesem Zweck werden die mathematische Unendlichkeit und elektromagnetische Wellen entdeckt, werden Symphonien geschrieben. In dieser Richtung voranzukommen geht nicht ohne einen gewissen Enthusiasmus. Für solche Entdeckungen bedarf es geistigen Rüstzeugs. Grundlagen dafür finden sich im Evangelium. Hier sind sie. Da ist erstens die Nächstenliebe, diese höchste Form von Lebensenergie, die das menschliche Herz erfüllt und nach Hingabe und Verschwendung verlangt. Da sind ferner die Grundkomponenten des modernen Menschen, ohne die er nicht denkbar ist, nämlich die Idee von der freien Persönlichkeit und die Idee vom Leben als Opfer. Bedenken Sie, daß das noch immer ungewöhnlich neu ist. In diesem Sinne hatte das Altertum keine Geschichte. Es gab die sanguinische Gemeinheit der grausamen, pockennarbigen Caligulas, die nicht ahnten, wie unfähig jeder Unterdrücker ist. Es gab die prahlerische tote Ewigkeit der Bronzedenkmäler und der Marmorsäulen. Erst die Jahrhunderte und Generationen nach Christus konnten frei atmen. Erst nach ihm begann das Leben in den Nachkommen, und der Mensch stirbt nicht mehr in der Gosse, sondern bei sich in der Geschichte, mitten in der Arbeit, die der Überwindung des Todes gewidmet ist, er stirbt und ist selber diesem Thema gewidmet. Uff, bin ich in Eifer geraten! Dabei ist alles in den Wind geredet!«

»Metaphysik, mein Lieber. Das haben mir die Ärzte verboten, das kann mein Magen nicht verdauen.«

»Ihnen ist nicht zu helfen. Lassen wir das. Sie sind ein Glückspilz! Diese herrliche Aussicht bei Ihnen, man kann sich nicht satt sehen! Sie leben immer hier und merken das gar nicht.«

Es war schmerzhaft, auf den Fluß zu blicken. Er spiegelte die Sonne, bog und streckte sich wie eine Blechplatte. Plötzlich gingen Falten darüber hin. Eine schwere Fähre mit Pferden, Fuhrwerken, Mushiks und ihren Frauen war von diesem Ufer abgestoßen.

»Denken Sie nur, noch nicht mal sechs«, sagte Woskoboinikow. »Schauen Sie, der Schnellzug aus Sysran. Er kommt kurz nach fünf hier durch.«

In der Ferne fuhr ein blitzsauberer, blaugelber Zug von rechts nach links über die Ebene, durch die Entfernung stark verkleinert. Die beiden Männer bemerkten auf einmal, daß er hielt. Über der Lokomotive wölkte weißer Dampf aufwärts. Ein Weilchen später drangen Alarmpfiffe zu ihnen.

»Merkwürdig«, sagte Woskoboinikow. »Da stimmt was nicht. Er hält sonst nicht in der sumpfigen Gegend dort. Da ist was passiert. Kommen Sie, wir trinken Tee.«

6

Nika war weder im Garten noch im Hause. Jura konnte sich denken, daß er versteckt bleiben wollte, denn es war ihm langweilig mit ihnen, und Jura war für ihn kein Gefährte. Sein Onkel und Woskoboinikow hatten sich auf die Terrasse zurückgezogen, um zu arbeiten, und es Jura überlassen, ziellos ums Haus zu schlendern.

War das schön hier! Immer wieder erklang der klare, aus drei Tönen bestehende Pfiff des Pirols, dazwischen lagen Pausen, damit der feuchte, gleichsam einer Hirtenflöte entlockte Laut die Umgebung gänzlich durchdrang. Der in der Luft stehende Blumenduft wurde von der Hitze auf die Beete niedergedrückt. Wie das an Antibes und Bordighera erinnerte! Jura drehte sich immerfort nach rechts und nach links. Über den Lichtungen schwebte, eine Gehörhalluzination, die Stimme seiner Mutter in den melodischen Trillern der Vögel und im Summen der Bienen. Jura zuckte immer wieder zusammen, weil ihn dünkte, daß die Mutter ihn riefe.

Er ging zu der Schlucht und stieg hinunter. Aus dem lichten und sauberen Wald, der die obere Hälfte der Schlucht bedeckte, gelangte er in das Erlengestrüpp auf ihrem Grund.

Feuchte Finsternis, Windbruch und Moder, wenig Blumen. Die gegliederten Stengel des Schachtelhalms erinnerten an die Stäbe mit ägyptischen Ornamenten in seiner bebilderten Heiligen Schrift.

Jura wurde immer trauriger. Ihm war zum Weinen. Er kniete nieder und brach in Tränen aus.

»Engel Gottes, mein heiliger Beschützer«, betete er, »stärke meinen Verstand, auf daß ich den rechten Weg finde, und sage meiner Mutter, daß es mir hier gut geht, damit sie sich keine Sorgen macht. Wenn es ein Weiterleben nach dem Tode gibt, du mein Gott, so lasse meine Mutter ein ins Paradies, wo die Antlitze der Heiligen und Märtyrer in hellem Licht erstrahlen. Meine Mutter war so gut, und es kann nicht sein, daß sie eine Sünderin war. Erbarme dich ihrer, du mein Gott, und gib, daß sie nicht leiden muß. Mutter«, rief er in herzzerreißendem Weh zum Himmel wie zu einer neuerschienenen Heiligen, und plötzlich fiel er zu Boden und verlor das Bewußtsein.

Er lag nicht lange ohne Bewußtsein. Als er wieder zu sich kam, hörte er von oben den Onkel rufen. Er antwortete und stieg hinauf. Plötzlich fiel ihm ein: Er hatte nicht für seinen verschollenen Vater gebetet, wie seine Mutter es ihn gelehrt hatte.

Aber ihm war so wohl nach der Ohnmacht, daß er sich von diesem Gefühl der Leichtigkeit nicht trennen mochte und Angst hatte, es zu verlieren. Und er dachte, es sei nicht weiter schlimm, wenn er für den Vater ein andermal betete.

Er kann warten. Er wird's überstehen, so etwa dachte Jura. Er konnte sich überhaupt nicht an den Vater erinnern.

7

Im Zug, in einem Abteil zweiter Klasse, reiste mit seinem Vater, einem Rechtsanwalt aus Orenburg, Mischa Gordon, der das Gymnasium besuchte, ein elfjähriger Junge mit nachdenklichem Gesicht und großen schwarzen Augen. Der Vater hatte eine Anstellung in Moskau angenommen, und der Junge sollte in Moskau aufs Gymnasium gehen. Seine Mutter und die Schwestern waren längst dort und kümmerten sich um die Einrichtung der Wohnung.

Sohn und Vater waren schon den dritten Tag unterwegs.

An ihnen vorüber flog, in Wolken heißen, von der Sonne kalkweiß gefärbten Staubs gehüllt, Rußland, flogen Felder und Steppen, Städte und Dörfer. Über die Landstraßen zogen Fuhrwerke, bogen schwerfällig zu den Bahnübergängen ab, und aus dem dahinrasenden Zug hatte man den Eindruck, daß die Fuhrwerke stillstünden und die Pferde die Hufe auf der Stelle höben und senkten.

Auf den großen Haltepunkten stürmten die Fahrgäste wie besessen ins Restaurant, und die sinkende Sonne hinter den Bäumen des Bahnhofsgartens streifte ihre Beine und die Wagenräder.

Alle Bewegungen auf der Welt sind im einzelnen nüchtern berechnet, in ihrer Gesamtheit aber unbewußt trunken von dem allgemeinen Strom des Lebens, der sie vereint. Die Menschen mühen und rackern sich ab, in Bewegung gesetzt vom Mechanismus ihrer eigenen Sorgen. Aber die Mechanismen würden nicht funktioniert haben, wäre nicht ihr Hauptregulator eine tief in ihnen sitzende Sorglosigkeit. Diese Sorglosigkeit kommt durch das Gefühl der Verbundenheit aller menschlichen Existenzen, von der Zuversicht, daß die eine in die andere übergeht, von dem Glücksgefühl darüber, daß alles, was geschieht, sich nicht nur auf der Erde vollzieht, in der die Toten begraben werden, sondern noch auf einer anderen Ebene, was die einen das Reich Gottes, die anderen Geschichte und dritte noch anders nennen.

Von dieser Regel bildete der Junge eine für ihn bittere und belastende Ausnahme. Seine Triebfeder blieb das Gefühl der Besorgnis, und kein Gefühl der Unbekümmertheit erleichterte und veredelte ihn. Er wußte um diesen seinen ererbten Charakterzug und suchte mit ängstlichem Argwohn seine Anzeichen. Dieser Zug machte ihm Kummer. Er erniedrigte ihn.

Seit er denken konnte, hatte er nie aufgehört, sich darüber zu wundern, daß jemand, der die gleichen Arme und Beine, die gleiche Sprache und die gleichen Gewohnheiten hat, ganz anders sein kann als alle anderen und noch dazu so, daß nur wenige ihn mögen und er nicht geliebt wird. Es ging über seinen Verstand, daß ein Mensch, der schlechter ist als andere, sich nicht durch eigene Bemühungen ändern und bessern kann. Was bedeutete es, ein Jude zu sein? Wozu gab es so etwas? Was belohnte oder rechtfertigte diese waffenlose Herausforderung, die nichts als Leid brachte?

Wenn er sich an seinen Vater wandte, um eine Antwort zu bekommen, erklärte ihm dieser, seine Frage sei in ihrem Ausgangspunkt absurd und so könne man nicht denken, aber er bot nichts anderes an, was Mischa durch seinen tiefen Sinn angezogen und verpflichtet hätte, sich schweigend ins Unabänderliche zu fügen.

Vater und Mutter ausschließend, empfand Mischa allmählich völlige Verachtung für die Erwachsenen, die eine Suppe eingerührt hatten, die sie nicht auszulöffeln vermochten. Er war überzeugt, all dies entwirren zu können, wenn er erst einmal erwachsen wäre.

Auch jetzt hätte niemand sagen mögen, daß sein Vater falsch gehandelt habe, als er diesem Verrückten hinterherrannte auf die Plattform und daß er den Zug nicht hätte zum Halten bringen sollen, als der Mann ihn heftig zurückstieß, die Wagentür aufriß und sich bei voller Fahrt kopfüber hinausstürzte, so wie Badende vom Steg ins Wasser springen.

Da aber die Notbremse nicht irgendwer, sondern Grigori Gordon gezogen hatte, war er der Grund, daß der Zug so unerklärlich lange stand.

Niemand kannte die Ursache für die Verzögerung. Die einen sagten, durch den plötzlichen Halt seien die Druckluftbremsen beschädigt worden, andere behaupteten, der Zug stehe auf einer Steigung, die die Lokomotive ohne Anlauf nicht bewältige. Noch andere verbreiteten das Gerücht, der Selbstmörder sei ein angesehener Mann gewesen, daher verlange sein Anwalt, der mit ihm im Zug reise, daß von der nächsten Station Kologriwowka Zeugen geholt werden müßten, damit ein Protokoll aufgesetzt werden könne. Daher sei der Gehilfe des Lokführers auf den Telegrafenmast gestiegen. Die Draisine sei gewiß schon unterwegs.

Im Waggon roch es ein wenig nach den Toiletten, und man versuchte, dem mit Kölnischwasser abzuhelfen, und es roch nach gebratenen Hühnern, die, in schmutziges Fettpapier gewickelt, schon einen leichten Stich hatten. Die Damen puderten sich, wischten sich die Hände mit einem Tuch und unterhielten sich mit knarrenden tiefen Stimmen. Es waren grauhaarige Damen aus Petersburg, die von dem Gemisch aus Lokomotivenruß und Schminke dunkle Zigeunergesichter hatten. Wenn sie an Gordons Abteil vorüberkamen, die eckigen Schultern in Überwürfe gehüllt, und die Enge des Ganges in eine Quelle neuer Koketterie verwandelten, schloß Mischa aus ihren eingekniffenen Lippen, daß sie zischten: »Ach, ich bitte Sie, wir sind doch so sensibel! Wir sind besondere Menschen! Wir gehören zur Intelligenz! Wir können das nicht ertragen!«

Die Leiche des Selbstmörders lag am Bahndamm im Gras. Ein Streifen geronnenen Blutes zog sich, ein scharfes Mal, dunkel über Stirn und Augen, wie um das Gesicht mit einem Kreuz durchzustreichen. Das Blut schien nicht sein Blut, nicht aus ihm herausgeflossen, sondern von fremder Hand aufgetragen worden zu sein wie ein Pflaster oder ein angetrockneter Schlammspritzer oder wie ein feuchtes Birkenblatt.

Das Häuflein Neugieriger und Mitfühlender um die Leiche wechselte ständig. Neben dem Toten stand finster und ausdruckslos sein Freund und Reisegefährte, der dicke und hochmütige Advokat, ein rassiges Tier in schweißnassem Hemd. Er litt unter der Hitze und fächelte sich mit seinem weichen Hut Luft zu. Auf alle Fragen zischte er unfreundlich, ohne sich umzudrehen, die Schultern hochziehend: »Alkoholiker. Sieht man das nicht? Typische Folge des Säuferwahnsinns.«

Zu dem Leichnam trat zwei- oder dreimal eine magere Frau im Wollkleid und mit einem Spitzenkopftuch. Sie war Witwe und Mutter zweier Lokführer, die alte Tiwersina, die mit ihren beiden Schwiegertöchtern in der dritten Klasse auf Freifahrtkarten reiste. Die stillen, in ihre Tücher gewickelten Frauen folgten ihr schweigend wie zwei Ordensschwestern ihrer Äbtissin. Die Gruppe flößte Achtung ein. Man machte ihr Platz.

Der Mann von Frau Tiwersina war bei einem Eisenbahnunglück lebendigen Leibes verbrannt. Sie blieb ein paar Schritte vor der Leiche stehen, so daß sie sie durch die Menge sehen konnte, und schien seufzend Vergleiche anzustellen. Wie es jedem bei der Geburt geschrieben steht, schien sie zu sagen. Bei dem einen ist es Gottes Wille, aber den hier hat eben eine Laune gepackt, er hat vom üppigen Leben den Verstand verloren.

Sämtliche Reisende des Zuges hatten den Leichnam in

Augenschein genommen und kehrten in ihren Waggon zurück, da sie fürchteten, bestohlen zu werden.

Sobald sie auf die Böschung gesprungen waren, sich die Beine vertreten, Blumen gepflückt und ein paar Schritte getan hatten, überkam sie das Gefühl, die Gegend hier wäre erst infolge des Halts entstanden, und die sumpfige Wiese mit den Bülten, den breiten Fluß, das schöne Haus und die Kirche auf dem gegenüberliegenden Hochufer gäbe es gar nicht ohne das Unglück.

Sogar die Sonne, die ebenfalls ein hiesiges Zubehör zu sein schien, beleuchtete abendlich schüchtern die Szene bei den Schienen, näherte sich ihr gleichsam ängstlich, wie eine Kuh, die aus einer in der Nähe weidenden Herde zum Bahndamm kommt, um sich die Menschen anzusehen.

Mischa war erschüttert von dem Geschehnis und weinte im ersten Moment vor Schreck und Mitleid. Während der langen Reise hatte sich der Selbstmörder ein paarmal zu ihnen ins Abteil gesetzt und sich stundenlang mit seinem Vater unterhalten. Er hatte gesagt, daß er sich in der moralischen Lauterkeit und Klarheit ihrer Welt innerlich erhole, und den Vater nach verschiedenen juristischen Feinheiten und Problemen auf dem Gebiet von Wechseln und Schenkurkunden, Bankrotten und Fälschungen gefragt. »Ach so?« hatte er Gordons Erklärungen bestaunt. »Sie verfügen über gnädigere Verordnungen. Mein Anwalt hat andere Informationen. Er sieht diese Dinge viel finsterer.«

Jedesmal, wenn sich dieser nervöse Mensch beruhigt hatte, kam sein Anwalt und Reisegefährte aus der ersten Klasse und holte ihn ab, um im Speisewagen Champagner mit ihm zu trinken. Es war der dicke, freche, glattrasierte und stutzerhafte Advokat, der jetzt bei der Leiche stand und sich über nichts auf der Welt wunderte. Man war das Gefühl nicht losgeworden, daß die ständige Erregung seines Klienten ihm in irgendeiner Hinsicht gelegen kam.

Der Vater hatte gesagt, der Mann sei ein bekannter Geldsack, ein gutmütiger Liederjan und nicht mehr voll zurechnungsfähig. Ohne sich von Mischas Anwesenheit beirren zu lassen, hatte der Mann von seinem Sohn erzählt, der mit Mischa gleichaltrig sei, und von seiner verstorbenen Frau, dann kam er auf seine zweite Familie zu sprechen, die er gleichfalls verlassen habe. Da schien ihm ein neuer Einfall zu kommen, er erbleichte vor Entsetzen, redete wirr und versank in Gedanken.

Für Mischa bekundete er eine unerklärliche, vermutlich gespielte und vielleicht nicht für ihn bestimmte Zärtlichkeit. Alle Augenblicke schenkte er ihm etwas, ging zu diesem Zweck auf den großen Bahnstationen in den Wartesaal erster Klasse, wo in Buchständen Spiele und Abbildungen der örtlichen Sehenswürdigkeiten angeboten wurden.

Er trank unaufhörlich und beklagte sich, schon seit drei Monaten nicht schlafen zu können, und wenn er mal für kurze Zeit nüchtern sei, habe er Schmerzen, die ein normaler Mensch sich nicht vorstellen könne.

Kurz vor seinem Tod kam er zu ihnen ins Abteil gelaufen, ergriff Gordons Hand, wollte etwas sagen, brachte aber nichts heraus, sondern lief hinaus und stürzte sich aus dem Zug.

Mischa betrachtete die kleine Sammlung von Mineralien aus dem Ural in einer Holzschachtel, das letzte Geschenk des Toten. Plötzlich geriet alles in Bewegung. Auf dem zweiten Gleis näherte sich dem Zug eine Draisine. Ihr entstiegen ein Untersuchungsrichter mit Kokarde an der Mütze, ein Arzt und zwei Polizisten. Ihre Stimmen klangen kühl und sachlich. Sie stellten Fragen, notierten etwas. Zwei Zugschaffner und die beiden Polizisten trugen den Toten, im Sand ausrutschend, ungeschickt die

Böschung hinauf. Eine Frau heulte los. Die Leute wurden in die Wagen gebeten, dann ertönte ein Pfiff. Der Zug setzte sich in Bewegung.

8

Das hat mir gerade noch gefehlt! dachte Nika ärgerlich und hastete durchs Zimmer. Die Stimmen der Gäste näherten sich. Der Rückzug war abgeschnitten. Im Schlafzimmer standen zwei Betten, das von Woskoboinikow und seins, Nikas. Ohne lange zu überlegen, kroch er unter das zweite Bett.

Er hörte, wie sie in den anderen Zimmern nach ihm suchten und ihn riefen und sich über sein Verschwinden wunderten. Dann kamen sie ins Schlafzimmer.

»Was soll man machen«, sagte Wedenjapin, »geh spazieren, Jura, vielleicht findet er sich später wieder, dein Kamerad, dann könnt ihr spielen.« Sie sprachen ein Weilchen über die Unruhen an den Universitäten von Petersburg und Moskau, zwangen Nika, an die zwanzig Minuten in seiner dummen, demütigenden Lage auszuharren, und traten schließlich auf die Terrasse. Leise öffnete Nika das Fenster, sprang hinaus und ging in den Park.

Er hatte die letzte Nacht nicht geschlafen und wußte heute nicht wohin mit sich. Bald würde er vierzehn Jahre. Er hatte es satt, ein Kind zu sein. Heute morgen hatte er in aller Frühe das Haus verlassen. Die Sonne ging auf, und auf der Erde im Park lag der lange, taunasse, verschlungene Schatten der Bäume. Dieser war nicht schwarz, sondern dunkelgrau wie durchnäßter Filz. Der betäubende Duft des Morgens schien von diesem feuchten Schatten auszugehen, der längliche Lichtflecke hatte, wie die Finger eines kleinen Mädchens.

Plötzlich floß ein Rinnsal Quecksilber, ebenso blank wie die Tautropfen im Gras, ein paar Schritt von ihm vorüber. Es floß und floß, und die Erde saugte es nicht ein. Auf einmal schnellte es zur Seite und verschwand. Es war eine Haselnatter. Nika zuckte zusammen.

Er war ein sonderbarer Junge. Wenn er erregt war, pflegte er laut mit sich selbst zu sprechen. Wie seine Mutter hegte er eine Neigung für Erhabenes und Paradoxes.

Wie schön es auf der Welt ist! dachte er. Aber warum tut das immer so weh? Den Herrgott gibt es natürlich. Doch wenn es ihn gibt, dann bin ich es. Ich werde ihr jetzt gebieten, dachte er mit Blick auf eine Espe, durch die von unten bis oben ein Zittern ging und deren feuchtschimmernde Blätter aus Blech gestanzt zu sein schienen, ich werde ihr jetzt befehlen... Und mit einer wahnsinnigen Anstrengung aller seiner Kräfte befahl er ihr, nicht flüsternd, sondern mit seinem ganzen Wesen, seinem ganzen Sein denkend und wünschend: Stehe still! Und gehorsam erstarrte der Baum in Reglosigkeit. Nika lachte vor Freude und stürmte, so schnell er konnte, zum Fluß, um zu baden.

Sein Vater, der Terrorist Dementi Dudorow, verbüßte seine Haftstrafe in der Zwangsarbeit, zu der er auf allerhöchsten Erlaß begnadigt worden war; das Urteil hatte auf Tod durch den Strang gelautet. Seine Mutter, die dem georgischen Fürstengeschlecht Eristow entstammte, war eine launische und noch junge schöne Frau, die sich ewig für irgend etwas begeisterte – für Meutereien, Meuterer, ausgefallene Theorien, berühmte Maler, arme Pechvögel.

Sie vergötterte Nika und machte aus seinem Vornamen Innokenti unzählige zärtliche und unsinnige Kosenamen wie Inotschek oder Notschenka, und sie schleppte ihn mitunter nach Tiflis, um ihn der Verwandtschaft vorzuführen. Am meisten beeindruckt hatte ihn dort ein ausladender Baum im Hof des Hauses, in dem sie wohnten. Es war ein ungefüger tropischer Riese. Mit seinen Blättern wie Elefantenohren beschattete er den Hof vor dem glühenden südlichen Himmel. Nika wollte es nicht in den Kopf, daß dieser Baum eine Pflanze war und nicht ein Tier.

Es war für den Jungen gefährlich, den furchtbaren Namen seines Vaters zu tragen. Woskoboinikow hatte mit Zustimmung der Mutter Nina Galaktionowna an höchster Stelle den Antrag gestellt, daß Nika ihren Familiennamen führen durfte.

Während er unterm Bett lag, empört über den Lauf der Dinge auf der Welt, hatte er unter anderm darüber nachgedacht. Wer war dieser Woskoboinikow, daß er seine Einmischung so weit trieb? Der konnte eine Lektion gebrauchen!

Und dann diese Nadja! Hatte sie etwa das Recht, die Nase hoch zu tragen und mit ihm zu reden wie mit einem kleinen Kind, bloß weil sie schon fünfzehn war? Er würde es ihr zeigen! Ich hasse sie, wiederholte er mehrmals für sich. Ich bringe sie um! Ich lade sie zu einer Bootsfahrt ein, dann stoße ich sie ins Wasser.

Seine Mutter schien ihm auch nicht besser zu sein. Natürlich hatte sie ihn und Woskoboinikow beschwindelt, als sie abreiste. Sie war keineswegs im Kaukasus, sondern hatte schlicht und einfach auf dem nächsten Eisenbahnknotenpunkt einen Zug nach Norden genommen und schoß in Petersburg mit den Studenten auf die Polizei. Er konnte ja ruhig in diesem blöden Loch bei lebendigem Leibe verfaulen. Aber er würde sie alle überlisten. Er würde Nadja ertränken, das Gymnasium verlassen und zu seinem Vater nach Sibirien abhauen, um dort einen Aufstand zu entfachen.

Der Teich war am Rand dicht mit Wasserlilien bewachsen. Das Boot drang mit trockenem Rascheln durch dieses Dickicht. In dessen Lücken trat das Teichwasser hervor wie Melonensaft im dreieckigen Anschnitt der Frucht.

Der Junge und das Mädchen pflückten Wasserlilien. Beide griffen nach demselben Stengel, der straff wie

Gummi war und sich nicht abreißen ließ. Er zog sie einander näher, ihre Köpfe stießen zusammen. Eine Hakenstange schien das Boot zum Ufer zu ziehen. Die Stengel verflochten sich, wurden kürzer, die weißen Blüten mit dem blutiggelben Inneren sanken unter die Oberfläche und tauchten, voll Wasser gelaufen, wieder auf.

Nadja und Nika pflückten weiterhin Blüten, das Boot neigte sich immer mehr, die beiden lagen nebeneinander auf der geneigten Bordwand.

»Ich habe das Lernen satt«, sagte Nika. »Es wird Zeit, mit dem Leben anzufangen, Geld zu verdienen, unter Menschen zu kommen.«

»Ich wollte dich grade bitten, mir die quadratischen Gleichungen zu erklären. In Algebra bin ich so schwach, daß ich beinahe die Prüfung hätte wiederholen müssen.«

Nika argwöhnte in diesen Worten einen verborgenen Seitenhieb. Natürlich wollte sie ihn zurechtweisen und ihn daran erinnern, daß er noch klein war. Quadratische Gleichungen! Er hatte von der Algebra noch keinen blassen Schimmer.

Ohne zu zeigen, wie verletzt er war, fragte er gespielt gleichmütig und begriff im selben Moment, wie dumm das war: »Wenn du groß bist, wen heiratest du dann?«

»Oh, das ist noch so lange hin. Wahrscheinlich gar keinen. Ich habe noch nicht darüber nachgedacht.«

»Bilde dir bitte nicht ein, daß mich das sehr interessiert.«

»Warum fragst du dann?«

»Du bist dumm.«

Sie begannen sich zu zanken. Nika erinnerte sich an seinen Frauenhaß von heute morgen. Er drohte Nadja, sie zu ertränken, wenn sie nicht mit ihren Frechheiten aufhöre. »Versuch's doch«, sagte Nadja. Er packte sie um die Taille. Sie rangen miteinander, verloren das Gleichgewicht und fielen ins Wasser.

Beide konnten schwimmen, aber die Wasserlilien schlangen sich um ihre Arme und Beine, und sie hatten noch keinen Grund. Endlich gelangten sie, im Schlamm einsinkend, ans Ufer. Wasser troff aus ihren Schuhen und Taschen. Besonders Nika war erschöpft.

Wäre das früher passiert, in diesem Frühjahr etwa, dann hätten die beiden, nach solch einer Bootsfahrt pitschnaß dasitzend, bestimmt gelärmt, geschimpft oder gelacht.

Jetzt aber schwiegen sie und wagten kaum zu atmen, bedrückt von der Sinnlosigkeit des Vorfalls. Nadja war entrüstet und haderte stumm, Nika dagegen tat der ganze Körper weh, als hätte man ihn mit einem Knüppel auf Arme und Beine geschlagen und ihm die Rippen gebrochen.

Endlich sagte Nadja leise, wie eine Erwachsene: »Idiot!«, und er sagte gleichfalls wie ein Erwachsener: »Verzeih mir!«

Sie gingen zum Hause und hinterließen eine nasse Spur wie zwei Wasserfässer. Ihr Weg führte eine staubige Steigung hinan, die von Schlangen wimmelte, es war nicht weit von der Stelle, wo Nika am Morgen die Haselnatter gesehen hatte.

Er erinnerte sich an die verzauberte Erhabenheit der Nacht, an den Morgen und an seine Allmacht, als er nach seinem Willen der Natur gebot. Was würde ich ihr jetzt befehlen? dachte er. Was wünsche ich mir am allermeisten? Am liebsten wäre er noch einmal mit Nadja in den Teich gefallen, und er hätte viel darum gegeben, zu erfahren, ob das noch einmal geschehen würde.

Zweiter Teil

Ein Mädchen aus anderen Kreisen

1

Der Krieg mit Japan war noch nicht zu Ende. Unerwartet jedoch traten andere Ereignisse in den Vordergrund. Revolutionäre Wellen gingen über Rußland hin, eine höher und unglaublicher als die andere.

Um diese Zeit reiste die Witwe eines belgischen Ingenieurs, die russifizierte Französin Amalia Karlowna Guichard, mit ihren beiden Kindern, dem Sohn Rodion und der Tochter Lara, vom Ural nach Moskau. Den Sohn gab sie ins Kadettenkorps, die Tochter in ein Mädchengymnasium; diese kam zufällig in dieselbe Klasse, die auch Nadja Kologriwowa besuchte.

Madame Guichard hatte von ihrem Mann Ersparnisse in Form von Wertpapieren, die früher gestiegen waren, jetzt aber zu fallen begannen. Um das Dahinschmelzen ihrer Mittel zu stoppen und nicht mit den Händen im Schoß dazusitzen, erwarb sie ein kleines Geschäft, die Schneiderwerkstatt Lewizkaja unweit des Triumphbogens, sie kaufte es den Erben der Schneiderin ab mitsamt dem Recht, den Firmennamen beizubehalten, mitsamt dem Kundenkreis sowie den Modistinnen und Lehrlingen.

Madame Guichard hatte diesen Kauf auf den Rat des

Advokaten Komarowski getätigt, der ein Freund ihres Mannes und auch ihr eine Stütze war, ein kaltblütiger Handelsmensch, der das Geschäftsleben in Rußland kannte wie seine fünf Finger. Mit ihm hatte sie wegen des Umzugs korrespondiert, er holte sie vom Bahnhof ab und fuhr mit ihnen durch ganz Moskau zu dem Hotel »Tschernogorija« in der Orushejny-Gasse, wo er für sie ein Zimmer reserviert hatte. Er hatte ihr auch empfohlen, Rodion ins Kadettenkorps und Lara ins Gymnasium zu geben, und er scherzte unaufmerksam mit dem Jungen und sah das Mädchen so an, daß es errötete.

2

Bevor sie in die kleine Dreizimmerwohnung neben der Schneiderei zogen, wohnten sie einen Monat im »Tschernogorija«.

Dies war die verrufenste Gegend von Moskau, die Gegend der Kutscher und Spelunken; ganze Straßen lebten von der Prostitution, es war das Elendsviertel der »Verlorenen«.

Die Kinder wunderten sich nicht über den Schmutz in den Zimmern, über die Wanzen und die ärmlichen Möbel. Seit dem Tode ihres Vaters lebte die Mutter in der ewigen Angst zu verarmen. Rodion und Lara hörten immer wieder, daß sie am Rande des Abgrunds stünden, und hatten sich daran gewöhnt. Sie wußten, daß sie keine Kinder der Straße waren, doch tief in ihnen saß, wie bei Waisenhauskindern, die Scheu vor den Reichen.

Ein lebendiges Beispiel für diese Angst gab ihnen die Mutter. Sie war eine üppige Blondine um die Fünfunddreißig, deren Herzanfälle mit Anwandlungen von Dummheit wechselten. Sie war schrecklich feige und hatte vor den

Männern eine Todesangst. Eben deshalb, vor Schreck und Verwirrung, fiel sie aus einer Umarmung in die nächste.

Sie bewohnten im »Tschernogorija« das Zimmer dreiundzwanzig, und nebenan in der Vierundzwanzig wohnte, seit das Hotel bestand, der Violoncellist Tyschkewitsch, ein leicht schwitzender, kahlköpfiger, gutmütiger Mensch, der eine Perücke trug und die Hände wie betend zu falten und an die Brust zu drücken pflegte, wenn er jemanden von etwas zu überzeugen suchte, und verdrehte, den Kopf im Nacken, gefühlvoll die Augen, wenn er in einer Gesellschaft auftrat oder ein Konzert gab. Er war selten zu Hause und hielt sich tagelang im Bolschoi-Theater oder im Konservatorium auf. Die Nachbarn lernten sich kennen. Wechselseitige Gefälligkeiten brachten sie einander näher.

Da die Kinder Madame Guichard während der Besuche Komarowskis manchmal störten, überließ ihr Tyschkewitsch, wenn er ging, den Schlüssel seines Zimmers, damit sie den Freund dort empfangen konnte. Bald hatte sie sich an seine Opferbereitschaft so gewöhnt, daß sie ein paarmal tränenüberströmt bei ihm klopfte und ihn um Schutz vor ihrem Gönner bat.

3

Das Haus war ebenerdig und lag unweit der Twerskaja-Straße. Man spürte die Nähe des Brester Bahnhofs. Gleich nebenan befanden sich das Bahngelände, die Dienstwohnungen der Angestellten, die Lokomotivendepots und die Speicher.

Hier war Olja Djomina zu Hause, ein gescheites Mädchen, Nichte eines Angestellten am Moskauer Güterbahnhof.

Sie war ein begabter Lehrling. Die ehemalige Prinzipalin Lewizkaja hatte sie bevorzugt, und auch die Neue zog sie zu sich heran. Olja mochte Lara sehr.

In der Schneiderwerkstatt blieb nach dem Besitzerwechsel alles beim alten. Die Nähmaschinen rotierten wie wahnsinnig unter den Fußbewegungen oder fliegenden Händen der müden Schneiderinnen. Andere nähten geräuschlos, auf dem Tisch sitzend, und führten die Hand mit der Nadel und dem langen Faden immer wieder zur Seite. Der Fußboden war mit Stoffresten übersät. Man mußte laut sprechen, um das Rattern der Nähmaschinen und die schmetternden Triller des Kanarienvogels Kirill Modestowitsch zu übertönen; dieser saß in seinem Käfig im Fenstergewölbe, und die frühere Herrin hatte das Geheimnis seines Namens mit ins Grab genommen.

Im Empfangssalon umstanden die Damen als malerische Gruppe den Tisch mit den Modejournalen. Einige saßen auch, stützten die Ellbogen auf und imitierten dabei die Posen, die sie auf den Abbildungen sahen. Sie betrachteten die Modelle und berieten sich über die Schnitte. An einem anderen Tisch saß auf dem Direktricenplatz Madame Guichards Assistentin, die Chefzuschneiderin Faina Fetissowa, eine knochige Frau mit Warzen auf den eingesunkenen schlaffen Wangen.

Sie hielt eine beinerne Zigarettenspitze zwischen den gelben Zähnen, blinzelte mit den gelben Augen, stieß einen gelben Rauchstrom aus Mund und Nase und notierte in einem Heft die Maße, die Quittungsnummern, die Adressen und die Wünsche der sich drängenden Kundinnen.

Madame Guichard war neu in der Schneiderei und hatte keine Erfahrung. Sie fühlte sich noch nicht als vollwertige Prinzipalin. Aber auf ihr Personal konnte sie sich verlassen und auf Faina Fetissowa ebenso. Gleichwohl war es für sie eine sorgenvolle Zeit. Sie hatte Angst, an die Zukunft zu denken. Immer wieder packte sie Verzweiflung. Alles fiel ihr aus den Händen.

Komarowski besuchte sie häufig. Wenn er durch die Werkstatt zu den Wohnräumen ging und im Vorübergehen die sich umkleidenden Modenärrinnen erschreckte, die bei seinem Erscheinen hinter einen Wandschirm flüchteten und seine hemdsärmeligen Scherze von dort kokett parierten, flüsterten die Schneiderinnen spöttisch und mißbilligend hinter ihm her: »Schon wieder.« – »Ihr Kerl.« – »Amalias Liebhaber.« – »Dieser Bulle.« – »Frauenverderber.«

Noch mehr haßten sie seine Bulldogge Jack, die er manchmal an der Leine mitbrachte und die ihn mit schnellen Sprüngen hinter sich herzog, so daß er aus dem Tritt kam und mit vorgestreckten Armen hinter dem Hund herstolperte wie ein Blinder hinter seinem Führer.

Einmal im Frühjahr biß die Bulldogge Lara ins Bein und zerriß ihr den Strumpf.

»Ich bringe ihn um, diesen Teufel«, flüsterte Olja Djomina heiser Lara ins Ohr.

»Ja, der Köter ist wirklich widerlich. Aber wie willst du das machen, du Dummchen?«

»Still, nicht so laut, ich sag's Ihnen. Bei Ihrer Frau Mutter liegen doch solche Ostereier aus Stein auf der Kommode...«

»Ja, aus Marmor und Kristall.«

»Genau, die meine ich. Ich sag's Ihnen ins Ohr, kommen Sie näher. Man muß sie mit Speck einreiben, dann bleibt der Geruch hängen, der räudige Köter verschlingt sie, dieser Satan, dieses Ungetüm, und Schluß! Dann streckt er alle viere von sich! Von dem Glas!«

Lara lachte und dachte neidisch: Das Mädchen lebt in Armut und muß arbeiten. Die Kinder aus dem Volk entwickeln sich früh. Doch wieviel Unverdorbenes und Kindliches sie noch an sich hat. Die Eier, Jack – wo hat sie das her? Aber warum muß ich alles sehen und unter allem leiden?

4

Er ist doch Mamas – wie heißt das gleich... Er ist doch ihr... Scheußliche Wörter, ich mag sie nicht wiederholen. Aber warum sieht er mich dann mit solchen Augen an? Ich bin ihre Tochter!

Sie war knapp über sechzehn, doch schon ein vollentwickeltes junges Mädchen. Sie wurde auf achtzehn und darüber geschätzt, hatte einen klaren Verstand und einen umgänglichen Charakter und war sehr hübsch.

Sie und ihr Bruder wußten, daß sie alles im Leben aus eigener Kraft erreichen mußten. Im Gegensatz zu den Nichtstuern und Wohlversorgten hatten sie nicht die Zeit, frühzeitig Gerissenheit anzustreben und theoretisch Dinge auszuschnüffeln, die sie praktisch noch nicht berührten. Nur das Überflüssige war schmutzig. Lara war das reinste Wesen auf der Welt.

Die Geschwister kannten den Preis aller Dinge und wußten das Erreichte zu schätzen. Sie mußten einen guten Ruf haben, um sich durchzusetzen. Lara war eine gute Schülerin, nicht aus abstraktem Hang zum Wissen, sondern weil sie, um vom Schulgeld befreit zu werden, eine gute Schülerin sein und gut lernen mußte. Ebenso gut, wie sie lernte, wusch sie das Geschirr, half in der Werkstatt und erledigte die Aufträge ihrer Mutter. Ihre Bewegungen waren lautlos und harmonisch, und alles an ihr – die unmerkliche Flinkheit der Bewegungen, ihre Figur, ihre Stimme, ihre grauen Augen und ihre blonden Haare – paßte zueinander.

Es war ein Sonntag Mitte Juli. An Feiertagen konnte man morgens ein wenig länger im Bett bleiben. Lara lag auf dem Rücken, die Hände unterm Kopf.

In der Werkstatt herrschte ungewohnte Stille. Das Fenster zur Straße stand offen. Lara hörte, wie eine vorüberpolternde Droschke vom Straßenpflaster abkam und mit den Rädern in die Pferdebahnschiene geriet, denn das derbe Rattern ging über in ein leichtes Gleiten des Rades wie durch Öl. Ich sollte noch ein bißchen schlafen, dachte sie. Der Stadtlärm wirkte einschläfernd wie ein Wiegenlied.

Lara spürte beim Liegen ihren Körper an zwei Stellen – der linken Schulterrundung und dem rechten großen Zeh. Schulter und Fuß also, alles übrige war mehr oder weniger ihr Ich, ihre Seele oder ihr Wesen, in harmonische Formen gefügt und erwartungsvoll der Zukunft entgegenstrebend.

Ich muß einschlafen, dachte sie und stellte sich die Sonnenseite der Karetny-Reihe zu dieser Stunde vor, die Schuppen der Equipagenunternehmen mit den gewaltigen Fahrzeugen, die auf sauber gefegtem Boden zum Verkauf standen, das geschliffene Glas der Kutschenlaternen, die ausgestopften Bären, das pulsierende Leben. Ein Stückchen weiter unten – Lara malte es sich aus – exerzierten die Dragoner im Hof der Snamenskije-Kasernen, gehorsame Pferde gingen im Kreis, die Dragoner sprangen mit Anlauf in den Sattel und ritten Schritt, Trab und Galopp. An die Umfriedung des Kasernements drängten sich offenen Mundes Kinderfrauen und Ammen mit Kindern.

Noch weiter unten, dachte Lara, da ist die Petrowka, sind die Petrowskije-Linien. »Ich bitte Sie, Lara! Wie kommen Sie darauf? Ich möchte Ihnen nur meine Wohnung zeigen. Zumal es gleich um die Ecke ist.«

Olga, die kleine Tochter seiner Bekannten in der Karetny-Reihe, hatte Geburtstag. Aus diesem Anlaß vergnügten sich die Erwachsenen bei Tanz und Champagner. Er hatte Mama mitnehmen wollen, aber sie konnte nicht, sie fühlte sich krank. Darum sagte sie: »Nehmen Sie Lara mit. Sie ermahnen mich ja dauernd, ich soll auf sie aufpassen. Heute können Sie das tun.« Und er hatte auf sie aufgepaßt, das konnte man wohl sagen! Hahaha!

Ein Walzer, das war wirklich etwas Verrücktes! Drehen, drehen, an nichts denken. Während die Musik spielte, verging eine Ewigkeit, wie das Leben in Romanen. Kaum aber hörte sie auf, hatte man das Empfinden von etwas Skandalösem, als wäre man mit kaltem Wasser übergossen oder splitternackt überrascht worden. Doch ließ man sich diese Freiheiten gefallen, um vor den anderen anzugeben und zu zeigen, wie erwachsen man schon war.

Lara hätte nie gedacht, daß er so gut tanzen konnte. Was hatte er doch für kluge Hände, wie sicher umfaßte er ihre Taille! Aber so küssen würde sie sich nie wieder lassen. Sie hatte nicht geahnt, daß sich in den Lippen eines anderen soviel Schamlosigkeit bündeln konnte, wenn sie so lange auf die eigenen gepreßt wurden.

Schluß mit den Dummheiten. Ein für allemal. Nie wieder die Einfalt spielen, nie wieder sanft tun, nie wieder schamhaft den Blick senken. Sonst nahm das noch ein schlimmes Ende. Dicht neben ihr war die schreckliche Linie, übertrat sie die, so stürzte sie in den Abgrund. Nicht mehr ans Tanzen denken. Darin lag alles Übel. Beherzt ablehnen. Schwindeln, sie könnte nicht tanzen oder hätte sich das Bein gebrochen.

5

Im Herbst kam es auf den Strecken des Moskauer Eisenbahnnetzes zu Unruhen. Auf der Strecke Moskau–Kasan streikten die Eisenbahner. Die Moskau–Brester Strecke sollte folgen. Der Streikbeschluß war gefaßt, aber das Komitee konnte sich über den Tag nicht einigen. Alle Eisenbahner wußten von dem Streikbeschluß, und es bedurfte nur noch eines äußeren Anlasses, um ihn eigenmächtig in Kraft zu setzen.

Es war ein kalter, unfreundlicher Morgen Anfang Oktober, Zahltag für die Eisenbahner. Aus der Buchhaltung kamen lange keine Informationen. Dann erschien im Büro ein Junge mit der Kontroll- und Lohnliste sowie einem Stoß Arbeitsbücher, die einbehalten worden waren, um einen Lohnabzug vorzunehmen. Die Auszahlung begann. Über den freien Platz, der den Bahnhof, die Werkstätten, das Lokomotivendepot, die Lagerhäuser und die Gleise von den Holzhäusern der Verwaltung trennte, zog sich eine endlose Schlange von Zugbegleitern, Weichenstellern, Schlossern und ihren Gehilfen und Putzfrauen vom Waggonpark.

Es roch nach dem Beginn des städtischen Winters, nach zertrampelten Ahornblättern, geschmolzenem Schnee, Lokomotivenqualm und warmem Roggenbrot, das im Keller des Bahnhofsrestaurants soeben aus dem Backofen gezogen wurde. Züge liefen ein und fuhren ab. Sie wurden zusammengestellt und auseinandergenommen, wobei die Rangierer mit eingerollten und entfalteten Fähnchen winkten. In allen Tonarten tönten die Signalhörner der Wächter, die Trillerpfeifen der Rangierer und die Baßsirenen der Lokomotiven. Rauchsäulen stiegen in unendlichen Schwaden gen Himmel. Lokomotiven standen zur Abfahrt bereit, sie verbrühten die kalten Winterwolken mit siedend heißem Dampf.

Längs des Bahndamms gingen der Streckenleiter Fuflygin, Ingenieur für Verkehrswege, und der Streckenmeister des Bahnhofsbereichs Pawel Antipow auf und ab. Dieser enervierte den Instandsetzungsdienst mit Beschwerden über das Material, das für die Erneuerung der Gleise angeliefert worden war. Der Stahl sei nicht elastisch genug. Die Schienen hätten die Spannungs- und Bruchtests nicht ausgehalten und müßten nach seiner Erfahrung bei Frost brechen. Die Verwaltung nahm Antipows Klagen gleichmütig auf. Irgendwer verdiente an den Lieferungen.

Fuflygin trug einen offenen teuren Pelzmantel mit den

Eisenbahnertressen und darunter einen neuen Zivilanzug aus Cheviot. Er schritt vorsichtig die Böschung entlang und warf immer wieder verliebte Blicke auf den Jackettsaum, die scharfen Bügelfalten der Hose und die eleganten Schuhe.

Antipows Worte gingen bei ihm zum einen Ohr hinein und zum anderen hinaus. Er dachte an seine eigenen Angelegenheiten, zog immer wieder die Taschenuhr, warf einen Blick darauf und war sichtlich in Eile.

»Gewiß, gewiß, mein Bester«, unterbrach er ungeduldig Antipow, »aber das gilt doch nur für Hauptstrecken oder stark befahrene Abschnitte. Und was ist das hier? Abstell- und Kopfgleise voller Kletten und Brennesseln, schlimmstenfalls Verschiebegleise für Leerwaggons und Ausweichstellen für die Rangierloks. Und da regst du dich auf! So was Verrücktes! Das ist doch ganz was anderes, hier könnte man auch Holzschienen verlegen.«

Fuflygin sah nach der Uhr, klappte den Deckel zu und blickte in die Ferne, wo die Chaussee die Bahngleise überquerte. In der Chausseebiegung zeigte sich eine Kutsche. Es war sein eigenes Gespann. Seine Frau kam ihn abholen. Der Kutscher hielt die Pferde fast am Bahndamm an, zügelte sie ständig und redete mit hohem Frauenstimmchen auf sie ein wie eine Kinderfrau auf plärrende Gören, da sie vor der Eisenbahn scheuten. Im Fond der Kutsche saß, lässig in die Kissen geschmiegt, eine schöne Dame.

»Na, mein Lieber, ein andermal«, sagte der Streckenleiter mit einer wegwerfenden Handbewegung, »ich habe jetzt andere Sorgen als deine Beschwerden. Es gibt Wichtigeres.« Das Ehepaar rollte davon.

6

Drei oder vier Stunden später, kurz vor der Dämmerung, wuchsen abseits der Landstraße auf dem Feld zwei Gestalten aus der Erde, die vorher nicht zu sehen gewesen waren, und gingen, sich oftmals umblickend, rasch davon. Es waren Antipow und Tiwersin.

»Komm rasch«, sagte Tiwersin. »Ich hab keine Bange, daß uns Spitzel aufspüren, aber ich fürchte, die andern machen mit dem Hin und Her Schluß, kommen aus der Erdhütte und holen uns ein. Ich kann sie nicht mehr sehen. Wenn alle so zaudern, hat es keinen Zweck, überhaupt was zu unternehmen. Dann ist auch das Komitee sinnlos. Wozu mit dem Feuer spielen und sich in ein Mauseloch verkriechen! Du bist mir auch so einer, du unterstützt diesen Quark mit der Strecke Moskau – Petersburg.«

»Meine Darja hat Bauchtyphus. Ich muß sie ins Krankenhaus bringen. So lange ist mit mir nichts anzufangen.«

»Heute soll Zahltag sein. Ich geh jetzt ins Büro. Wäre heute nicht die Lohnzahlung, bei Gott, ich würde auf euch alle pfeifen und auf eigene Faust ganz schnell Schluß machen mit dem Hin und Her.«

»Und wie, wenn ich fragen darf?«

»Ganz einfach. Ich geh in den Kesselraum, gebe das Signal mit der Sirene, und fertig.«

Sie verabschiedeten sich und gingen auseinander.

Tiwersin stapfte auf dem Gleis in Richtung der Stadt. Ihm entgegen kamen eine Menge Leute, die im Büro ihren Lohn abgeholt hatten. Er schätzte, daß die Lohnzahlung auf dem Bahnhofsgelände bald zu Ende sein mußte.

Die Dämmerung begann. Auf dem freien Platz vor dem Büro standen Arbeiter herum, die nichts zu tun hatten, beschienen von den Bürolaternen. Bei der Einfahrt zu dem Platz hielt Fuflygins Kutsche. Frau Fuflygina saß in der gleichen Pose darin, als wäre sie seit dem Morgen noch keinmal ausgestiegen. Sie wartete auf ihren Mann, der im Büro sein Geld abholen wollte.

Auf einmal fiel nasser Schneeregen. Der Kutscher kletterte vom Bock, um das Lederverdeck zu schließen. Während er, einen Fuß gegen die Rückwand gestemmt, die Stangen auseinanderzog, betrachtete Frau Fuflygina den silberperligen wäßrigen Brei, der im Licht der Bürolaternen glitzerte. Ihr verträumter Blick glitt starr über die Arbeiter hinweg, als könnte er notfalls unbeschadet durch sie hindurchgehen wie durch den Nebel oder den Sprühregen.

Tiwersin fing diesen Blick zufällig auf. Er war unangenehm berührt, darum trat er, ohne sich vor ihr zu verbeugen, zurück und beschloß, seinen Lohn etwas später zu holen, um nicht im Büro mit ihrem Mann zusammenzutreffen. Er ging in den schwächer beleuchteten Bereich der Werkstätten, wo schwarz die Drehscheibe mit den auseinanderführenden Gleisen zum Lokomotivendepot lag.

»Tiwersin! Kiprian!« riefen ein paar Stimmen aus der Dunkelheit. Vor der Tür der Werkstatt stand ein Häuflein Leute. Drinnen brüllte jemand, und man hörte ein Kind weinen. »Kiprian Saweljewitsch, helfen Sie dem Jungen«, sagte eine Frau aus der Gruppe.

Der alte Meister Pjotr Chudolejew verprügelte nach alter Gewohnheit wieder einmal sein Opfer, den minderjährigen Lehrling Jussup.

Chudolejew war nicht immer der Peiniger seiner Lehrlinge, der Säufer und Schläger gewesen. Einstmals hatten die Töchter von Kaufleuten und Popen der Moskauer Manufakturviertel dem stattlichen Gesellen verliebte Blicke zugeworfen. Aber Tiwersins Mutter, die damals vor dem Abschluß der Diözesanschule stand und um die er sich bemühte, gab ihm einen Korb und heiratete seinen Kumpel, den Lokmeister Saweli Tiwersin.

Im sechsten Jahr ihrer Witwenschaft nach Tiwersins grauenhaftem Tod (er verbrannte 1888 beim Zusammenstoß zweier Züge, der damals viel Aufsehen erregte) erneuerte Chudolejew seine Werbung, und wieder gab ihm Marfa Tiwersina einen Korb. Seither trank Chudolejew und wütete gegen alle Welt, der er die Schuld gab an seinen heutigen Mißhelligkeiten.

Jussup war der Sohn Himasetdins, des Hausmeisters in dem Haus, in dem Tiwersin wohnte. Er nahm den Jungen unter seine Obhut. Das trug ihm die Feindseligkeit Chudolejews ein.

»Wie hältst du die Feile, du Asiat«, brüllte Chudolejew, zerrte Jussup an den Haaren und prügelte auf ihn ein. »Feilt man denn so den Grat von den Gußstücken? Du verdirbst mir ja die ganze Arbeit, du Tataren-Balg, Allah-Mullah-Schlitzauge!«

»Au, ich tu's nie wieder, Onkelchen, au, ich tu's nie wieder, au, tut weh!«

»Ich hab dir schon tausendmal gesagt, führ erst die Spindel nach vorn und schraub erst dann den Anschlagring fest, aber nein, du weißt es ja besser. Du hättest mir beinah die Spindel zerbrochen, du Hundesohn.«

»Ich hab die Spindel nicht angerührt, Onkelchen, bestimmt nicht!«

»Warum tyrannisierst du den Jungen?« fragte Tiwersin, nachdem er sich durch die Menge gedrängt hatte.

»Wenn sich zwei Hunde beißen, soll sich ein dritter nicht einmischen«, fuhr Chudolejew ihn an.

»Ich will wissen, warum du den Jungen tyrannisierst!«

»Und ich sage dir, verschwinde, du Mitleidsapostel. Ihn umzubringen wär noch zu wenig, diesen Dreckskerl, der hätte mir beinah die Spindel zerbrochen. Er soll mir die Hände küssen, daß er noch lebt, der scheeläugige Satan, ich hab ihm ja bloß die Ohren langgezogen und an den Haaren gezerrt.«

»Und dafür müßte man ihm den Kopf abreißen, Onkel Chudolejew? Schäm dich was, wirklich wahr. Ein alter Meister, graue Haare, aber kein Verstand.«

»Hau ab, sag ich dir, hau ab, solange du noch heil bist! Ich schlag dir die Seele aus dem Leib, wenn du mich hier belehren willst, du Hundearsch! Dich haben sie auf den Schwellen gezeugt, du Fischblut, und dein Vater hat zugesehen. Ich kenn doch deine Mutter, diese räudige Katze mit nassem Schwanz und zerlumptem Rock!«

Was nun geschah, dauerte nur eine Minute. Beide griffen nach dem erstbesten, was an schwerem Werkzeug und an Eisenstücken auf den Werkbänken herumlag, und sie würden sich gegenseitig totgeschlagen haben, wären nicht sofort Leute dazwischengegangen, um sie zu trennen. Chudolejew und Tiwersin standen da, den Kopf gesenkt und einander fast mit der Stirn berührend, bleich, mit blutunterlaufenen Augen. Vor Erregung brachte keiner ein Wort heraus. Sie wurden von hinten an den Armen festgehalten. Minutenlang versuchten sie mit aller Kraft, sich loszureißen, wanden sich und schleppten die an ihnen hängenden Kameraden hinter sich her. Von ihren Sachen sprangen Knöpfe und Haken ab, Jacken und Hemden rutschten von den entblößten Schultern. Der Lärm ringsum wollte nicht aufhören.

»Den Meißel! Nimm ihm den Meißel weg, er schlägt ihm den Schädel ein.« – »Sachte, sachte, Onkel Pjotr, wir kugeln dir den Arm aus!« – »Was machen wir mit ihnen soviel Federlesens? Auseinander mit ihnen, hinter Schloß und Riegel, dann hat sich's.«

Plötzlich schüttelte Tiwersin mit einer übermenschlichen Anstrengung den Knäuel Leiber ab, riß sich los und war mit ein paar Sprüngen an der Tür. Sie rannten ihm nach, doch als sie sahen, daß er anderes im Sinn hatte, ließen sie ihn laufen. Er ging hinaus, knallte die Tür zu und entfernte sich, ohne sich umzudrehen. Um ihn war herbstliche Nässe, war Nacht und Dunkelheit. »Du willst ihnen Gutes tun, und sie jagen dir ein Messer zwischen die Rippen«, knurrte er und wußte nicht, wohin er ging und wozu.

Diese Welt der Falschheit und Gemeinheit, in der eine feiste Gnädige es wagte, die dummen Arbeiter so anzusehen, und ein versoffenes Opfer dieser Zustände Vergnügen daran fand, gegen seinesgleichen Gewalt zu gebrauchen, diese Welt war ihm jetzt verhaßt wie nie zuvor. Er lief, als könnte er so die Zeit schneller heranholen, in der es auf der Welt vernünftig und harmonisch zuginge wie jetzt in seinem erhitzten Kopf. Er wußte, daß ihre Bemühungen der letzten Tage, das Durcheinander auf der Strecke, die Diskussionen bei den Zusammenkünften und ihr Streikbeschluß, der zwar noch nicht in Kraft, aber auch nicht aufgehoben war, daß all das einzelne Schritte auf einem langen Weg waren, der ihnen noch bevorstand.

Seine Erregung hatte jetzt einen solchen Grad erreicht, daß er nicht mehr warten konnte und die Entfernung mit einem Satz hinter sich bringen wollte, ohne Atem zu holen. Er hatte keine Vorstellung, wohin er hastete, aber seine Beine wußten bestens, wohin sie ihn trugen.

Tiwersin ahnte lange nicht, daß auf der Sitzung in der Erdhütte, nachdem er und Antipow sie verlassen hatten, der Beschluß gefaßt worden war, den Streik noch am selben Abend auszurufen. Die Komiteemitglieder verteilten sogleich die Aufgaben unter sich und legten fest, wer sich wohin begeben und wer von wo abgezogen werden sollte. Als vom Ausbesserungswerk, wie aus dem Grunde der Seele, heiser, allmählich klarer und gleichmäßiger werdend, die Sirene ertönte, bewegte sich schon vom Einfahrtsignal her eine Menschenmenge aus dem Depot und vom Güterbahnhof in Richtung der Stadt und vereinigte sich mit einer weiteren Menschenmenge, die auf das Signal hin die Arbeit niedergelegt hatte.

Tiwersin glaubte noch jahrelang, er wäre es gewesen, der in dieser Nacht die Arbeit und den Verkehr auf der Strecke zum Erliegen gebracht hatte. Erst die späteren Prozesse, bei denen er wegen zahlreicher Anklagepunkte verurteilt wurde, nicht jedoch wegen Aufwiegelung zum Streik, klärten ihn über seinen Irrtum auf.

Menschen kamen herausgelaufen, fragten: »Wohin pfeifen sie die Leute?« Aus der Dunkelheit wurde geantwortet: »Du bist ja wohl nicht taub. Hörst doch, Alarm. Es brennt.« – »Wo denn?« – »Es muß ja brennen, wenn sie pfeifen.«

Türen klappten, immer mehr Menschen kamen heraus. Andere Stimmen ertönten: »Was du redest, es brennt! Dummer Bauer! Hört nicht auf ihn. Das bedeutet, Schluß mit der Arbeit, kapiert? Hier die Fesseln, weg mit ihnen, ich will dir nicht länger dienen. Ab nach Hause, Jungs.«

Immer mehr Menschen strömten zusammen. Die Eisenbahn streikte.

7

Drei Tage später kam Tiwersin durchgefroren, todmüde und unrasiert nach Hause. In der letzten Nacht hatte Frost eingesetzt, viel zu früh für die Jahreszeit, und Tiwersin trug Herbstsachen. An der Haustür traf er den Hausmeister Himasetdin.

»Danke, Herr Tiwersin«, radebrechte dieser. »Sie Jussup nicht lassen Böses tun, ich immer werden für Sie beten.«

»Bist du verrückt, Himasetdin, seit wann bin ich ein Herr? Laß das bitte. Und beeil dich, du siehst ja, wie kalt es ist.«

»Nicht kalt, du warm, Kiprian. Gestern wir bringen deine Mutter von Moskau Güterbahnhof Schuppen voll Holz, nur Birke, gute Holz, ganz trocken.«

»Danke, Himasetdin. Du willst doch noch etwas sagen, mach's kurz, ich bin ganz durchgefroren, wie du siehst.«

»Ich wollen sagen, du nicht zu Hause schlafen, Kiprian. Du lieber verstecken. Wachtposten kommen fragen, Polizei kommen fragen, wer dich besucht. Ich sagen, keiner besucht. Gehilfe, ich sagen, Lokomotivbrigaden kommen, Eisenbahner kommen, aber kein Fremder, nein, nein!«

Das Haus, in dem der Junggeselle Tiwersin mit seiner Mutter und seinem verheirateten Bruder wohnte, gehörte der nahegelegenen Dreifaltigkeitskirche. Außer ihnen wohnten dort Geistliche und Küster sowie zwei Artels von Obst- und Fleischhändlern, die ihre Ware mit dem Bauchladen in der Stadt verkauften, ansonsten aber vorwiegend kleine Angestellte der Moskau–Brester Eisenbahnstrecke.

Es war ein Steinhaus mit hölzernen Galerien, die von allen vier Seiten auf den schmutzigen ungepflasterten Hof blickten. Zu ihnen hinauf führten schmutzige, glitschige Holztreppen. Hier roch es nach Katzen und Sauerkohl. An den Wänden der Treppenabsätze klebten Abtritthäuschen und kleine Lagerschuppen mit Vorhängeschloß.

Tiwersins Bruder war eingezogen und bei Wafangkou verwundet worden. Er lag in einem Lazarett in Krasnojarsk, und seine Frau war mit den beiden Töchtern hingefahren, um ihn zu besuchen und ihn nach Hause zu holen. Die Tiwersins, eine alte Eisenbahnerfamilie, reisten gern und bereisten ganz Rußland mit Freifahrtkarten. Gegenwärtig waren alle ausgeflogen. Nur der Sohn und die Mutter waren da.

Die Wohnung lag im ersten Stock. Vor der Tür stand auf der Galerie eine Tonne, die ein Wasserträger mit Wasser füllte. Als Kiprian seine Etage erreicht hatte, sah er, daß der Deckel der Tonne zur Seite geschoben und auf der Eisschicht der Blechbecher angefroren war.

Das muß Prow gewesen sein, dachte Kiprian und

lachte auf. Er kriegt nie genug, dieser Nimmersatt, dieser Feuerschlund.

Prow Sokolow, Küster, ein angesehener Mann in mittleren Jahren, war mit Kiprians Mutter entfernt verwandt.

Kiprian riß den Becher von der Eiskruste los, rückte den Deckel zurecht und zog den Griff der Türglocke. Anheimelnder Geruch und eine lecker duftende Dampfwolke schlugen ihm entgegen.

»Sie haben stark geheizt, Mutter. Wir haben es warm, das ist schön.«

Die Mutter fiel ihm um den Hals und umarmte ihn weinend. Er streichelte ihr den Kopf, wartete einen Moment und schob sie dann sanft weg.

»Die Stadt hat Mut gefaßt, Mutter«, sagte er leise, »auf meiner Strecke ruht der Verkehr von Moskau bis nach Warschau.«

»Ich weiß. Darum weine ich. Es sieht nicht gut für dich aus. Du solltest weggehen, Kiprian, soweit wie möglich.«

»Ihr liebenswürdiger Freund und Verehrer Chudolejew hätte mir beinahe den Schädel eingeschlagen.« Er wollte sie damit aufheitern, doch sie verstand den Scherz nicht und antwortete ernsthaft: »Mach dich nicht über ihn lustig, Kiprian. Er sollte dir lieber leid tun. Er ist ein ausgemachter Pechvogel, eine verlorene Seele.«

»Sie haben Pawel Antipow abgeholt. Mitten in der Nacht sind sie gekommen, haben Haussuchung gemacht und alles umgewühlt. Am Morgen haben sie ihn abgeführt. Und das Schlimmste, seine Darja liegt mit Typhus im Krankenhaus. Der kleine Pawluscha, der in die Realschule geht, ist jetzt mit seiner tauben Tante allein im Haus. Man wird sie aus der Wohnung jagen. Ich finde, wir sollten den Jungen zu uns nehmen. Warum ist Prow vorbeigekommen?«

»Woher weißt du das?«

»Ich hab gesehen, das Faß war nicht richtig zugedeckt,

und der Becher stand auf dem Eis. Da hab ich mir gedacht, bestimmt hat der ewig durstige Prow hier Wasser gesoffen.«

»Du bist ja richtig scharfsinnig, Kiprian. Doch du hast ganz recht. Prow war hier. Er wollte sich Brennholz borgen, ich hab ihm welches gegeben. Aber was red ich von Brennholz, ich dumme Gans! Ich hab ja ganz vergessen, was für eine Neuigkeit er mitgebracht hat. Der Gossudar, weißt du, hat ein Manifest unterschrieben, alles wird anders; keiner soll mehr benachteiligt sein, die Bauern kriegen Land und werden mit den Adligen gleichgestellt. Der Erlaß ist schon unterschrieben, denk dir nur, er muß nur noch veröffentlicht werden. Und die Synode hat ein neues Bittgebet geschickt, das wird in den Wechselgesang eingeschlossen, oder überhaupt ein Gebet, für sein Wohl vielleicht, was weiß ich. Prow hat's mir gesagt, aber es ist mir entfallen.«

8

Pawluscha Antipow, der Sohn des Verhafteten und der im Krankenhaus liegenden Darja, zog zu den Tiwersins. Er war ein reinlicher Junge mit regelmäßigen Gesichtszügen und hellbraunen, gerade gescheitelten Haaren. Er bürstete sie aller naselang und zog dauernd die Jacke und den Gürtel mit der Uniformschnalle der Realschule zurecht. Pawluscha konnte Tränen lachen und hatte eine gute Beobachtungsgabe. Sehr treffend und komisch ahmte er alles nach, was er sah und hörte.

Bald nach dem Manifest des siebzehnten Oktober sollte eine große Demonstration vom Twerskaja- zum Kalushskaja-Tor ziehen. Es war ein Vorhaben nach dem Sprichwort »Viele Köche verderben den Brei«. Mehrere revolutionäre Organisationen, die an dem Vorhaben beteiligt waren, zerstritten sich und traten nach und nach davon zurück, doch als sie erfuhren, daß die Menschen an dem festgesetzten Morgen dennoch auf die Straße gingen, entsandten sie in aller Eile Vertreter zu den Demonstranten.

Obwohl Kiprian seiner Mutter dringend abgeraten hatte, ging sie mit dem lustigen und umgänglichen Pawluscha zu der Demonstration.

Es war ein trockener, frostklarer Tag Anfang November mit einem ruhigen bleigrauen Himmel und vereinzelten, fast zählbaren Schneeflocken, die lange in der Luft gaukelten, bevor sie zu Boden fielen und sich als flauschig grauer Staub in den Fahrspuren festsetzten.

Das Volk drängte die Straße hinunter; dichtes Stimmengewirr, Gesichter über Gesichter, wattierte Wintermäntel und Schaffellmützen, alte Leute, Hochschülerinnen und Kinder, Eisenbahner in Uniform, Arbeiter vom Straßenbahndepot und von der Telefonstation in Stiefeln bis über die Knie und Lederjacken, Gymnasiasten und Studenten.

Eine Zeitlang sangen sie die »Warschawianka«, »Unsterbliche Opfer« und die »Marseillaise«, aber dann setzte der Mann, der rückwärts vor dem Zug herging und mit geschwenkter Lammfellmütze den Gesang dirigierte, die Mütze auf, stellte den Vorgesang ein, kehrte dem Zug den Rücken und horchte auf das, was die anderen Ordner sagten, die nebenherschritten. Das Singen zerbröckelte und brach ab. Man hörte das Füßescharren der unübersehbaren Menge auf dem gefrorenen Pflaster.

Wohlwoller meldeten den Initiatoren des Zuges, daß weiter vorn Kosaken auf die Demonstranten lauerten. Die Nachricht von dem Hinterhalt war telefonisch an eine in der Nähe gelegene Apotheke durchgegeben worden.

»Wenn's so ist«, sagten die Ordner, »dann vor allem kaltes Blut wahren und nicht in Panik geraten. Wir müssen sofort das erstbeste öffentliche Gebäude besetzen, die

Leute vor der drohenden Gefahr warnen und einzeln auseinandergehen lassen.«

Sie stritten darüber, welches Haus am besten geeignet wäre. Die einen schlugen die Gesellschaft der Kaufmannsgehilfen vor, andere die Technische Hochschule, noch andere das Institut für Auslandskorrespondenten.

Während sie noch stritten, kam vorn die Ecke eines staatlichen Gebäudes in Sicht. Darin befand sich auch eine Lehranstalt, die nicht schlechter als die genannten zur Zuflucht taugte.

Als der Zug das Gebäude erreicht hatte, stiegen die Anführer die halbrunde Freitreppe hinauf und gaben das Zeichen zum Halt. Die mehrflügeligen Türen wurden geöffnet, und der Zug strömte Pelz an Pelz, Mütze an Mütze in das Vestibül der Schule und die Vordertreppe hinauf.

»In den Festsaal, in den Festsaal!« riefen einzelne Stimmen von hinten, aber die Menge zog weiter, verteilte sich auf die langen Korridore und Klassenräume.

Nachdem es doch gelungen war, die Menge zurückzuholen, und alle in den Stuhlreihen Platz genommen hatten, versuchten die Anführer ein paarmal, die Versammelten über die weiter vorn aufgebaute Falle zu unterrichten, aber niemand hörte zu. Der Halt und der Einzug in den geschlossenen Raum wurden als Einladung zu einem improvisierten Meeting aufgefaßt, das auch sogleich begann.

Nach dem langen Gehen und Singen wollten die Leute gern ein wenig schweigend dasitzen; mochten andere sich jetzt die Kehle schinden. Verglichen mit dem Vergnügen, sich ausruhen zu können, waren die geringfügigen Unstimmigkeiten unter den Rednern gleichgültig, da sie in fast allem solidarisch miteinander waren.

Darum hatte den größten Erfolg der schlechteste Redner, der seine Zuhörer nicht mit dem Wunsch ermüdete, ihm zu folgen. Jedes seiner Worte war von Beifallsgeschrei begleitet. Niemand bedauerte, daß seine Rede im Lärm der Zustimmung unterging. Man war schon aus Ungeduld mit ihm einverstanden, man rief »Schande«, man setzte ein Protesttelegramm auf, und plötzlich, als alle seiner eintönigen Stimme überdrüssig waren, standen sie wie ein Mann auf, vergaßen den Redner, stiegen Mütze an Mütze, Reihe hinter Reihe die Treppe hinunter und strömten auf die Straße. Die Demonstration ging weiter.

Während des Meetings war draußen Schnee gefallen. Die Straße war weiß. Es schneite immer dichter.

Als die Dragoner heransprengten, ahnten die hinteren Reihen zunächst nichts davon. Plötzlich drang von vorn ein anschwellender Lärm zu ihnen, wie wenn eine Menge »Hurra« schreit. Rufe wie »Hilfe«, »Mörder« und viele andere vereinigten sich zu einem undefinierbaren Gebrüll. Fast im gleichen Moment rasten auf dieser Geräuschwelle durch die schmale Gasse in der auseinanderprallenden Menge lautlos Pferdemäuler und -mähnen und säbelschwingende Reiter.

Der halbe Zug Dragoner ritt bis zum Ende, machte kehrt, formierte sich neu und keilte sich von hinten in die Demonstration. Das Zuschlagen begann.

Ein paar Minuten später war die Straße fast leer. Die Menschen waren in die Seitengassen geflüchtet. Der Schnee fiel spärlicher. Der Abend war so trocken wie eine Kohlezeichnung. Plötzlich stieß die irgendwo jenseits der Häuser niedersinkende Sonne hinter einer Ecke hervor, wie mit einem Finger auf alles Rote in der Straße zeigend: die roten Mützendeckel der Dragoner, ein am Boden liegendes Fahnentuch, Blutspuren, die sich als rote Fäden und Punkte im Schnee abzeichneten.

Den Straßenrand entlang kroch auf allen vieren ein stöhnender Mann mit gespaltenem Schädel. Von unten kamen im Schritt mehrere Berittene. Sie kehrten vom Ende der Straße zurück, wohin die Verfolgung sie geführt hatte. Beinah vor ihren Füßen hastete Marfa Tiwersina mit nach hinten verrutschtem Tuch hin und her und schrie, daß es die Straße entlang gellte: »Pawluscha! Pawluscha!«

Er war die ganze Zeit neben ihr gewesen und hatte sie unterhalten, indem er sehr kunstvoll den letzten Redner nachahmte, doch als die Dragoner anstürmten, war er plötzlich in dem Getümmel verschwunden.

In dem Durcheinander bekam Marfa Tiwersina einen Peitschenhieb über den Rücken, und obwohl sie wegen der dickgefütterten Wattejacke nichts davon spürte, drohte sie schimpfend den Davonreitenden mit der Faust, empört darüber, daß man es gewagt hatte, sie alte Frau vor allem ehrlichen Volk zu schlagen.

Aufgeregt blickte sie die Straße hoch und runter. Glücklicherweise entdeckte sie den Jungen auf der anderen Seite. Dort waren in einer Nische zwischen einem Kolonialwarenladen und einer steinernen Villa ein Häuflein Gaffer zusammengepfercht.

Ein Dragoner, der den Gehsteig entlanggeritten war, hatte sie mit der Flanke seines Pferdes dort hineingedrängt. Ihr Entsetzen belustigte ihn, und um ihnen die Flucht unmöglich zu machen, vollführte er vor der Nische Volten und Pirouetten wie in der Manege, ließ das Pferd rückwärtsgehen und sich aufbäumen wie im Zirkus. Dann sah er auf einmal die im Schritt zurückkehrenden Kameraden, gab seinem Pferd die Sporen und nahm mit ein paar Sprüngen seinen Platz in ihrer Reihe ein.

Die in den Winkel gepreßten Menschen liefen auseinander. Pawluscha, der vorher Angst gehabt hatte, sich zu melden, lief zur Großmutter.

Sie gingen nach Hause. Marfa Tiwersina knurrte fortwährend vor sich hin: »Verfluchte Totschläger, verdammte Mörder! Den Menschen zur Freude hat der Zar die Freiheit gegeben, und das können sie nicht ertragen.

Alles müssen sie beschmutzen, jedes Wort drehen sie einem im Munde um.«

Sie war wütend auf die Dragoner, auf die ganze Welt und in diesem Moment sogar auf den eigenen Sohn. In ihrem Zorn glaubte sie, daß an dem ganzen Geschehen Kiprians Wirrköpfe schuld wären, die sie Irrläufer und Überschlaue nannte.

»Diese Giftnattern! Was wollen die Verrückten? Von nichts eine Ahnung! Nur Kläffen und Zanken. Und dieser Redekünstler, den du so schön nachgemacht hast, Pawluscha – mach's noch mal, mein Kleiner. Oi, ich lach mich tot! Ja, genau wie er! Bla-bla, bla-bla. Dieser dumme Schwätzer, diese Schmeißfliege!«

Daheim überhäufte sie den Sohn mit Vorwürfen. Sie sei nicht mehr in den Jahren, daß ihr so ein zottiger, pockennarbiger Holzkopf von seinem Gaul herab die Peitsche übers Kreuz ziehen dürfe.

»Wie können Sie denn nur, Mutter! Ich bin doch kein Kosakenoffizier und kein Gendarmenscheich.«

9

Wedenjapin stand am Fenster, als die Menschen gelaufen kamen. Er begriff, daß es Demonstranten waren, und blickte eine Zeitlang aufmerksam hin, ob er unter ihnen Jura oder sonst jemanden sähe. Aber es waren keine Bekannten dabei, nur einmal glaubte er in einem der Fliehenden einen Mann zu erkennen (er hatte den Namen vergessen), den Sohn von Dudorow, diesen verrückten Kerl, dem sie vor noch gar nicht langer Zeit eine Kugel aus der linken Schulter entfernt hatten und der sich schon wieder herumtrieb, wo er nichts zu suchen hatte.

Wedenjapin war im Herbst aus Petersburg gekommen. In Moskau hatte er keine eigene Bleibe, und im Hotel mochte er nicht wohnen. Darum war er bei entfernten Verwandten abgestiegen, den Swentizkis. Sie hatten ihm das obere Eckzimmer überlassen.

Das zweigeschossige Haus, zu groß für das kinderlose Ehepaar Swentizki, hatten die verstorbenen Eltern Swentizki vor undenklichen Zeiten von den Fürsten Dolgoruki angemietet. Der Besitz der Dolgorukis mit den drei Höfen, dem Park und den unordentlich verstreuten zahlreichen Bauten verschiedener Stile grenzte an drei Gassen und wurde auf alte Art »Mehlstädtchen« genannt.

Das Eckzimmer war etwas dunkel, obwohl es vier Fenster hatte. Es war vollgestopft mit Büchern, Papieren, Teppichen und Stichen, und es hatte einen Balkon, der halbrund die Hausecke umschloß. An der doppelten Glastür waren für den Winter alle Ritzen dicht verklebt.

Von zwei Fenstern und der Balkontür aus war die Gasse in ganzer Länge zu sehen, sie führte, von Schlitten zerfahren, zwischen schiefen Häuschen und Zäunen in die Ferne.

Vom Park zogen lila Schatten herein. Die Bäume blickten mit einer Miene ins Zimmer, als wollten sie ihre dickbereiften Zweige, die fliederblauen Strömen erstarrten Stearins glichen, auf den Fußboden legen.

Wedenjapin blickte auf die Gasse hinunter und dachte an den vergangenen Winter in Petersburg, an Gapon und Gorki, an den Besuch Wittes, an die gegenwärtigen Modeschriftsteller. Aus diesem Gewimmel war er hierher geflohen, in die Stille der Residenz, um sein geplantes Buch zu schreiben. Aber woher! Er war vom Regen in die Traufe geraten. Jeden Tag Vorlesungen und Vorträge, man ließ ihn nicht zur Besinnung kommen. Mal sprach er vor Abendschülerinnen, mal im Institut für Religion und Philosophie, dann wieder beim Roten Kreuz oder vor dem Streikkomitee. In die Schweiz hätte er fahren sollen, in die Abgelegenheit eines Waldkantons. Friedliche klare Luft über dem See, Himmel und Berge, hellhörige, klingende Luft, in der jeder Laut widerhallte.

Wedenjapin wandte sich vom Fenster ab. Am liebsten hätte er einen Besuch gemacht oder wäre ziellos spazierengegangen. Aber ihm fiel ein, daß der Tolstoianer Wywolotschnow mit einem Anliegen zu ihm kommen wollte, darum durfte er nicht weg. Er wanderte im Zimmer auf und ab. Seine Gedanken kreisten um den Neffen.

Auf der Reise aus dem Krähwinkel an der Wolga nach Petersburg hatte er Jura in den Moskauer Kreis der Verwandten eingeführt – bei den Familien Wedenjapin, Ostromyslenski, Seljawin, Michaelis, Swentizki und Gromeko. Anfangs war Jura bei dem liederlichen alten Schwätzer Ostromyslenski untergebracht, den die Verwandtschaft schlicht mit Fedka anredete. Fedka lebte heimlich mit seiner Schülerin Motja zusammen und hielt sich darum für einen Rebellen wider moralische Grundbegriffe und für den Verfechter einer Idee. Er enttäuschte das in ihn gesetzte Vertrauen und erwies sich sogar als unehrlich, da er Mittel für sich verbrauchte, die für Juras Unterhalt bestimmt waren. Darauf kam Jura zu der Professorenfamilie Gromeko, wo er auch jetzt noch wohnte.

Bei den Gromekos umgab Jura eine beneidenswert angenehme Atmosphäre.

Sie leben dort im Triumvirat, dachte Wedenjapin: Jura, sein Freund und Klassenkamerad Mischa Gordon und die Tochter des Hauses Tonja. Dieser Dreierbund hat immer wieder den »Sinn der Liebe« und die »Kreutzersonate« gelesen und ist ganz vernarrt in die Keuschheitspredigt.

Die heranwachsende Jugend muß den Drang nach Reinheit erlebt haben. Die drei aber tun des Guten zuviel und verlieren darüber den Verstand.

Wie schrecklich sonderbar diese Kinder sind! Die Sinnlichkeit, die sie so erregt, nennen sie aus irgendwelchen

Gründen »abgeschmackt«, und sie benutzen diesen Ausdruck passend und auch unpassend. Eine sehr schlechte Wortwahl! »Abgeschmackt« waren für sie sowohl die Stimme des Instinkts als auch die pornographische Literatur, die Ausbeutung der Frau und nachgerade die ganze Welt des Geschlechtslebens. Rot und blaß werden sie, wenn sie dieses Wort aussprechen!

Wenn ich ständig in Moskau wäre, dachte Wedenjapin, würde ich sie nicht so weit gehen lassen. Scham muß sein, aber in gewissen Grenzen...

»Ah, Nil Feoktistowitsch, herzlich willkommen«, rief er und ging seinem Besucher entgegen.

10

Herein kam ein dicker Mann in einem langen grauen Hemd, um das ein breiter Riemen geschlungen war. Er trug Filzstiefel, und die Hosenbeine bauschten sich über den Knien. Er machte den Eindruck eines gutmütigen Mannes, der in den Wolken schwebt. Auf seiner Nase saß ein bösartig hüpfender kleiner Kneifer an einem breiten schwarzen Band.

Er legte in der Diele ab, behielt jedoch den Schal um, dessen Ende über den Fußboden schleifte, und nahm auch den runden Filzhut mit hinein. Diese Gegenstände behinderten ihn in seinen Bewegungen, er konnte dem Hausherrn nicht die Hand drücken und war nicht einmal in der Lage, ihn mit Worten zu begrüßen.

»Äh ... hm«, brummte er verwirrt und blickte in sämtliche Winkel.

»Legen Sie's hin, wo Sie wollen«, sagte Wedenjapin und gab damit seinem Besucher die Sprache und die Selbstbeherrschung zurück.

Der Mann war ein Anhänger Tolstois, in dessen Kopf

die Gedanken des ruhelosen Genies eine lange und ungetrübte Erholung genossen und rettungslos verflachten.

Wywolotschnow war gekommen, um Wedenjapin einzuladen, in irgendeiner Schule für die politischen Verbannten zu sprechen.

»Ich habe dort schon gesprochen.«

»Zugunsten der Politischen?«

»Ja.«

»Tun Sie's noch einmal.«

Wedenjapin sträubte sich zunächst und willigte schließlich ein.

Damit war der Anlaß des Besuchs erledigt. Wedenjapin mochte seinen Besucher nicht zurückhalten. Der hätte aufstehen und gehen können. Doch Wywolotschnow empfand es als unschicklich, gleich wieder zu verschwinden. Er fühlte sich verpflichtet, zum Abschied noch etwas Lebendiges, Ungezwungenes zu sagen. So kam es zu einem verkrampften, unangenehmen Gespräch.

»Sie widmen sich der Dekadenz? Beschäftigen sich mit Mystik?«

»Warum sollte ich?«

»Sie sind verloren. Erinnern Sie sich an die Zeit im Semstwo?«

»Gewiß. Wir haben bei den Wahlen zusammengearbeitet.«

»Wir haben für Dorfschulen und Lehrerseminare gekämpft. Wissen Sie noch?«

»Gewiß. Es waren heiße Kämpfe. Sie haben später wohl in der Volksgesundheit und bei der öffentlichen Fürsorge gewirkt, nicht wahr?«

»Ja, eine Zeitlang.«

»Tja. Und jetzt diese Faune und Nénufars, Epheben und ›Seien wir der Sonne gleich‹. Und wenn Sie mich totschlagen, ich kann es nicht glauben. Ein so kluger Mann mit Sinn für Humor, der zudem das Volk gut kennt... Lassen Sie davon ab, bitte... Oder dringe ich vielleicht... Ist es etwas Geheimes?«

»Sie reden einfach daher, ohne nachzudenken, warum? Worüber streiten wir eigentlich? Sie kennen doch meine Gedanken gar nicht.«

»Rußland braucht Schulen und Krankenhäuser, nicht Faune und Nénufars.«

»Niemand bestreitet das.«

»Der Mushik hat nichts auf dem Leib und quillt auf vor Hunger...«

In solchen Sprüngen ging das Gespräch weiter. Wedenjapin, obwohl er um die Sinnlosigkeit solcher Versuche wußte, erklärte, was er mit einigen Schriftstellern des Symbolismus gemeinsam hatte, und kam dann auf Tolstoi zu sprechen.

»Bis zu einem bestimmten Punkt bin ich Ihrer Meinung. Aber Tolstoi sagt, je mehr sich ein Mensch der Schönheit ergebe, desto weiter entferne er sich vom Guten.«

»Und Sie meinen, es wäre umgekehrt? Die Welt würde gerettet von Schönheit, von Mysterien und ähnlichem, von Rosanow und Dostojewski?«

»Einen Moment, ich sage Ihnen, was ich denke. Ich denke, wenn man das im Menschen schlummernde Tier nur mit angedrohten Strafen im Kittchen oder im Jenseits niederhalten könnte, wäre das höchste Sinnbild der Menschheit der Zirkusdompteur mit der Peitsche und nicht der sich aufopfernde Prediger. Aber den Menschen hat jahrhundertelang eben nicht der Knüppel über das Tier erhoben und vorangebracht, sondern die Musik: die Unwiderstehlichkeit der waffenlosen Wahrheit, die Anziehungskraft ihres Beispiels. Bis heute hat man geglaubt, das Wichtigste im Evangelium wären die sittlichen Sprüche und die in den Geboten festgelegten Regeln, für mich aber ist die Hauptsache, daß Christus in Gleichnissen aus dem täglichen Leben spricht, wenn er die Wahrheit im Licht der Alltäglichkeit erläutert. Dem liegt der Gedanke zugrunde, daß der Umgang zwischen Sterblichen unsterblich ist und das Leben symbolisch, weil voller Bedeutung.«

»Ich verstehe kein Wort. Sie sollten ein Buch darüber schreiben.«

Nachdem Wywolotschnow gegangen war, überkam Wedenjapin eine fürchterliche Gereiztheit. Er war sich selber böse, daß er diesem Holzkopf einen Teil seiner geheimen Gedanken ausgeplaudert hatte, ohne auch nur den geringsten Eindruck auf ihn zu machen. Wie es manchmal so ist, wechselte sein Ärger auf einmal. Er vergaß Wywolotschnow völlig, als wäre der nie dagewesen. Eine andere Begebenheit fiel ihm ein. Er führte kein Tagebuch, doch ein- oder zweimal im Jahr notierte er in einem dicken Heft Gedanken, die ihn besonders bewegt hatten. Er holte das Heft hervor und schrieb mit großen deutlichen Buchstaben. Dies ist es, was er schrieb.

»Ich habe mich den ganzen Tag über diese dumme Schlesinger geärgert. Am Morgen kommt sie herein, setzt sich bis zum Mittag fest und langweilt mich geschlagene zwei Stunden mit dem Vorlesen von lauter Blödsinn. Der Gedichttext des Symbolisten A. für die kosmogonische Symphonie des Komponisten B. mit überirdischen Geistern, Stimmen der vier Elemente und so weiter und so fort. Ich habe es lange ausgehalten, dann konnte ich nicht mehr und habe sie angefleht zu gehen.

Auf einmal begriff ich, warum das so mörderisch falsch und unerträglich ist, sogar im ›Faust‹. Das Interesse daran ist gespielt, verlogen. Der moderne Mensch will das nicht. Wenn ihn die Rätsel des Weltalls plagen, beschäftigt er sich mit Physik und nicht mit Hesiods Hexametern.

Aber es geht nicht nur darum, daß diese Formen veraltet, anachronistisch sind. Es geht nicht darum, daß diese Feuer- und Wassergeister all das wieder trüben und verwirren, was die Wissenschaft geklärt und entwirrt hat. Es geht darum, daß dieses Genre dem Geist der gegenwärtigen Kunst, ihrem Wesen, ihren Beweggründen zuwiderlauft.

Diese Kosmogonien waren ganz natürlich in der alten Welt, die vom Menschen so spärlich besiedelt war, daß er die Natur noch nicht verstellte. Mammuts zogen herum, und die Erinnerung an Drachen und Dinosaurier war noch frisch. Die Natur war dem Menschen so greifbar nahe, sprang ihm so raubtierhaft und spürbar ins Genick, daß alles vielleicht wirklich noch voller Götter war. Es waren die ersten Seiten in der Chronik der Menschheit, ihr allererster Anfang.

Diese alte Welt fand in Rom durch Übervölkerung ein Ende.

Rom war ein Trödelmarkt von entliehenen Göttern und eroberten Völkern, ein Gedränge auf zwei Ebenen, auf der Erde und im Himmel, war dreifach in sich verknotete Gemeinheit, wie eine Darmverschlingung. Daker, Eruler, Skythen, Sarmaten, Hyperboreer, schwere Räder ohne Speichen, in Fett gebettete Augen, Sodomie, Doppelkinne, Verfütterung gebildeter Sklaven an Fische, analphabetische Imperatoren. Es waren mehr Menschen auf der Welt als irgendwann später, sie erdrückten sich gegenseitig in den Gängen des Kolosseums, und sie litten.

Und in diese Anhäufung marmorner und goldener Geschmacklosigkeit kam der leichtfüßige und von Glanz umhüllte, betont menschliche, absichtlich provinzielle Galiläer, und von diesem Moment an hörten Völker und Götter auf zu sein, und es begann der Mensch, der Mensch als Zimmermann, der Mensch als Pflüger, der Mensch als Hirt inmitten seiner Schafherde bei Sonnenuntergang, der Mensch, der keineswegs stolz klingt, der Mensch, der dankbar gefeiert wird in sämtlichen Wiegenliedern der Mütter und auf den Gemälden aller Galerien der Welt.«

11

Die Petrowskije-Linien wirkten wie ein Petersburger Winkel in Moskau. Zueinander passende Gebäude auf beiden Seiten der Straße, geschmackvolle Stuckfassaden, eine Buchhandlung, eine Lesestube, ein kartographisches Institut, ein sehr anständiger Tabakladen, ein sehr anständiges Restaurant, davor Gaslaternen mit Mattglaskugeln auf massiven Konsolen.

Im Winter wirkte diese Gegend finster und unzugänglich. Hier wohnten seriöse Freiberufler, die auf sich hielten und gut verdienten.

In einer luxuriösen Junggesellenwohnung im ersten Stock, zu dem eine breite Treppe mit breitem Eichengeländer hinaufführte, wohnte Viktor Komarowski. Seine Wirtschafterin Emma Ernestowna kümmerte sich fürsorglich um alles und mischte sich dennoch in nichts ein, sie war die Kastellanin seiner stillen Einsamkeit und führte ihm unhörbar und unsichtbar den Haushalt. Er lohnte es ihr mit ritterlicher Dankbarkeit, wie sie ganz natürlich ist bei solch einem Gentleman, und er duldete keine Gäste oder Besucherinnen, die nicht in ihre harmlose Altjungfernwelt paßten. In der Wohnung herrschte die Ruhe eines Mönchsklosters – herabgelassene Vorhänge, kein Stäubchen, kein Fleckchen, wie in einem Operationssaal.

Komarowski hatte die Gewohnheit, an den Sonntagen vor dem Mittagessen mit seiner Bulldogge durch die Petrowka und den Kusnezki Most zu flanieren. An einer Ecke schloß sich ihm gewöhnlich der Schauspieler und Kartenspieler Konstantin Satanidi an.

Gemeinsam polierten sie die Bürgersteige und wechselten Witze und Bemerkungen, die so kurz und unbedeutend und von solcher Verachtung für alles auf der Welt erfüllt waren, daß sie statt der Worte auch einfache Brummtöne hätten ausstoßen können, nur um die beiden Bürgersteige des Kusnezki Most mit ihren lauten, schamlos keuchenden und gleichsam an ihrer eigenen Vibration würgenden Bässen zu erfüllen.

12

Das Wetter kämpfte gegen seine Schwäche. »Dip-dip-dip«, tropfte es auf das Blech der Simse und Regenrinnen. Die Dächer hielten gleichsam Zwiesprache wie im Frühling. Es taute.

Sie war während des ganzen Weges wie von Sinnen, und erst zu Hause begriff sie, was geschehen war.

Im Haus schlief alles. Wieder fiel sie in Erstarrung, und in diesem Zustand ließ sie sich vor dem Toilettentischchen ihrer Mutter nieder, angetan mit dem hellfliederblauen, fast weißen Kleid mit dem Spitzenbesatz und dem langen Schleier, das sie sich für diesen Abend aus der Schneiderei geholt hatte, als wollte sie zu einem Maskenball. So saß sie vor ihrem Spiegelbild und sah nichts. Dann legte sie die gekreuzten Arme auf das Tischchen und ließ den Kopf darauf sinken.

Wenn ihre Mutter das erfuhr, brachte sie sie um. Zuerst sie und dann sich.

Wie war das geschehen? Wie hatte das geschehen können? Darüber hätte sie vorher nachdenken sollen. Jetzt war es zu spät.

Jetzt war sie, wie es so schön hieß, eine Gefallene. Sie glich einer Frau aus einem französischen Roman, und morgen würde sie ins Gymnasium gehen und dort in der Bank sitzen mit den kleinen Mädchen, die im Vergleich zu ihr noch Säuglinge waren. Herrgott, Herrgott, wie konnte das geschehen!

Irgendwann einmal, in vielen, vielen Jahren, wenn das möglich wäre, würde Lara es Olja Djomina erzählen.

Olja würde ihren Kopf in die Arme nehmen und losheulen.

Vor dem Fenster flüsterten die Tropfen, plapperte das Tauwetter. Draußen hämmerte jemand gegen die Haustür der Nachbarn. Lara hob nicht den Kopf. Ihre Schultern bebten. Sie weinte.

13

»Ach, Emma Ernestowna, meine Liebe, das ist doch unwichtig. Ich mag nicht mehr.«

Er warf irgendwelche Gegenstände, Manschetten und Vorhemden, auf den Teppich und das Sofa, zog Kommodenschubladen auf und schob sie wieder hinein, ohne zu wissen, was er suchte.

Er hatte großes Verlangen nach ihr, aber sie an diesem Sonntag zu sehen war nicht möglich. Er hastete durchs Zimmer wie ein eingesperrtes Tier und wußte nicht, wohin mit sich.

Sie war einzigartig in ihrem beseelten Liebreiz. Ihre Hände beeindruckten ihn sehr, wie eine hohe Denkungsart. Ihr Schatten auf den Tapeten des Zimmers dünkte ihn die Silhouette ihrer Unverdorbenheit. Das Hemd umschloß ihre Brust straff und einfältig wie eine auf den Stickrahmen gespannte Leinwand.

Komarowski trommelte mit den Fingern gegen die Fensterscheibe, im gleichen Takt wie die Pferde, die unten gemächlich über den Asphalt zockelten. »Lara«, flüsterte er und schloß die Augen, und in Gedanken hatte er ihren Kopf in den Händen, den Kopf des Mädchens, das mit gesenkten Wimpern schlief und nicht wußte, daß schlaflose Augen sie stundenlang unverwandt ansahen. Ihre unordentlich über das Kissen gebreiteten Haare bissen mit dem Rauch ihrer Schönheit in seine Augen und drangen ihm in die Seele.

Sein Sonntagsspaziergang fiel aus. Er ging mit Jack ein paar Schritte auf dem Bürgersteig und blieb stehen. Er dachte an den Kusnezki Most, an Satanidis Scherze und an den Gegenstrom der Bekannten. Nein, das überstieg seine Kräfte! Wie er das alles satt hatte! Er kehrte um. Der Hund wunderte sich, sah ihn von unten herauf mißbilligend an und trottete widerwillig zurück.

Ich bin wie besessen! dachte er. Was hat das zu bedeuten? Was ist das, erwachtes Gewissen, Mitleid oder Reue? Oder ist es Angst? Nein, er wußte ja, daß sie zu Hause und in Sicherheit war. Warum ging sie ihm dann nicht aus dem Kopf!

Komarowski betrat das Haus, stieg die Treppe hinauf bis zum Absatz und umrundete ihn. Hier gab es ein venezianisches Fenster mit Wappenornamenten in den Ecken der Scheibe. Bunte Lichtflecke fielen auf den Fußboden und das Fensterbrett. Auf halber Treppe blieb Komarowski stehen.

Er durfte sich dieser zermürbenden, zehrenden Sehnsucht nicht unterwerfen! Er war kein Junge mehr, er mußte wissen, was aus ihm würde, wenn dieses kleine Mädchen, die Tochter seines toten Freundes, dieses Kind, nicht mehr Mittel der Zerstreuung für ihn wäre, sondern Gegenstand seines Wahnsinns. Er mußte sich besinnen! Er mußte sich treu bleiben, durfte seine Gewohnheiten nicht ändern. Sonst endete alles in einer Katastrophe.

Komarowski umklammerte mit der Hand das breite Geländer, daß ihm die Finger schmerzten, schloß für einen Moment die Augen, machte dann entschlossen kehrt und stieg wieder hinunter. Auf dem Treppenabsatz mit den Lichtflecken fing er den vergötternden Blick der Bulldogge auf. Jack sah ihn mit erhobenem Kopf von unten her an wie ein sabbernder alter Zwerg mit Hängebakken. Der Hund mochte Lara nicht, er hatte ihr schon die Strümpfe zerrissen, sie angeknurrt und die Zähne gefletscht. Er war eifersüchtig auf Lara, als hätte er Angst, sie könnte sein Herrchen mit etwas Menschlichem infizieren.

»Ach, so ist das! Du meinst, alles wäre beim alten, Satanidi, Ferkeleien, Witze? Ich will's dir zeigen, da hast du, da!«

Er bearbeitete die Bulldogge mit dem Spazierstock und traktierte sie mit Fußtritten. Jack riß sich los, heulte und winselte und humpelte mit wackelndem Hinterteil treppauf, um an der Tür zu kratzen und Emma Ernestowna sein Leid zu klagen.

Tage und Wochen vergingen.

14

Was war das für ein Teufelskreis! Wenn Komarowski, als er in ihr Leben trat, nur Abscheu in Lara geweckt hätte, würde sie aufbegehrt und sich gelöst haben. Aber so einfach war es nicht.

Es schmeichelte dem Mädchen, daß der schöne, schon grau werdende Mann, der ihr Vater hätte sein können, dem Versammlungen applaudierten und über den die Zeitungen schrieben, Geld und Zeit für sie aufwandte, sie seine Göttin nannte, sie ins Theater und ins Konzert mitnahm und sie, wie es so schön hieß, »geistig entwickelte«.

Schließlich war sie noch nicht erwachsen, eine Gymnasiastin im braunen Kleid, insgeheim beteiligt an harmlosen Schülerstreichen und -komplotten. Komarowskis Handgreiflichkeiten irgendwo in der Droschke vor der Nase des Kutschers oder in der stillen Loge vor den Augen des ganzen Theaters waren so unverhohlen dreist, daß es sie fesselte und das in ihr erwachte Teufelchen zur Nachahmung reizte.

Aber dieser schülerhafte Wagemut verging rasch. Quälende Niedergeschlagenheit und Entsetzen vor sich selbst bemächtigten sich ihrer für lange Zeit. Sie hätte immerzu schlafen können. Das machten die schlaflosen Nächte, die Tränen, der ewige Kopfschmerz, die Schule und die allgemeine physische Müdigkeit.

15

Er war ihr Fluch, sie haßte ihn. Dieser Gedanke beschäftigte sie täglich neu.

Sie war fürs ganze Leben seine Gefangene. Womit hatte er sie hörig gemacht? Womit erpreßte er ihre Fügsamkeit, so daß sie sich ihm auslieferte, seine Wünsche erfüllte und ihn mit dem Zittern ihrer ungeschminkten Schande ergötzte? Mit seinem Alter, der finanziellen Abhängigkeit ihrer Mutter von ihm, mit seiner gekonnten Einschüchterung? Nein, nein und nein, das war alles Unsinn.

Nicht sie war ihm unterlegen, sondern er ihr. Als ob sie nicht sah, wie er sich nach ihr sehnte! Sie hatte nichts zu fürchten, ihr Gewissen war rein. Scham und Angst mußte er empfinden bei dem Gedanken, sie könnte ihn preisgeben. Aber das war's ja gerade, sie würde es nie tun. Dazu fehlte es ihr an Niedertracht, der wichtigsten Waffe Komarowskis im Umgang mit Schwachen und Abhängigen.

Darin lag der Unterschied zwischen ihnen. Das machte das Leben so schrecklich. Womit würde es zuschlagen, mit Blitz und Donner? Nein, mit scheelen Blicken und getuschelten Verleumdungen. Es war erfüllt von Hintergedanken und Zweideutigkeiten. Ein einzelner Faden in einem Spinnennetz – man zog daran, und es war verschwunden, aber versuchte man, sich aus dem Netz zu befreien, so verwickelte man sich nur immer mehr.

Der Schwache, Niederträchtige triumphiert über den Starken.

16

Sie sagte sich: Und wenn sie verheiratet wären? Würde das einen Unterschied machen? Sie betrat den Weg der Sophismen. Aber manchmal litt sie an auswegloser Schwermut.

Daß er sich nicht schämte, ihr zu Füßen zu liegen und sie anzuflehen: »So kann es nicht weitergehen. Überlege doch, was ich mit dir gemacht habe. Du bist auf die schiefe Bahn geraten. Laß uns der Mutter alles erzählen. Ich werde dich heiraten.«

Er weinte und beharrte, als sträubte sie sich, wäre dagegen. Aber das waren alles nur Phrasen, und sie hörte gar nicht mehr auf das dramatische Geschwätz.

Nach wie vor führte er die tiefverschleierte Lara in die Séparées des entsetzlichen Restaurants, wo Gäste und Kellner sie mit ihren Blicken gleichsam entkleideten. Sie fragte sich nur: Bedeutet Liebe etwa, den anderen zu erniedrigen?

Eines Nachts hatte sie einen Traum. Sie liegt unter der Erde, und von ihr sind nur die linke Seite mit der Schulter und der rechte Fuß übrig. Aus ihrer linken Brustwarze wächst ein Büschel Gras, und über der Erde wird gesungen »Schwarze Augen, weiße Brüste« und »Mascha darf nicht übern Fluß«.

17

Lara war nicht religiös. Sie hielt nichts von der Liturgie. Um aber das Leben ertragen zu können, verlangte es sie manchmal danach, von einer inneren Musik begleitet zu werden. Diese Musik konnte sie nicht jedesmal selber schaffen. Sie fand sie in Gottes Wort über das Leben, und um darüber zu weinen, lief sie gelegentlich in die Kirche.

Einmal, Anfang Dezember, als es Lara schwer ums

Herz war wie Katerina im »Gewitter«, ging sie beten mit dem Gefühl, die Erde werde sich jetzt gleich unter ihr auftun, und die Kirchengewölbe würden einstürzen. Dann wäre alles zu Ende. Schade nur, daß sie Olja Djomina mitgenommen hatte, dieses Schnattermaul.

»Prow Afanassjewitsch«, flüsterte Olja ihr ins Ohr.

»Pst. Hör bitte auf. Wer ist Prow Afanassjewitsch?«

»Prow Afanassjewitsch Sokolow. Ein entfernter Onkel. Der da spricht.«

»Ach, der Psalmenleser. Er ist mit den Tiwersins verwandt. Pst. Sei still. Stör mich bitte nicht.«

Sie waren zu Beginn des Gottesdienstes gekommen. Es wurde der Psalm gesungen: »Lobe den Herrn, meine Seele, und was in mir ist seinen heiligen Namen!«

Es waren kaum Menschen in der hallenden Kirche. Nur ganz vorn drängten sich Betende zusammen. Die Kirche war ein Neubau. Ihre farblosen Glasfenster waren kein Schmuck für die verschneite graue Gasse und für die Passanten, die sie zu Fuß oder im Wagen durcheilten. An einem Fenster stand der Kirchenälteste und machte ohne Rücksicht auf den Gottesdienst mit lauter Stimme, die durch die Kirche schallte, einer tauben, geisteskranken, zerlumpten Frau Vorhaltungen, und seine Stimme war von ebenso amtlicher Alltäglichkeit wie das Fenster und die Gasse.

Während Lara langsam um die Betenden herumging und sich, Kupfermünzen in der Hand, zur Tür begab, um für sich und Olja Kerzen zu kaufen, und ebenso vorsichtig, um niemand anzustoßen, zurückkehrte, hatte Prow Sokolow die neun Seligpreisungen heruntergerattert wie etwas, was auch ohne ihn allen bestens bekannt war.

Selig sind, die da geistlich arm sind... Selig sind, die da Leid tragen... Selig sind, die da hungert und dürstet nach der Gerechtigkeit...

Lara zuckte zusammen und blieb stehen. Das galt ihr.

Er sagt: Beneidenswert ist das Los der Getretenen. Sie haben etwas von sich zu erzählen. Sie haben alles noch vor sich. So glaubt er. Es ist Christi Meinung.

18

Es waren die Tage von Presnja. Sie befanden sich im Aufstandsgebiet. Ein paar Schritte von ihnen, in der Twerskaja, wurde eine Barrikade errichtet. Sie konnten sie vom Schlafzimmer aus sehen. Von ihrem Hof wurde eimerweise Wasser geholt, um die Barrikade zu begießen, damit Steine und Schutt zu einem eisigen Panzer zusammenfroren.

Auf dem Nachbarhof befand sich die Sammelstelle für die Kämpfenden, dort gab es ärztliche Versorgung und Proviant.

Zwei Jungen gingen dorthin. Lara kannten sie beide. Der eine war Nika Dudorow, der Freund von Nadja, Lara hatte ihn bei ihr kennengelernt. Er war von Laras Wesensart – geradlinig, stolz und schweigsam. Darum interessierte er sie nicht.

Der andere war der Realschüler Antipow, der bei Marfa Tiwersina, Olja Djominas Großmutter, lebte. Während der Besuche bei der alten Dame merkte Lara allmählich, was für eine Wirkung sie auf den Jungen hatte. Pawluscha Antipow war noch so jungenhaft naiv, daß er nicht verbarg, welche Seligkeit ihm ihre Besuche bereiteten, als wäre Lara ein Birkenwäldchen zur Ferienzeit mit frischem Gras und Wolken und als könnte er seine kindliche Begeisterung für sie ungehindert zeigen, ohne Furcht, dafür verlacht zu werden.

Kaum war Lara bewußt, welchen Einfluß sie auf ihn hatte, begann sie ihn unbewußt auszunutzen. Der ernsthaften Formung seines sanften, nachgiebigen Charakters widmete sie sich später mehrere Jahre in der Zeit ihrer Freundschaft, als er schon wußte, wie sehr er sie liebte und daß er im Leben nie mehr von ihr loskam.

Die Jungen spielten ein schreckliches Spiel, ein Spiel der Erwachsenen, sie spielten Krieg, und es war ein Krieg, bei dem man für die Teilnahme aufgehängt und verbannt werden konnte. Aber die Enden ihrer Baschlyks waren hinten so verknotet, daß es sie als Kinder kenntlich machte und zeigte, daß sie noch Eltern hatten. Lara sah sie an, wie eine Große Kleine ansieht. Deren gefährliche Vergnügen hatten einen Anflug von Harmlosigkeit. Der gleiche Eindruck teilte sich allem übrigen mit. Dem frostigen Abend, der mit so zottigem Reif bewachsen war, daß er infolge der Dunkelheit nicht weiß, sondern schwarz wirkte. Dem blauen Hof. Dem Haus gegenüber, in dem die Jungen eben verschwanden. Und vor allem den Revolverschüssen, die fortwährend dort knallten. Die Jungen schießen, dachte Lara. Das bezog sich nicht auf Nika und Pawluscha, sondern auf die ganze schießende Stadt. Gute, ehrliche Jungen, dachte sie. Sie sind gut, deshalb schießen sie.

19

Sie erfuhren, daß die Barrikade mit Kanonen beschossen werden sollte und ihr Haus daher in Gefahr war. An einen Umzug zu Bekannten in einem anderen Teil von Moskau zu denken war es zu spät, der Bezirk war umstellt. Sie mußten sich einen Winkel innerhalb dieser Einkreisung suchen. Da fiel ihnen das »Tschernogorija« ein.

Es zeigte sich, daß sie nicht die ersten waren. In dem Hotel war alles besetzt. Viele befanden sich in der gleichen Lage. Da man sich ihrer erinnerte, versprach man ihnen, sie in der Wäschekammer unterzubringen.

Sie packten das Notwendigste in drei Bündel, um nicht

durch Koffer aufzufallen, und verschoben den Umzug ins Hotel immer wieder auf den nächsten Tag.

Wegen der patriarchalischen Sitten, die in der Schneiderei herrschten, wurde hier trotz des Streiks bis zuletzt gearbeitet. Aber eines Tages in der kalten, öden Dämmerstunde klingelte es an der Haustür. Ein Mann trat ein, stellte Forderungen, erhob Vorwürfe, wollte die Prinzipalin sprechen. Faina Fetissowa kam in das Vorzimmer, um die Wogen zu glätten.

»Kommt hierher, Mädels!« rief sie und stellte die Schneiderinnen der Reihe nach dem Ankömmling vor.

Er begrüßte jede einzelne mit Handschlag, linkisch und gefühlvoll, und ging, nachdem er mit Faina Fetissowa eine Absprache getroffen hatte.

In die Werkstatt zurückgekehrt, wickelten sich die Schneiderinnen ihre Schals um und fuhren mit erhobenen Armen in ihre leichten Pelzmäntel.

»Was ist los?« fragte Amalia Guichard, die eben hereinkam.

»Wir müssen gehen, Madame. Wir streiken.«

»Habe ich etwa... Was habe ich euch Böses getan?« Madame Guichard brach in Tränen aus.

»Seien Sie uns nicht böse, Amalia Karlowna. Wir haben nichts gegen Sie, wir sind Ihnen sehr dankbar. Es geht nicht um Sie und um uns. Das betrifft jetzt alle, die ganze Welt. Sollen wir uns dagegenstellen?«

Sie gingen alle, selbst Olja Djomina und Faina Fetissowa, die der Prinzipalin beim Abschied zuflüsterte, sie habe diesen Streik für die Firma und die Chefin inszeniert. Aber diese sah es nicht ein.

»Welch schwarzer Undank! Wie man sich doch in den Menschen irren kann! Das Mädchen, dem ich so zugetan war! Na gut, sie ist noch ein Kind. Aber auch die alte Hexe.«

»Verstehen Sie doch, Mutter, die können nicht Ihretwegen eine Ausnahme machen«, sagte Lara tröstend. »Niemand hegt einen Groll gegen Sie. Im Gegenteil. Alles, was jetzt geschieht, geschieht im Namen des Menschen, zum Schutz der Schwachen, zum Wohl der Frauen und Kinder. Ja, ja, schütteln Sie nicht so ungläubig den Kopf. Irgendwann wird es uns beiden dadurch besser gehen.«

Aber die Mutter begriff es nicht.

»So ist es immer«, sagte sie schluchzend. »Mir ist ohnehin schon wirr im Kopf, und da redest du ein Zeug, daß man sich nur wundern kann. Mir schmeißen sie Dreck an den Kopf, und das soll in meinem Interesse sein. Nein, ich bin bestimmt schon verrückt geworden.«

Rodion war im Kadettenkorps. Lara und ihre Mutter gingen allein durchs leere Haus. Die unbeleuchtete Straße blickte mit hohlen Augen in die Zimmer. Die Zimmer antworteten mit ebensolchen Blicken.

»Gehen wir ins Hotel, Mutter, ehe es ganz dunkel ist. Hören Sie, Mutter? Ohne Aufschub, jetzt gleich.«

»Filat, Filat«, riefen sie den Hausmeister. »Filat, mein Bester, begleite uns ins ›Tschernogorija‹.«

»Sehr wohl, gnädige Frau.«

»Nimm die Bündel, und noch was, Filat, hab hier ein Auge auf alles, solange die Geschichte dauert. Vergiß auch nicht, Kirill Modestowitsch Körner und Wasser zu geben. Und alles schön abschließen. Ja, und komm uns öfter mal besuchen.«

»Sehr wohl, gnädige Frau.«

»Danke, Filat. Christus beschütze dich. Wir wollen uns noch einen Moment setzen zum Abschied, und dann mit Gott.«

Sie gingen auf die Straße und erkannten, wie nach langer Krankheit, die Luft nicht wieder. Durch den wunderbaren, frostklaren Raum rollten nach allen Seiten runde, wie gedrechselte glatte Laute. Schmatzend, platschend, schlappend zerschlugen Schüsse und Salven die Fernen in Stücke.

Wie Filat sie auch vom Gegenteil zu überzeugen versuchte, Lara und ihre Mutter glaubten, da würde mit Platzpatronen geschossen.

»Filat, du bist ein Dummkopf. Sag doch selber, es müssen Platzpatronen sein, man sieht ja keinen schießen. Was glaubst du denn, wer da schießt, der Heilige Geist? Natürlich sind es Platzpatronen.«

Auf einer Kreuzung wurden sie von einer Wachpatrouille angehalten. Kosaken durchsuchten sie, betatschten sie von unten bis oben, grienten. Ihre Mützen mit Riemen waren verwegen aufs Ohr geschoben. Dadurch wirkten alle wie einäugig.

Was für ein Glück! dachte Lara. Sie würde Komarowski nicht sehen, solange sie von der übrigen Stadt abgeschnitten waren! Mit Rücksicht auf die Mutter durfte sie nicht mit ihm brechen. Sie konnte ja nicht gut sagen: Mutter, empfangen Sie ihn nicht mehr. Dann käme alles heraus. Na und? Was hatte sie zu fürchten? Ach Gott, mochte doch alles zugrunde gehen, wenn nur Schluß war. Herrgott, Herrgott, Herrgott! Gleich würde sie vor Abscheu mitten auf der Straße in Ohnmacht fallen. Warum dachte sie jetzt an dieses gräßliche Bild mit dem dicken Römer in dem ersten Séparée, wo alles angefangen hatte? »Frau oder Vase«. Aber ja doch. Natürlich. Ein bekanntes Bild. »Frau oder Vase«. Damals war sie noch keine Frau und konnte sich mit dieser Kostbarkeit nicht vergleichen. Das kam später. Der Tisch war so üppig gedeckt!

»Warum läufst du wie verrückt? Ich komme nicht nach«, sagte ihre Mutter hinter ihr, weinend, schwer atmend, sie schaffte es kaum.

Lara ging schnell. Irgendeine Kraft trug sie, als schritte sie durch die Luft, eine stolze, beseelende Kraft.

Wie feurig die Schüsse knallen, dachte sie. Selig sind

die Geschmähten, selig sind die Betrogenen. Gott schenke euch Gesundheit, ihr Schüsse, ihr denkt ja wie ich!

20

Das Haus der Brüder Gromeko befand sich an der Ecke einer Seitengasse des Siwzew Wrashek. Alexander und Nikolai Gromeko waren Chemieprofessoren, der erste in der Petrowskaja-Akademie, der zweite an der Universität. Nikolai war Junggeselle, Alexander verheiratet mit Anna Iwanowna, geborene Krüger, der Tochter eines Fabrikanten, Eisenhüttenbesitzers und Eigentümers stillgelegter Bergwerke in einem ihm gehörenden riesigen Waldgebiet nahe Jurjatin im Ural.

Das Haus war zweigeschossig. Oben befanden sich die Schlafräume, das Klassenzimmer, Alexander Gromekos Arbeitszimmer und Bibliothek, Anna Iwanownas Boudoir und die Zimmer von Tonja und Jura. Unten waren die Empfangsräume. Durch die pistaziengrünen Gardinen, den spiegelblanken Deckel des Konzertflügels, das Aquarium, die olivfarbenen Möbel und die Zimmergewächse, die an Wasserpflanzen erinnerten, erweckte das Erdgeschoß den Eindruck eines schläfrig wogenden grünen Meeresgrundes.

Die Gromekos waren hochgebildet, gastfreundlich und große Kenner und Liebhaber der Musik. Sie gaben Gesellschaften und veranstalteten Kammermusikabende, auf denen Klaviertrios, Violinsonaten und Streichquartette gespielt wurden.

Im Januar neunzehnhundertsechs, kurz nach der Abreise Nikolai Wedenjapins ins Ausland, sollte im Hause wieder ein Kammerkonzert stattfinden. Im Programm standen eine neue Violinsonate eines Schülers von Tanejew und ein Trio von Tschaikowski.

Die Zurüstungen begannen schon einen Tag vorher. Möbel wurden gerückt, um den Saal frei zu machen. In einer Ecke schlug der Klavierstimmer immer wieder ein und denselben Ton an und ließ die Hand in perlenden Arpeggios über die Tasten laufen. In der Küche wurde Geflügel gerupft, Grünzeug geputzt und Senf in provencalisches Öl gerieben für die Soßen und Salate.

Schon am Morgen kam Schura Schlesinger, Anna Iwanownas Busenfreundin und Vertraute, und fiel allen auf die Nerven.

Schura Schlesinger war eine hochgewachsene hagere Frau mit regelmäßigen, etwas männlichen Gesichtszügen, die ein wenig an den Zaren erinnerten, besonders wenn sie ihre graue Persianermütze schief trug, die sie auch im Hause aufbehielt, nur daß sie den an ihr festgesteckten Schleier leicht anhob.

Wenn die beiden Frauen mißgestimmt waren und Sorgen hatten, brachte ihnen ein Gespräch gegenseitig Erleichterung. Diese bestand darin, daß sie einander immer giftigere Sticheleien sagten. Es kam jedesmal zu einer stürmischen Szene, die jedoch bald mit Tränen und Versöhnung endete. Die regelmäßigen Zankereien wirkten auf beide beruhigend wie Blutegel bei Bluthochdruck.

Schura war ein paarmal verheiratet gewesen, aber sie hatte ihre Männer gleich nach der Scheidung vergessen und ihnen ohnehin so wenig Bedeutung beigemessen, daß sie in all ihren Gepflogenheiten die kühle Selbständigkeit der alleinstehenden Frau beibehielt.

Sie war Theosophin, wußte aber auch über die orthodoxe Liturgie so gut Bescheid, daß sie es sich sogar toute transportée, im Zustand völliger Extase, nicht verkneifen konnte, den Geistlichen zu soufflieren, was sie zu sagen oder zu singen hätten. »Erhöre mich, Herr«, »der du bist zu allen Zeiten«, »Die redlichen Cherubim«, all dies brachte ihr heiseres Organ fortwährend hastig hervor.

Schura wußte auch in Mathematik und indischen Geheimlehren Bescheid, wußte die Adressen der bedeutendsten Professoren am Moskauer Konservatorium, wußte, wer mit wem lebte – du lieber Gott, was sie nicht alles wußte! Darum wurde sie bei ernsthaften Wechselfällen des Lebens als Schlichterin und Schiedsrichterin hinzugezogen.

Zur festgesetzten Stunde trafen die Gäste ein: Adelaida Filippowna, die Hinzens, die Fufkows, Herr und Frau Bassurman, die Wershizkis, Oberst Kawkaszew. Es schneite, und wenn die Haustür geöffnet wurde, fegte die Luft wirr vorüber, erfüllt von den Knötchen der großen und kleinen Schneeflocken. Die Männer trugen hohe Stiefel, die ihnen um die Beine schlappten, und zeigten sich durch die Bank als zerstreute und linkische Tölpel, ihre vom Frost erfrischten Frauen im Pelzmantel hingegen, die beiden oberen Knöpfe offen und mit nach hinten gerutschtem Flauschtuch über dem bereiften Haar, gaben sich als abgefeimte, heimtückische Spitzbübinnen, mit denen nicht gut Kirschenessen war. »Der Neffe von Cäsar Kjui«, flüsterten alle, als der neue Pianist eintraf, der zum erstenmal in diesem Haus eingeladen war.

Vom Saal aus sah man durch die weit geöffnete Flügeltür die gedeckte Tafel im Speisesaal, lang wie eine winterliche Straße. Ins Auge fiel das grelle Blinken des Ebereschenschnapses in den körnig geschliffenen Karaffen. Die Phantasie wurde angeregt von Menagen mit Öl und Essig in Karäffchen auf silbernen Untersetzern und dem malerischen Anblick von Wildbret und Vorspeisen, und sogar die pyramidenförmig gefalteten Servietten, die jedes Gedeck krönten, und die nach Mandeln duftenden blaulila Zinerarien in Körben schienen den Appetit zu reizen. Um den Genuß irdischer Nahrung nicht zu sehr in die Ferne zu rücken, hatte man es eilig, sich der geistigen Nahrung zuzuwenden. Alle setzten sich auf die Stuhlreihen des Saals. »Der Neffe von Cäsar Kjui«, wurde wieder geflüstert, als der Pianist seinen Platz hinter dem Instrument einnahm. Das Konzert begann.

Über die Sonate war bekannt, daß sie langweilig und von anstrengender Tiefsinnigkeit sei. Diese Erwartung bestätigte sich, überdies zog sie sich schrecklich in die Länge.

Hierüber stritten sich in der Pause der Kritiker Kerimbekow und der Hausherr. Der Kritiker schmähte die Sonate, während Gromeko sie in Schutz nahm. Man rauchte, Stühle wurden lärmend gerückt.

Wieder fielen die Blicke auf das blanke gebügelte Tischtuch im Nebenraum. Alle waren dafür, das Konzert unverzüglich fortzusetzen.

Der Pianist blickte ins Publikum und nickte seinen Partnern zu. Der Geiger und der Cellist Tyschkewitsch schwenkten ihre Bogen. Das Trio schluchzte los.

Jura, Tonja und Mischa Gordon, der jetzt sein halbes Leben bei den Gromekos verbrachte, saßen in der dritten Reihe.

»Jegorowna macht Ihnen Zeichen«, flüsterte Jura dem Hausherrn zu, der vor ihm saß.

In der Saaltür stand die alte Jegorowna, das grauhaarige Hausmädchen der Gromekos, und gab Jura mit verzweifelten Blicken und entschlossenen Kopfbewegungen zu verstehen, daß sie den Hausherrn dringend sprechen müsse.

Gromeko wandte sich um und warf Jegorowna achselzuckend einen vorwurfsvollen Blick zu. Aber sie ließ nicht locker. Zwischen ihnen entspann sich von einem Ende des Saals zum anderen eine Auseinandersetzung wie zwischen Taubstummen. Man wurde auf sie aufmerksam, Anna Iwanowna schoß vernichtende Blicke auf ihren Mann.

Gromeko stand auf. Er mußte etwas tun. Errötend ging er leise an der Saalwand entlang zu dem Hausmädchen.

»Schämen Sie sich nicht, Jegorowna? Was ist denn eigentlich so dringlich? Sagen Sie rasch, was ist geschehen?«

Jegorowna flüsterte ihm etwas zu.

»Was für ein ›Tschernogorija‹?«

»Das Hotel.«

»Und, was gibt's?«

»Er soll dringend hinkommen. Jemand von den Angehörigen liegt im Sterben.«

»Was Sie nicht sagen. Ich kann es mir vorstellen. Es geht nicht, Jegorowna. Wenn sie das Stück zu Ende gespielt haben, sage ich es ihm. Vorher geht es nicht.«

»Der Hausdiener wartet. Auch der Kutscher. Ich sage Ihnen doch, ein Mensch stirbt, verstehen Sie? Eine Dame von Stand.«

»Nein und nein. Auf fünf Minuten wird es ja nicht ankommen.«

Er kehrte ebenso leise zurück zu seinem Platz, setzte sich und rieb sich finster die Nasenwurzel.

Nach dem ersten Satz ging er zu den Musikern, und während der Beifall noch rauschte, sagte er Tyschkewitsch, man sei ihn abholen gekommen, es gebe etwas Unangenehmes, und die Musik müsse abgebrochen werden. Dann stoppte er, dem Saal zugewandt, mit einer Handbewegung den Beifall und sagte laut: »Meine Herrschaften, das Trio muß unterbrechen. Wir sprechen Herrn Tyschkewitsch unser Mitgefühl aus. Es gibt ein betrübliches Ereignis. Er muß uns verlassen. Ich möchte ihn in solch einem Moment nicht allein lassen. Meine Gegenwart könnte für ihn notwendig sein. Ich fahre mit ihm. Jura, mein Bester, gehe hinaus und sage Bescheid, Semjon soll vorfahren, er hat ja schon angespannt. Meine Herrschaften, ich verabschiede mich nicht und bitte alle zu bleiben. Meine Abwesenheit wird nicht lange dauern.«

Die Jungen baten, Alexander Gromeko bei der nächtlichen Fahrt durch die Kälte begleiten zu dürfen.

21

Obwohl das Leben nach den Unruhen im Dezember in seine normalen Bahnen zurückgekehrt war, wurde noch immer da und dort geschossen, und wenn immer wieder mal ein Brand ausbrach, wirkte dieser wie ein Rest der damaligen Brände.

Noch nie waren sie so weit und so lange gefahren wie in dieser Nacht. Dabei war es ein Katzensprung – durch den Smolenski- und den Nowinski-Boulevard und über den halben Sadowoje-Ring. Aber die tierische Kälte und der Nebel schienen die einzelnen Stücke des närrisch gewordenen Raums voneinander zu trennen, als wäre er nicht auf der ganzen Welt einheitlich. Der zottig-fasrige Qualm der Wärmfeuer, das Knirschen der Schritte und das Quietschen der Schlittenkufen trugen zu diesem Eindruck bei, als führen sie schon Gott weiß wie lange und gelangten in eine furchteinflößende Ferne.

Vor dem Hotel stand ein Pferd, mit einer Decke zugedeckt und mit bandagierten Fußgelenken, vor einen eleganten Schlitten gespannt. Auf dem Platz für die Herrschaften saß der Kutscher, er hielt die Hände in Handschuhen um den vermummten Kopf, um sich zu wärmen.

In der Hotelhalle war es warm; hinter dem Geländer, das die Garderobe vom Eingang trennte, schlief laut schnarchend und davon immer wieder wach werdend der Portier, den das Rauschen des Ventilators, das Bullern des geheizten Ofens und das Pfiffeln des siedenden Samowars eingeschläfert hatten.

Links stand vor einem Spiegel eine geschminkte Dame mit rundem, mehlig gepudertem Gesicht. Sie trug eine Pelzjacke, die für dieses Wetter nicht warm genug war. Während sie augenscheinlich auf jemanden von oben wartete, wandte sie dem Spiegel den Rücken zu und betrachtete sich bald über die rechte, bald über die linke Schulter, um zu sehen, ob sie hinten schön sei.

Von draußen drängte sich der durchgefrorene Kutscher zur Tür herein. Die Form seines langen Rocks erinnerte an die Brezel in einem Firmenschild, und der von ihm aufsteigende Dampf unterstrich diese Ähnlichkeit.

»Wie lange wird's noch dauern, Mamsell?« fragte er die Dame vor dem Spiegel. »Wenn man sich mit Leuten wie Ihnen einläßt, erfriert einem noch das Pferd.«

Der Vorfall im Zimmer vierundzwanzig war nur eine Bagatelle in dem täglichen Ärger des Personals. Alle naselang klingelte es, und in dem langen Glaskasten an der Wand fielen die Nummern und zeigten an, wo und in welchem Zimmer ein Gast verrückt spielte, selber nicht wußte, was er wollte, und den Etagenkellnern keine Ruhe gönnte.

Dieser dummen alten Madame Guichard in der Vierundzwanzig wurden jetzt Brechmittel verabfolgt und Flüssigkeiten eingeflößt, um den Magen und die Därme zu spülen. Das Zimmermädchen Glascha hatte alle Hände voll zu tun, um den Fußboden aufzuwischen, das schmutzige Wasser im Eimer hinauszutragen und sauberes zu holen. Aber der heutige Sturm in der Kellnerstube hatte lange vor diesem Durcheinander begonnen, als hieran noch nicht zu denken und Tereschka noch nicht mit dem Kutscher ausgeschickt worden war, um den Arzt und den unglückseligen Fiedler zu holen; auch Komarowski war noch nicht gekommen, und im Korridor vor der Tür drängte sich noch nicht so viel überflüssiges Volk, das dort hinderlich war.

Das heutige Gezänk in der Kellnerstube rührte daher, daß am Tag in dem schmalen Gang zum Büfett jemand mit einer ungeschickten Bewegung den Kellner Syssoi genau in dem Moment angestoßen hatte, als er gebückt und schwungvoll mit einem vollen Tablett auf der rechten erhobenen Hand durch die Tür in den Korridor hinaustrat. Das Tablett krachte zu Boden, die Suppe lief aus, drei tiefe Teller und ein flacher gingen in Scherben.

Syssoi behauptete, die Geschirrwäscherin sei es gewesen, sie habe es zu verantworten, ihr müsse es vom Lohn abgezogen werden. Jetzt war schon die elfte Nachtstunde, die Hälfte der Leute hatte bald Arbeitsschluß, aber das zänkische Hin und Her dauerte fort.

»Ihm zittern die Hände und Füße, weil er sich Tag und Nacht nicht von der Schnapsflasche trennt wie von seiner Frau und nur immerzu die Nase eintunkt wie ein Enterich, und dann behauptet er, jemand hat ihn angestoßen, das Geschirr zerschlagen und die Fischsuppe vergossen! Wer hat dich denn angestoßen, du scheeläugiger Satan, du böser Geist? Wer war es, du Astrachaner Pestbeule mit den schamlosen Augen?«

»Ich habe Ihnen schon mal gesagt, Matrjona Stepanowna, mäßigen Sie sich in Ihren Ausdrücken.«

»Woher kommt denn der ganze Lärm und das zerschlagene Geschirr? Irgend so eine feine Madam vom Damm, eine Rührmichnichtan vom Boulevard schluckt Arsen, weil ihre Geschäfte so gut gehen, diese Unschuld im Ruhestand. Wir wissen Bescheid im ›Tschernogorija‹, wir haben genug solche Enten und Rüden gesehen.«

Mischa und Jura gingen im Korridor vor der Zimmertür auf und ab. Alles verhielt sich anders, als Alexander Gromeko angenommen hatte. Er hatte sich vorgestellt, der Cellist hätte eine Tragödie, etwas Würdiges und Sauberes. Das hier war alles andere als das, Schmutz, Skandal; für die Kinder absolut ungeeignet.

Die Jungen standen im Korridor herum.

»Gehen Sie hinein zur Frau Tante, junge Herren«, sagte der Etagenkellner schon zum zweitenmal ungeduldig flüsternd. »Gehen Sie hinein, es muß sein. Mit der Frau Tante ist alles in Ordnung, keine Bange. Sie ist wieder ganz heil. Hier können Sie nicht stehen. Hier hat es heute ein Unglück gegeben, teures Geschirr wurde zerschlagen. Sie sehen, wir müssen laufen und bedienen, es ist zu eng. Gehen Sie hinein.«

Die Jungen fügten sich.

Im Zimmer war die brennende Petroleumlampe aus dem Behälter, in dem sie über dem Eßtisch hing, herausgenommen und hinter die Trennwand, die nach Wanzen roch, in die andere Hälfte des Zimmers gebracht worden.

Dort befand sich die Schlafnische, durch eine staubige Portiere vor neugierigen Blicken abgeschirmt. In dem Durcheinander jetzt hatte man vergessen, sie zu schließen. Sie war über den oberen Rand der Trennwand geworfen. Die Lampe stand im Alkoven auf einer Bank und beleuchtete ihn von unten wie eine Bühnenrampe.

Sie hatte sich mit Jod vergiftet und nicht mit Arsen, wie die Geschirrwäscherin irrtümlich gestichelt hatte. Im Zimmer hing ein herber Geruch von jungen Walnüssen, deren grüne Schale bei Berührungen schwarze Flecke bekommt.

Hinter der Trennwand wischte ein Mädchen den Fußboden auf; laut weinend und den Kopf mit zusammengeklebten Haarsträhnen über eine Schüssel haltend, lag im Bett eine von Wasser, Tränen und Schweiß triefende halbnackte Frau. Die Jungen sahen gleich weg, so peinlich und unschicklich war es, dorthin zu blicken. Aber Jura war beeindruckt von der unbequemen, verkrampften Pose der Frau, die in ihren angespannten Bemühungen nicht mehr so aussah, wie Frauen als Skulpturen abgebildet werden, sondern eher an einen kampfbereiten Ringer mit kugeligen Muskeln in kurzer Hose erinnerte.

Endlich kam jenseits der Trennwand jemand darauf, die Portiere zu schließen.

»Fadej Kasimirowitsch, Lieber, wo ist Ihre Hand? Geben Sie mir Ihre Hand«, sagte die Frau, von Tränen und Übelkeit gewürgt. »Ach, ich habe Entsetzliches durchgemacht! Ich hatte ja solch einen Verdacht! Fadej Kasimirowitsch ... Ich habe mir vorgestellt ... Aber zum Glück waren das alles Dummheiten, meine krankhafte Phantasie. Denken Sie nur, wie erleichtert ich bin! Und das Ergebnis ... Und nun ... Nun lebe ich noch.«

»Beruhigen Sie sich, Amalia Karlowna, ich flehe Sie an, beruhigen Sie sich. Das ist ja alles so peinlich, wirklich, peinlich.«

»Wir fahren jetzt nach Hause«, knurrte Alexander Gromeko den Kindern zu.

Vor Peinlichkeit vergehend, standen sie in dem dunklen Vorraum, auf der Schwelle der vorderen Zimmerhälfte, und da sie nicht wußten, wo sie hinschauen sollten, blickten sie dahin, wo die Petroleumlampe gehangen hatte. Die Wände waren voller Fotografien, dort stand ein Regal mit Noten, der Schreibtisch war mit Büchern und Alben vollgehäuft. Auf der anderen Seite des Eßtischs, auf dem eine gehäkelte Decke lag, saß schlafend ein junges Mädchen im Sessel, die Arme um die Lehne gelegt und die Wange daran geschmiegt. Sie mußte todmüde sein, wenn der Lärm und das geschäftige Treiben sie nicht aufweckten.

Es war sinnlos, daß sie hergekommen waren, und ein weiteres Verweilen wäre unschicklich gewesen.

»Wir fahren gleich«, wiederholte Alexander Gromeko. »Ich will mich nur noch von Tyschkewitsch verabschieden.«

Aber statt des Cellisten kam ein anderer hinter der

Trennwand hervor. Es war ein beleibter, glattrasierter, stattlicher und sehr selbstsicherer Mann. Über dem Kopf hielt er die Lampe, die aus ihrem Behälter herausgenommen worden war. Er trat zu dem Tisch, hinter dem das Mädchen schlief, und stellte die Lampe wieder in den Behälter. Das Licht weckte die Schlafende. Sie lächelte dem Mann zu, machte schmale Augen und reckte sich.

Angesichts des Unbekannten fuhr Mischa zusammen und verschlang ihn mit den Blicken. Er zupfte Jura am Ärmel und wollte ihm etwas sagen.

»Schämst du dich nicht, vor Fremden zu flüstern? Was sollen sie von dir denken?« fuhr ihm Jura ins Wort, er wollte nicht hören.

Währenddessen spielte sich zwischen dem Mädchen und dem Mann eine stumme Szene ab. Sie sagten einander kein Wort, sondern wechselten nur Blicke. Aber ihr gegenseitiges Einvernehmen hatte etwas erschreckend Magisches, als wäre er ein Puppenspieler und sie eine gehorsam den Bewegungen seiner Hand folgende Marionette.

Das Lächeln der Müdigkeit, das auf ihrem Gesicht erschien, zwang sie, die Augen halb zu schließen und den Mund halb zu öffnen. Aber die spöttischen Blicke des Mannes beantwortete sie mit dem verschmitzten Zwinkern der Spießgesellin. Beide waren zufrieden, daß alles gutgegangen, daß ihr Geheimnis nicht enthüllt und die Vergiftete am Leben geblieben war.

Jura ließ kein Auge von den beiden. Aus dem Halbdunkel, in dem ihn niemand sehen konnte, starrte er in den Lichtkreis der Lampe. Das Schauspiel der Unterwerfung des Mädchens war unerforschlich geheimnisvoll und hemmungslos offen. Widerstreitende Gefühle drängten sich in seiner Brust. Ihre noch nicht erlebte Kraft preßte ihm das Herz zusammen.

Das also war es, worüber er sich mit Mischa und Tonja die Köpfe heiß geredet hatte; sie hatten es mit dem nichtssagenden Wort »abgeschmackt« bezeichnet, dieses Erschreckende und Anziehende, mit dem sie aus sicherer Entfernung verbal so leicht fertig geworden waren. Jetzt sah Jura diese Kraft vor sich, durch und durch faßbar und zugleich verschwommen und Stoff zum Träumen liefernd, erbarmungslos zerstörend und zugleich klagend und um Hilfe rufend. Wo war ihre kindliche Philosophie geblieben, und was sollte er jetzt machen?

»Weißt du, wer das ist?« fragte Mischa, als sie hinausgingen. Jura, in seine Gedanken vertieft, gab keine Antwort.

»Das ist der Mann, der deinen Vater zum Trinken verleitet und in den Tod getrieben hat. Du weißt schon, im Zug, ich habe dir davon erzählt.«

Jura dachte an das Mädchen und an die Zukunft, nicht an den Vater und die Vergangenheit. Im ersten Moment verstand er gar nicht, was Mischa sagte. Bei dem Frost fiel das Sprechen schwer.

»Durchgefroren, Semjon?« fragte Alexander Gromeko. Sie fuhren zurück.

Dritter Teil

Weihnachten bei den Swentizkis

1

Irgendwann im Winter hatte Alexander Gromeko seiner Frau einen altertümlichen Kleiderschrank geschenkt, der ein Gelegenheitskauf war. Er war aus schwarzem Holz und von gewaltiger Größe. Ganz ging er durch keine Tür. Er wurde in auseinandergenommener Form angeliefert, in einzelnen Teilen ins Haus gebracht, und nun wurde überlegt, wo er aufgestellt werden sollte. In die unteren Räume, die größer waren, paßte er wegen seiner Bestimmung nicht hinein und in die oberen auch nicht, weil sie zu niedrig waren. Darum wurde ein Teil des oberen Treppenabsatzes neben der Schlafzimmertür der Gromekos frei gemacht.

Der Hausmeister Markel übernahm es, den Schrank zusammenzubauen. Er brachte seine sechsjährige Tochter Marina mit. Marina bekam ein Stänglein Gerstenzucker geschenkt. Die Nase hochziehend und an dem Lutscher und den nassen Fingern leckend, sah sie mit gesenkter Stirn ihrem Vater bei der Arbeit zu.

Eine Zeitlang ging alles wie geschmiert. Vor Anna Iwanownas Augen wuchs der Schrank in die Höhe. Auf einmal, es mußte nur noch das Oberteil aufgesetzt werden, kam es ihr in den Sinn, Markel zu helfen. Sie stellte sich auf den hohen Boden des Schrankes, kam ins Wanken und stieß gegen die Seitenwand, die nur von Nutenzapfen gehalten wurde. Der Knoten der Leine, die Markel um den Schrank gebunden hatte, ging auf. Mit den niederpolternden Brettern fiel Anna Iwanowna auf den Rücken und verletzte sich empfindlich.

»Ach, Mütterchen, gnädige Frau«, rief Markel und stürzte zu ihr, »warum haben Sie das gemacht, Sie Liebe? Sind die Knochen heil? Befühlen Sie Ihre Knochen. Die Knochen sind das Wichtigste, beim Fleisch ist es nicht so schlimm, das wird schon wieder, das ist ja nur fürs Pläsier der Damen. Und du heul nicht, dumme Gans«, fuhr er die weinende Marina an. »Wisch dir die Nase und geh zu Mama. Ach, Mütterchen, gnädige Frau, als ob ich dieses Kleiderdings nicht auch ohne Sie aufgestellt hätte! Sie denken bestimmt, ich bin bloß Hausmeister, aber in Wirklichkeit ist die Tischlerei mein Beruf. Was meinen Sie, wie viele von diesen Möbeln, Schränken und Büfetts schon durch meine Hände gegangen sind im Sinne von Lack oder im Gegenteil von Edelholz, Mahagoni oder Nußbaum. Oder zum Beispiel was nicht alles im Sinne reicher Bräute für Ausstattungen an meiner Nase vorbeigeschwebt sind, entschuldigen Sie den Ausdruck. Und der Grund für das Ganze – das Saufen, die starken Getränke.«

Mit Markels Hilfe gelangte Anna Iwanowna zu einem Sessel, den er ihr hinschob, und nahm ächzend und die geprellten Stellen reibend Platz. Markel machte sich daran, die Zerstörung zu beseitigen. Nachdem er das Oberteil aufgesetzt hatte, sagte er: »So, jetzt bloß noch die Türen, dann kann er zur Ausstellung.«

Anna Iwanowna mochte den Schrank nicht. In Aussehen und Größe ähnelte er einem Katafalk oder einer Zarengruft. Er flößte ihr abergläubisches Entsetzen ein. Darum hatte sie dem Schrank den Namen »Askolds Sarg« gegeben. Darunter verstand sie Olegs Roß, einen Gegenstand, der seinem Herrn den Tod bringt. Da ihre Lektüre lückenhaft war, brachte sie verwandte Begriffe durcheinander.

Mit diesem Sturz begann ihre Anfälligkeit für Lungenerkrankungen.

2

Den ganzen November neunzehnhundertelf mußte Anna Iwanowna mit einer Lungenentzündung das Bett hüten.

Jura und Mischa Gordon sollten im nächsten Frühjahr die Universität, Tonja die Hochschulkurse für junge Mädchen abschließen, Jura als Arzt, Tonja als Juristin und Mischa als Philologe an der Philosophischen Fakultät.

In Juras Innerem war alles verworren und verschoben und alles sehr urtümlich – Ansichten, Fertigkeiten und Gepflogenheiten. Er war beispiellos leicht zu beeindrukken, und die Neuartigkeit seiner Wahrnehmungen ließ sich nicht beschreiben.

Aber wie groß auch sein Hang zur Kunst und Geschichte war, mit seiner Berufswahl hatte er keine Schwierigkeiten. Er meinte, die Kunst tauge nicht zur Berufung in dem Sinne, wie auch angeborener Frohsinn oder Neigung zur Melancholie kein Beruf sein kann. Er interessierte sich für Physik und Naturwissenschaft und fand, im praktischen Leben müsse man sich etwas Gemeinnützigem widmen. Also studierte er Medizin.

Vier Jahre zuvor, im ersten Studienjahr, hatte er sich ein ganzes Semester lang in den Kellerräumen der Universität anhand von Leichen mit Anatomie beschäftigt. Auf der sich durchbiegenden Treppe stieg er hinunter. Im Anatomiesaal waren einzeln und in Gruppen zerraufte Studenten am Werk. Die einen büffelten, von Knochen umgeben und in zerfledderten Lehrbüchern blätternd, andere präparierten schweigend in einem Winkel, noch andere trieben Possen, machten Scherze und jagten die Ratten, die in großer Zahl über den Steinfußboden flitzten. Im Halbdunkel leuchteten wie Phosphor die durch ihre Nacktheit ins Auge fallenden Leichen von Unbekannten, nicht identifizierte jugendliche Selbstmörder und junge Mädchen, die sich ertränkt hatten, gut erhalten und noch nicht in Verwesung übergegangen waren. Das eingespritzte Tonerdesalz verjüngte sie und verlieh ihnen eine trügerische Straffheit. Die Leichen wurden geöffnet, zertrennt und präpariert, doch die Schönheit des menschlichen Körpers blieb sich treu, mochte er noch so zerkleinert sein. So daß das Staunen angesichts einer grob auf den verzinkten Tisch geworfenen Nixe nicht verging, wenn es sich auf eine abgetrennte Hand oder ein präpariertes Handgelenk übertrug. Im Keller roch es nach Formalin und Karbolsäure, und die Anwesenheit eines Geheimnisses war in allem zu spüren, von dem unbekannten Schicksal dieser hingestreckten Körper bis hin zu dem eigentlichen Geheimnis des Lebens und des Todes, der hier im Keller wie zu Hause oder wie in seinem Stabsquartier war.

Die Stimme dieses Geheimnisses, die alles übertönte, verfolgte Jura und störte ihn beim Präparieren. Doch vieles andere im Leben störte ihn ebenso. Er war daran gewöhnt, und die Ablenkung beunruhigte ihn nicht.

Jura war ein guter Denker und schrieb hervorragend. Schon in seiner Gymnasiastenzeit hatte er davon geträumt, Prosa zu verfassen, ein Buch der Lebensbeschreibungen, in das er wie verborgene Sprengkörper das Umwerfendste von dem einbauen konnte, was er gesehen und durchdacht hatte. Aber für solch ein Buch war er noch zu jung, daher gab er sich mit dem Schreiben von Gedichten zufrieden wie ein Maler, der sich lebenslang auf Studien zu einem geplanten großen Gemälde beschränkt.

Er verzieh seinen Gedichten die Sünde ihrer Entstehung um ihrer Energie und Originalität willen. In diesen beiden Eigenschaften, Energie und Originalität, sah er die Vertreter der Realität in den Künsten, die er im übrigen für gegenstandslos, müßig und überflüssig hielt.

Jura wußte, daß er mit seinem Onkel Nikolai einige Charaktereigenschaften gemein hatte.

Wedenjapin lebte in Lausanne. In den Büchern, die er dort auf russisch und in Übersetzungen veröffentlichte, entwickelte er seinen alten Gedanken, daß die Geschichte ein zweites Universum sei, von der Menschheit erschaffen als Antwort auf das Phänomen des Todes mit Hilfe der Phänomene Zeit und Gedächtnis. Herzstück dieser Bücher war ein neu gesehenes Christentum, ihre direkte Folge eine neue Kunstidee.

Mehr noch als auf Jura wirkte dieses Gedankengut auf seinen Freund Mischa Gordon. Unter diesem Einfluß wählte er als sein Spezialgebiet die Philosophie. An seiner Fakultät hörte er Vorlesungen über Theologie und dachte sogar daran, später in die geistliche Akademie überzuwechseln.

Der Einfluß des Onkels brachte Jura voran und machte ihn innerlich frei, Mischa dagegen schlug er in Fesseln. Jura begriff, welche Rolle bei dessen extremen Interessen seine Herkunft spielte. Aus Takt und Vorsicht versuchte er nicht, ihm die seltsamen Pläne auszureden. Aber oft empfand er den Wunsch, Mischa als Empiriker zu sehen, der dem Leben näherstand.

3

Eines Abends Ende November kam Jura spät von der Universität. Er war sehr müde und hatte den ganzen Tag nichts gegessen. Man sagte ihm, es habe am Tag eine schreckliche Aufregung gegeben, weil Anna Iwanowna

Krämpfe hatte. Mehrere Ärzte waren gekommen und hatten empfohlen, nach einem Geistlichen zu schicken, diesen Gedanken jedoch wieder fallengelassen. Jetzt ging es ihr besser, sie war bei Bewußtsein und hatte verlangt, Jura, sobald er käme, gleich zu ihr zu schicken.

Jura gehorchte und ging, ohne sich umgekleidet zu haben, ins Schlafzimmer.

Das Zimmer trug noch die Spuren des Durcheinanders. Eine Krankenpflegerin ordnete mit lautlosen Bewegungen etwas auf dem Nachttisch. Überall lagen zusammengeknüllte Servietten und feuchte Handtücher herum, die als Umschläge gedient hatten. Das Wasser im Spülgefäß war rosa von ausgespucktem Blut. Darin lagen die Splitter von Glasampullen mit abgebrochener Spitze und aufgequollene Wattebäusche.

Die Kranke war schweißüberströmt und leckte sich mit der Zungenspitze die trockenen Lippen. Sie war seit dem Morgen, als Jura sie zuletzt gesehen hatte, sehr schmal geworden.

Wenn das nur nicht eine Fehldiagnose ist, dachte er. Es sieht eher wie kruppös aus. Das scheint die Krisis zu sein. Nachdem er Anna Iwanowna begrüßt und etwas nichtssagend Aufmunterndes hinzugefügt hatte, was man in solchen Fällen so sagt, schickte er die Krankenpflegerin hinaus. Dann nahm er Anna Iwanownas Hand, um den Puls zu fühlen, und griff mit der andern Hand in die Tasche nach dem Stethoskop. Eine Kopfbewegung der Kranken bedeutete ihm, daß das überflüssig sei. Jura begriff, daß sie etwas anderes von ihm erwartete. Sie nahm ihre ganze Kraft zusammen und begann zu sprechen: »Sie wollten, daß ich beichte... Der Tod schwebte über mir... Vielleicht jeden Moment... Wenn du dir einen Zahn ziehen läßt, hast du Angst vor den Schmerzen, bereitest dich vor... Aber hier ist es nicht der Zahn, sondern man ist es selbst, ganz und gar, das ganze Leben ... schrumm, weg ist es, wie mit der Zange... Was ist das eigentlich? Niemand weiß es... Mir ist so bang und unheimlich.«

Anna Iwanowna verstummte. Tränen flossen reichlich über ihre Wangen. Jura sagte nichts. Nach einer Weile sprach die Kranke weiter: »Du bist so talentiert... Talent, das ist ... nicht wie bei allen... Du mußt etwas wissen... Sage mir etwas... Beruhige mich...«

»Was soll ich sagen«, antwortete Jura, rutschte unruhig auf dem Stuhl herum, stand auf, ging durchs Zimmer und setzte sich wieder. »Erstens, morgen werden Sie sich besser fühlen, es gibt Anzeichen, dafür verbürge ich mich. Und außerdem – Tod, Bewußtsein, Glaube an die Auferstehung... Sie wollen meine Meinung als Naturwissenschaftler hören? Vielleicht lieber ein andermal? Nein? Jetzt gleich? Na, wie Sie meinen. Aber das ist schwierig, so auf Anhieb.«

Er improvisierte eine ganze Vorlesung und wunderte sich, wie gut es ging.

»Die Auferstehung. In der groben Form, wie sie zum Trost der Schwachen behauptet wird, ist sie mir fremd. Ich habe die Worte Christi über die Lebenden und die Toten immer anders verstanden. Wo sollte man auch hin mit den Unmassen von Menschen, die sich in den Jahrtausenden angesammelt haben? Für die würde das ganze Weltall nicht ausreichen, und Gott, das Gute und der Sinn würden aus der Welt verschwinden. Sie würden in dem gierigen, tierischen Gedränge zerquetscht werden.

Aber dasselbe gleichbleibend unermeßliche Leben erfüllt ständig das All und erneuert sich zu jeder Stunde in unzähligen Verbindungen und Verwandlungen. Sie denken ängstlich darüber nach, ob Sie auferstehen werden, dabei sind Sie schon auferstanden, als Sie geboren wurden, Sie haben es nur nicht bemerkt.

Ob Sie Schmerzen haben werden, ob das Gewebe seinen Zerfall spürt? Mit anderen Worten, was wird mit

Ihrem Bewußtsein? Doch was ist Bewußtsein? Sehen wir's uns mal an. Bewußt einschlafen wollen führt mit Sicherheit zu Schlaflosigkeit, der bewußte Versuch, sich in die eigene Verdauungstätigkeit hineinzufühlen, führt mit Sicherheit zu Funktionsstörungen. Das Bewußtsein ist Gift, ein Mittel zur Selbstvergiftung für das Subjekt, das es bei sich selbst anwendet. Bewußtsein ist Licht, das nach außen drängt, Bewußtsein leuchtet über unserem Weg, damit wir nicht straucheln. Bewußtsein, das sind die Scheinwerfer einer fahrenden Lokomotive. Wird das Licht nach innen gekehrt, so kommt es zur Katastrophe.

Also, was wird mit Ihrem Bewußtsein? Mit Ihrem. Ja, mit Ihrem. Was sind Sie denn eigentlich? Darin liegt die ganze Schwierigkeit. Untersuchen wir das. Als was haben Sie sich in Erinnerung, welchen Teil von sich haben Sie bewußt wahrgenommen? Ihre Nieren, die Leber, die Gefäße? Nein, wie Sie sich auch erinnern, Sie haben sich immer nur äußerlich wahrgenommen, in Ihrer tätigen Erscheinung, in dem Werk Ihrer Hände, in der Familie, in anderen Menschen. Und jetzt hören Sie gut zu. Der Mensch in den anderen Menschen ist die Seele des Menschen. Das ist es, was Sie sind, womit Ihr Bewußtsein lebenslang geatmet, sich genährt und getränkt hat. Mit Ihrer Seele, Ihrer Unsterblichkeit, Ihrem Leben in den anderen Menschen. Und weiter? In den anderen Menschen sind Sie gewesen, in den anderen Menschen werden Sie bleiben. Was macht es für einen Unterschied, daß dies später Erinnerung genannt wird? Das werden Sie sein, eingegangen in den Bestand der Zukunft.

Schließlich ein Letztes. Es gibt keinen Grund zur Beunruhigung. Der Tod existiert nicht. Der Tod ist nicht unser Los. Sie sprachen von Talent, das ist etwas anderes, das ist unser, das steht uns offen. Talent aber ist im höchsten und weitesten Sinne eine Gabe des Lebens.

Der Tod wird nicht mehr sein, spricht der Evangelist Johannes. Hören Sie, wie einfach er argumentiert. Der Tod wird nicht mehr sein, weil die Vergangenheit vorüber ist. Das ist fast so wie: Der Tod wird nicht mehr sein, weil wir das schon kennen, es ist alt und überdrüssig, und jetzt brauchen wir Neues, und das Neue ist das ewige Leben.«

Er ging im Zimmer auf und ab, während er sprach. »Schlafen Sie«, sagte er, trat ans Bett und legte Anna Iwanowna die Hände auf den Kopf. Nach wenigen Minuten schlief sie ein.

Jura verließ leise das Zimmer und sagte Jegorowna, sie solle die Krankenpflegerin wieder hineinschicken. Weiß der Teufel, dachte er, ich werde zum Scharlatan. Ich bespreche und heile durch Auflegen der Hände.

Tags darauf ging es Anna Iwanowna besser.

4

Anna Iwanowna fühlte sich immer leichter. Mitte Dezember versuchte sie aufzustehen, aber sie war noch sehr schwach. Man empfahl ihr, noch schön liegenzubleiben.

Oft ließ sie Jura und Tonja zu sich bitten und erzählte ihnen stundenlang von ihrer Kindheit, die sie auf dem Gut ihres Großvaters, Warykino an dem Fluß Rynwa im Ural, verbracht hatte. Jura und Tonja waren nie dort gewesen, doch Jura konnte sich nach ihren Beschreibungen gut die fünftausend Deßjatinen urewigen, undurchdringlichen, nachtschwarzen Waldes vorstellen, in den sich an zwei oder drei Stellen wie ein Messer der gewundene reißende Fluß mit dem steinigen Grund hineinschnitt, der am Ufer der Krügers hoch und steil war.

Für Jura und Tonja wurden in diesen Tagen zum erstenmal Kleider zum Ausgehen genäht, für Jura ein schwarzer Anzug und für Tonja ein Abendkleid aus hellem Atlas mit kleinem Ausschnitt. Sie wollten die Sachen am siebenundzwanzigsten Dezember auf der traditionellen Weihnachtsfeier bei den Swentizkis einweihen.

Die fertigen Sachen wurden vom Herrenatelier und von der Schneiderin am selben Tag gebracht. Jura und Tonja probierten sie an, waren zufrieden und hatten sie noch nicht wieder abgelegt, als Jegorowna kam und sagte, Anna Iwanowna bitte sie zu sich. In den neuen Kleidern gingen beide zu ihr.

Bei ihrem Eintreten stützte sie sich auf den Ellbogen, sah sie an, ließ sie sich umdrehen und sagte: »Sehr schön. Einfach hinreißend. Ich habe gar nicht gewußt, daß alles schon fertig ist. Dreh dich noch einmal um, Tonja. Doch, gut. Mir schien, als ob das Leibchen Falten wirft. Wißt ihr, warum ich euch hergebeten habe? Aber zuerst zu dir, Jura.«

»Ich weiß, Anna Iwanowna. Ich habe selbst gebeten, Ihnen den Brief zu zeigen. Sie sind wie Onkel Nikolai der Meinung, ich hätte nicht verzichten sollen. Einen Moment Geduld. Das Sprechen schadet Ihnen. Ich erkläre Ihnen alles. Obwohl Sie das alles ja selbst wissen.

Also erstens. Da wäre die Sache mit der Shiwago-Erbschaft, von der die Advokaten leben und die nur Gerichtskosten bringt, dabei gibt es gar keine Erbschaft, sondern nur Schulden und Wirrwarr und dazu den Schmutz, der bei solchen Gelegenheiten aufschwimmt. Wenn sich noch irgend etwas zu Geld machen ließe, würde ich es dann wohl dem Gericht geschenkt haben, statt es selber zu nutzen? Aber das ist es ja gerade, der Prozeß ist aufgebauscht worden, und statt in alldem herumzuwühlen, war es besser, auf meine Rechte an dem nichtexistierenden Vermögen zu verzichten und es den vorgeschobenen Konkurrenten und neidischen Usurpatoren zu überlassen. Von den Plänen einer gewissen Madame Alice, die mit ihren Kindern unter dem Namen Shiwago in Paris lebt, weiß ich seit langem. Aber es sind neue Ansprüche hinzugekommen, und ob es Ihnen bekannt ist oder nicht, ich weiß es erst seit kurzem.

Es ist so, daß mein Vater noch zu Lebzeiten meiner Mutter für eine verrückte Träumerin schwärmte, die Fürstin Stolbunowa-Enrizi. Mit dieser Frau hat er einen Sohn, der ist jetzt zehn und heißt Jewgraf.

Die Fürstin ist eine Einsiedlerin. Sie bewohnt mit ihrem Sohn eine Villa am Stadtrand von Omsk, die sie nie verläßt, und man weiß nicht, wovon sie lebt. Man hat mir eine Fotografie von der Villa gezeigt. Es ist ein schönes Haus mit fünf Fenstern ohne Fensterkreuz und mit Stuckmedaillons am Sims. In letzter Zeit habe ich das Gefühl, als ob dieses Haus mich mit seinen fünf Fenstern böse über die Tausende Werst, die das europäische Rußland von Sibirien trennen, hinweg ansieht und als ob es mich früher oder später verhexen wird. Also was soll mir das Ganze, die angeblichen Kapitalien, die künstlich geschaffenen Konkurrenten, ihr Neid und ihre Mißgunst. Und die Advokaten.«

»Trotzdem hättest du nicht verzichten sollen«, widersprach Anna Iwanowna. »Wißt ihr, warum ich euch hergebeten habe?« wiederholte sie und fuhr fort: »Sein Name ist mir wieder eingefallen. Erinnert ihr euch, wie ich euch gestern vom Förster erzählte? Er hieß Wakch, soviel wie Bacchus. Einmalig, nicht wahr? Ein schwarzes Schreckgespenst aus dem Wald, bärtig bis an die Augenbrauen, und dann Wakch! Sein Gesicht war entstellt, ein Bär hatte ihn so zugerichtet, aber er konnte ihn abwehren. Die sehen dort alle so aus. Und haben einsilbige Namen, damit es knapp und straff klingt. Wakch. Oder Lupp. Oder auch Faust. Hört nur zu. Die kamen manchmal irgendwas melden. Ein Awkt oder Frol, das klang wie eine Salve aus beiden Läufen von Großvaters Jagdgewehr. Wir Kinder flitzten sofort aus unserm Zimmer in die Küche. Könnt ihr euch das vorstellen, da war dann ein Köhler aus dem

Wald mit einem lebendigen Bärenjungen oder ein Waldhüter aus dem fernen Grenzbereich mit einer Mineralprobe. Der Großvater hat ihnen immer einen Zettel geschrieben. Für das Kontor. Eine Anweisung auf Geld oder Graupen oder Gewehrpatronen. Vor den Fenstern hatten wir den Wald. Und Schnee, Schnee! Höher als das Haus!« Anna Iwanowna hustete.

»Hör auf, Mutter, das Sprechen schadet dir«, warnte Tonja, und Jura bekräftigte das.

»Unsinn. Geht schon wieder. Ja, apropos, Jegorowna hat mir zugetragen, ihr hättet Zweifel, ob ihr übermorgen zu der Weihnachtsfeier fahren sollt. Von solchen Dummheiten will ich nichts hören! Schämt euch. Was willst du für ein Arzt sein? Also, es ist beschlossen. Ihr fahrt hin, keine Widerrede. Aber zurück zu Wakch. Dieser Wakch war in seiner Jugend Schmied. Bei einer Schlägerei haben sie ihm die Innereien herausgerissen. Da hat er sich neue gemacht, aus Blech. Sei nicht komisch, Jura, als ob ich das nicht wüßte. Natürlich nicht wörtlich. Aber die Leute haben es erzählt.«

Anna Iwanowna hustete wieder, diesmal länger. Der Anfall wollte nicht aufhören. Sie konnte nicht zu Atem kommen.

Jura und Tonja stürzten zu ihr. Schulter an Schulter standen sie vor ihrem Bett. Noch immer hustend, ergriff Anna Iwanowna ihre Hände und hielt sie eine Zeitlang in den ihren. Dann, wieder bei Atem und Stimme, sagte sie: »Wenn ich sterbe, geht nicht auseinander. Ihr seid füreinander geschaffen. Heiratet. Jetzt habe ich euch verlobt«, fügte sie hinzu und weinte.

5

Im Frühjahr neunzehnhundertsechs, vor der Versetzung in die letzte Klasse des Gymnasiums, wurde die sechs Monate währende Verbindung mit Komarowski für Lara unerträglich. Er nutzte ihre Bedrücktheit sehr geschickt aus, und wenn es ihm in den Kram paßte, was er freilich nicht zeigte, erinnerte er sie fein und unmerklich an ihre Schande. Damit versetzte er sie in die Verwirrung, die ein Lüstling bei einer Frau sucht. Diese Verwirrung trieb Lara noch tiefer in die Gefangenschaft des sexuellen Alptraums, der ihr nach der Ernüchterung jedesmal die Haare zu Berge stehen ließ. Die Widersprüche der nächtlichen Verrücktheiten waren so unerklärlich wie die Schwarze Kunst. Alles war verkehrt und gegen die Logik, scharfer Schmerz zeigte sich in Ausbrüchen silberhellen Lachens, Kampf und Verweigerung bedeuteten Bereitschaft, und Küsse der Dankbarkeit bedeckten die Hand des Peinigers.

Das Ganze schien kein Ende nehmen zu wollen, aber in einer der letzten Stunden des Schuljahrs im Frühling dachte sie daran, daß die Zudringlichkeiten sich im Sommer häufen würden, weil sie da keinen Unterricht hatte, ihre letzte Zuflucht vor Begegnungen mit Komarowski. Da faßte sie rasch einen Entschluß, der ihr Leben für lange Zeit ändern sollte.

Es war ein heißer Morgen, ein Gewitter braute sich zusammen. Der Unterricht fand bei geöffneten Fenstern statt. In der Ferne summte die Stadt, es war ein eintöniges Dauergeräusch wie in einem Bienenstock. Von draußen drang das Geschrei spielender Kinder herein. Der Grasgeruch der Erde und des jungen Grüns machte Kopfschmerzen wie der Wodka und der Bratdunst der Eierplinsen in der Butterwoche.

Der Geschichtslehrer sprach über Napoleons Ägyptenfeldzug. Als er zu der Einschiffung in Fréjus kam, wurde der Himmel schwarz und spaltete sich krachend durch Blitz und Donner, und mit einem Duft von Frische brachen Sand- und Staubwolken zu den Fenstern herein. Zwei Schülerinnen, die sich anbiedern wollten, rannten beflissen in den Korridor, um den Hausmeister zu rufen, damit er die Fenster schloß, und als sie die Tür öffneten, riß der Zugwind auf sämtlichen Bänken der Klasse die Löschblätter von den Heften.

Die Fenster wurden geschlossen. Ein schmutziger Stadtregen, vermischt mit Staub, prasselte nieder. Lara riß ein Blatt aus ihrem Notizheft und schrieb ihrer Banknachbarin Nadja Kologriwowa: »Nadja, ich muß mein Leben unabhängig von der Mutter einrichten. Kannst du mir helfen, einträgliche Nachhilfestunden zu bekommen? Ihr kennt doch so viele Reiche.«

Nadja antwortete ebenfalls schriftlich: »Für Lipa wird eine Erzieherin gesucht. Komm zu uns. Das wäre toll! Du weißt ja, wie meine Eltern dich liebhaben.«

6

Über drei Jahre lebte Lara bei den Kologriwows wie hinter einer Mauer. Niemand stellte ihr nach, und sogar ihre Mutter und ihr Bruder, denen sie sich sehr entfremdet fühlte, ließen nichts von sich hören.

Lawrenti Kologriwow war ein Großunternehmer modernster Denkungsart, klug und talentiert. Er haßte die veraltete Ordnung mit dem doppelten Haß des Mannes von legendärem Reichtum, der den Staatsschatz hätte kaufen können, und des märchenhaft hochgestiegenen Emporkömmlings aus dem einfachen Volk. Er versteckte bei sich Illegale, bezahlte Verteidiger für politisch Angeklagte, unterstützte, wie scherzhaft behauptet wurde, sogar die Revolution, womit er zu seinem eigenen Sturz als Eigentümer beitrug, und veranstaltete Streiks in seiner eigenen Fabrik. Er war ein treffsicherer Schütze und leidenschaftlicher Jäger und fuhr im Winter achtzehnhundertfünfundneunzig sonntags nach Serebrjany Bor oder auf die Lossiny-Insel, um Untergrundkämpfer im Schießen zu unterweisen.

Er war ein großartiger Mensch. Seine Frau Serafima war ihm eine würdige Gefährtin. Lara empfand für beide hingerissene Hochachtung. Sie wiederum wurde von allen im Hause geliebt wie eine Angehörige.

Im vierten Jahr ihres sorglosen Lebens erschien ihr Bruder Rodion mit einem Anliegen bei ihr. Mit geckenhaft wiegendem Gang auf seinen langen Beinen, mit wichtigtuerisch näselnder und unnatürlich gedehnter Redeweise erzählte er ihr, die Junker seines Jahrgangs hätten Geld gesammelt, um dem Anstaltsleiter ein Abschiedsgeschenk zu machen. Dieses Geld hätten sie ihm gegeben, damit er ein Geschenk aussuchte und kaufte. Vor drei Tagen habe er das Geld bis auf die letzte Kopeke verspielt. Nachdem er dies gesagt hatte, ließ er sich mit seiner schlaksigen Figur in einen Sessel fallen und brach in Tränen aus.

Als Lara das hörte, überlief es sie kalt. Rodion fuhr schluchzend fort: »Gestern war ich bei Komarowski. Er hat es abgelehnt, über dieses Thema mit mir zu sprechen, doch er sagte, wenn du nur wolltest... Zwar hättest du uns alle nicht mehr lieb, aber deine Macht über ihn sei noch immer groß... Lara... Ein Wort von dir genügt... Verstehst du, was das für eine Schande ist und wie das die Ehre der Junkeruniform befleckt? Geh zu ihm, was macht es dir schon aus, bitte ihn darum... Du wirst doch nicht zulassen, daß ich die Unterschlagung mit meinem Blut abwasche?«

»Mit Blut abwaschen... Ehre der Junkeruniform«, wiederholte Lara entrüstet und ging aufgeregt im Zimmer herum. »Ich bin keine Uniform, ich habe keine Ehre, und mit mir kann man machen, was man will. Begreifst du überhaupt, worum du mich bittest, ist dir klar, was er dir anbietet? Jahr um Jahr habe ich mit einer wahren Sisyphusarbeit etwas aufgebaut, ohne mich zu schonen, und da kommt einer daher, und es ist ihm ganz egal, daß er einmal pustet und ausspuckt und alles in Trümmer fällt. Scher dich doch zum Teufel! Von mir aus erschieß dich! Was geht's mich an? Wieviel brauchst du denn?«

»Sechshundertneunzig Rubel, ein bißchen mehr, rund gerechnet siebenhundert«, sagte Rodion nach einigem Zögern.

»Rodion! Du bist ja wahnsinnig! Weißt du eigentlich, was du redest? Siebenhundert Rubel hast du verspielt? Rodion! Ist dir klar, wie lange ein gewöhnlicher Mensch wie ich braucht, um solch eine Summe mit ehrlicher Arbeit zu verdienen?«

Nach einer Pause sprach sie kühl und fremd weiter: »Gut. Ich versuche es. Komm morgen wieder. Und bring den Revolver mit, mit dem du dich erschießen wolltest. Der wird mein Eigentum. Mit einem tüchtigen Vorrat von Patronen, denk dran.«

Das Geld bekam sie von den Kologriwows.

7

Die Arbeit bei den Kologriwows hinderte Lara nicht, das Gymnasium abzuschließen, ein Studium aufzunehmen und es mit Erfolg durchzustehen; nun näherte sie sich dem Abschluß, der im kommenden Jahr neunzehnhundertzwölf sein sollte.

Im Frühjahr neunzehnhundertelf beendete ihre Schülerin Lipa das Gymnasium. Sie hatte schon einen Bräutigam, den jungen Ingenieur Friesendank, der einer guten und wohlhabenden Familie entstammte. Die Eltern billigten Lipas Wahl, aber sie waren dagegen, daß sie so früh die Ehe schloß, und rieten ihr zu warten. Darüber kam es zu dramatischen Szenen. Die verwöhnte und launische Lipa, die der Liebling der Familie war, schrie ihre Eltern an, weinte und stampfte mit den Füßen.

In dem reichen Haus, in dem Lara als Familienmitglied galt, wurde sie nicht an die Schuld erinnert, die sie für Rodion auf sich genommen hatte.

Sie würde die Schuld längst abgetragen haben, wenn sie nicht ständige Ausgaben gehabt hätte, deren Bestimmung sie geheimhielt.

Ohne daß Pawluscha davon wußte, schickte sie Geld an seinen Vater, den verbannten Strafansiedler Pawel Antipow, und half auch seiner häufig kränkelnden, zänkischen Mutter. Überdies trug sie noch heimlicher dazu bei, Pawluschas Ausgaben zu verringern, indem sie seinen Quartierwirten für Kost und Logis etwas dazuzahlte.

Pawluscha, der etwas jünger als sie war, liebte sie bis zum Wahnsinn und folgte ihr in allem. Sie bestand darauf, daß er nach Abschluß der Realschule noch Latein und Griechisch lernte, um an der philosophischen Fakultät studieren zu können. Es war ihr Traum, Pawluscha nach ihrer beider Staatsexamen zu heiraten und mit ihm als Lehrer in irgendeine Gouvernementsstadt im Ural zu gehen, er an ein Jungen-, sie an ein Mädchengymnasium.

Pawluscha wohnte in einem Zimmer, das Lara für ihn gesucht und bei ruhigen Quartierwirten gemietet hatte, in einem neuen Haus in der Kamergerski-Gasse, unweit des Künstlertheaters.

Im Sommer neunzehnhundertelf war Lara zum letztenmal mit den Kologriwows in Dupljanka. Sie liebte diese Stätte selbstvergessen, mehr noch als die Eigentümer. Diese wußten das, und es galt als ungeschriebenes Gesetz, daß Lara ihre Sommer dort verbringen konnte. Wenn der heiße, schmutzige Zug sie abgesetzt hatte und weiterfuhr und Lara angesichts der hier herrschenden uferlosen, atemberaubenden, duftigen Stille vor Erregung die Sprache verlor, schickten die anderen sie allein zu Fuß in das Gut voraus, während noch an dem Haltepunkt das Gepäck in den Wagen verladen wurde. Der Kutscher von Dupljanka, der einen Kosakenrock ohne Ärmel trug und darunter ein rotes Hemd, dessen Ärmel durch die Armlöcher schauten, pflegte den Herrschaften im Wagen die örtlichen Neuigkeiten der Saison zu erzählen.

Lara folgte dem Bahndamm auf einem von Pilgern und Wallfahrern ausgetretenen Fußweg und bog in einen Wiesenpfad ein, der zum Wald führte. Hier blieb sie dann immer stehen, kniff die Augen zu und atmete tief die verwirrend duftende Luft der Weite ein. Diese Luft war ihr lieber als Vater und Mutter, wertvoller als ein Geliebter, klüger als ein Buch. Für einen Moment erschloß sich ihr wieder der Sinn ihres Daseins. Sie erkannte, daß sie lebte, um sich in den unglaublichen Schönheiten der Erde zurechtzufinden und sie beim Namen zu nennen, und falls das ihre Kräfte überstieg, wollte sie aus Liebe zum Leben Nachfolger gebären, die das statt ihrer tun würden.

In diesem Sommer war Lara bei ihrer Ankunft todmüde von all den kräftezehrenden Arbeiten, die sie sich aufgebürdet hatte. Sie geriet leicht in Verdruß. In ihr entwickelte sich ein ängstliches Mißtrauen, das sie früher nie gekannt hatte. Dieser Zug schadete ihrem Charakter, der sich stets durch Großzügigkeit und das Fehlen von Pedanterie ausgezeichnet hatte.

Die Kologriwows wollten sie nicht gehen lassen. Wie stets war sie bei ihnen von Liebe umgeben. Aber seit sie selbständig geworden war, fand sie sich in diesem Hause überflüssig. Sie lehnte das Gehalt ab, doch es wurde ihr aufgedrängt. Sie brauchte es ja auch, und als Gast des

Hauses anderswo Geld zu verdienen, schickte sich nicht und war praktisch undurchführbar.

Lara hielt ihre Stellung für verlogen und unerträglich. Sie wähnte, eine Belastung für alle zu sein, die es ihr nur nicht zeigten. Sie war sich selber eine Last. Am liebsten wäre sie aufs Geratewohl sich und den Kologriwows davongelaufen, aber sie mußte erst einmal das Geld zurückzahlen, wie ihr wohl bewußt war, und das konnte sie derzeit nirgends bekommen. Wegen Rodions dummer Unterschlagung fühlte sie sich wie eine Geisel und wußte vor ohnmächtiger Empörung nicht wohin mit sich.

In allem glaubte sie Zeichen von Geringschätzung zu erkennen. Wenn Bekannte der Kologriwows zu Besuch kamen und ihr besondere Aufmerksamkeit erwiesen, bedeutete es, daß sie sie als demütigen »Zögling« und leichte Beute ansahen. Ließen sie sie hingegen in Ruhe, so war das der Beweis, daß sie als ein Garnichts betrachtet und deshalb nicht beachtet wurde.

Anwandlungen von Hypochondrie hinderten Lara nicht, die Zerstreuungen der zahlreichen Gäste in Dupljanka zu teilen. Sie badete und schwamm, fuhr Boot, beteiligte sich an nächtlichen Picknicks am anderen Flußufer, ließ mit den andern Feuerwerkskörper steigen und tanzte. Sie spielte bei Liebhaberaufführungen mit und wetteiferte mit besonderem Vergnügen im Zielschießen mit kurzen Mausergewehren, denen sie jedoch Rodions leichten Revolver vorzog. Damit übte sie, bis sie große Treffsicherheit erlangt hatte, und sie beklagte sich im Scherz, daß ihr als Frau der Weg des Duellanten und Haudegens verwehrt sei. Aber je mehr sie sich amüsierte, desto schlimmer wurde es mit ihr. Sie wußte selber nicht, was sie wollte.

Dies verstärkte sich noch nach ihrer Rückkehr in die Stadt. Zu all den Unannehmlichkeiten kamen leichte Zerwürfnisse mit Pawluscha (sich ernsthaft mit ihm zu zanken vermied Lara, denn sie sah in ihm ihren letzten Schutz). Er wurde in letzter Zeit zunehmend selbstsicher. Belehrende Töne in seiner Rede erheiterten und bekümmerten Lara.

Pawluscha, Lipa, die Kologriwows, das Geld – all das ging ihr im Kopf herum. Das Leben wurde ihr zuwider. Sie verlor fast den Verstand. Am liebsten hätte sie alles hingeworfen und etwas ganz Neues begonnen und erprobt. In dieser Stimmung faßte sie Weihnachten neunzehnhundertelf einen verhängnisvollen Entschluß. Sie wollte sich unverzüglich von den Kologriwows trennen und ihr Leben allein und unabhängig einrichten, das dafür erforderliche Geld aber von Komarowski erbitten. Sie glaubte, nach allem, was geschehen war, und nach den Jahren selbst erkämpfter Freiheit müsse er ihr ritterlich helfen, ohne irgendwelche Erklärungen zu fordern, uneigennützig und ohne jede Schmierigkeit.

Zu diesem Zweck machte sie sich am siebenundzwanzigsten Dezember auf den Weg zu den Petrowskije-Linien und steckte beim Gehen Rodions geladenen und entsicherten Revolver in den Muff, mit der Absicht, auf Komarowski zu schießen, falls er sich weigerte, sie mißverstand oder irgendwie erniedrigte.

In einer seltsamen Verwirrung ging sie durch die festlichen Straßen, ohne etwas wahrzunehmen. Der geplante Schuß krachte schon in ihrer Seele, völlig gleichgültig, auf wen er gezielt war. Nichts als der Schuß war in ihrem Bewußtsein. Sie hörte ihn den ganzen Weg über, und es war ein Schuß auf Komarowski, auf sich selbst, auf das eigene Schicksal und auf die Eiche in der Lichtung von Dupljanka mit der in den Stamm gekerbten Zielscheibe.

8

»Den Muff nicht anrühren«, sagte sie zu Emma Ernestowna, die nur »Ah« und »Oh« rief, als sie die Hände nach Lara ausstreckte, um ihr beim Ablegen zu helfen.

Komarowski war nicht zu Hause. Sie redete Lara zu, hereinzukommen und den Pelz auszuziehen.

»Ich kann nicht. Ich bin in Eile. Wo ist er?«

Emma Ernestowna sagte, er sei zu Besuch, bei einer Weihnachtsfeier. Mit der Adresse in der Hand lief Lara die düstere Treppe mit den bunten Wappen auf den Fenstern hinunter, die ihr alles in Erinnerung riefen, und machte sich auf den Weg in das Mehlstädtchen zu den Swentizkis.

Erst jetzt, als sie zum zweitenmal auf die Straße trat, blickte sie um sich. Da war der Winter. Da war die Stadt. Da war der Abend.

Da war die eisige Kälte. Schwarzes Eis bedeckte die Straßen, dick wie die Glasböden zerschlagener Bierflaschen. Das Atmen tat weh. In der Luft schwebte grauer Raureif, der mit seiner zottigen Borstigkeit das Gesicht zu kitzeln und zu pieken schien wie das graue Fell ihres vereisten Pelzkragens, das ihr in den Mund drang. Mit hämmerndem Herzen ging sie durch die menschenleeren Straßen. Die Türen der Teestuben und Garküchen dampften. Aus dem Nebel tauchten Gesichter auf, von der Kälte rot wie Wurst; die zottigen Köpfe der Pferde und Hunde hingen voller kleiner Eiszapfen. Die dick befrorenen Fenster der Häuser waren wie mit Kreide beschmiert, und über die undurchsichtigen Scheiben huschten der bunte Widerschein der brennenden Weihnachtsbaumkerzen und die Schatten der Feiernden, als wollten die Hausbewohner den Straßenpassanten auf gespannten Laken die Schattenbilder einer Laterna magica vorführen.

In der Kamergerski-Gasse blieb Lara stehen. Ich kann

nicht mehr, ich halte es nicht aus, brach es beinahe laut aus ihr hervor. Ich geh hinauf und erzähle ihm alles, dachte sie, nahm sich zusammen und öffnete die schwere Tür des vornehmen Hauses.

9

Pawluscha, rot vor Anstrengung und die Zunge in die Wange drückend, mühte sich vor dem Spiegel ab, den Kragen umzulegen und den einknickenden Kragenknopf in die Löcher des gestärkten Vorhemds hineinzubringen. Er wollte einen Besuch machen, und er war noch so rein und unverdorben, daß er ganz verlegen wurde, als Lara, ohne anzuklopfen, hereinkam und ihn unvollständig angezogen vorfand. Er sah sofort, daß sie erregt war. Ihre Beine gaben nach. Sie kam herein, ihre Schritte stießen das Kleid auseinander, als ob sie es durchwatete.

»Was hast du? Was ist passiert?« fragte er besorgt und eilte ihr entgegen.

»Setz dich neben mich. So, wie du bist. Zieh dich nicht weiter an. Ich hab's eilig, muß gleich wieder weg. Rühr den Muff nicht an. Warte. Drehe dich einen Moment um.«

Er gehorchte. Lara trug ein englisches Kostüm. Sie zog die Jacke aus, hängte sie an einen Nagel, nahm Rodions Revolver aus dem Muff und steckte ihn in die Jackentasche. Dann kehrte sie zum Sofa zurück und sagte: »Du kannst dich wieder umdrehen. Zünde eine Kerze an und mach das Licht aus.«

Lara unterhielt sich gern bei schummrigem Kerzenschein. Pawluscha hielt stets für sie eine volle Packung Kerzen vorrätig. Jetzt ersetzte er den Stummel im Leuchter durch eine neue Kerze, stellte den Leuchter aufs Fensterbrett und zündete den Docht an. Das Flämmchen erstickte zunächst am Stearin, sprühte knisternde Sternchen nach allen Seiten und streckte sich dann pfeilgerade. Das Zimmer füllte sich mit sanftem Licht. Im Eis der zugefrorenen Scheibe schmolz in Höhe der Kerzenflamme ein schwarzes Loch.

»Hör zu, Pawluscha«, sagte Lara. »Ich habe Schwierigkeiten. Ich brauche Hilfe, um da herauszukommen. Erschrick nicht und stell mir keine Fragen, aber du mußt dich von dem Gedanken trennen, daß wir wie alle sind. Du wirst nie ruhig sein können. Ich bin ständig in Gefahr. Wenn du mich liebst und mich vor dem Tod bewahren willst, dann laß uns möglichst bald heiraten.«

»Aber das ist mein innigster Wunsch«, fiel er ihr ins Wort. »Nenne mir den Tag, mir ist jeder recht, den du möchtest. Doch sage mir klar und einfach, was du hast, und quäle mich nicht mit Rätseln.«

Lara wich jedoch einer direkten Antwort aus und lenkte ihn rasch ab. Sie sprachen noch lange über Themen, die mit dem Gegenstand von Laras Kummer nichts zu tun hatten.

10

In diesem Winter schrieb Jura einen wissenschaftlichen Aufsatz über die Nervenstrukturen der Netzhaut, mit dem er sich um die Goldmedaille der Universität bewerben wollte. Obwohl er sein Examen in Allgemeinmedizin machen würde, kannte er das Auge so gründlich wie ein angehender Augenarzt.

Dieses Interesse für die Physiologie des Sehens zeigte eine andere Seite von Juras Natur – seine schöpferischen Fähigkeiten und sein Nachdenken über das Wesen eines künstlerischen Werkes und den Aufbau einer logischen Idee.

Tonja und er wollten mit einer Schlittendroschke zur

Weihnachtsfeier bei den Swentizkis fahren. Beide hatten sechs Jahre Seite an Seite gelebt, das Ende der Kindheit und den Beginn der Jugend. Sie kannten einander bis in die kleinsten Einzelheiten. Sie hatten gleiche Gewohnheiten und eine eigene Art und Weise, kurze witzige Äußerungen zu machen und als Antwort abgerissen loszuprusten. So fuhren sie auch jetzt schweigend, die Lippen in der Kälte zusammengepreßt, und wechselten kurze Bemerkungen. Beide hingen ihren Gedanken nach.

Jura dachte daran, daß der Termin für den Medaillenwettbewerb näherrückte und er sich mit dem Aufsatz beeilen mußte, und in dem festlichen Getümmel des zu Ende gehenden Jahres in den Straßen sprang er von diesem Gedanken auf andere.

An Mischa Gordons Fakultät wurde eine hektographierte Studentenzeitschrift herausgegeben, die Gordon redigierte. Jura hatte ihm schon vor längerer Zeit einen Artikel über Block versprochen. Für Block schwärmte die Jugend beider Hauptstädte, er und Mischa noch mehr als andere.

Aber auch diese Gedanken beschäftigten Jura nicht lange. Sie fuhren, das Kinn im Kragen, die frierenden Ohren reibend, und dachten über Verschiedenes nach. In einem Punkt aber trafen sich ihre Gedanken.

Die jüngste Szene bei Anna Iwanowna hatte beide sehr verändert. Sie waren gleichsam sehend geworden und betrachteten einander mit neuen Augen.

Tonja, die alte Gefährtin, diese verständliche, keinerlei Erklärungen verlangende Wirklichkeit, war zum Unerreichbarsten und Kompliziertesten von allem geworden, was Jura sich vorzustellen vermochte – sie war eine Frau. Bei einiger Bemühung seiner Phantasie konnte er sich als Ararat-Besteiger, als Held, Prophet, Sieger vorstellen, überhaupt als alles, nur nicht als Frau.

Diese überaus schwierige und alles übersteigende Aufgabe hatte Tonja auf ihre schwachen, mageren Schultern geladen (sie kam Jura plötzlich schwach und mager vor, obgleich sie ein kerngesundes Mädchen war). Er war mit dem heißen Mitgefühl und der zaghaften Verwunderung für sie erfüllt, die der Anfang von Leidenschaft ist.

Das Gleiche, nur mit umgekehrten Vorzeichen, vollzog sich in Tonja in bezug auf Jura.

Jura fand, sie hätten doch lieber zu Hause bleiben sollen. Wenn in ihrer Abwesenheit nur nichts passierte! Er erinnerte sich. Nachdem sie erfahren hatten, daß es Anna Iwanowna schlechter ging, waren sie, schon ausgehfertig, noch einmal zu ihr gegangen und hatten ihr angeboten zu bleiben. Sie hatte ebenso heftig wie neulich widersprochen und verlangt, sie sollten zu dem Fest fahren. Jura und Tonja waren hinter die Gardine in die tiefe Fensternische getreten, um nach dem Wetter zu schauen. Als sie aus der Nische heraustraten, hafteten beide Hälften der Tüllgardine an dem Stoff ihrer neuen Kleider. Das leichte Gewebe schmiegte sich an und wurde von Tonja ein paar Schritte mitgetragen wie ein Brautschleier. Alle lachten, denn diese Ähnlichkeit war allen im Schlafzimmer ohne Worte aufgefallen.

Jura blickte nach beiden Seiten und sah, was auch Lara schon bemerkt hatte. Ihr Schlitten polterte unnatürlich laut und weckte einen unnatürlich langen Nachhall unter den vereisten Bäumen der Parks und Boulevards. Die von innen leuchtenden, bereiften Fenster der Häuser erinnerten an kostbare Schatullen aus mehrschichtigem Rauchtopas. In ihnen spielte sich das Weihnachtsleben von Moskau ab, da brannten Lichtertannen, da drängten sich Gäste, da spielten verkleidete Possenreißer Versteck und ein Ringelspiel.

Jura dachte auf einmal, Block sei eine weihnachtliche Erscheinung in allen Bereichen des russischen Lebens, im nördlichen Stadtalltag und in der neuesten Literatur, unter dem Sternenhimmel der gegenwärtigen Straße und rund um die angezündete Lichtertanne im Salon dieses Jahrhunderts. Er dachte, es bedürfe keines Aufsatzes über Block, es müsse lediglich eine russische Anbetung der Weisen geschrieben werden, wie bei den Holländern, mit Frost, Wölfen und einem dunklen Tannenwald.

Sie fuhren durch die Kamergerski-Gasse. Jura entdeckte in einem der Fenster ein in die Eisschicht hineingeschmolzenes schwarzes Loch. Durch dieses Loch schimmerte eine Kerzenflamme, die fast mit der Bewußtheit eines Blicks auf die Straße drang, als beobachte das Flämmchen die Vorüberfahrenden und warte auf jemand.

»Die Kerze brannte... Die Kerze...«, flüsterte er vor sich hin, es war der Anfang von etwas noch Unklarem, Unausgereiftem, und er hoffte, die Fortsetzung werde von selbst und ohne Zwang kommen. Aber sie kam nicht.

11

Die Weihnachtsfeier bei den Swentizkis wurde seit undenklichen Zeiten nach dem gleichen Muster veranstaltet. Um zehn, wenn die Kinder weggebracht waren, wurden die Kerzen am Baum für die Jugendlichen und Erwachsenen zum zweitenmal angezündet, und man amüsierte sich bis zum Morgen. Die Älteren droschen die ganze Nacht Karten in dem pompejanischen Salon mit den drei Wänden, der die Fortsetzung des Saales und von diesem durch einen schweren Vorhang an großen Bronzeringen getrennt war. Gegen Morgen nahm die ganze Gesellschaft das Abendessen ein.

»Warum kommt ihr so spät?« fragte George, der Neffe der Swentizkis, während er durch die Diele zu Onkel und Tante in die hinteren Räume eilte. Jura und Tonja wollten auch dorthin, um die Gastgeber zu begrüßen, und während sie ablegten, warfen sie einen Blick in den Saal.

Vorbei an der hitzeatmenden Tanne, die von mehreren Reihen strömenden Glanzes umgürtet war, bewegte sich kleiderraschelnd und einander auf die Füße tretend die schwarze Wand der schlendernden und plaudernden Gäste, die nicht tanzten.

In ihrem Kreis wirbelten die Tänzer herum. Angeführt wurden sie von dem Lyzeumsschüler Koka Kornakow, dem Sohn eines Staatsanwalts. Er führte die Paare zusammen und zog sie zur Kette auseinander, dirigierte das Tanzen und brüllte aus vollem Halse von einem Ende des Saals zum anderen: »Grand rond! Chaîne chinoise!«, und alles geschah nach seinem Wort. »Une valse s'il vous plaît!« rief er dem Klavierspieler zu und führte an der Spitze der ersten Tour seine Dame à trois temps, à deux temps, dabei verlangsamte er die Gangart immer mehr bis zu einem kaum bemerkbaren Auf-der-Stelle-Treten, das kein Walzer mehr war, sondern nur ein ersterbender Nachhall. Alle applaudierten, dann wurden der sich bewegenden, scharrenden, lärmenden Menge Eis und Erfrischungsgetränke gereicht. Die erhitzten Jünglinge und Mädchen unterbrachen vorübergehend ihr Geschrei und Gelächter, um hastig und gierig kalten Saft oder Limonade zu trinken, doch kaum hatten sie die Gläser aufs Tablett zurückgestellt, erneuerten sich ihr Geschrei und Gelächter, als hätten sie etwas Erheiterndes zu sich genommen.

Tonja und Jura, ohne den Saal zu betreten, suchten die Gastgeber auf.

12

Die hinteren Räume der Swentizkis waren mit überflüssigen Sachen vollgestellt, die man aus dem Salon und aus dem Saal herausgetragen hatte, um Platz zu gewinnen.

Hier befand sich die Zauberküche der Gastgeber, ihr Weihnachtsvorrat. Es roch nach Farbe und Leim, Rollen Buntpapier lagen herum, und es gab haufenweise Kartons mit Kotillon-Sternen und Weihnachtskerzen.

Die alten Swentizkis waren eben dabei, Nummernschildchen für die Geschenke, Tischkärtchen für das Abendessen und Lose für die Tombola zu beschriften. Dabei half ihnen George, aber da er sich bei der Numerierung oft irrte, knurrten sie ihn gereizt an. Die Swentizkis freuten sich schrecklich über Jura und Tonja, die sie schon als kleine Kinder gekannt hatten. Ohne große Umstände und weitere Worte beteiligten sie sie an der Arbeit.

»Felizita begreift nicht, daß sie daran früher hätte denken sollen, nicht erst jetzt, wo das Haus voller Gäste ist. Ach, ist das ein heilloses Durcheinander, George, was hast du schon wieder mit den Nummern angerichtet! Die Konfektschachteln sollten doch auf den Tisch und die leeren aufs Sofa, und jetzt dieser Wirrwarr, alles verkehrt.«

»Ich bin sehr froh, daß es Anna besser geht. Pierre und ich haben uns schon Sorgen gemacht.«

»Ja, meine Liebe, aber grade jetzt geht es ihr schlechter, verstehst du, bei dir ist immer alles devant-derrière.«

Jura und Tonja verbrachten den halben Abend mit George und den Gastgebern hinter den Weihnachtskulissen.

13

Während sie mit den Swentizkis zusammensaßen, war Lara die ganze Zeit im Saal. Obwohl sie keine Ballkleidung trug und niemanden hier kannte, ließ sie sich bald willenlos, wie im Traum, von Koka Kornakow herumwirbeln, bald schlenderte sie, wie im Wasser treibend, müßig durch den Saal.

Ein paarmal hatte sie schon unschlüssig auf der

Schwelle des Salons gestanden, in der Hoffnung, der mit dem Gesicht zum Saal sitzende Komarowski würde sie bemerken. Aber er blickte nur in seine Karten, die er aufgefächert in der Linken hielt, und sah sie nicht oder tat so. Lara blieb der Atem weg vor Kränkung. In diesem Moment kam ein junges Mädchen, das ihr fremd war, aus dem Saal in den Salon. Komarowski warf ihr einen Blick zu, den Lara bestens kannte. Das Mädchen fühlte sich geschmeichelt, lächelte ihm zu und errötete strahlend. Bei diesem Anblick hätte Lara beinahe aufgeschrien. Schamröte stieg ihr in Gesicht und Hals. Ein neues Opfer, dachte sie und sah wie in einem Spiegel sich selbst und ihre ganze Geschichte. Aber sie gab die Absicht, mit Komarowski zu sprechen, nicht auf, verschob den Versuch auf einen günstigeren Moment, zwang sich zur Ruhe und kehrte in den Saal zurück.

Mit Komarowski spielten am Tisch weitere drei Personen. Der Mann neben ihm war der Vater des stutzerhaften Lyzeumsschülers, der Lara zum Walzer aufgefordert hatte. Das schloß Lara aus ein paar Worten, die sie beim Tanz mit ihrem Kavalier gewechselt hatte. Eine hochgewachsene Brünette in Schwarz mit übermütig funkelnden Augen und unangenehm schlangenhaft gestrafftem Hals, die unentwegt aus dem Salon in den Saal ging, wo ihr Sohn tätig war, und wieder zurück in den Salon zu ihrem spielenden Mann, war die Mutter von Koka Kornakow. Schließlich erfuhr sie durch Zufall, daß das junge Mädchen, das in Lara so komplizierte Empfindungen ausgelöst hatte, Kokas Schwester war und ihre Mutmaßungen jeder Grundlage entbehrten.

»Kornakow«, hatte sich Koka ihr ganz zu Anfang vorgestellt. Da hatte sie noch nicht durchgesehen. »Kornakow«, wiederholte er bei der letzten gleitenden Umdrehung, brachte sie zu einem Sessel und verbeugte sich.

Diesmal war es bei Lara angekommen. Kornakow,

Kornakow, überlegte sie. Der Name kommt mir auf unangenehme Weise bekannt vor. Dann fiel es ihr ein. Kornakow war Staatsanwalt am Moskauer Obergericht. Er war es, der die Anklage gegen die Gruppe der Eisenbahner geführt hatte, mit der Tiwersin verurteilt worden war. Kologriwow war auf Laras Bitte zu ihm gefahren, um ihn zu bewegen, bei diesem Prozeß nicht gar zu unmenschlich zu sein, doch vergeblich. Der ist es also! So, so, so. Interessant. Kornakow, Kornakow.

14

Es war in der ersten oder zweiten Nachtstunde. Der Lärm stand Jura in den Ohren. Nach einer Pause, in der man im Eßzimmer Tee mit Petits fours zu sich genommen hatte, ging das Tanzen weiter. Die Kerzen, die an der Tanne niedergebrannt waren, wurden nicht mehr erneuert.

Jura stand zerstreut im Saal und blickte zu Tonja, die mit einem Unbekannten tanzte. Wenn sie an ihm vorüberschwebte, warf sie mit einer Beinbewegung die kleine Schleppe des langen Atlaskleides zurück, so daß sie einen Schlenker machte wie ein Fischlein, und verschwand wieder in der Menge der Tanzenden.

Sie war sehr erhitzt. Als sie in der Pause im Eßzimmer saßen, hatte Tonja den Tee zurückgewiesen und ihren Durst mit Mandarinen gestillt, die sie von der duftenden, leicht sich lösenden Schale befreite. Aller Augenblicke nahm sie ihr Batisttüchlein, winzig wie Obstbaumblüten, aus dem Gürtel oder aus dem kurzen Ärmel und wischte sich damit die Mundwinkel und die klebrigen Finger. Lachend und ohne ihr lebhaftes Gespräch zu unterbrechen, steckte sie es mechanisch wieder in den Gürtel oder hinter die Miederrüsche.

Jetzt tanzte sie mit dem unbekannten Kavalier und

streifte bei einer Umdrehung den abseits stehenden finsteren Jura, dabei drückte sie ihm übermütig die Hand und lächelte vielsagend. Bei einer dieser Berührungen blieb das Tüchlein, das sie hielt, in seiner Hand. Er preßte es an die Lippen und schloß die Augen. Das Tüchlein duftete nach Mandarinenschale und nach Tonjas heißer Hand, und beide Düfte waren bezaubernd. Dies war etwas Neues in seinem Leben, er hatte es zuvor nie empfunden, und es durchdrang ihn jetzt heftig von Kopf bis Fuß. Der kindlich naive Geruch war vertraut und vernünftig wie ein in der Dunkelheit geflüstertes Wort. Jura stand mit geschlossenen Augen, die Hand vor dem Mund, und atmete den Duft ein. Plötzlich krachte im Hause ein Schuß.

Alle wandten den Kopf zu dem Vorhang, der den Salon vom Saal trennte. Das Schweigen dauerte eine Minute. Dann begann ein Tumult. Alle kamen in Bewegung und schrien. Ein Teil stürzte hinter Koka Kornakow her, dorthin, wo der Schuß gefallen war. Andere kamen ihnen entgegen, drohend, weinend, im Streit einander ins Wort fallend.

»Was hat sie angerichtet, was hat sie angerichtet«, rief Komarowski immer wieder verzweifelt.

»Boris, lebst du? Boris, du lebst«, schrie Madame Kornakowa hysterisch. »Unter den Gästen soll doch Doktor Drokow sein. Aber wo ist er, wo ist er? Ach, lassen Sie mich bitte! Für Sie ist das ein Kratzer, für mich die Rechtfertigung meines ganzen Lebens. O mein armer Märtyrer, der all diese Verbrecher entlarvt hat! Da ist sie! Du Miststück, ich kratze dir die Augen aus, du Verbrecherin! Sie darf nicht entkommen! Was haben Sie gesagt, Herr Komarowski? Auf Sie hat sie geschossen? Nein, ich kann nicht mehr. Ich habe großes Leid, Herr Komarowski, besinnen Sie sich, mir ist jetzt nicht nach Scherzen zumute. Koka, was sagst du dazu! Auf deinen Vater... Ja... Aber die Hand Gottes... Koka! Koka!«

Die Gäste strömten aus dem Salon in den Saal. Mit ihnen ging Kornakow, scherzte laut und versicherte allen, er sei gänzlich unversehrt, doch er drückte eine saubere Serviette auf den blutenden Kratzer der leicht verletzten linken Hand. In einer anderen Gruppe, etwas abseits und weiter hinten, wurde Lara an der Hand geführt.

Jura erstarrte, als er sie sah. Sie ist es! Und schon wieder unter ungewöhnlichen Umständen! Und da ist auch der Grauhaarige. Den kannte Jura jetzt. Es war der angesehene Advokat Komarowski, der mit seinem väterlichen Erbe befaßt war. Den brauchte er nicht zu grüßen, und so tat Jura denn auch, als ob sie sich nicht kannten. Und sie... Also hat sie geschossen? Auf den Staatsanwalt? Bestimmt eine Politische. Die Ärmste. Das wird böse Folgen für sie haben. Wie stolz und schön sie ist! Und die da zerren sie, diese Teufel, verdrehen ihr die Arme wie einer erwischten Diebin.

Aber dann begriff er, daß er das falsch sah. Lara konnte sich kaum auf den Beinen halten. Man hielt sie bei den Armen, damit sie nicht hinfiel, und schleppte sie mühsam zum nächsten Sessel, in dem sie dann auch zusammenbrach.

Jura eilte zu ihr, um sie zur Besinnung zu bringen, wollte aber zunächst dem vermeintlichen Opfer des Anschlags sein Interesse bekunden. Er ging zu Kornakow und sagte: »Es wurde um ärztliche Hilfe gebeten. Ich kann sie leisten. Zeigen Sie mir Ihre Hand. Nun, Gott war Ihnen gnädig. Das ist eine Lappalie und braucht nicht mal verbunden zu werden. Im übrigen könnte ein wenig Jod nicht schaden. Da ist Frau Swentizki, wir werden sie darum bitten.«

Frau Swentizki und Tonja, die rasch auf Jura zukamen, waren sehr blaß. Sie sagten, er solle alles stehn und liegen lassen und sich schleunigst anziehen, der Schlitten sei da, um sie abzuholen, zu Hause sei etwas geschehen. Jura erschrak, dachte an das Schlimmste, vergaß alles auf der Welt und lief nach seinem Mantel.

15

Sie trafen Anna Iwanowna nicht mehr lebend an, als sie Hals über Kopf ins Haus stürzten. Der Tod war zehn Minuten vor ihrer Ankunft eingetreten. Die Todesursache war ein langer Erstickungsanfall infolge eines akuten, nicht rechtzeitig erkannten Lungenödems.

In den ersten Stunden schrie Tonja fürchterlich, wand sich in Krämpfen und erkannte niemanden. Am nächsten Tag wurde sie still und hörte geduldig auf das, was der Vater und Jura ihr sagten, aber sie konnte nur durch Nicken antworten, denn kaum öffnete sie den Mund, packte das Leid sie mit alter Kraft, und die Schreie brachen wie von selbst aus ihr hervor wie aus einer Besessenen.

Stundenlang kniete sie in den Pausen zwischen den Gebeten bei der Toten, die schönen langen Arme um eine Ecke des Sargs und den Rand des Gestells gelegt, auf dem er stand, und um die Kränze, die ihn bedeckten. Sie nahm keinen Menschen wahr. Kaum aber trafen ihre Blicke auf die der Angehörigen, stand sie eilig auf, huschte, ihr Schluchzen unterdrückend, aus dem Saal, lief die Treppe hinauf in ihr Zimmer, warf sich aufs Bett und wühlte die Ausbrüche der in ihr rasenden Verzweiflung in die Kissen.

Von dem Kummer, dem langen Stehen und der Unausgeschlafenheit, von den Totengesängen, dem blendenden Kerzenlicht Tag und Nacht und von der Erkältung, die sich Jura zugezogen hatte, war in seiner Seele ein süßes Durcheinander, selig und fieberhaft, gramvoll und begeistert.

Zehn Jahre zuvor, als seine Mutter beigesetzt wurde,

war er noch ganz klein gewesen. Bis heute erinnerte er sich, wie untröstlich er geweint hatte vor Leid und Grauen. Damals war er nicht die Hauptsache gewesen. Damals dürfte er sich kaum gedacht haben, daß es ihn, einen gewissen Jura, gab und daß er für sich genommen von Wert oder Interesse war. Damals war die Hauptsache das gewesen, was außerhalb von ihm und um ihn existierte. Die Außenwelt umschloß ihn von allen Seiten, spürbar, undurchdringlich und unbezweifelbar wie ein Wald, darum war er ja über den Tod der Mutter so erschüttert gewesen, weil er sich mit ihr in diesem Wald verirrt hatte und plötzlich darin allein zurückgeblieben war, ohne sie. Dieser Wald bestand aus allen Dingen dieser Welt – den Wolken, den Ladenschildern der Stadt, den Kugeln auf den Wachtürmen der Feuerwehr, den Klosterdienern, die vor der Kutsche mit dem Bildnis der Gottesmutter herritten und statt der Mützen Ohrenschützer auf den angesichts des Heiligtums entblößten Köpfen trugen. Zu diesem Wald gehörten auch die Schaufenster in den Passagen und der unerreichbar hohe nächtliche Sternenhimmel, der liebe Gott und die Heiligen.

Dieser unfaßbar hohe Himmel neigte sich tief herunter zu ihm ins Kinderzimmer in den Schoß der Kinderfrau, wenn sie eine fromme Geschichte erzählte, und er wurde nah und greifbar wie der Wipfel des Nußbaums, dessen Zweige man in den Schluchten niederbog, um die Nüsse zu ernten. Er tauchte im Kinderzimmer gleichsam in die vergoldete Schüssel und verwandelte sich, wenn er in Gold und Feuer gebadet hatte, in den Frühgottesdienst oder die Vormittagsmesse im Kirchlein der Gasse, in das die Kinderfrau ihn führte. Dort wurden die Himmelssterne zu ewigen Lämpchen, der liebe Gott zum Geistlichen, und so fand alles seinen Platz und sein Amt, mehr oder weniger nach den Fähigkeiten. Das Wichtigste aber waren die wirkliche Welt der Erwachsenen und die Stadt, die rundum stand wie ein dunkler Wald. Damals glaubte Jura mit seinem halb tierischen Glauben an den Gott dieses Waldes wie an den Förster.

Ganz anders heute. In den zwölf Jahren an der mittleren und höheren Schule hatte er sich mit dem Altertum und der Religion, mit den Sagen und Legenden und den Dichtern, mit Geschichts- und Naturwissenschaften beschäftigt wie auch mit seiner Familienchronik und seinem Stammbaum. Jetzt fürchtete er nichts mehr, nicht Leben noch Tod, und alles auf der Welt, alle Dinge waren Wörter seines Wörterbuchs. Er fühlte sich mit dem Weltall auf gleichem Fuß und stand die Trauerfeier für Anna Iwanowna ganz anders durch als seinerzeit die für seine Mutter. Damals war er vor Schmerz außer sich gewesen, hatte sich gefürchtet und gebetet. Jetzt nahm er den Gottesdienst für das Seelenheil der Verstorbenen als eine Mitteilung auf, die unmittelbar an ihn gerichtet war und ihn direkt betraf. Er hörte sich hinein in die Worte und erwartete von ihnen einen verständlich ausgedrückten Sinn wie von jeder Sache, und es war nichts von Frömmigkeit in seinem unvergänglichen Gefühl für die höheren Mächte Himmels und der Erde, vor denen er sich zu verneigen bereit war wie vor großen Vorfahren.

16

»Heiliger Gott, heiliger Starker, heiliger Unsterblicher, erbarme dich unser.« Was war das? Wo war er? Das Hinaustragen. Der Sarg wurde hinausgetragen. Er mußte aufwachen. In der sechsten Morgenstunde hatte er sich angezogen auf das Sofa fallen lassen. Wahrscheinlich hatte er Fieber. Jetzt suchten sie ihn im ganzen Hause, und niemand kam auf die Idee, daß er in der Bibliothek schlief und nicht aufwachen konnte in seinem Winkel hinter den Bücherregalen, die bis an die Decke reichten.

»Jura, Jura!« rief irgendwo in der Nähe der Hausmeister Markel. Das Hinaustragen begann, Markel sollte die Kränze auf die Straße bringen, doch er konnte Jura nicht finden, überdies blieb er im Schlafzimmer stecken, wo sich die Kränze türmten, denn die Tür wurde von der aufgegangenen Kleiderschranktür festgehalten und ließ ihn nicht hinaus.

»Markel, Markel! Jura!« riefen sie unten.

Markel beseitigte mit einem Faustschlag das Hindernis und lief mit mehreren Kränzen die Treppe hinunter.

»Heiliger Gott, heiliger Starker, heiliger Unsterblicher«, wehte es leise durch die Gasse und schwebte in ihr, als hätte jemand eine weiche Straußenfeder durch die Luft gezogen, und alles schwankte: Kränze und Passanten, die Pferdeköpfe mit den Federbüschen, das Weihrauchfaß an der Kette in der Hand des Geistlichen, die weiße Erde zu Füßen.

»Jura! Mein Gott, endlich. Wach bitte auf«, rief Schura Schlesinger und rüttelte ihn an der Schulter. »Was hast du? Der Sarg wird hinausgetragen. Kommst du nicht mit?«

»Doch, natürlich.«

17

Die Trauerfeier war zu Ende. Die Bettler traten frierend von einem Bein aufs andere und drängten sich in zwei Reihen zusammen. Der Leichenwagen schob sich ein wenig vor, ebenso das zweirädrige Gefährt mit den Kränzen und die Kutsche der Krügers, denn die Kutscher fuhren näher an die Kirche heran. Aus der Kirche kam verheult Schura Schlesinger, hob den tränenfeuchten Schleier und ließ den Blick prüfend die Reihe der Mietdroschken entlanggleiten. Nachdem sie die Sargträger vom Bestattungsbüro ausgemacht hatte, winkte sie sie mit einer Kopfbewegung zu sich und verschwand mit ihnen in der Kirche. Immer mehr Leute strömten ins Freie.

»Nun hat es auch Anna Iwanowna erwischt. Sie hat sich empfohlen, die Ärmste, sie hat eine weite Reise vor sich.«

»Ja, jetzt kann sie nicht mehr herumflitzen, die Ärmste. Jetzt muß sie sich ausruhn, diese Libelle.«

»Haben Sie eine Kutsche, oder fahren Sie mit der Elf?«

»Meine Beine sind ganz steif vom Stehen. Wir gehen ein Stückchen und fahren dann.«

»Haben Sie gesehen, wie Fufkow leidet? Wie er die Verstorbene angeguckt hat, die Tränen sind nur so geströmt, geschneuzt hat er sich und hätte sie am liebsten aufgefressen. Dabei stand ihr Mann daneben.«

»Das ganze Leben lang hat er sie mit Blicken verschlungen.«

Unter solchen Gesprächen bewegte sich der Zug zum Friedhof am andern Ende der Stadt. An diesem Tag hatte der starke Frost etwas nachgelassen. Der Tag war erfüllt von regloser Schwere, ein Tag der milderen Luft, Tag eines dahingegangenen Lebens, ein Tag, den die Natur für eine Beerdigung geschaffen zu haben schien. Der schmutzige Schnee schimmerte gleichsam durch einen darübergeworfenen Trauerflor, und aus den Gärten blickten mittrauernd feuchte dunkle Tannen wie geschwärztes Silber.

Es war der denkwürdige Friedhof, auf dem Juras Mutter, Maria Nikolajewna Shiwago, ihre letzte Ruhestätte gefunden hatte. Er war in den letzten Jahren nicht mehr an ihrem Grabe gewesen. Mutter, flüsterte er wie damals, als er den Friedhof von weitem sah.

Die Trauergäste verteilten sich feierlich und sogar malerisch auf den gefegten Gehwegen, deren Windungen schlecht zu ihrem leidvoll gemessenen Schritt paßten. Alexander Gromeko führte Tonja am Arm. Ihnen folgten die Krügers. Die Trauerkleidung stand Tonja sehr gut.

An den Ketten der Kreuze auf den Kuppeln und auf den rosa Klostermauern war zottiger Reif, bärtig wie Schimmel. In der hinteren Ecke des Klosterhofes waren von Mauer zu Mauer Leinen gespannt, an denen Wäsche zum Trocknen hing – Hemden mit schweren aufgeblähten Ärmeln, pfirsichfarbene Tischdecken und verzogene, schlecht ausgewrungene Laken. Jura blickte dorthin und erkannte, daß es die Stelle des Klostergeländes war, wo damals der Schneesturm getobt hatte, nur standen da jetzt Neubauten.

Jura ging allein, überholte raschen Schrittes die anderen, blieb von Zeit zu Zeit stehen und wartete auf sie. Als Antwort auf den verheerenden Zustand, in den der Tod diese langsam von hinten herbeischreitende Gesellschaft versetzt hatte, wollte er so stürmisch, wie das Wasser schäumend in die Tiefe stürzt, träumen und nachdenken, an Formen arbeiten, Schönheit hervorbringen. Wie noch nie zuvor war ihm klar, daß die Kunst unaufhörlich mit zwei Dingen beschäftigt ist. Sie sinnt immerfort über den Tod nach und schafft dadurch immerfort Leben. Die große, wahre Kunst, die die Offenbarung des Johannes genannt wird, und die, die sie fortschreibt.

Jura genoß es begierig im voraus, wie er für einen oder zwei Tage aus dem Blickfeld der Familie und der Universität verschwinden und wie er in sein Gedicht für Anna Iwanownas Seelenheil all das einarbeiten würde, was ihm bis dahin unterkäme: alles Zufällige, was das Leben ihm zuführte, einige der besten Charakterzüge der Verstorbenen, die Gestalt Tonjas in Trauerkleidung, ein paar Straßenbeobachtungen auf dem Rückweg vom Friedhof, die aufgehängte Wäsche an der Stelle, wo vor langer Zeit nächtlich der Schneesturm geheult und er als kleiner Junge geweint hatte.

Vierter Teil

Herangereifte Unausbleiblichkeiten

1

Lara lag fiebernd im Schlafzimmer auf dem Bett von Felizita Swentizki. Um sie herum standen raunend die Swentizkis, Doktor Drokow und Dienstpersonal.

Das leere Haus der Swentizkis lag in Dunkelheit, nur in der Mitte der langen Zimmerflucht brannte im kleinen Salon eine trübe Wandlampe, die ihr Licht in den langgestreckten Gang warf.

In dieser Zimmerflucht ging Komarowski mit bösen, entschlossenen Schritten auf und ab, als wäre er hier nicht Gast, sondern Hausherr. Ab und an warf er einen Blick in das Schlafzimmer, um nachzusehen, wie es dort stehe, dann wieder begab er sich ans andere Ende des Hauses und ging an der Tanne mit ihren Silberkugeln vorbei ins Eßzimmer, wo sich der Tisch unter den nichtangerührten Speisen bog und wo die grünlichen Weingläser klirrten, wenn draußen auf der Straße eine Kutsche vorüberfuhr oder zwischen den Tellern ein Mäuslein übers Tischtuch flitzte.

Komarowski war ganz außer sich. Widersprüchliche Gefühle drängten sich in seiner Brust. Dieser Skandal, dieses Aufsehen! Er schäumte vor Wut. Seine Position war in Gefahr. Der Vorfall drohte seinen Ruf zu untergraben.

Er mußte um jeden Preis, ehe es zu spät war, allem zuvorkommen, Gerede unterbinden und, wenn sich die Neuigkeit schon verbreitet hatte, die Gerüchte im Keim erstikken. Überdies empfand er wieder einmal, wie fesselnd dieses verzweifelte, verrückte Mädchen war. Man merkte sofort, sie war etwas Besonderes. Sie hatte etwas Ungewöhnliches. Wie spürbar und irreparabel mußte er ihr das Leben verdorben haben! Wie sie raste, wie sie meuterte und aufbegehrte, um ihr Leben nach ihrer Art zu gestalten und neu zu beginnen.

Er würde ihr in jeder Weise helfen, vielleicht ein Zimmer für sie mieten, sie jedoch nie wieder anrühren, im Gegenteil, er würde sich von ihr fernhalten und sich zurückziehen, um keinen Schatten zu werfen, sonst stellte sie womöglich noch sonst etwas an!

Wieviel Scherereien er vor sich hatte! Für solche Sachen stand immer Ärger zu erwarten. Das Gesetz schlief nicht. Noch war Nacht, und diese Geschichte lag keine zwei Stunden zurück, doch schon war zweimal ein Polizist dagewesen, und Komarowski war mit ihm in die Küche gegangen, um alles zu erklären und beizulegen.

Je länger das Ganze dauerte, um so komplizierter würde es sein. Er mußte beweisen, daß Lara auf ihn und nicht auf Kornakow gezielt hatte. Aber auch damit war die Sache nicht ausgestanden. Ein Teil der Verantwortung würde von Lara genommen, trotzdem käme sie um eine gerichtliche Untersuchung nicht herum.

Selbstverständlich würde er das mit allen Kräften zu verhindern suchen, und wenn Anklage erhoben wurde, mußte er ein psychiatrisches Gutachten beschaffen, wonach Lara im Moment des Schusses unzurechnungsfähig gewesen sei, und so die Einstellung des Verfahrens bewirken.

Bei diesen Überlegungen wurde Komarowski ruhiger. Die Nacht verging. Lichtstreifen eilten von Zimmer zu

Zimmer und spähten unter Tische und Sofas wie Schätzer vom Leihhaus oder Diebe.

Komarowski blickte noch einmal ins Schlafzimmer und vergewisserte sich, daß es Lara nicht besser ging, dann fuhr er von den Swentizkis zu einer Bekannten, Juristin und Frau eines politischen Emigranten, Rufina Onissimowna Woit-Woitkowskaja. Ihre Achtzimmerwohnung war jetzt für sie allein zu groß und ging über ihre Mittel. Darum war sie bereit, zwei Zimmer zu vermieten. Das eine war kürzlich frei geworden, und Komarowski mietete es für Lara. Ein paar Stunden später wurde sie dorthin gebracht; sie war halb ohnmächtig, hatte Fieber und einen Nervenschock.

2

Frau Woit-Woitkowskaja war eine fortschrittliche Frau, haßte Vorurteile und liebte alles, was, wie sie zu sagen pflegte, »positiv und lebensfähig« war.

Auf ihrer Kommode lag ein Exemplar des Erfurter Programms mit einem Autogramm des Verfassers. Auf einem der Fotos an der Wand war ihr Mann, »mein guter Woit«, bei einem Volksfest in der Schweiz zusammen mit Plechanow aufgenommen. Beide trugen Lüsterjackett und Panamahut.

Frau Woit-Woitkowskaja mochte ihre kranke Untermieterin auf den ersten Blick nicht leiden. Sie hielt Lara für eine boshafte Simulantin. Deren Fieberanfälle empfand sie als vorgetäuscht. Sie würde bei Gott geschworen haben, daß Lara das wahnsinnige Gretchen im Kerker spielte.

Frau Woit-Woitkowskaja zeigte Lara ihre Verachtung durch übertriebene Lebhaftigkeit. Sie knallte mit den Türen, sang laut und wirbelte durch ihre Räume, die sie tagelang lüftete.

Die Wohnung lag im Obergeschoß eines großen Hauses am Arbat. Die Fenster dieser Etage füllten sich vom Tag der Wintersonnenwende an überreichlich mit hellblauem Himmel, wie ein Fluß mit Hochwasser. Den halben Winter war die Wohnung voll von Merkmalen und Vorboten des Frühlings.

Durch die Lüftungsfensterchen blies warmer Südwind, auf den Bahnhöfen brüllten die Lokomotiven, die kranke Lara im Bett hatte viel Muße und gab sich weitschweifenden Erinnerungen hin.

Oft dachte sie an den ersten Abend in Moskau, als sie vom Ural hier eingetroffen war, vor sieben oder acht Jahren, in der unvergessenen Kindheit.

Vom Bahnhof waren sie mit der Kutsche durch die halbdunklen Gassen quer durch Moskau zum Hotel gefahren. Die entgegenkommenden und zurückbleibenden Laternen warfen den buckligen Schatten des Kutschers auf die Hauswände. Der Schatten wuchs und wuchs, erreichte unnatürliche Ausmaße, bedeckte Fahrdamm und Dächer und riß ab. Dann begann das Ganze von vorn.

In der Dunkelheit über ihnen läuteten dröhnend die unzähligen Moskauer Kirchenglocken, eine Pferdebahn polterte vorüber, aber auch die schreienden Schaufenster und die Lichter betäubten Lara, als gäben sie ein ständiges Geräusch von sich wie die Glocken und die Räder.

Auf dem Tisch im Hotelzimmer erblickte sie verblüfft eine Melone von unwahrscheinlicher Größe, Komarowskis Willkommensgeschenk. Sie dünkte Lara ein Symbol von Komarowskis Macht und Reichtum. Als er mit einem krachenden Messerhieb das dunkelgrüne runde Wunderding mit dem eiskalten zuckrigen Inhalt in zwei Teile spaltete, stockte Lara der Atem vor Angst, aber sie wagte nicht abzulehnen. Mühsam schluckte sie die aromatischen rosa Stücke, die ihr vor Erregung im Halse steckenblieben.

Diese Schüchternheit gegenüber den teuren Leckerbissen und der nächtlichen Hauptstadt wiederholte sich später in ihrer Schüchternheit gegenüber Komarowski, dem Schlüssel von allem, was geschah. Aber jetzt war er nicht wiederzuerkennen. Er verlangte nichts, er brachte sich nicht in Erinnerung und ließ sich nicht einmal sehen. Und aus der Ferne bot er ihr ständig in vornehmer Weise seine Hilfe an.

Ganz anders war es, als Kologriwow sie besuchte. Sie freute sich sehr, ihn zu sehen, nicht weil er groß und stattlich war, sondern weil er Talent und Lebendigkeit ausstrahlte und mit seiner Person, seinem funkelnden Blick und seinem klugen Lachen das Zimmer füllte, so daß es kleiner wirkte.

Händereibend saß er an ihrem Bett. Wenn er nach Petersburg in den Ministerrat gerufen wurde, sprach er mit ranghohen Greisen, als wären es freche Schuljungen. Vor ihm im Bett lag das Mädchen, das noch vor kurzem zu seinem Hauswesen gehört hatte und fast wie eine leibliche Tochter war, mit der er wie mit allen Angehörigen nur im Vorübergehen und flüchtig Blicke und Bemerkungen wechselte (dies war ein besonderer Reiz ihres knappen, vielsagenden Umgangs, beide Seiten wußten das). Er konnte nicht ernst und gleichgültig mit Lara verkehren wie mit einer Erwachsenen. Er wußte nicht, wie er mit ihr sprechen sollte, damit sie nicht gekränkt war, darum sagte er auflachend zu ihr wie zu einem Kind: »Was haben Sie denn da angestellt, meine Kleine? Was soll denn dieses Melodrama?« Er verstummte und betrachtete die feuchten Flecke auf der Decke und den Tapeten. Dann schüttelte er vorwurfsvoll den Kopf und fuhr fort: »In Düsseldorf wird bald eine internationale Ausstellung eröffnet – Malerei, Plastik, Gartenbau. Ich will hin. Feucht haben Sie's hier. Wollen Sie noch lange zwischen Himmel und Erde schweben? Hier haben Sie ja weiß Gott nicht viel Platz. Diese Woitesse ist, unter uns gesagt, ein ziemliches

Aas. Ich kenne sie. Sie sollten umziehen. Sie haben lange genug gelegen. Sie waren krank, aber jetzt ist Schluß. Sie müssen aufstehen. Wechseln Sie die Unterkunft, beschäftigen Sie sich, studieren Sie zu Ende. Ich kenne da einen Maler, der fährt für zwei Jahre nach Turkestan. Er hat ein Atelier mit Zwischenwänden, eigentlich ist das eine richtige kleine Wohnung. Ich glaube, er würde sie gern mitsamt dem Mobiliar in gute Hände geben. Soll ich das für Sie arrangieren? Und noch etwas. Gestatten Sie mir, einmal rein geschäftlich zu reden. Das möchte ich schon lange, das ist meine heilige Pflicht ... seit Lipa... Es ist eine kleine Summe, eine Gratifikation für Lipas Abschluß... Doch, ich bitte Sie sehr... Nein, sträuben Sie sich nicht... Nein, entschuldigen Sie bitte.«

Trotz ihres Protestes, ihrer Tränen und sogar eines kleinen Handgemenges nötigte er sie, einen Bankscheck über zehntausend Rubel anzunehmen. Dann ging er.

Nach ihrer Genesung zog Lara in die neue Heimstatt, die Kologriwow so gepriesen hatte. Sie lag in der Nähe des Smolensker Marktes im ersten Stock eines zweigeschossigen alten Hauses. Im Parterre befanden sich Warenlager. Im Hause wohnten Frachtkutscher. Der Hof war gepflastert und ständig mit Haferkörnern und Heuhalmen bedeckt. Tauben spazierten gurrend herum. Manchmal flatterte ein Schwarm vor Laras Fenster auf, und durch die steinerne Abflußrinne im Hof huschten Scharen von Ratten.

3

Pawluscha hatte eine Menge Kummer. Als Lara ernstlich krank war, wurde er nicht zu ihr gelassen. Was sollte er davon halten? Sie hatte einen Mann erschießen wollen, der ihr nach seinen Begriffen gleichgültig sein mußte, und wurde hinterher vom Opfer ihres mißlungenen Anschlags in Obhut genommen. Und das alles nach ihrem denkwürdigen Gespräch in der Weihnachtsnacht beim Kerzenschein! Ohne diesen Mann wäre Lara inhaftiert und verurteilt worden. Er hatte die drohende Strafe von ihr abgewendet. Dank ihm war ihr nichts geschehen, und sie studierte. Pawluscha zermarterte sich und konnte es nicht begreifen.

Als es ihr besser ging, ließ sie ihn zu sich kommen und sagte: »Ich bin schlecht. Du kennst mich nicht, irgendwann erzähle ich dir alles. Es fällt mir schwer zu sprechen, du siehst, ich muß immer wieder weinen, aber verlasse mich, vergiß mich. Ich bin deiner nicht wert.«

Es folgten herzzerreißende Szenen, eine unerträglicher als die andere. Frau Woit-Woitkowskaja – dies geschah, als Lara noch bei ihr am Arbat wohnte – stürzte beim Anblick des verheulten Pawluscha aus dem Korridor in ihre Räume, warf sich auf ein Sofa, lachte so, daß sie Krämpfe bekam, und sagte dabei: »Oi, ich kann nicht mehr, oi, ich kann nicht mehr! Das ist ja wohl wirklich... Ha-ha-ha! Was für ein Recke! Ha-ha-ha! Ein Jeruslan Lasarewitsch wie im Märchen!«

Um Pawluscha aus seiner ehrenrührigen Bindung zu entlassen, sie mit den Wurzeln auszureißen und den Qualen ein Ende zu bereiten, sagte ihm Lara, sie wolle sich endgültig von ihm trennen, weil sie ihn nicht liebe, aber bei dieser Verzichterklärung schluchzte sie dermaßen, daß er ihr nicht glauben konnte. Er traute ihr sämtliche Todsünden zu, glaubte ihr kein Wort, war bereit, sie zu hassen und zu verfluchen, liebte sie aber diabolisch und war eifersüchtig auf ihre Gedanken, auf den Becher, aus dem sie trank, und auf das Kissen, auf dem sie lag. Um nicht wahnsinnig zu werden, mußte er schnell und entschlossen handeln. Sie wollten so bald wie möglich heiraten, noch vor Abschluß der Prüfungen. Die Trauung sollte in Krasnaja Gorka stattfinden.

Auf Laras Bitte wurde die Hochzeit noch einmal aufgeschoben.

Sie heirateten am Pfingstmontag, als schon feststand, daß sie bei den Prüfungen gut abgeschnitten hatten. Die Hochzeit wurde von Ljudmila Tschepurko ausgerichtet, der Mutter von Laras Mitstudentin Tussi, die mit ihr das Examen bestanden hatte. Ljudmila Tschepurko war eine schöne Frau mit hoher Brust und tiefer Stimme, eine gute Sängerin und einfallsreiche Schwindlerin. Zu all den Vorzeichen und Wahnbildern, an die das Volk glaubte, erfand sie eine Menge eigene.

Es war schrecklich heiß in der Stadt, als Lara »unter die goldene Krone geführt« wurde, wie Frau Tschepurko mit zigeunerhaftem Panin-Baß vor sich hin trällerte, während sie Lara ankleidete. Die goldenen Kirchenkuppeln und der frische Sand auf den Gehwegen waren von schreiendem Gelb. Das verstaubte Grün der Birkenbäumchen, die als Pfingstschmuck abgehackt worden waren, hing traurig von den Kirchenumfriedungen; die Blätter hatten sich eingerollt und sahen aus wie versengt. Das Atmen fiel schwer, und vor den Augen flimmerte es im Sonnenschein. Es schien, als würden ringsum Tausende von Hochzeiten gefeiert, denn alle jungen Mädchen hatten das Haar gekräuselt und trugen helle Kleider wie Bräute, während die jungen Männer sich zum Fest pomadisiert und knapp sitzende schwarze Anzüge angezogen hatten. Alle waren erregt, und allen war heiß.

Frau Lagodina, die Mutter einer anderen Freundin von Lara, warf der Braut eine Handvoll Silbermünzen vor die Füße, als sie den kleinen Teppich betrat, damit sie reich würde, und Frau Tschepurko empfahl ihr zu dem gleichen Behufe, sich unter der Krone nicht mit der bloßen Hand zu bekreuzigen, sondern sie mit dem Schleierrand oder mit der Spitze vom Kleid zu bedecken, dann fügte sie hinzu, Lara solle die Kerze hochhalten, dann würde sie im Haus zu bestimmen haben. Lara aber wollte ihre Zukunft Pawel opfern, darum hielt sie die Kerze möglichst tief, doch vergeblich, denn wie sie sich auch bemühte, ihre Kerze war stets höher als Pawluschas.

Aus der Kirche ging es zu einem kleinen Festmahl ins Atelier des Malers, das sie beide renoviert hatten. Die Gäste riefen: »Bitter, nicht trinkbar«, und vom andern Ende kam laut die Antwort: »Bitte süßen«, worauf die Jungvermählten sich verlegen lächelnd küßten. Frau Tschepurko sang ihnen das Loblied von der Weintraube mit doppeltem Refrain: »Gott geb euch Liebe und seinen Rat«, dann folgte das Lied: »Löse auf dich, runder Zopf, breitet aus euch, braune Haare.«

Als alle gegangen und sie allein geblieben waren, fühlte sich Pawluscha sehr unbehaglich in der plötzlichen Stille. Im Hof vor Laras Fenster brannte eine Laterne auf einem Mast, und wie sorgsam Lara auch die Vorhänge zuzog, ein schmaler Lichtstreifen drang immer noch herein, wie durch ein zersägtes Brett. Dieser Lichtstreifen ließ Pawluscha keine Ruhe, und er fühlte sich beobachtet. Mit Entsetzen stellte er fest, daß die Laterne ihn mehr beschäftigte als Lara und seine Liebe zu ihr.

In dieser Nacht, lang wie eine Ewigkeit, war der ehemalige Student Pawluscha Antipow, den seine Kommilitonen »Stepanida« und »schönes Mädchen« nannten, auf dem Gipfel der Seligkeit und auf dem Grunde der Verzweiflung. Seine argwöhnischen Vermutungen wechselten mit Laras Geständnissen. Er fragte sie aus, und bei jeder Antwort sank ihm das Herz, als flöge er in einen Abgrund. Seine über und über verwundete Einbildungskraft hielt mit ihren ständig neuen Bekenntnissen nicht Schritt.

Sie redeten bis zum Morgen. In Pawluscha Antipows Leben hatte es noch nie eine plötzlichere und einschneidendere Veränderung gegeben als in dieser Nacht. Als er am Morgen aufstand, war er ein neuer Mensch, und er wunderte sich beinahe, daß er noch seinen alten Namen trug.

4

Zehn Tage später veranstalteten die Freunde in demselben Raum für Lara und Pawluscha eine Abschiedsfeier. Beide hatten ihre Prüfungen mit Glanz bestanden, und beide hatten ein Angebot aus einer Stadt im Ural, in die sie tags darauf reisen wollten.

Wieder wurde getrunken, gesungen und gelärmt, aber diesmal feierte die Jugend unter sich, ohne die Alten.

Hinter der Trennwand, die die Wohnwinkel von dem Atelier trennte, in dem die Gäste beisammen saßen, standen ein großer Reisekorb und ein kleinerer mit Laras Sachen, daneben ein Koffer und die Kiste mit dem Geschirr. In der Ecke lagen ein paar Säcke. Es waren viele Sachen. Ein Teil davon sollte am nächsten Morgen bei der Bahn aufgegeben werden. Es war schon fast alles gepackt, aber Kiste und Körbe waren offen und noch nicht voll. Lara fiel von Zeit zu Zeit etwas ein, dann brachte sie den vergessenen Gegenstand hinter die Trennwand, tat ihn in den Korb und glättete Unebenheiten.

Pawluscha war schon mit den Gästen im Hause, als Lara, die zur Universitätskanzlei gefahren war, um ihren Matrikelauszug und sonstige Papiere abzuholen, in Begleitung des Hausmeisters zurückkehrte; dieser hatte eine Bastmatte und ein Bündel Stricke mit, um das Gepäck für morgen sicher zu verschnüren. Danach schickte Lara ihn wieder weg, ging von Gast zu Gast, begrüßte den einen mit Handschlag, den anderen mit Küssen und verschwand dann hinter der Trennwand, um sich umzukleiden. Als sie wieder erschien, klatschten alle Beifall, setzten sich hin, und nun begann eine Ausgelassenheit wie kürzlich auf der Hochzeit. Die Unternehmungslustigsten schenkten ihren Nachbarn Wodka ein, und viele Hände mit Gabeln streckten sich nach dem Tisch, um Brot und allerlei Happen aufzuspießen. Reden wurden gehalten, Kehlen gespült und Witze gerissen. Einige Gäste waren bald betrunken.

»Ich bin todmüde«, sagte Lara, die neben ihrem Mann saß. »Hast du alles erledigt, was du wolltest?«

»Ja.«

»Trotzdem fühle ich mich großartig. Ich bin glücklich. Und du?«

»Ich auch. Es geht mir gut. Aber das ist eine lange Geschichte.«

Für den Abend mit den jungen Leuten war ausnahmsweise Komarowski eingeladen worden. Am Ende des Abends wollte er sagen, nach der Abreise seiner jungen Freunde würde er sich vereinsamt fühlen, und er werde Moskau als eine Wüste Sahara empfinden, doch dabei packte ihn eine solche Rührung, daß er aufschluchzte und den vor Erregung unterbrochenen Satz noch einmal sagen mußte. Er bat die Antipows um Erlaubnis, ihnen zu schreiben und sie in Jurjatin, ihrem neuen Wohnort, besuchen zu dürfen, wenn er die Trennung nicht mehr aushalten könne.

»Das kommt nicht in Frage«, sagte Lara laut und abweisend. »Und überhaupt, was soll das alles, Schreiben und Sahara und so weiter. Ihren Besuch können Sie vergessen. Wenn Gott will, werden Sie es auch ohne uns überleben, solch eine Rarität sind wir gar nicht, stimmt's, Pawluscha? Für Ihre jungen Freunde findet sich bestimmt Ersatz.«

Lara, die ganz vergessen hatte, mit wem sie sprach und worüber, fiel wieder etwas ein, sie stand hastig auf und ging in die Küche. Hier schraubte sie den Fleischwolf auseinander, steckte die Teile in die Ecken der Geschirrkiste und stopfte Heubüschel nach. Dabei hätte sie sich an der Kiste beinahe einen Splitter eingerissen.

Bei dieser Beschäftigung vergaß sie, daß sie Gäste hatte, da sie nichts von ihnen hörte, doch plötzlich gab es eine besonders laute Lärmexplosion, und sie dachte, mit welchem Eifer doch Betrunkene stets Betrunkene darstellen wollten, und das um so tolpatschiger und dilettantischer, je betrunkener sie waren.

In diesem Moment erregte ein anderes Geräusch, das vom Hof durchs offene Fenster drang, ihre Aufmerksamkeit. Sie zog die Gardine weg und blickte hinaus.

Auf dem Hof bewegte sich mit lahmenden Sprüngen ein Pferd, dessen Vorderbeine gefesselt waren. Es mußte irrtümlich auf den Hof gelangt sein. Draußen war es schon ganz hell, doch bis zum Sonnenaufgang blieb noch eine Weile. Die schlafende und wie ausgestorbene Stadt versank in der graulila Kühle des frühen Morgens. Lara schloß die Augen. Gott weiß, in was für eine dörfliche Einöde und reizvolle Landschaft dieses besondere Trappeln der beschlagenen Pferdehufe sie versetzte.

An der Wohnungstür wurde geläutet. Lara spitzte die Ohren. Jemand stand vom Tisch auf, um zu öffnen. Nadja! Lara stürzte ihr entgegen. Nadja kam direkt vom Zug, frisch, hinreißend und gleichsam nach den Maiglöckchen von Dupljanka duftend. Die Freundinnen standen da, außerstande, ein Wort hervorzubringen, heulten, hielten sich umarmt und erwürgten einander beinahe.

Nadja überbrachte Lara die Glückwünsche und guten Wünsche des ganzen Hauses und als Geschenk von ihren Eltern eine Kostbarkeit. Ihrem Reisesack entnahm sie ein in Papier gewickeltes Kästchen, wickelte es aus, ließ den Deckel aufschnappen und überreichte Lara eine Halskette von seltener Schönheit.

Alle riefen staunend »Ah« und »Oh«. Einer der Betrunkenen sagte ein wenig ernüchtert: »Roter Hyazinth. Ja, ja, ein roter Hyazinth, was glaubt ihr denn. So wertvoll wie ein Diamant.«

Nadja jedoch erwiderte, es seien gelbe Saphire.

Lara bat sie, sich neben sie zu setzen, tat ihr Essen auf, legte die Kette neben ihr Gedeck und sah sie unverwandt an. Die Steine auf dem violetten Kissen des Kästchens glühten und schillerten und erinnerten bald an ein Häuflein zusammengelaufene Tropfen, bald an eine kleine Weintraube.

Ein Teil der Gäste war inzwischen nüchtern geworden. Sie tranken wieder ein Gläschen mit Nadja und machten sie rasch betrunken.

Das Haus wurde zu einem Reich des Schlafs. Die meisten Gäste wollten das junge Paar zum Bahnhof begleiten und blieben. Die Hälfte schnarchte schon reihenweise in den Winkeln. Lara konnte sich nicht erinnern, wie sie sich angezogen neben die schon schlafende Ira Lagodina aufs Sofa gelegt hatte.

Sie erwachte von einem lauten Gespräch in der Nähe. Es waren die Stimmen von Fremden, die von der Straße in den Hof gekommen waren, um das Pferd zu holen. Sie öffnete die Augen und wunderte sich. Dieser Pawluscha ist ja wirklich ein ruheloser Geist, da steht er wie ein Werstpfahl im Zimmer und wühlt überall herum. In diesem Moment aber wandte ihr der vermeintliche Pawluscha das Gesicht zu, und da sah sie, daß es keineswegs Pawluscha war, sondern ein pockennarbiges Schreckgespenst mit einer Narbe von der Schläfe bis zum Kinn. Sie begriff, daß ein Dieb, ein Räuber eingedrungen war, und wollte schreien, brachte aber keinen Laut hervor. Plötzlich fiel ihr die Halskette ein, und sie richtete sich verstohlen auf, um einen Blick auf den Eßtisch zu werfen.

Da lag die Kette inmitten von Brotresten und angebissenen Karamellen, der beschränkte Einbrecher hatte sie unter den Speiseresten nicht bemerkt, sondern nur in der eingepackten Wäsche gewühlt und Laras Ordnung durcheinandergebracht. Lara, beschwipst und halb im Schlaf, unterschätzte die Situation, es tat ihr vor allem leid um ihre Arbeit. Wütend wollte sie wieder schreien, doch wieder brachte sie den Mund nicht auf, und die Zunge gehorchte ihr nicht. Da stieß sie der neben ihr schlafenden Ira Lagodina kräftig das Knie in den Bauch, und als diese vor Schmerz gellend aufschrie, konnte auch Lara schreien. Der Dieb ließ das Bündel gestohlener Sachen fallen und stürmte aus dem Zimmer. Ein paar junge Männer, die mühsam zur Besinnung kamen, nahmen die Verfolgung auf, aber der Räuber war schon verschwunden.

Der Tumult und die Erörterung des Vorfalls dienten allgemein als Signal zum Aufstehen. Laras Rausch war wie weggeblasen. Unerbittlich gegenüber dem Flehen der Schläfer, sie noch ein wenig liegenzulassen, brachte sie sie auf die Beine, setzte ihnen in Eile Kaffee vor und jagte sie bis zur Verabschiedung auf dem Bahnhof in ihre Wohnungen.

Als die Gäste weg waren, hatte sie alle Hände voll zu tun. Sie sauste von einem Gepäckstück zum nächsten, stopfte Kopfkissen hinein, zog Riemen straff und bat Pawluscha und die Frau des Hausmeisters, ihr nicht zu helfen, um sie nicht zu stören.

Alles lief wie vorgesehen. Die Antipows waren pünktlich. Weich fuhr der Zug an, als wollte er die Bewegung der Hüte nachahmen, die zum Abschied geschwenkt wurden. Als das Schwenken aufhörte und von fern ein dreifacher Ruf herandrang (vermutlich »Hurra«), fuhr der Zug schneller.

5

Seit drei Tagen war scheußliches Wetter. Es war der zweite Kriegsherbst. Nach den Erfolgen des ersten Jahres setzten Fehlschläge ein. Die achte Armee Brussilows in den Karpaten stand bereit, von den Pässen hinabzuziehen und in Ungarn einzufallen, statt dessen aber zog sie sich zurück, mitgerissen von dem allgemeinen Rückzug. Wir räumten Galizien, das wir in den ersten Monaten der kriegerischen Aktionen besetzt hatten.

Doktor Shiwago, ehedem Jura genannt und jetzt von den meisten mit vollem Vor- und Vatersnamen Juri Andrejewitsch angeredet, stand im Korridor der Entbindungsstation der Gynäkologischen Klinik vor dem Zimmer, in dem seine Frau lag, Tonja, Antonina Alexandrowna, die er eben hergebracht hatte. Verabschiedet hatte er sich schon, jetzt wartete er auf die Geburtshelferin, um sich mit ihr darüber zu verständigen, wie sie ihn notfalls erreichen und wie er sich bei ihr nach Tonjas Zustand erkundigen könne.

Er war in Eile, denn er mußte ins Krankenhaus und vorher noch bei zwei Patienten Hausbesuche machen, und nun verlor er hier kostbare Zeit. Er starrte durchs Fenster auf den schräg pladdernden Regen, dessen Ströme der böige Herbstwind brach und zur Seite bog wie ein Sturm die Ähren im Felde.

Es war noch nicht völlig dunkel. Juri Shiwago sah die Hinterhöfe der Klinik, die verglasten Terrassen der Villen auf dem Dewitschje-Feld und ein Abzweiggleis der Straßenbahn zum Hintereingang eines der Krankenhausgebäude.

Der Regen strömte trostlos einförmig, er wurde nicht stärker noch schwächer, ungeachtet der tobenden Windstöße, die sich durch die Unerschütterlichkeit des niederrauschenden Regens noch zu verstärken schienen. Die Böen peitschten die Reben des wilden Weins, der sich um eine der Terrassen rankte, als wollten sie die Pflanze gänzlich herausreißen, denn sie hoben sie in die Luft, schüttelten sie hängend durch und ließen sie angewidert fallen wie ein löchriges Kleid.

An der Terrasse vorbei fuhr ein Triebwagen mit zwei Anhängern auf die Klinik zu. Verwundete wurden in die Klinik gebracht.

In den Moskauer Lazaretten, die völlig überfüllt waren, besonders nach der Operation bei Luzk, wurden die Verwundeten schon auf Treppenabsätzen und in Korridoren untergebracht. Die allgemeine Überlastung der Krankenhäuser wirkte sich bereits auf den Zustand der Frauenstationen aus.

Juri Shiwago wandte dem Fenster den Rücken zu und gähnte vor Müdigkeit. Es gab nichts, worüber er nachdenken wollte. Da fiel ihm etwas ein. In der Chirurgie des Kreuzerhöhungs-Frauenkrankenhauses, in dem er arbeitete, war dieser Tage eine Patientin gestorben. Juri Shiwago hatte behauptet, sie habe Echinokokken in der Leber. Alle hatten mit ihm gestritten. Heute würde man sie öffnen und die Wahrheit feststellen. Aber der Prosektor des Krankenhauses war ein schlimmer Säufer. Gott wußte, wann er sich die Obduktion vornehmen würde.

Es wurde schnell dunkel. Vor dem Fenster war nichts mehr zu erkennen. Wie auf den Wink eines Zauberstabs ging in sämtlichen Fenstern das Licht an.

Aus Tonjas Zimmer kam durch den kleinen Windfang der Oberarzt der Station in den Korridor, ein Gynäkologe, der wie ein Mastodont aussah und alle Fragen damit zu beantworten pflegte, daß er die Augen nach oben verdrehte und die Achseln zuckte. Diese Bewegungen bedeuteten in seiner mimischen Sprache – mögen Erfolge des Wissens noch so groß sein, mein Freund Horatio, es gibt mehr Dinge im Himmel und auf Erden, als unsere Schulweisheit sich träumen lasse.

Er kam an Juri Shiwago vorüber, verbeugte sich lächelnd und machte mit seinen pummeligen Händen ein paar Schwimmbewegungen, was bedeuten sollte, daß man abwarten und Tee trinken müsse, dann ging er den Korridor entlang, um in der Aufnahme zu rauchen.

Zu Juri Shiwago trat die Assistentin des wortkargen Gynäkologen, die mit ihrer Redseligkeit sein genaues Gegenteil war.

»Ich an Ihrer Stelle würde nach Hause fahren. Morgen rufe ich Sie im Krankenhaus an. Früher geht es bestimmt nicht los. Ich bin sicher, es wird eine ganz natürliche Geburt ohne künstlichen Eingriff. Andererseits aber geben das schmale Becken, die Hinterhauptlage der Frucht, das Fehlen von Schmerzen und die Schwäche der Kontraktionen einigen Anlaß zur Besorgnis. Im übrigen ist es zu früh, etwas vorherzusagen. Alles wird davon abhängen, was für Preßwehen sie hat, wenn die Geburt beginnt. Es wird sich zeigen.«

Tags darauf rief er selbst an, und der Krankenhauswächter, der den Hörer abgenommen hatte, sagte ihm, er solle nicht auflegen, ging sich erkundigen, ließ Juri Shiwago wohl zehn Minuten schmachten und übermittelte ihm dann in grober und unbedarfter Form folgende Auskunft: »Ich soll sagen, sag ihm, hat er gesagt, er hat seine Frau zu früh hergebracht, er soll sie wieder abholen.« Juri Shiwago verlangte wutschäumend einen kompetenteren Menschen zu sprechen. »Die Symptome sind trügerisch«, sagte ihm die Schwester, »beunruhigen Sie sich nicht, Herr Doktor, aber Sie werden noch zwei oder drei Tage warten müssen.«

Am dritten Tag erfuhr er, in der Nacht hätten die Wehen eingesetzt, am frühen Morgen sei das Fruchtwasser abgegangen, und seitdem hörten die heftigen Wehen nicht mehr auf.

Hals über Kopf stürzte er in die Klinik, und als er den Korridor entlangging, vernahm er durch die zufällig halboffene Tür die herzzerreißenden Schreie Tonjas – so schreien Verunglückte, die mit abgefahrenen

Gliedmaßen unter den Wagenrädern hervorgezogen werden.

Er durfte nicht zu ihr. Während er den im Gelenk gebogenen Finger blutig biß, trat er zum Fenster, vor dem der gleiche schräge Regen strömte wie gestern und vorgestern.

Aus Tonjas Zimmer kam die Krankenwärterin. Juri Shiwago hörte das Piepsen des neugeborenen Kindes.

Gerettet, gerettet, sagte er sich voller Freude.

»Ein Söhnchen. Ein Junge. Ich gratuliere zur glücklichen Geburt«, sagte die Krankenwärterin singend. »Jetzt können Sie nicht hinein. Wenn es soweit ist, zeigen wir's Ihnen. Dann müssen Sie der Wöchnerin ein gutes Geschenk machen. Sie hat schrecklich gelitten. Es ist ihr erstes Kind. Mit dem ersten ist es immer eine Qual.«

Gerettet, gerettet, wiederholte Juri Shiwago froh, ohne zu begreifen, was die Krankenwärterin gesagt und warum sie ihn mit ihren Worten zum Teilnehmer des Ereignisses gemacht hatte. Was eigentlich hatte er damit zu tun? Vater, Sohn – er sah keinen Anlaß zum Stolz in dieser Vaterschaft, die er umsonst bekommen hatte, und er empfand nichts beim Gedanken an den vom Himmel gefallenen Sohn. All das lag außerhalb seines Bewußtseins. Das Wichtigste war Tonja, Tonja, die sich in Todesgefahr begeben hatte und ihr glücklich entgangen war.

Einer seiner Patienten wohnte unweit der Klinik. Juri Shiwago suchte ihn auf und kehrte eine halbe Stunde später zurück. Die beiden Türen von Tonjas Zimmer standen wieder halb offen. Ohne sich seines Tuns bewußt zu sein, schlüpfte er in den Windfang.

Mit ausgebreiteten Armen wuchs vor ihm der Gynäkologe, das Mastodont, im weißen Kittel aus dem Boden.

»Wohin?« fragte er erstickt flüsternd, damit es die Wöchnerin nicht hörte, und vertrat ihm den Weg. »Sind

Sie verrückt? Wunden, Blut, Antisepsis, von der seelischen Erschütterung ganz zu schweigen. Sie sind mir einer! Und das will Arzt sein.«

»Aber ich... Ich wollte doch nur einen Blick... Von hier aus. Durch den Türspalt.«

»Na, das ist etwas anderes. Das geht. Aber auf keinen Fall weiter... Sehen Sie hin! Wenn sie es merkt, bring ich Sie um, dann bleibt nichts an Ihnen heil!«

In dem Krankenzimmer standen mit dem Rücken zur Tür zwei Frauen im Kittel, die Hebamme und eine Pflegerin. Im Arm der Pflegerin bewegte sich angestrengt und piepsend ein zarter Menschensproß, zog sich zusammen und dehnte sich wie ein Stück dunkelroter Gummi. Die Hebamme band den Nabel ab, um das Kind von der Nachgeburt zu trennen. Tonja lag auf einem chirurgischen Bett mit hochgestelltem Kopfteil. Ihr Mann, der vor Erregung alles übertrieben sah, hatte den Eindruck, als läge sie in der Höhe eines Schreibpults.

Tonja, die höher gebettet war als gewöhnliche Sterbliche, versank in den Dämpfen der durchgestandenen Leiden, qualmte sozusagen vor Erschöpfung. Sie lag mitten im Zimmer wie eine Barke in der Bucht, die soeben Anker geworfen hat und nun ihre Ladung löscht, nachdem sie von irgendwo neue Seelen über das Meer des Todes zum Festland des Lebens in diese Bucht gebracht hat. Gerade hat sie eine dieser Seelen an Land gesetzt und liegt jetzt vor Anker, genießt mit leerem Leib die Erholung. Mit ihr erholen sich die erschütterte und überbeanspruchte Takelage und Beplankung, und sie vergißt allmählich, wo sie noch vor kurzem war, was sie herbrachte und wie sie Anker warf.

Und da niemand die Geographie des Landes kannte, unter dessen Flagge sie festgemacht hatte, wußte niemand, in welcher Sprache man sie anreden konnte.

In seinem Krankenhaus gratulierten ihm alle um die

Wette. Wie schnell sie es erfahren haben! dachte Juri Shiwago verwundert.

Er ging ins Ärztezimmer, das Kneipe oder Müllgrube genannt wurde, denn das Krankenhaus war so überbelegt, daß man sich in diesem Raum umzog, in Galoschen hereinkam und Gegenstände vergaß, die man aus anderen Räumen mitgenommen hatte; der Fußboden war mit Zigarettenstummeln und Papierfetzen übersät.

Am Fenster stand der schwammige Prosektor und betrachtete mit erhobenen Händen über die Brille hinweg gegen das Licht ein Fläschchen mit einer trüben Flüssigkeit.

»Gratuliere«, sagte er, betrachtete weiterhin das Fläschchen und würdigte Juri Shiwago keines Blicks.

»Danke. Ich bin gerührt.«

»Es bedarf keines Danks. Ich habe nichts damit zu tun. Pitschushkin hat die Obduktion gemacht. Aber alle sind verblüfft. Echinokokken. Ein vorzüglicher Diagnostiker, sagen alle. Sie sind das Tagesgespräch.«

In diesem Moment betrat der Chefarzt das Zimmer. Er begrüßte beide und sagte: »Verdammt noch mal, das ist ja hier der reinste Durchgangshof! So was von Schweinerei! Ja, Shiwago, stellen Sie sich vor, Echinokokken! Wir haben uns geirrt. Gratuliere. Aber es gibt eine unangenehme Neuigkeit. Ihre Kategorie ist nochmals überprüft worden. Diesmal wird es uns nicht gelingen, Sie hierzubehalten. Es herrscht ein gewaltiger Mangel an Militärärzten. Sie werden Pulver riechen müssen.«

6

Die Antipows hatten sich besser als erwartet in Jurjatin eingelebt. Die Guichards waren hier in guter Erinnerung. Das erleichterte es Lara, sich am neuen Wohnort einzurichten.

Sie hatte unendlich viel zu tun. Sie mußte sich um das Haus und um das dreijährige Töchterchen Katenka kümmern. Die rothaarige Marfutka, ihre Hausgehilfin, konnte sich noch solche Mühe geben, ihre Hilfe reichte nicht aus. Lara nahm immer mehr Anteil an den Angelegenheiten ihres Mannes. Sie selbst unterrichtete im Mädchengymnasium. Sie arbeitete unermüdlich und war glücklich dabei. Es war genau das Leben, das sie sich erträumt hatte.

Es gefiel ihr in Jurjatin. Ihre Heimatstadt lag an dem großen Fluß Rynwa, der in seinem Mittel- und Unterlauf schiffbar war, und an einer der Eisenbahnstrecken, die den Ural durchquerten.

Das Herannahen des Winters war in Jurjatin dadurch gekennzeichnet, daß die Bootseigner ihre Boote auf Handwagen vom Fluß in die Stadt auf ihre Höfe schafften, wo sie bis zum Frühjahr unter freiem Himmel überwinterten. Die kieloben auf den Höfen abgestellten weißen Boote hatten in Jurjatin die gleiche Bedeutung wie anderswo die herbstlichen Kranichzüge oder der erste Schnee.

Ein solches Boot, unter dem Katenka spielte wie unter dem gewölbten Dach eines Gartenpavillons, lag mit weißgestrichenem Boden auch im Hof des Hauses, das die Antipows angemietet hatten.

Lara gefielen die Gepflogenheiten in dem Krähwinkel, die ortsansässige Intelligenz, die nach nördlicher Art das O betonte, die Filzstiefel und warme graue Flanelljacken trug, und ihre naive Vertraulichkeit. Es zog Lara zum Land und zum einfachen Volk.

Seltsamerweise war ausgerechnet der Moskauer Eisenbahnersohn Pawel Antipow ein echter Großstädter. Zu den Jurjatinern hatte er ein viel kritischeres Verhältnis als seine Frau. Ihre Wildheit und Unwissenheit versetzten ihn in Gereiztheit.

Jetzt nachträglich stellte sich heraus, daß er ungewöhnlich befähigt war, aus flüchtiger Lektüre Wissen zu schöpfen und zu bewahren. Schon früher hatte er, zum Teil von Lara beraten, sehr viel gelesen. In den Jahren der provinziellen Abgeschiedenheit wurde seine Belesenheit so groß, daß selbst Laras Wissen ihm unzureichend vorkam. An pädagogischem Wissen überragte er seine Kollegen um Haupteslänge, und er beklagte sich, unter ihnen zu ersticken. In dieser Kriegszeit entsprach deren verbreiteter und ein wenig säuerlicher Patriotismus nicht dem komplizierten Gefühl, das Antipow hegte.

Er hatte Altertumswissenschaft studiert. Am Gymnasium unterrichtete er Latein und frühe Geschichte. Aber in ihm, dem ehemaligen Realschüler, erwachte auf einmal die schon fast verschüttete Leidenschaft für Mathematik, Physik und exakte Wissenschaften. Als Autodidakt eignete er sich diese Fächer so gründlich an, als hätte er sie an der Universität studiert. Bei der ersten Gelegenheit wollte er bei der Kreisschulbehörde die entsprechenden Prüfungen ablegen, als Mathematiklehrer neu beginnen und mit der Familie nach Petersburg ziehen. Seine verstärkten nächtlichen Studien erschütterten seine Gesundheit, und er litt an Schlaflosigkeit.

Mit seiner Frau hatte er gute, aber recht komplizierte Beziehungen. Sie erdrückte ihn mit ihrer Güte und Obsorge, doch er nahm sich nicht heraus, sie zu kritisieren. Er fürchtete, sie könnte aus einer noch so harmlosen Bemerkung einen verborgenen Vorwurf heraushören, dahingehend etwa, daß sie blaublütig sei und er nicht oder daß sie vor ihm schon einem anderen gehört hatte. Diese Furcht, sie könnte ihn verdächtigen, sie sinnlos kränken zu wollen, brachte etwas Künstliches in ihr Leben. Sie überboten sich gegenseitig an Edelmut und machten dadurch alles noch komplizierter.

Eines Tages bekamen die Antipows Besuch von ein paar Kollegen Pawels, Laras Direktorin vom Gymnasium, ein Mitglied des Schiedsgerichts, an dem Pawel einmal als Schlichter aufgetreten war, und anderen. Pawel hielt sie alle für komplette Holzköpfe und dumme Gänse. Er bestaunte Lara, die zu allen liebenswürdig war, und glaubte nicht, daß auch nur einer der Gäste ihr aufrichtig gefallen konnte.

Nachdem die Gäste gegangen waren, lüftete Lara lange, fegte die Zimmer, spülte mit Marfutka in der Küche das Geschirr. Danach vergewisserte sie sich, daß Katenka gut zugedeckt war und Pawel schlief, zog sich rasch aus, löschte die Lampe und legte sich neben ihren Mann mit der Natürlichkeit eines Kindes, das zur Mutter ins Bett darf.

Aber Pawel tat nur so, als ob er schlief. Wie so oft in letzter Zeit litt er an Schlaflosigkeit. Er wußte, daß er sich noch drei oder vier Stunden schlaflos im Bett wälzen würde. Um sich den Schlaf zu erwandern und dem von den Gästen zurückgelassenen Tabaksqualm zu entfliehen, erhob er sich leise, setzte die Fellmütze auf, zog den Pelzmantel über die Unterwäsche und ging hinaus.

Es war eine frostklare Herbstnacht. Unter Pawels Schritten zerkrachten die zugefrorenen Pfützen. Der Sternenhimmel beschien wie ein flackerndes hellblaues Spritflämmchen die schwarze Erde mit den gefrorenen Schlammklumpen.

Das Haus der Antipows lag in dem Stadtteil gegenüber dem Flußhafen. Es war das letzte in der Straße. Gleich dahinter begann das Feld, durch das sich die Eisenbahnstrecke schnitt. An der Strecke stand ein Wärterhäuschen. Hier gab es eine Überfahrt.

Pawel setzte sich auf das umgekehrte Boot und blickte hoch zu den Sternen. Gedanken, an die er sich in den letzten Jahren gewöhnt hatte, packten ihn mit beunruhigender Kraft. Er sah, daß er sie früher oder später würde zu Ende denken müssen, und so war es am besten, dies heute zu tun.

So kann es nicht weitergehen. Aber das hätte ich voraussehen können, ich bin zu spät daraufgekommen. Warum hat sie zugelassen, daß ich mich wie ein Kind in sie vergucke, und warum macht sie mit mir, was sie will? Warum habe ich nicht rechtzeitig soviel Verstand gehabt, auf sie zu verzichten, als sie es selber wollte im Winter vor der Hochzeit? Weiß ich denn nicht, daß sie nicht mich liebt, sondern ihre edle Aufgabe in bezug auf mich, die in ihr verkörperte gute Tat? Was hat denn ihre beseelte und löbliche Mission mit wirklichem Familienleben zu tun? Am schlimmsten ist, daß ich sie noch immer so liebe wie früher. Sie ist betörend schön. Vielleicht ist es bei mir nicht Liebe, sondern Dankbarkeit und Verwirrung angesichts ihrer Schönheit und Großmut? Puh, da soll sich einer auskennen! Hier wäre selbst der Teufel ratlos.

Was ist also zu tun? Soll ich Lara und Katenka von dieser Unaufrichtigkeit befreien? Das ist sogar noch wichtiger als meine eigene Befreiung. Gut, aber wie? Soll ich mich scheiden lassen? Ins Wasser gehen? Pfui, wie scheußlich! Das tue ich ja doch nie. Wozu also nenne ich diese effektvollen Gräßlichkeiten auch nur in Gedanken beim Namen?

Er blickte zu den Sternen auf, als erwartete er von ihnen eine Antwort. Sie flimmerten, häufig und spärlich, groß und klein, blau und bunt schillernd. Auf einmal wurde der Sternenglanz dunkler, und der Hof mit dem Haus, dem Boot und dem darauf sitzenden Pawel wurde von einem grellen, huschenden Licht erleuchtet, als liefe jemand vom Feld zum Tor und schwenkte eine brennende Fackel. Es war ein Militärzug, der Schwaden gelben, feurig durchdrungenen Qualms ausstieß; er brauste an der Überfahrt vorbei gen Westen wie seit dem vergangenen Jahr unzählige Züge, Tag und Nacht.

Pawel Antipow lächelte, stand vom Boot auf und ging schlafen. Der ersehnte Ausweg war gefunden.

7

Lara erstarrte vor Schreck und wollte ihren Ohren nicht trauen, als Pawel ihr seinen Entschluß mitteilte. Blödsinn. Eine neue Schrulle, dachte sie. Ich darf nichts darauf geben, er wird es von selbst wieder vergessen.

Sie erfuhr jedoch, daß ihr Mann seine Vorbereitungen schon seit zwei Wochen betrieb; seine Papiere lagen im Militäramt, für das Gymnasium hatte er einen Vertreter gefunden, und aus Omsk war die Nachricht eingetroffen, daß er an der dortigen Militärschule angenommen sei. Sein Abreisetermin rückte heran.

Lara heulte wie ein Bauernweib, umklammerte Pawels Arme, warf sich ihm zu Füßen.

»Pawel, Pawluscha«, schrie sie, »wie kannst du mich und Katenka allein lassen? Tu es nicht, tu es nicht! Es ist noch nicht zu spät. Ich bringe alles in Ordnung. Du warst ja noch nicht mal richtig beim Arzt. Mit deinem Herzen. Peinlich? Aber die Familie einem Wahnsinn opfern, das ist wohl nicht peinlich? Als Freiwilliger! Immer hast du meinen Bruder verspottet, und auf einmal beneidest du ihn! Willst selber mit dem Säbel rasseln, den Offizier spielen. Pawluscha, was ist los mit dir, ich erkenne dich nicht wieder! Du bist wie ausgewechselt, oder du bist nicht ganz bei Trost? Um Himmels willen, um Christi willen, sag mir ehrlich, ohne einstudierte Phrasen – ist das notwendig für Rußland?«

Plötzlich erkannte sie, daß es ihm gar nicht darum ging. Unfähig, die Einzelheiten zu erfassen, hatte sie die Hauptsache begriffen: Pawluscha war sich nicht klar über ihre Haltung zu ihm. Er wußte das mütterliche Gefühl nicht zu schätzen, das sich bei ihr schon immer in die Zärtlichkeit zu ihm gemischt hatte, und er ahnte nicht, daß solche Liebe mehr ist als gewöhnliche Frauenliebe.

Sie biß sich auf die Lippen, ihr Inneres krampfte sich

zusammen, sie war wie erschlagen. Ohne etwas zu sagen, ihre Tränen herunterschluckend, rüstete sie ihren Mann für die Reise.

Nachdem er abgefahren war, kam ihr die Stadt still vor, und am Himmel schienen weniger Krähen zu fliegen. »Gnädige Frau, gnädige Frau«, rief Marfutka vergeblich. »Mama, Mami«, plapperte Katenka immer wieder und zupfte sie am Ärmel. Es war eine schwere Niederlage in ihrem Leben. Ihre besten, lichtesten Hoffnungen waren zusammengebrochen.

Durch die Briefe ihres Mannes aus Sibirien wußte Lara alles von ihm. Er hatte bald größere Klarheit gewonnen und sehnte sich sehr nach seiner Frau und der Tochter. Ein paar Monate später wurde er vorfristig als Fähnrich entlassen und zur kämpfenden Armee versetzt. In höchster Eile fuhr er weitab an Jurjatin vorbei nach Moskau und hatte hier nicht einmal die Zeit, sich mit jemand zu treffen.

Seine Briefe von der Front waren lebhafter und nicht mehr so traurig wie die aus Omsk. Er wollte sich auszeichnen, um als Belohnung für irgendein militärisches Verdienst oder nach einer leichten Verwundung Urlaub bei seiner Familie machen zu dürfen. Die Möglichkeit, sich hervorzutun, bot sich bald. Nach dem kürzlich erfolgten Durchbruch, der später unter dem Namen Brussilow-Offensive bekannt wurde, ging die Armee zum Angriff vor. Von Pawel kamen keine Briefe mehr. Dies beunruhigte Lara zunächst nicht. Sie erklärte sich sein Schweigen mit den militärischen Aktionen und der Unmöglichkeit, auf dem Marsch zu schreiben.

Im Herbst geriet der Vormarsch der Armee ins Stocken. Die Truppen gruben sich ein. Aber von Pawel kam nach wie vor kein Lebenszeichen, Lara begann sich Sorgen zu machen und zog Erkundigungen ein, zunächst in Jurjatin, dann per Post in Moskau und über Pawels letzte Feldadresse auch an der Front. Nirgends wußte man etwas, von nirgends kam Antwort.

Wie viele wohltätige Damen im Kreis Jurjatin hatte auch Lara seit Kriegsbeginn im örtlichen Lazarett ausgeholfen, das im Jurjatiner Semstwo-Krankenhaus eingerichtet worden war.

Jetzt studierte sie ernsthaft die Anfangsgründe der Medizin und legte am Krankenhaus ihre Prüfung als Krankenschwester ab.

In dieser Eigenschaft ließ sie sich für ein halbes Jahr vom Gymnasium beurlauben, gab die Wohnung in Marfutkas Obhut und reiste mit Katenka nach Moskau. Hier brachte sie ihre Tochter bei Lipa unter, deren Mann, der Deutsche Friesendank, mit anderen Zivilgefangenen in Ufa interniert war.

Angesichts der Erfolglosigkeit ihres Suchens aus der Entfernung wollte Lara am Schauplatz der kürzlichen Ereignisse direkt nachforschen. Zu diesem Zweck schloß sie sich als Krankenschwester einem Sanitätszug an, der über Liski nach Mezö-Labarcs an der ungarischen Grenze fuhr. So hieß der Ort, aus dem Pawels letzter Brief gekommen war.

8

Beim Divisionsstab an der Front traf ein Zug ein, ausgerüstet von Spendenmitteln des Tatjaniner Verwundetenhilfekomitees. Mit dem langen Zug aus unschönen kurzen Güterwaggons, der auch Badegelegenheit bot, waren Gäste gekommen, Vertreter der Moskauer Öffentlichkeit mit Geschenken an die Soldaten und Offiziere. Unter ihnen war Mischa Gordon. Er hatte erfahren, daß das Divisionslazarett, in dem nach seinen Informationen sein alter Freund Juri Shiwago arbeitete, in einem nahen Dorf stationiert war.

Gordon besorgte sich die Erlaubnis für den Aufenthalt in der frontnahen Zone und fuhr mit dem Passierschein auf einem Militärfuhrwerk den Freund besuchen.

Der Fuhrmann, ein Belorusse oder Litauer, sprach schlecht russisch. Die Furcht vor Spionen reduzierte seine Worte auf das bekannte amtliche Muster. Seine zur Schau getragene Regierungstreue stimmte nicht gesprächig. Fuhrmann und Mitreisender schwiegen den größten Teil des Weges.

Im Stab, wo man es gewöhnt war, ganze Armeen zu bewegen und Entfernungen in Hundertwerstmärschen zu messen, hatte man ihm versichert, das Dorf läge ganz in der Nähe, zwanzig oder fünfundzwanzig Werst. In Wirklichkeit waren es mehr als achtzig Werst.

Während der ganzen Fahrt gab es am Horizont zu ihrer Linken ein unfreundliches Grummeln und Grollen. Gordon war noch nie Zeuge eines Erdbebens gewesen. Er dachte jedoch ganz richtig, daß das mürrische und aus der Entfernung kaum hörbare Bullern der feindlichen Artillerie am ehesten mit Erdstößen und mit Geräuschen vulkanischen Ursprungs vergleichbar sei. Als es Abend wurde, glimmte der untere Himmelsrand dort in rosa Flackerlicht, das bis zum Morgen nicht erlöschen wollte.

Sie fuhren durch zerstörte Dörfer. Ein Teil davon war von den Einwohnern verlassen. In anderen hausten die Menschen in den Kellern, tief unter der Erde. Solche Dörfer waren Müll- und Schutthaufen längs der Straße, an der früher die Häuser gestanden hatten. Die verbrannten Siedlungen waren von einem zum andern Ende überschaubar wie Ödplätze ohne Vegetation. An ihrer Oberfläche wimmelten alte Frauen, jede auf ihrer eigenen Brandstätte, um noch etwas aus der Asche zu graben und irgendwo zu verstecken, und sie wähnten sich vor fremden Blicken geschützt, als hätten sie noch die früheren Wände um sich. Mit ihren Blicken begrüßten und verfolgten sie

Gordon, als wollten sie ihn fragen, ob die Welt bald wieder zur Vernunft käme und Ruhe und Ordnung zurückkehrten.

In der Nacht trafen die Reisenden auf einen Streiftrupp. Ihnen wurde befohlen, von der Straße abzubiegen und die ganze Gegend weiträumig zu umfahren. Der Fuhrmann kannte den neuen Weg nicht. Zwei Stunden lang irrten sie sinnlos herum. Beim Morgengrauen gelangten sie in eine Siedlung, die den betreffenden Namen trug. Hier hatte man nichts von einem Lazarett gehört. Es stellte sich heraus, daß es in der Gegend zwei gleichnamige Dörfer gab und das gesuchte das andere war. Am Vormittag erreichten sie ihr Ziel. Als sie an der Dorfumfriedung entlangfuhren, die nach Kamille und Jodoform roch, dachte Gordon, er werde nicht bei Juri Shiwago übernachten, sondern den Tag mit ihm verbringen und am Abend zu der Bahnstation und seinen Kameraden zurückkehren. Die Umstände jedoch hielten ihn länger als eine Woche hier fest.

9

In diesen Tagen geriet die Front in Bewegung. Es kam zu plötzlichen Veränderungen. Südlich des Geländes, in das Gordon gereist war, durchbrach einer unserer Verbände mit einem erfolgreichen Angriff einzelner seiner Truppenteile die befestigten Stellungen des Gegners. Um ihren Vorstoß auszubauen, drangen die Angreifer immer tiefer in die gegnerische Verteidigung ein. Ihr folgten Hilfskräfte, die den Durchbruch erweiterten. Sie blieben jedoch allmählich zurück und lösten sich von der Spitzeneinheit. Das führte zu deren Gefangennahme. Dabei geriet auch Fähnrich Antipow in Gefangenschaft, weil seine halbe Kompanie sich ergeben hatte.

Gerüchte gingen um, er wäre gefallen und in einem

Granattrichter verschüttet worden. Dies bezeugte ein Bekannter von ihm, sein Regimentskamerad Leutnant Galiullin, der seinen Tod von der Beobachtungsstelle aus durchs Fernglas beobachtet haben wollte, als Antipow mit seinen Soldaten zum Angriff vorging.

Galiullins Augen bot sich der vertraute Anblick einer Infanterieattacke. Die Truppe mußte mit schnellen Schritten, fast laufend, das herbstliche Feld zwischen den beiden Armeen überwinden, das mit im Wind schwankendem Beifuß und reglos aufragenden stachligen Disteln bewuchert war. Mit der Dreistigkeit ihres tollkühnen Vorstoßes sollten die Soldaten den Gegner zum Bajonettangriff herausfordern oder aber die in ihren Gräben gebliebenen Österreicher mit Handgranaten zudecken und vernichten. Das Feld kam den Laufenden endlos vor. Unter ihren Füßen wogte der Erdboden wie ein unsicherer Sumpf. Der Fähnrich lief zunächst vornweg, dann mitten unter ihnen, schwenkte den erhobenen Revolver und schrie mit weit aufgerissenem Mund »Hurra«, was jedoch weder er noch seine mit ihm laufenden Soldaten hören konnten. In berechneten Abständen warfen sich die Soldaten zu Boden, sprangen alle gleichzeitig wieder auf und liefen mit neuen Schreien weiter. Jedesmal, wenn sie sich hinwarfen, fielen, wenn auch ganz anders, Getroffene längelang hin wie gefällte Bäume und standen nicht mehr auf.

»Das Feuer liegt zu weit. Rufen Sie die Batterie an«, sagte Galiullin beunruhigt zu dem neben ihm stehenden Artillerieoffizier. »Doch nein. Sie tun recht daran, das Feuer weiter nach hinten zu verlegen.«

Zu diesem Zeitpunkt waren die Angreifer schon ganz nah an den Gegner herangekommen. Das Feuer wurde eingestellt. In der eingetretenen Stille hämmerte den Beobachtern das Herz, als wären sie an der Stelle Antipows, führten die Leute zum österreichischen Graben und müßten im nächsten Moment Wunder an Findigkeit und Tapferkeit vollbringen. In diesem Moment detonierten vorn nacheinander zwei deutsche Sechzehnzollgranaten. Schwarze Erdfontänen und Rauchwolken deckten alles nun folgende zu.

»Ya Allah! Schluß! Aus das Theater!« flüsterte Galiullin mit blassen Lippen, denn er glaubte, der Fähnrich und die Soldaten wären gefallen.

Eine dritte Granate schlug ganz in der Nähe des Beobachtungspunktes ein. Tief geduckt beeilten sich alle, schnell wegzukommen.

Galiullin schlief mit Antipow in demselben Unterstand. Nachdem man sich im Regiment mit dem Gedanken abgefunden hatte, daß Antipow gefallen sei und nicht zurückkommen werde, bekam Galiullin, der Antipow gut kannte, den Auftrag, dessen Habe an sich zu nehmen, um sie später seiner Frau zu übergeben, von der es in Antipows Sachen viele Fotografien gab.

Der Einjährigfreiwillige, frischgebackene Fähnrich und Mechaniker Jussup Galiullin, Sohn des Hausmeisters Himasetdin im Hause der Tiwersins und in ferner Vergangenheit Schlosserlehrling, der von dem Meister Chudolejew oft verprügelt wurde, hatte die Beförderung seinem einstigen Peiniger zu verdanken.

Nach seiner Beförderung war Galiullin irgendwie und gegen seinen Willen auf ein warmes, sicheres Plätzchen in einer rückwärtigen Garnison gekommen. In diesem Krähwinkel befehligte er eine Truppe von Halbinvaliden, denen ebenso klapprige Veteranen morgens als Instrukteure den längst vergessenen Drill wieder einbleuten. Überdies hatte Galiullin zu prüfen, ob die Wachposten vor den Intendanturdepots richtig aufgestellt waren. Es war ein sorgloses Leben, denn mehr wurde von ihm nicht verlangt. Aber dann traf mit einer Ersatztruppe aus älteren Landwehrmännern, die von Moskau zu ihm kommandiert worden waren, der ihm nur zu gut bekannte Pjotr Chudolejew ein.

»Ah, alte Bekannte!« sagte Galiullin mit finsterem Auflachen.

»Zu Befehl, Euer Wohlgeboren«, antwortete Chudolejew, nahm Haltung an und salutierte.

So einfach konnte das Ganze nicht enden. Schon beim ersten Dienstvergehen schnauzte der Fähnrich den gemeinen Soldaten an, und als er den Eindruck hatte, daß dieser ihm nicht in die Augen, sondern irgendwohin zur Seite sah, versetzte er ihm einen Faustschlag ins Gesicht und schickte ihn für zwei Tage und Nächte in Arrest bei Wasser und Brot.

Jetzt sah jede Handlung Galiullins nach Rache für die alten Geschichten aus. Aber unter den Bedingungen der Knüppeldisziplin Rechnungen zu begleichen war ein gar zu unriskantes und unedles Spiel. Was tun? Daß sie beide beisammenblieben, war unmöglich. Doch unter welchem Vorwand konnte der Offizier den Soldaten aus seinem Truppenteil entfernen und wohin, wenn nicht zu einer Strafeinheit? Andererseits, wie sollte er ein eigenes Versetzungsgesuch begründen? Unter Berufung auf die Langeweile und Nutzlosigkeit des Garnisonsdienstes bat er, ihn an die Front zu schicken. Damit zeigte er sich von einer guten Seite, und als er im nächsten Gefecht weitere gute Eigenschaften sehen ließ, wurde er als mustergültiger Offizier betrachtet und schon sehr bald vom Fähnrich zum Leutnant befördert. Galiullin kannte Antipow aus den Zeiten bei den Tiwersins. Neunzehnhundertfünf, als Pawluscha Antipow ein halbes Jahr bei den Tiwersins lebte, besuchte Jussup Galiullin ihn öfters und spielte an Feiertagen mit ihm. Damals hatte er dort auch ein paarmal Lara gesehen. Seither hatte er nichts von ihnen gehört. Als Pawel Antipow aus Jurjatin zu ihnen ins Regiment kam, war Galiullin verblüfft, wie sehr sein alter Freund sich verändert hatte. Aus dem schüchternen, mädchenhaften, lachlustigen, reinlichen Jungen war ein nervöser, um alles in der Welt wissender, von Verachtung erfüllter Hypochonder geworden. Er war klug, sehr tapfer, wortkarg und spottlustig. Wenn Galiullin ihn manchmal ansah, hätte er schwören mögen, in Antipows schwerem Blick wie in einem tiefen Fenster einen in ihm bohrenden Gedanken zu erkennen oder Sehnsucht nach der Tochter oder das Gesicht seiner Frau. Antipow schien verzaubert wie im Märchen. Und nun war er nicht mehr, und Galiullin hatte seine Papiere und Fotografien und das Geheimnis seiner Verwandlung in Händen.

Früher oder später mußten Laras Nachforschungen ihn erreichen. Er würde ihr antworten. Aber es war eine heiße Zeit. Ausführlich zu antworten hatte er nicht die Kraft. Er wollte sie vorbereiten auf den Schlag, der sie erwartete. Darum schob er den Brief an sie so lange vor sich her, bis er erfuhr, daß sie selbst als Krankenschwester irgendwo an der Front war. Nun wußte er nicht, wohin er den Brief adressieren sollte.

10

»Na, was ist? Kriegen wir heute Pferde?« fragte Gordon, als Doktor Shiwago zum Mittagessen in das galizische Bauernhaus kam, in dem sie ihr Quartier hatten.

»Was denn für Pferde? Und wo willst du hin, wenn es weder vor noch zurück geht? Ringsum herrscht ein schreckliches Durcheinander. Niemand weiß Genaues. Im Süden haben wir die deutsche Front an mehreren Stellen umgangen oder durchbrochen, dabei sollen ein paar von unseren Truppenteilen eingekesselt worden sein, und im Norden haben die Deutschen die Swenta überschritten, die an dieser Stelle als unpassierbar gegolten hatte. Es handelt sich um Kavallerie bis zur Korpsstärke. Sie zerstören Eisenbahngleise, vernichten Depots und stehen nach meiner Meinung im Begriff, uns zu umgehen. So ist die Lage. Und du willst Pferde haben. Na los, Karpenko, tisch auf, beweg dich. Was haben wir heute? Ah, Kalbsfüße. Wunderbar.«

Die Sanitätsabteilung mit dem Lazarett und den ihr unterstellten Abteilungen war in einem Dorf untergekommen, das wie durch ein Wunder heil geblieben war. Die Häuser, die nach westlicher Art blanke niedrige Fenster mit vielen Flügeln über die ganze Wand hatten, waren sämtlich unversehrt.

Es war Altweibersommer, die letzten klaren Tage eines warmen goldenen Herbstes. Tagsüber hielten Ärzte und Offiziere die Fenster offen, machten Jagd auf die Fliegen, die in schwarzen Schwärmen auf den Fensterbrettern und der weißen Tapete an der niedrigen Decke herumkrochen, ließen schweißüberströmt die Uniformröcke und Feldblusen offen und verbrühten sich mit heißer Kohlsuppe oder mit Tee, in der Nacht aber hockten sie vor den offenen Ofenklappen, pusteten auf die erlöschenden Kohlen unter den feuchten Holzscheiten, die nicht brennen wollten, und beschimpften mit tränenden Augen ihre Burschen, die es nicht verstanden, anständig zu heizen.

Die Nacht war still. Gordon und Juri Shiwago lagen auf Bänken an den gegenüberliegenden Wänden. Zwischen ihnen waren der Eßtisch und das breite, niedrige, von Wand zu Wand reichende Fenster. Das Zimmer war überheizt und vollgeraucht. Sie hatten die beiden äußeren Fensterflügel geöffnet und atmeten die nächtliche Herbstfrische, von der die Scheiben beschlugen.

Sie unterhielten sich wie all die letzten Tage und Nächte. Wie immer flammte rötlich der Horizont in Richtung der Front, und wenn in das gleichmäßige, keinen Moment verstummende Grollen der Kanonade tiefere, einzeln unterscheidbare, schwere Schläge fielen, die das

Erdreich zu verschieben schienen, unterbrach Shiwago das Gespräch aus Respekt vor diesem Ton, machte eine Pause und sagte: »Das war die Dicke Berta, ein deutsches Zweiundvierzigzentimetergeschütz; die Granaten wiegen sechzig Pud das Stück.« Dann setzten sie ihre Unterhaltung fort, ohne noch zu wissen, wovon sie gesprochen hatten.

»Wonach riecht das hier im Dorf?« fragte Gordon. »Es ist mir gleich am ersten Tag aufgefallen. So fettig-süßlich und abscheulich. Wie nach Mäusen.«

»Ach, ich weiß, was du meinst. Das ist Hanf. Es gibt hier viele Hanffelder. Der Hanf hat an sich schon einen peinigenden, aufdringlichen Aasgeruch. Außerdem ist dies Kampfgebiet. Gefallene, die im Hanf liegenbleiben, werden lange nicht entdeckt und verwesen. Leichengeruch ist hier natürlich sehr verbreitet. Da, schon wieder die Dicke Berta. Hast du gehört?«

In den letzten Tagen hatten sie über Gott und die Welt gesprochen. Gordon kannte die Gedanken seines Freundes über den Krieg und den Zeitgeist. Juri hatte ihm erzählt, wie mühsam er sich an die blutige Logik der gegenseitigen Vernichtung gewöhnt hatte, an den Anblick der entsetzlichen Verwundungen, an die verstümmelten Überlebenden, die von der heutigen Kriegstechnik in Stücke formlosen Fleisches verwandelt wurden.

Gordon, der Juri Shiwago ständig begleitete, bekam jeden Tag irgendwo Interessantes zu sehen. Natürlich erkannte er, wie unsittlich es war, die Tapferkeit anderer müßig zu beobachten, zuzusehen, wie sie mit übermenschlicher Willensanstrengung die Todesangst besiegten, und Wagemut und Opferbereitschaft der Männer mitzuerleben. Aber seine untätigen und wirkungslosen Seufzer dünkten ihn auch nicht sittlicher. Er war der Auffassung, man müsse sich je nach der Situation, in die das Leben einen stelle, ehrlich und natürlich verhalten.

Daß man beim Anblick Verwundeter in Ohnmacht fallen konnte, lernte er an sich selber kennen, als sie zu einer fliegenden Rotkreuz-Abteilung fuhren, die westlich von ihnen auf einem Verbandplatz gleich hinter den Stellungen tätig war.

Sie kamen an den Rand eines großen Waldes, der durch Artilleriebeschuß zur Hälfte abrasiert war. In dem zertrümmerten und zerstampften Unterholz lagen umgestürzte zerschlagene und zerbrochene Munitionswagen. An einen Baum war ein Reitpferd gebunden. Von dem Holzgebäude einer Försterei weiter hinten war das halbe Dach abgetragen. Der Verbandplatz befand sich im Büro der Försterei und in zwei großen grauen Zelten, die jenseits des Waldwegs mitten im Wald aufgeschlagen waren.

»Ich hätte dich nicht mitnehmen sollen«, sagte Juri. »Die Gräben sind ganz in der Nähe, anderthalb oder zwei Werst, und unsere Batterien stehen dort hinter dem Wald. Hörst du, was hier los ist? Bitte spiel nicht den Helden, den glaube ich dir nicht. Du hast jetzt das Herz in der Hose, und das ist ganz normal. Die Lage kann sich jeden Moment ändern. Hier werden Granaten einschlagen.«

Auf der Erde neben dem Waldweg lagen breitbeinig, in schweren Stiefeln, auf dem Bauch oder auf dem Rücken verstaubte und erschöpfte junge Soldaten in verschwitzter Feldbluse, der Rest einer stark gelichteten Abteilung. Man hatte sie aus dem schon vier Tage andauernden Gefecht herausgezogen und zu einer kurzen Erholung ins nahe Hinterland geschickt. Die Soldaten lagen da wie versteinert, sie hatten nicht die Kraft, zu lächeln oder Zoten zu reißen, und keiner von ihnen wandte den Kopf, als auf dem Waldweg von weitem mehrere zweirädrige Einspänner im Trab näherratterten. Die ungefederten Fahrzeuge holperten fürchterlich und drohten, ihren unglücklichen Insassen die Knochen zu zerbrechen und die Eingeweide von innen nach außen zu kehren. Es waren Verwundete, die zum Verbandplatz gebracht wurden, wo sie Erste Hilfe erhalten, in aller Eile verbunden und in besonders schlimmen Einzelfällen sogleich operiert werden sollten. Sie alle waren vor einer halben Stunde, während einer kurzen Feuerpause, in grauenhafter Zahl vom Feld vor den Gräben aufgesammelt worden. Gut die Hälfte von ihnen war ohne Bewußtsein.

Als die Wagen an der Vortreppe des Förstereibüros hielten, kamen Sanitäter mit Tragen und hoben die Verwundeten heraus. Aus einem der Zelte blickte, den Türvorhang unten festhaltend, eine Krankenschwester. Das war nicht ihre Schicht. Sie hatte frei. Hinter den Zelten beschimpften sich lautstark zwei Männer. Der frische Hochwald trug den Widerhall ihres Streits dumpf weiter, ohne daß Worte zu verstehen gewesen wären. Als die Verwundeten gebracht wurden, gingen die Streithähne eben über den Waldweg zum Büro. Ein wütender junger Offizier schnauzte den Arzt der fliegenden Abteilung an, um von ihm zu erfahren, wo die Artillerie, die früher hier in Stellung gelegen habe, hingekommen sei. Der Arzt wußte von nichts, das ging ihn nichts an. Er bat den Offizier, ihn in Ruhe zu lassen und nicht so zu schreien, denn er habe sich um die Verwundeten zu kümmern, aber der Offizier ließ nicht locker und schmähte das Rote Kreuz und die Artillerieverwaltung und alles auf der Welt. Zu dem Arzt trat Juri Shiwago. Sie begrüßten sich und stiegen die Stufen der Försterei hinauf. Der Offizier, der mit leicht tatarischem Akzent sprach, band weiter fluchend sein Pferd vom Baum los, saß auf und sprengte den Weg entlang in den Wald. Die Schwester aber guckte immer noch.

Plötzlich verzerrte sich ihr Gesicht vor Entsetzen.

»Was macht ihr da? Seid ihr verrückt?« rief sie zwei Leichtverwundeten zu, die ohne fremde Hilfe zwischen den Tragen hindurchgingen, lief aus dem Zelt und stürzte zu ihnen.

Auf einer der Tragen lag ein Unglücklicher, der besonders grauenhaft und ungeheuerlich verstümmelt war. Das Bodenstück einer krepierenden Granate hatte ihm Gesicht, Zunge und Zähne in blutigen Brei verwandelt, ohne ihn jedoch zu töten, und war im Kieferknochen an der Stelle der weggerissenen Wange steckengeblieben. Mit dünner Stimme, die nichts Menschliches hatte, ließ der Verstümmelte immer wieder ein kurzes, abgerissenes Stöhnen hören, das jedermann als flehentliche Bitte verstehen mußte, ihm den Tod zu geben und seine unvorstellbaren Qualen zu beenden.

Die Schwester hatte geglaubt, die beiden Leichtverwundeten hätten unter dem Eindruck seines Stöhnens den entsetzlichen Eisensplitter mit bloßen Händen aus seiner Wange ziehen wollen.

»Was macht ihr, das geht doch nicht! Das muß der Chirurg tun, mit besonderen Instrumenten. Wenn es überhaupt noch dazu kommt.« (Herrgott, nimm ihn zu dir, zwinge mich nicht, an deiner Existenz zu zweifeln!)

Im nächsten Moment, als der Verstümmelte die Stufen hinaufgetragen wurde, schrie er laut, zuckte mit dem ganzen Körper und gab seinen Geist auf.

Der tote Verstümmelte war der Gemeine der Reserve Himasetdin, der Offizier, der im Wald herumgeschrien hatte, war sein Sohn, Leutnant Galiullin; die Schwester war Lara, Gordon und Shiwago hatten alles mit angesehen, sie alle waren auf kleinem Raum beisammen gewesen und hatten sich nicht erkannt, die anderen hatten sie nie gekannt; das eine blieb für immer ungewiß, das andere wartete bis zur nächsten Gelegenheit, bis zur neuen Begegnung auf die Enthüllung.

11

In dieser Gegend waren auf wundersame Weise Dörfer erhalten geblieben. Sie bildeten eine heile Insel in dem Meer der Zerstörungen. Gordon und Shiwago fuhren abends nach Hause zurück. Die Sonne ging unter. Als sie durch eines der Dörfer kamen, sahen sie, wie ein junger Kosak unter dem Gejohle der Umstehenden einen graubärtigen alten Juden in langem Kaftan zwang, eine Kupfermünze zu fangen, die er hochwarf. Der Alte griff immer wieder daneben. Die Münze flog an seinen kläglich ausgestreckten Händen vorbei und fiel in den Schlamm. Der Alte bückte sich, der Kosak schlug ihn auf den Hintern, die Umstehenden hielten sich den Bauch und stöhnten vor Lachen. Das war auch schon das ganze Amüsement. Noch war es harmlos. Aber niemand hätte sich verbürgen können, daß es nicht eine ernstere Wendung nehmen würde. Aus dem gegenüberliegenden Bauernhaus kam seine Alte auf die Straße gelaufen, streckte schreiend die Arme nach ihm aus und lief ängstlich zurück. Aus dem Fenster blickten weinend zwei kleine Mädchen auf den Großvater.

Der Fuhrmann, der das Ganze urkomisch fand, ließ die Pferde im Schritt gehen, damit die Herren Zeit hätten, sich zu amüsieren. Aber Juri Shiwago rief den Kosaken zu sich, pfiff ihn an und hieß ihn, die Verhöhnung zu beenden.

»Zu Befehl, Euer Wohlgeboren«, sagte dieser bereitwillig. »Das haben wir nicht gewußt, es war bloß so zum Spaß.«

Den Rest des Weges schwiegen Gordon und Shiwago.

»Entsetzlich«, begann Juri Shiwago, als ihr eigenes Dorf schon in Sicht war. »Du kannst dir nicht vorstellen, was für eine Schale des Leids die unglückliche jüdische Bevölkerung in diesem Krieg hat leeren müssen. Der spielt sich ja ausgerechnet in dem Gebiet ihrer Zwangsansiedlung ab. Was die Leute durchgemacht haben, all die Leiden, die übermäßigen Abgaben, die Verwüstungen lohnt man ihnen obendrein mit Pogromen, Verhöhnungen und der Beschuldigung, sie hätten zuwenig Patriotismus. Wo soll der auch herkommen, wenn sie beim Feind alle Rechte genießen und bei uns nur Verfolgungen ausgesetzt sind? Der Haß auf sie, seine Grundlage, alles zwiespältig. Man fühlt sich gereizt über das, was einen rühren und für sie einnehmen müßte: ihre Armut, ihr Zusammengedrängtsein, ihre Schwäche und die Unfähigkeit, Schläge abzuwehren. Unbegreiflich. Verhängnisvoll.«

Gordon gab keine Antwort.

12

Wieder lagen sie zu beiden Seiten des breiten, niedrigen Fensters, es war Nacht, und sie unterhielten sich.

Shiwago erzählte Gordon, wie er an der Front den Zaren gesehen hatte. Er erzählte gut.

Es war in seinem ersten Frühjahr an der Front gewesen. Der Stab des Truppenteils, zu dem er kommandiert war, lag in den Karpaten, in einem Talkessel, dessen Zugang von der ungarischen Tiefebene her diese Abteilung zu sperren hatte.

Auf dem Grunde des Talkessels befand sich eine Eisenbahnstation. Shiwago beschrieb Gordon die Gegend, die Berge mit den mächtigen Tannen und Kiefern, in deren Wipfeln Wolkenfetzen hingen, die senkrechten grauen Schiefer- und Granitfelsen, die aus den Wäldern hervortraten wie kahlgescheuerte Stellen in einem dichten Fell. Es war ein feuchter dunkler Aprilmorgen, grau wie der Schiefer, von allen Seiten eingeengt durch die Höhen und daher mit unbeweglicher, stickiger Luft. Es dampfte. Dunst stand über dem Talkessel, und alles rauchte, alles strömte aufwärts, der Lokomotivqualm von der Station, die graue Ausdünstung der Wiesen, die grauen Berge, die dunklen Wälder, die dunklen Wolken.

In diesen Tagen unternahm der Zar eine Fahrt durch Galizien. Plötzlich wurde bekannt, daß er die hier stationierte Einheit besuchen würde, deren Chef er war.

Er konnte jeden Moment eintreffen. Auf dem Bahnsteig trat zu seiner Begrüßung eine Ehrenwache an. Eine, zwei Stunden vergingen in quälendem Warten. Dann trafen in rascher Folge die beiden Züge der Suite ein. Ein wenig später kam der Zug des Zaren.

In Begleitung des Großfürsten Nikolai schritt der Zar die Front der Grenadiere ab. Jedes seiner leisen Begrüßungsworte löste hochschwappende Explosionen donnernder »Hurras« aus, so wie Wasser in einem schaukelnden Eimer hochschwappt.

Der verlegen lächelnde Zar wirkte älter und verbrauchter als auf den Rubeln und Medaillen. Sein Gesicht war welk und ein wenig gedunsen. Immer wieder blickte er zum Großfürsten hin, wenn er nicht wußte, was unter den obwaltenden Umständen von ihm erwartet wurde, dann beugte sich Nikolai Nikolajewitsch ehrerbietig zu seinem Ohr und half ihm, nicht einmal mit Worten, sondern mit einer Bewegung der Braue oder der Schulter, aus der Verlegenheit.

Der Zar weckte Mitleid an diesem warmen grauen Morgen in den Bergen, und es wurde einem unheimlich bei dem Gedanken, diese furchtsame Zurückhaltung und Schüchternheit könnte das wahre Wesen des Unterdrükkers sein, und mit dieser Schwäche richte und begnadige, fessele und befreie er.

»Er mußte etwas sagen wie: Ich, mein Schwert und mein Volk, so wie Wilhelm, oder irgendwas Ähnliches. Unbedingt vom Volk, das hätte er tun müssen. Aber verstehst du, er stand so ganz russisch auf natürliche und tragische Weise über solchen Banalitäten. In Rußland ist Theatralik ja undenkbar. Es ist doch Theatralik, nicht wahr? Ich verstehe noch, was zu Cäsars Zeiten Völker waren, nämlich Gallier oder Sueven oder Illyrer. Seit damals aber ist das doch nur noch eine Erfindung, damit Zaren und Könige und Staatsmänner in ihren Reden sagen können: Volk, mein Volk.

Die Front ist von Korrespondenten und Journalisten überschwemmt. Sie notieren ›Beobachtungen‹, Aussprüche der Volksweisheit, sie sehen sich die Verwundeten an und basteln an einer neuen Theorie von der Volksseele. Diese Sorte sieht sich als eine Art neuer Dal, linguistische Graphomanie aus philologischer Schließmuskelschwäche. Das ist der eine Typ. Es gibt noch einen anderen. Abgehackte Sprache, ›Striche und kleine Szenen‹, Skeptizismus, Misanthropie. Bei einem zum Beispiel habe ich solche Sentenzen gelesen: ›Ein grauer Tag wie gestern. Schon am Morgen Regen, Schlackerwetter. Ich sehe durchs Fenster auf die Straße. Auf ihr ziehen endlose Kolonnen von Gefangenen dahin. Verwundete werden gefahren. Eine Kanone schießt. Sie schießt heute wie gestern, morgen wie heute, und so geht das jeden Tag und jede Stunde...‹ Überleg bloß mal, wie witzig und scharfsinnig! Warum ist er böse auf die Kanone? Was ist das für ein seltsamer Anspruch, von einer Kanone unterschiedliches Schießen zu verlangen! Warum wundert er sich nicht lieber über sich selbst, weil er tagaus, tagein Aufzählungen, Kommata und Phrasen abfeuert, warum stellt er das Schießen mit journalistischer Menschenliebe nicht ein, was bei ihm so hastig geht wie das Hüpfen der Flöhe? Wieso begreift er nicht, daß nicht die Kanone, sondern er immer wieder neu sein muß und sich nicht wiederholen darf, daß aus der Ansammlung einer Menge von sinnlosem Zeug in seinem Notizbuch niemals ein Sinn hervorgehen kann, daß es keine Fakten gibt, solange der Mensch ihnen nicht etwas von sich, ein Teilchen eigenständigen menschlichen Genies, ein Teilchen von einem Märchen beigegeben hat?«

»Das ist erstaunlich richtig«, fiel Gordon ihm ins Wort. »Ich will dir jetzt etwas sagen zu der Szene, die wir heute gesehen haben. Der Kosak, der den armen Patriarchen verhöhnt hat, ist ebenso wie Tausende ähnlicher Fälle ein Beispiel für einfachste Niedertracht, über die man nicht philosophiert, sondern für die man eins in die Schnauze gibt. Aber für die Judenfrage insgesamt ist die Philosophie brauchbar, und dann zeigt sie sich von einer überraschenden Seite. Ich sage dir da nichts Neues. Alle diese Gedanken habe ich wie du von deinem Onkel.

Was ist das Volk? fragst du. Muß man es denn verzärteln, und tut nicht viel mehr für das Volk, wer es einfach durch die Schönheit und Erhabenheit seiner Werke in die Gemeinschaft führt und durch seine Lobpreisung verewigt? Gewiß, gewiß. Von was für Völkern läßt sich in der christlichen Zeit reden? Es sind doch nicht Völker schlechthin, sondern bekehrte, verwandelte Völker, und um die Bekehrung eben geht es, nicht um die Treue zu alten Grundvorstellungen. Denken wir an das Evangelium. Was hat es zu diesem Thema gesagt? Erstens hat es nicht behauptet: So und so ist es. Es war ein naives, zaghaftes Angebot: Wollt ihr auf neue Art existieren wie nie zuvor, wollt ihr die Glückseligkeit des Geistes? Und alle nahmen das Angebot an, waren gefesselt für Jahrtausende.

Wenn das Evangelium verkündet, im Reiche Gottes gebe es keine Hellenen und keine Judäer, wollte es damit nur sagen, vor Gott seien alle gleich? Nein, dazu war es nicht vonnöten, das wußten schon die griechischen Philosophen, die römischen Moralisten, die Propheten des Alten Testaments. Aber es sagt: In dieser vom Herzen ersonnenen neuen Daseinsweise und neuen Umgangsart, die sich Reich Gottes nennt, gibt es keine Völker, sondern nur Persönlichkeiten.

Du hast gesagt, daß ein Fakt sinnlos ist, wenn man keinen Sinn hineinbringt. Das Christentum, das Mysterium der Persönlichkeit ist eben das, was man in den Fakt einbringen muß, damit er für den Menschen Sinn gewinnt.

Und wir sprachen über die mittelmäßigen Staatsmänner, die dem Leben und der Welt nichts zu sagen haben, über die zweitrangigen Kräfte, die an Beschränktheit interessiert sind, an fortwährendem Gerede über ein Volk, ein möglichst kleines, das leiden soll, damit man darüber richten und es lenken und aus dem Mitleid mit ihm Nutzen ziehen kann. Das ausdrückliche Opfer solcher Leute ist das Judentum. Ihm hat das nationale Denken die tödliche Notwendigkeit auferlegt, ein Volk zu sein und zu bleiben und nur ein Volk, und das im Lauf der Jahrhunderte, in denen eine Kraft aus seiner Mitte hervorgegangen ist, die die ganze Welt von dieser erniedrigenden Aufgabe erlöste. Wie erstaunlich! Wie konnte das geschehen? Solch ein Festtag, die Erlösung von der Teufelei der Mittelmäßigkeit, solch ein Höhenflug über dem Schwachsinn des Alltags entstand in seinem Land, redete in seiner Sprache und gehörte zu seinem Stamm. Und die Juden sahen und hörten es und versäumten es? Wie konnten sie zulassen, daß eine Seele von so gewaltiger Kraft von ihnen ging, wie konnten sie denken, daß sie nach dem Triumph und der Herrschaft dieser Kraft zurückbleiben würden als leere Hülle des Wunders, das sie verworfen hatten? Wem gereichte dieses freiwillige Märtyrertum zum Vorteil, für wen war es notwendig, daß jahrhundertelang so viele unschuldige Greise, Frauen und Kinder mit Spott und Blut bedeckt wurden, Menschen, die so feinsinnig waren und so begabt für das Gute und den herzlichen Umgang miteinander? Warum sind sie so träg und so unfähig, die schreienden Volksfreunde aller Völker? Warum sind die Vordenker des jüdischen Volkes nie weitergegangen als bis zu den leicht zugänglichen Formen des Weltschmerzes und der ironisierenden Weisheit? Warum haben sie nicht riskiert, zu explodieren von der ihnen auferlegten Pflicht, so wie Dampfkessel vom Überdruck platzen, und warum haben sie es nicht auseinandergehen lassen, dieses kleine Volk, das immer für irgend etwas kämpfte und für irgend etwas geprügelt wurde? Warum haben sie den Leuten nicht gesagt: Besinnt euch. Es genügt. Mehr ist nicht nötig. Nennt euch nicht mehr wie früher. Drängt euch nicht zusammen, verstreut euch. Seid mit allen. Ihr seid die ersten und die besten Christen der Welt. Ihr seid genau das, wogegen sich die Schlechtesten und Schwächsten von euch stets gesträubt haben.«

13

Am nächsten Tag sagte Shiwago, als er zum Mittagessen kam: »Du wolltest immer so eilig weg, du hast es beschrien. Ich kann nicht sagen, es wäre zu deinem Glück, denn was soll das für ein Glück sein, wenn sie uns schon wieder bedrängen und schlagen? Der Weg nach Osten ist frei, und von Westen wird gegen uns Druck gemacht. Es wurde angeordnet, daß alle Sanitätseinrichtungen sich zurückziehen. Wir brechen morgen oder übermorgen auf. Wohin, ist unbekannt. Die Wäsche von Mischa Gordon ist natürlich nicht gewaschen, Karpenko. Immer wieder dieselbe Geschichte. Gevatterin, Gevatterin, aber wenn du ihn genauer fragst, was für eine Gevatterin das ist, weiß er's nicht, der Holzkopf.«

Er hörte nicht, was der Sanitäter, sein Bursche, zu seiner Rechtfertigung stammelte, und er achtete nicht auf Gordon, der betrübt war, Shiwagos Wäsche tragen und in Shiwagos Hemd abreisen zu müssen, sondern fuhr fort:

»Ach, dieses Wanderleben, dieses Herumziehen wie bei den Zigeunern. Als wir hier ankamen, hat mir alles nicht gepaßt – der Ofen, die niedrige Decke, der Schlamm, die stickige Luft. Heute kannst du mich umbringen, aber ich weiß nicht, wo wir vorher gelegen haben. Mir kommt es vor, als hätte ich eine Ewigkeit hier gelebt und auf diesen Ofenwinkel mit der Sonne auf den Kacheln geblickt und dem darüber hinweg wandernden Schatten des Baums an der Straße.«

Sie packten in aller Ruhe.

In der Nacht wurden sie von Lärm und Schreien, Schüssen und Füßetrappeln geweckt. Ein unheildrohender Lichtschein lag auf dem Dorf. Schatten huschten an den Fenstern vorüber. Hinter der Wand erwachten die Hausherren und bewegten sich.

»Karpenko, laufe hinaus und frage, was los ist«, sagte Shiwago.

Bald wußten sie Bescheid. Shiwago, der sich in aller Eile angezogen hatte, ging ins Lazarett, um die Gerüchte zu prüfen, die sich als richtig erwiesen. Die Deutschen hatten an diesem Frontabschnitt den Widerstand gebrochen. Die Verteidigungslinie bewegte sich auf das Dorf zu und rückte immer näher. Das Dorf lag unter Beschuß. Das Lazarett und die Verwaltungsstellen wurden eilig evakuiert, ohne auf den Befehl zu warten. Alles sollte bis zum Morgen beendet sein.

»Du fährst mit dem ersten Transport, der Wagen geht gleich ab, aber ich habe gesagt, sie sollen auf dich warten. Mach's gut. Ich komme noch mit und seh mir an, was für einen Platz du bekommst.«

Sie rannten zum andern Ende des Dorfes, wo die Abteilung mit allem Notwendigen versehen wurde. Während sie an den Häusern entlangliefen, bückten sie sich immer wieder und suchten Deckung hinter Vorsprüngen. Die Straße entlang pfiffen und zwitscherten Kugeln. Von da, wo die Wege zu den Feldern die Hauptstraße kreuzten, waren in der Luft die Feuerschirme platzender Schrapnells zu sehen.

»Und wie kommst du weg?« fragte Gordon im Laufen.

»Ich fahre später. Ich muß noch einmal nach Hause, die Sachen holen. Ich fahre mit der zweiten Gruppe.«

An der Dorfumfriedung verabschiedeten sie sich. Die Fuhrwerke und der Wagen, die den Troß bildeten, setzten sich in Bewegung, rammten einander, richteten sich allmählich aus. Shiwago winkte dem abfahrenden Kameraden nach. Sie befanden sich im Lichtschein eines brennenden Schuppens.

Auf dem Rückweg suchte Shiwago, der es eilig hatte, wieder die Deckung der Häuser. Als er nur noch zwei Häuser von seiner Vortreppe entfernt war, warf ihn eine Detonationswelle nieder, und eine Schrapnellkugel traf ihn. Blutüberströmt fiel er zu Boden und verlor das Bewußtsein.

14

Das evakuierte Lazarett lag verloren in einer Kleinstadt der Westregion an der Eisenbahn, unweit des Hauptquartiers. Ende Februar gab es ein paar warme Tage. In dem Krankenzimmer für genesende Offiziere war auf Bitte Juri Shiwagos, der hier lag, das Fenster bei seinem Bett geöffnet worden.

Es war kurz vor Mittag. Die Patienten vertrieben sich schlecht und recht die Zeit bis zu ihrer Entlassung. Man hatte ihnen gesagt, daß heute eine neue Schwester zur Visite kommen würde. Jussup Galiullin, der Shiwago gegenüberlag, blätterte in den Zeitungen »Retsch« und »Russkoje slowo« und schimpfte über die weißen Stellen, eine Folge der Zensur. Shiwago las die letzten Briefe von Tonja, die er mit der Feldpost alle auf einmal bekommen hatte.

Der Wind bewegte die Briefseiten und die Zeitungsblätter. Leichte Schritte ertönten. Shiwago blickte auf. Herein kam Lara.

Shiwago und Galiullin erkannten sie sogleich, ohne es voneinander zu wissen. Sie kannte keinen von ihnen. Sie sagte: »Guten Tag. Warum ist das Fenster offen? Ist Ihnen nicht kalt?« Und sie trat zu Galiullin.

»Was haben Sie für Beschwerden?« fragte sie und faßte seine Hand, um den Puls zu fühlen, ließ sie aber gleich wieder los und setzte sich verblüfft auf den Stuhl neben seinem Bett.

»Was für eine Überraschung, Larissa Fjodorowna«, sagte Galiullin. »Ich war mit Ihrem Mann im selben Regiment und kannte ihn. Seine Sachen habe ich aufgehoben, um sie Ihnen zu geben.«

»Unmöglich, unmöglich«, sagte sie. »Was für ein erstaunlicher Zufall. Sie haben ihn also gekannt? Erzählen Sie schnell, wie das alles war. Er ist doch gefallen, verschüttet, nicht wahr? Verheimlichen Sie mir nichts, keine Angst, ich weiß ja alles.«

Galiullin hatte nicht den Mut, ihr die Gerüchte zu bestätigen. Er beschloß zu lügen, um sie zu beruhigen.

»Antipow ist in Gefangenschaft«, sagte er. »Er war mit seiner Abteilung während des Angriffs zu weit vorgedrungen, wurde abgeschnitten und eingekesselt. Er mußte sich ergeben.«

Aber Lara glaubte ihm nicht. Die bestürzende Plötzlichkeit dieses Gesprächs regte sie auf. Sie konnte ihrer aufsteigenden Tränen nicht Herr werden, mochte aber nicht in Gegenwart Fremder weinen, darum stand sie rasch auf und verließ das Zimmer, um im Korridor ihre Fassung wiederzufinden.

Bald kam sie äußerlich ruhig wieder herein. Mit Bedacht blickte sie nicht zu Galiullin hin, um nicht wieder weinen zu müssen. Sie trat an Shiwagos Bett und sagte zerstreut und eingeübt: »Guten Tag. Was haben Sie für Beschwerden?«

Shiwago hatte ihre Erregung und ihre Tränen beobachtet, er wollte sie fragen, was ihr fehle, und ihr erzählen, daß er sie schon zweimal im Leben gesehen habe, als Gymnasiast und als Student, aber dann dachte er, es würde zu vertraulich klingen und sie könne ihn mißverstehen. Plötzlich fiel ihm die tote Anna Iwanowna im Sarg ein, er erinnerte sich an Tonjas Schreie damals in Siwzew Wrashek, hielt sich zurück und sagte statt dessen: »Ich danke Ihnen. Ich bin selbst Arzt und behandle mich selbst. Ich brauche nichts.«

Warum ist er mir böse? dachte Lara und sah den stupsnasigen und unauffälligen Unbekannten verwundert an.

Seit Tagen herrschte unbeständiges, wechselhaftes Wetter, und der Wind flüsterte in den Nächten, die nach nasser Erde rochen.

In all den Tagen kamen sonderbare Nachrichten aus dem Hauptquartier, kamen beunruhigende Gerüchte von zu Hause, aus dem Landesinneren. Die telegrafische Verbindung mit Petersburg war unterbrochen. An sämtlichen Straßenecken gab es politische Gespräche.

Wenn Schwester Antipowa Dienst hatte, machte sie jedesmal zwei Visiten, morgens und abends, und wechselte nichtssagende Bemerkungen mit den Patienten in den anderen Zimmern, ebenso wie mit Galiullin und Shiwago. Ein merkwürdiger, interessanter Mann, dachte sie. Jung und wenig liebenswürdig. Er hat eine Stupsnase, und schön kann man ihn nicht eben nennen. Aber er ist klug im besten Sinne des Wortes, hat einen bestechend lebendigen Verstand. Doch das ist unwichtig. Wichtig ist, daß ich meine Verpflichtungen hier bald abgebe und mich nach Moskau versetzen lasse, näher zu Katenka. Und in Moskau muß ich beantragen, daß ich als Krankenschwester freigestellt werde und nach Jurjatin ans Gymnasium zurückkehren kann. Mit dem armen Pawluscha hat sich ja alles geklärt, da gibt es keine Hoffnung mehr. Also brauche ich nicht länger die Heldin im Felde zu spielen, das habe ich mir ja nur aufgeladen, um ihn zu suchen.

Wie mag es Katenka gehen? Das arme Waisenkind (sie begann wieder zu weinen). Und so jähe Veränderungen in letzter Zeit. Eben war das alles noch heilig – Pflicht vor der Heimat, kriegerischer Mut, hohe vaterländische Gefühle. Aber der Krieg ist verloren. Das ist das größte Unglück, davon kommt alles andere, alles hat den Nimbus verloren, nichts ist mehr heilig.

Plötzlich hat sich alles verändert, der Ton, die Luft, man weiß nicht mehr, was man denken und auf wen man hören soll. Es ist, als wäre man das ganze Leben lang wie ein kleines Kind an der Hand geführt und auf einmal losgelassen worden – nun lerne, selber zu gehen. Weit und breit kein Angehöriger, keine Autorität. Die alten menschlichen Wertvorstellungen sind zusammengebrochen, und man möchte nur noch dem Wichtigsten vertrauen, der Kraft des Lebens oder der Schönheit oder der Gerechtigkeit, sich ganz und ohne Bedauern davon leiten lassen, mehr als im gewohnten friedlichen Leben, das untergegangen und ausgelöscht worden ist. Aber in meinem Falle, das fiel Lara noch rechtzeitig ein, muß das ausschließliche Ziel Katenka sein. Jetzt, ohne Pawluscha, war sie nur noch Mutter, und sie würde all ihre Kraft Katenka geben, dem armen Waisenkind.

Juri Shiwago erhielt brieflich die Mitteilung, Gordon und Dudorow hätten ohne seine Einwilligung sein Buch herausgebracht, dieses werde gelobt, ihm werde eine große literarische Zukunft verheißen, und in Moskau sei es jetzt sehr interessant und unruhig, in den unteren Schichten nehme die dumpfe Gereiztheit zu, wichtige Ereignisse stünden bevor, ernste politische Vorgänge rückten heran.

Es war spät in der Nacht. Eine schreckliche Müdigkeit überwältigte Juri Shiwago. Er schlief mit Unterbrechungen und bildete sich ein, daß er nach all den Aufregungen des Tages nicht einschlafen könnte und wach wäre. Vor dem Fenster wälzte sich gähnend ein schläfriger, schläfrig atmender Wind. Der Wind weinte und flüsterte: »Tonja, Saschenka, ich sehne mich so nach euch, ich möchte so gern nach Hause, an die Arbeit!« Unter dem Murmeln des Windes schlief Juri Shiwago, wachte auf und schlief wieder ein in raschem Wechsel von Glück und Leid, so rasch und beunruhigend wie dieses wechselhafte Wetter, wie diese wankelmütige Nacht.

Lara dachte: Er hat soviel Fürsorglichkeit gezeigt, als er diese Erinnerungsstücke, diese armseligen Sachen von Pawluscha aufbewahrte, und ich war so ein Scheusal, daß ich nicht einmal gefragt habe, wer er ist und wo er herkommt.

Bei der nächsten Morgenvisite wollte sie das Versäumte nachholen und die Spur ihrer Undankbarkeit verwischen, darum fragte sie Galiullin nach allem und rief dann ein ums andere Mal »Ah« und »Oh«.

»Mein Gott, dein heiliger Wille geschehe! Brestskaja-Straße achtundzwanzig, die Tiwersins, der Revolutionswinter neunzehnhundertfünf! Jussup? Nein. Jussup habe ich nicht gekannt, oder ich kann mich nicht erinnern, entschuldigen Sie. Aber das Jahr, das Jahr und der Hof! Stimmt, es gab ja wirklich den Hof und das Jahr! Wie lebendig sehe ich das alles wieder vor mir! Auch das Schießen damals und (wie war das gleich, mein Gott, dieses Gedächtnis) ›Christi Meinung‹! Oh, mit welcher Kraft, wie intensiv fühlt man in der Kindheit beim erstenmal! Verzeihen Sie, wie ist Ihr Name, Leutnant? Ja, ja, Sie haben es mir schon gesagt. Danke, ich habe Ihnen sehr zu danken, Jussup Himasetdinowitsch, was für Erinnerungen, was für Gedanken haben Sie in mir geweckt!«

Den ganzen Tag lief sie mit »diesem Hof« im Herzen herum, seufzte immerzu und hätte fast laut gedacht.

Man denke nur, Brestskaja-Straße achtundzwanzig! Und nun wieder Schießen, aber um wieviel schrecklicher! Das ist nicht mehr so, als ob da »Bengels schießen«. Die »Bengels« sind herangewachsen, und sie sind alle hier, als Soldaten, das ganze einfache Volk aus diesen Höfen und aus genau solchen Dörfern. Erstaunlich! Erstaunlich!

In den Raum kamen, mit Stöcken und Krücken klappernd, Invaliden und gehfähige Patienten aus den Nebenzimmern gegangen, gelaufen und gehumpelt und schrien um die Wette: »Höchst wichtige Ereignisse. Straßenunruhen in Petersburg. Die Truppen der Petersburger Garnison sind auf die Seite der Aufständischen übergegangen. Es ist Revolution.«

Fünfter Teil
Abschied vom Althergebrachten

1

Das Städtchen hieß Meljusejew. Es lag in der Schwarzerdezone. Wie ein Heuschreckenschwarm schwebte über den Dächern der schwarze Staub, den die durchziehenden Truppen und Trosse aufwirbelten. Sie marschierten von früh bis spät in beiden Richtungen, aus dem Krieg und in den Krieg, und es ließ sich nicht genau sagen, ob der Krieg weiterging oder schon zu Ende war.

Jeden Tag wuchsen wie Pilze neue Ämter aus dem Boden. Und in alle wurden sie gewählt, er selbst, Leutnant Galiullin, Schwester Antipowa und noch ein paar Leute aus ihrer Gesellschaft, durchweg Großstädter, sachkundige und erfahrene Leute.

Sie übernahmen Posten in der städtischen Selbstverwaltung, dienten als Kommissare auf kleinen Stellen in der Armee und in der Sanitätstruppe und betrachteten den Wechsel dieser Beschäftigungen wie eine Zerstreuung an frischer Luft, wie ein Fangspiel. Aber immer öfter spürten sie den Wunsch, aus diesen Brandstätten nach Hause zu kommen, zu ihrer gewohnten Tätigkeit.

Die Arbeit brachte Juri Shiwago und Schwester Antipowa oft und eng zusammen.

2

Wenn es regnete, verwandelte sich der schwarze Staub in kaffeebraunen Schlamm, der die zumeist ungepflasterten Straßen bedeckte.

Das Städtchen war nicht groß. Wo man sich auch befand, gleich um die nächste Ecke öffneten sich dem Blick die finstere Steppe, der dunkle Himmel, die Weiten des Krieges, die Weiten der Revolution.

Shiwago schrieb seiner Frau:

»Zerfall und Anarchie in der Armee gehen weiter. Es werden Maßnahmen ergriffen, um die Disziplin und den Kampfgeist der Soldaten zu heben. Ich habe die in der Nähe stationierten Truppen besucht.

Anstelle eines Postskriptums teile ich Dir abschließend mit, was ich schon früher hätte tun können, daß ich jetzt mit einer gewissen Antipowa zusammenarbeite, einer Krankenschwester aus Moskau, die aus dem Ural stammt.

Erinnerst Du Dich an die Weihnachtsfeier in der schrecklichen Nacht, in der Deine Mutter starb? Ein junges Mädchen hat auf den Staatsanwalt geschossen. Ich glaube, sie ist später verurteilt worden. Ich weiß noch, daß ich Dir damals sagte, Mischa und ich hätten diese Studentin, als sie noch Gymnasiastin war, in einem schäbigen Hotel gesehen, wohin wir mit Deinem Vater gefahren waren, ich weiß nicht mehr, zu welchem Zweck. Es war eine Nacht mit klirrendem Frost, und mir scheint jetzt, es war während des bewaffneten Aufstands in Presnja. Dieses Mädchen ist Schwester Antipowa.

Ich habe mehrfach Bemühungen unternommen, nach Hause zu kommen. Aber das ist nicht so einfach. Was uns zurückhält, sind nicht in erster Linie unsere Aufgaben, die könnten wir unbeschadet anderen übergeben. Die Schwierigkeiten bestehen im Fahren. Es gehen keine

Züge, und wenn doch, sind sie so überfüllt, daß es unmöglich ist, einen Platz zu ergattern.

Aber so kann es natürlich nicht endlos weitergehen, darum haben ein paar Leute, die geheilt, aus dem Dienst entlassen und frei sind, darunter ich, Galiullin und Schwester Antipowa, beschlossen, um jeden Preis in der nächsten Woche abzureisen und, um leichter mitzukommen, an verschiedenen Tagen einzeln zu fahren.

Ich kann also jederzeit bei Euch hereinschneien. Im übrigen will ich zusehen, Dir ein Telegramm zu schicken.«

Aber noch vor seiner Abreise erhielt Juri Shiwago einen Antwortbrief von seiner Frau.

In diesem Brief, in dem das Schluchzen den Satzbau behinderte und Tränen und Kleckse die Punkte ersetzten, redete Tonja ihrem Mann zu, nicht nach Moskau zurückzukehren, sondern dieser wunderbaren Schwester in den Ural zu folgen, die in Begleitung solcher Vorzeichen und Umständeverknüpfungen durchs Leben schreite, daß es mit ihrem, Tonjas, bescheidenen Lebensweg nicht zu vergleichen sei.

»Um Saschenka und seine Zukunft mach Dir keine Sorgen«, schrieb sie. »Du wirst Dich seinetwegen nicht zu schämen haben. Ich verspreche Dir, ihn nach den Grundsätzen zu erziehen, die Du als Kind in unserm Hause erlebt hast.«

»Du bist wahnsinnig, Tonja«, antwortete ihr Juri Shiwago in aller Eile. »Was sind das für Verdächtigungen! Weißt Du denn nicht oder nicht gut genug, daß Du, der Gedanke an Dich und die Treue zu Dir und unserm Zuhause mich vor dem Tod und allen Arten des Untergangs gerettet haben in diesen zwei schrecklichen und vernichtenden Kriegsjahren? Doch wozu darüber reden. Bald sehen wir uns, das frühere Leben fängt wieder an, und alles klärt sich.

Aber daß Du mir so antworten konntest, erschreckt

mich auf eine ganz andere Weise. Wenn ich Dir dazu Anlaß gegeben habe, verhalte ich mich vielleicht wirklich zweideutig, und dann bin ich schuldig vor dieser Frau, die ich womöglich in die Irre führe und bei der ich mich entschuldigen muß. Ich werde es tun, sobald sie von ihrem Krankenbesuch in den umliegenden Dörfern zurück ist. Die Semstwoämter, die es früher nur in den Gouvernements und in den Kreisen gab, werden jetzt immer mehr auch in den kleineren Verwaltungseinheiten, in den Landkreisen, eingeführt. Schwester Antipowa ist hingefahren, um einer Bekannten zu helfen, die als Instrukteurin für diese neu eingeführten gesetzgebenden Organe arbeitet.

Es ist bemerkenswert, daß ich, obwohl ich mit Schwester Antipowa im selben Haus wohne, bis heute nicht weiß, wo ihr Zimmer ist, und mich nie dafür interessiert habe.«

3

Von Meljusejew nahmen zwei große Straßen ihren Ausgang, die eine nach Osten, die andere nach Westen. Die eine war befestigt und führte durch einen Wald in das Städtchen Sybuschino mit seinem Getreidehandel, das verwaltungsmäßig Meljusejew unterstellt war, es jedoch in jeder Beziehung überrundet hatte. Die andere Straße war geschottert und führte durch sumpfige Wiesen, die im Sommer austrockneten, nach Birjutschi, dem Bahnknotenpunkt zweier Strecken, die sich in der Nähe von Meljusejew kreuzten.

Im Juni war Sybuschino zwei Wochen lang eine unabhängige Republik, ausgerufen von dem Müller Blashejko. Die Republik stützte sich auf Deserteure des 212. Infanterieregiments, die mit ihren Waffen die Stellungen verlassen hatten und im Moment des Umsturzes über Birjutschi nach Sybuschino gekommen waren.

Die Republik erkannte die Macht der Provisorischen Regierung nicht an und hatte sich von dem übrigen Rußland losgesagt. Blashejko, der zu einer Sekte gehörte und in seiner Jugend mit Tolstoi korrespondiert hatte, verkündete ein neues tausendjähriges Reich Sybuschino, vergemeinschaftete die Arbeit und den Besitz und benannte die Landkreisverwaltung um in Apostolat.

Sybuschino war schon immer eine Quelle von Legenden und unwahrscheinlichen Geschichten gewesen. Es lag tief im Wald, fand schon in Dokumenten der Zeit der Wirren Erwähnung, und seine Umgebung wimmelte später von Räubern. Der Reichtum seiner Kaufmannschaft und die phantastische Fruchtbarkeit seiner Böden waren sprichwörtlich. So mancher Volksglaube, manche Gebräuche und Besonderheiten der Aussprache, die diesen westlichen Teil der frontnahen Zone auszeichneten, stammten direkt aus Sybuschino.

Solche Märchen wurden jetzt auch über Blashejkos ersten Gehilfen erzählt. Man behauptete, er sei von Geburt an taubstumm, gewinne aber im Zustand der Erleuchtung die Gabe des Wortes und verliere sie wieder, wenn die Erleuchtung vergehe.

Im Juli brach die Republik Sybuschino zusammen. Eine regierungstreue Einheit zog in das Städtchen ein. Die Deserteure wurden hinausgedrängt und gingen nach Birjutschi.

Dort zogen sich hinter den Bahngleisen über mehrere Werst Kahlschläge hin, auf denen, von Walderdbeeren überwuchert, Baumstümpfe ragten; da standen halbgeplünderte Holzstapel, die seinerzeit nicht abtransportiert worden waren, und zerfallene Erdhütten, in denen die Saisonholzfäller gewohnt hatten. Hier nisteten sich die Deserteure ein.

4

Das Lazarett, in dem Doktor Shiwago gelegen und später gedient hatte und das er jetzt verlassen wollte, war untergebracht in der Villa der Gräfin Shabrinskaja, die sie zu Beginn des Krieges für die Verwundeten hergegeben hatte.

Die zweigeschossige Villa stand an einer der schönsten Stellen von Meljusejew, nämlich an der Ecke der Hauptstraße zum zentralen Platz der Stadt, dem sogenannten Exerzierplatz, auf dem früher die Soldaten gedrillt worden waren und jetzt die abendlichen Meetings stattfanden.

Die Lage des Hauses bot nach mehreren Seiten schöne Ausblicke. Man sah die Hauptstraße und den Platz, den Nachbarhof, an den es grenzte, eine arme Provinzwirtschaft, die sich nicht von einem Bauernhof unterschied, und auch den alten Park der Gräfin auf der Rückseite des Hauses.

Die Villa hatte für die Gräfin Shabrinskaja nie einen Eigenwert besessen. Ihr gehörte im Kreis das große Gut »Freies Leben«, und das Haus diente lediglich als Unterkunft bei Geschäftsreisen in die Stadt und als Stätte der Zusammenkunft für Gäste, die im Sommer von allen Seiten auf das Gut kamen.

Jetzt beherbergte die Villa das Lazarett, und die Gräfin war in Petersburg, ihrem ständigen Wohnsitz, verhaftet worden.

Von dem früheren Gesinde waren in der Villa nur zwei sonderbare Frauen geblieben, die alte Gouvernante der inzwischen verheirateten gräflichen Töchter, Mademoiselle Fleury, und die einstige Köchin der Gräfin, Ustinja.

Die grauhaarige, rotwangige alte Mademoiselle Fleury schlurfte in ihren Pantoffeln, in einer zu großen abgetragenen Jacke, schmuddelig und schlampig durch das Lazarett, wo sie mit aller Welt auf freundschaftlichem Fuß stand wie früher mit der Familie Shabrinskaja, und erzählte in gebrochenem Russisch etwas, wobei sie auf französische Weise die Wortendungen verschluckte. Sie stellte sich in Positur, schwenkte die Arme und brach zum Schluß ihres Geschwätzes in ein heiseres Gelächter aus, das in einem langen, unstillbaren Hustenanfall endete.

Mademoiselle wußte um das Geheimnis von Schwester Antipowa. Sie befand, der Arzt und die Schwester müßten einander gefallen. In ihrer Leidenschaft für die Kuppelei, die ja tief in der romanischen Natur wurzelt, freute sie sich, wenn sie die beiden beisammen sah, drohte vielsagend mit dem Finger und zwinkerte schelmisch. Schwester Antipowa war verlegen, der Arzt verärgert, aber Mademoiselle schätzte wie alle wunderlichen Menschen ihre Irrtümer höher und wollte sich um nichts davon trennen.

Noch sonderbarer war Ustinja. Sie hatte eine ungefüge Figur, die sich nach oben hin verjüngte, was ihr Ähnlichkeit mit einer Glucke verlieh. Trocken und nüchtern bis zur Bosheit, verband sie mit ihrer Bedächtigkeit eine ausschweifende Phantasie auf dem Gebiet des Aberglaubens.

Ustinja kannte viele volkstümliche Zauberformeln und tat keinen Schritt aus dem Hause, ohne sich gegen das Feuer im Ofen versichert und das Schlüsselloch flüsternd gegen den Bösen gefeit zu haben. Sie war in Sybuschino geboren. Es hieß, sie sei die Tochter eines dörflichen Zauberers.

Sie konnte jahrelang schweigen, aber wenn es sie überkam, brachen alle Dämme. Dann konnte man sie nicht mehr zum Schweigen bringen. Ihre Leidenschaft war, sich für die Gerechtigkeit einzusetzen.

Nach dem Zusammenbruch der Republik Sybuschino veranstaltete das Exekutivkomitee von Meljusejew eine Kampagne zur Bekämpfung der anarchistischen Strömungen in dem Städtchen. Allabendlich kam es auf dem Exerzierplatz ganz von selbst zu friedlichen Meetings mit wenig Teilnehmern, zu denen die müßigen Einwohner gingen wie früher zu den Zusammenkünften unter freiem Himmel vor der Ausfahrt der Feuerwehr. Die Abteilung für Kultur und Aufklärung der Stadt förderte diese Versammlungen und entsandte ihre eigenen oder zugereisten Funktionäre als Gesprächsleiter. Diese hielten das Märchen von einem sprechenden Taubstummen in Sybuschino für himmelschreiende Dummheit und kamen in ihren Entlarvungsreden besonders oft auf ihn zu sprechen. Aber die kleinen Handwerker, Soldatenfrauen und einstigen Diener der Herrschaften in der Stadt waren anderer Meinung. Ein sprechender Taubstummer war für sie nicht der Gipfel des Unsinns. Sie nahmen ihn in Schutz.

Unter den vereinzelten Rufen aus der Menge zu seinem Schutz ertönte häufig die Stimme von Ustinja. Anfangs fiel es ihr schwer, sich öffentlich zu äußern. Weiberscham hielt sie zurück. Allmählich aber faßte sie sich ein Herz und attackierte immer mutiger die Redner mit ihren Meinungen, die für Meljusejew nicht taugten. Unmerklich entwickelte sie sich zu einer zünftigen Volksrednerin.

Durch die offenen Fenster der Villa war das verflochtene Stimmengewirr auf dem Platz zu hören, und an besonders stillen Abenden drangen sogar Redefetzen herein. Wenn Ustinja sprach, kam Mademoiselle oft ins Zimmer gelaufen, forderte die Anwesenden auf, zuzuhören, und sagte, die Worte verstümmelnd, in gutmütigem Nachäffen: »Raspu! Raspu! Brillant von Zar! Sybusch! Taubstumm! Verrat! Verrat!«

Insgeheim war Mademoiselle stolz auf das scharfzüngige Weib. Die beiden Frauen hingen sehr aneinander und knurrten sich doch unentwegt an.

5

Juri Shiwago bereitete sich allmählich auf die Abreise vor, besuchte Häuser und Behörden, wo er sich verabschiedete und die erforderlichen Papiere ausfüllte.

Um diese Zeit kam der neue Kommissar dieses Frontabschnitts in die Stadt. Von ihm wurde erzählt, er sei noch ein richtiger Junge.

Es waren die Tage der Vorbereitung einer neuen Großoffensive. Man bemühte sich um einen Stimmungsumschwung bei den Soldatenmassen. Die Truppen wurden zu schärferer Disziplin angehalten. Militärische Revolutionsgerichte wurden eingerichtet und die kürzlich abgeschaffte Todesstrafe wieder eingeführt.

Doktor Shiwago mußte sich vor seiner Abreise noch beim Kommandanten abmelden, dessen Amt in Meljusejew ein Offizier versah, der Kreischef, wie er der Kürze halber genannt wurde.

Bei ihm herrschte gewöhnlich schreckliches Gedränge. Die vielen Besucher fanden in der Diele und auf dem Hof keinen Platz und standen die halbe Straße entlang vor den Fenstern des Amtsgebäudes. Es war unmöglich, zu den Schreibtischen vorzudringen. Wegen des Stimmengewirres der Hunderte von Menschen war kein Wort zu verstehen.

An diesem Tag aber war keine Sprechstunde. In der menschenleeren stillen Kanzlei waren die Schreiber, die sich über den immer komplizierteren Schriftverkehr ärgerten, schweigend mit ihrer Arbeit beschäftigt, sie wechselten ironische Blicke. Aus dem Zimmer des Chefs drangen lustige Stimmen zu ihnen, als säße man mit aufgeknöpftem Uniformrock und labte sich an kühlen Getränken.

Galiullin kam in den Raum für den Publikumsverkehr, erblickte Shiwago und winkte ihn mit einer gleichsam Anlauf nehmenden Bewegung des ganzen Körpers ins Chefzimmer, die da herrschende Fröhlichkeit zu teilen.

Der Arzt mußte ohnehin hinein, um die Unterschrift des Chefs einzuholen. Hier fand er alles in malerischster Unordnung vor.

Die Sensation des Städtchens und der Held des Tages, der neue Kommissar, der sich, anstatt zu seinem Bestimmungsort zu eilen, in dem Zimmer hier aufhielt, das mit den Lebensnotwendigkeiten eines Stabs und mit operativen Fragen nicht das geringste zu tun hatte, stand vor den Verwaltern dieses militärischen Papierreichs und betätigte sich als Redner.

»Da kommt ja noch einer unserer Sterne«, sagte der Kreischef und stellte den Arzt dem Kommissar vor, der ihn aber keines Blicks würdigte, da er ganz von sich in Anspruch genommen war. Der Kreischef, der seine Pose nur geändert hatte, um das Papier des Arztes zu unterschreiben, deutete mit einer liebenswürdigen Handbewegung auf einen niedrigen Polsterhocker mitten im Zimmer.

So war Doktor Shiwago der einzige Anwesende, der es bequem hatte. Der Kreischef hatte sich, den Kopf in die Hand stützend, wie Petschorin neben dem Schreibtisch hingelümmelt, sein Gehilfe hockte gegenüber auf der Seitenlehne des Sofas, die Beine hochgezogen, als säße er im Damensattel, Galiullin saß rittlings auf einem umgedrehten Stuhl, die Arme um die Lehne geschlungen und den Kopf darauf gelegt, und der blutjunge Kommissar stemmte sich abwechselnd mit den Armen hoch aufs Fensterbrett, sprang wieder herunter und bewegte sich wie ein Brummkreisel mit kleinen Schritten durchs Zimmer, dabei sprach er unaufhörlich. Es ging um die Deserteure in Birjutschi.

Die Gerüchte über den Kommissar bewahrheiteten sich. Er war ein schmaler, gutgebauter und noch ganz unreifer Jüngling, der wie ein Kerzlein für die höchsten

Ideale brannte. Er sollte aus einer guten Familie stammen, nachgerade der Sohn eines Senators sein und im Februar als einer der ersten seine Kompanie in die Staatsduma geführt haben. Sein Name war Hinze oder Hinz, das hatte der Arzt bei der Vorstellung nicht ganz verstanden. Der Kommissar hatte eine reine Petersburger Aussprache, sehr deutlich und mit kaum spürbarem baltischem Akzent.

Er trug eine knapp sitzende Militärjacke. Es schien ihm peinlich zu sein, daß er noch so jung war, und um älter zu erscheinen, verzog er mürrisch das Gesicht und zwang sich zu krummer Haltung. Zu diesem Zweck versenkte er die Hände tief in die Taschen seiner Reithose und zog die Schultern mit den nagelneuen steifen Schulterklappen hoch, wodurch seine Figur tatsächlich kavalleriemäßig vereinfacht aussah, so daß man sie von den Schultern zu den Füßen mit zwei unten zusammenlaufenden Linien hätte zeichnen können.

»An der Eisenbahn, ein paar Stationen von hier, liegt ein Kosakenregiment. Rot und treu. Das wird hergeholt, die Meuterer werden umstellt, und damit hat sich's. Der Korpskommandeur besteht darauf, daß sie baldigst entwaffnet werden«, teilte der Kreischef mit.

»Kosaken? Kommt nicht in Frage!« brauste der Kommissar auf. »Wir haben doch nicht neunzehnhundertfünf, das wäre ja eine vorrevolutionäre Reminiszenz! Hier sind wir verschiedener Meinung, hier übertreiben eure Generäle.«

»Es ist ja noch gar nichts getan. Das Ganze ist vorerst ein Plan, eine Absicht.«

»Es besteht Übereinstimmung mit der militärischen Führung, daß es keine Einmischung in die operativen Anordnungen geben darf. Also will ich den Einsatz der Kosaken nicht ausschließen. Von mir aus. Ich aber werde meinerseits Schritte unternehmen, die dem gesunden

Menschenverstand entsprechen. Haben die dort ein Lager?«

»Wie soll ich sagen, ja, ein Lager haben sie, ein befestigtes.«

»Sehr schön. Ich geh zu ihnen. Ich will mir dieses Schreckgespenst, diese Waldräuber, mal ansehen. Mögen es Meuterer sein oder gar Deserteure, aber es ist das Volk, meine Herren, Sie vergessen das. Und das Volk ist ein Kind, man muß es kennen, man muß von seiner Psyche wissen, das erfordert ein besonderes Herangehen. Man muß verstehen, seine besten, empfindsamsten Saiten so anzurühren, daß sie erklingen. Ich gehe zu ihnen auf den Kahlschlag und rede mit ihnen von Mensch zu Mensch. Sie werden sehen, in welch mustergültiger Ordnung sie in die verlassenen Stellungen zurückkehren. Sie glauben mir nicht? Wollen wir wetten?«

»Ich zweifle dran. Aber geb's Gott!«

»Ich werde ihnen sagen: ›Brüder, seht mich an. Ich bin der einzige Sohn, die Hoffnung meiner Familie, es hat mir um nichts leid getan, ich habe meinen Namen, meine Stellung, die Liebe meiner Eltern geopfert, um uns eine Freiheit zu erkämpfen, wie sie noch kein einziges Volk auf der Welt genießt. Das habe ich getan wie viele junge Leute, ganz zu schweigen von der alten Garde unserer ruhmreichen Vorgänger, den Narodniki in der Katorga und den Narodowolzen in der Festung Schlüsselburg. Haben wir das für uns getan? Hatten wir das nötig? Ihr seid jetzt keine Gemeine mehr wie früher, sondern Soldaten der ersten Revolutionsarmee der Welt. Fragt euch mal ehrlich, seid ihr diesem hohen Titel gerecht geworden? Während die Heimat, ausblutend, mit einer letzten Anstrengung die Hydra der andrängenden Feinde abwerfen will, habt ihr euch verdummen lassen von einer Bande fremder Gauner und seid zu unpolitischem Abschaum geworden, zu einer Horde entfesselter Unholde, die sich überfressen haben an der Freiheit und die von allem nie genug kriegen können. Es ist genauso, als wenn man ein Schwein an den Tisch läßt – es legt die Füße darauf.‹ Oh, ich werde sie pakken, ich werde sie beschämen!«

»Nein, nein, das ist zu riskant«, versuchte der Kreischef zu widersprechen, dabei wechselte er heimlich einen vielsagenden Blick mit seinem Gehilfen.

Galiullin versuchte ebenfalls, den Kommissar von seiner verrückten Idee abzubringen. Er kannte die Draufgänger aus dem zweihundertzwölften Regiment, es gehörte zu seiner früheren Division. Aber der Kommissar wollte nichts hören.

Juri Shiwago wäre am liebsten aufgestanden und gegangen. Die Naivität des Kommissars irritierte ihn. Aber nicht viel besser war die tückische Gewieftheit des Kreischefs und seines Gehilfen, dieser gerissenen Spötter. Tücke und Dummheit waren einander wert. Und all das brach in einem überflüssigen, lebensfernen, verwaschenen Wortschwall hervor, ohne den das Leben so gern auskäme.

Wie sehr hatte er manchmal den Wunsch, dem hochtrabenden, hoffnungslos dummen Gerede der Menschen zu entfliehen in das Schweigen der Natur, in die lautlose Katorga einer langen, beharrlichen Arbeit, in die Wortlosigkeit tiefen Schlafs und wirklicher Musik und in den aus übervoller Seele stummen stillen Herzensgleichklang!

Ihm fiel ein, daß eine Aussprache mit Schwester Antipowa bevorstand, die, wie auch immer, unangenehm sein würde. Er freute sich, sie treffen zu müssen, wenn auch um solchen Preis. Aber sie dürfte noch nicht zurück sein. Shiwago benützte den ersten passenden Moment, stand auf und verließ unbemerkt den Raum.

6

Es stellte sich heraus, sie war schon zu Hause. Mademoiselle teilte ihm das mit und fügte hinzu, Schwester Antipowa sei müde zurückgekehrt, habe in aller Eile zu Abend gegessen und sei in ihr Zimmer gegangen, mit der Bitte, sie nicht mehr zu stören.

»Aber klopfen Sie doch ruhig bei ihr«, empfahl ihm Mademoiselle. »Sie schläft bestimmt noch nicht.«

»Und wo ist ihr Zimmer?« fragte er, was Mademoiselle höchlich verblüffte.

Sie sagte ihm, daß Schwester Antipowa ihr Zimmer oben am Ende des Korridors neben den Räumen habe, in denen das Inventar der Gräfin Shabrinskaja unter Verschluß aufbewahrt werde. Shiwago war noch nie dort gewesen.

Es wurde schnell dunkel. Die Straßen verengten sich, denn die Häuser und Zäune drängten sich in der abendlichen Dunkelheit zusammen. Die Bäume traten aus den Höfen an die Fenster, ins Licht der brennenden Lampen. Es war eine schwülheiße Nacht. Jede Bewegung ließ einen in Schweiß geraten. Die Lichtstreifen der Petroleumlampen, die in den Hof fielen, rannen wie schmutzige Schweißströme an den Baumstämmen herab.

Auf der letzten Stufe blieb der Arzt stehen. Einen von der Reise ermüdeten Menschen wachzuklopfen schien ihm unschicklich und aufdringlich. Lieber das Gespräch auf den nächsten Tag verschieben. In der Zerstreutheit, die umgestoßenen Entschlüssen zu folgen pflegt, ging er durch den Korridor ans andere Ende. Dort war ein Fenster, das in den Nachbarhof blickte. Shiwago beugte sich hinaus.

Die Nacht war erfüllt von geheimnisvollen leisen Tönen. Neben ihm im Korridor tropfte in gleichmäßigen Abständen Wasser aus dem Gefäß zum Händewaschen. Irgendwo draußen wurde geflüstert. Wo die Gemüsegärten anfingen, goß jemand die Gurkenbeete und füllte zu diesem Zweck das Wasser aus dem Brunneneimer in einen anderen; die Kette klirrte, wenn sie hochgezogen wurde.

Es duftete nach allen Blumen der Welt, als hätte die Erde tagsüber bewußtlos dagelegen und wäre jetzt durch diese Düfte zur Besinnung gekommen. Aus dem uralten Park der Gräfin, der so voller Bruchholz lag, daß er unbegehbar geworden war, schwebte, hoch wie die Bäume, gewaltig wie die Wand eines großen Hauses, der staubige Duft einer alten blühenden Linde heran.

Rechts hinterm Zaun ertönte von der Straße Geschrei. Dort randalierte ein Urlauber. Türen klappten, Bruchstücke eines Liedes schlugen mit den Flügeln.

Hinter den Krähennestern der Parkbäume zeigte sich ein schwarzroter Mond von ungeheurer Größe. Anfangs ähnelte er der aus Ziegeln gemauerten Dampfmühle von Sybuschino, später wurde er gelb wie das Pumpwerk der Eisenbahn in Birjutschi.

Drunten vor dem Fenster im Hof war dem Geruch der herrlichen Nacht ein Duft nach frischem Heu beigemengt, aromatisch wie Tee. Dort stand seit heute eine Kuh, die in einem fernen Dorf gekauft worden war. Sie war den ganzen Tag unterwegs gewesen, war müde, sehnte sich nach ihrer alten Herde und nahm kein Futter von ihrer neuen Herrin an, an die sie sich noch nicht gewöhnt hatte.

»Aber, aber, laß das, brrr, nicht doch stoßen, du Teufelin«, redete die Besitzerin ihr flüsternd zu, aber die Kuh schüttelte ärgerlich den Kopf, dann reckte sie den Hals und muhte kläglich und überkippend. Hinter den schwarzen Schuppen von Meljusejew blinkten die Sterne, und von ihnen zogen sich zur Kuh Fäden unsichtbaren Mitgefühls, als wären sie Viehhöfe anderer Welten, die sie bedauerten.

Alles ringsum gärte, wuchs, quoll auf von der Zauberhefe des Daseins. Entzücken am Leben ging wie ein sanfter Wind in breiter Welle ziellos über die Erde und die Stadt hin, ging durch Wände und Zäune, durch das Holz der Bäume und die Körper der Menschen und ließ auf seinem Weg alles erbeben. Um der Wirkung dieses Stroms zu entfliehen, ging Doktor Shiwago auf den Platz, um zu hören, was auf dem Meeting gesprochen wurde.

7

Der Mond stand schon hoch am Himmel. Alles war von seinem dichten Licht übergossen wie mit weißer Farbe.

Vor den Amtsgebäuden mit ihren Säulen rund um den Platz lagen wie schwarze Teppiche ihre breiten Schatten auf der Erde.

Das Meeting war auf der anderen Seite des Platzes. Wer wollte und genau hinhörte, konnte trotz der Entfernung verstehen, was dort gesprochen wurde. Aber die Großartigkeit des Schauspiels lenkte Shiwago ab. Er setzte sich auf die Bank vor der Feuerwehrausfahrt und achtete nicht auf die Stimmen, die herüberdrangen, sondern blickte sich um.

Von den Seiten her mündeten kleine Gassen auf den Platz. Darin standen baufällige schiefe Häuschen. Der Schlamm dort war undurchdringlich wie im Dorf. Aus dem Schlamm ragten aus Weidenruten geflochtene lange Zäune wie in einen Teich geworfene Krebsreusen.

Die geöffneten halbblinden Fensterscheiben der Häuser blinkten. Aus den umfriedeten Gärten drängten feuchte Maiskolben mit blanken, gleichsam in Öl getunkten braunen Wedeln und Pinseln in die Zimmer. Über die durchhängenden Zäune blickten einzelne blasse, magere Malven in die Ferne, anzuschauen wie Dörflerinnen im langen Hemd, die die Hitze aus den stickigen Katen herausgetrieben hat, um frische Luft zu schöpfen.

Die vom Mond erleuchtete Nacht war ebenso erstaunlich wie Barmherzigkeit oder die Gabe der Hellsicht. Plötzlich fielen in die Stille dieses lichten, glitzernden Märchens die gemessenen, abgehackten Töne einer bekannten, gleichsam eben erst gehörten Stimme. Die Stimme war schön, hitzig und überzeugend. Shiwago horchte und erkannte sie sogleich. Es war der Kommissar Hinz, der auf dem Platz sprach.

Die Behörden mochten ihn gebeten haben, sie mit seiner Autorität zu unterstützen, und nun schmähte er mit viel Pathos die Meljusejewer wegen ihrer Unorganisiertheit und warf ihnen vor, gar zu leicht dem zersetzenden Einfluß der Bolschewiken zu erliegen, die, wie er versicherte, die Hauptschuld an den Sybuschinoer Ereignissen trügen. In dem gleichen Geist, in dem er mit dem Kreischef gesprochen hatte, erinnerte er an den grausamen und mächtigen Feind und an die Stunde der Prüfungen, die für die Heimat geschlagen habe. Nach einer Weile begann man ihn zu unterbrechen.

Aufforderungen, den Redner nicht zu stören, wechselten mit Widerspruch. Die Protestrufe wurden lauter und häufiger. Jemand aus der Begleitung von Hinz, der die Versammlungsleitung übernommen hatte, schrie, Bemerkungen vom Platz aus seien unzulässig, und mahnte zur Ordnung. Einige verlangten, man solle der Bürgerin aus der Menge das Wort geben, andere zischten und verlangten, daß nicht gestört würde.

Zu der umgekehrten Kiste, die als Rednerpult diente, drängte sich durch die Zuhörer eine Frau. Sie hatte nicht die Absicht, auf die Kiste zu steigen, sondern stellte sich neben ihr auf. Die Leute kannten sie. Stille trat ein. Die Frau gewann die Aufmerksamkeit der Menge. Es war Ustinja.

»Sie reden von Sybuschino, Genosse Kommissar, und

von den Augen, die man haben soll, um nicht auf Betrug hereinzufallen, aber Sie selber, ich hab's gehört, wissen nichts Besseres, als uns Bolschewiken und Menschewiken zu schimpfen. Bolschewiken und Menschewiken, was anderes kriegt man von Ihnen nicht zu hören. Aber damit kein Krieg mehr ist und alles wie unter Brüdern zugeht, das nennt man göttlich, nichts da von Menschewiken, und daß die Werke und Fabriken den Armen gehören sollen, das hat nichts mit den Bolschewiken zu tun, das ist menschliches Mitleid. Und den Taubstummen, den hat man uns auch vor Ihnen schon so oft unter die Nase gerieben, daß man's gar nicht mehr hören mag. Mit dem haben sie's alle, wirklich wahr! Was stört Sie denn an dem? Daß er lange stumm war und auf einmal redet, ohne wen zu fragen? Als ob's das noch nie gegeben hat. Da gibt's noch ganz andere Sachen! Die bekannte Eselin zum Beispiel. ›Bileam, Bileam‹, hat sie gesagt, ›ich bitte dich sehr, geh nicht dorthin, es wird dir leid tun.‹ Na, man weiß ja, er hat nicht auf sie gehört und ist hingegangen. Genau wie Sie mit Ihrem Taubstummen. Er hat gedacht, was soll ich auf die Eselin hören, die ist bloß ein Tier. Verachtet hat er das Vieh. Wie hat es ihm hinterher leid getan. Ihr wißt ja selber, wie das ausgegangen ist.«

»Wie denn?« fragte man sie neugierig aus dem Publikum.

»Schon gut«, fauchte Ustinja. »Wenn ihr zuviel wißt, werdet ihr schnell alt.«

»Nein, lenk nicht ab. Sag, wie das ausgegangen ist.« Die Stimme ließ nicht locker.

»Na wie schon, du aufdringliche Klette! In eine Salzsäule hat er sich verwandelt.«

»Du spinnst, Gevatterin! Das war doch Lot. Lots Weib«, wurde gerufen.

Alle lachten. Der Versammlungsleiter rief zur Ordnung. Der Arzt ging schlafen.

8

Am nächsten Abend traf er sich mit Schwester Antipowa. Er fand sie im Büfettraum. Vor ihr lag ein Berg Mangelwäsche. Sie plättete.

Der Büfettraum war eines der Hinterzimmer im Obergeschoß, die Fenster blickten in den Park. Hier wurde der Samowar geheizt, das Essen, das mit einem Handaufzug aus der Küche hochkam, auf die Teller verteilt und das gebrauchte Geschirr zum Abwaschen hinuntergelassen. Hier wurden die Wirtschaftsunterlagen des Hospitals aufbewahrt. Hier wurden Geschirr und Wäsche mit den Inventarlisten verglichen, hier ruhte man sich in der Freizeit aus, und hier traf man sich zum Rendezvous.

Die Fenster zum Park standen offen. Es roch nach Lindenblüten, dem bitteren Kümmelaroma dürrer Zweige wie in alten Parks und ein wenig nach Kohlendunst von dem Herd, in dem Schwester Antipowa abwechselnd die beiden Bügeleisen erhitzte, mit denen sie plättete.

»Warum haben Sie gestern nicht geklopft? Mademoiselle hat es mir erzählt. Aber Sie haben recht getan. Ich lag schon im Bett und hätte Sie gar nicht reinlassen können. Also, guten Tag. Vorsicht, machen Sie sich nicht schmutzig. Hier ist Kohle verstreut.«

»Sie plätten wohl die Wäsche für das ganze Lazarett?«

»Nein, das meiste ist von mir. Sie haben ja dauernd gespöttelt, daß ich nie von hier wegkomme. Diesmal ist es ernst. Sie sehen, ich lege alles zurecht und packe. Wenn ich fertig bin, geht's los. Ich in den Ural, Sie nach Moskau. Und wenn Sie irgendwann jemand fragt: Haben Sie schon mal von einem Städtchen Meljusejew gehört?, werden Sie sagen: Ich kann mich nicht erinnern. – Und wer ist Schwester Antipowa? – Keine Ahnung.«

»Ach, lassen wir das. Wie war Ihre Reise durch die Landkreise? Wie sieht's aus im Dorf?«

»Das läßt sich nicht mit zwei Worten erzählen. Wie schnell die Bügeleisen abkühlen! Geben Sie mir bitte das andere, wenn's Ihnen nichts ausmacht. Da, in der Herdröhre. Und dafür stellen Sie dieses hinein. So. Danke. In den Dörfern ist es verschieden. Das hängt von den Einwohnern ab. In manchen Dörfern ist die Bevölkerung fleißig und arbeitsam. Da sieht es gut aus. In anderen scheinen nur Säufer zu leben. Da ist alles verwahrlost. Die sind schlimm anzusehen.«

»Unsinn. Säufer? Was Sie schon verstehen. Es ist einfach niemand da, die Männer sind alle bei den Soldaten. Nun gut. Und wie macht sich das neue revolutionäre Semstwo?«

»Mit den Säufern haben Sie unrecht, da streit ich mit Ihnen. Und das Semstwo? Das wird noch lange eine Quälerei sein. Die Instruktionen sind unbrauchbar, und es ist niemand da, mit dem man arbeiten kann. Die Bauern interessieren sich derzeit ausschließlich für die Landfrage. Ich war auch auf dem Gut ›Freies Leben‹. Dort ist es schön! Sie sollten mal hinfahren. Im Frühjahr wurde dort ein bißchen gezündelt und geplündert. Eine Scheune ist abgebrannt, die Obstbäume sind angekohlt, die Fassade ist teilweise vom Ruß verdorben. In Sybuschino war ich nicht, das hat nicht geklappt. Aber überall heißt es, das mit dem Taubstummen sei nicht erfunden. Die Leute beschreiben ihn sogar. Jung und gebildet soll er sein.«

»Gestern hat sich Ustinja auf dem Platz für ihn eingesetzt.«

»Als ich gestern hier eintraf, war schon wieder eine ganze Fuhre voller Kram von dem Gut gekommen. Wie oft habe ich schon gebeten, die sollen uns in Ruhe lassen. Als ob wir nicht schon genug Zeug hier hätten! Und heute früh kam der Wächter von der Kommandantur mit einem Zettel vom Kreischef. Sie bräuchten dringend Teesilber und Kristallkaraffen für Wein. Nur für einen Abend, und wir bekämen alles zurück. Das kennen wir schon. Nachher ist die Hälfte nicht wieder aufzufinden. Dort soll ein festlicher Abend stattfinden. Irgend jemand ist eingetroffen.«

»Ah, ich kann mir schon denken. Der neue Frontkommissar. Ich habe ihn zufällig gesehen. Die Deserteure sollen umzingelt und entwaffnet werden. Dieser Kommissar ist noch ein grüner Junge. Die Hiesigen wollen Kosaken hinschicken, doch er will es mit Gefühl erreichen. Er sagt, das Volk ist ein Kind und so weiter, und er denkt, das wäre ein Kinderspiel. Galiullin redet ihm zu, keine schlafenden Hunde zu wecken, er sagt, überlassen Sie das uns, aber solch einer läßt sich nichts ausreden, wenn er sich einmal etwas in den Kopf gesetzt hat. Lassen Sie für einen Moment Ihre Bügeleisen und hören Sie mir zu. Es wird hier bald zu einem unvorstellbaren Blutbad kommen. Das zu verhindern steht nicht in unserer Macht. Ich wünsche mir sehr, daß Sie schon vorher abreisen.«

»Gar nichts wird sein. Sie übertreiben. Im übrigen reise ich ja ab, aber schließlich kann ich nicht Knall und Fall verschwinden. Ich muß die Inventarlisten übergeben, sonst heißt es nachher, ich hätte was mitgehen lassen. Wem soll ich's übergeben? Das ist die Frage. Was hat mich dieses Inventar schon für Nerven gekostet. Und der einzige Lohn sind Vorwürfe. Ich habe den Besitz der Gräfin auf das Lazarett überschrieben, denn das war der Sinn des Dekrets. Und jetzt wird es so hingestellt, als hätte ich das nur zum Schein getan, um auf diese Weise alles der Eigentümerin zu erhalten. Eine Gemeinheit!«

»Ach, pfeifen Sie doch auf Porzellan und Teppiche, zum Teufel damit. Auch ein Grund, sich zu ärgern! Ja, sehr schade, daß wir uns gestern nicht gesehen haben. Ich war in so guter Stimmung! Ich hätte Ihnen die ganze Himmelsmechanik erklärt und alle verdammten Fragen beantwortet! Aber mal im Ernst, ich hätte große Lust, mich auszusprechen. Von meiner Frau zu erzählen, von meinem Sohn, von meinem Leben. Verdammt, kann denn ein erwachsener Mann nicht mit einer erwachsenen Frau sprechen, ohne daß gleich irgendein Hintersinn geargwöhnt wird? Brrr! Zum Teufel mit dem ganzen Gerede!

Bitte, plätten Sie nur, das heißt, plätten Sie Ihre Wäsche und achten Sie nicht auf mich, ich werde reden. Ich werde lange reden.

Denken Sie nur, was für eine Zeit das ist! Und wir beide leben in diesen Tagen! So etwas nie Dagewesenes kommt doch nur einmal in der Ewigkeit vor. Stellen Sie sich vor: Von Rußland ist das Dach heruntergerissen worden, und wir und das ganze Volk stehen unter freiem Himmel. Und niemand beaufsichtigt uns. Freiheit! Richtige Freiheit, nicht in Worten und in Forderungen, sondern vom Himmel gefallen, wider alles Erwarten. Freiheit durch Zufall, durch ein Mißverständnis.

Wie verwirrt alle sind, wie riesengroß! Haben Sie das bemerkt? Jeder scheint von sich selbst, von seiner plötzlich entdeckten Reckenhaftigkeit erdrückt zu sein.

Plätten Sie doch, ich bitte Sie. Schweigen Sie nur. Langweile ich Sie auch nicht? Ich gebe Ihnen das andere Eisen.

Gestern habe ich das nächtliche Meeting beobachtet. Ein erstaunliches Schauspiel. Mütterchen Rußland hat sich in Bewegung gesetzt, es mag nicht mehr stehenbleiben, es kann nicht genug gehen und reden. Und nicht nur die Menschen sind es, die reden. Sterne und Bäume versammeln und unterhalten sich, nächtliche Blumen philosophieren, und steinerne Gebäude halten Meetings ab. Es ist wie im Evangelium, nicht wahr? Wie zur Zeit der Apostel. Erinnern Sie sich, wie es bei Paulus heißt? ›Redet mit Zungen und weissagt und betet um die Gabe der Deutung.‹«

»Das mit den Bäumen und Sternen, die Meetings abhalten, verstehe ich, und ich weiß, was Sie sagen wollen. Ich habe das auch schon erlebt.«

»Die Hälfte hat der Krieg getan, den Rest hat die Revolution besorgt. Der Krieg war eine künstliche Unterbrechung des Lebens, als ob man das Dasein eine Zeitlang aussetzen könnte – wie sinnlos! Die Revolution hat sich wider Willen losgerissen wie ein zu lange zurückgehaltener Seufzer. Jeder ist aufgelebt, neugeboren, alle erfahren Verwandlungen, Umstürze. Man könnte sagen: Jeder hat zwei Revolutionen mitgemacht, seine persönliche und die allgemeine. Ich glaube, der Sozialismus ist ein Meer, in das wie Bäche alle diese persönlichen Revolutionen einmünden müssen, ein Meer des Lebens, ein Meer der Eigenständigkeit. Ein Meer des Lebens, möchte ich sagen, des Lebens, das man auf Bildern sehen kann, des genialisierten, schöpferisch bereicherten Lebens. Aber die Menschen sind jetzt entschlossen, es nicht in Büchern, sondern an sich selbst zu erproben, nicht in der Abstraktion, sondern in der Praxis.«

Ein plötzliches Zittern seiner Stimme verriet seine Erregung. Schwester Antipowa unterbrach ihr Plätten und sah ihn ernst und verwundert an. In seiner Verwirrung vergaß er, worüber er gesprochen hatte. Nach einer kurzen Pause redete er weiter, sprudelte er hervor: »In diesen Tagen möchte man so gern ehrlich und produktiv leben! Man möchte so gern ein Teil der allgemeinen Begeisterung sein! Und inmitten der Freude, die alle erfaßt hat, sehe ich Ihren rätselhaft unfrohen Blick, der irgendwo hinter den sieben Bergen umherirrt. Was würde ich nicht darum geben, wenn es ihn nicht gäbe, wenn in Ihrem Gesicht geschrieben stünde, daß Sie zufrieden sind und von niemandem etwas brauchen. Wenn irgendein Ihnen nahestehender Mensch, Ihr Freund oder Ehemann (am besten, er wäre Offizier) mich bei der Hand nähme und bäte, mich nicht um Sie zu kümmern und Sie nicht mit meiner Aufmerksamkeit zu belasten. Dann würde ich die Hand losreißen, würde ausholen und ... Ach, ich vergesse mich! Verzeihen Sie bitte!«

Wieder versagte ihm die Stimme. Er fuchtelte mit der Hand, stand auf mit dem Gefühl, eine nicht wiedergutzumachende Peinlichkeit begangen zu haben, und trat ans Fenster. Dort stand er mit dem Rücken zum Zimmer, die Wange in der Hand, den Ellbogen auf dem Fensterbrett, und richtete den zerstreuten, nach Frieden suchenden, blinden Blick in den dunklen Park.

Schwester Antipowa umging das Plättbrett, das auf der Stuhllehne und dem anderen Fensterbrett lag, und blieb ein paar Schritte vor dem Arzt stehen.

»Ach, wie ich das immer gefürchtet habe!« sagte sie leise wie zu sich selbst. »Was für eine verhängnisvolle Verirrung! Hören Sie auf, Juri Andrejewitsch, nicht doch. Ach, sehen Sie nur, was ich Ihretwegen angerichtet habe!« rief sie laut und eilte zu dem Plättbrett, wo unter dem Eisen, das sie stehengelassen hatte, von der versengten Bluse ein dünner Schleier beißenden Rauchs aufstieg. »Juri Andrejewitsch«, fuhr sie fort und stellte das Bügeleisen mit einem ärgerlichen Ruck auf den Untersatz. »Juri Andrejewitsch, seien Sie vernünftig, gehen Sie für einen Moment zu Mademoiselle, trinken Sie ein Glas Wasser, mein Bester, und kommen Sie so wieder her, wie ich Sie kenne und sehen möchte. Hören Sie, Juri Andrejewitsch? Ich weiß, Sie haben die Kraft dazu. Tun Sie es, ich bitte Sie.«

Zu solchen Unterredungen zwischen ihnen kam es nicht mehr. Eine Woche später reiste Schwester Antipowa ab.

9

Einige Zeit später rüstete auch Shiwago zur Reise. In der Nacht vor seiner Abfahrt gab es in Meljusejew einen schrecklichen Sturm.

Der Lärm des Orkans verschmolz mit dem Rauschen des Sturzregens, der bald senkrecht auf die Dächer niederprallte, bald unter dem Druck der Windstöße die Straße entlangfegte, die er mit seinen peitschenden Strömen Schritt für Schritt zu erobern schien.

Die Donnerschläge folgten ohne Pause aufeinander und vereinigten sich zu einem gleichmäßigen Dröhnen. Im grellen Licht der häufigen Blitze zeigte sich eine Straße, die mit den sich biegenden und in die gleiche Richtung laufenden Bäumen in die Ferne zu eilen schien.

In der Nacht wurde Mademoiselle Fleury von einem alarmierenden Klopfen an der Haustür geweckt. Erschrokken fuhr sie im Bett hoch und horchte. Das Klopfen hörte nicht auf.

Findet sich denn im ganzen Lazarett keine Menschenseele, die hinausgeht und öffnet? dachte sie. Muß ich wirklich für alle den Kopf hinhalten, ich unglückliche alte Frau, nur weil die Natur mir Ehrlichkeit und Pflichtgefühl gegeben hat?

Nun gut, die Shabrinskis waren reiche Leute, Aristokraten. Aber das Lazarett gehört doch uns, dem Volk. Wie haben sie es im Stich lassen können? Wohin sind zum Beispiel die Sanitäter verschwunden? Alle sind weggelaufen, die Vorgesetzten, die Schwestern, die Ärzte. Dabei sind im Haus noch Verwundete, zwei Beinamputierte oben in der Chirurgie, wo früher der Salon war, und der Vorratsraum unten neben der Wäscherei liegt voller Ruhrkranker. Die verdammte Ustinja ist irgend jemanden besuchen gegangen. Dabei hat die dumme Gans gesehen, daß ein Gewitter aufzieht, aber nein, der Böse hat sie davongetrieben.

Jetzt hat sie einen guten Vorwand, bei fremden Leuten zu übernachten.

Na, Gott sei Dank, das Klopfen hat aufgehört, jetzt ist Ruhe. Hat gesehen, daß nicht aufgemacht wird, und ist gegangen, hat darauf gepfiffen. Wer läuft auch rum bei diesem Sauwetter? Aber vielleicht war es Ustinja? Nein, die hat einen Schlüssel. Mein Gott, schrecklich, es klopft schon wieder!

Eine richtige Gemeinheit ist das! Von Shiwago kann ich es nicht verlangen. Der reist morgen ab und ist mit seinen Gedanken schon in Moskau oder unterwegs. Aber Galiullin, wie kann der pennen oder ruhig liegen, wenn er das Klopfen hört? Er hofft wohl, daß ich letzten Endes doch aufstehe, ich schwache und schutzlose alte Frau, und die Tür aufmache, dabei weiß ich nicht, wer davorsteht in dieser schrecklichen Nacht, in diesem schrecklichen Land.

Galiullin! besann sie sich plötzlich. Wieso Galiullin? Nein, solch eine Dummheit konnte ihr nur in der Schlaftrunkenheit in den Kopf kommen! Galiullin war doch spurlos verschwunden! Hatte sie ihn nicht selber zusammen mit Shiwago versteckt und ihm Zivilkleider gegeben und ihm dann erklärt, durch welche Straßen und Dörfer in dieser Gegend er fliehen konnte, nachdem sich auf der Bahnstation diese gräßliche Selbstjustiz ereignet hatte, bei der Kommissar Hinz ermordet wurde, und Galiullin von Birjutschi bis nach Meljusejew verfolgt und hinter ihm hergeschossen und er in der ganzen Stadt gesucht wurde. Galiullin!

Wären damals nicht die Panzer gewesen, so würde in der Stadt kein Stein auf dem anderen geblieben sein. Die Panzerabteilung war ganz zufällig durch die Stadt gekommen. Sie hatte die Einwohnerschaft in Schutz genommen und die Banditen gezügelt.

Das Gewitter wurde schwächer und entfernte sich. Es

donnerte immer seltener und dumpfer in der Ferne. Der Regen hörte zeitweilig auf, doch es rieselte weiterhin von den Bäumen und Regenrinnen. Der lautlose Widerschein der Blitze fiel in das Zimmer von Mademoiselle, beleuchtete es und verharrte einen Moment darin, wie um etwas zu suchen.

Plötzlich ging das unterbrochene Klopfen an der Tür wieder los. Jemand suchte Hilfe und klopfte verzweifelt immer schneller. Der Wind wurde stärker. Auch neuer Regen setzte ein.

»Ich komme!« rief Mademoiselle und erschrak über ihre eigene Stimme.

In einer plötzlichen Erleuchtung schob sie die Beine aus dem Bett, fuhr in die Pantoffeln, warf den Bademantel über und lief Shiwago wecken, um sich nicht allein fürchten zu müssen. Aber er hatte das Klopfen auch gehört und kam ihr schon mit einer Kerze entgegen. Beide hegten die gleiche Vermutung.

»Shiwago, Shiwago! Es klopft an der Haustür, ich habe Angst, allein zu öffnen«, rief sie auf französisch und fügte auf russisch hinzu: »Sie werden sehen, das ist Lara oder Leutnant Gaiul.«

Doktor Shiwago war von dem Klopfen ebenfalls wach geworden und hatte gedacht, es müsse jemand von den eigenen Leuten sein, entweder Galiullin, der nicht durchgekommen war und in seine Zuflucht zurück wollte, wo man ihn verstecken würde, oder die wegen irgendwelchen Schwierigkeiten von der Reise zurückgekehrte Schwester Antipowa.

Im Flur gab der Arzt Mademoiselle die Kerze, dann drehte er den Schlüssel um und schob den Riegel zurück. Ein Windstoß riß ihm die Tür aus der Hand, blies die Kerze aus und überschüttete die beiden von draußen mit kalten Regenspritzern.

»Wer ist da? Wer ist da? Ist da jemand?« riefen Mademoiselle und der Arzt um die Wette in die Dunkelheit, aber niemand antwortete ihnen.

Plötzlich hörten sie das Klopfen an anderer Stelle, vom Hintereingang oder, wie es ihnen schien, von einem Fenster zum Park.

»Es scheint der Wind zu sein«, sagte Doktor Shiwago. »Aber um beruhigt zu sein, gehen Sie zum Hintereingang und sehen nach; ich warte hier, damit wir uns nicht verfehlen, wenn da wirklich jemand ist und es nicht eine andere Ursache hat.«

Mademoiselle verschwand im Haus, der Arzt trat vor die Tür unter das Vordach. Seine Augen, die sich an die Dunkelheit gewöhnt hatten, erkannten die Anzeichen des beginnenden Morgengrauens.

Über die Stadt rasten wie verrückt Wolken, als würden sie verfolgt. Fetzen von ihnen flogen so niedrig, daß sie beinahe in den Bäumen hängenblieben, die sich in dieselbe Richtung neigten, so daß es aussah, als fegten biegsame Besen den Himmel. Der Regen peitschte gegen die Holzwand des Hauses, die nicht mehr grau, sondern schwarz war.

»Na?« fragte der Arzt die zurückgekehrte Mademoiselle.

»Sie hatten recht. Niemand da.« Sie erzählte, sie sei durch das ganze Haus gegangen. Im Büfettzimmer habe ein abgebrochener Lindenast ein Fenster zerschlagen, auf dem Fußboden stehe eine große Pfütze, ebenso in Schwester Antipowas ehemaligem Zimmer, ein förmliches Meer, ein ganzer Ozean.

»Hier hat sich ein Fensterladen losgerissen, er schlägt gegen den Rahmen. Sehen Sie? Da haben wir die Erklärung.«

Sie sprachen noch ein Weilchen, verschlossen die Tür und trennten sich dann, um schlafen zu gehen; beide bedauerten, daß es falscher Alarm gewesen war.

Sie waren überzeugt gewesen, wenn sie die Haustür öffneten, würde die Frau, die sie so gut kannten, hereinkommen, naß bis auf die Haut und durchgefroren, und sie würden sie mit Fragen überhäufen, während sie sich abklopfte. Später würde sie umgekleidet wieder erscheinen, sich an dem noch nicht erkalteten Küchenherd wärmen, ihnen von ihren zahllosen Mißgeschicken erzählen und sich lachend die Haare richten.

Davon waren sie so überzeugt gewesen, daß eine Spur dieser Überzeugung, nachdem sie die Haustür geschlossen hatten, draußen hinter der Hausecke blieb in Gestalt eines Wasserzeichens dieser Frau oder ihres Bildes, das sie weiterhin dort zu sehen glaubten.

10

Indirekt schuldig an den Soldatenunruhen auf der Station war der Birjutschier Telegrafist Kolja Frolenko.

Kolja war der Sohn des bekannten Meljusejewer Uhrmachers. In der Stadt kannte man ihn von klein auf. Als Junge war er Gast bei Leuten vom Gesinde des Gutes »Freies Leben« gewesen und hatte unter Mademoiselles Aufsicht mit ihren beiden Zöglingen, den Töchtern der Gräfin, gespielt. Mademoiselle kannte ihn gut. Damals verstand er bereits ein wenig Französisch.

Die Meljusejewer waren es gewöhnt, Kolja bei jedem Wetter in leichter Kleidung, ohne Mütze und mit Sommerschuhen, radfahren zu sehen. Freihändig, die Arme auf der Brust gekreuzt, radelte er auf der Chaussee und in der Stadt, den Blick auf den Masten und Leitungen, um den Zustand des Netzes zu kontrollieren.

Eine Zweigleitung des Telefonnetzes der Eisenbahn verband einige Häuser der Stadt mit der Station. Sie wurde von Kolja im Stellwerk des Bahnhofs verwaltet.

Dort war er mit Arbeit überhäuft: Eisenbahntelegraf, Telefon, manchmal, wenn der Stationsleiter Powarichin für kurze Zeit wegging, auch die Signalübermittlung und die Blockschaltung, deren Geräte sich ebenfalls im Stellwerk befanden.

Die Notwendigkeit, mehrere Apparate gleichzeitig zu überwachen, hatte bei Kolja zu einer besonderen Sprechweise geführt – verschwommen, abgerissen und rätselhaft. Kolja bediente sich ihrer, wenn er jemandem nicht antworten wollte oder keine Lust zu einem Gespräch hatte. Es hieß, am Tag der Unruhen habe er dieses Recht mißbraucht.

Kolja hatte die guten Absichten Galiullins zunichte gemacht, der aus der Stadt anrief und vielleicht gegen seinen Willen den folgenden Ereignissen ihre verhängnisvolle Richtung gab.

Galiullin bat ihn, den Kommissar an den Apparat zu rufen, der irgendwo auf dem Bahnhof oder in der Nähe sein mußte, denn er wollte ihm sagen, er komme jetzt zu ihm auf den Kahlschlag, und der Kommissar solle ohne ihn nichts unternehmen. Kolja aber weigerte sich, Hinz an den Apparat zu holen, unter dem Vorwand, die Leitung sei durch die Signalgebung für einen nach Birjutschi fahrenden Zug besetzt, dabei hielt er in diesem Moment den Zug, der die angeforderten Kosaken nach Birjutschi bringen sollte, mit allen möglichen wahren und unwahren Begründungen auf der benachbarten Ausweichstelle fest.

Als der Transportzug dennoch eintraf, konnte Kolja sein Mißvergnügen nicht verbergen.

Die Lokomotive rollte langsam unter das dunkle Bahnsteigdach und hielt genau gegenüber dem großen Fenster des Stellwerks. Kolja riß den schweren Vorhang aus dunkelblauem Tuch mit den an den Kanten eingewebten Eisenbahninitialen weit zurück. Auf dem steinernen Fenstersims standen eine große Karaffe mit Wasser und ein kantig geschliffenes dickes Trinkglas auf einem großen Tablett. Kolja goß sich Wasser ein, trank ein paar Schlucke und blickte zum Fenster hinaus.

Der Lokführer bemerkte Kolja und nickte ihm freundschaftlich zu. Stinkender Dreckskerl, Baumwanze! dachte Kolja voller Haß, streckte dem Lokführer die Zunge raus und drohte ihm mit der Faust. Der Lokführer verstand Koljas Mimik sehr wohl und gab ihm mit einem Achselzucken und einem Drehen seines Kopfes zu den Waggons hin zu verstehen: Was soll ich machen? Versuch's mal. Er hat die Macht. – Trotzdem, du bist ein Dreck und ein Halunke, antwortete Kolja mimisch.

Die Pferde sollten ausgeladen werden. Sie scheuten, wollten nicht vorwärts. Das dumpfe Klappern der Hufe auf den hölzernen Entladerampen wurde abgelöst vom Klackern der Hufeisen auf dem Bahnsteig. Die sich bäumenden Pferde wurden über mehrere Gleise geführt.

Diese endeten bei zwei Reihen verrottender Waggons auf zwei grasüberwucherten rostigen Gleisen. Die Zerstörung der Holzwände, von denen Regengüsse die Farbe abgewaschen hatten und an denen Würmer und Nässe nagten, hatte den ramponierten Waggons die einstige Verwandtschaft mit dem rohen Holz des Waldes zurückgegeben, der gleich dahinter anfing. Die Birken waren von Porlingen befallen, darüber türmten sich Wolken.

Am Waldrand saßen die Kosaken auf Kommando auf und sprengten zu den Kahlschlägen.

Die Meuterer des 212. Regiments wurden umstellt. Berittene sehen zwischen Bäumen immer größer und eindrucksvoller aus als auf freiem Feld. Sie beeindruckten die Soldaten, obwohl diese selber bewaffnet waren. Die Kosaken zogen die Säbel.

Mitten im geschlossenen Kreis der Reiter stieg Hinz auf einen Holzstapel, den er durch Rütteln etwas geebnet hatte, und wandte sich mit einer Rede an die Umstellten.

Wieder sprach er nach seiner Gewohnheit von der Soldatenpflicht, von der Bedeutung der Heimat und von anderen erhabenen Dingen. Diese Begriffe fanden hier keine Sympathie. Die Leute hatten im Krieg viel durchgemacht, sie waren müde und verroht. Die Worte, die Hinz sprach, hingen ihnen längst zum Halse heraus. Die Schmeichelreden von rechts und von links, die sie sich seit vier Monaten anhören mußten, hatten sie demoralisiert. Sie waren einfache Menschen, und der nichtrussische Name des Redners und seine baltische Aussprache gingen ihnen auf die Nerven.

Hinz spürte, daß er zu lange sprach, und ärgerte sich über sich selbst, aber er glaubte, sich seinen Zuhörern so besser verständlich zu machen. Statt mit Dankbarkeit lohnten sie es ihm mit Gleichgültigkeit und feindseliger Gelangweiltheit. Dadurch immer gereizter, schlug er härtere Töne an und stieß Drohungen aus, die er in Reserve hatte. Ohne auf das anschwellende Murren zu achten, rief er den Soldaten in Erinnerung, daß es militärische Revolutionsgerichte gab, die schon arbeiteten, und forderte sie unter Androhung der Todesstrafe auf, die Waffen niederzulegen und die Rädelsführer auszuliefern. Täten sie das nicht, sagte Hinz, so bewiesen sie damit, daß sie gemeine Verräter seien, Gesindel ohne politisches Bewußtsein, überhebliches Pack. An diesen Ton waren die Leute nicht mehr gewöhnt.

Mehrere hundert Stimmen brüllten los. »Schluß. Genug. Hör auf«, riefen sie im Baß und fast ohne Zorn. Aber es ertönten auch hysterische Schreie, die vor Haß in den Diskant abkippten. Ihnen wurde zugehört. Sie schrien: »Habt Ihr das gehört, Genossen, wie der uns beschimpft? Wie in der alten Zeit! Die Offiziersmanieren sind noch immer nicht ausgerottet! Verräter sollen wir sein? Was bist du denn selber für einer, Euer Wohlgeboren? Aber wozu noch lange Federlesens machen. Ihr seht doch, das ist ein

Deutscher, ein Beauftragter. He, du, zeig deine Papiere, blaues Blut! Und ihr, was sperrt ihr das Maul auf, ihr Friedensstifter? Fesselt uns doch, freßt uns auf!«

Aber auch den Kosaken mißfiel die verunglückte Rede des Kommissars immer mehr. »Die sind alle freche Hunde und Mistkerle. So ein feiner Herr«, flüsterten sie untereinander. Zunächst einzeln, dann in immer größerer Zahl steckten sie den Säbel in die Scheide. Einer nach dem andern stieg aus dem Sattel. Als eine hinlängliche Zahl abgesessen war, verstreuten sie sich auf dem Kahlschlag unter den Zweihundertzwölfern. Alle vermischten sich. Es kam zur Verbrüderung.

»Sie sollten hier unauffällig verschwinden«, sagten die Kosakenoffiziere beunruhigt zu Hinz. »Ihr Wagen steht am Bahnübergang. Wir schicken jemand hin, Bescheid sagen, daß er hergeholt wird. Gehen Sie rasch.«

Hinz befolgte den Rat, aber da die heimliche Flucht ihn würdelos dünkte, begab er sich ohne die erforderliche Vorsicht, fast offen zur Bahnstation. Er war schrecklich aufgeregt, doch aus Stolz zwang er sich, ruhig zu gehen.

Er hatte es nicht mehr weit zur Station, an die sich der Wald anschloß. Am Waldrand, wo er die Gleise schon sehen konnte, drehte er sich das erstemal um. Soldaten mit Gewehren folgten ihm. Was wollen die? dachte er und legte einen Schritt zu.

Seine Verfolger taten das gleiche. Der Abstand zwischen ihnen und Hinz verringerte sich nicht. Der Kommissar stieß auf die doppelte Reihe der ramponierten Waggons. Nachdem er sie umgangen hatte, lief er los. Der Zug, der die Kosaken hergebracht hatte, war auf ein anderes Gleis gefahren worden. Der Bahnhof war frei. Laufend überquerte Hinz die Gleise.

Aus dem Anlauf sprang er auf den hohen Bahnsteig. In diesem Moment kamen seine Verfolger hinter den Waggonruinen hervorgelaufen. Kolja und Powarichin riefen

Hinz etwas zu und machten ihm Zeichen, ins Bahnhofsgebäude zu kommen, wo sie ihn in Sicherheit bringen konnten.

Aber wieder versperrte ihm das in Generationen anerzogene Ehrgefühl, großstädtisch, opferbereit, hier jedoch unangebracht, den Weg zur Rettung. Mit einer übermenschlichen Willensanspannung bemühte er sich, sein ängstliches Herzklopfen zu unterdrücken. Ich muß ihnen zurufen: Brüder, besinnt euch, ich bin doch kein Spion! dachte er. Ich muß ihnen etwas Ernüchterndes, zu Herzen Gehendes sagen, was sie zurückhält.

In den letzten Monaten hatte sich bei ihm das Gefühl der Heldentat, des Aufschreis der Seele unbewußt mit Holzgerüsten und Tribünen verbunden, mit Stühlen, auf die man springen konnte, um der versammelten Menge einen Appell, etwas Zündendes zuzurufen.

Neben der Bahnhofstür, unter der Stationsglocke stand ein hohes Wasserfaß zum Feuerlöschen mit festem Deckel. Hinz schwang sich hinauf und richtete an die Näherkommenden ein paar zu Herzen gehende Worte, übermenschliche und zusammenhanglose. Die Tollkühnheit, mit der er sich zwei Schritte von der offenen Bahnhofstür, durch die er ja hätte flüchten können, an sie wandte, verblüffte sie und ließ sie stehenbleiben. Sie senkten die Gewehre.

Aber da trat Hinz auf den Rand des Deckels, der umkippte. Das eine Bein geriet ins Wasser, das andere blieb am Rand der Tonne hängen, auf deren Kante er nun saß.

Auf diese Ungeschicklichkeit reagierten die Soldaten mit einer Gelächterexplosion. Der Vorderste tötete den Unglücklichen mit einem Schuß in den Hals, die anderen stachen mit ihren Bajonetten auf den Toten ein.

11

Mademoiselle rief Kolja an, um ihm zu sagen, er solle Doktor Shiwago in einem Zug bequem unterbringen, und ihm widrigenfalls unangenehme Enthüllungen anzudrohen.

Während Kolja ihr antwortete, führte er nach seiner Gewohnheit zugleich ein zweites Telefonat, und nach den Dezimalbrüchen zu urteilen, die seine Rede sprenkelten, gab er etwas Chiffriertes an eine dritte Stelle durch.

»Pskow, Komossew, hörst du mich? Was für Meuterer? Was für eine Hand? Was sagen Sie, Mademoiselle? Schwindel, Chiromantie. Lassen Sie mich in Ruhe, legen Sie auf, Sie stören mich. Pskow, Komossew, Pskow. Sechsunddreißig Komma null null fünfzehn. Ach, die Hunde sollen euch fressen, jetzt ist mir der Mitlaufstreifen gerissen. Was? Was? Ich verstehe nicht. Schon wieder Sie, Mademoiselle? Ich habe Ihnen doch deutlich gesagt, ich kann nicht, es geht nicht. Wenden Sie sich an Powarichin. Schwindel, Chiromantie. Sechsunddreißig... verdammt, lassen Sie mich in Ruhe, Mademoiselle.«

Aber Mademoiselle sagte: »Streu mir keinen Sand in die Augen mit deinem Chiroman, Pskow und Pskow, Chiroman, sonst entlarve ich dich in aller Öffentlichkeit. Du wirst morgen Doktor Shiwago in den Waggon setzen, mehr habe ich einem Mörder und Judas und Verräter nicht zu sagen.«

12

Als Doktor Shiwago abreiste, war es drückend heiß. Wie drei Tage zuvor braute sich ein Gewitter zusammen.

Die Lehmhütten und die Gänse auf dem mit Sonnenblumenschalen vollgespuckten Bahnhofsvorplatz zeigten ein erschrockenes Weiß unter dem starren Blick des schwarzen Gewitterhimmels.

Vor dem Bahnhofsgebäude lag ein großer freier Platz, der sich nach beiden Seiten weit hinzog. Das Gras darauf war zertrampelt, denn den Platz bedeckte eine unermeßliche Menschenmenge, die seit Wochen auf einen Zug in der jeweils gewünschten Richtung wartete.

Da gab es alte Männer in grobem Bauernrock, die in der sengenden Sonne von Gruppe zu Gruppe gingen, um Gerüchte und Informationen aufzuschnappen. Schweigsame Halbwüchsige um die Vierzehn lagen auf der Seite, Ellbogen aufgestützt, in der Hand eine Gerte, als ob sie Vieh hüteten. Um sie herum tummelten sich ihre jüngeren Brüderchen und Schwesterchen; ihre Hemden waren hochgerutscht und zeigten die rosa Popos. Die geschlossenen Beine ausgestreckt, saßen ihre Mütter auf der Erde und hatten die Säuglinge vorn unter ihre derben braunen Gewänder genommen.

»Wie eine Hammelherde sind sie auseinandergelaufen, als die Schießerei losging. Das mochten sie nicht!« sagte feindselig der Stationsleiter Powarichin, während er sich mit Doktor Shiwago durch die Reihen der Leiber schlängelte, die vor dem Bahnhof und auch drinnen auf dem Fußboden lagen.

»Plötzlich war der Rasen wie leergefegt! Man konnte wieder erkennen, wie Erde aussieht. War das eine Freude! Vier Monate lang war sie nicht zu sehen unter diesem Zigeunerlager, wir hatten sie schon ganz vergessen. Da, hier hat er gelegen. Erstaunlich, der Vorfall, man hat ja im Krieg viel Schlimmes gesehen und sollte daran gewöhnt sein. Aber da hat mich doch das Mitleid gepackt! Vor allem, diese Sinnlosigkeit. Wofür? Was hat er ihnen Böses getan? Menschen nennt sich das? Er soll der Liebling der Familie gewesen sein. Jetzt bitte rechts, ja, hier, bitte in mein Zimmer. Auf diesen Zug brauchen Sie nicht zu hoffen, da werden Sie totgequetscht. Ich habe für Sie eine andere Möglichkeit, im Nahverkehr. Den Zug stellen wir selber zusammen, es geht gleich los. Aber bis zum Einsteigen kein Wort, zu niemandem! Wenn Sie sich verplappern, wird der Zug noch vor dem Zusammenkuppeln in seine Einzelteile zerlegt. In der Nacht steigen Sie dann um, in Suchinitschi.«

13

Als der heimlich zusammengekuppelte Zug langsam rückwärts vom Depot zum Bahnhof geschoben wurde, stürzte die ganze Menschenmenge vom Vorplatz auf ihn los. Wie Erbsen rollten die Leute von den Anhöhen herunter und die Böschung hinauf. Einander wegstoßend, sprangen sie während der Fahrt auf Puffer und Trittbretter, andere zogen sich zu den Fenstern herein oder kletterten auf die Waggondächer. Noch während der Zug rollte, war er blitzschnell und hoffnungslos überfüllt, und als er den Bahnsteig erreichte, war er vollgestopft und von oben bis unten mit Menschen behängt.

Wie durch ein Wunder zwängte sich der Arzt auf die Plattform und gelangte auf unerklärliche Weise sogar in den Gang.

Hier blieb er während der ganzen Fahrt bis Suchinitschi auf seinem Gepäck sitzen.

Die Gewitterwolken hatten sich längst verzogen. Über die von den Sonnenstrahlen versengten Felder wogte unentwegt, die Fahrt des Zuges übertönend, das Zirpen der Grashüpfer.

Die Fahrgäste, die am Fenster standen, nahmen den anderen das Licht. Ihre langen Schatten fielen, zwei- und dreifach gebündelt, auf den Fußboden, die Bänke und die Trennwände. Sie hatten nicht genug Platz im Waggon, drängten sich durch die gegenüberliegenden Fenster und liefen in schnellen Sprüngen auf der anderen Böschung zusammen mit dem Schatten des fahrenden Zuges mit.

Im Zug lärmten die Menschen, sangen lautstark Lieder, schimpften und droschen Karten. An den Haltepunkten gesellte sich zu dem Lärm im Innern von draußen das Stimmengewirr der Menge, die den Zug belagerte. Es erreichte die ohrenbetäubende Stärke eines Sturmes auf See. Und wie auf See wurde es während des Halts plötzlich unerklärlich still. Man hörte hastige Schritte auf dem Bahnsteig längs des Zuges, Gerenne und Streit beim Gepäckwaggon, einzelne Wörter der zurückbleibenden Angehörigen, leises Hühnergackern und das Rascheln der Bäume im Bahnhofsgarten.

In diesem Moment schwebte wie ein hereingereichtes Telegramm oder wie ein Gruß aus Meljusejew ein wohlbekannter, gleichsam an Juri Shiwago adressierter Wohlduft herein. Mit stiller Überlegenheit schien er von irgendwo seitlich oder auch von oben zu kommen, was für Feld- und Gartenblumen ungewöhnlich ist.

Das Gedränge hinderte den Arzt, ans Fenster zu treten. Er sah nichts, doch seine Phantasie gaukelte ihm diese Bäume vor. Sie standen sicherlich ganz in der Nähe und streckten gelassen ihre ausladenden Zweige zu den Waggondächern, staubig von dem Eisenbahngeratter, mit nachtdunklem Laub, übersät mit den wachsgelben Sternchen der flimmernden Blütenstände.

Das wiederholte sich während der ganzen Fahrt. Überall lärmte eine Menschenmenge. Überall blühten die Linden.

Dieser allgegenwärtige Geruch schien dem nach Norden fahrenden Zug vorauszueilen, als wäre er ein die Ausweichstellen, Bahnwärterhäuschen und Zwischenstationen anfliegendes Gerücht, das die Reisenden immer wieder bestätigt vorfanden.

14

In der Nacht führte ein dienstbereiter Gepäckträger der alten Schule in Suchinitschi Doktor Shiwago über die unbeleuchteten Gleise und ließ ihn von der Rückseite her in einen Waggon zweiter Klasse einsteigen; der Zug, soeben eingetroffen, war im Fahrplan nicht vorgesehen.

Kaum hatte der Träger die Tür mit einem Schaffnerschlüssel geöffnet und das Gepäck des Arztes reingestellt, galt es einen kurzen Kampf mit dem Zugbegleiter zu bestehen, der den Arzt gleich wieder hinaussetzen wollte, doch Juri Shiwago konnte ihn beschwichtigen, und der Mann verschwand.

Der geheimnisvolle Zug hatte eine besondere Bestimmung und fuhr ziemlich schnell, hielt auch immer nur kurz und wurde bewacht. Im Waggon war viel Platz.

Das Abteil, das Shiwago betrat, wurde von einer tropfenden Kerze auf dem Tischchen beleuchtet, deren Flamme im Luftstrom des halb offenen Fensters flakkerte.

Die Kerze gehörte dem einzigen Reisenden im Abteil. Dieser war ein hellblonder junger Mann, nach seinen langen Armen und Beinen zu urteilen, sehr hochgewachsen. Seine Gliedmaßen bewegten sich leicht in den Gelenken wie schlecht befestigte Einzelteile von mehrgliedrigen Gegenständen. Er saß bequem zurückgelehnt auf der Polsterbank am Fenster. Bei Shiwagos Eintreten stand er höflich auf und wechselte dann seine halb liegende Pose gegen eine schicklichere sitzende.

Unter seiner Polsterbank lag etwas wie ein Wischlappen. Ein Zipfel des Lumpens bewegte sich auf einmal, und unter der Bank hervor kroch mit hastiger Geschäftigkeit ein Vorstehhund mit Hängeohren. Er beschnupperte und beäugte Shiwago, lief dann im Abteil hin und her und bewegte dabei die Läufe ebenso elastisch wie sein schlaksiger

Herr die Beine, wenn er sie übereinanderschlug. Auf Herrchens Befehl kroch der Hund beflissen zurück unter die Bank und nahm wieder das Aussehen eines zusammengeknüllten Wischlappens an.

Erst jetzt sah Shiwago an einem Haken eine Doppelflinte im Futteral, eine lederne Patronentasche und eine mit geschossenem Wildgeflügel vollgestopfte Jagdtasche hängen.

Der junge Mann war Jäger.

Er zeigte eine außergewöhnliche Redseligkeit und verwickelte den Arzt mit liebenswürdigem Lächeln in ein Gespräch. Dabei sah er ihm nicht im übertragenen, sondern im wörtlichen Sinne fortwährend auf den Mund.

Der junge Mann hatte eine unangenehm helle Stimme, die, wenn er sie erhob, in ein metallisches Falsett überging. Noch etwas war sonderbar: Dem Anblick nach Russe, sprach er den Vokal »u« auf wunderliche Weise aus, nämlich wie das französische »u« oder das deutsche »ü«. Mehr noch, dieses verdorbene »u« bereitete ihm große Mühe, und er sprach es mit schrecklicher Anspannung, ein wenig kreischend, lauter als die sonstigen Buchstaben. Gleich zu Anfang verblüffte er Shiwago mit dem Satz: »Gestern früh noch war ich mit dem Hünd auf Entenjagd.«

In Momenten, wenn er sich mehr in der Gewalt hatte, überwand er diese Unrichtigkeit, aber kaum vergaß er sich, machte sie sich wieder bemerkbar.

Was ist das für eine Teufelei? dachte Shiwago. Darüber muß ich schon gelesen haben, das kommt mir bekannt vor. Als Arzt müßte ich das wissen, aber es ist wie weg aus dem Kopf. Eine Fehlsteuerung des Gehirns, die den Aussprachedefekt hervorruft. Aber dieses Heulen klingt so komisch, daß man Mühe hat, ernst zu bleiben. Eine Unterhaltung ist ganz unmöglich. Ich steige lieber hinauf und lege mich hin.

Das tat er denn auch. Als er sich auf der oberen Pritsche ausstreckte, fragte der junge Mann, ob er die Kerze löschen solle, die vielleicht störe. Der Arzt nahm den Vorschlag dankbar an. Der Nachbar pustete die Kerze aus. Es wurde dunkel.

Das Fenster war zur Hälfte herabgelassen.

»Wollen wir nicht das Fenster schließen?« fragte Shiwago. »Haben Sie keine Angst vor Dieben?«

Der Nachbar gab keine Antwort. Shiwago wiederholte die Frage ziemlich laut, aber der andere reagierte wieder nicht.

Da riß Shiwago ein Streichholz an, um zu sehen, was mit seinem Nachbar sei, ob er vielleicht in dem kurzen Moment das Abteil verlassen hatte oder ob er schon schlief, was noch unwahrscheinlicher war.

Aber nein, er saß mit offenen Augen auf seinem Platz und lächelte dem sich herunterbeugenden Arzt zu.

Das Streichholz erlosch. Shiwago entzündete ein neues und wiederholte in seinem Licht die Frage zum dritten Mal.

»Tun Sie, was Sie möchten«, antwortete der Jäger sofort. »Bei mir gibt es nichts zu stehlen. Aber vielleicht lassen wir es besser offen. Es ist stickig hier drin.«

Das ist gut! dachte Shiwago. Der komische Kauz scheint es gewöhnt zu sein, nur bei Licht zu sprechen. Und wie sauber jetzt seine Aussprache war! Nicht zu fassen!

15

Doktor Shiwago fühlte sich nach den Ereignissen der letzten Woche, nach all den Unruhen, den Vorbereitungen und dem morgendlichen Reiseantritt wie zerschlagen. Er hatte geglaubt, sofort einzuschlafen, sobald er bequem lag. Aber daraus wurde nichts. Die schreckliche Übermüdung ließ ihn keinen Schlaf finden. Erst gegen Morgen schlummerte er ein.

So chaotisch der Wirbel der Gedanken auch war, die während dieser langen Nachtstunden durch seinen Kopf schwirrten, es waren im Grunde zwei Kreise, zwei aufdringliche Knäuel, die sich bald auf-, bald wieder zusammenrollten.

Der eine Kreis bestand aus Gedanken an seine Frau Tonja, an sein Zuhause und an das frühere geordnete Leben, in dem alles, bis in die kleinsten Kleinigkeiten, von Poesie umweht und voller Herzlichkeit und Reinheit war. Shiwago hatte Angst um dieses Leben und wünschte es sich heil und wohlerhalten zurück, während er in dem nächtlichen Schnellzug dahineilte, ungeduldig nach der mehr als zweijährigen Trennung.

Die Treue zur Revolution und die Begeisterung für sie gehörten mit zu diesem Gedankenkreis. Er sah die Revolution so, wie die mittleren Klassen sie akzeptierten und wie die studentische Jugend des Jahres neunzehnhundertfünf, die Block verehrte, sie aufgefaßt hatte.

Zu diesem gewohnten und vertrauten Kreis gehörten auch die Merkmale des Neuen, die Vorzeichen und Verheißungen, die vor dem Krieg, zwischen dem zwölfer und dem vierzehner Jahr, in der russischen Geisteswelt, in der russischen Kunst, im russischen Schicksal und in seinem eigenen am Horizont erschienen waren.

Nach dem Krieg zog es ihn zurück zu diesen Auffassungen, an deren Fortsetzung und Erneuerung er mitarbeiten wollte, so wie es ihn aus der Einsamkeit nach Hause verlangte.

Das Neue war auch Gegenstand seiner Gedanken im zweiten Kreis, aber wie anders war dieses Neue, wie sehr unterschied es sich von dem anderen Neuen! Es war nicht sein eigenes, gewohntes, durch die Vergangenheit vorbereitetes Neues, sondern ein willkürliches, unabwendbares, von der Realität diktiertes Neues, so plötzlich wie eine Erschütterung.

Dieses Neue waren der Krieg, waren Blut und Grauen, Unbehaustheit und Verwilderung. Dieses Neue waren die Prüfungen des Krieges und die Lebensweisheit, die er lehrte. Dieses Neue waren Krähwinkelstädte, in die der Krieg verschlug, und die Menschen, mit denen er zusammenführte. Dieses Neue war die Revolution, nicht studentisch idealisiert wie neunzehnhundertfünf, sondern die jetzige, aus dem Krieg hervorgegangene, blutrünstige, auf nichts Rücksicht nehmende Soldatenrevolution, gelenkt von den Kennern dieser Naturgewalt, den Bolschewiken.

Dieses Neue war Schwester Antipowa, vom Krieg weiß Gott wohin geworfen, mit ihrem Leben, von dem er nichts wußte, die Schwester, die niemals jemandem Vorwürfe machte, mit ihrer Zurückhaltung aber beinahe klagte, rätselhaft wortkarg war und dabei stark durch ihr Schweigen. Dieses Neue war sein eigenes redliches, intensives Bemühen, sie nicht zu lieben, ebenso wie er sein Leben lang trachtete, allen Menschen Liebe entgegenzubringen, besonders natürlich seiner Familie und seinen Angehörigen.

Der Zug raste mit Volldampf dahin. Der Fahrtwind durchs herabgelassene Fenster zauste und verstaubte Shiwagos Haare. Bei den nächtlichen Halts geschah das gleiche wie am Tage, die Menge tobte, und die Linden raschelten.

Manchmal rollten aus der Tiefe der Nacht Fuhrwerke und zweirädrige Einspänner ratternd zu den Bahnstationen. Stimmen und Rädergeräusch vermischten sich mit dem Rauschen der Bäume.

In solchen Momenten schien begreiflich, was die nächtlichen Schatten bewog, zu rascheln und sich einander zuzuneigen, und was sie sich zuflüsterten, wobei sie die schläfrigen schweren Blätter kaum bewegten, als wären es mühsam lispelnde Zungen. Es war das gleiche, woran Shiwago dachte, wenn er sich auf seiner Pritsche bewegte, nämlich die Botschaft von den sich ausweitenden Unruhen in Rußland, die Botschaft von der Revolution, von ihrer verhängnisvollen schweren Stunde, von ihrer voraussichtlichen Größe am Ende.

16

Am nächsten Tag erwachte Juri Shiwago spät. Es ging schon auf zwölf. »Marquis, Marquis!« rief der Nachbar halblaut seinem knurrenden Hund zu. Zu Shiwagos Verwunderung war er mit dem Jäger noch immer allein im Abteil, niemand war zugestiegen. Die Namen der Stationen, die jetzt vorüberflogen, kannte er schon aus seiner Kindheit. Der Zug hatte das Gouvernement Kaluga hinter sich gelassen und schnitt sich nun in das Gouvernement Moskau.

Nachdem der Arzt mit Vorkriegskomfort Toilette gemacht hatte, kehrte er in das Abteil zurück und wurde von seinem interessanten Reisegefährten zum Frühstück eingeladen. Jetzt konnte Shiwago ihn besser in Augenschein nehmen.

Charakteristische Merkmale dieses Mannes waren extreme Gesprächigkeit und Beweglichkeit. Dem Unbekannten war weniger am Kontakt und Gedankenaustausch gelegen als am Reden selbst, um gesprochene Worte und hervorgebrachte Töne. Während er sprach, federte er immer wieder von der Bank hoch, lachte schallend und grundlos, rieb sich vor Vergnügen rasch die Hände, und wenn ihm auch dies noch nicht genügte, um seine Begeisterung auszudrücken, schlug er sich mit den Händen auf die Knie und lachte Tränen.

Das Gespräch von gestern wurde mit allen Absonderlichkeiten wieder aufgenommen. Der Mann war erstaunlich inkonsequent. Bald äußerte er Bekenntnisse, zu denen ihn niemand drängte, bald ließ er die harmlosesten Fragen unbeachtet und unbeantwortet.

Von sich selbst erzählte er eine Menge Phantastisches und Ungereimtes. Leider schien er auch zu schwindeln. Unzweifelhaft aber waren seine extremen Ansichten, seine Ablehnung alles Allgemeingültigen reine Effekthascherei.

All das erinnerte an etwas Altbekanntes. So radikal hatten sich die Nihilisten im vorigen Jahrhundert geäußert, etwas später einige Helden Dostojewskis und vor noch gar nicht langer Zeit auch ihre direkten Nachfolger, die Gebildeten der russischen Provinz, die häufig den Hauptstädten vorauseilten dank der in der Abgeschiedenheit erhalten gebliebenen Gründlichkeit, die in den Hauptstädten veraltet und aus der Mode gekommen war.

Der junge Mensch erzählte, er sei der Neffe eines bekannten Revolutionärs, seine Eltern dagegen unverbesserliche Reaktionäre, Wisente, wie er sie nannte. Sie besäßen unweit der Front ein ziemlich großes Gut. Dort sei er aufgewachsen. Seine Eltern seien ihr Leben lang mit dem Onkel verfeindet gewesen, der sie jedoch, nicht nachtragend, jetzt mit seinem Einfluß vor vielen Unannehmlichkeiten bewahre.

Seine eigenen Überzeugungen, so teilte der redselige Jäger mit, glichen denen des Onkels, er sei in allem Extremist und Maximalist: im Leben, in der Politik und in der Kunst. Wieder klang es nach Petenka Werchowenski, nicht wegen des linken Standpunktes, sondern wegen der Verdorbenheit und Geschwätzigkeit. Gleich wird er sich als Futurist zu erkennen geben, dachte Shiwago, und richtig, er kam auf die Futuristen zu sprechen. Und jetzt wird er vom Sport reden, prophezeite Shiwago weiter, von Trabern oder vom Rollschuhlauf oder vom französischen

Ringkampf. Da kam der junge Mann auf die Jagd zu sprechen.

Er sagte, er habe in seiner heimatlichen Gegend gejagt, und pries sich als großartigen Schützen, und wenn nicht sein physischer Schaden ihn gehindert hätte, Soldat zu werden, würde er sich im Krieg mit seiner Treffsicherheit hervorgetan haben.

Als er Shiwagos fragenden Blick auffing, rief er aus: »Was denn, Sie haben es noch nicht bemerkt? Ich dachte, Sie hätten meinen Defekt erraten.«

Er griff in die Tasche und reichte Shiwago zwei Kärtchen. Das eine war seine Visitenkarte. Er führte einen Doppelnamen: Maxim Aristarchowitsch Klinzow-Pogorewschich oder einfach Pogorewschich, wie er ihn anzureden bat zu Ehren seines Onkels, der sich so nannte.

Das andere Kärtchen war eine in Kästchen eingeteilte Tabelle mit Darstellungen verschiedenartig zusammengeführter Hände mit verschiedenartig zusammengelegten Fingern. Es war das Fingeralphabet der Taubstummen, und nun war alles klar.

Pogorewschich war ein phänomenal begabter Absolvent der Schule von Hartmann oder Ostrogradski, ein Taubstummer, der mit unglaublicher Vollkommenheit sprechen gelernt hatte, und das durch die genaue Beobachtung der Mundbewegungen seines Lehrers; auf diese Weise verstand er, was sein Gesprächspartner sagte.

Shiwago führte sich vor Augen, wo der junge Mann herkam und in welcher Gegend er gejagt hatte, und fragte: »Verzeihen Sie die unbescheidene Frage, aber Sie brauchen ja nicht zu antworten: Hatten Sie mit der Republik Sybuschino und ihrer Gründung zu tun?«

»Woher wissen Sie... Erlauben Sie... Sie haben also den Müller Blashejko gekannt? Ja, ich hatte damit zu tun, natürlich«, ratterte Pogorewschich freudig, lachend los, den Körper hin und her schwenkend und sich wie verrückt auf die Knie schlagend. Wieder folgte eine phantastische Geschichte.

Pogorewschich sagte, Blashejko sei für ihn der Anlaß, Sybuschino der Zufallsort gewesen, wo er seine eigenen Ideen umsetzen wollte. Shiwago machte es Mühe, deren Darlegung zu folgen. Pogorewschichs Philosophie bestand zur Hälfte aus anarchistischen Thesen und zur anderen Hälfte aus reinstem Jägerlatein.

Im unerschütterlichen Ton eines Orakels sagte er für die allernächste Zeit verhängnisvolle Erschütterungen voraus. Shiwago pflichtete ihm innerlich bei, daß die vielleicht unabwendbar seien, aber er war entrüstet über die autoritäre Gelassenheit, mit der das unangenehme Jüngelchen seine Vorhersagen kundtat.

»Moment mal«, widersprach er zaghaft. »All das stimmt, so kann es werden. Aber ich finde, es ist nicht die Zeit für so riskante Experimente in unserm Chaos und Zerfall angesichts des uns bedrängenden Feindes. Das Land braucht Zeit, um zu sich zu kommen und sich von dem einen Umschwung zu erholen, ehe es sich zu dem nächsten entschließt. Wir müssen eine wenn auch relative Beruhigung und Ordnung abwarten.«

»Das ist naiv«, sagte Pogorewschich. »Was Sie Zerfall nennen, ist eine ebenso normale Erscheinung wie Ihre gepriesene und geliebte Ordnung. Diese Zerstörungen sind ein gesetzmäßiger und vorläufiger Teil eines viel umfassenderen Schöpfungsplans. Die Gesellschaft ist noch gar nicht genug zerfallen. Sie muß erst völlig zerfallen, dann wird die wirkliche revolutionäre Macht sie auf ganz anderer Grundlage wieder zusammensetzen.«

Shiwago wurde es unheimlich. Er ging hinaus in den Gang.

Der Zug raste mit zunehmender Geschwindigkeit durch die Moskauer Vororte. Den Fenstern entgegen sausten Birkenwäldchen mit dicht beieinanderstehenden

Datschen und flogen vorüber, auch schmale Bahnsteige ohne Überdachung voller Sommerfrischler, die an dem Zug vorüberkreisten wie auf einem Karussell und, in die Staubwolke des Zuges gehüllt, in der Ferne zurückblieben. Der Zug stieß ein Pfeifsignal ums andere aus, und an diesen Pfiffen verschluckte sich, sie aufnehmend, das hohle Waldecho wie in Röhren und Baumlöchern.

Plötzlich wurde sich Shiwago zum erstenmal in all diesen Tagen bewußt, wo er sich befand, in welcher Verfassung er war und was ihn in ein oder zwei Stunden erwartete.

Drei Jahre voller Veränderungen, Ungewißheit, Umgetriebensein, Krieg, Revolution, Erschütterungen, Beschuß, Szenen von Untergang und Tod, gesprengte Brücken, Zerstörungen, Feuersbrünste – all das wurde plötzlich zu einer gewaltigen Leere ohne Inhalt. Das erste wirkliche Ereignis nach der langen Pause war dieses schwindelerregende Rasen des Zuges in Richtung seines Hauses, das noch heil und wo ihm jedes Steinchen teuer war. Das war Leben, das war innere Erregung, danach jagten die Abenteuersuchenden, das meinte die Kunst – Ankunft bei den Angehörigen, Rückkehr zu sich selbst, Erneuerung des Daseins.

Die Wäldchen hörten auf. Aus der Enge ihres Laubes stürmte der Zug ins Freie. Ein abschüssiges breites Feld stieg aus einer Schlucht hinauf in die Ferne. Es war bedeckt von langen Reihen dunkelgrüner Kartoffelpflanzen. An der höchsten Stelle, am Rande des Feldes, sah man die Glasfenster eines Treibhauses. Auf der anderen Seite stand hinter dem fahrenden Zug eine gewaltige schwarzlila Gewitterfront. Unter ihr hervor drangen Sonnenstrahlen wie ein Kranz nach allen Seiten und trafen auf ihrem Weg die Fenster, in denen sie ein unerträgliches Gleißen entzündeten.

Plötzlich ergoß sich aus der Wolke ein in der Sonne glitzernder warmer Regen, ein Regen, der die Pilze sprießen läßt. Seine hastigen Tropfen fielen in dem gleichen Tempo, in dem die Räder des Zuges über die Schienenstöße ratterten, als wollten sie ihn einholen oder fürchteten zurückzubleiben.

Doktor Shiwago hatte darauf noch gar nicht geachtet, als hinter einer Anhöhe die Erlöserkathedrale in Sicht kam, und im nächsten Moment zeigten sich die Kuppeln, Dächer, Häuser und Schlote der Stadt.

»Moskau«, sagte er, ins Abteil zurückgekehrt. »Wir müssen uns fertigmachen.«

Pogorewschich stand auf, kramte in seiner Jagdtasche und suchte eine größere Ente aus.

»Für Sie«, sagte er. »Zur Erinnerung. Ich habe einen ganzen Tag in Ihrer angenehmen Gesellschaft verbracht.«

Wie sich der Arzt auch sträubte, es half ihm nichts.

»Nun gut«, willigte er gezwungenermaßen ein. »Ich nehme sie als Geschenk für meine Frau.«

»Für Ihre Frau! Als Geschenk für Ihre Frau«, wiederholte Pogorewschich freudig, als hörte er dieses Wort zum erstenmal, dann machte er mit seinem Körper ruckhafte Bewegungen und lachte so laut, daß Marquis hervorsprang und in seine Freude einfiel.

Der Zug rollte an den Bahnsteig. Im Waggon wurde es dunkel wie in der Nacht. Der Taubstumme reichte dem Doktor die Wildente, eingewickelt in einen gedruckten Aufruf.

Sechster Teil

Das Moskauer Kriegslager

1

Während der Fahrt war es ihm infolge des Stillsitzens im engen Abteil vorgekommen, als führe nur der Zug, die Zeit aber stünde still und es wäre noch immer Mittag.

Dabei wurde es bereits Abend, als die Droschke mit dem Arzt und seinem Gepäck sich mühsam im Schritt einen Weg aus der gewaltigen Menschenmenge auf dem Smolensker Markt bahnte.

Vielleicht war es so, vielleicht aber waren die damaligen Eindrücke des Arztes von der Erfahrung späterer Jahre überlagert, denn in seiner Erinnerung kam es ihm vor, als hätten sich die Menschen damals auf dem Markt nur aus Gewohnheit zusammengedrängt, ganz ohne Grund, denn die Vorhänge an den leeren Marktständen waren herabgelassen, es hingen nicht einmal Schlösser daran, es gab nichts zum Handeln auf dem verschmutzten Platz, auf dem die Abfälle nicht mehr weggefegt wurden.

Und er glaubte, schon damals auf dem Bürgersteig die vielen mageren, anständig gekleideten alten Frauen und Männer bemerkt zu haben, die wie ein stummer Vorwurf an die Passanten dastanden und wortlos irgend etwas feilhielten, was niemand kaufte und niemand gebrauchen konnte: künstliche Blumen, runde Spirituskocher für Kaffee mit Glasdeckel und Pfeife, Abendkleider aus schwarzem Gazestoff und die Uniformen abgeschaffter Ämter.

Die einfacheren Leute handelten mit brauchbareren Dingen: rauhen Schwarzbrotlaiben von ihrer Ration, die schnell hart wurden, schmutzigen, angeweichten, angebissenen Zuckerstücken und halbierten Machorkapäckchen.

Auf dem ganzen Markt lief unbrauchbarer Trödel um, der im Preis stieg, je nachdem, durch wieviel Hände er ging.

Der Kutscher bog vom Platz in eine Seitengasse ein. Die Sonne ging hinter ihm unter und schien ihm auf den Rükken. Vor ihnen polterte ein leeres Lastfuhrwerk, das auf dem Pflaster rüttelte. Es wirbelte Staubwolken auf, die in den Strahlen der untergehenden Sonne bronzebraun glühten.

Endlich gelang es ihnen, das Fuhrwerk zu überholen, das ihnen den Weg versperrt hatte. Sie fuhren schneller. Der Arzt bestaunte die allerorts auf Fahrbahnen und Bürgersteigen herumliegenden Haufen alter Zeitungen und Plakate, die von den Häusern und Zäunen abgerissen worden waren. Der Wind zog sie in die eine Richtung, die Hufe, Räder und Füße der Gehenden und Fahrenden in die andere.

Nach ein paar Kreuzungen kam an einer Ecke Shiwagos Haus in Sicht. Der Kutscher hielt.

Dem Arzt stockte der Atem, und sein Herz hämmerte, als er ausstieg, zur Haustür ging und läutete. Das Klingeln hatte keine Wirkung. Er klingelte weiter. Als es nichts fruchtete, drückte er mit aufsteigender Unruhe in kurzen Intervallen immer wieder den Knopf. Erst nach einer Weile klirrten innen Haken und Kette, und er sah seine Frau Tonja, die mit den Armen die Eingangstür offenhielt. Beide erstarrten vor Überraschung und hörten nicht, wie sie aufschrien. Da aber Tonjas ausgebreitete Arme schon beinahe eine offene Umarmung waren, löste sich ihre Erstarrung, und sie fielen sich wie wahnsinnig um den Hals. Gleich darauf redeten beide los und fielen einander ins Wort.

»Zuallererst: Sind alle gesund?«

»Ja, ja, beruhige dich. Alles in Ordnung. Es war dumm, was ich dir geschrieben habe. Verzeih. Aber wir müssen miteinander reden. Warum hast du kein Telegramm geschickt? Markel trägt gleich deine Sachen rein. Ach, ich verstehe, dich hat beunruhigt, daß nicht Jegorowna geöffnet hat? Sie ist im Dorf.«

»Du bist schmal geworden. Aber so jung und schlank! Gleich schicke ich den Kutscher weg.«

»Jegorowna will Mehl holen. Die anderen habe ich entlassen. Wir haben nur eine Neue, die kennst du noch nicht, Njuscha, Saschenkas Kindermädchen, sonst keinen mehr. Wir haben allen Bescheid gesagt, daß wir dich erwarten, alle waren ungeduldig. Gordon, Dudorow, alle.«

»Wie geht's Saschenka?«

»Gott sei Dank! gut. Er ist eben erst aufgewacht. Wenn du nicht gerade vom Zug kämst, könnten wir gleich zu ihm.«

»Ist dein Vater zu Hause?«

»Habe ich dir das nicht geschrieben? Von früh bis spät in die Nacht ist er in der Bezirksduma. Vorsitzender. Tja, stell dir vor. Hast du den Kutscher bezahlt? Markel! Markel!«

Sie standen mit dem Korb und dem Koffer mitten auf dem Bürgersteig und versperrten den Weg, die Passanten mußten um sie herumgehen; sie musterten sie von Kopf bis Fuß, blickten lange dem davonfahrenden Kutscher hinterher und starrten in die offene Haustür, um zu sehen, wie es weiterginge.

Aber da kam schon von der Haustür Markel zu den jungen Herrschaften gelaufen; er trug eine Weste über dem Kattunhemd, hielt die Hausmeistermütze in der Hand und schrie im Laufen: »Zeichen und Wunder, Jura? Aber ja! Er ist es, unser Falke! Juri Andrejewitsch, du unser Licht, hast uns nicht vergessen, die wir für dich gebetet haben, bist heimgekehrt an den häuslichen Herd! Und ihr, was wollt ihr? Na? Noch nie so was gesehen?« fauchte er die Neugierigen an. »Geht weiter, Verehrteste. Hier gibt's nichts zu glotzen!«

»Grüß dich, Markel, komm, wir umarmen uns. Aber setz doch die Mütze auf, du bist ja komisch. Was gibt's Neues, Hübsches? Was machen die Frau und die Töchter?«

»Was werden sie schon machen? Sie wachsen heran. Danke für die Nachfrage. Und Neues – du hast dort den Helden gespielt, und du siehst, wir haben hier auch nicht geschlafen. Wir haben hier solch ein Theater und solch ein Chaos veranstaltet, daß dem Satan schlecht werden könnte, da wird keiner mehr draus schlau! Die Straßen nicht gefegt, die Häuser und Dächer nicht repariert, die Bäuche leer wie in der Fastenzeit, und alles ohne Annektionen und Kontributionen.«

»Markel, ich muß mich bei meinem Mann über dich beschweren. So redet er immer, Jura. Ich kann dieses dumme Gerede nicht leiden. Wahrscheinlich gibt er sich bloß deinetwegen Mühe, will es dir recht machen. Dabei sagt er nicht alles, was er denkt. Laß gut sein, Markel, du brauchst dich nicht zu entschuldigen. Du bist eben unwissend. Wird Zeit, daß du zu Verstande kommst. Schließlich lebst du nicht in einer Mehlhändlerfamilie.«

Während Markel die Sachen in den Flur trug und die Haustür zuschlug, sagte er leise und vertraulich: »Antonina Alexandrowna ist ärgerlich, du hast es gehört. So geht das immer. Sie sagt zu mir, Markel, du bist inwendig ganz schwarz, so wie der Ruß im Ofenrohr. Du bist doch jetzt kein kleines Kind mehr, sagt sie, heutzutage kann doch selbst ein Mops oder ein Schoßhündchen was verstehen. Natürlich, dagegen läßt sich nichts sagen, aber ob du's glaubst oder nicht, Jura, wissende Menschen kennen ein Buch, vom künftigen Freimaurer, das hat hundertvierzig Jahre unter einem Stein gelegen, und meine Meinung ist jetzt, sie haben uns verkauft, Jura, verkauft, für nicht mal einen Groschen oder einen roten Heller oder eine Prise Tabak. Antonina Alexandrowna läßt mich nie ein Wort sagen, siehst du, sie winkt mir schon wieder.«

»Ich muß ja winken. Na schön. Stell die Sachen auf den Fußboden und geh, Markel. Danke. Wenn wir dich brauchen, wird mein Mann dich rufen.«

2

»Endlich ist er weg, wir sind ihn los. Du mußt ihm nicht alles glauben. Reines Theater. Wenn andere dabei sind, spielt er den Dummkopf, aber insgeheim schärft er für alle Fälle sein Messer. Er weiß nur noch nicht, gegen wen, dieses Kasaner Waisenkind.«

»Na, du übertreibst wohl! Ich glaube, er ist einfach betrunken, darum spielt er den Hanswurst, nichts weiter.«

»Wann ist er denn überhaupt nüchtern? Aber wirklich, zum Teufel mit ihm. Ich fürchte nur, Saschenka ist schon wieder eingeschlafen. Wenn der Typhus nicht wäre, den man sich unterwegs holen kann... Hast du Läuse?«

»Ich glaube nicht. Ich bin komfortabel gereist wie vor dem Krieg. Kann ich mich ein bißchen waschen? Nur so, auf die Schnelle. Später wasch ich mich dann gründlicher. Aber wo willst du hin? Warum gehst du nicht durch den Salon? Benutzt ihr jetzt die Hintertreppe?«

»Ach ja, das weißt du ja noch gar nicht. Vater und ich haben uns gedacht, wir überlassen einen Teil des Untergeschosses der Landwirtschaftsakademie. Dann brauchen wir im Winter nicht selber zu heizen. Auch das Obergeschoß hat noch zuviel Platz. Wir bieten es ihnen an. Vorläufig wollen sie es nicht. Sie haben hier Lehrkabinette, Herbarien, Samenkollektionen. Wenn bloß nicht die Ratten kommen. Schließlich sind das Körner. Aber noch halten sie die Zimmer in Ordnung. Das nennt sich jetzt Wohnfläche. Hier geht's lang. Sei doch nicht so begriffsstutzig! Wir nehmen den Umweg über die Hintertreppe, verstehst du? Geh mir nach, ich zeig's dir.«

»Das habt ihr gut gemacht, daß ihr die Zimmer vermietet habt. Ich habe in einem Lazarett gearbeitet, das war auch in einer herrschaftlichen Villa untergebracht. Endlose Zimmerfluchten, das Parkett teilweise heil. Die Palmen in den Kübeln haben nachts über den Betten ihre Finger gespreizt wie Gespenster. Die Verwundeten, erfahrene Frontkämpfer, sind vor Schreck schreiend aufgewacht. Aber die waren nicht ganz normal, es waren Verschüttete. Wir mußten die Palmen hinaustragen. Ich will mal sagen, das Leben der Reichen hatte wirklich etwas Ungesundes. Dieses viele überflüssige Zeug. Überflüssige Möbel und überflüssige Zimmer, überflüssige Empfindsamkeit, überflüssige Ausdrücke. Das habt ihr sehr gut gemacht, daß ihr euch eingeschränkt habt. Aber das ist noch zuwenig. Wir müssen noch mehr abgeben.«

»Was schaut da aus deinem Bündel heraus? Ein Vogelschnabel, ein Entenkopf. So was Schönes! Eine Wildente! Wo hast du die her? Ich traue meinen Augen nicht! Heutzutage ein Reichtum!«

»Die habe ich im Zug geschenkt bekommen. Das ist eine lange Geschichte, ich erzähl sie dir nachher. Was meinst du, soll ich sie auspacken und in der Küche lassen?«

»Ja, natürlich. Gleich sage ich Njuscha, sie soll sie rupfen und ausnehmen. Für den Winter wird viel Schreckliches vorausgesagt, Hunger und Kälte.«

»Ja, das hört man überall. Im Zug habe ich zum Fenster hinausgesehen und nachgedacht. Was kann im Leben wichtiger sein als Frieden in der Familie und Arbeit? Alles übrige steht nicht in unserer Macht. Es mag wohl stimmen, viele Menschen werden ins Unglück stürzen. Manche wollen sich nach dem Süden absetzen, in den Kaukasus, und versuchen sich noch weiter durchzuschlagen. Das gehört nicht zu meiner Art. Ein erwachsener Mann muß die Zähne zusammenbeißen und das Schicksal seiner Heimat teilen. Das ist für mich ganz klar. Mit euch ist es etwas anderes. Euch möchte ich vor Unheil bewahren und irgendwo hinschicken, wo es sicherer ist, nach Finnland vielleicht. Aber wenn wir auf jeder Treppenstufe eine halbe Stunde stehenbleiben, kommen wir nie nach oben.«

»Warte mal. Hör zu. Eine Neuigkeit. Und was für eine! Fast hätte ich's vergessen. Nikolai Nikolajewitsch ist hier.«

»Welcher Nikolai Nikolajewitsch?«

»Onkel Kolja.«

»Tonja, das kann nicht sein! Wie denn das?«

»Na, du siehst ja. Aus der Schweiz. Über London und Finnland.«

»Tonja, im Ernst? Ihr habt ihn gesehen? Wo ist er? Kann man ihn nicht jetzt gleich herholen?«

»Sei nicht so ungeduldig! Er ist draußen auf einer Datsche. Übermorgen will er kommen. Er hat sich sehr verändert. Du wirst enttäuscht sein. Auf der Durchreise ist er in Petersburg steckengeblieben, ist Bolschewik geworden. Vater und er streiten sich die Kehle heiser. Aber wirklich, warum bleiben wir auf jeder Stufe stehen? Komm. Du hast also auch gehört, daß wir nichts Gutes zu erwarten haben, Schwierigkeiten, Gefahren, Ungewißheit?«

»Ich bin selbst davon überzeugt. Na wenn schon. Wir

werden kämpfen. Es muß ja nicht für alle das Ende kommen. Mal sehen, was die anderen tun.«

»Man hört, es wird kein Brennholz geben, kein Wasser, kein Licht. Das Geld soll abgeschafft werden. Die Lieferungen werden aufhören. Aber wir stehen ja schon wieder. Komm. Weißt du, in einer Werkstatt am Arbat gibt es flache Eisenöfchen, die sollen sehr gut sein. Darauf kann man mit brennendem Zeitungspapier Mittagessen kochen. Jemand hat mir die Adresse besorgt. Wir müssen eins kaufen, bevor sie alle sind.«

»Natürlich. Wir kaufen eins. Du bist gescheit, Tonja! Aber Onkel Kolja, Onkel Kolja! Denk bloß! Ich kann es nicht fassen!«

»Ich habe einen Plan. Wir teilen uns oben einen Winkel ab, dort werden wir wohnen, Vater, Saschenka, Njuscha und wir, in zwei oder drei Zimmern mit Verbindungstüren, an einem Ende des Obergeschosses, und auf das übrige Haus verzichten wir ganz. Wir werden uns abschirmen, so wie man sich gegen die Straße abschirmt. Ein solches Eisenöfchen in das mittlere Zimmer, das Ofenrohr durchs Fenster, Waschen, Kochen, Lebensmittel, Mahlzeiten, Gäste, alles dort oben, um den Ofen auszunutzen, dann können wir vielleicht mit Gottes Hilfe den Winter überstehen.«

»Was denn sonst? Natürlich überstehen wir den Winter. Da gibt es keinen Zweifel. Das hast du dir großartig ausgedacht. Tüchtig. Weißt du was? Wir werden die Annahme deines Plans feiern. Wir braten meine Ente und laden Onkel Kolja zur Wohnungseinweihung ein.«

»Großartig. Mischa Gordon muß uns Sprit mitbringen. Den bekommt er in einem Labor. Und jetzt schau. Dies ist das Zimmer, von dem ich sprach. Ich habe es ausgesucht. Bist du zufrieden? Stell den Koffer auf den Fußboden und hol den Korb herauf. Außer dem Onkel und Gordon können wir auch Nika Dudorow und Schura Schlesinger einladen, wenn du nichts dagegen hast. Weißt du noch, wo unser Waschraum ist? Reibe dich dort mit dem Desinfektionsmittel ab. Ich geh zu Saschenka, schicke Njuscha runter, und wenn es soweit ist, rufe ich dich.«

3

Die wichtigste Neuigkeit in Moskau war für ihn dieser Junge. Als Saschenka gerade geboren war, wurde Juri Shiwago einberufen. Was wußte er von seinem Sohn?

Eines Tages, schon eingezogen, war er vor der Abfahrt noch einmal in die Klinik gegangen, um Tonja zu besuchen. Gerade wurden die Kinder gestillt. Man ließ ihn nicht zu ihr hinein.

Wartend saß er im Vorraum. Der lange Korridor der Kinderabteilung, von dem im Winkel der Korridor zur Entbindungsstation abging, in dessen Zimmern die Mütter lagen, füllte sich mit dem weinerlichen Chor von einem Dutzend Säuglingsstimmen; die Pflegerinnen trugen die gewindelten Neugeborenen eilig, damit sie sich nicht erkälteten, zu zweien unter den Armen wie große Bündel mit Einkäufen und brachten sie den Müttern zum Stillen.

»Ua, ua«, piepsten die Kleinen eintönig, fast ohne Gefühl, es war wie eine Pflichtübung, nur eine Stimme hob sich aus diesem Unisono ab. Das Kind schrie auch »ua, ua«, auch ohne einen Unterton von Leiden, aber offenbar nicht als Pflichtübung, sondern in einem bewußten, mürrischen, unfreundlichen Baß.

Damals hatte Juri Shiwago schon beschlossen, den Sohn nach seinem Schwiegervater Alexander zu nennen, Saschenka. Irgendwie kam er auf die Idee, daß es sein Sohn war, der so schrie, denn es war ein Weinen mit einer eigenen Note, das bereits den künftigen Charakter und das Schicksal des Menschen in sich barg, ein Weinen mit einer

Klangfarbe, die den Namen des Jungen, Alexander, in sich beschloß, so dachte Juri Shiwago.

Er hatte sich nicht geirrt. Später stellte sich heraus, daß da wirklich Saschenka geweint hatte. Dies war das erste, was er von seinem Sohn wußte.

Das weitere Kennenlernen geschah mit Hilfe von Fotografien, die Tonja ihm an die Front schickte. Sie zeigten einen fröhlichen, hübschen Knirps mit großem Kopf und vorgeschobenem Mündchen, der breitbeinig auf einer ausgebreiteten Decke stand und beide Ärmchen hochhob wie im Tanz. Damals war der Junge ein Jahr alt und lernte gehen, jetzt war er fast zwei und begann zu sprechen.

Juri Shiwago hob den Koffer auf, schnallte die Riemen ab und legte ihn auf den Spieltisch am Fenster. Was war dies früher für ein Zimmer gewesen? Der Arzt erkannte es nicht. Offenbar hatte Tonja die Möbel hinausschaffen lassen oder es neu tapeziert.

Der Arzt öffnete den Koffer, um sein Rasierzeug herauszuholen. Zwischen den schlanken Säulen des Glockenturms draußen vor dem Fenster stand der helle Vollmond. Als sein Licht auf die Wäsche im Koffer, auf die Bücher und Toilettengegenstände fiel, war ein anderes Licht in dem Zimmer, und der Arzt erkannte es wieder.

Es war der ausgeräumte Abstellraum seiner verstorbenen Schwiegermutter Anna Iwanowna. Früher hatte sie hier zerbrochene Tische und Stühle und altes Schreibzeug aufgehoben. Hier war ihr Familienarchiv, und hier standen auch die Truhen, in denen die Wintersachen den Sommer über verwahrt wurden. Zu Lebzeiten der Verstorbenen waren die Ecken bis zur Decke vollgehäuft, und gewöhnlich durfte niemand hinein. Nur zu den großen Festen, wenn viele Kinder zusammenkamen, konnten sie herumtoben und durchs ganze Obergeschoß laufen, dann wurde auch dieser Raum geöffnet, und sie spielten darin Räuber und Gendarm, versteckten sich unter den Tischen, malten sich mit einem angekohlten Korken das Gesicht schwarz und verkleideten sich wie zu einem Maskenball.

Eine Zeitlang stand der Arzt da, in Erinnerungen versunken, dann ging er hinunter in die Diele, um seinen Korb zu holen.

In der Küche hockte Njuscha, ein scheues, schüchternes Mädchen, vor dem Herd über einem ausgebreiteten Zeitungsblatt und rupfte die Ente. Als sie Juri Shiwago mit dem Korb in der Hand erblickte, wurde sie rot wie Mohn, richtete sich geschmeidig auf, klopfte Federn von der Schürze ab, grüßte und bot ihre Hilfe an. Aber der Arzt dankte ihr und sagte, er wolle den Korb selber hinauftragen.

Als er den ehemaligen Abstellraum betrat, rief seine Frau aus dem zweiten oder dritten Zimmer: »Jura, du kannst kommen!«

Er ging zu Saschenka.

Sein und Tonjas einstiges Schulzimmer war jetzt das Kinderzimmer. Der Junge in seinem Bettchen sah gar nicht so hübsch aus, wie die Fotos ihn zeigten, dafür war er Juris verstorbener Mutter Maria Nikolajewna wie aus dem Gesicht geschnitten, war eine verblüffende Kopie von ihr, war ihr ähnlicher als alle von ihr erhaltenen Abbildungen.

»Das ist Papa, dein Papa, gib ihm das Händchen«, sagte die Mutter und klappte das Seitengitter des Bettchens herunter, damit der Vater bequemer den Jungen in die Arme nehmen konnte.

Saschenka ließ den unbekannten und unrasierten Mann, der ihn vielleicht erschreckte und abstieß, an sich herankommen, doch als der Vater sich über ihn beugte, stand er hastig auf, griff nach der Strickjacke seiner Mutter, holte aus und schlug ihm böse ins Gesicht. Seine eigene Kühnheit erschreckte ihn so sehr, daß er sich seiner Mutter an die Brust warf, das Gesicht in ihrer Jacke vergrub und heftig schluchzend bittere, untröstliche Kindertränen vergoß.

»Pfui, pfui«, rügte ihn seine Mutter. »Das darfst du nicht, Saschenka. Dein Papa denkt sonst noch, Saschenka ist ein böser Junge, Saschenka ist ein Tunichtgut. Zeig ihm, daß du einen Kuß geben kannst, gib ihm einen Kuß. Nicht weinen, warum weinst du denn, du Dummchen?«

»Laß ihn, Tonja«, bat der Arzt. »Quäle ihn nicht und ärgere dich nicht. Ich weiß, was für dummes Zeug dir jetzt durch den Kopf geht. Das käme nicht von ungefähr, das wäre ein schlimmes Vorzeichen. Alles Unsinn. Das ist ganz natürlich. Der Junge hat mich noch nie gesehen. Morgen wird er sich an mich gewöhnt haben, und bald werden wir unzertrennlich sein.«

Aber er verließ das Zimmer bedrückt und mit dem Gefühl einer unguten Vorbedeutung.

4

Innerhalb der nächsten Tage stellte sich heraus, wie einsam er war. Daran gab er niemandem die Schuld. Offenbar hatte er es so gewollt und es auch erreicht.

Seine Freunde waren merkwürdig matt und farblos geworden. Keiner von ihnen hatte seine Welt, seine Meinung beibehalten. Er hatte sie viel profilierter in Erinnerung. Wahrscheinlich hatte er sie früher überschätzt.

Solange die Ordnung der Dinge es den Versorgten erlaubte, auf Kosten der Unversorgten ein Leben nach Lust und Laune zu führen, war es leicht gewesen, dieses müßige Leben, das eine Minderheit genoß, während die Mehrheit darbte, für ein Zeichen von Persönlichkeit und Originalität zu halten!

Kaum aber hatten sich die unteren Schichten erhoben und die Privilegien der oberen Schichten beseitigt, wurden diese nichtssagend und trennten sich ohne Bedauern vom selbständigen Denken, das sie offenbar nie gehabt hatten.

Juri Shiwago standen jetzt nur noch Menschen ohne Phrasen und Pathos nahe, seine Frau und sein Schwiegervater, zwei oder drei Ärztekollegen, bescheidene Arbeitstiere, einfache Mitarbeiter.

Der Abend mit der Ente und dem Alkohol fand wie vorgesehen am zweiten oder dritten Tag nach seiner Ankunft statt, als er sich schon mit allen geladenen Gästen getroffen hatte, so daß dies nicht ihre erste Begegnung war.

Die fette Ente war ein unglaublicher Luxus in dieser Hungerzeit, aber es fehlte das Brot dazu, und das machte das Festessen so sinnlos, daß es sogar deprimierte.

Gordon brachte Sprit in einer Apothekerflasche mit angerauhtem Stöpsel. Sprit war das beliebteste Tauschmittel der Schieber. Tonja ließ die Flasche nicht aus der Hand und verdünnte den Sprit nach Augenmaß mal zu stark, mal zu schwach. Dabei zeigte sich, daß der ungleichmäßige Rausch infolge der wechselnden Stärke unangenehmer war, als wenn man gleichmäßig starken Sprit getrunken hätte. Auch das deprimierte.

Das traurigste aber, dieser Abend war ein Abrücken von den Zeitumständen. In den Häusern auf der anderen Seite der Gasse wurde in diesem Moment kaum so getrunken und gegessen. Vor den Fenstern lag das stumme, dunkle und hungrige Moskau. Die Läden waren leer, und an Dinge wie Wildbret und Sprit hatte man zu denken vergessen.

Und da zeigte sich, daß nur ein Leben, das dem der Mitmenschen gleicht und spurlos darin aufgeht, wirkliches Leben und daß eine abgesonderte Freude keine Freude ist, folglich waren Ente und Sprit, in der ganzen

Stadt wohl nur hier vorhanden, kein Sprit und keine Ente. Das betrübte am meisten.

Die Gäste selbst gaben ebenfalls Anlaß zu unfrohen Überlegungen. Gordon war ein guter Kerl gewesen, solange er schwerfällig dachte und sich trübsinnig und verworren ausdrückte. Er war Shiwagos bester Freund. Im Gymnasium war er beliebt gewesen.

Nun aber gefiel er sich selbst nicht mehr und hatte ungünstige Korrekturen in sein Persönlichkeitsbild eingebracht. Er tat munter, spielte den Scherzbold, erzählte fortwährend etwas mit Anspruch auf Witzigkeit, sagte häufig »interessant« und »ulkig«, Wörter, die nicht aus seinem Wortschatz stammten, denn er hatte das Leben nie als Zerstreuung aufgefaßt.

Bevor Nika Dudorow kam, erzählte er die, wie er meinte, lustige Geschichte von dessen Heirat, die unter den Freunden umging. Shiwago kannte sie noch nicht.

So erfuhr er, daß Dudorow vor Jahresfrist geheiratet hatte und sich bald darauf wieder scheiden ließ. Die unwahrscheinliche Würze dieses Abenteuers bestand in folgendem.

Dudorow war irrtümlich eingezogen worden. Während er Soldat war und man an der Aufklärung des Mißverständnisses arbeitete, mußte er häufig Strafdienst tun wegen Schlafmützigkeit und Nichtsalutieren auf der Straße. Nachdem er entlassen worden war, fuhr seine Hand beim Anblick von Offizieren noch lange nach oben, es flimmerte ihm vor den Augen, und er glaubte überall Achselklappen zu sehen.

In dieser Zeit ging ihm alles daneben, und ihm unterliefen verschiedene Mißgriffe und Fehlhandlungen. Einmal lernte er auf einer Anlegestelle an der Wolga zwei junge Mädchen kennen, Schwestern, die wie er auf den Dampfer warteten, und aus Zerstreutheit wegen der vielen Offiziere ringsum, die zu grüßen er sich seit seiner

Soldatenzeit verpflichtet fühlte, sah er nicht richtig hin, verliebte sich und machte der jüngeren Schwester überstürzt einen Heiratsantrag. »Ulkig, nicht wahr?« fragte Gordon. Aber er mußte seine Geschichte abbrechen, denn vor der Tür ertönte die Stimme ihres Helden. Dudorow kam herein.

Mit ihm hatte sich eine Wandlung in umgekehrter Richtung vollzogen. Aus dem labilen, unausgeglichenen Windbeutel war ein konzentrierter Gelehrter geworden.

Als junger Mann war er aus dem Gymnasium ausgeschlossen worden, weil er an der Vorbereitung einer politischen Flucht mitgewirkt hatte. Eine Zeitlang hatte er sich in verschiedenen künstlerischen Lehranstalten herumgetrieben, bis es ihn schließlich in die klassischen Gefilde drängte. Später als seine Kameraden schloß er während des Krieges seine Studien ab und übernahm an der Universität zwei Lehrstühle, für Russisch und allgemeine Geschichte. Im ersten Fach arbeitete er über die Agrarpolitik Iwans des Schrecklichen, im zweiten schrieb er eine Untersuchung über Saint-Just.

Von alldem erzählte er jetzt liebenswürdig mit halblauter und irgendwie erkälteter Stimme, dabei blickte er verträumt auf einen Punkt, ohne den Blick zu senken und zu heben, als hielte er eine Vorlesung.

Gegen Ende des Abends, als Schura Schlesinger scharfe Attacken ritt und alle Anwesenden, ohnehin schon erhitzt, durcheinanderschrien, fragte Dudorow, mit dem Shiwago seit ihrer Schulzeit per »Sie« war, ein paarmal: »Haben Sie ›Krieg und Frieden‹ und die ›Wirbelsäulenflöte‹ gelesen?«

Shiwago hatte ihm längst gesagt, was er hierüber dachte, aber Dudorow hatte es in dem allgemeinen Streit überhört, darum fragte er etwas später noch einmal:

»Haben Sie die ›Wirbelsäulenflöte‹ und den ›Menschen‹ gelesen?«

»Ich habe Ihnen schon geantwortet, Innokenti. Ihre Schuld, wenn Sie nicht zuhören. Aber wie Sie wollen. Majakowski hat mir schon immer gefallen. Er ist eine Art Fortsetzung von Dostojewski, genauer gesagt, seine Lyrik ist geschrieben von einem der aufbegehrenden jungen Helden wie Ippolit, Raskolnikow oder dem ›Jüngling‹. Welch allesverschlingende Kraft der Begabung! Wie das gesagt ist, endgültig, unversöhnlich und geradlinig! Und die Hauptsache, mit welch kühnem Schwung ist das alles der Gesellschaft ins Gesicht geschleudert und über sie hinaus in den Raum!«

Aber die Hauptperson des Abends war natürlich der Onkel. Tonja hatte sich geirrt, als sie sagte, Onkel Kolja sei auf der Datsche. Er war am Tag der Ankunft seines Neffen in die Stadt zurückgekehrt. Shiwago hatte ihn schon zwei- oder dreimal gesehen und Gelegenheit gehabt, sich mit ihm auszusprechen, häufige »Ahs« und »Ohs« auszustoßen und sich satt zu lachen.

Ihr erstes Wiedersehen hatte am Abend eines grauen Schlechtwettertages stattgefunden. Feiner Sprühregen nieselte. Shiwago ging zu seinem Onkel ins Hotel. In einem Hotel konnte man nur noch auf Anweisung der städtischen Behörden wohnen. Aber Nikolai Wedenjapin war überall bekannt. Er hatte seine alten Verbindungen behalten.

Das Hotel machte den Eindruck einer Irrenanstalt, die von ihrer Administration fluchtartig verlassen worden ist. Leere, Chaos, der Zufall regierte auf den Treppen und in den Korridoren.

Aber in das große Fenster des unaufgeräumten Zimmers blickte der große menschenleere Platz jener verrückten Tage, irgendwie erschreckend, als wäre er einem nachts im Traum erschienen und läge nicht wirklich vor dem Hotelfenster.

Es war eine beeindruckende, unvergeßliche, bedeutsame Begegnung. Der Abgott seiner Kindheit, der Beherrscher seiner Jünglingsgedanken stand leibhaftig wieder vor ihm.

Die grauen Haare paßten gut zu Onkel Kolja. Der weitgeschnittene ausländische Anzug saß vorzüglich. Für sein Alter war der Onkel noch sehr jugendlich und sah großartig aus.

Natürlich verlor er sehr, verglichen mit der Gewaltigkeit des Geschehens. Die Ereignisse verdeckten ihn. Aber es kam Shiwago nicht in den Sinn, ihn mit diesem Maßstab zu messen.

Er wunderte sich über Onkel Koljas Gelassenheit und die kaltblütige Spöttelei, mit der dieser über politische Themen sprach. Seine Art, Haltung zu bewahren, war derzeit in Rußland nicht mehr möglich. Darin zeigte sich der Zugereiste. Dieser Charakterzug fiel ins Auge, wirkte altmodisch und berührte peinlich.

Nein, aber nicht dies füllte die ersten Stunden ihrer Begegnung, nicht dies ließ sie einander um den Hals fallen, weinen und vor Erregung hecheln, so daß sie bei ihrem hastigen, hitzigen ersten Gespräch lange Pausen einlegen mußten.

Hier trafen zwei schöpferische Charaktere aufeinander, verbunden durch familiäre Bande, und obgleich die Vergangenheit auferstand und ein zweites Leben gewann, die Erinnerungen über sie hereinbrachen und Ereignisse aufschwimmen ließen, die während ihrer Trennung stattgefunden hatten, kam die Rede dann doch auf das Wichtigste, auf die Dinge, die für Menschen von kreativer Denkungsart wesentlich sind, und da schwanden alle Bindungen außer der einen, es gab nicht mehr Onkel und Neffe, es gab nicht mehr den Altersunterschied, es gab nur noch die Nähe von Kraft zu Kraft, Energie zu Energie, Grundprinzip zu Grundprinzip.

Während des letzten Jahrzehnts hatte Nikolai Wedenjapin nie Gelegenheit gehabt, über die Freude der Autorschaft und das Wesen der kreativen Prädestination so übereinstimmend mit den eigenen Gedanken und so verdientermaßen angebracht ein Gespräch zu führen wie jetzt. Andererseits hatte auch Shiwago nie so scharfsinnige, treffende, beflügelnde, hinreißende Antworten gehört wie die seines Onkels.

Beide brachen alle Augenblicke in Ausrufe des Staunens aus, liefen durchs Zimmer oder griffen sich an den Kopf, wenn sie wieder fehlerlos etwas voneinander erraten hatten, oder sie traten ans Fenster und trommelten schweigend mit den Fingern gegen die Scheibe, verblüfft über die Beweise für ihr gegenseitiges Verständnis.

So war es bei ihrer ersten Begegnung gewesen. Später sah der Arzt seinen Onkel ein paarmal in Gesellschaft, und dann war er ein anderer, war er nicht wiederzuerkennen.

Er gestand, sich in Moskau als Gast zu fühlen, und wünschte sich nicht von diesem Bewußtsein zu trennen. Ob er dabei Petersburg als sein Zuhause ansah oder einen anderen Ort, blieb unklar. Ihm schmeichelte die Rolle des politischen Schönredners, der eine Gesellschaft zu bezaubern wußte. Vielleicht glaubte er, in Moskau würden politische Salons eröffnet werden wie in Paris vor dem Konvent bei Madame Roland.

Er besuchte gastfreundliche Freundinnen in stillen Moskauer Seitengassen und verspöttelte sie und ihre Männer wegen ihrer Halbherzigkeit und Rückständigkeit und wegen ihrer Gepflogenheit, über alles vom eigenen Kirchturm her zu urteilen. Er trug jetzt seine Zeitungsbelesenheit zur Schau wie früher seine Kenntnis verbotener Bücher und orphischer Texte.

Es hieß, er habe in der Schweiz eine junge Frau, laufende Geschäfte und ein unvollendetes Buch zurückgelassen und tauche im stürmischen Strudel des Vaterlands nur unter, um nach dem wohlbehaltenen Wiederauftauchen für immer in seinen Alpen zu verschwinden.

Er war für die Bolschewiken und nannte häufig die Namen zweier linker Sozialrevolutionäre, die er als seine Gleichgesinnten bezeichnete, einen Journalisten, der unter dem Pseudonym Miroschka Pomor schrieb, und die Publizistin Silvia Koteri.

Alexander Gromeko machte ihm knurrig Vorhaltungen.

»Einfach schrecklich, wie Sie sich verrannt haben, Nikolai Nikolajewitsch! Sie mit Ihren Miroschkas! Dieser Sumpf! Und dann diese Lidia Pokori.«

»Koteri«, verbesserte Wedenjapin. »Und Silvia.«

»Egal, Pokori oder Popurri, der Name ändert gar nichts.«

»Trotzdem, Verzeihung, Koteri«, beharrte Wedenjapin geduldig. Er und Gromeko wechselten Ansprachen.

»Worüber streiten wir eigentlich? Solche Wahrheiten beweisen zu wollen ist einfach beschämend. Das sind doch die Anfangsgründe. Die große Masse des Volkes hat jahrhundertelang ein unvorstellbares Dasein gefristet. Das können Sie in jedem Geschichtsbuch nachlesen. Wie das immer heißen mag, Feudalismus oder Leibeigenschaft, Kapitalismus oder Fabrikindustrialisierung, diese Ordnung ist unnatürlich und ungerecht, das steht seit langem fest, und der Umsturz, der das Volk zum Licht führen und alles zurechtrücken wird, ist längst vorbereitet.

Sie wissen, daß eine teilweise Erneuerung des Alten nichts taugt, es bedarf eines grundlegenden Umbruchs. Der zieht vielleicht einen Einsturz des Gebäudes nach sich. Na und? Das ist schrecklich, aber daraus folgt doch nicht, daß es nicht so sein wird! Es ist eine Frage der Zeit. Wie kann man das bestreiten?«

»Ach, darum geht's doch gar nicht. Das habe ich nicht gemeint. Was habe ich denn gesagt?« rief Gromeko ärgerlich, und der Streit entbrannte heftiger. »Ihre Popurris und Miroschkas sind Menschen ohne Gewissen. Sie sagen das eine und tun das andere. Wo ist da die Logik? Es gibt keinerlei Übereinstimmung. Nicht doch, warten Sie, ich beweise es Ihnen.«

Er machte sich auf die Suche nach einer Zeitschrift, die einen widersprüchlichen Artikel enthielt, zog die Schubladen des Schreibtischs auf, schob sie krachend wieder zu und heizte mit solch lautstarkem Tun seine Beredsamkeit an.

Gromeko hatte es gern, wenn ihn etwas beim Gespräch störte und wenn Hindernisse seine nuschelnden Pausen, sein Äh und Mäh entschuldigten. Er wurde gesprächig, wenn er etwas Verlorenes suchte, zum Beispiel seine zweite Galosche in der halbdunklen Diele, oder wenn er mit dem Handtuch über der Schulter vor der Badezimmertür stand, bei Tisch eine schwere Schüssel weiterreichte oder Gästen Wein in die Gläser schenkte.

Juri lauschte dem Schwiegervater mit Genuß. Er mochte diese wohlbekannte altmodische Redeweise, die ein wenig singend klang, mit dem weichen, gurrenden Kehlkopf-R.

Gromekos Oberlippe mit dem gestutzten Schnurrbärtchen überragte die Unterlippe ein wenig. Ebenso stand die Fliege über seiner Brust vor. Es war eine gewisse Ähnlichkeit zwischen der Lippe und der Fliege, und die gab ihm etwas Rührendes, kindlich Zutrauliches.

Spät in der Nacht, als die Gäste schon gehen wollten, erschien Schura Schlesinger. Von einer Versammlung kommend, betrat sie in Jacke und Arbeiterschirmmütze entschlossenen Schritts das Zimmer, begrüßte alle der Reihe nach mit Handschlag und erging sich noch im Gehen in Vorwürfen und Bezichtigungen.

»Grüß dich, Tonja. Grüß dich, Alexander. Ihr müßt zugeben, das ist eine Gemeinheit! Überall höre ich, er ist wieder da, ganz Moskau redet davon, aber von euch erfahre ich's als letzte. Der Teufel soll euch holen. Ich habe es wohl nicht verdient. Wo ist er denn, der Langersehnte? Laßt mich mal durch. Ihr steht wie eine Mauer um ihn herum. Na, grüß dich! Tüchtig, tüchtig. Ich hab's gelesen. Verstehen tue ich gar nichts, aber es ist genial. Das merkt man gleich. Guten Tag, Nikolai Nikolajewitsch. Ich komme gleich zu dir zurück, Jura. Ich muß ein langes, besonderes Gespräch mit dir führen. Guten Tag, junge Leute. Ah, du bist auch hier, Gogotschka? Gänse, Gänse, gack-gack-gack, wollt ihr futtern, happ-happ-happ?«

Dieser letzte Ausruf galt einem sehr entfernten Verwandten der Gromekos, Gogotschka, einem begeisterten Anhänger jedweder aufstrebenden Kraft, der wegen Dummheit und Lachfreudigkeit Akulka und wegen seiner Länge und Dürre Bandwurm genannt wurde.

»Ihr trinkt und eßt hier? Gleich ziehe ich nach. Ach, Herrschaften, Herrschaften, ihr wißt nichts, gar nichts! Was tut sich nicht auf der Welt! Was für Dinge geschehen! Geht mal zu einer wirklichen Versammlung der unteren Schichten mit echten Arbeitern und echten Soldaten, nicht wie in den Büchern. Versucht mal, dort vom ›Krieg bis zum siegreichen Ende‹ auch nur zu mucksen. Dann zeigen sie euch, was sie sich unter einem siegreichen Ende vorstellen! Ich habe vorhin einen Matrosen gehört, Jura, du wärst verrückt geworden! Welche Leidenschaft! Welche Geschlossenheit!«

Schura Schlesinger wurde immer wieder unterbrochen. Alle schrien wild durcheinander. Sie setzte sich zu Shiwago, nahm seine Hand, näherte ihm ihr Gesicht, um die anderen zu übertönen, und rief ohne Hebungen und Senkungen wie durch ein Sprachrohr: »Du mußt irgendwann mal mit mir mitkommen, Jura. Dann zeige ich dir Menschen. Du mußt unbedingt, verstehst du, die Erde berühren wie Antäus. Was glotzt du so? Wunderst du dich etwa über mich? Weißt du nicht, daß ich ein altes Schlachtroß bin, eine alte Bestushewerin, Jura? Ich habe die Untersuchungshaft kennengelernt, habe auf Barrikaden gekämpft. Aber ja! Was hast du denn gedacht? Oh, wir kennen das Volk nicht! Ich komme eben von dort, aus dem dichtesten Gewühl. Ich will den Leuten eine Bibliothek einrichten.«

Sie hatte schon getrunken und war sichtlich angeheitert. Aber auch Juri rauschte es im Kopf. Er merkte gar nicht, daß Schura Schlesinger auf einmal am anderen Ende des Tisches war. Er stand da und hielt allen Anzeichen nach eine Ansprache, ganz gegen seinen Willen. Nicht gleich fand er Gehör.

»Meine Herrschaften… Ich möchte… Mischa! Gogotschka! Aber was soll ich machen, Tonja, wenn sie nicht zuhören? Herrschaften, lassen Sie mich ein paar Worte sagen. Nie Gehörtes, nie Gesehenes kommt auf uns zu. Bevor es uns erreicht, möchte ich uns etwas wünschen. Gebe Gott, daß wir einander nicht aus den Augen verlieren, wenn es soweit ist, und daß wir unsere Seele nicht einbüßen. Gogotschka, Sie können später hurra rufen. Ich bin noch nicht fertig. Auch ihr in den Ecken, unterbrecht eure Gespräche und hört aufmerksam zu.

Im dritten Kriegsjahr hat sich im Volk die Überzeugung herausgebildet, die Grenze zwischen der Front und dem Hinterland werde sich früher oder später verwischen, ein Meer von Blut werde jeden einholen und die in Deckung Gegangenen überfluten. Die Revolution ist diese Überflutung.

In ihrem Verlauf werdet ihr, so wie wir im Krieg, glauben, das Leben wäre zu Ende, alles Persönliche hätte aufgehört zu sein und auf der Welt geschähe überhaupt nichts mehr außer Töten und Sterben. Aber wenn wir lange genug leben, um Aufzeichnungen und Memoiren über diese Zeit zu veröffentlichen, und wenn wir die Erinnerungen lesen, werden wir sehen, daß wir in diesen fünf oder zehn Jahren mehr erlebt haben als andere in einem ganzen Jahrhundert.

Ich weiß nicht, ob das Volk selbst sich erheben und wie eine Wand losgehen oder ob das alles nur in seinem Namen geschehen wird. Ein Ereignis von solcher Gewaltigkeit bedarf keiner dramatischen Beweiskraft. Ich glaube ihm auch so. Es wäre kleinlich, bei zyklopischen Ereignissen Ursachen herauskramen zu wollen. Sie haben keine. Ein Zank in den eigenen vier Wänden hat seine Genesis, und wenn Leute sich gegenseitig an den Haaren zerren und mit Geschirr bewerfen, haben sie keine Ahnung, wer angefangen hat. Alles wahrhaft Große ist ohne Anfang wie das Weltall. Es ist plötzlich da, ohne Entstehung, als wäre es schon immer dagewesen oder vom Himmel gefallen.

Ich denke auch, daß Rußland dazu verurteilt ist, das erste Reich des Sozialismus seit Bestehen der Welt zu werden. Wenn das geschieht, wird es uns für lange Zeit betäuben, und wenn wir wieder zu uns kommen, werden wir unsere verlorengegangene Erinnerung nicht wiederfinden. Wir werden einen Teil der Vergangenheit vergessen und nicht nach einer außergewöhnlichen Erklärung suchen. Die neuangebrochene Ordnung wird uns umstehen, so gewohnt wie ein Wald am Horizont oder eine Wolke über uns. Sie wird uns von allen Seiten umgeben. Etwas anderes wird nicht sein.«

Er sagte noch mehr und wurde darüber wieder nüchtern. Aber wie zuvor hörte er schlecht, was um ihn herum geredet wurde, und er antwortete oft unzutreffend. Er sah, daß alle ihn liebten, doch er konnte seine Traurigkeit nicht verscheuchen, die ihn ganz außer sich brachte. Und da sagte er: »Danke, danke. Ich sehe eure Gefühle. Ich verdiene sie nicht. Aber man sollte nicht so hastig und so auf Vorrat lieben, als fürchtete man, später noch stärker lieben zu müssen.«

Alle lachten und applaudierten, denn sie nahmen das für einen gewollten Scherz, er aber wußte nicht wohin mit sich aus dem Gefühl eines herannahenden Unheils und aus dem Bewußtsein seiner zukünftigen Ohnmacht, trotz seinem Verlangen nach Güte und seiner Fähigkeit zum Glück.

Die Gäste gingen. Vor Müdigkeit hatten alle langgezogene Gesichter. Gähnen riß ihnen die Kiefer auseinander und machte sie Pferden ähnlich.

Während sich die Gäste noch verabschiedeten, wurde der Vorhang aufgezogen und das Fenster weit geöffnet. Draußen zeigte sich ein beginnender gelblicher Morgen, ein nasser Himmel voller schmutziger, erdgrauer und erbsengrüner Wolken.

»Während wir hier leeres Zeug geschwatzt haben, muß ein Gewitter gewesen sein«, sagte jemand.

»Auf dem Weg zu euch hat mich ein Regen überrascht. Ich hab's grade noch geschafft«, bestätigte Schura Schlesinger.

In der menschenleeren und noch dunklen Gasse klang das Platschen der von den Bäumen fallenden Regentropfen, vermischt mit dem hartnäckigen Tschilpen der durchnäßten Spatzen.

Ein Donnerschlag rollte dahin, als zöge ein Pflug eine Furche quer über den Himmel, und es wurde still. Dann aber ertönten verspätet vier hallende Schläge, so wie im Herbst große Kartoffeln aus der vom Spaten ausgehobenen Erde fallen.

Der Donner reinigte das staubige, verräucherte Zimmer. Plötzlich wurden, wie elektrische Elemente, die Bestandteile des Daseins spürbar – Wasser und Luft, der Wunsch nach Freude, Erde und Himmel.

Die Gasse füllte sich mit den Stimmen der Gäste. Diese setzten draußen ihre Unterhaltung ebenso lautstark fort, wie sie sich im Hause gestritten hatten. Die Stimmen entfernten sich, wurden leiser und verstummten gänzlich.

»Wie spät es ist«, sagte Juri. »Gehen wir schlafen. Von allen Menschen auf der Welt liebe ich nur dich und deinen Vater.«

5

Der August war vorüber, der September ging seinem Ende entgegen. Das Unabwendbare rückte heran. Es näherte sich der Winter und in der Welt der Menschen das, was der winterlichen Erstarrung ähnelte, das Vorherbestimmte, das in der Luft lag und worüber alle sprachen.

Man mußte sich auf die Kälte vorbereiten, Nahrungsmittelvorräte anlegen, Brennholz beschaffen. Aber in den Tagen, in denen der Materialismus triumphierte, war die Materie zu einem bloßen Begriff geworden, und an die Stelle von Nahrung und Brennholz waren das Nahrungsmittelproblem und die Heizmaterialfrage getreten.

Die Menschen in den Städten waren hilflos wie Kinder angesichts der sich nähernden Ungewißheit, die auf ihrem Weg alles Althergebrachte umstürzte und nur Verwüstung hinterließ, dabei war sie ein Geschöpf der Stadt und ihrer Bewohner.

Ringsum Lug und Trug, leeres Geschwätz. Das Alltagsleben hinkte, zappelte, trottete nach alter Gewohnheit noch immer irgendwohin. Aber der Arzt sah das Leben ungeschminkt. Daß es aussichtslos war, konnte ihm nicht entgehen. Er hielt sich und sein Milieu für verurteilt. Prüfungen standen bevor, vielleicht sogar der Untergang. Die gezählten Tage, die ihnen verblieben, schmolzen vor seinen Augen dahin.

Er wäre verrückt geworden ohne den Alltagskleinkram, ohne all die Mühen und Sorgen. Seine Frau, das Kind, die Notwendigkeit, Geld zu beschaffen, waren seine Rettung, waren so lebenswichtig wie der Haushalt, die Arbeit, die Krankenbesuche.

Er wußte, daß er vor dem Riesenkoloß der Zukunft ein Zwerg war, er fürchtete und liebte diese Zukunft und war insgeheim stolz auf sie, und er blickte ein letztes Mal, wie zum Abschied, mit den gierigen Augen schöpferischer Eingebung auf die Wolken, die Bäume, die Menschen auf der Straße, auf die sich gegen das Unheil wehrende russische Großstadt, und er war bereit, sich zum Opfer zu bringen, damit es besser würde, doch er vermochte nichts.

Diesen Himmel und die Passanten betrachtete er zumeist von der Straßenmitte her, wenn er den Arbat bei der Apotheke der russischen Ärztegesellschaft an der Ecke der Starokonjuschenny-Gasse überquerte.

Er arbeitete wieder in seinem alten Krankenhaus. Es hieß aus Gewohnheit noch immer Kreuzerhöhungs-Krankenhaus, obwohl die Gemeinschaft dieses Namens aufgelöst worden war. Für das Krankenhaus hatte man sich noch keinen geeigneten Namen ausgedacht.

Innerhalb des Krankenhauses begannen sich bereits Fronten zu bilden. Die Gemäßigten, deren Stumpfsinn den Arzt empörte, fanden ihn gefährlich und die anderen, die politisch weiter gingen, nicht rot genug. So gehörte er weder zu den einen noch zu den anderen, hatte vom einen Ufer abgelegt und das andere noch nicht erreicht.

In dem Krankenhaus hatte er auf Weisung des Direktors, außer seine Pflichten als Arzt zu versehen, auch noch die allgemeine Statistik zu führen. Wie viele Fragebögen, Formulare und Bestellisten mußte er prüfen und ausfüllen! Sterblichkeit, wachsender Krankenstand, die finanzielle Lage der Angestellten, der Grad ihres staatsbürgerlichen Bewußtseins und ihrer Wahlbeteiligung, der nicht zu deckende Bedarf an Heizmaterial, Lebensmitteln und Medikamenten, alles interessierte die statistische Zentralverwaltung, auf alles wurde Antwort verlangt.

Doktor Shiwago erledigte all dies an seinem alten Schreibtisch am Fenster des Ärztezimmers. Das in Rubriken unterteilte Papier verschiedener Formen und Muster lag in Stößen vor ihm, zur Seite geschoben. Manchmal, in Abständen, schrieb er hier neben seinen regelmäßigen Aufzeichnungen für seine medizinischen Arbeiten an seinem Buch »Das Spiel, ein Mensch zu sein«, einem düsteren Tagebuch oder Journal jener Tage; es bestand aus Prosa, Gedichten und sonstigem, ihm eingegeben von dem Bewußtsein, daß die Hälfte der Menschen nicht mehr sie selbst waren und niemand wußte, was für eine Rolle sie spielten.

Das helle Ärztezimmer mit den weißgestrichenen Wänden war durchflutet vom cremefarbenen Licht der goldenen Herbstsonne nach Mariä Himmelfahrt. Morgens gab es schon die ersten Fröste, und die Meisen und Elstern flogen in die Buntheit der gelichteten Wälder. Der Himmel war in diesen Tagen unendlich hoch, und in die durchsichtige Luftsäule zwischen ihm und der Erde zog von Norden her eisige dunkelblaue Klarheit. Alles war deutlicher zu sehen und zu hören als sonst. Die Entfernungen gaben jeden Laut einzeln hallend weiter. Die Weiten hellten sich auf, als öffneten sie den Blick auf das Leben vieler künftiger Jahre. Die verdünnte Luft hätte sich nicht ertragen lassen, wäre sie nicht so kurzzeitig gewesen und wäre nicht auf den kurzen Herbsttag alsbald eine frühe Dämmerung gefolgt.

Solches Licht erfüllte das Ärztezimmer, das Licht der früh zur Neige gehenden Herbstsonne, frisch, glasig und wässerig wie ein reifer weißer Klarapfel.

Shiwago saß am Schreibtisch, tauchte immer wieder die Feder ins Tintenfaß, dachte nach und schrieb. Dicht an den großen Fenstern des Ärztezimmers vorbei flogen irgendwelche stillen Vögel, warfen für einen Moment lautlose Schatten ins Zimmer, auf die sich bewegenden Hände des Arztes, den Schreibtisch mit den Formularen, den Fußboden und die Wände und verschwanden ebenso lautlos.

»Die Ahornblätter fallen schon ab«, sagte der Prosektor, früher ein dicker Mann, dem nun nach der Abmagerung die Haut in Falten hing. »Die Regenfälle haben sie gewaschen, die Winde haben sie gezaust und konnten ihnen nichts anhaben. Ein einziger Morgenfrost hat es bewirkt.«

Der Arzt hob den Kopf. Tatsächlich, die geheimnisvollen Vögel, die am Fenster vorüberschwebten, waren feurig weinrote Ahornblätter, die durch die Luft davongaukelten und sich wie orangefarbene gebogene Sterne abseits der Bäume auf den Krankenhausrasen legten.

»Sind die Fenster schon verkittet?« fragte der Prosektor.

Der Arzt verneinte und schrieb weiter.

»Warum nicht? Höchste Zeit.«

Der Arzt gab keine Antwort, das Schreiben nahm ihn in Anspruch.

»Schade, daß Tarassjuk nicht da ist«, fuhr der Prosektor fort. »Das war ein Mann mit goldenen Händen. Er konnte Schuhe reparieren. Und Uhren. Er konnte einfach alles. Auch alles auf der Welt beschaffen. Aber verkittet muß werden. Und wenn wir es selber machen.«

»Kein Kitt da.«

»Stellen Sie welchen her. Ich gebe Ihnen das Rezept.« Der Prosektor erklärte, wie aus Ölfirnis und Kreide Kitt gemacht wird. »Aber ich merke, ich störe Sie.«

Er trat ans andere Fenster und beschäftigte sich mit seinen Gläsern und Präparaten. Es wurde schon dunkel. Nach einer Weile sagte er: »Sie werden sich die Augen verderben. Zu dunkel. Licht geben sie uns nicht. Gehen wir nach Hause.«

»Ich will noch etwas arbeiten. Zwanzig Minuten vielleicht.«

»Seine Frau ist Pflegerin bei uns im Krankenhaus.«

»Wessen Frau?«

»Tarassjuks.«

»Ich weiß.«

»Niemand weiß, wo er steckt. Er durchstreift das ganze Land. Im Sommer hat er uns zweimal im Krankenhaus besucht. Jetzt ist er irgendwo im Dorf, führt das neue Leben ein. Er ist einer von den bolschewistischen Soldaten, die Sie auf den Boulevards und in den Zügen sehen. Wollen Sie wissen, was dieser Tarassjuk für ein Mensch ist? Hören Sie zu. Er ist einer, der alles kann. Er ist unfähig, etwas schlecht zu machen. Was er sich auch vornimmt, die Arbeit gelingt ihm. Genauso war es im Krieg. Er hat ihn studiert wie jedes andere Handwerk. Er war ein großartiger Schütze. Im Graben, als vorgeschobener Beobachter. Augen, Hände – erste Klasse! Seine Auszeichnungen hat er nicht für Tapferkeit bekommen, sondern für treffsicheres Schießen. So. Jede Arbeit wird für ihn zur Leidenschaft. Er hat auch die Kriegsarbeit liebgewonnen. Er hat gesehen, das Gewehr ist eine Kraft, die ihm hilft. Er wollte selber zu einer Kraft werden. Ein bewaffneter Mensch ist nicht mehr ein Mensch schlechthin. Solche Schützen sind in alten Zeiten Räuber geworden. Versuche mal einer, ihm jetzt noch das Gewehr wegzunehmen. Dann ertönt plötzlich der Ruf: ›Das Bajonett umdrehen‹ und so weiter. Er hat es umgedreht. Das ist die ganze Geschichte. Und der ganze Marxismus.«

»Noch dazu echter Marxismus, aus dem Leben erwachsen. Was haben Sie denn gedacht?«

Der Prosektor ging zu seinem Fensterbrett, beschäftigte sich mit den Reagenzgläsern. Dann fragte er: »Na, wie ist der Ofensetzer?«

»Danke für die Empfehlung. Ein sehr interessanter Mann. Wir haben uns eine Stunde lang über Hegel und Benedetto Croce unterhalten.«

»Aber gewiß! Er hat in Heidelberg seinen Doktor der Philosophie gemacht. Und der Ofen?«

»Fragen Sie lieber nicht.«

»Qualmt er?«

»Das reinste Elend.«

»Dann hat er das Rohr falsch eingesetzt. Statt es in den Kachelofen einzuschmieren, hat er es wohl durch die Lüftungsklappe geführt.«

»Nein, in den Kachelofen. Aber es qualmt.«

»Dann hat er nicht den richtigen Zug gefunden, sondern ist in den Ventilationskanal geraten. Oder in das Abzugsloch. Schade, daß Tarassjuk weg ist! Sie müssen's aushalten. Moskau ist nicht an einem Tag erbaut worden. Einen Ofen heizen, das ist was anderes als Klavierspielen. Das muß man lernen. Haben Sie einen Vorrat an Brennholz?«

»Woher nehmen?«

»Ich schicke Ihnen einen Kirchenwächter. Der ist ein Holzdieb. Aus Zäunen macht er Brennholz. Aber ich warne Sie. Man muß feilschen. Er ist teuer. Oder ich schicke Ihnen die Kammerjägerin.«

Sie stiegen hinunter zur Portierloge, zogen die Mäntel an und gingen.

»Wozu die Kammerjägerin?« sagte der Arzt. »Wir haben keine Wanzen.«

»Wieso Wanzen? Wir reden aneinander vorbei. Es geht um Brennholz. Sie macht mit allem Geschäfte. Sie kauft Holzhäuser und Balkengebinde auf und verkauft sie als Brennholz. Eine seriöse Lieferantin. Passen Sie auf, stolpern Sie nicht in der Dunkelheit. Früher konnte ich mit verbundenen Augen durch diese Gegend gehen, da kannte ich jeden Stein. Ich stamme aus dem Pretschistenka-Viertel. Jetzt sind die Zäune weg, ich gehe mit offenen Augen und erkenne nichts wieder, als wäre ich in einer fremden Stadt. Aber was für Winkel sind dadurch zum

Vorschein gekommen. Empirehäuschen im Gebüsch, runde Gartentische, morsche Bänke. Dieser Tage bin ich an solch einem Ödplatz vorbeigekommen, wo sich drei Gassen kreuzen. Ich sah, wie eine hundertjährige alte Frau mit ihrem Krückstock in der Erde stocherte. ›Gott helfe dir, Großmutter‹, habe ich gesagt. ›Gräbst du nach Würmern zum Angeln?‹ Das war natürlich ein Scherz. Da hat sie mir ganz ernsthaft geantwortet: ›Aber nein, Väterchen, nach Champignons.‹ Und wirklich, in der Stadt riecht es jetzt wie im Wald nach vermodertem Laub und nach Pilzen.«

»Ich kenne die Stelle. Sie liegt zwischen der Serebrjany-Gasse und der Moltschanowskaja, nicht wahr? Wenn ich dort vorbeikomme, erlebe ich immer wieder Überraschungen. Mal treffe ich einen, den ich zwanzig Jahre nicht gesehen habe, mal finde ich etwas. Man soll dort manchmal auch ausgeraubt werden. Kein Wunder, es gibt da viele Fluchtwege, ein ganzes Netz von Gängen und die erhalten gebliebenen Diebsnester vom Smolensker Markt. Sie berauben einen, ziehen einem die Sachen aus, und ft, weg sind sie.«

»Die Laternen leuchten ja so schwach. Kein Wunder, daß man bei uns Blutergüsse ›Laternen‹ nennt. Man kann sich leicht stoßen.«

6

Wirklich, an dem genannten Ort wurde Doktor Shiwago von allen möglichen Zufällen heimgesucht. Einmal im Spätherbst, kurz vor den Oktoberkämpfen, stieß er an einem kalten dunklen Abend an dieser Ecke auf einen Mann, der besinnungslos quer über dem Bürgersteig lag. Mit ausgebreiteten Armen lag er da, den Kopf an einem Prellstein, die Beine auf der Fahrbahn. Ab und zu stöhnte er leise. Auf die lauten Fragen des Arztes, der ihn zur Besinnung zu bringen versuchte, murmelte er etwas Unzusammenhängendes und verlor wieder für einige Zeit das Bewußtsein. Sein Kopf war aufgeschlagen und blutüberströmt, aber der Schädelknochen, nach flüchtiger Untersuchung, heil. Der Mann war ohne Zweifel Opfer eines Raubüberfalls geworden. »Aktentasche. Aktentasche«, flüsterte er zwei- oder dreimal.

Von der nahen Arbat-Apotheke aus rief der Arzt das Kreuzerhöhungs-Krankenhaus an, ließ den alten Kutscher kommen, der zu dieser Arbeit verpflichtet worden war, und schaffte den Unbekannten ins Krankenhaus.

Der Geschädigte erwies sich als ein angesehener Politiker. Der Arzt heilte ihn und gewann in ihm für lange Jahre einen Gönner, der ihn in dieser Zeit voller Verdacht und Argwohn vor vielen Unannehmlichkeiten bewahrte.

7

Es war Sonntag. Doktor Shiwago hatte frei. Er mußte nicht zum Dienst ins Krankenhaus. In dem Haus in Siwzew Wrashek hatten sie sich für den Winter in den drei Zimmern eingerichtet, die Tonja ausgesucht hatte.

Es war ein kalter, windiger Tag mit niedrigen Schneewolken, dunkel, sehr dunkel.

Seit dem Morgen heizten sie. Es qualmte. Tonja, die vom Heizen nichts verstand, gab Njuscha, die sich mit dem feuchten Holz abmühte, unvernünftige und schädliche Ratschläge. Der Arzt, der es sah und wußte, was zu tun war, versuchte sich einzuschalten, aber seine Frau nahm ihn sacht bei der Schulter und komplimentierte ihn hinaus mit den Worten: »Geh in dein Zimmer. In meinem Kopf dreht sich sowieso schon alles, und da kommst du noch und redest dazwischen. Verstehst du, deine Bemerkungen gießen nur Öl ins Feuer.«

»Oh, Öl, Tonja, das wäre großartig! Dann würde der Ofen sofort brennen. Aber das Elend ist ja, daß ich weder Öl noch Feuer sehe.«

»Auch für Wortspiele ist jetzt nicht die Zeit. Verstehst du, es gibt Momente, da hat man keinen Sinn für so etwas.«

Das erfolglose Heizen warf die Sonntagspläne über den Haufen. Alle hatten gehofft, die notwendigen Arbeiten bis zur Dunkelheit erledigt und dann den Abend frei zu haben, aber das fiel jetzt weg. Das Mittagessen zog sich hinaus, jemand wollte sich mit warmem Wasser den Kopf waschen, und es gab weitere Vorsätze.

Bald war alles so verqualmt, daß sie keine Luft mehr bekamen. Der heftige Wind drückte den Rauch zurück ins Zimmer. Darin stand eine Wolke aus schwarzem Ruß wie ein Märchenungeheuer im tiefen Wald.

Der Arzt scheuchte alle in die anderen Zimmer und öffnete die Lüftungsklappe. Dann warf er die Hälfte des Holzes aus dem Ofen und legte zwischen die restlichen Scheite eine Schicht dünner Birkenholzspäne zum Anheizen hinein.

Durch die Lüftungsklappe drang frische Luft. Der Fenstervorhang blähte sich. Vom Schreibtisch flogen ein paar Blätter. Der Wind schlug eine ferne Tür zu, wirbelte durch alle Winkel und machte Jagd auf die Rauchreste wie eine Katze auf die Maus.

Das Holz flackerte prasselnd auf. Das Öfchen füllte sich mit Flammen. Auf seiner eisernen Platte schimmerten wie schwindsüchtige Röte glühende Flecke. Der Rauch im Zimmer wurde immer dünner und verschwand dann gänzlich.

Im Zimmer wurde es heller. Die Fenster, die Juri erst kürzlich nach den Ratschlägen des Prosektors verschmiert hatte, beschlugen. Der fettig warme Geruch des Kitts strömte wie eine Welle durchs Zimmer. Es roch auch nach dem kurzgesägten Brennholz, das am Ofen trocknete – der bittere, die Kehle reizende, brandige Geruch von Fichtenrinde und der frische, an Toilettenwasser erinnernde Duft von feuchtem Espenholz.

In diesem Moment stürmte, ebenso schnell wie die Luft in die Lüftungsklappe, Onkel Nikolai ins Zimmer mit der Neuigkeit: »In den Straßen wird gekämpft. Es finden militärische Auseinandersetzungen statt zwischen den Junkern, die die Provisorische Regierung unterstützen, und den Soldaten der Garnison, die für die Bolschewiken sind. Auf Schritt und Tritt Gefechte, die Aufstandsherde sind nicht zu zählen. Auf dem Weg zu euch bin ich zwei- oder dreimal in eine prekäre Situation geraten, das eine Mal an der Ecke Bolschaja Dmitrowka und das andere Mal am Nikitskije-Tor. Den direkten Weg gibt es nicht mehr, man muß Umwege machen. Beeil dich, Jura! Zieh dich an und komm mit. Das muß man gesehen haben. Das ist Geschichte. Das passiert nur einmal im Leben.«

Dann aber verplauderte er sich fast zwei Stunden, danach wurde Mittag gegessen, und als er nach Hause gehen und den Neffen mitnehmen wollte, erschien Gordon. Der kam genauso hereingesaust wie Onkel Nikolai und brachte die gleichen Neuigkeiten.

Aber die Ereignisse hatten sich inzwischen weiterentwickelt. Es gab neue Einzelheiten. Gordon erzählte von zunehmenden Schießereien und getöteten Passanten, die von verirrten Kugeln getroffen worden waren. Der Verkehr in der Stadt sei lahmgelegt. Wie durch ein Wunder sei er bis hier in die Gasse gekommen, aber der Rückweg sei ihm abgeschnitten.

Onkel Nikolai hörte nicht darauf und versuchte, die Nase hinauszustecken, aber er kam gleich wieder zurück und sagte, es gebe keinen Weg aus der Gasse, da die Kugeln nur so pfiffen und Ziegel- und Stuckbrocken von den

Hausecken fetzten. Draußen sei keine Menschenseele, und die Bürgersteige seien leer.

In diesen Tagen erkältete sich Saschenka.

»Ich habe dir hundertmal gesagt, lasse das Kind nicht so nahe an den geheizten Ofen«, sagte der Arzt ärgerlich. »Überhitzung ist viel schädlicher als Unterkühlung.«

Saschenkas Hals war entzündet, und er hatte hohes Fieber. Eine besondere Eigenschaft von ihm war eine unnatürliche, mystische Angst vor Übelkeit und Erbrechen, die er andauernd hochkommen fühlte.

Er stieß die Hand seines Vaters mit dem Laryngoskop weg, ließ es nicht in seinen Hals einführen, kniff den Mund zu, schrie und würgte. Zureden und Drohungen halfen nicht. Doch auf einmal war der Junge so unvorsichtig, breit und behaglich zu gähnen, und dies benutzte der Arzt, ihm mit einer blitzschnellen Bewegung den Teelöffel in den Mund zu stecken, die Zunge niederzudrücken und einen Blick auf den himbeerrosa Kehlkopf und die belegten, geschwollenen Mandeln zu werfen. Ihr Aussehen beunruhigte ihn.

Etwas später gelang es dem Arzt durch eine ähnliche Manipulation, bei Saschenka einen Abstrich zu machen. Sein Schwiegervater besaß ein eigenes Mikroskop. Damit nahm Shiwago schlecht und recht die Untersuchung vor. Zum Glück war es keine Diphtherie.

Aber in der dritten Nacht erlitt Saschenka einen Anfall von Pseudokrupp. Er fieberte und rang nach Luft. Shiwago konnte das arme Kind nicht mehr ansehen, denn er war ohnmächtig, es von seinen Leiden zu befreien. Tonja glaubte schon, der Junge müsse sterben. Die Eltern nahmen ihn auf die Arme, trugen ihn im Zimmer herum, da wurde ihm besser.

Sie brauchten Milch, Soda oder Mineralwasser. Aber noch immer fanden erbitterte Straßenkämpfe statt. Das Schießen, sogar mit Geschützen, hörte keinen Moment auf. Doch selbst wenn Shiwago es unter Lebensgefahr gewagt hätte, sich durch die beschossene Zone durchzuschlagen, würde er auch jenseits der Feuerlinie kein Leben angetroffen haben, das in der ganzen Stadt erstorben war, solange sich die Lage nicht endgültig geklärt hatte.

Aber sie war schon klar. Von überall kamen Gerüchte, daß die Arbeiter die Oberhand gewannen. Noch schlugen sich vereinzelte Häuflein von Junkern, voneinander isoliert und ohne Verbindung zu ihrer Führung.

Der Bezirk Siwzew Wrashek gehörte zum Aktionskreis der Einheiten, die von Dorogomilowo her gegen das Stadtzentrum vorrückten. Die Soldaten aus dem deutschen Krieg und die jugendlichen Arbeiter, die in einer Gasse im Schützengraben saßen, kannten die Bewohner der umliegenden Häuser bereits und wechselten gutnachbarlich Scherze mit ihnen, wenn diese aus den Toren äugten oder herauskamen. In diesem Stadtteil gab es schon wieder Straßenverkehr.

Da verließen auch Mischa Gordon und Nikolai Wedenjapin den Ort ihrer Gefangenschaft. Drei Tage und Nächte hatten sie bei Doktor Shiwago festgesessen. Der Arzt hatte sich gefreut, sie in den schweren Tagen von Saschenkas Krankheit bei sich zu haben, und Tonja verzieh ihnen die Unordnung, die sie zusätzlich in das allgemeine Durcheinander brachten. Aber beide hatten sich als Dank für die Gastfreundschaft verpflichtet gefühlt, ihre Gastgeber mit endlosen Gesprächen zu unterhalten, doch Shiwago war von dem dreitägigen leeren Geschwätz so müde, daß ihn der Abschied von ihnen herzlich freute.

8

Er erfuhr, daß sie wohlbehalten nach Hause gelangt waren, doch sie hatten unterwegs feststellen müssen, daß das Gerede von der allgemeinen Beruhigung verfrüht war. An verschiedenen Stellen gingen die Kampfhandlungen weiter, durch einige Stadtbezirke kam man nicht hindurch, und der Arzt konnte noch immer nicht in sein Krankenhaus, nach dem er sich schon sehnte und wo in einer Schublade im Ärztezimmer sein »Spiel, ein Mensch zu sein« und seine wissenschaftlichen Aufzeichnungen lagen.

Nur innerhalb einzelner Reviere verließen die Menschen schon morgens ihre Häuser, um in der Nachbarschaft Brot zu holen und Passanten, die Milchflaschen trugen, auszufragen, wo sie sie herhätten.

Ab und zu flammte das Schießen in der ganzen Stadt wieder auf und trieb die Menschen zurück in ihre Häuser. Jedermann konnte sich denken, daß die beiden Seiten irgendwelche Verhandlungen führten, deren jeweiliger Erfolg eine Verstärkung oder Abschwächung des Schrapnellfeuers nach sich zog.

Eines Abends am Ende des alten Oktober gegen neun ging Doktor Shiwago die Straße entlang; ohne besondere Notwendigkeit wollte er einen in der Nähe wohnenden Kollegen besuchen. Die gewöhnlich belebte Gegend war jetzt menschenleer. Shiwago sah kaum einen Passanten.

Er ging rasch. Erste spärliche Schneeflocken stäubten in dem heftigen und immer mehr zunehmenden Wind, der sich vor den Augen des Arztes in einen Schneesturm verwandelte.

Er bog aus einer Gasse in eine andere ein und wußte schon nicht mehr, wie oft er abgebogen war, da fiel der Schnee auf einmal ganz dicht und wurde zu einem Gestöber, wie es auf freiem Feld winselnd über die Erde kriecht, in der Stadt hingegen durch die engen Gassen braust, als hätte es sich verirrt.

In der sittlichen und in der physischen Welt, in der Nähe und in der Ferne, auf der Erde und in der Luft spielte sich ähnliches ab. Irgendwo vereinzelt tönten die letzten Salven des gebrochenen Widerstands. Irgendwo am Horizont sprangen wie Blasen die schwachen Widerscheine gelöschter Brände auf und platzten. Ebensolche Ringe und Trichter trieb und wirbelte der Schneesturm, der zu Füßen Shiwagos auf den nassen Fahrbahnen und Bürgersteigen rauchte.

An einer Kreuzung lief mit dem Ruf »Letzte Nachrichten« ein Zeitungsjunge, einen Packen frischgedruckter Blätter unter dem Arm, an ihm vorbei.

»Stimmt so«, sagte der Arzt. Der Junge konnte das am Packen klebende feuchte Blatt kaum lösen, er gab es dem Arzt und tauchte so schnell im Schneesturm unter, wie er daraus aufgetaucht war.

Der Arzt ging zu einer Straßenlaterne, die zwei Schritt von ihm entfernt brannte, um das Blatt gleich hier zu überfliegen.

Die einseitig bedruckte Extraausgabe enthielt eine Mitteilung der Regierung aus Petersburg über die Bildung des Rates der Volkskommissare, die Errichtung der Sowjetmacht in Rußland und die Einführung der Diktatur des Proletariats. Es folgten die ersten Dekrete der neuen Macht und verschiedene Informationen, die telegrafisch und telefonisch durchgegeben worden waren.

Der Schneesturm peitschte Doktor Shiwago in die Augen und trieb raschelnd Schneegraupeln über die Druckzeilen. Aber nicht das störte ihn beim Lesen. Die Größe und Ewigkeitsdauer des Augenblicks erschütterten ihn und ließen ihn nicht zur Besinnung kommen.

Um die Informationen doch noch zu Ende zu lesen, hielt er suchend Umschau nach einem vom Schnee geschützten und beleuchteten Plätzchen. Da sah er, daß er schon wieder auf der verwunschenen Kreuzung der Serebrjany-Gasse und der Moltschanowka stand, vor dem Torweg eines fünfgeschossigen Hauses mit einer Glastür und einem geräumigen, elektrisch beleuchteten Hausflur.

Der Arzt ging hinein und vertiefte sich im Licht der elektrischen Birne in die Telegramme.

Über ihm ertönten Schritte. Jemand kam die Treppe herunter und blieb häufig, gleichsam unschlüssig stehen. Und wirklich, er schien es sich anders überlegt zu haben, denn er kehrte um und lief treppauf. Irgendwo wurde eine Tür geöffnet, und wie eine Welle drangen zwei Stimmen herunter, durch den Hall so verzerrt, daß nicht zu unterscheiden war, ob es Männer- oder Frauenstimmen waren. Wieder klappte eine Tür, und derjenige, der herunterkam, tat es jetzt bedeutend schneller und entschlossener.

Shiwago war in seine Lektüre vertieft. Er hatte nicht vor, aufzublicken und den Fremden anzusehen. Dieser war nun unten angekommen und hielt in seinem Lauf inne. Shiwago hob den Kopf und sah ihn an.

Vor ihm stand ein junger Mensch um die Achtzehn, in einem steifen Rentiermantel, mit dem Fell nach außen, wie man ihn in Sibirien trug, und einer ebensolchen Mütze. Er hatte ein dunkles Gesicht mit schmalen Kirgisenaugen. Dieses Gesicht hatte etwas Aristokratisches, jenes flüchtige Fünkchen, jene verborgene Feinheit, die von weit her zu kommen scheint und Menschen mit vielfach gemischtem Blut eignet.

Der junge Mann schien Shiwago für einen anderen zu halten. Scheu und verwirrt sah er den Arzt an, als wüßte er, wer das war, und könnte sich nur nicht entschließen, ihn anzusprechen. Um das Mißverständnis zu beenden, maß Shiwago ihn mit einem kalten Blick, der dem andern die Lust zur Annäherung nahm.

Der junge Mann, ratlos, ging ohne ein Wort zur Tür. Hier drehte er sich noch einmal um, öffnete die schwere, wackelige Tür, schlug sie krachend zu und war auf der Straße.

Zehn Minuten später folgte ihm Shiwago. Er hatte den jungen Mann und seinen Kollegen, den er besuchen wollte, ganz vergessen und ging, von dem Gelesenen erfüllt, nach Hause. Unterwegs erregte ein anderer Umstand, eine Alltagskleinigkeit, die in jenen Tagen unermeßliche Bedeutung hatte, seine Aufmerksamkeit.

Als er bereits in der Nähe seines Hauses war, stieß er in der Dunkelheit auf einen mächtigen Berg Bretter und Balken, die auf den Bürgersteig geschüttet waren. Hier in der Gasse befand sich eine Behörde, für die das Heizmaterial, ein abgetragenes Holzhaus vom Stadtrand, offensichtlich bestimmt war. Die Balken hatten im Hof keinen Platz gefunden und versperrten nun den angrenzenden Teil der Straße. Sie wurden bewacht von einem Posten mit Gewehr, der im Hof auf und ab ging und von Zeit zu Zeit in die Gasse herauskam.

Shiwago, ohne zu überlegen, paßte einen Moment ab, als der Posten eben in den Hof zurückkehrte und ein Wirbelwind die Schneeflocken in der Luft zu einer dichten Wolke ballte. Er näherte sich dem Balkenhaufen von der Schattenseite, wo das Licht der Laterne nicht hinfiel, und rüttelte ganz unten einen schweren Klotz locker. Mühsam zog er ihn hervor und schulterte ihn, ohne das Gewicht zu spüren (eigene Last drückt nicht), dann schleppte er ihn an den dunklen Wänden entlang zu seinem Haus.

Das kam sehr zupaß, denn zu Hause ging das Brennholz zur Neige. Der Klotz wurde zersägt und zu einem Berg kleiner Scheite gespalten. Shiwago hockte vor dem Ofen und heizte. Schweigend saß er vor der bebenden und klirrenden Ofentür. Sein Schwiegervater rückte den Sessel an den Ofen, um sich zu wärmen. Shiwago zog die Zeitung aus der Jackentasche und reichte sie ihm mit den Worten: »Schon gesehen? Lesen Sie. Viel Spaß.«

Ohne aus der Hocke aufzustehen, stocherte er mit dem Feuerhaken im Ofen und sprach laut mit sich selbst: »Eine großartige Chirurgie! Kurzentschlossen werden die stinkenden alten Beulen kunstvoll herausgeschnitten! Ein einfaches Urteil, ohne Umschweife, über die jahrhundertealte Ungerechtigkeit, die es gewohnt war, daß man vor ihr dienerte, katzbuckelte und in die Knie ging.

Die Tatsache, daß dies furchtlos zu Ende geführt wurde, hat etwas unserer Nation Nahes, Altbekanntes. Etwas von der bedingungslosen Ausstrahlung Puschkins, von der unerbittlichen Faktentreue Tolstois.«

»Puschkin? Was hast du gesagt? Moment, ich bin gleich fertig. Ich kann nicht gleichzeitig lesen und zuhören«, unterbrach Gromeko seinen Schwiegersohn, da er dessen Selbstgespräch irrtümlich auf sich bezog.

»Vor allem, was ist das Geniale daran? Wenn man jemanden beauftragt hätte, eine neue Welt zu schaffen und eine neue Zeitrechnung zu beginnen, würde dieser unbedingt verlangt haben, daß man ihm zunächst den entsprechenden Platz frei macht. Er würde geduldig das Ende der alten Zeiten abgewartet haben, ehe er den Aufbau der neuen in Angriff genommen hätte, und er würde ein rundes Datum, einen roten Strich, eine unbeschriebene Seite benötigt haben.

Hier aber, da hast du's. Das Niedagewesene, dieses Wunder der Geschichte, diese Offenbarung wurde rücksichtslos hineingeknallt in den weitergehenden Alltag. Es wurde nicht am Anfang begonnen, sondern mittendrin, ohne vorher festgesetzte Termine, an einem erstbesten Werktag, während die Straßenbahnen durch die Stadt fahren. Das ist das Genialste. Nur wirklich Großes kann so unpassend und zu so ungünstiger Zeit kommen.«

9

Der Winter brach so an, wie man ihn vorhergesagt hatte. Er war noch nicht so schrecklich wie die beiden darauffolgenden, aber schon von ähnlicher Art, finster, hungrig und kalt, gekennzeichnet vom Umbruch alles Gewohnten und von der Neugestaltung aller Daseinsgrundlagen, ganz voller unmenschlicher Bemühungen, das entgleitende Leben festzuhalten.

Drei fürchterliche Winter folgten aufeinander, und nicht alles, was die heutige Erinnerung in den Winter siebzehn-achtzehn verlegt, geschah wirklich damals, sondern möglicherweise später. Die drei Winter verschmolzen zu einem und waren schwer auseinanderzuhalten.

Das alte Leben und die junge Ordnung deckten sich noch nicht. Zwischen ihnen gab es keine wütende Feindschaft wie ein Jahr später während des Bürgerkriegs, aber auch keine Verbindung. Es waren zwei voneinander getrennte Seiten, die sich gegenüberstanden und keinerlei Konsens hatten.

Überall fanden Neuwahlen der Leitungen statt: in den Privathäusern, in den Organisationen, auf den Arbeitsstellen und in den Dienstleistungsbetrieben. Die Zusammensetzung wurde verändert. In sämtlichen Stellen wurden Kommissare mit unbegrenzten Vollmachten ernannt, Menschen mit eisernem Willen, in schwarzen Lederjakken, bewaffnet mit Abschreckungsmaßnahmen und Nagantrevolvern, Männer, die sich selten rasierten und noch seltener schliefen.

Sie kannten das Kleinbürgertum, den mittleren Besitzer kleiner Staatspapiere, den kriecherischen Spießer, und sie schonten ihn nicht, sie behandelten ihn mit mephistophelischem Hohn wie einen ertappten kleinen Dieb.

Diese Männer nahmen alles in die Hand, wie ihr Programm es ihnen gebot, und so wurde ein Unternehmen, eine Vereinigung nach der anderen bolschewistisch.

Das Kreuzerhöhungs-Krankenhaus hieß jetzt Zweites umgestaltetes Krankenhaus. Auch hier gab es Veränderungen. Ein Teil des Personals wurde abgebaut, und viele gingen von selbst, da sie es unvorteilhaft fanden, hier zu arbeiten. Das waren gutverdienende Ärzte, die eine Modepraxis hatten, Hätschlinge der mondänen Welt, Schwätzer und Schönredner. Sie versäumten nicht, ihren eigennützigen Weggang als demonstrativ, als staatsbürgerlich motiviert hinzustellen, und sie sahen von oben herab auf die Gebliebenen und boykottierten sie nachgerade. Zu den letzteren gehörte Shiwago.

An den Abenden gab es zwischen Mann und Frau Gespräche folgender Art:

»Vergiß nicht, am Mittwoch in den Keller der Ärztegesellschaft zu kommen und die beiden Säcke gefrorene Kartoffeln abzuholen. Ich muß noch herausfinden, zu welcher Stunde ich frei habe, damit ich dir helfen kann. Wir nehmen den Schlitten.«

»Gut. Das wird schon klappen, Jurotschka. Leg dich lieber hin, es ist schon spät. Alles schaffst du ohnehin nicht. Du mußt dich ausruhen.«

»Es herrscht eine Epidemie. Die allgemeine Unterernährung schwächt die Widerstandskraft. Dich und Vater mag ich gar nicht ansehen. Wir müssen etwas unternehmen. Nur was? Wir geben nicht genug acht auf uns, wir müssen umsichtiger sein. Hör zu. Schläfst du?«

»Nein.«

»Um mich habe ich keine Angst, ich bin zäh, aber wenn ich wider Erwarten krank werde, dann sei bitte nicht dumm und behalte mich nicht zu Hause. Sofort ins Krankenhaus.«

»Was redest du, Jurotschka! Gott behüte. Wozu vor der Zeit unken?«

»Merke dir, es gibt keine ehrlichen Menschen und keine Freunde mehr. Und erst recht keine, die wirklich etwas können. Wenn etwas passiert, vertraue nur Pitschushkin. Natürlich nur, wenn er überlebt. Schläfst du?«

»Nein.«

»Diese Halunken sind weg, weil sie es woanders besser haben, und als Grund geben sie staatsbürgerliche Gefühle und Prinzipientreue an. Wenn man sie trifft, reichen sie einem kaum noch die Hand. ›Sie dienen denen?‹ Und ziehen die Brauen hoch. ›Ja‹, sage ich, ›und seien Sie nicht böse, aber auf unsere Entbehrungen bin ich stolz, und ich habe Achtung vor denen, die uns die Ehre erweisen, sie uns aufzuerlegen.‹«

10

Für eine lange Zeit lebten die meisten Menschen von in Wasser gekochten Hirsegraupen und Fischsuppe aus Heringsköpfen. Die gebratenen Heringe waren der zweite Gang. Man aß auch ungemahlenen Roggen und Weizen. Daraus wurde Grützbrei bereitet.

Eine Bekannte von Tonja, Gattin eines Professors, zeigte ihr, wie man in der Röhre des Kachelofens Brot backen konnte, teilweise zum Verkauf bestimmt, damit der Gewinn zugleich die Benutzung des Kachelofens wie in alten Zeiten rechtfertigte. Überdies konnte man dann auf das Eisenöfchen verzichten, diesen Quälgeist, der qualmte, schlecht wärmte und die Wärme überhaupt nicht hielt.

Das Brot geriet Tonja gut, doch aus dem Verkauf wurde nichts. Sie mußten diese Pläne aufgeben und wieder das Öfchen heizen. Die Shiwagos litten Not.

Eines Morgens begab sich der Arzt wie gewöhnlich zum Dienst. Im Hause waren nur noch zwei Scheite Holz.

Im Pelzmantel, in dem sie vor Schwäche sogar bei warmem Wetter fror, ging seine Frau »auf Beute«.

Eine halbe Stunde lang durchstreifte sie die umliegenden Gassen, wo manchmal Bauern aus den umliegenden Dörfern Gemüse und Kartoffeln anboten. Solch einen mußte sie erwischen. Bauern, die Fracht bei sich hatten, wurden häufig festgehalten.

Bald stieß sie auf das Ziel ihres Suchens. Ein stämmiger junger Mann im Bauernrock folgte ihr mit einem spielzeugleichten Schlitten um die Ecke in den Hof der Gromekos.

In dem Bastkasten des Schlittens lag unter einer Matte ein kleiner Haufen Birkenknüppel, nicht dicker als die altmodischen Gutshausgeländer auf Fotografien des vorigen Jahrhunderts. Tonja wußte, was sie wert waren, es war nur dem Namen nach Birkenholz, feuchtes Zeug von der schlechtesten Sorte, frisch gesägt, zum Heizen ungeeignet. Aber sie hatte keine Wahl, und Verhandlungen wären zwecklos gewesen.

Der Bauer trug ihr das Holz in fünf oder sechs Gängen hinauf in die Wohnung und schleppte zum Tausch dafür Tonjas Spiegelschränkchen hinunter in den Schlitten, um es seiner jungen Frau zu schenken. Nachdem er für die nächste Zeit Kartoffeln versprochen hatte, fragte er beiläufig nach dem Preis des Klaviers an der Tür.

Als Juri Shiwago nach Hause kam, sagte er nichts weiter zu dem Tauschgeschäft seiner Frau. Das Schränkchen zu zerhacken wäre vorteilhafter und zweckmäßiger gewesen, aber das hätten sie beide nicht fertiggebracht.

»Hast du den Zettel auf dem Tisch gesehen?« fragte seine Frau.

»Vom Krankenhausleiter? Ich weiß Bescheid, man hat es mir gesagt. Ich soll einen Krankenbesuch machen. Ich werde auch hingehen. Ich ruhe mich nur ein Weilchen aus, dann ziehe ich los. Aber es ist ziemlich weit. Irgendwo beim Triumphbogen. Ich habe mir die Adresse aufgeschrieben.«

»Ein komisches Honorar bieten sie an. Hast du gesehen? Lies doch mal. Eine Flasche deutschen Kognak oder ein Paar Damenstrümpfe. Womit die einen locken! Wer könnte das sein? Geschmackloser Ton und völlige Unkenntnis unseres jetzigen Lebens. Das müssen irgendwelche Neureiche sein.«

»Ja, vielleicht ein Lieferant.«

Mit diesem Wort wurden außer den Konzessionären und Bevollmächtigten kleine Unternehmer bezeichnet, denen die Staatsmacht, die den Privathandel vernichtet hatte, in kritischen Wirtschaftssituationen kleine Vergünstigungen gewährte, indem sie mit ihnen Verträge und Abkommen über verschiedene Lieferungen schloß.

Zu ihnen gehörten nicht mehr die gestürzten Häupter alter Firmen und die Großeigentümer. Sie hatten sich von dem Schlag nicht wieder erholen können. Es waren Eintagshändler, durch Krieg und Revolution vom Grunde nach oben gespült, neue und zugereiste Menschen ohne Wurzeln.

Der Arzt trank heißes Wasser mit Milch und Saccharin, dann machte er sich auf den Weg zu der Patientin.

Bürgersteige und Fahrbahnen lagen unter hohem Schnee begraben, der die Straßen von einer Häuserzeile zur anderen bedeckte. Stellenweise erreichte der Schnee die Parterrefenster. Auf der ganzen Straßenbreite bewegten sich stumme halblebendige Schatten, die irgendwelche kärglichen Lebensmittel schleppten oder auf Schlitten zogen. Fahrzeuge waren kaum zu sehen.

An den Häusern hingen noch da und dort die früheren Aushängeschilder. In den Läden waren Konsums und Kooperative untergebracht, doch sie waren verschlossen oder zugenagelt, hatten vergitterte Fenster, sie waren leer.

Das lag nicht nur an dem Warenmangel, sondern auch

daran, daß die Umgestaltung des Lebens und des Handels sich erst in sehr allgemeinen Zügen vollzog und diese vernagelten Läden, diesen Kleinkram, noch nicht erfaßte.

11

Das Haus, das Doktor Shiwago aufsuchen sollte, lag am Ende der Brestskaja-Straße, unweit des Twerskaja-Tors.

Es war ein kasernenartiges Ziegelgebäude in vorsintflutlicher Bauweise mit einem Innenhof, um den sich in drei Reihen Holzgalerien an den Hauswänden entlangzogen.

Die Mieter hielten soeben eine vorher anberaumte Versammlung ab, der auch eine Vertreterin des Stadtbezirkssowjets beiwohnte, als plötzlich im Hause eine Militärkommission erschien, um Waffenscheine zu prüfen und nicht genehmigte Waffen zu beschlagnahmen. Der Natschalnik, der die Durchsuchung leitete, bat die Bezirksdelegierte, sich nicht zu entfernen, und versicherte, die Durchsuchung werde nicht lange dauern und die nicht mehr benötigten Mieter würden in die Versammlung zurückkehren, die dann fortgesetzt werden könne.

Die Durchsuchung näherte sich ihrem Ende, und eben war die Wohnung an der Reihe, in der Doktor Shiwago erwartet wurde, als er die Haustür erreichte. Ein Soldat mit einem Gewehr an einer Leine, der vor einer der Treppen zu den Galerien Posten stand, weigerte sich strikt, ihn durchzulassen, doch da mischte sich der Natschalnik ein und befahl, den Arzt nicht zu behindern, und fand sich sogar bereit, mit der Durchsuchung zu warten, bis er die Kranke untersucht habe.

Den Arzt empfing der Wohnungsinhaber, ein höflicher junger Mann mit mattem brünettem Gesicht und melancholischen dunklen Augen. Er war erregt über die Krankheit seiner Frau, die drohende Durchsuchung und den ungewöhnlichen Respekt, den er für die Medizin und ihre Vertreter hegte.

Um dem Arzt Zeit und Mühe zu sparen, bemühte er sich, möglichst kurz zu sprechen, aber diese Hast machte seine Rede lang und verworren.

Die Wohnung, ein Gemisch von Luxus und Billigkram, war vollgestopft mit Gegenständen, in aller Eile zusammengekauft, um das immer wertloser werdende Geld irgendwie wertbeständig anzulegen. Neben Möbeln von auseinandergerissenen Garnituren gab es Stücke, zu denen die Ergänzungen fehlten.

Der Wohnungsinhaber glaubte, seine Frau litte vor Schreck an einer Nervenkrankheit. Mit vielen Einzelheiten, die nicht zur Sache gehörten, erzählte er dem Arzt, man habe ihnen für billiges Geld eine kaputte altertümliche Spieluhr verkauft, die seit langem nicht mehr ging. Sie hätten sie nur als Anschauungsstück für meisterlichen Uhrenbau, als Rarität erworben (er führte den Arzt ins Nebenzimmer, um sie ihm zu zeigen). Sie hätten sogar bezweifelt, ob das Ding noch zu reparieren sei. Plötzlich habe die Uhr, jahrelang nicht aufgezogen, von selbst zu spielen begonnen, die Glöckchen hätten ein kompliziertes Menuett geklimpert, dann sei sie wieder stehengeblieben. Seine Frau sei ganz entsetzt gewesen, denn sie glaubte nicht anders, als daß ihr letztes Stündlein geschlagen habe, und nun liege sie da, phantasiere, esse und trinke nicht und erkenne ihn nicht.

»Sie meinen also, es wäre ein Nervenschock?« fragte der Arzt zweifelnd. »Führen Sie mich zu der Kranken.«

Sie betraten das Nebenzimmer, in dem ein Kronleuchter aus Porzellan hing. Zu beiden Seiten des Doppelbetts standen Nachttische aus Mahagoni. Auf dem Bettrand lag, die Decke bis ans Kinn gezogen, eine kleine Frau mit großen schwarzen Augen. Als sie die beiden Männer sah, wollte sie sie mit ausgestrecktem Arm, von dem der weite Ärmel des Morgenmantels bis an die Achsel herunterglitt, wieder aus dem Zimmer winken. Sie erkannte ihren Mann nicht und sang, als wäre niemand im Zimmer, mit leiser Stimme den Anfang eines traurigen Liedchens; das rührte sie so, daß sie in Tränen ausbrach und kindlich schluchzend darum bat, nach Hause gebracht zu werden. Von welcher Seite der Arzt sich ihr auch näherte, sie widersetzte sich der Untersuchung, indem sie ihm jedesmal den Rücken kehrte.

»Ich müßte sie untersuchen«, sagte Doktor Shiwago. »Aber mir ist auch so schon alles klar. Sie hat Flecktyphus, noch dazu in ziemlich schwerer Form. Die Ärmste quält sich sehr. Ich rate Ihnen dringend, sie ins Krankenhaus zu bringen. Die Bequemlichkeiten, die Sie ihr hier bieten können, sind nicht so wichtig wie ständige ärztliche Aufsicht, die sie in den ersten Krankheitswochen braucht. Können Sie irgendein Fahrzeug beschaffen, eine Droschke oder schlimmstenfalls einen Lastschlitten, um sie hinzubringen, selbstverständlich warm eingepackt? Ich schreibe Ihnen eine Einweisung.«

»Das kann ich. Ich werde mich bemühen. Aber warten Sie. Hat sie wirklich Typhus? Entsetzlich!«

»Leider ja.«

»Ich habe Angst, sie zu verlieren, wenn ich sie von mir weglasse. Könnten Sie sie denn nicht hier behandeln, indem Sie möglichst oft kommen? Ich würde Ihnen jedes Honorar zahlen.«

»Ich habe es Ihnen doch erklärt. Wichtig ist eine ständige Beobachtung. Hören Sie, ich gebe Ihnen einen guten Rat. Besorgen Sie eine Droschke, egal wie, und ich stelle Ihnen ein Begleitschreiben aus. Am besten setze ich es bei Ihnen im Hauskomitee auf. Ich brauche den Stempel des Hauses und weitere Formalitäten.«

12

Nach der Befragung und Durchsuchung kehrten die Mieter, in warme Tücher gewickelt oder im Pelzmantel, in den ungeheizten Raum zurück, der früher ein Lager für Eier war und jetzt das Hauskomitee beherbergte.

Auf einer Seite des Raums standen ein Bürotisch und ein paar Stühle, die jedoch nicht für alle ausreichten. Darum waren rundum statt Bänken lange leere Eierkisten mit dem Boden nach oben aufgestellt. Ein ganzer Berg solcher Kisten erhob sich am anderen Ende des Raums bis an die Decke. Dort lag auch ein Haufen gefrorene Holzwolle, von ausgelaufenen Eiern zusammengebacken. In diesem Haufen krochen raschelnd Ratten herum, die manchmal auch auf den steinernen Fußboden herauskamen und wieder in der Holzwolle verschwanden.

Dann sprang jedesmal kreischend eine fette Mieterin auf eine der Kisten. Mit kokett abgespreizten Fingern raffte sie den Rocksaum, trampelte mit den Füßen in modischen langschäftigen Damenstiefeln und schrie, angetrunken, absichtlich laut: »Olja, Olja, bei dir laufen ja Ratten rum. Huch, weg, verfluchtes Biest! Eijeijei, das Mistvieh versteht ja! Sie ist mir böse. Eijei, jetzt kriecht sie über die Kiste! Wenn sie mir bloß nicht unter den Rock schlüpft. Au, ich hab Angst, ich hab Angst! Drehen Sie sich um, meine Herren Männer. Verzeihung, ich habe vergessen, es gibt ja keine Männer mehr, also Genossen Bürger.«

Das lärmende Weib trug einen offenen Persianermantel. Darunter wogten sülzeartig in drei Ebenen ihr Doppelkinn, ihr üppiger Busen und ihr vom Seidenkleid umspannter Bauch. Irgendwann mochte sie unter drittrangigen Kaufleuten und Ladengehilfen als Löwin gegolten haben. Die Schlitze ihrer Schweinsäuglein mit den verfetteten Lidern öffneten sich kaum. Eine Rivalin hatte vor undenklichen Zeiten mit einem Säurefläschchen nach ihr geworfen, sie jedoch verfehlt, und nur zwei oder drei Spritzer hatten auf der linken Wange und im linken Mundwinkel leichte Spuren geätzt, die kaum auffielen und fast verführerisch wirkten.

»Schrei hier nicht herum, Chrapugina. So kann man nicht arbeiten«, sagte die Frau am Tisch, die Vertreterin des Stadtbezirkssowjets, von der Versammlung zur Vorsitzenden gewählt.

Die alteingesessenen Mieter kannten sie seit langem gut, und sie kannte sie auch. Vor Beginn der Versammlung hatte sie inoffiziell halblaut mit Tante Fatima gesprochen, der alten Hausmeisterin, die früher mit ihrem Mann und den Kindern in einem schmutzigen Keller gehaust hatte und nun mit ihrer Tochter im ersten Stock zwei helle Zimmer bewohnte.

»Na, wie geht's, Fatima?« hatte die Vorsitzende gefragt.

Fatima klagte, sie werde allein nicht fertig mit dem großen Haus und den vielen Mietern, und sie habe keine Hilfe, denn die auf die einzelnen Wohnungen verteilten Pflichten – Säuberung des Hofes und der Straße – würden von niemandem eingehalten.

»Laß nicht den Kopf hängen, Fatima, wir stoßen ihnen die Hörner zurecht, verlaß dich drauf. Das soll ein Hauskomitee sein? Kann man sich das vorstellen? Hier verstekken sich kriminelle Elemente, zweifelhafte Figuren, die nicht mal eingetragen sind. Die kriegen von uns eins aufs Dach, dann wählen wir ein anderes Komitee. Ich mache dich zur Hausverwalterin, aber du darfst dich nicht sträuben.«

Die Hausmeisterin flehte die Vertreterin an, das nicht zu tun, aber die wollte nichts hören. Sie warf einen Blick ins Zimmer, fand, daß genügend Leute beisammen seien, bat um Ruhe und eröffnete mit einem kurzen Einführungswort die Versammlung. Nachdem sie die Untätigkeit des bisherigen Hauskomitees gerügt hatte, schlug sie vor, Kandidaten für die Neuwahl aufzustellen, und kam auf andere Probleme zu sprechen. Dann sagte sie wie beiläufig: »Ja, so ist das, Genossen. Reden wir Klartext. Euer Haus ist geräumig und eignet sich zum Wohnheim. Es kommen Delegierte zu Beratungen, und wir wissen nicht, wo wir die Leute unterbringen sollen. Es ist beschlossene Sache, das Gebäude dem Stadtbezirkssowjet als Haus für Durchreisende zur Verfügung zu stellen und ihm den Namen des Genossen Tiwersin zu geben, der vor seiner Verbannung in diesem Hause gewohnt hat, das wißt ihr alle. Gibt es Einwände? Nun zur Frage der Räumung. Damit hat es keine Eile, ihr habt ein Jahr Zeit. Die werktätige Bevölkerung wird von uns in andere Wohnungen umquartiert, die nicht werktätige muß sich selber was suchen, dafür geben wir zwölf Monate Zeit.«

»Wer ist denn bei uns nicht werktätig? Solche gibt's gar nicht! Alle sind werktätig«, rief es ringsum, und eine Stimme überschlug sich förmlich: »Das ist ja Großmachtchauvinismus! Jetzt sind alle Nationalitäten gleich. Ich weiß schon, worauf Sie anspielen!«

»Nicht alle auf einmal! So weiß ich nicht, wem ich antworten soll. Was für Nationalitäten? Was soll das mit den Nationalitäten, Bürger Waldyrkin? Die Chrapugina zum Beispiel ist überhaupt keine Nationalität, und die wird auch umquartiert.«

»Versuch's nur! Das möchte ich sehen, wie du mich umquartierst! Du durchgelegene Matratze! Du mit deinem Dutzend Posten!« schrie die Chrapugina, und es waren unsinnige Schimpfworte, die sie der Delegierten im Eifer des Gefechts an den Kopf warf.

»Diese Schlange! Die Schaitanin! Du kennst wohl gar keine Scham!« rief die Hausmeisterin empört.

»Misch dich nicht ein, Fatima. Ich kann für mich einstehen. Laß das sein, Chrapugina. Wenn man dir die

Leine locker läßt, springst du einem ins Genick! Halt den Mund, sag ich dir, sonst übergebe ich dich den Organen, ohne abzuwarten, bis sie dich beim Schnapsbrennen und wegen Spelunkenhaltung erwischen.«

Der Lärm erreichte seinen Höhepunkt. Die Leute ließen keinen zu Wort kommen. In diesem Moment betrat der Arzt den Raum. Er bat den erstbesten an der Tür, ihm jemand vom Hauskomitee zu bezeichnen. Der legte die Hände als Sprachrohr an den Mund, um Lärm und Geschrei zu übertönen, und rief silbenweise: »Ga-li-ul-li-na! Komm her, du wirst verlangt.«

Der Arzt traute seinen Ohren nicht. Eine hagere, etwas gebeugte Frau, die Hausmeisterin, trat zu ihm. Der Arzt staunte über die Ähnlichkeit zwischen Mutter und Sohn. Aber er gab sich noch nicht zu erkennen. Er sagte: »Eine Mieterin Ihres Hauses« (er nannte den Namen) »ist an Typhus erkrankt. Vorsichtsmaßnahmen sind notwendig, damit sich die Epidemie nicht ausbreitet. Außerdem muß die Patientin ins Krankenhaus geschafft werden. Ich schreibe hier eine Bescheinigung, die vom Hauskomitee beglaubigt werden muß. Wie und wo kann ich das tun?«

Die Hausmeisterin verstand ihn so, daß ihn vor allem die Transportmöglichkeit interessierte.

»Eine Droschke vom Stadtbezirkssowjet kommt nachher die Genossin Olja Djomina abholen«, antwortete sie. »Die Genossin Djomina ist hilfsbereit, und wenn ich's ihr sage, tritt sie die Droschke ab. Keine Sorge, Genosse Arzt, wir schaffen deine Kranke hin.«

»Oh, das meine ich nicht! Ich fragte nach einem Winkel, wo ich den Einweisungsschein schreiben kann. Aber wenn sogar eine Droschke kommt... Entschuldigen Sie, sind Sie nicht die Mutter von Oberleutnant Galiullin, Jussup Himasetdinowitsch? Ich war mit ihm an der Front.«

Die Hausmeisterin fuhr heftig zusammen und erbleichte. Sie nahm den Arzt bei der Hand und sagte:

»Kommen Sie mit raus. Auf dem Hof können wir reden.«

Kaum waren sie über die Schwelle, sagte sie rasch: »Still, keiner darf hören, Gott behüte. Verderbe mich nicht. Jussup schlechten Weg gegangen. Sag selber, wer ist Jussup? Jussup ist Lehrling, Fabrikarbeiter. Jussup muß verstehen, einfache Volk jetzt viel besser leben, das sogar ein Blinder sehen, man kann nicht streiten. Ich weiß nicht, wie du denkst, aber was du kannst, ist bei Jussup Sünde, Gott nicht verzeihen. Vater von Jussup Soldat, gefallen, aber so, daß kein Gesicht mehr, keine Arme und Beine.«

Sie hatte nicht die Kraft weiterzusprechen, machte eine Handbewegung und wartete, bis ihre Erregung sich gelegt hatte. Dann fuhr sie fort: »Komm. Ich geb dir jetzt die Droschke. Ich weiß, wer du bist. Mein Sohn war zwei Tage hier, er hat erzählt. Er sagt, du kennst Lara Guichard. Das war ein gutes Mädchen. Ich erinnere, sie hat uns hier oft besucht. Wie mag sie jetzt aussehen, wer weiß. Ist es möglich, daß Herren gegen Herren kämpfen? Bei Jussup ist es Sünde. Komm, wir fragen nach der Droschke. Genossin Djomina gibt sie uns. Weißt du, wer das ist? Olja Djomina, sie hat bei Lara Guichards Frau Mutter in der Schneiderei gearbeitet. Das ist sie. Auch von hier. Von diesem Hof. Komm.«

13

Es war schon ganz dunkel. Ringsum stand die Nacht. Nur der helle Lichtfleck von Olja Djominas Taschenlampe sprang fünf Schritt vor ihnen von Schneewehe zu Schneewehe und störte mehr, als daß er den Weg zeigte. Ringsum stand die Nacht, und hinter ihnen blieb das Haus zurück, wo so viele Menschen Lara kannten, wo sie als kleines Mädchen oft gewesen war und wo, wie erzählt wurde, ihr späterer Mann Antipow als Junge großgeworden war.

Olja Djomina wandte sich gönnerhaft-scherzhaft an Doktor Shiwago: »Können Sie wirklich ohne Taschenlampe weitergehen? Sonst geb ich sie Ihnen mit, Genosse Arzt. Ja. Ich war damals ernsthaft in Lara verknallt, ich liebte sie besinnungslos, als wir kleine Mädchen waren. Sie hatten eine Schneiderwerkstatt. Da war ich Lehrling. Ich hab sie dieses Jahr gesehen. Sie war auf der Durchreise in Moskau. Ich hab zu ihr gesagt, wo willst du hin, dummes Ding? Bleib doch. Wir könnten zusammen wohnen, und Arbeit für dich würde ich schon finden. Aber nein! Sie wollte nicht. Ihre Sache. Sie hat Pawluscha mit dem Kopf geheiratet, nicht mit dem Herzen, seitdem ist sie ganz verdreht. Sie ist abgereist.«

»Was halten Sie von ihr?«

»Vorsicht, es ist glatt hier. Wie oft hab ich den Leuten gesagt, sie sollen ihr Spülwasser nicht vor die Tür schütten. Man redet gegen die Wand. Was ich von ihr halte? Was gibt's da zu halten? Keine Zeit. So, hier wohn ich. Ich hab es vor ihr verborgen, denn ihr Bruder Rodion war Offizier und soll erschossen worden sein. Aber ihre Mutter, meine ehemalige Chefin, die werd ich wohl freikriegen, ich will für sie gutsagen. So, ich muß hier lang. Wiedersehen.«

Sie trennten sich. Das Licht ihrer Taschenlampe stieß auf eine schmale Steintreppe und lief voraus, beleuchtete die verdreckten Wände des schmutzigen Treppenhauses. Der Arzt stand in der Dunkelheit. Nach rechts ging die Sadowaja-Triumfalnaja, nach links die Sadowaja-Karetnaja. In der schwarzen Ferne und auf dem schwarzen Schnee schienen das keine Straßen im Wortsinne zu sein, sondern gleichsam zwei Waldschneisen in der dichten Taiga der sich hinziehenden steinernen

Gebäude, wie im undurchdringlichen Dickicht des Urals oder Sibiriens.

Zu Hause war es hell und warm.

»Warum kommst du so spät?« fragte Tonja, doch sie ließ ihm keine Zeit zur Antwort und fuhr fort: »Als du weg warst, ist hier was Kurioses passiert. Ich hatte vergessen, es dir zu sagen: Papa hat gestern den Wecker kaputtgemacht und war verzweifelt. Die letzte Uhr im Hause. Er wollte ihn reparieren, hat darin herumgestochert, doch er ging nicht. Der Uhrmacher an der Ecke verlangt fast drei Pfund Brot, ein unerhörter Preis. Was tun? Papa hat schon den Kopf hängenlassen. Und plötzlich, stell dir vor, eine Stunde ist das her, ein durchdringendes, ohrenbetäubendes Klingeln. Der Wecker! Verstehst du, er geht wieder!«

»Damit hat meine Typhusstunde geschlagen«, scherzte Juri und erzählte von der Patientin mit der Spieluhr.

14

Aber den Typhus bekam er erst viel später. In der Zwischenzeit lebten die Shiwagos in äußerstem Elend. Sie litten Not und waren dem Tode nahe. Doktor Shiwago suchte den Parteimann auf, dem er einmal das Leben gerettet hatte, nachdem dieser beraubt worden war. Er tat für den Arzt, was er konnte. Aber der Bürgerkrieg hatte begonnen. Juris Gönner war ständig auf Reisen. Außerdem hielt er entsprechend seinen Überzeugungen die damaligen Schwierigkeiten für natürlich und verschwieg, daß er selber hungerte.

Doktor Shiwago versuchte, sich an den Lieferanten in der Nähe des Twerskaja-Tors zu wenden. Aber der war in den vergangenen Monaten spurlos verschwunden, und auch über seine inzwischen genesene Frau war nichts zu erfahren. Neue Mieter wohnten im Hause. Olja Djomina war an der Front, und die Hausverwalterin Galiullina traf der Arzt nicht an.

Einmal erhielt er eine Anweisung auf Brennholz zum staatlichen Preis, doch es mußte vom Windawski-Bahnhof abgeholt werden. Durch die endlose Mestschanskaja-Straße begleitete er den Fuhrmann und die Mähre, die den unerwarteten Reichtum zog. Plötzlich merkte er, daß die Mestschanskaja sich veränderte, daß er taumelte und die Beine ihn nicht mehr trugen. Er begriff, daß es ihn erwischt hatte; es stand übel – er hatte Typhus. Der Fuhrmann hob den Gestürzten auf. Der Arzt erinnerte sich später nicht, wie er, schlecht und recht auf das Brennholz gebettet, nach Hause gebracht worden war.

15

Zwei Wochen lang phantasierte er mit Unterbrechungen. In seinen Fieberträumen sah er, wie Tonja die zwei Sadowaja-Straßen auf den Schreibtisch stellte, links die Sadowaja-Karetnaja, rechts die Sadowaja-Triumfalnaja, und daß sie die Tischlampe, heiß, leuchtend, orangefarben, dicht heranrückte. In den Straßen war es hell. Er konnte arbeiten. Und nun schrieb er.

Er schreibt mit Leidenschaft, und es gelingt ihm gut, was er schon immer schreiben wollte und mußte, jedoch nie vermochte, doch jetzt klappt es. Nur manchmal stört ihn ein junger Mann mit schmalen Kirgisenaugen; er trägt einen offenen Mantel aus Rentierfell, wie er in Sibirien oder im Ural getragen wird.

Shiwago weiß genau, daß dieser junge Mann der Geist seines Todes oder sagen wir einfach sein Tod ist. Aber wie kann er sein Tod sein, wenn er ihm hilft, das Poem zu schreiben? Kann der Tod etwa Nutzen bringen, kann er eine Hilfe sein?

Sein Poem handelt nicht von Auferstehung und nicht von Grablegung, sondern von den Tagen, die dazwischen liegen. Er schreibt das Poem »Verwirrung«.

Er wollte schon immer schreiben, wie drei Tage lang ein Sturm von wurmiger schwarzer Erde gegen die unsterbliche Verkörperung der Liebe anrennt und antobt und sie mit seinen Batzen und Klumpen bewirft, so wie die Brandungswellen des Meeres mit Wucht das Ufer überrennen und unter sich begraben. Wie drei Tage lang der schwarze Erdsturm wütet, angreift und zurückweicht.

Und zwei gereimte Zeilen verfolgen ihn:

Froh, zu berühren
und
Wachsein zu spüren.

Froh, ihn zu berühren, sind Hölle, Zerfall, Zersetzung und Tod, froh, ihn zu berühren, sind aber auch der Frühling und Magdalena und das Leben. Er muß erwachen. Er muß das Wachsein spüren und aufstehen. Er muß auferstehen.

16

Langsam wurde er wieder gesund. Anfangs suchte er in seiner Glückseligkeit nicht nach Zusammenhängen, sondern akzeptierte alles, erinnerte nichts und staunte nie. Seine Frau gab ihm Weißbrot mit Butter, Tee mit Zucker und auch Kaffee. Er hatte vergessen, daß dies jetzt nicht sein konnte, und freute sich über das schmackhafte Essen wie über Poesie und Märchen – all das stand einem während der Genesung zu. Aber als er wieder nachdenken konnte, fragte er seine Frau: »Wo hast du das alles her?«

»Von deinem Granja.«

»Wer ist Granja?«

»Granja Shiwago.«

»Granja Shiwago?«

»Na ja, dein Bruder Jewgraf aus Omsk. Dein Halbbruder. Als du ohne Besinnung lagst, hat er uns oft besucht.«

»Im Rentiermantel?«

»Ja, ja. Du hast ihn bemerkt, obwohl du ohne Besinnung warst? Er ist in irgendeinem Treppenhaus mit dir zusammengetroffen, das hat er mir erzählt. Er wußte, daß du es bist, und wollte sich vorstellen, aber du hast ihm solche Angst eingejagt! Er vergöttert dich, liest immer wieder deine Sachen. Die Lebensmittel holt er scheinbar unter der Erde hervor! Reis, Zucker, Rosinen. Er ist wieder nach Hause gefahren. Wir sollen auch dorthin kommen. Er ist merkwürdig, geheimnisvoll. Ich glaube, er hat irgendwie eng mit den Machthabern zu tun. Er sagt, man muß für ein oder zwei Jahre die großen Städte meiden und ›auf dem Land leben‹. Ich habe mit ihm über den Besitz der Krügers gesprochen. Er empfiehlt uns hinzufahren. Dort kann man einen Garten anlegen und hat den Wald vor der Tür. Man darf nicht so gehorsam zur Schlachtbank gehen wie ein Hammel.«

Im April desselben Jahres reiste die Familie Shiwago in den fernen Ural, auf das ehemalige Gut Warykino unweit der Stadt Jurjatin.

Siebenter Teil

Unterwegs

1

Ende März kamen die ersten warmen Tage, trügerische Frühlingsboten, denen alljährlich eine starke Abkühlung zu folgen pflegte.

Die Gromekos bereiteten sich in aller Eile auf die Reise vor. Gegenüber den zahlreichen Mietern, von denen infolge der Wohnraumeinschränkung jetzt mehr im Hause waren als Spatzen auf der Straße, wurden die Zurüstungen als Großreinemachen vor Ostern ausgegeben.

Juri Shiwago war gegen die Reise. Er behinderte die Vorkehrungen nicht, denn er hielt die Idee für unrealisierbar und hoffte, sie im entscheidenden Moment scheitern zu sehen. Aber die Sache kam voran und näherte sich dem Ende. Es war an der Zeit, ernsthaft zu reden.

Er berief den Familienrat ein und sprach seiner Frau und dem Schwiegervater seine Zweifel aus.

»Ihr meint also, ich habe unrecht, und folglich fahren wir?« schloß er seinen Widerspruch.

Seine Frau ergriff das Wort.

»Du sagst, wir müßten ein oder zwei Jahre durchstehen, dann kämen die neuen Agrarverhältnisse in Ordnung, wir könnten in der Moskauer Umgebung ein Stück Land beantragen und einen Garten anlegen. Wie wir aber die Zwischenzeit überleben sollen, weißt du auch nicht. Das wäre aber das Wichtigste, dazu möchte man schon was hören.«

»Die reine Idiotie«, unterstützte Alexander Gromeko seine Tochter.

»Gut, ich gebe auf«, stimmte Juri zu. »Mich stört nur die völlige Ungewißheit. Wir stürzen uns mit zugekniffenen Augen ins Unbekannte und haben nicht die geringste Vorstellung, wie es dort aussieht. Von den drei Menschen in Warykino leben zwei nicht mehr, die Mutter und die Großmutter, und der dritte, Großvater Krüger, wenn der noch lebt, sitzt er als Geisel hinter Gittern.

Im letzten Kriegsjahr hat er mit den Wäldern und dem Werk irgendwas gemacht, hat sie zum Schein an einen Strohmann oder eine Bank verkauft oder sie irgendwem überschrieben. Was wissen wir von dieser Abmachung? Wem gehört das Land jetzt, nicht im Sinne von Eigentum, zum Teufel damit, aber welche Behörde ist dafür zuständig? Wird Holz geschlagen? Arbeitet das Werk? Und schließlich, wer ist dort an der Macht, und wer wird es sein, wenn wir dort sind?

Für euch ist der Rettungsanker Mikulizyn, dessen Namen ihr so gerne wiederholt. Aber wer sagt euch, daß der alte Verwalter noch lebt und noch in Warykino ist? Und was wissen wir von ihm, außer daß Großvater seinen Namen nur mühsam aussprechen konnte? Deshalb haben wir ihn ja behalten.

Aber wozu streiten? Ihr habt beschlossen zu fahren. Ich füge mich. Wir müssen herausfinden, wie man das jetzt macht. Die Sache duldet keinen Aufschub.«

2

Um sich zu erkundigen, ging Juri Shiwago auf den Jaroslawler Bahnhof.

Der Strom der Reisenden wurde durch Holzbarrieren gelenkt, die sich durch die Bahnhofssäle zogen. Auf dem Steinfußboden lagen Menschen in grauen Mänteln, wälzten sich hin und her, husteten und spuckten, und wenn sie miteinander sprachen, dann unpassend laut, ohne an den Widerhall der Gewölbe zu denken.

Es waren zumeist Kranke, die den Flecktyphus überstanden hatten. Wegen der Überfüllung hatten die Krankenhäuser sie am Tag nach der Krisis entlassen. Juri als Arzt war dazu auch schon gezwungen gewesen, aber er hatte nicht gewußt, daß es von diesen Unglücklichen so viele gab und daß die Bahnhöfe ihnen als Obdach dienten.

»Sie müssen sich einen Dienstreiseschein besorgen«, sagte ihm ein Gepäckträger mit weißer Schürze. »Und Sie müssen täglich nachfragen. Züge sind jetzt eine Seltenheit, eine Zufallssache. Und dann natürlich...« (Der Träger rieb den Daumen am Zeigefinger) »... Mehl oder so was. Wer nicht schmiert, der nicht fährt. Na, und dieser hier...« (Er machte die Geste des Glaskippens), »das ist eine heilige Sache.«

3

Um diese Zeit wurde Alexander Gromeko ein paarmal zu Konsultationen in den Obersten Sowjet der Volkswirtschaft gebeten und Juri Shiwago zu einem schwerkranken Regierungsmitglied. Beide erhielten ihr Honorar in der für die damalige Zeit wertvollsten Form – Lebensmittelgutscheine für die erste nichtöffentliche Verteilstelle.

Diese befand sich in den Lagerräumen einer Garnison

beim Simon-Kloster. Der Arzt und sein Schwiegervater durchquerten zwei Höfe, den der Kirche und den der Kaserne, und gelangten in die steinernen Gewölbe eines allmählich in die Tiefe führenden Kellers. Das erweiterte Ende war durch eine lange Barriere abgeteilt, hinter der der Verwalter, der sich ab und zu entfernte, um Waren aus dem Lager zu holen, ruhig und gelassen Lebensmittel abwog und herüberreichte, wobei er mit breitem Bleistiftschwung das schon Ausgegebene von der Liste strich.

Es waren nur wenige Empfänger da.

»Ihre Verpackung«, sagte der Lagerverwalter zu Professor Gromeko und Doktor Shiwago, nachdem er ihre Gutscheine überflogen hatte. Beide machten große Augen, als er ihnen in die hingehaltenen Kissenbezüge Mehl und Graupen, Zucker und Makkaroni schüttete, dazu Speck, Seife und Streichhölzer, dann bekam jeder noch etwas in Papier Gewickeltes, was sich später zu Hause als kaukasischer Käse erwies.

Schwiegersohn und Schwiegervater beeilten sich, ihre vielen kleinen Bündel in zwei großen Rucksäcken zu verstauen, um nicht mit Getrödel den Lagerverwalter zu verärgern, der sie mit seiner Großmut beglückt hatte.

Sie stiegen aus dem Keller an die frische Luft und waren wie berauscht, nicht von animalischer Freude, sondern von dem Bewußtsein, daß sie nicht umsonst lebten, sondern zu etwas gut waren und sich zu Hause bei der jungen Hausfrau Tonja Lob und Anerkennung verdienen würden.

4

Während die Männer die Behörden abklapperten, um Dienstreisescheine und Wohnungsbestätigungen für ihre Zimmer zu erhalten, war Tonja mit der Auswahl der Gegenstände beschäftigt, die eingepackt werden sollten.

Sorgenvoll ging sie immer wieder durch die drei Zimmer, die jetzt im Hause als die Wohnung der Familie Gromeko galten, und wog jeden kleinen Gegenstand in der Hand, bevor sie ihn zu dem allgemeinen Reisegepäck legte.

Nur ein kleiner Teil davon war persönlicher Bedarf, alles übrige war als Tauschobjekt gedacht und sollte ihnen unterwegs und nach der Ankunft nützlich sein.

Durch die offene Lüftungsklappe drang Frühlingsluft herein, die nach einer frisch angebissenen französischen Semmel duftete. Im Hof krähten Hähne und juchzten spielende Kinder. Je mehr das Zimmer durchlüftete, desto stärker wurde der Naphthalingeruch von den aus den Truhen geholten Wintersachen.

Was man mitnehmen und was man zurücklassen mußte, darüber gab es eine ganze Theorie, aufgestellt von den schon früher Weggereisten, deren Erfahrungen in ihrem Bekanntenkreis weitergegeben wurden.

Diese Belehrungen, die zu kurzen, unanfechtbaren Weisungen wurden, standen Tonja so deutlich im Kopf, daß sie sie zusammen mit dem Tschilpen der Spatzen und dem Lärm der spielenden Kinder vom Hof her zu hören wähnte, als wäre es eine geheime Stimme, die sie ihr von draußen soufflierte.

»Stoffe, Stoffe«, lauteten diese Hinweise, »am besten zugeschnittene Stücke, doch unterwegs wird kontrolliert, und das ist gefährlich. Am besten Stücke, aus denen scheinbar schon Kleider zugeschnitten sind. Überhaupt Stoffe, Manufakturwaren, auch fertige Kleidung, vor allem Oberbekleidung, nicht zu sehr abgenutzt. Wenig Trödel, nichts Schweres. Man sollte alles selber tragen können. Keine Körbe und Koffer. Weniges, hundertmal Überlegtes, zu Bündeln schnüren, die eine Frau oder ein Kind tragen kann. Zweckmäßig sind Salz und Tabak, wie die Praxis zeigt, allerdings bei großem

Risiko. Geld in Kerenski-Rubeln. Am schwierigsten ist es mit den Dokumenten.« Und so weiter und so fort.

5

Am Abend vor der Abreise erhob sich ein Schneesturm. Der Wind trieb graue Wolken stöbernder Schneeflocken hoch zum Firmament, die als weißer Wirbel zur Erde zurückkehrten, die dunkle Straße entlangrasten und sie in weiße Schleier hüllten.

Im Hause war alles gepackt. Die Zimmer und die verbleibende Habe wurden einem bejahrten Ehepaar in Obhut gegeben, Moskauer Verwandten der Jegorowna, die Tonja im letzten Winter kennengelernt hatte, als sie mit deren Hilfe alte Sachen, Kleider und überflüssige Möbel gegen Brennholz und Kartoffeln tauschte.

Auf Markel war kein Verlaß mehr. Bei der Miliz, die er sich als politischen Klub auserkoren hatte, zeigte er zwar die einstigen Hausbesitzer Gromeko nicht als Blutsauger an, aber er machte ihnen nachträglich den Vorwurf, sie hätten ihn all die Jahre in dunkler Unwissenheit gehalten, indem sie ihm absichtlich verheimlichten, daß die Welt vom Affen abstamme.

Das Ehepaar, ein ehemaliger Handelsangestellter und seine Frau, wurde von Tonja ein letztes Mal durch die Zimmer geführt. Sie zeigte den beiden, welche Schlüssel zu welchen Schlössern paßten und was wo verwahrt lag. Sie öffnete und verschloß Schranktüren, zog Schubkästen auf und schob sie wieder zu, erklärte ihnen alles.

Tische und Stühle waren an die Wände gerückt, die Reisebündel lagen in einer Ecke, von allen Fenstern waren die Gardinen entfernt worden. Ohne deren gemütlichen Rahmen blickte der Schneesturm ungehindert in die Zimmer. Er rief in jedem von ihnen bestimmte Erinnerungen wach:

Juri dachte an seine Kindheit und den Tod der Mutter, Tonja und ihr Vater an das Ableben und die Beisetzung Anna Iwanownas. Sie alle glaubten, dies sei ihre letzte Nacht im Hause, und sie würden es nie wieder sehen. Sie irrten sich, doch unter dem Eindruck des Irrtums, den sie einander verheimlichten, um sich nicht zu betrüben, ließ jeder noch einmal das Leben unter diesem Dach an sich vorüberziehen und kämpfte mit den Tränen.

Das hinderte Tonja nicht, vor den Fremden vornehmen Anstand zu wahren. Sie unterhielt sich fortwährend mit der Frau, deren Obhut sie alles anvertraute. Sie übertrieb die Bedeutung des Dienstes, der ihr erwiesen wurde. Um die Gefälligkeit nicht mit schwarzem Undank zu lohnen, ging sie immer wieder mit Entschuldigungen ins Nebenzimmer, von wo sie der Frau als Geschenk bald ein Tuch brachte, bald eine Bluse, bald ein Stück Kattun oder Halbchiffon. Die Stoffe waren dunkel, weiß kariert oder getüpfelt, weiß gesprenkelt wie die dunkle verschneite Straße, die an diesem Abschiedsabend durch die kahlen Fenster hereinblickte.

6

Zum Bahnhof brachen sie schon im Morgengrauen auf. Die Hausbewohner waren zu dieser Stunde noch nicht auf den Beinen. Die Mieterin Seworotkino, bei allen gemeinschaftlichen Unternehmungen des Hauses die treibende Kraft, lief von Tür zu Tür, klopfte und rief die Mieter aus dem Schlaf: »Aufgepaßt, Genossen! Abschiednehmen! Schnell, schnell! Die ehemaligen Garumekows reisen ab.«

Die Hausbewohner kamen zum Abschied in den Hausflur und auf die Treppe des Hintereingangs (die vordere Haustür war längst zugenagelt) und drängten auf den Stufen wie in einem Amphitheater, als stellten sie sich zu einer Gruppenaufnahme.

Gähnend standen sie da, etwas gebückt, damit die über die Schultern geworfenen ärmseligen Mäntel, unter denen sie froren, nicht herabglitten, und traten von einem Fuß auf den anderen; sie waren in der Eile barfuß in gewaltige Filzstiefel gefahren.

Markel hatte es fertiggebracht, sich in dieser alkohollosen Zeit mit irgendeinem mörderischen Gesöff vollaufen zu lassen, er fiel aufs Geländer wie niedergemäht und drohte es umzureißen. Er erbot sich, das Gepäck zum Bahnhof tragen zu helfen, und war beleidigt, als dies zurückgewiesen wurde. Nur mühsam wurde man ihn los.

Draußen war es noch dunkel. Der Schnee fiel in der Windstille dichter als am Abend zuvor. Die großen zottigen Flocken sanken träge herab und schienen kurz über dem Erdboden innezuhalten, als zauderten sie, ob sie sich niederlegen sollten oder nicht.

Als sie aus der Seitengasse auf den Arbat kamen, wurde es ein wenig heller. Der Schneefall verhängte die Straße mit seinem niedergleitenden weißen Schleier, dessen Fransen vor den Füßen baumelten und sich verhedderten, so daß das Gefühl der Bewegung schwand und sie den Eindruck hatten, auf der Stelle zu treten.

Auf der Straße war keine Menschenseele. Den Reisenden von Siwzew Wrashek kam niemand entgegen. Bald überholte sie, ganz verschneit, wie in dünnem Teig gewälzt, eine leere Droschke, gezogen von einer verschneiten Mähre, und für einen märchenhaften Geldbetrag, der aber damals keine Kopeke wert war, stiegen sie mit ihren Sachen ein, nur Doktor Shiwago ging auf eigenen Wunsch mit leeren Händen zu Fuß zum Bahnhof.

7

Als er dort eintraf, standen Tonja und ihr Vater bereits in einer endlosen Schlange, die von Holzbarrieren zusammengepreßt war. Das Einsteigen erfolgte nicht vom Bahnsteig aus, sondern eine gute halbe Werst weiter im Gewirr der Geleise beim Ausfahrtssignal, weil es nicht genug Arbeitskräfte gab, um die Bahnsteige sauberzuhalten. Die Hälfte des Bahnhofsgeländes war vereist und verschmutzt, und die Lokomotiven hielten außerhalb.

Njuscha und Saschenka waren nicht bei der Mutter und dem Großvater. Sie gingen draußen unter dem gewaltigen Vordach spazieren und schauten nur ab und zu herein, ob es schon Zeit sei, sich den Älteren anzuschließen. Beide rochen stark nach Petroleum, mit dem sie als Schutz gegen Typhusläuse Hals, Knöchel und Handgelenke eingerieben hatten.

Als Tonja ihren Mann herbeieilen sah, winkte sie ihm und rief ihm von weitem zu, an welcher Kasse die Dienstreisemandate gelocht wurden. Er ging dorthin.

»Zeig mal, was für Stempel sie dir gegeben haben«, sagte sie, als er zurückkam. Der Arzt reichte eine Handvoll gefalteter Papiere über die Barriere.

»Das ist ein Freifahrtschein für einen Delegiertenwaggon«, sagte ihr Hintermann, der über ihre Schulter hinweg den Stempel betrachtete. Ihr Vordermann, einer von jenen peniblen Rechtskundigen, die unter beliebigen Umständen sämtliche Vorschriften der Welt kennen, erläuterte ausführlicher: »Mit diesem Stempel haben Sie das Recht, einen Platz in einem Klassewaggon beziehungsweise einem Passagierwaggon zu verlangen, falls der Zug einen hat.«

Die ganze Schlange mischte sich in das Gespräch. Stimmen ertönten: »Geh doch hin und sieh nach, ob du einen Klassewaggon findest. Vermutlich wimmelt's davon.

Heutzutage kannst du zufrieden sein, wenn du auf dem Puffer von einem Güterwaggon hockst.«

»Hören Sie nicht auf den, Dienstreisender. Ich will's Ihnen erklären. Gegenwärtig fahren gar keine Personenzüge mehr, es gibt nur noch gemischte Züge aus Waggons für Soldaten und für Häftlinge und für Vieh und für Menschen. Reden kann man viel, die Zunge ist ein weiches Ding, aber wozu einen Menschen durcheinanderbringen; besser man erklärt's ihm so, daß er's versteht.«

»Du weißt es wohl besser, was? Schlauberger. Der Freifahrtschein für den Delegiertenwaggon, das ist ja nur die eine Seite. Sieh dir erst mal die Leute an, dann kannst du reden. Meinst du, wer so aussieht wie die, den lassen sie in den Delegiertenwaggon? Der ist doch voll von Landsern. Und die Seeleute haben scharfe Augen. Und einen Revolver an der Schnur. Die sehen sofort – besitzende Klasse, noch dazu ein Arzt, ehemalige Herrschaften. Da zieht der Matrose einfach seinen Nagant und knallt ihn ab wie eine Fliege.«

Wer weiß, wo das Mitgefühl mit dem Arzt und seiner Familie noch hingeführt hätte, wäre nicht ein neuer Umstand eingetreten.

Die Menschen in der Schlange warfen seit langem Blicke durch die breiten Bahnhofsfenster aus dickem Spiegelglas. Die langgestreckten Überdachungen der Bahnsteige rückten das Schauspiel des auf die Gleise rieselnden Schnees ins Endlose. Daher schien es, als ob die Schneeflocken fast reglos in der Luft stünden und sich nur sehr langsam setzten, so wie aufgeweichte Brotkrümel, mit denen man Fische füttert, im Wasser untergehen.

Dort hinten zeigten sich seit längerem einzeln und in Grüppchen Menschen. Solange sie nur wenige waren, diese Gestalten, die sich undeutlich hinter dem flimmernden Netz des Schnees abzeichneten, konnte man sie für Eisenbahner halten, die aus dienstlichen Gründen über die Schwellen gingen. Aber dann kam ein ganzer Haufen auf einmal. Da, wo sie hingingen, qualmte die Lokomotive.

»Macht die Türen auf, ihr Gauner!« brüllte es in der Schlange. Die Menge drängte wogend gegen die Türen. Die Hinteren schoben die Vorderen.

»Seht doch, was sich tut! Hier ist alles verrammelt, und dort kriechen sie durch Hintertüren, ohne anzustehen! Die Waggons sind bestimmt schon vollgestopft, und wir warten hier wie die Hammel! Macht auf, ihr Halunken, sonst brechen wir auf! Los, Jungs, Schwung, Druck!«

»Auf die sind sie nun neidisch, die Blödmänner«, sagte der allwissende Rechtskundige. »Das sind doch Zwangsmobilisierte für die Arbeitsarmee aus Petrograd. Die sollten erst nach Norden fahren, nach Wologda, aber jetzt werden sie an die Ostfront getrieben. Gegen ihren Willen. Unter Bewachung. Schützengräben sollen sie ausheben.«

8

Sie waren schon drei Tage unterwegs, aber noch nicht weit weg von Moskau. Ein winterliches Bild bot sich ihnen: Gleise, Felder, Wälder, Hausdächer in den Dörfern – alles war verschneit.

Die Shiwagos hatten das Glück gehabt, links in der Ecke auf der oberen Pritsche nahe dem trüben Fensterchen unter der Decke Platz zu finden, so daß die Familie beisammen bleiben konnte.

Tonja reiste zum erstenmal in einem Güterwaggon. Beim Einsteigen in Moskau hatte Juri die Frauen bis zur Höhe des Waggonfußbodens gehoben, auf dessen Kante die schwere Schiebetür lief. Während der Reise lernten die Frauen, ohne Hilfe hinaufzuklettern.

Die Waggons kamen Tonja in der ersten Zeit vor wie Ställe auf Rädern. Diese Käfige mußten doch beim ersten

Stoß, bei der ersten Erschütterung auseinanderfallen. Aber schon den dritten Tag warf es sie vor und zurück und von einer Seite auf die andere, vor allem in den Kurven, und schon den dritten Tag ratterten die Radachsen unterm Fußboden wie die Stöckchen eines aufziehbaren Spielzeugtrommlers. Die Reise verlief ohne Zwischenfälle, und Tonjas Befürchtungen trafen nicht ein.

An den Stationen mit ihren kurzen Bahnsteigen konnte der lange Zug, der aus dreiundzwanzig Waggons bestand (die Shiwagos reisten im vierzehnten), nur teilweise anlegen, mit der Spitze, dem Schwanz oder der Mitte.

In den vorderen Waggons fuhren Militärangehörige, in den mittleren Privatreisende und in den hinteren die Zwangsmobilisierten für die Arbeitsarmee.

Die Reisenden dieser letzten Kategorie, an die fünfhundert, waren Menschen aller Altersgruppen mit den verschiedensten Titeln und Berufen.

Die acht Waggons, in denen sie fuhren, boten ein buntes Schauspiel. Neben gutgekleideten Reichen, Petersburger Börsianern und Advokaten gab es der Ausbeuterklasse zugeordnete elegante Droschkenkutscher, Bohnerer, Badewärter, tatarische Trödler, entlaufene Geisteskranke aus den aufgelösten Irrenhäusern, Mönche und kleine Händler.

Die Bessergestellten saßen ohne Jackett rund um die rotglühenden Kanonenöfchen auf Holzklötzen, erzählten sich um die Wette Geschichten und lachten laut. Sie hatten Beziehungen und verzagten nicht, denn zu Hause bemühten sich einflußreiche Verwandte für sie. Schlimmstenfalls konnten sie sich noch während der Reise loskaufen.

Die einfacheren Leute, die Stiefel und offene Kaftane oder lange Hemden ohne Gürtel über die Hosen trugen und barfuß gingen, Männer mit und ohne Bart, standen an den offenen Türen der stickigen Güterwaggons, hielten sich an den Türpfosten oder an der Querstange fest, blickten düster auf die Landschaft und deren Bewohner und sprachen mit niemandem. Sie hatten nicht die erforderlichen Beziehungen und konnten auf nichts hoffen.

Diese Leute hatten nicht alle in den ihnen zugewiesenen Waggons Platz gefunden. Ein Teil war in die mittleren Waggons zu den gewöhnlichen Reisenden gesteckt worden. Auch im vierzehnten Waggon fuhren einige mit.

9

Wenn sich der Zug einer Station näherte, richtete sich die oben liegende Tonja in der unbequemen Stellung, zu der die niedrige Waggondecke sie zwang, ein wenig auf, beugte sich hinunter und blickte durch die halbgeöffnete Tür, um zu sehen, ob der Ort zum Tauschen von Interesse sei und ob es lohnte, von der Pritsche zu steigen und hinauszugehen.

So auch jetzt. Die langsamere Fahrt des Zugs riß sie aus dem Halbschlaf. Die vielen Weichen, die der Waggon mit zunehmendem Rattern überfuhr, deuteten darauf hin, daß es eine größere Station war, wo der Zug längere Zeit halten würde.

Tonja setzte sich gebückt hin, rieb sich die Augen, richtete die Haare, griff in den Sack und zog von ganz unten ein mit Hähnen, Burschen, Bögen und Rädern besticktes Handtuch hervor.

Inzwischen war auch Shiwago erwacht, stieg als erster zu Boden und half seiner Frau herunter.

Mittlerweile glitten an der offenen Waggontür nach den Wärterhäuschen und Stationslaternen bereits die Bäume des Bahnhofs vorüber, die ihre dicken Schneeschichten auf ausgestreckten Ästen dem Zug darreichten wie Brot und Salz. Noch während der Fahrt sprangen die Matrosen auf den jungfräulichen Schnee des Bahnsteigs und eilten allen voran um die Ecke des Bahnhofsgebäudes, wo gewöhnlich im Schutz der Seitenwand Händlerinnen unerlaubterweise Eßwaren anboten.

Die schwarze Uniform der Matrosen, die flatternden Bänder ihrer Mützen und ihre trichterartig nach unten sich erweiternden Hosen verliehen ihrem Schritt Nachdruck und Schnelligkeit, so daß die Leute vor ihnen auseinandertraten wie vor Anlauf nehmenden Skifahrern oder dahinjagenden Schlittschuhläufern.

Hinter der Bahnhofsecke standen aufgeregt, als ob sie sich wahrsagen ließen, und sich hintereinander verkriechend, in einer Reihe Bäuerinnen aus den umliegenden Dörfern mit Gurken, Quark, gekochtem Rindfleisch und Käsekuchen aus Roggenmehl, die in der Kälte ihren Duft und ihre Wärme unter dicken Steppdecken bewahrten. Die Frauen und Mädchen, die ihre Tücher unter die Halbpelze gestopft hatten, glühten rot wie Mohn von den Matrosenscherzen und fürchteten sie zugleich wie das Feuer, denn vor allem aus Matrosen wurden die Abteilungen zum Kampf gegen das Schiebertum und den verbotenen freien Handel gebildet.

Die Verlegenheit der Bäuerinnen währte nicht lange. Der Zug hielt, die anderen Fahrgäste kamen. Alles vermischte sich. Der Handel blühte.

Tonja ging die Reihe der Händlerinnen entlang, das Handtuch über die Schulter geworfen, und tat so, als wollte sie sich hinter dem Bahnhof mit Schnee waschen. Sie wurde ein paarmal angerufen: »He, he, Städtische, was willst du für das Tuch?«

Aber Tonja blieb nicht stehen, sie ging mit ihrem Mann weiter.

Am Ende der Reihe stand eine Frau mit schwarzem, knallrot gemustertem Kopftuch. Sie sah das bestickte Handtuch. Ihre frechen Augen glitzerten. Sie blickte nach rechts und links, vergewisserte sich, daß ihr keine Gefahr drohte, trat dann rasch zu Tonja, schlug die Decke von ihrer Ware und flüsterte hastig und hitzig. »Schau her. Schon mal so was gesehen? Kriegst du nicht Lust? Überleg nicht lange, sonst nehmen sie's mir weg. Gib mir das Handtuch für den Polotok.«

Dieses Wort kannte Tonja nicht. Sie glaubte, es ginge um ein Kleid. Darum fragte sie: »Was ist das, meine Beste?«

Polotok, so erklärte die Bäuerin, sei ein halber Hase, längelang gespalten und vom Kopf bis zum Schwanz in einem Stück gebraten. Sie hielt das Ding in den Händen und wiederholte: »Gib mir das Handtuch für den Polotok. Was guckst du so? Das ist kein Hund. Mein Mann ist Jäger. Das ist ein richtiger Hase.«

Der Tausch wurde vollzogen. Beide glaubten, auf Kosten des anderen ein gutes Geschäft gemacht zu haben. Tonja schämte sich, eine arme Bäuerin so unredlich übervorteilt zu haben. Diese hingegen, zufrieden mit dem Handel, hatte es eilig zu verschwinden, sie rief ihre Nachbarin, die schon alles verkauft hatte, und machte sich mit ihr auf einem Trampelpfad im Schnee, der in die Ferne führte, auf den Heimweg.

In diesem Moment entstand in der Menge ein Tumult. Eine alte Frau schrie: »Wo willst du hin, Kavalier? Und das Geld? Wann willst du es mir gegeben haben, du gewissenloser Kerl? Ach, der Gierschlund, man ruft ihn, aber er geht einfach weiter und dreht sich nicht um. Bleib stehen, sag ich dir, bleib stehen, Herr Genosse! Hilfe! Raub! Ich bin bestohlen! Da geht er, da geht er! Haltet ihn fest!«

»Welcher denn?«

»Der ohne Bart, da geht er und lacht!«

»Der mit dem Loch im Ellbogen?«

»Ja doch, ja doch. Haltet ihn, den Ungläubigen!«

»Der mit dem Flicken auf dem Ärmel?«

»Ja doch, ja doch. Ach Gottchen, ich bin bestohlen!«

»Was ist denn hier los?«

»Er hat von der Alten Milch und Piroggen genommen, sich den Wanst vollgeschlagen und ist weg. Nun heult sie und grämt sich.«

»Das darf man nicht zulassen. Man muß ihn festhalten.«

»Den halt mal fest. Er ist ja ganz mit Riemen und Patronengurten umwickelt. Er wird's dir schon zeigen.«

10

Im vierzehnten Waggon reisten mehrere Männer, die für die Arbeitsarmee zwangsverpflichtet worden waren. Ihr Bewacher war der Soldat Woronjuk. Von den Männern fielen aus verschiedenen Gründen drei besonders auf: der ehemalige Kassierer eines Petrograder staatlichen Schnapsladens Prochor Prituljew, »Beutel«, wie sie ihn nannten, der sechzehnjährige Wassja Brykin, Lehrling aus einer Eisenwarenhandlung, und der grauhaarige Revolutionär und Genossenschafter Kostojed vom Amur, der sämtliche Katorgas des alten Regimes kennengelernt hatte und nun in der neuen Zeit die neue Reihe eröffnete.

Alle diese Zwangsverpflichteten waren einander fremd, waren wahllos eingefangen worden und lernten sich nun unterwegs allmählich kennen. Bei ihren Gesprächen im Waggon stellte sich heraus, daß der Kassierer Prituljew und der kaufmännische Lehrling Wassja Brykin Landsleute waren, beide aus dem Wjatkaschen stammten und überdies aus einer Gegend, die der Zug später durchfahren würde.

Prituljew, Kleinbürger aus der Stadt Malmysh, war ein untersetzter, pockennarbiger, abstoßender Mann mit

Igelhaarschnitt. Der unter den Achseln schwarzgeschwitzte graue Rock umspannte ihn so eng wie das Oberteil eines Sarafans eine fleischige Frauenbüste. Er war maulfaul wie ein Ölgötze, dachte stundenlang über irgend etwas nach und polkte die Warzen auf seinen sommersprossigen Händen blutig, daß sie zu eitern begannen.

Ein Jahr zuvor war er im Herbst den Newski Prospekt entlanggegangen und an der Ecke Litejny in eine Straßenrazzia geraten. Bei der Prüfung seiner Dokumente zeigte sich, daß er die Lebensmittelkarte der vierten Kategorie hatte, die für nichtwerktätige Elemente vorgesehen war und auf die es niemals etwas gab. Darum wurde er festgehalten, zusammen mit vielen anderen, die auf der Straße kontrolliert wurden, und unter Bewachung in eine Kaserne gebracht. Die auf diese Weise eingesammelte Partie Menschen sollte ebenso wie eine frühere Partie, die an der Archangelsker Front Schützengräben geschippt hatte, ursprünglich nach Wologda verfrachtet werden, doch sie wurde unterwegs umgeleitet und über Moskau an die Ostfront geschickt.

Prituljew hatte eine Ehefrau in Luga, wo er vor dem Krieg, vor seinem Dienst in Petersburg, gearbeitet hatte. Nachdem sie auf Umwegen von seinem Unglück gehört hatte, eilte sie nach Wologda, um ihn zu suchen und aus der Arbeitsarmee herauszuholen. Aber sie konnte die Zwangsverpflichteten nicht finden. Ihre Bemühungen blieben vergeblich. Alles war verwickelt.

In Petersburg hatte Prituljew mit einer Frau zusammengelebt, Pelageja Tjagunowa. Als er an der Straßenecke angehalten wurde, hatten sie sich eben verabschiedet, da er in anderer Richtung noch etwas zu erledigen hatte, und er sah unter den Fußgängern auf den Litejny noch lange ihren Rücken, bis er verschwand.

Diese Pelageja Tjagunowa, eine üppige, stattliche Kleinbürgerin mit schönen Händen und dickem Zopf, den sie mit tiefen Seufzern bald über die eine, bald über die andere Schulter auf die Brust warf, begleitete Prituljew aus freien Stücken auf den Transport.

Es war unbegreiflich, was die Frauen an Prituljew fanden und was sie zu ihm hinzog. In einem anderen Waggon des Zugs, näher zur Lokomotive, reiste eine weitere Bekannte Prituljews, die auf rätselhafte Weise in den Zug gekommen war, ein hellblondes und mageres Mädchen namens Ogryskowa, »Spritze« oder »Nasenloch«, wie Pelageja Tjagunowa sie neben anderen beleidigenden Ausdrücken nannte.

Die beiden Rivalinnen standen auf dem Kriegsfuß und vermieden es, sich zu begegnen. Die Ogryskowa zeigte sich nie in dem Waggon. Es blieb ein Rätsel, wie sie es fertigbrachte, sich mit ihrem Abgott zu treffen. Vielleicht begnügte sie sich mit seinem Anblick, wenn Holz und Kohlen verladen wurden, wobei sämtliche Reisenden mithelfen mußten.

11

Wassja Brykins Geschichte war ganz anders. Sein Vater war im Krieg gefallen. Seine Mutter hatte ihn vom Dorf nach Petersburg zum Onkel in die Lehre geschickt.

Im Winter war sein Onkel, der im Apraxin-Hof eine Eisenwarenhandlung betrieb, zwecks einiger Auskünfte in den Sowjet bestellt worden. Er irrte sich in der Tür und geriet in ein anderes Zimmer. Hier saß zufällig die Aufnahmekommission für die Arbeitsverpflichteten. Es waren viele Menschen da. Als sich genügend Vorgeladene angesammelt hatten, kamen Rotarmisten, nahmen die Leute in die Mitte und brachten sie in die Semjonowskije-Kasernen, wo sie übernachten mußten, und am Morgen wurden sie zum Bahnhof eskortiert, um in den Zug nach Wologda verladen zu werden.

Die Nachricht von der Festnahme so vieler Menschen verbreitete sich wie ein Lauffeuer in der Stadt. Tags darauf zogen viele Angehörige zum Bahnhof, um sich zu verabschieden. Unter ihnen waren auch Wassja und seine Tante, die den Onkel noch einmal sehen wollten.

Auf dem Bahnhof bat der Onkel den Posten, ihn für einen Moment aus dem Gitter zu seiner Frau zu lassen. Der Posten war der Soldat Woronjuk, der jetzt die Gruppe im vierzehnten Waggon bewachte. Ohne die Gewähr, daß der Onkel zurückkehren würde, war der Soldat dazu nicht bereit. Als Bürgen für die Rückkehr boten Onkel und Tante den Neffen an. Woronjuk willigte ein. Wassja wurde in das abgesperrte Gelände geführt, und der Onkel durfte hinaus. Onkel und Tante kehrten nicht zurück.

Als sich der Betrug herausstellte, brach der ahnungslose Wassja in Tränen aus. Er warf sich Woronjuk zu Füßen, küßte ihm die Hände und flehte, ihn freizulassen, doch nichts half. Der Soldat war nicht aus Grausamkeit so unerbittlich, aber es war eine unruhige Zeit, und es wurde streng auf Ordnung gesehen. Der Begleitsoldat haftete mit seinem Leben dafür, daß die Zahl der ihm anvertrauten Menschen, die durch namentlichen Aufruf ermittelt worden war, auch stimmte. So war Wassja in die Arbeitsarmee geraten.

Der Genossenschafter Kostojed vom Amur, der bei allen Gefängniswärtern unter der zaristischen und der gegenwärtigen Regierung großes Ansehen genoß und mit ihnen stets auf freundschaftlichem Fuße stand, hatte mehr als einmal den Natschalnik der Eskorte auf Wassjas unerträgliche Lage hingewiesen. Der gab zu, daß es wirklich schreiendes Unrecht sei, sagte aber, formelle Schwierigkeiten machten es unmöglich, die verzwickte Geschichte unterwegs zu lösen, und sprach die Hoffnung aus, an Ort und Stelle alles zu klären.

Wassja war ein hübscher Junge mit regelmäßigen Gesichtszügen, er sah so aus, wie man Zarenleibwächter und Gottesengel auf Bildern darstellte. Wie kaum einer war er rein und unverdorben. Sein größtes Vergnügen war, zu Füßen der Älteren am Fußboden zu hocken, die Arme um die Knie gelegt und den Kopf erhoben, um ihren Gesprächen und Erzählungen zu lauschen. Das Spiel seiner Gesichtsmuskeln, mit denen er aufsteigende Tränen zurückdrängte oder ein ihn würgendes Gelächter unterdrückte, ließ erkennen, wovon gerade gesprochen wurde. Das Gesicht des empfänglichen Jungen reflektierte den Gesprächsgegenstand wie ein Spiegel.

12

Der Genossenschafter Kostojed saß als Gast oben bei den Shiwagos und knabberte schmatzend an der Hasenschulter, die sie ihm spendiert hatten. Er fürchtete Zugluft und Erkältung. »Wie das zieht! Wo kommt das her?« fragte er oft und setzte sich immer wieder woanders hin, um geschützt zu sein. Wenn er meinte, einen guten Platz gefunden zu haben, sagte er: »Jetzt ist es gut«, und nagte weiter an dem Schulterknochen, leckte sich die Finger, wischte sie mit seinem Taschentuch ab, bedankte sich und bemerkte: »Es kommt vom Fenster her. Wir werden es zunageln müssen. Aber zurück zu unserm Streit. Sie haben unrecht, Doktor. Ein gebratener Hase ist etwas Herrliches. Aber daraus zu schließen, daß es dem Dorf gut ginge, entschuldigen Sie, das ist zumindest kühn, das ist ein sehr riskanter Gedankensprung.«

»Ach, hören Sie doch auf«, widersprach Juri Shiwago. »Sehen Sie sich die Stationen an. Die Bäume sind nicht abgesägt. Die Zäune sind heil. Und diese Märkte! Diese Bauersfrauen! Das reinste Vergnügen, dieser Anblick! Irgendwo gibt es noch Leben. Irgendwer hat Freude. Das rechtfertigt alles.«

»Schön, wenn's so wäre. Aber es stimmt ja nicht. Woher wollen Sie das wissen? Fahren Sie doch mal hundert Werst weiter weg von der Bahnstrecke. Überall und ununterbrochen Bauernaufstände. Gegen wen, fragen Sie? Gegen die Weißen und gegen die Roten, je nachdem, wer dort gerade herrscht. Sie werden sagen, aha, der Mushik ist ein Feind jedweder Ordnung, und er weiß selber nicht, was er will. Entschuldigung, freuen Sie sich nicht zu früh. Er weiß es besser als Sie, aber er will etwas ganz anderes als wir beide.

Als die Revolution ihn aufweckte, glaubte er, sein jahrhundertealter Traum vom Leben für sich selbst, von der anarchischen Existenz auf dem Bauernhof durch seiner Hände Arbeit, ohne Abhängigkeit von wem auch immer, ginge endlich in Erfüllung. Aber aus der Bedrängnis der gestürzten alten Staatsmacht geriet er in die noch festere Zange des neuen revolutionären Superstaates. Und nun wirft sich das Dorf hin und her und findet keine Ruhe. Und da sagen Sie, der Bauernschaft ginge es gut. Gar nichts wissen Sie, mein Bester, und ich sehe, Sie wollen auch nichts wissen.«

»Na und, ich will es wirklich nicht. Völlig richtig. Gehen Sie mir doch los! Warum soll ich alles wissen und mich um alles kümmern? Die Zeit nimmt keine Rücksicht auf mich und bürdet mir auf, was sie will. Also möchte ich Fakten ignorieren dürfen. Sie sagen, meine Worte stimmten nicht mit der Wirklichkeit überein. Gibt es jetzt in Rußland überhaupt eine Wirklichkeit? Ich finde, sie ist so eingeschüchtert, daß sie sich versteckt. Lassen Sie mich doch glauben, daß das Dorf gewonnen hat und floriert. Wenn das ein Irrtum ist, was soll ich dann machen? Wie soll ich leben, auf wen hören? Aber ich muß leben, ich habe Familie.«

Doktor Shiwago machte eine wegwerfende Handbewegung, überließ es seinem Schwiegervater, den Streit mit Kostojed zu Ende zu führen, rutschte an den Rand der Pritsche und blickte hinunter, um zu sehen, was sich dort tat.

Dort unterhielten sich Prituljew, Woronjuk, Tjagunowa und Wassja. Da die heimatliche Gegend näherrückte, erzählte Prituljew von den Verkehrsmöglichkeiten, bis zu welcher Station man fahren müsse, wo man aussteige und wie man weiterkäme, zu Fuß oder zu Pferde. Bei der Erwähnung der wohlbekannten Flecken und Dörfer sprang Wassja mit glühenden Augen auf und wiederholte begeistert die Namen, deren Aufzählung für ihn wie ein Zaubermärchen klangen.

»In Suchoi Brod steigen Sie aus?« fragte er mit überschnappender Stimme. »Aber ja! Das ist unsere Station! Unser Bahnhof! Und dann bestimmt weiter nach Buiskoje?«

»Dann über den Feldweg nach Buiskoje.«

»Sag ich ja, nach dem Dorf Buiskoje. Ob ich das kenne! Da müssen wir abbiegen. Von dort zu uns immer nach rechts, nach rechts. Nach Weretenniki. Und zu Ihnen, Onkel Prituljew, da geht es wohl nach links, weg vom Fluß? Den Fluß Pelga kennen Sie doch? Na klar! Unser Fluß. Zu uns geht's immer am Ufer entlang. An diesem Fluß, ein Stück weiter oben, liegt unser Dorf Weretenniki! Am Steilufer! Das Ufer ist ganz steil! Wir sagen Überhang dazu. Wenn man oben steht, hat man Angst, runterzugucken, so steil ist es. Daß man bloß nicht abstürzt. Heilig wahr. Da wird Stein gebrochen. Für Mühlsteine. Und in Weretenniki ist meine Mutter. Und meine beiden Schwestern. Die eine heißt Aljonka, die andere Arischka. Meine Mutter, Tante Palascha wird sie genannt, die sieht genauso aus wie Sie, Pelageja Nilowna, sie ist jung und hat eine weiße Haut. Onkel Woronjuk! Onkel Woronjuk! Um Christi willen, ich flehe Sie an... Onkel Woronjuk!«

»Na was? Was plapperst du wie ein Kuckuck: Onkel Woronjuk, Onkel Woronjuk? Meinst du, ich weiß nicht, daß ich keine Tante bin? Was willst du, was verlangst du? Ich soll dich flitzen lassen? Sag mir das! Du kratzt die Kurve, und ich darf Amen sagen? Mich stellen sie an die Wand.«

Pelageja Tjagunowa blickte verwirrt zur Seite, in die Ferne, und schwieg. Sie strich Wassja über den Kopf und spielte nachdenklich mit seinen hellbraunen Haaren. Ab und zu gab sie dem Jungen mit einer Kopfneigung, einem Blick, einem Lächeln zu verstehen, er solle nicht so dumm sein, in Gegenwart aller mit Woronjuk von solchen Dingen zu reden. Das hieß etwa: Warte, alles regelt sich von selbst, bleib ruhig.

13

Als sie die mittelrussische Zone verließen und weiter nach Osten fuhren, hagelte es Überraschungen. Sie durchquerten unruhige Gegenden, Gebiete, wo bewaffnete Banden ihr Unwesen trieben, Landstriche, in denen erst unlängst Aufstände niedergeschlagen worden waren.

Immer öfter hielt der Zug auf freiem Feld, Kontrollabteilungen gingen durch den Zug, untersuchten Gepäck, prüften Personalien.

Einmal blieb der Zug mitten in der Nacht stehen. Niemand kam, um die Reisenden zu wecken. Doktor Shiwago, neugierig, ob es vielleicht ein Unglück gegeben habe, sprang aus dem Waggon.

Es war eine dunkle Nacht. Der Zug hielt ohne erkennbaren Grund auf freiem Feld inmitten eines spärlichen Tannenwaldes. Die schon vorher ausgestiegenen Mitreisenden traten von einem Bein aufs andere und erzählten dem Arzt, ihres Wissens sei nichts passiert, sondern der Lokführer habe den Zug von sich aus angehalten, unter dem Vorwand, die Gegend sei gefährlich, und ehe er nicht die Sicherheit der Gleise mit einer Draisine geprüft habe, lehne er es ab, den Zug weiter zu fahren. Vertreter der Reisenden seien zu ihm gegangen, um ihn zur Weiterfahrt zu überreden und ihn notfalls zu schmieren. Es hieß, die Matrosen hätten sich eingemischt. Die würden es schon schaffen.

Während die Reisenden Doktor Shiwago dies erzählten, erstrahlte die Schneefläche am Bahndamm vor der Lokomotive im Widerschein der Flammen aus dem Schornstein und aus dem Aschkasten unter der Feuerung. Eine Flammenzunge beleuchtete ein Stück des Schneefeldes und ließ die Lokomotive und ein paar auf ihr laufende schwarze Gestalten erkennen.

Vornweg lief offenbar der Lokführer. Nachdem er das Ende des Gangblechs erreicht hatte, sprang er hoch, setzte über den Pufferklotz hinweg und verschwand. Die ihn verfolgenden Matrosen machten es ihm nach. Sie liefen ebenfalls zum Ende des Rosts, sprangen hoch und verschwanden, wie in die Erde hinein.

Doktor Shiwago, der das alles mit angesehen hatte, ging mit ein paar Neugierigen nach vorn zur Lokomotive.

Auf der freien Strecke vor dem Zug bot sich ihnen folgendes Bild. Seitlich am Bahndamm ragte der Lokführer mit dem Oberkörper aus dem unberührten Schnee. Wie die Treiber bei der Jagd ein Tier, so umstanden ihn im Halbkreis, ebenfalls bis zum Gürtel im Schnee, die Matrosen.

Der Lokführer schrie: »Ich danke euch, ihr Sturmvögel! Daß ich das noch erlebe! Mit dem Revolver gegen den eigenen Bruder, einen Arbeiter! Warum sag ich denn, der Zug kann nicht weiter? Genossen Passagiere, ihr seid Zeugen, was sie hier mit mir machen. Jeder, der will, geht zu den Gleisen und dreht Muttern raus. Wovon red ich denn, ihr verdammten Armleuchter? Ein Eisenrohr soll euch unter die Rippen fahren! Es geht mir ja nicht um mich, sondern um euch, damit euch nichts geschieht. Und das ist nun der Dank. Na los, schießt doch, ihr Minenräumer! Genossen Passagiere, ihr seid Zeugen, hier bin ich, ich verstecke mich nicht.«

Unter den Reisenden auf dem Bahndamm erhoben sich verschiedene Stimmen. Die einen riefen fassungslos: »Was redest du? Besinn dich… Ist ja nichts passiert… Das lassen wir nicht zu. Die sagen das bloß so … um dich einzuschüchtern…«

Andere hetzten laut: »Richtig, gib's ihnen, du Halunke! Laß dir nichts gefallen, Dampfmacher!«

Ein Matrose, der sich als erster aus dem Schnee befreite, ein rothaariger Riese mit so gewaltigem Schädel, daß das Gesicht flach erschien, drehte sich gelassen zu den Reisenden um und sagte in leisem Baß, mit vielen Ukrainismen wie der Soldat Woronjuk, ein paar ganz ruhige Worte, die in der ungewöhnlichen nächtlichen Situation drollig klangen: »Entschuldigung, was ist das für ein Krach? Erkälten Sie sich nicht im Wind, Bürger. Marsch, aus der Kälte in die Waggons!«

Die Reisenden zerstreuten sich und gingen zu ihren Waggons, der rothaarige Matrose aber näherte sich dem Lokführer, der noch nicht wieder bei sich war, und sagte: »Laß die Hysterie, Genosse Lokführer. Komm raus aus der Grube. Wir fahren weiter.«

14

Am nächsten Tag fuhr der Zug langsam und hielt immer wieder, um nicht auf den schneeverwehten und nicht freigeschippten Schienen zu entgleisen. Auf einer von Gott und der Welt verlassenen öden Stelle stoppte der Zug, und es war nicht gleich zu erkennen, daß da die Reste einer niedergebrannten Station lagen. Auf der verräucherten Fassade war noch der Name Nishni Kelmes zu erkennen. Nicht nur das Bahnhofsgebäude trug die Spuren eines Brandes. Gleich hinter der Station befand sich eine menschenleere, schneeverwehte Siedlung, die sichtlich das traurige Los des Bahnhofs geteilt hatte.

Gleich das erste Holzhaus war verkohlt, im nächsten Haus waren ein paar der Stämme nach innen gestürzt, überall auf der Straße lagen Schlittentrümmer, umgekippte Zäune, rostiges Blech, zerschlagener Hausrat. Der von Qualm und Ruß geschwärzte Schnee war stellenweise von der Hitze weggeschmolzen, anderswo mit Spülwasser übergossen und vereist, darin waren verkohlte Holzstücke eingefroren – Spuren des Feuers und seiner Löschung.

Die Siedlung und die Station waren nicht ganz menschenleer. Da und dort waren einzelne lebende Seelen zu sehen.

»Das ganze Dorf abgebrannt?« fragte teilnahmsvoll der auf den Bahnsteig gesprungene Zugführer den Bahnhofsvorsteher, der ihm aus der Ruine entgegenkam.

»Guten Tag. Gratuliere zur Ankunft. Wir sind abgebrannt, aber es gibt Schlimmeres.«

»Versteh ich nicht.«

»Lieber nicht fragen.«

»Etwa Strelnikow?«

»Ja.«

»Habt ihr euch was zuschulden kommen lassen?«

»Wir nicht. Die Strecke hat damit nichts zu tun. Unsere Nachbarn. Wir haben es gleich mit abgekriegt. Sehen Sie das Dorf da hinten? Das sind die Schuldigen. Das Dorf heißt Nishni Kelmes und gehört zum Landkreis Ust-Nemda. Wegen denen ist alles gekommen.«

»Was haben die gemacht?«

»Die haben fast alle sieben Todsünden begangen. Sie haben bei sich das Komitee der Dorfarmut auseinandergejagt, dies zum ersten; dann haben sie sich dem Dekret über die Lieferung von Pferden an die Rote Armee widersetzt, aber ihr müßt bedenken, da leben Tataren, Pferdenarren, das wäre Nummer zwei; und drittens, sie haben den Mobilisierungsbefehl nicht befolgt, und nun sehen Sie.«

»Soso. Dann ist alles klar. Und dafür hat's Artilleriefeuer gegeben?«

»Genau.«

»Vom Panzerzug?«

»Natürlich.«

»Betrüblich. Bedauernswert. Aber davon verstehen wir nichts.«

»Außerdem Schnee von gestern. Und mit dem heutigen kann ich Ihnen auch keine Freude machen. Sie werden wohl ein paar Tage hier stehenbleiben.«

»Lassen Sie die Scherze. Ich habe nicht irgendwelche Leute im Zug, sondern Verstärkung für die Front. Ich bin es nicht gewöhnt, lange zu stehen.«

»Von wegen Scherze. Die Strecke ist verweht, Sie sehen's ja selber. Auf dem ganzen Abschnitt hat eine Woche lang ein Schneesturm getobt. Alles zugeschneit. Und keine Leute zum Freischaufeln. Das halbe Dorf ist geflohen. Ich könnte den Rest der Leute dazu einsetzen, aber die schaffen es nicht.«

»Ach, der Teufel soll euch holen! So ein Mist! Was machen wir jetzt?«

»Wir werden die Strecke irgendwie säubern, dann können Sie weiterfahren.«

»Sind es große Verwehungen?«

»Nicht unbedingt, streckenweise. Der Schneesturm ist in schrägem Winkel zum Bahndamm gekommen. Am schlimmsten ist es im Mittelabschnitt. Drei Kilometer müssen freigeschippt werden. Da werden wir uns abquälen müssen. Die Stelle ist total zu. Ein Stück weiter geht es, da ist Taiga, der Wald hat die Gleise geschützt. Auch vor der verschütteten Stelle ist es nicht schlimm, da ist die Gegend offen, der Wind hat alles weggeweht.«

»Ach, geht doch zum Teufel. Das ist ja eine Heimsuchung! Ich bringe den Zug auf die Beine, die Leute sollen helfen.«

»Daran habe ich auch schon gedacht.«

»Nur die Matrosen und die Rotgardisten müssen wir in Ruhe lassen. Wir haben eine Menge Leute von der Arbeitsarmee. Zusammen mit den freien Passagieren werden das siebenhundert Mann sein.«

»Das ist mehr als genug. Wenn die Schaufeln gebracht werden, müssen die Leute mitmachen. Wir haben nicht genug Schaufeln. Aus den Nachbardörfern kriegen wir noch welche.«

»Mein Gott, so ein Pech! Meinen Sie, wir schaffen's?«

»Na klar. Viele Hände machen der Arbeit schnell ein Ende, wie man so sagt. Dies ist eine Bahnstrecke. Eine Lebensader. Ich bitte Sie.«

15

Die Säuberung der Strecke dauerte drei Tage und Nächte. Die Familie Shiwago einschließlich Njuscha nahm tätigen Anteil. Es war für sie die schönste Zeit der Reise.

Die Gegend hatte etwas Unzugängliches, Unausgesprochenes. Sie erinnerte an Puschkins Darstellung des Pugatschow-Aufstandes und an das Asiatische in den Schilderungen von Aksakow.

Daß alles hier so geheimnisvoll wirkte, lag auch an den Zerstörungen und an der Verschlossenheit der wenigen gebliebenen Einwohner, die verängstigt waren, den Reisenden aus dem Weg gingen und auch miteinander keinen Umgang pflegten aus Furcht vor Denunziationen.

Die Leute wurden gruppenweise zur Arbeit geführt, nicht alle zusammen. Das Arbeitsgelände wurde von Soldaten bewacht.

Das Freischaufeln erfolgte gleichzeitig von vorn und von hinten, und auch in der Mitte wurden an verschiedenen Stellen Brigaden eingesetzt. Zwischen den freigelegten Abschnitten blieben bis zum Schluß Berge unberührten Schnees liegen, die die einzelnen Gruppen voneinander trennten. Sie wurden erst im letzten Moment weggeräumt, als die Strecke in ihrer ganzen Länge frei war.

Es waren klare Frosttage. Die Reisenden verbrachten sie in der frischen Luft und kehrten nur zur Nacht in ihre Waggons zurück. Es wurde in kurzen Schichten gearbeitet, die die Leute nicht ermüdeten, denn es gab zu wenig Schaufeln und zu viele Arbeitswillige. Die Arbeit war das reinste Vergnügen.

Da, wo die Shiwagos schaufelten, war das Gelände offen und malerisch. Nach Osten hin senkte sich die Landschaft und bildete weithin eine wellige Hügelkette bis zum Horizont.

Auf einer Anhöhe stand ein einzelnes Haus, von allen Seiten zu sehen. Es war von einem Garten umgeben, dessen Laub es im Sommer sicherlich verbarg, während das bereifte Astwerk es jetzt nicht vor Blicken schützte.

Die Schneedecke machte alles glatt und rund. Aber nach den Unebenheiten der Senke zu urteilen, die von den Verwehungen nicht vollends zugedeckt war, stürzte im Frühjahr wohl ein reißender Bach durch die gewundene Mulde hinunter in das Rohr des Viadukts unter dem Bahndamm, die jetzt unter hohem Schnee begraben lag, so wie ein bis an den Kopf zugedecktes Kind unter dem Daunenberg des Kissens liegt.

Lebte noch jemand in dem Haus, oder stand es leer und

zerfiel, weil es vielleicht vom Agrarkomitee des Kreises oder Landkreises beschlagnahmt worden war? Wo waren die früheren Bewohner, und was war mit ihnen geschehen? Waren sie ins Ausland geflohen? Oder hatten die Bauern sie umgebracht? Oder waren sie vielleicht aufgrund ihres guten Rufs als gebildete Spezialisten in der Kreisstadt untergekommen? Hatte Strelnikow sie verschont, wenn sie noch hier gewesen waren, oder hatte er mit ihnen abgerechnet wie mit den Kulaken?

Das Haus auf seiner Anhöhe reizte die Neugier, doch es verharrte in traurigem Schweigen. Aber damals stellte man keine Fragen, die ohnehin niemand beantwortete. Die Sonne entzündete auf der Schneefläche ein derartiges Gleißen, daß man hätte erblinden können. Was für regelmäßige Stücke die Schaufel aus ihr herausschnitt! Was für trockene Brillantfunken die Schnittstellen versprühten! Wie das alles an die fernen Tage der Kindheit erinnerte, in der der kleine Jura, einen mit Tressen besetzten hellen Baschlyk auf dem Kopf, in einem Mäntelchen aus schwarzgeringeltem Schaffell mit fest angenähtem Schließhaken, auf dem Hof aus ebenso gleißendem Schnee Kuben und Pyramiden, Sahnetorten und Festungen und Höhlenstädte errichtete. Ach, wie schön war damals das Leben, alles war Augenschmaus und Göttermahl!

Aber auch diese drei Tage an der frischen Luft hinterließen den Eindruck von Sattheit. Nicht ohne Grund. Die Arbeitenden erhielten abends frischgebackenes warmes Brot aus gesiebtem Mehl, das von irgendwo herangeschafft wurde. Die Laibe waren glasiert, hatten eine längs der Seite geplatzte leckere Kruste und eine dicke, prächtig durchgebackene untere Rinde, an der Holzkohlenstückchen hafteten.

16

Die Reisenden gewannen die Bahnhofsruine lieb, so wie man eine kurzfristige Unterkunft während eines Ausflugs in die Schneeberge liebgewinnt. Sie prägten sich die Lage des Gebäudes, den äußeren Anblick und die Beschädigungen ein.

Abends bei Sonnenuntergang kehrten sie auf die Station zurück. Die Sonne ging gleichsam aus Treue zur Vergangenheit noch immer an der früheren Stelle unter, nämlich hinter der alten Birke vor dem Fenster des Telegrafisten.

Die Außenwand war an dieser Stelle nach innen eingestürzt. Nur die hintere Ecke des Raums gegenüber dem heilgebliebenen Fenster war frei, dort war alles erhalten: die kaffeebraune Tapete, der Kachelofen, das runde Abzugsloch mit dem Messingdeckel am Kettchen, das schwarzgerahmte Inventarverzeichnis an der Wand.

Wenn die Sonne die Erde erreicht hatte, berührte sie wie vor dem Unglück die Ofenkacheln, entzündete auf den Tapeten braunes Licht und hängte den Schatten der Birkenzweige an die Wand wie einen Frauenschal.

In einem anderen Teil des Gebäudes gab es eine zugenagelte Tür mit einer Aufschrift, deren Inhalt darauf hindeutete, daß sie in den ersten Tagen der Februarrevolution oder kurz davor angebracht worden war:

»Die Herren Kranken werden gebeten, vorübergehend nicht um Medikamente und Verbandmaterial nachzusuchen. Aus gegebenem Anlaß versiegele ich die Tür, was ich hiermit bekanntgebe. Oberfeldscher von Ust-Nemda soundso.«

Als die letzten Schneehaufen zwischen den freigelegten Abschnitten weggeschaufelt worden waren, ließen sich die Gleise, die sich schnurgerade in die Ferne zogen, frei übersehen. Rechts und links der Strecke zogen sich die

Schneehügel hin, auf ganzer Länge gerahmt von den beiden Wänden des schwarzen Waldes.

Soweit das Auge reichte, standen Leute mit Schaufeln auf den Gleisen. Erstmalig konnten sie einander sehen, und sie wunderten sich, wie viele sie waren.

17

Es wurde bekannt, daß der Zug in wenigen Stunden abfahren würde, obwohl die Nacht vor der Tür stand. Vor der Abfahrt gingen Doktor Shiwago und seine Frau hinaus, um sich ein letztes Mal an der Schönheit der freigelegten Strecke zu freuen. Auf dem Bahndamm war niemand mehr. Der Arzt und seine Frau standen da, blickten in die Ferne, wechselten ein paar Bemerkungen und kehrten zu ihrem Waggon zurück.

Unterwegs hörten sie das böse, überschnappende Keifen von zwei zankenden Frauen. Sie erkannten die Stimmen der Ogryskowa und der Tjagunowa. Beide Frauen bewegten sich in derselben Richtung wie der Arzt und seine Frau, nämlich von der Lokomotive zum Ende des Zugs, nur auf der anderen Seite, der Bahnhofsseite, während das Ehepaar auf der Waldseite ging. Dazwischen stand der Zug, dessen endlose Waggonreihe sie voreinander verbarg. Die beiden Frauen waren nicht auf gleicher Höhe mit den Shiwagos, sondern ihnen weit voraus oder weit hinter ihnen.

Die Frauen waren in großer Erregung. Immer wieder schienen die Kräfte sie im Stich zu lassen. Wahrscheinlich sackten sie immer wieder im Schnee ein, oder ihre Beine gaben nach, das hörte man an ihren Stimmen, die infolge ihrer ungleichmäßigen Gangart bald zum Geschrei anschwollen, bald zum Flüstern herabsanken. Offensichtlich verfolgte Frau Tjagunowa die Ogryskowa und setzte, wenn sie sie einholte, die Fäuste ein. Sie überschüttete ihre Rivalin mit erlesenen Flüchen, die aus dem melodischen Mund einer solchen Pfauenhenne und feinen Dame hundertmal schamloser klangen als grobe und unmusikalische Männerflüche.

»Ach, du Schlampe, du verdrecktes Luder«, schrie die Tjagunowa. »Kaum geht man einen Schritt, schon bist du da, fegst mit dem Rock die Erde, machst schöne Augen! Hast du Hündin nicht genug an meinem Blödmann? Jetzt hast du's auch noch auf die Kinderseele abgesehen, schwänzelst herum, willst den Minderjährigen verderben.«

»Aha, dann bist du also auch Wassja seine?«

»Ich zeig's dir gleich, von wegen Wassja seine, du Großmaul, du Pestbeule! Du kommst mir nicht lebendig davon. Bring mich nicht so weit, daß ich die Sünde begehe!«

»Aber, aber, du holst ja aus! Hände weg, rasendes Weib! Was willst du von mir?«

»Ich will, daß du krepierst, du Lauseei, du räudige Katze mit schamlosen Augen!«

»Natürlich, ich bin eine Hündin und eine Katze, selbstredend. Aber weißt du, was sie bei uns von einer wie dir sagen? In der Gosse gezeugt, im Torweg getraut, von der Ratte geschwängert, einen Igel geboren... Hilfe, Hilfe, gute Leute! Sie bringt mich um, die ist gemeingefährlich, eine Verbrecherin! Helft einem Waisenkind!«

»Komm schnell. Ich kann das nicht hören, das ist ja widerlich«, drängte Tonja ihren Mann. »Das kann nicht gut enden.«

18

Plötzlich veränderte sich alles, die Landschaft und das Wetter. Die Ebene war zu Ende, die Strecke verlief zwischen Bergen, Hügeln und Anhöhen. Der Nordwind, der in letzter Zeit geweht hatte, legte sich. Von Süden her roch es nach Wärme wie aus einem Ofen.

Die Wälder wuchsen hier stufenweise an den Bergleiten. Die Bahnstrecke führte zwischen ihnen hindurch, und der Zug mußte immer wieder eine längere Steigung nehmen, die dann in eine sacht abfallende Senke überging. Keuchend kroch der Zug ins Waldesdickicht hinein und konnte sich kaum noch schleppen, wie ein alter Förster, der Reisende durch den Wald führt, die dauernd stehenbleiben und alles sehen wollen.

Aber es gab nicht viel zu sehen. In der Tiefe des Waldes herrschten Schlaf und Ruhe wie im Winter. Nur ab und zu befreiten Büsche und Bäume raschelnd ihre unteren Äste aus dem allmählich zusammensinkenden Schnee, und es war, als würde ihnen ein Halsband abgenommen oder der Kragen aufgeknöpft.

Juri Shiwago wurde von Schläfrigkeit übermannt. Tagelang lag er oben auf seiner Pritsche, schlief, wachte auf, grübelte und horchte. Aber es gab nichts zu hören.

19

Während er sich ausschlief, schmolz und zerspülte der Frühling die Schneemassen, die am Abreisetag in Moskau und dann während der ganzen Reise gefallen waren. Drei Tage lang hatten sie in Ust-Nemda schaufeln müssen, und noch immer bedeckten dicke Schichten die unübersehbaren, Tausende Werst weiten Räume.

Anfangs taute der Schnee von innen, still und verborgen. Als die Hälfte der gigantischen Arbeit getan war, wurde es unmöglich, sie länger zu verbergen. Das Wunder drang nach außen. Unter der eingesunkenen Schneedecke rieselte das Wasser hervor und erhob seine Stimme. Das undurchdringliche Waldesdickicht zuckte zusammen. Alles in ihm erwachte.

Das Wasser hatte seine Fesseln abgeworfen. Es stürzte die Hänge hinunter, staute sich, floß in die Weite. Bald erfüllte es das Dickicht mit Rauschen, Rauch und Dampf. Durch den Wald schlängelten sich wahre Ströme, vom Schnee gebremst und in ihrer Bewegung gehemmt, flossen zischend über ebene Stellen, dann wieder abwärts, zersprühten zu Wasserstaub. Die Erde konnte die Nässe nicht mehr aufnehmen. Das Wasser, das aus schwindelnden Höhen, beinahe aus den Wolken, herunterkam, wurde vom Wurzelwerk der jahrhundertealten Tannen aufgesaugt, an deren Fuß sich trocknender weißbrauner Schaum ballte, wie Bierschaum auf den Lippen von Trinkern.

Der Frühling stieg dem Himmel zu Kopf wie ein Rausch, und er trübte sich vor Benommenheit und hüllte sich in Wolken. Über dem Wald schwebte niedrig filzartiges Gewölk mit hängenden Rändern, von denen warme, nach Erde und Schweiß riechende Sturzregen niederprasselten, die die letzten Stücke des löchrigen schwarzen Eispanzers von der Erde wuschen.

Doktor Shiwago erwachte, reckte sich zu der Fensterluke, aus der der Rahmen entfernt worden war, stützte den Ellbogen auf und horchte.

20

Je näher sie der Bergbauregion kamen, desto dichter war die Gegend besiedelt und desto kürzer wurden die Strekken zwischen den einzelnen Stationen. Die Reisenden wechselten öfter als sonst. Auf den kleinen Zwischenstationen stiegen mehr Leute zu und aus. Da ihre Reisen kurz waren, ließen sie sich nicht häuslich nieder, legten sich auch nicht schlafen, sondern setzten sich nachts in die Nähe der Tür und unterhielten sich halblaut über örtliche Angelegenheiten, die nur ihnen verständlich waren, und stiegen dann auf der nächsten Station oder Ausweichstelle aus.

Aus den Gesprächen der Reisenden, die in den letzten drei Tagen mitgefahren waren, zog Doktor Shiwago den Schluß, daß die Weißen im Norden das Übergewicht gewannen und Jurjatin entweder schon genommen hatten oder kurz vor der Einnahme standen. Außerdem, wenn das nicht ein Gerücht war oder es sich nicht um einen Namensvetter seines Kameraden aus dem Lazarett in Meljusejew handelte, wurden die Weißen von dem ihm wohlbekannten Galiullin befehligt.

Der Arzt sagte seinen Leuten von alldem kein Wort, um sie nicht unnötig zu beunruhigen, ehe sich die Gerüchte bestätigten.

21

Juri Shiwago erwachte zu Beginn der Nacht von einem undeutlichen Glücksgefühl, das jedoch so stark war, daß es ihn aufgeweckt hatte. Der Zug hielt auf einer Station. Sie war umgeben von dem gläsernen Dämmerlicht der weißen Nacht. Die helle Finsternis war von etwas Feinem und Mächtigen durchdrungen, das von der Weite und Offenheit der Gegend zeugte. Es weckte den Eindruck, daß die Station auf einer Anhöhe lag und einen freien Ausblick bot.

Über den Bahnsteig gingen leise plaudernd mit unhörbaren Schritten Schatten am Waggon vorüber. Auch dies rührte den Arzt. In der Behutsamkeit der Schritte und Stimmen spürte er Achtung vor der nächtlichen Stunde und Sorge um die schlafenden Fahrgäste, wie es in alten Zeiten, vor dem Krieg, hätte sein können.

Er täuschte sich. Auf dem Bahnsteig war Stimmengewirr und Stiefelgepolter wie überall. Aber in der Nähe befand sich ein Wasserfall, der die Grenzen der weißen Nacht mit einem Hauch von Frische und Freiheit erweiterte. Er war es, der dem Arzt im Schlaf das Glücksgefühl eingeflößt hatte. Das unablässige Rauschen des stürzenden Wassers übertönte alle anderen Laute auf der Station und erweckte den trügerischen Anschein von Stille.

Doktor Shiwago, der von dem Wasserfall nichts wußte, wurde von der geheimnisvollen Spannung der Luft eingeschläfert und sank wieder in tiefen Schlaf.

Unten im Waggon unterhielten sich zwei Männer. Der eine fragte den anderen: »Na, habt ihr sie bei euch zur Ruhe gebracht? Habt ihr ihnen das Genick gebrochen?«

»Meinst du die Kaufleute?«

»Ja doch, die Getreidehändler.«

»Die haben wir kleingekriegt. Jetzt sind sie ganz zahm. Ein paar von ihnen haben wir zur Abschreckung erledigt, und nun sind die übrigen friedlich. Wir haben ihnen eine Kontribution abgeknöpft.«

»Wieviel je Landkreis?«

»Vierzigtausend.«

»Du spinnst!«

»Warum sollte ich?«

»Verdammt und zugenäht, vierzigtausend.«

»Vierzigtausend Pud.«

»Na, das Pferd soll euch schlagen, das habt ihr gut gemacht!«

»Vierzigtausend Pud, fein gemahlen.«

»Was ist daran erstaunlich? Die Gegend hier ist erste Klasse. Überall Getreidehandel. Längs der Rynwa bis hinauf nach Jurjatin Dorf an Dorf, Anlegestellen, Getreidespeicher. Die Brüder Scherstobitow, Perekatschikow und Söhne, ein Großhändler sitzt auf dem andern.«

»Nicht so laut. Du weckst die Leute auf.«

»Schon gut.«

Der Sprecher gähnte. Der andere schlug vor: »Schlafen wir eine Runde? Es geht wohl bald weiter.«

In diesem Moment kam von hinten ein anschwellendes Dröhnen näher, das sogar den Wasserfall übertönte, und auf dem zweiten Gleis der Ausweichstelle raste ein Kurierzug älterer Bauart an dem haltenden Zug vorbei. Sein Pfeifen und Dröhnen wurde leiser, und mit einem letzten Aufblinken seiner Lichter verschwand er in der Ferne.

Unten wurde das Gespräch wieder aufgenommen.

»Na, da haben wir die Bescherung. Jetzt müssen wir warten.«

»Wird lange dauern.«

»Das muß Strelnikow gewesen sein. Ein Panzerzug besonderer Bestimmung.«

»Bestimmt er.«

»Gegen die Kontras ist er wie eine Bestie.«

»Er wird wohl gegen Galejew losgehen.«

»Was ist das für einer?«

»Galejew, der Ataman. Der soll mit den Tschechen Jurjatin abriegeln. Der Halunke hat die Anlegestellen besetzt und hält sie. Ataman Galejew.«

»Vielleicht auch Fürst Galilejew. Weiß nicht mehr genau.«

»Solche Fürsten gibt's gar nicht. Wahrscheinlich Ali Kurban. Das bringst du durcheinander.«

»Vielleicht auch Kurban.«

»Das ist was anderes.«

22

Gegen Morgen wachte Doktor Shiwago abermals auf. Wieder hatte er etwas Schönes geträumt. Das beseligende und befreiende Gefühl, das ihn erfüllte, hörte nicht auf.

Der Zug hielt, vielleicht auf einem neuen Haltepunkt, vielleicht auch auf dem alten. Ein Wasserfall rauschte, höchstwahrscheinlich derselbe, möglicherweise aber auch ein anderer.

Juri Shiwago schlief wieder ein, und im Halbschlaf glaubte er Lauferei und Getümmel wahrzunehmen. Kostojed war mit dem Führer der Eskorte aneinandergeraten, beide schrien sich an. Draußen wurde es noch schöner als zuvor. In der Luft lag etwas Neues, früher nicht Dagewesenes, etwas Zauberhaftes, Frühlingsartiges, Schwarzweißes, Dünnes, Lockeres wie ein Schneesturm im Mai, bei dem die nassen, schmelzenden Flocken, wenn sie auf die Erde fallen, sie nicht weiß färben, sondern noch schwärzer: etwas Durchsichtiges, Duftendes. Faulbaumblüten! erriet Juri Shiwago im Schlaf.

23

Am Morgen sagte Tonja: »Du bist komisch, Jura. Voller Widersprüche. Manchmal weckt dich eine Fliege aus dem Schlaf, und du machst bis zum Morgen kein Auge mehr zu, und bei dem Krach und Streit und Tumult heute nacht warst du nicht wach zu kriegen. In der Nacht sind Prituljew und Wassja Brykin abgehauen. Stell dir das vor! Auch Tjagunowa und Ogryskowa. Warte, das ist noch nicht alles. Auch Woronjuk. Ja, alle abgehauen, stell dir vor. Wie sie verschwunden sind, zusammen oder einzeln und in welcher Reihenfolge, ist völlig rätselhaft. Ich will mal sagen, Woronjuk, der hat sich natürlich in Sicherheit gebracht, nachdem er die Flucht der anderen entdeckt hat. Aber die? Sind sie freiwillig weg, oder wurde jemand mit Gewalt beseitigt? Es gibt einen Verdacht gegen die Frauen. Aber wer wen umgebracht hat, Tjagunowa die Ogryskowa oder umgekehrt, das weiß niemand. Der

Chef der Wache läuft vom Ende des Zugs zur Lokomotive. ›Wie können Sie es wagen‹, schreit er, ›das Abfahrtssignal zu geben? Im Namen des Gesetzes, ich verlange, daß der Zug stehenbleibt, bis wir die Entflohenen wiederhaben.‹ Der Zugführer bleibt hart. ›Sie sind verrückt‹, sagt er. ›Ich fahre Marschverstärkung für die Front und habe die höchste Dringlichkeitsstufe. Und da soll ich auf Ihre lausigen Leute warten? Was Sie sich so denken!‹ Und beide, verstehst du, überschütten Kostojed mit Vorwürfen. Wie er, ein Genossenschafter, ein Mensch mit Verstand, habe zusehen können, wie der Soldat abgehauen ist, anstatt diesen unwissenden Menschen ohne Bewußtsein von dem verhängnisvollen Schritt abzuhalten. ›Und Sie wollen Volkstümler sein‹, haben sie gesagt. Na, Kostojed ist ihnen natürlich nichts schuldig geblieben. ›Interessant‹, hat er gesagt. ›Sie meinen also, der Häftling soll auf seinen Bewacher aufpassen? Das wäre ja so, wie wenn ein Huhn wie ein Hahn kräht.‹ Ich habe dich angestoßen, an der Schulter gerüttelt. ›Jura‹, hab ich gerufen, ›steh auf, es sind welche abgehauen‹, doch woher! Dich hätte man nicht mal mit einer Kanone wach bekommen. Aber entschuldige, davon später. Einstweilen... Mein Gott! Vater, Jura, seht doch nur, wie schön!«

Vor der Fensteröffnung, bei der sie mit gerecktem Hals lagen, breitete sich eine Ebene, bis zum Horizont vom Hochwasser überflutet. Irgendwo war ein Fluß über die Ufer getreten, und das Wasser eines Seitenarms reichte bis an den Bahndamm. Durch den eingeschränkten Blickwinkel aus dem hohen Fenster schien es, daß der Zug direkt durchs Wasser glitt.

Die Wasserfläche war an einigen Stellen von stahlblauer Farbe. Ansonsten wimmelte sie an diesem heißen Morgen von ölig spiegelnden Lichtflecken, wie sie eine Köchin mit einer in Butter getunkten Feder auf die Kruste einer heißen Pirogge tupft.

In dieser scheinbar grenzenlosen Wasserwüste waren außer den Wiesen, Senken und Sträuchern auch weiße Wolkensäulen untergegangen, die wie Pfähle bis zum Grund reichten.

Irgendwo in der Mitte der Wasserfläche war ein schmaler Streifen Land zu sehen, dessen gespiegelte Bäume doppelt zwischen Himmel und Erde schwebten.

»Enten! Mit Kücken!« rief Professor Gromeko und blickte in die Richtung.

»Wo?«

»Bei der Insel. Nicht da, weiter rechts. Ach, verdammt, nun fliegen sie weg, wir haben sie aufgescheucht.«

»Ach ja, ich sehe. Ich muß etwas mit Ihnen besprechen, Alexander Alexandrowitsch. Ein andermal. Aber die Damen und die Arbeitsarmisten, ich finde es großartig, daß sie abgehauen sind. Und ich denke doch, friedlich, ohne jemandem Böses zu tun. Sie sind einfach weggelaufen wie fließendes Wasser.«

24

Die weiße Nacht des Nordens ging zu Ende. Alles war zu sehen, glich aber mehr einer Einbildung: Berg, Wald, Schlucht.

Der Wald begann erst zu grünen. Ein paar Faulbaumbüsche darin blühten bereits. Der Wald stand unterhalb eines Berges auf einer Fläche, die ein Stück weiter in eine Schlucht abfiel.

In der Nähe befand sich der Wasserfall. Er war nicht von überall zu sehen, nur von jenseits des Waldes, vom Rande der Schlucht. Wassja Brykin war es schon müde, dorthin zu gehen und die Mischung von Grauen und Begeisterung zu erleben.

Der Wasserfall hatte in weiter Umgebung nichts, was sich mit ihm vergleichen ließ. Er flößte Angst ein in dieser

Einzigartigkeit, die ihn in ein lebendiges, denkfähiges Wesen verwandelte, in einen Märchendrachen oder Lindwurm, der die Gegend verheerte und Tribut von ihr forderte.

Auf halber Höhe stürzte der Wasserfall auf eine Felsnase und teilte sich. Die obere Wassersäule schien erstarrt, die beiden unteren Säulen aber bewegten sich unentwegt und wallten hin und her, als ob der Wasserfall fortwährend ausrutschte und sich wieder aufrichtete und bei allem Taumeln doch immer auf den Beinen blieb.

Wassja lag am Waldrand auf seinem Fellmantel. Als es hell wurde, kam vom Berg mit schwerem Flügelschlag ein großer Vogel geflogen, zog einen eleganten Kreis über dem Wald und setzte sich auf den Wipfel einer Tanne, nahe der Stelle, wo Wassja lag. Er hob den Kopf, sah die dunkelblaue Kehle und die graue und hellblaue Brust der Blaurake und flüsterte verzaubert: »Ronsha« – so hieß der Vogel im Ural. Dann erhob er sich, nahm den Fellmantel, warf ihn über die Schultern und ging über die Lichtung zu seiner Begleiterin. Er sagte: »Gehen wir, Tante. Sie klappern ja mit den Zähnen vor Kälte. Warum gucken Sie so erschrocken? Ich sag Ihnen in menschlicher Sprache, wir müssen gehen. In unserer Lage müssen wir uns an die Dörfer halten. Die Dörfler tun ihresgleichen nichts zuleide, die helfen. Wenn wir so weitermachen, zwei Tage nichts im Magen, sterben wir vor Hunger. Onkel Woronjuk hat bestimmt mächtigen Lärm geschlagen und ist losgelaufen, um uns zu suchen. Wir müssen weg, Tante Pelageja, abhauen! Ein Elend ist das mit Ihnen, Sie sagen Tag und Nacht nicht ein Wort! Bestimmt haben Sie vor Traurigkeit die Sprache verloren, weiß Gott. Worüber sind Sie denn traurig? Tante Katja Ogryskowa haben Sie ohne böse Absicht aus dem Waggon gestoßen, Sie haben sie mit der Hüfte gestreift, das hab ich selbst gesehen. Sie hat sich nichts getan, sie ist aus dem Gras aufgestanden und weggelaufen. Onkel Prituljew auch. Wenn sie uns einholen, sind wir wieder alle beisammen, was meinen Sie denn? Hauptsache, Sie härmen sich nicht mehr, dann können Sie auch wieder Ihre Zunge gebrauchen.«

Pelageja Tjagunowa stand auf, gab Wassja die Hand und sagte leise: »Komm, mein Schatz.«

25

Mit stöhnenden Waggons kroch der Zug auf hohem Bahndamm einen Berg hinauf. Unterhalb wuchs ein junger Mischwald, dessen Wipfel die Höhe des Damms nicht erreichten. Noch weiter unten lagen Wiesen, von denen das Wasser erst kürzlich abgelaufen war. Auf dem Gras, in dem es sandige Stellen gab, lagen wüst durcheinander Baumstämme, die für Bahnschwellen bestimmt waren. Wahrscheinlich waren sie in der Nähe geschlagen worden, um geflößt zu werden, und das Hochwasser hatte sie hierhergeschwemmt.

Der junge Wald am Fuß des Bahndamms war noch fast kahl wie im Winter. Die Knospen, mit denen er über und über betropft war wie mit Wachs, wirkten überflüssig, unordentlich wie Schmutz oder Schwellungen, und dieses Überflüssige, Unordentliche, Schmutzige war Leben, das mit grünen Flämmchen die ersten Bäume im Wald ergriff.

Da und dort streckten sich märtyrerhaft Birken, durchbohrt von den Zähnchen und Pfeilchen der entfalteten frischen Blättchen. Wonach sie rochen, ließ sich allein vom Anblick her bestimmen. Sie rochen nach dem, was an ihnen glänzte: nach Harz, aus dem man Lack macht.

Bald erreichte der Zug die Stelle, von der die weggeschwemmten Stämme gekommen sein mochten. In einer Kurve im Wald zeigte sich eine Lichtung, die mit Spänen und Bruchholz übersät war. In der Mitte lag ein Stapel Dreimeterstämme. Hier bremste der Lokomotivführer. Der Zug blieb ruckartig stehen, leicht geneigt in dem großen Bogen der Kurve.

Die Lokomotive stieß ein paar kurze bellende Pfiffe aus, und jemand rief etwas. Auch ohne diese Signale wußten die Reisenden, daß der Lokomotivführer den Zug angehalten hatte, um Holz für die Feuerung aufzunehmen.

Die Türen der Waggons öffneten sich. Auf den Bahndamm ergoß sich eine Menge wie die Bevölkerung einer Kleinstadt. Die Mobilisierten in den vorderen Waggons, die stets von den gemeinschaftlichen Arbeiten befreit wurden, beteiligten sich auch diesmal nicht.

Das lose Holz auf der Lichtung reichte nicht aus, den Tender zu füllen. Es mußten einige der Dreimeterstämme zersägt werden.

Die Lokbesatzung hatte ein paar Sägen mitgenommen. Diese wurden an Interessenten verteilt, die zu zweien arbeiteten. Auch der Professor und sein Schwiegersohn bekamen eine Säge.

Aus den Türen der vorderen Waggons schoben sich fröhliche Soldatengesichter. Die jungen Burschen, die noch nie im Feuer gewesen waren, Schüler der höheren Klassen von Marineschulen, schienen irrtümlich im gleichen Waggon zu sein wie die finsteren Arbeiter und Familienväter, die auch noch kein Pulver gerochen hatten und kaum militärisch ausgebildet waren. Sie lärmten und alberten ebenso wie die etwas älteren Matrosen, um nicht nachdenken zu müssen. Sie alle spürten, daß die Stunde der Prüfung nahe bevorstand.

Scherzbolde begleiteten die Holzsäger und Holzsägerinnen mit schallenden Spottreden: »He, Opa! Sag doch einfach, du bist ein Säugling und die Mama hat dich noch nicht entwöhnt und du bist untauglich zu körperlicher

Arbeit. He, Mawra! Paß auf, daß sie dir nicht den Rocksaum absägen, sonst kriegst du Zugluft. He, Jungsche, geh nicht in den Wald, nimm lieber mich zum Mann.«

26

Im Wald standen ein paar Sägeböcke aus kreuzweise eingerammten Pfählen. Doktor Shiwago und sein Schwiegervater suchten sich einen freien, um zu sägen.

In dieser Frühlingszeit kam die Erde unter dem Schnee fast genauso wieder zum Vorschein, wie sie ein halbes Jahr zuvor darunter verschwunden war. Der Wald dampfte von Feuchtigkeit, und die Erde lag voller Vorjahrslaub wie ein unaufgeräumtes Zimmer, in dem jemand Quittungen, Briefe und Papiere aus vielen Lebensjahren zerrissen und nicht weggefegt hat.

»Nicht so schnell, sonst werden Sie müde«, sagte der Arzt zu seinem Schwiegervater, zog die Säge immer langsamer und schlug dann eine Rast vor.

Durch den Wald schallte der heisere Klang der anderen Sägen, die sich bald im Takt, bald ungleichmäßig bewegten. Irgendwo in weiter Ferne probierte eine erste Nachtigall ihre Stimme. In noch längeren Intervallen pfiff eine Schwarzamsel, als wollte sie eine verstopfte Flöte durchblasen. Sogar der Dampf aus dem Lokventil stieg mit singendem Brummeln gen Himmel, und es hörte sich an wie Milch, die im Kinderzimmer auf dem Spirituskocher überläuft.

»Du wolltest noch etwas mit mir besprechen«, erinnerte Professor Gromeko seinen Schwiegersohn. »Weißt du noch? Wir fuhren durch das Hochwasser, die Enten flogen auf, da hast du gesagt: ›Ich muß etwas mit Ihnen besprechen.‹«

»Ach richtig. Aber wie soll ich das so kurz sagen?

Schauen Sie, wir fahren immer tiefer in das Land hinein... Die ganze Region hier ist in Aufruhr. Wir sind bald am Ziel. Was wir dort vorfinden, wissen wir nicht. Wir müssen für alle Fälle eine Absprache treffen. Ich rede hier nicht von Überzeugungen. Es wäre absurd, sie jetzt in einem Fünfminutengespräch im Frühlingswald zu erörtern oder festlegen zu wollen. Wir kennen einander gut. Wir drei, Sie, ich und Tonja, bilden in unserer Zeit mit vielen anderen eine Welt, und wir unterscheiden uns nur in dem Grad, in dem wir sie begreifen. Aber das meine ich nicht. Das ist ganz klar. Nein, wir müssen uns absprechen, wie wir uns unter diesen oder jenen Umständen verhalten sollen, damit wir nicht füreinander erröten und uns schämen müssen.«

»Schon gut, ich habe verstanden. Mir gefällt deine Fragestellung. Du hast genau die richtigen Worte gefunden. Dazu will ich dir etwas sagen. Erinnerst du dich an die Nacht, in der du mir das Flugblatt mit den ersten Dekreten brachtest, im Winter, im Schneesturm? Darin war alles so unglaublich kompromißlos, so verlockend geradlinig. Aber solche Ideen in ihrer ursprünglichen Reinheit leben ausschließlich in den Köpfen ihrer Schöpfer und auch da nur am ersten Tag ihrer Proklamierung. Das Jesuitische der Politik kehrt schon am zweiten Tag das Innere nach außen. Was soll ich dir sagen? Diese Philosophie ist mir fremd. Diese Macht ist gegen uns. Bei diesem Umbruch hat mich niemand um Erlaubnis gefragt. Aber man hat mir vertraut, und was ich getan habe, selbst wenn unter Zwang, verpflichtet mich.

Tonja will wissen, ob wir nicht zu spät kommen, um noch Gemüsebeete anzulegen, ob wir die Zeit der Saat nicht versäumen. Was soll ich ihr antworten? Ich kenne die hiesigen Böden nicht. Wie sind die klimatischen Bedingungen? Der Sommer ist zu kurz. Reift hier überhaupt etwas?

Gut, aber machen wir etwa diese weite Reise, um Gemüse anzubauen? Hier hilft uns der Spruch ›Er geht sieben Werst, um Tee zu trinken‹ nicht weiter, denn es sind ja leider drei- oder viertausend Werst. Nein, um ehrlich zu sein, unsere Reise hat einen anderen Zweck. Wir wollen den Versuch machen, zeitgemäß unser Leben zu fristen, und bei der Verschleuderung unserer großväterlichen Wälder, Maschinen und Inventarstücke irgendwie mittun. Nicht, um unser Eigentum wiederzubekommen, sondern um es zu verschwenden, um uns an der vergesellschafteten Vergeudung Tausender Rubel zu beteiligen und dabei von ein paar Kopeken zu existieren, und das alles in zeitgemäßer, noch nicht im Bewußtsein verankerter, chaotischer Form. Und wenn du mich mit Gold aufwiegst, ich würde das Werk in den alten Verhältnissen nicht geschenkt nehmen. Das wäre genau so irrsinnig wie nackt herumzulaufen oder seine Bildung zu vergessen. Nein, die Geschichte des Eigentums in Rußland ist zu Ende. Wir Gromekos haben uns schon in der vorigen Generation von der Erwerbsleidenschaft verabschiedet.«

27

Die Luft war so schwül und stickig, daß Juri Shiwago nicht schlafen konnte. Sein Kopf auf dem durchnäßten Kissen war schweißnaß.

Behutsam ließ er sich von der Pritsche herabgleiten und öffnete leise, um niemanden zu wecken, die Waggontür.

Ein Geruch von Feuchtigkeit schlug ihm ins Gesicht, klebrig wie ein Spinnengewebe im Keller. Nebel, dachte er. Nebel. Der Tag wird wohl glühend heiß. Darum atmet es sich so schwer, darum fühlt man sich so bedrückt.

Bevor er auf den Bahndamm hinunterstieg, stand er ein Weilchen in der Tür und horchte in die Runde.

Der Zug hielt auf einer sehr großen Station, die sicherlich ein Knotenpunkt war. Die Waggons waren von Stille und Nebel umgeben und von einer Art Nichtsein, einer Verlassenheit, als wären sie von allen vergessen, ein Zeichen dafür, daß sie bei der Einfahrt hielten und zwischen ihnen und dem entlegenen Bahnhofsgebäude sich ein endloses Netz von Gleisen hinzog.

In der Ferne waren zwei Arten von Geräuschen schwach zu hören.

Hinten, von wo sie gekommen waren, tönte ein gleichmäßiges Platschen, als würde dort Wäsche gespült oder der Wind schlüge eine nasse Fahne gegen den Flaggstock.

Von vorn tönte ein Grollen, das den kriegserfahrenen Arzt zusammenzucken und genauer hinhören ließ.

Ferngeschütze, erkannte er an dem gleichmäßigen, geruhsam dahinrollenden Grummeln in einem tiefen, verhaltenen Ton.

So ist das, wir haben die Front erreicht, dachte er kopfschüttelnd und sprang vom Waggon auf den Erdboden.

Er ging ein paar Schritte in Fahrtrichtung. Nach den beiden nächsten Waggons war der Zug zu Ende. Die Lokomotive und die vorderen Waggons fehlten.

Deshalb haben sie gestern so mutig getan, dachte der Arzt. Sie müssen gefühlt haben, daß sie am Ziel gleich vom Zug aus ins Feuer geworfen werden.

Er umging die Spitze des Zuges, um die Gleise zu überqueren und den Weg zum Bahnhof zu suchen. Aber da stand wie aus der Erde gewachsen ein Posten mit Gewehr. Er sagte halblaut: »Wohin? Passierschein!«

»Was ist das für eine Station?«

»Gar keine. Und wer bist du?«

»Ich bin Arzt, aus Moskau. Ich reise mit meiner Familie in diesem Zug. Hier mein Dokument.«

»Behalt deinen Wisch. Ich bin doch nicht blöde, daß ich im Dunkeln Papiere les und mir die Augen verderb. Siehst doch, was für ein Nebel. Außerdem seh ich auch ohne Dokument auf eine Werst, was für ein Arzt du bist. Da, deine Ärzte ballern mit Zwölfzoll-Kanonen. Am besten wär's, dich gleich abzuknallen. Aber so weit sind wir noch nicht. Marsch zurück, solang du noch heil bist.«

Er hält mich für einen andern, dachte Juri Shiwago. Zu diskutieren wäre sinnlos. Wirklich, am besten gehe ich, bevor es zu spät ist.

Er schlug die entgegengesetzte Richtung ein.

Der Geschützdonner hinter ihm verstummte. Dort war Osten. Im Nebeldunst ging die Sonne auf und blickte trüb durch die Schwaden, wie Nackte im Dampfbad durch die seifigen Dampfwolken schimmern.

Der Arzt ging den Zug entlang und dann weiter. Seine Füße versanken immer tiefer im lockeren Sand.

Er näherte sich dem gleichmäßigen Platschen. Das Gelände senkte sich. Nach ein paar Schritten blieb er vor verschwommenen Umrissen stehen, denen der Nebel eine unnatürliche Größe verlieh. Noch ein Schritt, und er sah an Land gezogene Boote mit dem Heck aus dem Nebel tauchen. Er stand am Ufer eines breiten Stroms, dessen träger Wellengang langsam und müde gegen die Bordwände der Fischerboote und gegen die Bretter der Anlegestege platschte.

»Wer hat dir erlaubt, dich hier herumzutreiben?« fragte ein anderer Posten und löste sich vom Ufer.

»Was ist das für ein Fluß?« entfuhr es dem Arzt, der nach der jüngsten Erfahrung um nichts auf der Welt hatte fragen wollen.

Statt einer Antwort steckte der Posten eine Signalpfeife in den Mund, aber er kam nicht dazu, sie zu benutzen. Der erste Posten, den er herbeipfeifen wollte und der, wie sich zeigte, dem Arzt gefolgt war, trat auf seinen Kameraden zu. Beide sprachen miteinander.

»Da gibt's nichts zu überlegen. Den Vogel erkennt man am Flug. ›Was ist das für eine Station, was ist das für ein Fluß?‹ Damit will er bloß ablenken. Was meinst du, knallen wir ihn gleich ab oder erst in den Waggon?«

»Ich finde, erst in den Waggon. Soll der Chef entscheiden. Ausweis«, blaffte der zweite Posten und nahm vom Arzt eine Handvoll Papiere entgegen.

»Paß auf ihn auf, Landsmann«, sagte er zu irgend jemandem und ging mit dem anderen Posten über die Gleise zur Station.

Ein Mann, der im Sand gelegen hatte, offensichtlich ein Fischer, räusperte sich und richtete sich auf.

»Dein Glück, daß sie dich zum Chef bringen wollen. Vielleicht ist das deine Rettung, guter Mann. Aber nimm's ihnen nicht übel. Sie tun nur ihre Pflicht. Jetzt ist die Zeit des Volkes. Vielleicht wird's später mal besser. Einstweilen aber – reden wir nicht davon. Du siehst ja, sie haben sich geirrt. Sie suchen nämlich irgendwen. Und nun haben sie gedacht, du bist es, du bist der Verbrecher gegen die Arbeitermacht, und sie haben dich erwischt. Irrtum. Du mußt unbedingt zusehen, daß du zum Chef kommst. Mit denen gib dich gar nicht ab. Das sind welche mit Bewußtsein, ein Elend, Gott soll schützen. Das kostet die keine Kopeke, dich umzulegen. Wenn sie sagen, komm, dann geh nicht mit. Sag, du willst den Obersten sprechen.«

Von dem Fischer erfuhr Shiwago, daß der Fluß, an dem sie standen, die berühmte schiffbare Rynwa war und die Bahnstation in der Nähe Raswilje, die Industrievorstadt von Jurjatin. Jurjatin selbst, zwei oder drei Werst weiter oberhalb gelegen, sei die ganze Zeit umkämpft und jetzt offensichtlich den Weißen abgenommen worden. In Raswilje habe es Unruhen gegeben, die niedergeschlagen worden seien, und es herrsche solche Stille, weil in einer Zone rings um die Station die Zivilbevölkerung vertrieben worden sei und eine Postenkette sie absperre. Der Fischer erzählte endlich noch, daß unter den Zügen auf den Gleisen, in denen militärische Instanzen untergebracht seien, auch der Sonderzug des Regionskriegskommissars Strelnikow stehe, zu dessen Waggon die Papiere des Arztes gebracht würden.

Nach einiger Zeit kam ein neuer Posten, um Doktor Shiwago abzuholen. Er unterschied sich von seinen Vorgängern dadurch, daß er den Gewehrkolben auf der Erde schleifen ließ oder vor sich hinstellte, als zöge er einen betrunkenen Kumpel mit, der ohne ihn zu Boden stürzen würde. Er brachte den Arzt in den Waggon des Kriegskommissars.

28

In einem der beiden durch einen lederverkleideten Gang miteinander verbundenen Salonwaggons, den der Posten mit dem Arzt bestieg, nachdem er dem Posten die Parole gesagt hatte, waren Gelächter und Bewegung zu hören, die bei ihrem Eintreten sofort verstummten.

Durch einen schmalen Korridor führte der Posten den Arzt in die breite mittlere Abteilung. Hier herrschten Ruhe und Ordnung. In dem reinlichen, bequemen Raum arbeiteten sauber und gut gekleidete Leute. Der Arzt hatte sich das Stabsquartier des parteilosen Militärspezialisten, der binnen kurzer Zeit in einem ganzen Gebiet berühmt und berüchtigt geworden war, völlig anders vorgestellt.

Aber wahrscheinlich befand sich der Mittelpunkt seiner Tätigkeit nicht hier, sondern irgendwo weiter vorn im Frontstab, näher am Schauplatz der militärischen Aktionen, und dies war nur sein persönliches Quartier, seine kleine häusliche Kanzlei mit seinem Feldbett.

Deshalb war es hier so ruhig wie in den Korridoren

von Bädern mit heißem Meerwasser, die mit Korkmatten und Läufern ausgelegt sind, damit sich die Angestellten in weichem Schuhwerk geräuschlos darin bewegen können.

Die mittlere Abteilung des Wagens, ein ehemaliger Speisesaal mit Teppich, war jetzt die Kurierabfertigung. Darin standen ein paar Stühle.

»Gleich«, sagte ein junger Offizier, der in der Nähe des Eingangs saß. Danach fühlten sich alle Anwesenden berechtigt, den Arzt zu vergessen, und beachteten ihn nicht weiter. Der Offizier schickte mit einem zerstreuten Kopfnicken den Posten weg, der entfernte sich, und sein Gewehrkolben knallte gegen die Metallstreben des Korridors.

Der Arzt sah von der Tür aus seine Papiere. Sie lagen am Rand des hintersten Schreibtischs vor einem älteren Offizier, der wie ein Oberst der früheren Armee aussah. Er war Militärstatistiker. Etwas vor sich hinträllernd, blätterte er in Nachschlagebüchern, blickte auf strategische Karten, verglich, übertrug, schnitt aus, klebte. Dann ließ er den Blick zu den Fenstern wandern, von einem zum andern, und sagte: »Wird heiß heute«, als könne er diesen Schluß nur aus einem Blick durch alle Fenster ziehen und eines genügte nicht.

Auf dem Fußboden zwischen den Schreibtischen kroch ein Militärtechniker herum, um eine kaputte Leitung instand zu setzen. Als er sich dem Tisch des jungen Offiziers näherte, stand dieser auf, um ihm nicht im Wege zu sein. Daneben mühte sich eine Stenotypistin in einer Soldatentarnjacke mit einer defekten Schreibmaschine ab. Der Wagen war zu weit zur Seite gesprungen und klemmte fest. Der junge Offizier stellte sich hinter ihren Hocker und suchte mit ihr nach der Ursache des Schadens. Der Techniker kroch zu ihr und besah das Hebelwerk von unten. Der Kommandeur, der wie ein Oberst aussah, stand auf und trat ebenfalls zu ihr. Nun waren sie alle mit der Maschine beschäftigt.

Das beruhigte den Arzt. Es war nicht anzunehmen, daß Menschen, die besser als er wußten, was ihm bevorstand, sich in Gegenwart des Verurteilten so sorglos mit Lappalien befaßten.

Aber wer weiß? dachte er. Woher diese Gelassenheit? Ganz in der Nähe wummern Geschütze und sterben Menschen, und hier wird ein heißer Tag vorausgesagt, nicht im Sinne eines heißen Gefechts, sondern heißen Wetters. Oder haben die schon so viel gesehen, daß sie abgestumpft sind?

Da er nichts zu tun hatte, blickte er zu den Fenstern gegenüber.

29

Vor dem Zug zogen sich auf dieser Seite die Gleise bis zur Station Raswilje, die in der gleichnamigen Vorstadt auf einer Anhöhe lag.

Von den Gleisen führte eine rohe Holztreppe mit drei Absätzen hinauf zur Station.

Die Gleise waren an dieser Stelle ein großer Lokomotivenfriedhof. Alte Lokomotiven ohne Tender, mit Schornsteinen in Form einer Tasse oder eines Stiefelschafts standen dicht an dicht inmitten von Waggontrümmern.

Der Lokomotivenfriedhof hier unten und der Friedhof der Vorstadt, das verbogene Eisen auf den Gleisen und die rostigen Dächer und Aushängeschilder der Vorstadt vereinigten sich zu einem Bild von Verlassenheit und Verwahrlosung unter dem weißen Himmel, der von der Morgenhitze verbrüht war.

In Moskau hatte Shiwago schon vergessen, wie viele Firmenschilder es in Städten geben konnte und was für einen großen Teil der Fassaden sie verdeckten. Die hiesigen Schilder erinnerten ihn daran. Die Hälfte der Aufschriften war in so großen Buchstaben gehalten, daß sie vom Zug aus zu lesen waren. Sie hingen so tief auf die schiefen Fensterchen der verzogenen ebenerdigen Häuser herab, daß die darunter verschwanden wie der Kopf eines Bauernkindes unter der aufgestülpten väterlichen Schirmmütze.

Der Nebel hatte sich schon ganz aufgelöst. Reste verhängten nur noch die linke Seite des Himmels, weit im Osten. Aber nun kamen sie in Bewegung und gingen auseinander wie ein Theatervorhang.

Dort, wohl drei Werst von Raswilje entfernt, auf einem Berg, der höher war als die Vorstadt, zeigte sich eine große Stadt, Zentrum eines Bezirks oder Gouvernements. Die Sonne färbte sie gelblich, die Entfernung vereinfachte ihre Konturen. Sie klebte terrassenförmig an der Anhöhe und sah aus wie der Berg Athos oder wie eine Einsiedelei von Wüstenbewohnern auf einem billigen Holzschnitt, Haus über Haus und Straße über Straße, und auf dem höchsten Platz eine große Kathedrale.

Jurjatin! dachte Juri Shiwago aufgeregt. Die Erinnerungen der verstorbenen Anna Iwanowna und häufig erwähnt von Schwester Antipowa! Wie oft habe ich von den beiden Frauen den Namen der Stadt gehört, und unter was für Umständen sehe ich sie zum erstenmal!

In diesem Moment wurde die Aufmerksamkeit der Offiziere, die sich über die Schreibmaschine beugten, von etwas vor dem Fenster angezogen. Sie wandten den Kopf dorthin. Der Arzt folgte ihrem Blick.

Auf der Treppe zur Station wurden mehrere Festgenommene oder Verhaftete abgeführt, unter ihnen ein kopfverletzter Gymnasiast. Er war schon verbunden, doch unter der Binde hervor sickerte Blut, das er mit der Hand in dem sonnengebräunten, schweißigen Gesicht verschmierte.

Der Gymnasiast zwischen den beiden Rotarmisten, die den Zug beschlossen, erregte Aufmerksamkeit durch sein resolutes schönes Gesicht und durch seine Jugend, die Mitleid wecken mußte. Er und seine Begleiter zogen aber auch durch die Sinnlosigkeit ihres Tuns die Blicke auf sich.

Von seinem verbundenen Kopf drohte fortwährend die Schirmmütze herunterzufallen. Statt sie nun abzunehmen und in der Hand zu tragen, zog er sie immer wieder zurecht, was der verbundenen Wunde nicht gut bekam, und die beiden Rotarmisten halfen ihm bereitwillig.

Diese Absurdität, die dem gesunden Menschenverstand zuwiderlief, hatte etwas Symbolhaftes. Am liebsten wäre der Arzt hingelaufen, um den Gymnasiasten anzusprechen. Er wollte ihm und den Leuten im Waggon zurufen, daß es nicht auf die Formentreue ankam, sondern auf die Befreiung von den Formen.

Er blickte zur Seite. Mitten im Waggon stand Strelnikow, der soeben mit schnellen, energischen Schritten eingetreten war.

Wie kam es, daß Juri Shiwago noch nie eine so ausgeprägte Persönlichkeit kennengelernt hatte wie diesen Mann? Warum hatte das Leben sie noch nicht zusammengeführt? Warum hatten sich ihre Wege nie gekreuzt?

Ihm war sofort klar, daß dieser Mann vollendete Willenskraft verkörperte. Er war in solchem Grade derjenige, der er sein wollte, daß alles an ihm und in ihm mustergültig erschien: der gutgeformte und schön gehaltene Kopf, die Schnelligkeit seines Schritts, die langen Beine in den hohen Stiefeln, die vielleicht schmutzig waren, aber geputzt wirkten, und die Feldbluse aus grauem Tuch, die vielleicht zerdrückt war, aber den Eindruck geplätteten Leinens hervorbrachte.

So wirkte dieser Mann mit seiner Begabung, die natürlich war und nichts Gezwungenes hatte. Er war einer, der sich jeder Situation des irdischen Daseins gewachsen fühlte.

Dieser Mann mußte eine Gabe besitzen, die nicht unbedingt angeboren war. Sie zeigte sich in allen seinen Bewegungen und war vielleicht die Gabe der Nachahmung. Damals ahmten alle irgendwen nach. Berühmte Helden der Geschichte. Menschen, die sie an der Front oder während der Unruhen in den Städten gesehen und die ihre Einbildungskraft gereizt hatten. Die anerkanntesten Autoritäten des Volkes. In die ersten Reihen aufgestiegene Kameraden. Oder einfach einander.

Aus Höflichkeit ließ Strelnikow sich nicht anmerken, daß die Anwesenheit eines Fremden ihn verwunderte oder irritierte. Im Gegenteil, er wandte sich an alle mit einer Miene, als zählte er Doktor Shiwago zur Gesellschaft. Er sagte: »Gratuliere. Wir haben sie verjagt. Das scheint ein Kriegsspiel zu sein und nicht eine wichtige Aufgabe, denn die andern sind genauso Russen wie wir, nur mit Flausen im Kopf, von denen sie sich nicht trennen wollen und die wir ihnen mit Gewalt austreiben müssen. Ihr Befehlshaber war mein Freund. Er ist noch mehr proletarischer Abstammung als ich. Wir sind auf demselben Hof groß geworden. Er hat viel für mich getan, und ich bin ihm verpflichtet. Trotzdem freue ich mich, daß ich ihn hinter den Fluß zurückgeworfen habe und vielleicht noch weiter. Gurjan, sofort eine Verbindung herstellen. Es geht nicht, daß wir nur den Telegraf und Meldegänger benutzen. Haben Sie schon gemerkt, wie heiß es ist? Anderthalb Stunden habe ich immerhin geschlafen. Ach ja...« Er wandte sich dem Arzt zu, denn ihm war eingefallen, warum man ihn geweckt hatte. Es war irgendein Quatsch gewesen, weswegen der Festgenommene jetzt hier stand.

Der? dachte Strelnikow und maß den Arzt von Kopf bis Fuß mit einem prüfenden Blick. Keinerlei Ähnlichkeit. Idioten! Er lachte und sagte zu Doktor Shiwago: »Entschuldigen Sie, Genosse. Man hat Sie für einen anderen gehalten. Meine Posten haben sich geirrt. Sie sind frei. Wo ist das Arbeitsbuch des Genossen? Ach, da liegen ja Ihre Papiere. Verzeihen Sie, wenn ich mir einen flüchtigen Blick erlaube. Shiwago... Shiwago... Doktor Shiwago... Klingt irgendwie nach Moskau... Wissen Sie was, kommen Sie noch einen Moment zu mir herein. Dies ist das Sekretariat, mein Waggon steht nebenan. Ich halte Sie nicht lange auf.«

30

Wer war dieser Mann? Erstaunlich, daß ein Parteiloser auf diesen Posten gelangt war und sich darauf halten konnte. Niemand kannte ihn, denn nach Abschluß seines Studiums war er, aus Moskau stammend, als Lehrer in die Provinz gegangen, und im Krieg war er für lange Zeit in Gefangenschaft geraten und hatte bis vor kurzem als gefallen gegolten.

Der fortschrittliche Eisenbahner Tiwersin, in dessen Familie Strelnikow als Junge aufgewachsen war, hatte ihn empfohlen und für ihn gebürgt. Die Männer, von denen damals die Ernennungen abhingen, hatten ihm vertraut. In den Tagen des maßlosen Pathos und der extremsten Ansichten war Strelnikows revolutionäre Gesinnung, die vor nichts haltmachte, durch ihre Echtheit und ihren Fanatismus aufgefallen, der nicht dem anderer nachgeahmt, sondern von seinem ganzen Leben vorbereitet und nicht zufällig war.

Strelnikow rechtfertigte das in ihn gesetzte Vertrauen.

Sein Dienstbuch der letzten Zeit verzeichnete die Aktionen von Ust-Nemda und Nishni Kelmes, das Vorgehen gegen die Bauern von Gubassow, die einer Lebensmittelbeschaffungsabteilung bewaffneten Widerstand geleistet hatten, und die Strafmaßnahmen gegen das 14. Infanterieregiment, das auf der Station Medweshja Poima einen Proviantzug ausgeraubt hatte. Es verzeichnete ferner die Aktion gegen die Rasin-Soldaten, die in der Stadt Turkatui einen Aufstand ausgelöst hatten und bewaffnet zu den Weißgardisten übergelaufen waren, und die Unterdrükkung der Soldatenmeuterei im Flußhafen Tschirkin Us, bei der der sowjettreue Kommandeur ermordet worden war.

Über alle diese Stätten war er hereingebrochen wie ein Schneesturm, hatte gerichtet, verurteilt und die Urteile vollstreckt, schnell, hart und skrupellos.

Die Fahrten seines Zugs setzten der in der Region weit verbreiteten Desertion ein Ende. Die Rekrutierung wurde reorganisiert, und das änderte alles. Die Aushebung für die Rote Armee verlief erfolgreich. Die Aufnahmekommissionen arbeiteten fieberhaft.

In der letzten Zeit endlich, als die Weißen von Norden her näherrückten und die Situation anerkanntermaßen bedrohlich war, bekam Strelnikow neue, unmittelbar militärische, strategische und operative Aufgaben. Seine Aktivitäten machten sich sofort bezahlt.

Strelnikow wußte, daß der Volksmund ihm den Namen Rasstrelnikow* gegeben hatte. Das überging er gelassen, er fürchtete nichts.

Er war aus Moskau gebürtig, Sohn eines Arbeiters, der neunzehnhundertfünf an der Revolution teilgenommen und dafür gebüßt hatte. Er selbst stand in jenen Jahren der revolutionären Bewegung fern, weil er noch zu jung war, ebenso später, als er an der Universität studierte, weil die jungen Leute aus dem Armenmilieu, wenn sie studieren durften, dies mehr zu schätzen wußten und eifriger lernten als die Kinder von Reichen. Das Brodeln in der gutversorgten Studentenschaft berührte ihn nicht. Er verließ die Universität mit gewaltigem Wissen. Seine histo-

* Abgeleitet von rasstrelit (erschießen).

risch-philosophische Bildung hatte er aus eigener Kraft durch ein Mathematikstudium ergänzt.

Gesetzlich war er nicht verpflichtet, zur Armee zu gehen, aber er meldete sich freiwillig in den Krieg, wurde im Range eines Fähnrichs gefangengenommen und floh Ende neunzehnhundertsiebzehn in die Heimat, nachdem er erfahren hatte, daß in Rußland Revolution war.

Zwei Charakterzüge, zwei Leidenschaften zeichneten ihn aus.

Sein Denken war ungewöhnlich klar und richtig. Er besaß in seltenem Maße die Gabe der sittlichen Reinheit und Gerechtigkeit, und sein Fühlen war heiß und edelmütig.

Aber für die Arbeit des Wissenschaftlers, der neue Wege bahnen möchte, fehlte ihm die Gabe des Unverhofften, jene Kraft, die durch unvorhergesehene Entdeckungen die unfruchtbare Glattheit des leeren Vorhergesehenen zerstört.

Und um Gutes zu tun, fehlte ihm bei seiner Prinzipienfestigkeit die Prinzipienlosigkeit des Herzens, die keine allgemeinen Fälle, sondern nur Einzelfälle kennt und dadurch groß ist, daß sie das Kleine tut.

Strelnikow hatte schon als Kind das Höchste und Reinste angestrebt. Für ihn war das Leben ein gewaltiger Kampfplatz, auf dem die Menschen unter ehrlicher Einhaltung der Regeln um die Erreichung von Vollkommenheit wetteifern.

Als er erkannte, daß dem nicht so war, kam ihm gar nicht in den Sinn, daß er unrecht haben könnte, wenn er die Weltordnung vereinfachte. Er verdrängte die Kränkung darüber für lange Zeit und hegte den Gedanken, irgendwann einmal Richter zu werden zwischen dem Leben und den dunklen Kräften, die es verdarben, zu seinem Schutz anzutreten und Beschädigungen zu ahnden.

Die Enttäuschung machte ihn hart. Die Revolution gab ihm die Waffen.

31

»Shiwago, Shiwago«, sagte Strelnikow wieder vor sich hin, als sie in seinem Waggon waren. »Klingt nach Kaufmann. Oder nach Adel. Ja richtig: Arzt aus Moskau. Nach Warykino. Merkwürdig. Von Moskau in solch einen Krähwinkel.«

»Eben drum. Ich suche die Stille, die Einöde, das Unbekanntsein.«

»Was Sie nicht sagen, wie poetisch. Warykino? Ich kenne die Gegend. Die ehemaligen Werke der Krügers. Wohl verwandt mit denen? Erben?«

»Warum der spöttische Ton? Warum Erben? Obwohl meine Frau wirklich ...«

»Ah, sehen Sie. Sie wollen zu den Weißen? Ich muß Sie enttäuschen. Sie kommen zu spät. Der Bezirk ist gesäubert.«

»Sie spotten noch immer?«

»Und dann Arzt. Militärarzt. Wir haben Krieg. Das geht mich schon direkt etwas an. Deserteur. Die Grünen ziehen sich auch in die Wälder zurück. Suchen die Stille. Ihre Rechtfertigung?«

»Zweimal verwundet und als untauglich entlassen.«

»Gleich werden Sie mir eine Bescheinigung vom Volkskommissariat für Volksbildung oder für Gesundheitswesen vorlegen, die Sie als ›durchaus sowjetischen Menschen‹, als ›Sympathisanten‹ empfiehlt und Ihnen ›Loyalität‹ attestiert. Wir haben jetzt das Jüngste Gericht auf Erden, mein lieber Herr, da sind Wesen aus der Apokalypse mit Schwertern und geflügelte Bestien gefragt und nicht durchaus Sympathisierende und loyale Ärzte. Im übrigen habe ich Ihnen gesagt, Sie sind frei, und ich halte Wort. Aber nur diesmal. Ich habe das Gefühl, wir begegnen uns wieder, und dann gibt es ein anderes Gespräch, also hüten Sie sich.«

Drohung und Herausforderung brachten Doktor Shiwago nicht in Verwirrung. Er sagte: »Ich weiß, was Sie von mir denken. Von Ihrem Standpunkt aus haben Sie sogar recht. Aber den Streit, den Sie mir aufzwingen wollen, führe ich in Gedanken schon mein Leben lang mit einem imaginären Ankläger, und man sollte meinen, ich hätte Zeit genug gehabt, zu einem Schluß zu gelangen. Mit ein paar Worten läßt sich das nicht sagen. Gestatten Sie mir, mich ohne Erklärungen zu entfernen, wenn ich wirklich frei bin, und wenn nicht, verfügen Sie über mich. Ich habe mich vor Ihnen nicht zu rechtfertigen.«

Ein Schrillen unterbrach das Gespräch. Die Telefonverbindung war hergestellt.

»Danke, Gurjan«, sagte Strelnikow, nahm den Hörer ab und pustete ein paarmal hinein. »Mein Lieber, schikken Sie mir jemanden rein, der den Genossen Shiwago begleitet. Daß mir so was nicht wieder vorkommt. Und dann geben Sie mir die Raswiljer Eisenbahn-Tscheka.«

Allein geblieben, telefonierte Strelnikow mit dem Bahnhof: »Hier wurde ein Junge vorbeigeführt, der zerrt sich immer wieder die Mütze auf die Ohren, dabei ist sein Kopf verbunden, so ein Unsinn. Ja. Gebt ihm medizinische Hilfe, wenn nötig. Ja, und daß ihr ihn mir wie euern Augapfel hütet, Sie persönlich sind mir für ihn verantwortlich. Was zu essen, wenn nötig. So. Und nun zur Sache. Ich sage, ich bin noch nicht fertig. Ach, verdammt, da hängt ein Dritter in der Leitung. Gurjan! Gurjan! Trenne uns.«

Vielleicht ein früherer Schüler von mir, dachte Strelnikow und wartete darauf, sein Gespräch mit dem Bahnhof beenden zu können. Jetzt ist er groß und meutert gegen uns. Er addierte in Gedanken die Jahre seiner Arbeit als Lehrer, dazu Krieg und Gefangenschaft, ob die Summe mit dem Alter des Jungen übereinstimmen konnte. Später suchte er durch das Waggonfenster in dem Panorama am

Horizont die Stelle am Fluß, am Stadtrand von Jurjatin, wo seine Wohnung war. Ob Frau und Tochter noch dort sind? Ich müßte mal hin! Jetzt gleich, auf der Stelle! Ja, aber geht das überhaupt? Das ist ja ein ganz anderes Leben. Erst muß ich das neue Leben vollenden, ehe ich zu dem unterbrochenen zurückkehre. Irgendwann, irgendwann wird das sein. Ja, aber wann, wann?

Zweites Buch

Achter Teil

Die Ankunft

1

Der Zug, der die Familie Shiwago bis hierher gebracht hatte, stand noch auf den hinteren Gleisen der Station und war von anderen Zügen eingeschlossen, aber man spürte, daß die Verbindung mit Moskau, die die ganze Reise über fortgedauert hatte, an diesem Morgen abgerissen war.

Hier begann ein anderer Territorialgürtel, eine andere Welt, eine Provinz mit einem eigenen Anziehungszentrum.

Die Leute hier kannten einander besser als die Hauptstädter. Obwohl das Bahngelände Jurjatin-Raswilje von Unbefugten gesäubert und von roten Truppen umstellt war, gelangten ortsansässige Reisende unbegreiflicherweise zu den Gleisen, sie »sickerten durch«, wie man jetzt sagte. Sie hatten sich schon in die Waggons gedrängt, füllten die Türöffnungen, gingen über die Gleise am Zug entlang oder standen bei den Türen ihrer Waggons.

Diese Leute kannten sich durchweg, sie wechselten Zurufe und begrüßten sich, wenn sie zusammentrafen. Sie kleideten sich und sprachen etwas anders als in den Hauptstädten, aßen nicht das gleiche und hatten andere Gewohnheiten.

Juri Shiwago hätte gern gewußt, wovon sie lebten, von was für sittlichen und materiellen Vorräten sie zehrten, wie sie mit den Schwierigkeiten fertig wurden, wie sie die Gesetze umgingen.

Die Antwort kam in sehr lebendiger Form.

2

In Begleitung des Postens, der sein Gewehr hinter sich herschleifte und sich ab und zu darauf stützte wie auf einen Stock, kehrte Doktor Shiwago zu seinem Zug zurück.

Es war glühend heiß. Die Sonne heizte die Schienen und die Waggondächer. Die ölschwarze Erde brannte in einem gelben Schimmer, als wäre sie vergoldet.

Der Posten furchte mit dem Gewehr die Erde und hinterließ eine Spur. Der Kolben stieß klappernd gegen die Schwellen. Er sagte: »Das Wetter hält sich. Jetzt muß das Sommergetreide in die Erde, Hafer, Weizen oder, wollen mal sagen, Hirse, es ist die beste Zeit. Für Buchweizen ist es noch zu früh. Der wird bei uns Mitte Juni gesät, am Akulina-Tag. Ich bin aus Morschansk, Gouvernement Tambow, nicht von hier. Ach, Genosse Doktor! Wenn jetzt nicht diese Hydra von Bürgerkrieg wär, diese Pest von Kontras, würd ich mich etwa in dieser Zeit in der Fremde herumtreiben? Der Klassenkampf ist uns wie eine schwarze Katze über den Weg gelaufen, und nun haben wir die Bescherung!«

3

»Danke. Ich kann schon selber«, sagte Shiwago, als sich ihm aus dem Güterwaggon Hände entgegenstreckten, um ihn hinaufzuziehen. Er stemmte sich hoch, war mit einem

Sprung im Waggon, richtete sich auf und umarmte seine Frau.

»Na endlich, Gott sei Dank, daß alles gutgegangen ist«, sagte Tonja. »Übrigens, das glückliche Ende war für uns nicht neu.«

»Warum nicht?«

»Wir haben alles gewußt.«

»Woher?«

»Die Posten haben's uns erzählt. Wie hätten wir sonst die Ungewißheit ertragen sollen? Vater und ich sind fast verrückt geworden. Da, er schläft, du kriegst ihn nicht wach. Wie eine Garbe ist er umgesunken von der Aufregung, und jetzt wird er nicht munter. Wir haben neue Mitreisende. Mit einigen mache ich dich gleich bekannt. Aber erst hör, was alle sagen. Der ganze Waggon beglückwünscht dich zur glücklichen Freilassung. Da, das ist mein Mann!« sagte sie plötzlich, wandte den Kopf und stellte ihren Mann einem neu zugestiegenen Fahrgast vor, der, von seinen Nachbarn eingequetscht, im Hintergrund des Waggons stand.

»Samdewjatow«, kam es von dort, ein weicher Hut wurde über die fremden Köpfe gehoben, und der Träger dieses Namens drängte sich zu dem Arzt durch.

Samdewjatow, dachte Juri Shiwago. Unter dem Namen hätte ich mir etwas Altrussisches vorgestellt, wie aus einer Byline – Vollbart, Mantel, Gürtel mit Metallbeschlägen. Der hier sieht eher aus wie einer von der Gesellschaft der Kunstfreunde – angegraute Locken, Schnurrbart und Spitzbart.

»Na, hat Ihnen Strelnikow Angst gemacht? Geben Sie's zu.«

»Nein, warum denn? Wir hatten ein ernstes Gespräch. Jedenfalls ist er ein starker, bedeutender Mann.«

»Und ob. Ich habe eine Vorstellung von dieser Persönlichkeit. Er stammt wie Sie aus Moskau. Genau wie all die letzten Neuerungen, die sind auch aus der Hauptstadt hierhergebracht worden. Mit unserm Verstand wären wir nie auf so was gekommen.«

»Das ist Anfim Jefimowitsch Samdewjatow, Jura, ein Alleswisser und Alleskenner. Er hat schon von dir gehört, auch von deinem Vater, er kennt meinen Großvater, alle, alle. Macht euch bekannt.« Tonja fragte beiläufig und ausdruckslos: »Sie kennen bestimmt auch die hiesige Lehrerin Lara Antipowa?« Worauf Samdewjatow ebenso ausdruckslos antwortete: »Was wollen Sie denn von Frau Antipowa?« Shiwago mischte sich nicht ins Gespräch. Tonja fuhr fort: »Anfim Jefimowitsch ist Bolschewik. Nimm dich in acht, Jura, halte bei ihm die Ohren steif.«

»Nein, wirklich? Das hätte ich nie gedacht. Dem Aussehen nach hätte ich eher auf etwas Künstlerisches getippt.«

»Mein Vater hatte einen Ausspannhof. Sieben Troikas hat er gehalten. Aber ich habe studiert. Eigentlich bin ich Sozialdemokrat.«

»Hör zu, Jura, was Anfim Jefimowitsch sagt. Übrigens, es ist nicht bös gemeint, an Ihrem Namen kann man sich die Zunge zerbrechen. Ja, hör zu, Jura, wir haben unheimliches Glück gehabt. Die Stadt Jurjatin nimmt uns nicht auf. Dort sind Brände, und die Brücke ist gesprengt, wir kommen nicht durch. Der Zug muß einen Umweg fahren, über ein Verbindungsgleis zu einer anderen Strecke, und das ist genau die, die wir brauchen, denn an ihr liegt Torfjanaja. Denk dir nur! Wir brauchen nicht umzusteigen und die Sachen von einem Bahnhof zum andern durch die Stadt zu schleppen. Dafür wird es uns tüchtig durchrütteln, wenn wir endlich weiterfahren. Das Rangieren wird lange dauern. Das hat mir alles Anfim Jefimowitsch erklärt.«

4

Tonjas Voraussagen trafen ein. Von dem Zug wurden Waggons ab- und neue angekoppelt, dabei wurde endlos auf den verstopften Gleisen rangiert, auf denen sich auch andere Züge bewegten, die lange die Ausfahrt versperrten.

Die Stadt verlor sich zur Hälfte in der Ferne, verdeckt durch die hügelige Landschaft. Nur ab und zu zeigten sich über dem Horizont Hausdächer, Fabrikschlote, die Kreuze von Glockentürmen. Eine der Vorstädte brannte. Der Wind zertrieb den Rauch, der sich wie eine wehende Mähne über den ganzen Himmel zog.

Der Arzt und Samdewjatow saßen auf dem Boden des Waggons und ließen die Beine nach draußen hängen. Samdewjatow erklärte ständig etwas und wies mit der Hand in die Ferne. Manchmal übertönte das Poltern des rollenden Waggons seine Worte, so daß nichts zu verstehen war. Dann mußte Shiwago rückfragen. Samdewjatow näherte ihm sein Gesicht und wiederholte laut das Gesagte.

»Da, sie haben das Kino ›Gigant‹ angezündet. Darin hatten sich die Junker festgesetzt. Aber die hatten sich schon vorher ergeben. Überhaupt, die Kämpfe sind noch nicht zu Ende. Sehen Sie die schwarzen Punkte auf dem Glockenturm? Das sind unsere, sie holen die Tschechen herunter.«

»Ich sehe nichts. Wie können Sie das nur erkennen?«

»Da brennt Chochriki, die Handwerkervorstadt. Und Kolodejewo, wo die Handelsreihen sind, ein Stückchen weiter. Das interessiert mich, denn bei den Reihen war unser Hof. Kein großer Brand. Das Zentrum ist noch nicht betroffen.«

»Wiederholen Sie, ich verstehe nicht.«

»Ich sage, das Stadtzentrum. Kathedrale, Bibliothek.

Unser Name Samdewjatow ist die russische Form von San Donato. Es heißt, wir stammen von den Demidows ab.«

»Ich hab's schon wieder nicht verstanden.«

»Ich sage, Samdewjatow kommt von San Donato. Angeblich stammen wir von den Demidows ab. Von den Fürsten Demidow San Donato. Aber vielleicht stimmt das gar nicht. Eine Familienlegende. Diese Gegend hier heißt Spirkin-Senke. Datschen, Platz für erholsame Spaziergänge. Komischer Name, nicht wahr?«

Vor ihnen erstreckte sich ein Feld. Es war in verschiedenen Richtungen von Zweigbahngleisen durchschnitten. Darüber liefen mit Siebenmeilenschritten Telegrafenmasten zum Himmelsrand. Eine breite gepflasterte Straße wand sich durch das Feld und wetteiferte an Schönheit mit dem Schienenweg. Sie verschwand bald hinter dem Horizont, zeigte bald für einen Moment den Bogen einer Kurve. Und verschwand wieder.

»Das ist unsere berühmte Straße. Sie führt quer durch Sibirien. Katorga-Sträflinge haben sie besungen. Heute ist sie Operationsgebiet der Partisanen. Im allgemeinen läßt es sich bei uns aushalten. Sie werden sich einleben und eingewöhnen. Die Kuriositäten der Stadt werden Ihnen gefallen. Die Wasserbüdchen an den Kreuzungen. Die Frauenklubs im Winter unter freiem Himmel.«

»Wir werden nicht in der Stadt wohnen, sondern in Warykino.«

»Ich weiß. Ihre Frau hat es mir erzählt. Egal. Sie werden auch mal in der Stadt zu tun haben. Ich habe auf den ersten Blick erraten, wer sie ist. Die Augen. Die Nase. Die Stirn. Das kann nur eine Krüger sein. Kommt ganz nach dem Großvater. In unserer Gegend erinnern sich alle an die Krügers.«

Am Ende des Feldes standen hohe, runde, rote Erdöltanks. Hohe Pfähle trugen Industriereklamen. Eine davon kam Doktor Shiwago zweimal unter die Augen, sie lautete: Moreau und Wetschinkin. Sämaschinen. Dreschmaschinen.

»Das war eine solide Firma. Sie hat ausgezeichnete landwirtschaftliche Geräte hergestellt.«

»Ich verstehe nicht, was haben Sie gesagt?«

»Die Firma, sag ich. Verstehen Sie, die Firma. Sie hat landwirtschaftliche Geräte hergestellt. Eine Aktiengesellschaft. Mein Vater war dort Aktionär.«

»Sie sagten doch, er hatte einen Ausspannhof.«

»Ja, den hatte er. Das eine stört das andere nicht. Er war kein Dummkopf und hat sein Geld in die besten Unternehmen gesteckt. Auch an dem Kino ›Gigant‹ war er beteiligt.«

»Sie sind wohl stolz darauf?«

»Auf Vaters Geschäftstüchtigkeit? Und ob!«

»Und wo bleibt Ihre Sozialdemokratie?«

»Ich bitte Sie, was hat die damit zu tun? Wer sagt denn, daß einer, der marxistisch denkt, blöd und schlapp sein muß? Der Marxismus ist eine positive Wissenschaft, die Lehre von der Wirklichkeit, die Philosophie der historischen Situation.«

»Eine Wissenschaft soll der Marxismus sein? Darüber mit jemand zu streiten, den man kaum kennt, ist zumindest unvorsichtig. Aber sei's drum. Der Marxismus hat sich viel zu wenig selbst in der Hand, um eine Wissenschaft zu sein. Wissenschaften sind ausgeglichener. Marxismus und Objektivität? Ich kenne keine einzige geistige Strömung, die sich mehr in sich selbst verkriecht und weiter von den Fakten entfernt ist als der Marxismus. Jeder Mensch ist doch bestrebt, sich selbst an der Erfahrung zu prüfen, die Machtmenschen aber wenden sich mit aller Kraft von der Wahrheit ab, weil sie von dem Märchen ihrer eigenen Unfehlbarkeit überzeugt sind. Die Politik sagt mir nichts. Ich mag Menschen nicht, denen die Wahrheit gleichgültig ist.«

Samdewjatow nahm die Worte des Arztes als Ausfälle eines wunderlichen Witzbolds auf. Er kicherte nur und widersprach nicht.

Inzwischen rangierte der Zug. Jedesmal, wenn er bei dem Armsignal an der Auslaufweiche anlangte, nahm die betagte Weichenstellerin, an deren Gürtel eine Milchkanne festgebunden war, ihr Strickzeug von einer Hand in die andere, bückte sich, legte die Scheibe der ortsbedienten Weiche um und schickte den Zug im Rückwärtsgang zurück. Während er langsam wegrollte, richtete sie sich auf und drohte ihm mit der Faust hinterher.

Samdewjatow bezog diese Drohung auf sich. Wen meint sie? überlegte er. Sie kommt mir bekannt vor. Glafira Tunzewa? Könnte sein. Aber was bilde ich mir ein? Wohl kaum. Viel zu alt. Doch was will sie von mir? Mütterchen Rußland ist im Umbruch, bei der Eisenbahn herrscht das Chaos, die Gute hat es bestimmt schwer, sie gibt mir die Schuld und droht mir mit der Faust. Doch zum Teufel mit ihr, was soll ich mir ihretwegen den Kopf zerbrechen!

Endlich ließ die Weichenstellerin, ihr Fähnchen schwenkend und dem Lokführer etwas zurufend, den Zug zu dem Armsignal durch, von wo es in die freie Ferne ging. Als der vierzehnte Waggon an ihr vorüberfuhr, streckte sie den Schwätzern auf dem Waggonboden, die ihr auf die Nerven gegangen waren, die Zunge heraus. Wieder wurde Samdewjatow nachdenklich.

5

Als die Umgebung der brennenden Stadt, die zylindrischen Tanks, die Telegrafenstangen und die Firmenschilder in die Ferne rückten und verschwanden und andere Ausblicke kamen, Wälder und Berge, zwischen denen sich oft die Windungen der großen Straße zeigten, sagte Samdewjatow: »Stehen wir auf, wir müssen uns gleich trennen. Ich steige bald aus. Die übernächste Haltestelle ist Ihre. Verpassen Sie sie nicht.«

»Sie scheinen die hiesige Gegend gut zu kennen?«

»Und wie. Auf hundert Werst im Umkreis. Ich bin schließlich Jurist. Zwanzig Jahre Praxis. Geschäfte. Ewig unterwegs.«

»Auch jetzt noch?«

»Und ob.«

»Welcher Art Geschäfte kann es denn jetzt noch geben?«

»Alles, was Sie wollen. Alte unerfüllte Verträge, Transaktionen, nicht eingehaltene Verpflichtungen – bis zum Hals stecke ich drin, schrecklich.«

»Sind denn Abmachungen dieser Art nicht annulliert worden?«

»Dem Namen nach schon. In Wirklichkeit aber werden zu gleicher Zeit Dinge verlangt, die sich gegenseitig ausschließen. Nationalisierung der Unternehmen, Heizmaterial für den Stadtsowjet, Zugpferde für den Gouvernementsvolkswirtschaftsrat. Aber alle wollen auch leben. Das sind so Besonderheiten der Übergangsperiode, in der die Theorie noch nicht mit der Praxis übereinstimmt. Da werden einfallsreiche, flexible Leute gebraucht, mit einem Charakter wie meinen. Wohl dem, der sein Geld nimmt und nicht so genau hinsieht. Ab und zu gibt's auch eins in die Schnauze, wie mein Vater zu sagen pflegte. Das halbe Gouvernement lebt von mir. Ich werde Sie in Sachen Holzversorgung aufsuchen. Zu Pferde natürlich, wenn mein Gaul erst wieder laufen kann. Es ist mein letzter, und er lahmt. Wenn er gesund wäre, würde ich mich dann wohl in dieser Dreckschachtel durchrütteln lassen? Verdammt, ist das ein Gezuckel, und so was nennt sich Lokomotive. Wenn ich nach Warykino komme, wird das auch Ihnen nützen. Ihre Mikulizyns kenne ich bestens.«

»Sie kennen also das Ziel unserer Reise und unsere Absichten?«

»So ungefähr. Ich kann's mir denken. Ich habe eine Vorstellung. Der ewige Hang des Menschen zur Scholle. Der Traum, sich mit den eigenen Händen zu ernähren.«

»Na und? Sie scheinen das zu mißbilligen? Was halten Sie davon?«

»Ein naiver, idyllischer Traum. Aber warum nicht? Gott mag Ihnen helfen. Nur glaube ich nicht daran. Utopie. Illusion.«

»Wie wird Mikulizyn uns aufnehmen?«

»Er wird Sie nicht über die Schwelle lassen, sondern Sie mit dem Besen davonjagen, und er tut recht daran. Auch ohne Sie hat er das reinste Chaos, tausendundeine Nacht, stilliegende Werke, die Arbeiter weggelaufen, Lebensmittel, kein Stück, Futtermangel, und auf einmal schleppt der Satan Sie herbei, und er soll sich auch noch freuen. Wenn er Sie umbringt, muß ich ihm recht geben.«

»Na bitte, selbst Sie als Bolschewik können es nicht leugnen: Das ist kein Leben, sondern etwas Beispielloses, eine Phantasmagorie, eine Unsinnigkeit.«

»Gewiß, aber historisch unvermeidlich. Da müssen wir durch.«

»Warum unvermeidlich?«

»Sie sind doch kein kleines Kind, warum tun Sie so? Kommen Sie vom Mond? Freßsäcke und Schmarotzer haben die hungernden Arbeiter zu Tode geschunden, und das soll ewig so bleiben? Und all die anderen Formen von Unterdrückung und Tyrannei? Ist die Rechtmäßigkeit des Volkszorns, der Wunsch nach Gerechtigkeit im Leben, die Suche nach Wahrheit wirklich so unbegreiflich? Oder meinen Sie, ein grundlegender Umbruch wäre durch die

Duma zu erreichen, auf parlamentarischem Wege, und es ginge auch ohne Diktatur?«

»Wir reden von verschiedenen Dingen, und wir können ewig streiten und werden uns doch nie einigen. Ich war auch revolutionär gestimmt, aber jetzt meine ich, mit Gewalt ist nichts zu erreichen. Gutes ist nur mit Gutem zu schaffen. Aber darum geht es nicht. Kehren wir zu Mikulizyn zurück. Wenn uns solch ein Empfang erwartet, wozu fahren wir hin? Wir müssen die Deichsel umdrehen.«

»Unsinn. Erstens, gibt es denn nur die Mikulizyns auf der Welt? Zweitens, Mikulizyn ist sträflich gutmütig, über alle Maßen gutmütig. Er wird aufbrausen, sich sträuben und dann weich werden. Er gibt das letzte Hemd her, teilt die letzte Brotrinde.« Und Samdewjatow erzählte.

6

»Vor fünfundzwanzig Jahren kam Mikulizyn als Student des Technologischen Instituts von Petersburg zu uns. Er war verbannt und stand unter Polizeiaufsicht. Er kam also her, kriegte den Verwalterposten bei den Krügers und heiratete. Wir hatten hier vier Schwestern Tunzewa, eine mehr als bei Tschechow, hinter denen waren alle Studenten von Jurjatin her. Sie hießen Agrippina, Jewdokija, Glafira und Serafima, mit Vatersnamen Sewerinowna. Aus diesem Vatersnamen entstand der Spitzname für die Mädchen – Sewerjanka*. Die älteste Sewerjanka wurde Mikulizyns Frau.

Das Ehepaar bekam bald einen Sohn. Aus Vorliebe für die Freiheitsidee ließ der dumme Vater den Jungen auf den Namen Liweri taufen. Liweri, einfach Liwka genannt, wuchs als Wildling auf und zeigte vielseitige und ungewöhnliche Anlagen. Der Krieg brach aus. Liweri fälschte

* Nordländerin.

seinen Geburtsschein und ging als fünfzehnjähriger Grünschnabel freiwillig an die Front. Seine Mutter Agrippina, die schon immer kränkelte, konnte den Schlag nicht verwinden. Sie wurde bettlägerig, stand nicht wieder auf und starb im vorletzten Winter kurz vor der Revolution.

Der Krieg war aus. Liweri kam zurück. Was war aus ihm geworden? Ein Held, ein Fähnrich mit drei Orden und natürlich durch und durch überzeugter Bolschewik, Delegierter von der Front. Haben Sie von den ›Waldbrüdern‹ gehört?«

»Leider nein.«

»Dann hat es nicht viel Sinn zu erzählen. Die Hälfte des Effekts geht verloren. Wozu gucken Sie dann dauernd auf die Straße? Was ist an ihr bemerkenswert? Zur Zeit die Partisanen. Was sind Partisanen? Die wichtigsten Kader des Bürgerkriegs. Am Entstehen dieser Kraft sind zwei Faktoren beteiligt: Die politische Organisation, die die Führung der Revolution übernommen hat, und die einfachen Soldaten, die nach dem verlorenen Krieg der alten Macht den Gehorsam verweigerten. Aus dem Zusammenwirken dieser beiden Faktoren entstand das Partisanenheer. Es ist bunt zusammengewürfelt. Hauptsächlich besteht es aus Mittelbauern. Aber daneben finden Sie dort alles, was Sie wollen. Da gibt es arme Bauern, entweihte Mönche, Kulakensöhnchen, die ihre Herren Väter bekämpfen. Da sind überzeugte Anarchisten, Zerlumpte ohne Paß, volljährige Frauenhelden und Faulenzer, die aus den Mittelschulen hinausgeworfen wurden. Da sind österreichische und deutsche Kriegsgefangene, angelockt durch das Versprechen, man werde sie freilassen und in die Heimat zurückschicken. So, und eine Abteilung dieser vieltausendköpfigen Volksarmee, die sich ›Waldbrüder‹ nennt, wird befehligt vom Genossen Lesnych, Liwka, Liweri Awerkijewitsch, dem Sohn von Awerki Stepanowitsch Mikulizyn.«

»Was Sie nicht sagen.«

»Es ist so. Aber es geht noch weiter. Nach dem Tode seiner Frau hat Awerki Mikulizyn wieder geheiratet. Seine neue Frau Jelena Proklowna war Gymnasiastin und ist direkt von der Schulbank unter die Haube gekommen. Von Natur, aber auch aus Berechnung naiv, blutjung, möchte aber schon jetzt jünger wirken. Sie plappert, zwitschert, spielt die Unschuld, das Dummchen, die Lerche im Felde. Sobald sie Sie sieht, wird sie Sie examinieren: In welchem Jahr ist Suworow geboren? Zählen Sie auf, wieviel gleich große Dreiecke es gibt. Und wenn sie Sie hereingelegt und an der Nase herumgeführt hat, frohlockt sie. Aber in ein paar Stunden werden Sie sie selber sehen und feststellen, ob meine Beschreibung zutrifft.

Der Chef hat andere Schwächen: Er raucht Pfeife und spickt seine Reden gern mit altslawischen Brocken wie ein Seminarist. Er hätte zur See fahren sollen. Am Institut hat er Schiffbau studiert. Sein Aussehen und seine Gewohnheiten lassen das noch spüren. Er rasiert sich, nimmt tagelang die Pfeife nicht aus dem Mund, quetscht die Worte durch die Zähne, und das liebenswürdig, ohne Hast. Vorspringender Unterkiefer des Rauchers, kalte graue Augen. Eines hätte ich fast vergessen: Er ist Sozialrevolutionär und wurde von der Region für die Konstituierende Versammlung gewählt.«

»Das ist ja sehr wichtig. Also stehen Vater und Sohn auf dem Kriegsfuß? Sind politische Gegner?«

»Nominell ja. In Wirklichkeit aber führt die Taiga keinen Krieg gegen Warykino. Ich fahre fort. Die anderen Schwestern Tunzewa, Awerki Mikulizyns Schwägerinnen, leben bis heute in Jurjatin. Sie sind alte Jungfern. Die Zeiten haben sich geändert, die Mädchen auch.

Die Älteste der drei, Jewdokija, ist Bibliothekarin in der städtischen Lesestube. Ein liebes, schwarzhaariges Fräulein, unglaublich leicht zu verwirren. Aus dem Nichts errötet sie wie eine Pfingstrose. In der Lesestube herrscht eine gespannte Grabesstille. Sie leidet an chronischem Schnupfen, und wenn sie bis zu zwanzigmal hintereinander niest, möchte sie vor Scham in den Erdboden versinken. Nichts zu machen, das kommt von den Nerven.

Die Mittlere, Glafira, ist der Segen der Schwestern. Ein energisches Mädchen und eine tüchtige Arbeiterin. Keine Arbeit ist ihr zu schlecht. Es herrscht einhellig die Meinung, daß der Partisanenführer Lesnych nach dieser Tante kommt. Sie hat in einem Schneidereiartel und als Strumpfwirkerin gearbeitet. Und ehe man sich's versah, war sie auf einmal Frisöse. Haben Sie auf die Weichenstellerin in Jurjatin geachtet, die uns mit der Faust gedroht hat? Donnerwetter, hab ich mir gedacht, jetzt ist Glafira auf einmal Weichenstellerin. Aber ich glaube, sie war es nicht. Die Frau war zu alt.

Die Jüngste, Serafima, ist das Kreuz der Familie, eine Heimsuchung. Das Mädchen ist gebildet und belesen. Sie hat sich mit Philosophie befaßt und liebt Gedichte. Aber in den Jahren der Revolution, unter dem Einfluß der allgemeinen gehobenen Stimmung, der Straßenumzüge, der Reden, die auf den Plätzen gehalten wurden, ist sie übergeschnappt und in religiösen Wahnsinn verfallen. Wenn die Schwestern zur Arbeit gehen, schließen sie die Tür ab, aber sie wutscht durchs Fenster, läuft durch die Straßen, fuchtelt herum, sammelt Publikum um sich, verkündet das Jüngste Gericht und das Ende der Welt. Aber ich habe mich verplaudert, wir sind gleich auf meiner Station. Sie müssen die nächste raus. Machen Sie sich fertig.«

Nachdem Samdewjatow ausgestiegen war, sagte Tonja: »Ich weiß nicht, wie du das siehst, aber ich finde, diesen Mann hat uns das Schicksal zugeführt. Ich glaube, er wird in unserm Leben noch eine Wohltäterrolle spielen.«

»Durchaus möglich, Tonja, aber mich freut nicht, daß man dich an der Ähnlichkeit mit deinem Großvater Krüger erkennt und daß ihn hier alle in guter Erinnerung haben. Auch Strelnikow, kaum daß ich Warykino erwähnte, warf giftig ein: ›Warykino, die ehemaligen Werke der Krügers. Wohl verwandt mit denen? Erben?‹

Ich fürchte, wir werden hier mehr auffallen als in Moskau, von wo wir geflohen sind, um die Unauffälligkeit zu suchen.

Jetzt ist natürlich nichts mehr zu machen. Wer den Kopf verloren hat, braucht sich um seine Haare nicht mehr zu sorgen. Aber wir wollen lieber die Öffentlichkeit meiden, uns zurückziehen, uns still verhalten. Ich habe überhaupt ein ungutes Vorgefühl. Laß uns unsere Leute wecken, wir müssen packen, alles zusammenschnallen, wir steigen ja gleich aus.«

7

Tonja stand auf dem Bahnsteig von Torfjanaja und zählte zum zigsten Male die Familie und die Gepäckstücke, um sich zu vergewissern, daß sie nichts im Zug vergessen hatten. Ihre Füße spürten den festgestampften Sand des Bahnsteigs, aber die Furcht, an der richtigen Station vorbeizufahren, hatte sie noch nicht verlassen, und das Rattern des rollenden Zugs klang ihr noch in den Ohren, obwohl sie sich durch den Augenschein überzeugen konnte, daß er vor ihr am Bahnsteig stand. Das hinderte sie, etwas zu sehen, zu hören oder zu denken.

Ihre Reisegefährten verabschiedeten sich von der Höhe des Güterwaggons herab. Tonja nahm sie nicht wahr. Sie merkte auch nicht, wie der Zug abfuhr, und entdeckte sein Verschwinden erst, als sie auf einmal das zweite Gleis und dahinter das grüne Feld und den blauen Himmel sah.

Das Stationsgebäude war aus Steinen gemauert. Rechts und links von seinem Eingang stand je eine Bank. Die Reisenden aus dem Moskauer Stadtteil Siwzew Wrashek waren als einzige hier ausgestiegen. Sie stellten die Sachen ab und setzten sich auf eine der Bänke.

Sie waren verblüfft über die Stille, Menschenleere und Sauberkeit der Station. Es kam ihnen ungewohnt vor, daß es hier kein Gedränge und kein Gefluche gab. Das Leben war in diesem Krähwinkel hinter der Geschichte zurückgeblieben. Die Verwilderung der Hauptstadt hatte ihn noch nicht ereilt.

Die Station lag in einem Birkenwäldchen verborgen. Im Zug war es schon dunkel geworden, als er hier einfuhr. Über Hände und Gesichter, über den feuchten gelben Sand des Bahnsteigs, über die Erde und die Dächer huschten die Schatten der wogenden Birkenwipfel. Das Zwitschern der Vögel paßte zu der Frische des Wäldchens. So rein wie die Unwissenheit erfüllten die vollen Töne den Wald und durchdrangen ihn ganz. Durch den Wald schnitten sich die Eisenbahn und eine Schneise, und die Bäume verhängten beide gleichermaßen mit ihren wehenden, herabhängenden Zweigen wie mit den Enden weiter, bis zum Boden reichender Ärmel.

Plötzlich waren Tonjas Augen und Ohren wieder offen. Alles rückte auf einmal in ihr Bewußtsein: das Vogelkonzert, die Reinheit dieser Waldeseinsamkeit, die Friedlichkeit der vergossenen Stille ringsum. In ihrem Kopf formte sich der Satz: »Ich konnte nicht glauben, daß wir heil ans Ziel gelangen. Verstehst du, dein Strelnikow hätte ja auch, nachdem er dich großzügig hatte gehen lassen, den Befehl hierher telegrafieren können, uns alle beim Aussteigen festzunehmen. Ich glaube nicht an den Edelmut von denen, mein Lieber. Das ist alles nur zum Schein.« Statt dessen sagte sie etwas anderes. »Wie schön«, entfuhr es ihr angesichts des Zaubers rundum. Weiter brachte sie nichts hervor. Tränen würgten sie. Sie weinte laut.

Ihr Schluchzen wurde gehört, und aus dem Gebäude kam der alte Stationsvorsteher. Er trippelte zu der Bank, legte höflich die Hand an den Schirm der Uniformmütze mit dem roten Deckel und fragte: »Vielleicht soll ich dem Fräulein Beruhigungstropfen aus der Bahnhofsapotheke holen?«

»Danke. Es ist nichts. Das geht vorüber.«

»Die Sorgen und Unruhen der Reise. Man kennt das, es ist verbreitet. Dazu diese afrikanische Hitze, selten in unseren Breiten. Und obendrein die Ereignisse in Jurjatin.«

»Wir haben im Vorbeifahren Brände gesehen.«

»Dann müssen Sie wohl aus Rußland kommen, wenn ich mich nicht irre.«

»Ja, aus der Stadt der Weißen Steine.«

»Sie sind Moskauer? Dann ist es kein Wunder, daß die Nerven der gnädigen Frau nicht in Ordnung sind. Dort soll ja kein Stein mehr auf dem andern stehen.«

»Das ist übertrieben. Aber wir haben wirklich eine Menge gesehen. Das hier ist meine Tochter, das mein Schwiegersohn. Das ist unser Kleiner. Und dies ist unsere junge Kinderfrau Njuscha.«

»Guten Tag, guten Tag. Sehr angenehm. Ich bin teilweise informiert. Anfim Jefimowitsch Samdewjatow hat mich von der Station Sakma über das Streckentelefon angeläutet. Doktor Shiwago kommt mit seiner Familie aus Moskau, hat er gesagt, bitte unterstützen Sie ihn, so gut Sie können. Dieser Doktor sind wohl Sie?«

»Nein, Doktor Shiwago ist mein Schwiegersohn, ich arbeite auf dem Gebiet der Landwirtschaft. Professor der Agronomie Gromeko.«

»Ach, Verzeihung, ich habe mich vertan. Entschuldigen Sie. Sehr erfreut, Sie kennenzulernen.«

»Nach Ihren Worten zu urteilen, kennen Sie Samdewjatow?«

»Wie sollte ich ihn nicht kennen, er ist ein Zauberer, unsere Hoffnung, unser Ernährer. Ohne ihn hätten wir hier längst alle viere von uns gestreckt. Ja, er hat gesagt, bitte unterstützen Sie ihn, so gut Sie können. Mach ich, hab ich gesagt. Ich hab's ihm versprochen. Also, wenn Sie ein Pferdchen brauchen oder wenn ich Ihnen sonst irgendwie helfen kann? Wo möchten Sie hin?«

»Nach Warykino. Ist das weit von hier?«

»Nach Warykino? Ich überlege die ganze Zeit, an wen Ihre Tochter mich erinnert. Nach Warykino wollen Sie! Dann ist alles klar. Iwan Ernestowitsch Krüger und ich haben diese Strecke gebaut. Gleich kümmere ich mich um alles, ich hole einen Mann, wir besorgen ein Fuhrwerk. Donat! Donat! Trag die Sachen einstweilen in den Warteraum. Wie sieht's mit einem Pferd aus? Lauf in die Teestube, mein Lieber, und frag, ob's einer macht. Heute früh ist Wakch hier aufgetaucht. Frag ihn, ob er fährt. Sag ihm, es sind vier Reisende nach Warykino zu bringen, das Gepäck ist nicht der Rede wert. Sie sind eben angekommen. Beeil dich. Und Ihnen gebe ich einen väterlichen Rat, gnädige Frau. Ich frage absichtlich nicht nach dem Grad Ihrer Verwandtschaft mit Iwan Ernestowitsch Krüger, aber seien Sie in dieser Beziehung vorsichtig. Man kann nicht mit jedem offen reden. Bedenken Sie, was wir für Zeiten haben.«

Bei dem Namen Wakch wechselten die Reisenden verwunderte Blicke. Sie erinnerten sich an die Erzählungen von Tonjas verstorbener Mutter Anna Iwanowna über den sagenhaften Schmied, der sich unverwüstliche Eingeweide aus Blech geschmiedet hatte, und an andere Märchen und Geschichten.

8

Den Wagen zog eine Schimmelstute, die kürzlich gefohlt hatte. Der Kutscher war ein alter Mann mit abstehenden Ohren und langen schneeweißen Haaren. Alles an ihm war aus verschiedenen Gründen weiß. Seine neuen Bastschuhe waren vom Tragen noch nicht dunkel, Hose und Hemd hingegen waren von der Zeit gebleicht.

Hinter der Schimmelstute warf ein Fohlen die staksigen Beine. Es war schwarz wie die Nacht, hatte ein krauses Köpfchen und sah wie ein geschnitztes Spielzeug aus.

Die Reisenden saßen auf dem Rand des durch die Fahrspuren holpernden Bauernwagens und hielten sich an den Rungen fest, um nicht hinunterzufallen. Sie waren friedlich gestimmt, ihr Traum hatte sich erfüllt, sie näherten sich dem Reiseziel. Großzügig und freigebig dehnten sich die späten Nachmittagsstunden des wunderschönen, klaren Tages.

Der Weg führte bald durch Wald, bald durch offenes Gelände. Im Wald wurden die Reisenden auf den Baumwurzeln durchgerüttelt, sie duckten sich, verzogen das Gesicht, drückten sich aneinander. Auf den offenen Stellen, wo der Raum selbst aus übervollem Herzen gleichsam vor ihnen die Mütze zog, richteten sie sich auf, rückten auseinander, wackelten mit dem Kopf.

Das Gelände war hügelig. Die Erhebungen hatten wie immer ihr eigenes Aussehen, ihr eigenes Gesicht. Wie mächtige, dünkelhafte Schatten ragten sie dunkel in der Ferne auf und betrachteten schweigend die Reisenden. Angenehm rosiges Licht folgte dem Wagen übers Feld, beruhigte die Reisenden, erfüllte sie mit Hoffnung.

Alles gefiel ihnen, alles verwunderte sie, am meisten aber das unermüdliche Geschwätz ihres kauzigen alten Fuhrmanns, in dem sich untergegangene altrussische Formen, tatarische Ablagerungen und regionale Besonderheiten mit unverständlichen Ausdrücken eigener Erfindung mischten.

Wenn das Fohlen nicht mehr mitkam, blieb die Stute stehen und wartete. Es folgte ihr mit welligen Sprüngen, setzte ungeschickt die langen, dicht beieinander stehenden Beine, kam seitlich an den Wagen heran, streckte das winzige Köpfchen am langen Hals nach der Deichsel und saugte an der Mutter.

»Eines verstehe ich doch nicht«, schrie Tonja ihrem Mann zu, dabei schlugen ihre Zähne vom Rütteln des Wagens aufeinander, und sie machte Pausen, um sich nicht bei einem plötzlichen Stoß die Zungenspitze abzubeißen. »Vielleicht ist das wirklich derselbe Wakch, von dem meine Mutter erzählt hat. Du erinnerst dich doch, es war viel dummes Zeug dabei. Sie hatten dem Schmied bei einer Schlägerei die Därme rausgerissen, da hat er sich neue gemacht. Kurzum, der Schmied Wakch Eisenbauch. Ich weiß, das sind Märchen, aber vielleicht ging es um diesen Mann? Ob er das ist?«

»Natürlich nicht. Erstens, du sagst ja selber, daß es ein Märchen ist, Legende. Zweitens, auch die Legende war zu Lebzeiten deiner Mutter schon mehr als hundert Jahre alt, wie sie sagte. Aber warum schreist du so? Wenn's der Alte hört, ist er beleidigt.«

»Ach wo, er ist harthörig. Und wenn er's hört, kriegt er's nicht so genau mit, er ist nicht ganz richtig im Oberstübchen.«

»He, Fjodor Nefedytsch!« rief plötzlich der Alte, er redete sein Pferd mit dem Männernamen an, dabei wußte er besser als die Reisenden, daß es eine Stute war. »Ist das eine verdammte Hitze! Wie im höllischen Feuerofen! Los, Satan, unverhoffter! Willst du wohl, du Mazeppa!«

Auf einmal sang er langgedehnt Teile von Scherzliedchen, die früher in den hiesigen Werken entstanden waren.

»Lebewohl, Fabrikkontor!
Lebewohl, mein Erzbergwerk!
Hab genug vom Herrenbrot
und vom Wasser aus dem Teich.

Dort am Ufer schwimmt ein Schwan,
rudert mit den Füßen vorwärts.
Wenn ich taumle, nicht vom Wodka.
Wanja muß zu den Soldaten.
Mascha, da paß ich schon auf,
Mascha, ich bin nicht so dumm,
ich geh in die Stadt Seljaba,
such mir eine Arbeitsstelle
bei der Sentetjuricha.

He, Stute, meine Gute! Du hast Gott vergessen! Seht doch, Leute, dieses Aas, diese Bestie! Du bringst sie auf Trab, und sie sagt dir, steig ab. Los, Fjodor Nefedytsch, beweg dich! Dieser Wald hier, der heißt Taiga, er hat kein Ende. Eine Unmasse Bauernvolk steckt da drin, oho! Die Waldbrüderschaft. He, Fjodor Nefedytsch, du stehst ja schon wieder, du Satansbraten!«

Plötzlich drehte er sich um, sah Tonja starr an und sagte: »Was denkst du dir, junge Frau, als ob ich nicht mitkrieg, weswegen du so aussiehst. Ich seh, Mutter, du bist nicht gescheit. Wenn ich dich nicht erkannt hab, will ich gleich in der Erde versinken. Ich hab dich erkannt! Meinen Kugeln hab ich nicht getraut, leibhaftig Grigow!« (Er sagte Kugeln statt Augen und Grigow statt Krüger.) »Du bist nicht zufällig seine Enkelin? Als ob ich Grigow nicht erkenn! Hab mein Lebtag bei ihm gearbeitet und meine Zähne abgegessen. In sämtlichen Handwerken und Posten! Im Bergwerk und an der Walze und auf dem Pferdehof. He, beweg dich! Du stehst ja schon wieder, soll ich dir Beine machen? Enkel aus China, willst du nun laufen oder nicht?

Du hast gefragt, was das für ein Wakch ist, vielleicht der Schmied? Du bist ja nicht gescheit, Mutter, große Augen, feine Dame, aber dumm. Dein Wakch, Postanogow hat er geheißen, Postanogow Eisenbauch, der liegt seit fünfzig

Jahren in der Erde, in den Brettern. Ich heiß im Gegenteil Mechonoschin. Der Vorname ist derselbe, wir sind Namensvettern, aber der Nachname ist anders.«

Nach und nach erzählte der alte Mann den Reisenden in seiner merkwürdigen Ausdrucksweise alles über die Mikulizyns, was sie schon von Samdewjatow gehört hatten. Ihn nannte er Mikulitsch und sie Mikulitschna. Die jetzige Frau des Verwalters bezeichnete er als die Zweite, und von der »Ersteren, Verblichenen« sagte er, sie sei eine Frau wie Honig gewesen, ein weißer Engel. Als er auf den Partisanenführer Liweri Lesnych zu sprechen kam und erfuhr, daß dessen Ruhm noch nicht bis Moskau gedrungen war und man dort noch nichts von den Waldbrüdern gehört hatte, fand er das ganz unglaublich.

»Nie gehört? Noch nie von den Waldbrüdern gehört? Engel aus China, wozu hat denn Moskau seine Ohren?«

Es wurde allmählich Abend. Vor den Reisenden liefen, immer länger werdend, ihre eigenen Schatten her. Ihr Weg führte durch ein weites ödes Land. Da und dort wuchsen, einsame Büschel mit Blütentrauben an der Spitze, holzige, hochragende Melde, Disteln und Schotenweiderich. Von den schrägen Strahlen der untergehenden Sonne beschienen, zeigten sie geisterhafte Umrisse und sahen aus wie vereinzelt im Feld aufgestellte, unbewegliche berittene Wachposten.

Weit vorn stieß die Ebene an eine Hügelkette. Wie eine Wand, hinter der sich eine Schlucht oder ein Fluß vermuten ließ, stand sie quer zum Weg. Der Himmel schien dort von einer Mauer umgeben, zu deren Tür sie nun fuhren.

Oben auf einem steilen Hügel zeichnete sich ein langgestrecktes ebenerdiges weißes Haus ab.

»Siehst du den Bau da oben?« fragte Wakch. »Da wohnen Mikulitsch und Mikulitschna. Dahinter ist ein Abgrund, eine Schlucht, die wird Schutma genannt.«

Zwei Gewehrschüsse knallten kurz nacheinander und

erzeugten einen zersplitternden, sich vervielfachenden Widerhall.

»Was ist das? Partisanen womöglich, Großvater? Ob das uns gilt?«

»Gott bewahre. Keine Partisanen. In der Schutma erschreckt Mikulitsch die Wölfe.«

9

Die erste Begegnung der Ankömmlinge mit den Hausherren fand auf dem Hof des Direktorhauses statt. Es kam zu einer quälenden, anfänglich schweigenden, dann verlegengeräuschvollen und unsinnigen Szene.

Mikulizyns Frau Jelena kehrte von einem Abendspaziergang aus dem Wald auf den Hof zurück. Die abendlichen Sonnenstrahlen, die sich von Baum zu Baum hinter ihr herzogen, hatten fast die gleiche Farbe wie ihre goldblonden Haare. Jelena war sommerlich leicht gekleidet. Mit einem Tuch wischte sie das vom Gehen erhitzte gerötete Gesicht. Um den freien Hals lag ein Gummiband, an dem auf dem Rücken ihr Strohhut hing.

Ihr entgegen kam, das Gewehr in der Hand, ihr Mann, der aus der Schlucht heraufstieg und die Absicht hatte, sogleich die verqualmten Gewehrläufe zu reinigen, denn er hatte bemerkt, daß sie ungenau schossen.

Plötzlich ratterte Wakch mit dem Wagen und seinen Mitbringseln über die gepflasterte Einfahrt in den Hof.

Alexander Gromeko, der mit den anderen rasch abgestiegen war, gab stockend, den Hut immer wieder ziehend und aufsetzend, die ersten Erklärungen ab.

Die echte, nicht gespielte Erstarrung der überrumpelten Hausherren und die aufrichtige Verwirrung der vor Scham glühenden unglücklichen Gäste dauerten ein Weilchen. Die Situation war auch ohne Erklärungen nicht nur den Beteiligten, Wakch, Njuscha und Saschenka begreiflich. Das Gefühl der Peinlichkeit übertrug sich auf die Stute und das Fohlen, die goldenen Sonnenstrahlen und die Mücken, die Jelena umsummten und sich ihr auf Gesicht und Hals setzten.

»Ich verstehe nicht«, unterbrach endlich Mikulizyn sein Schweigen. »Ich verstehe nicht, ich verstehe gar nichts, und ich werde es nie verstehen. Haben wir hier den Süden, die Weißen, ein fruchtbares Gouvernement? Warum ist Ihre Wahl ausgerechnet auf uns gefallen, was hat Sie ausgerechnet hierher getrieben?«

»Haben Sie mal daran gedacht, was für eine Verantwortung Sie meinem Mann aufbürden?«

»Lena, misch dich nicht ein. Doch, so ist es. Sie hat völlig recht. Haben Sie daran gedacht, was für eine Belastung das für mich ist?«

»Aber ich bitte Sie, Sie haben uns nicht verstanden. Worum geht es? Um sehr wenig, fast gar nichts. Kein Anschlag auf Sie, auf Ihre Ruhe. Irgendein Winkel in einem verfallenen leeren Gebäude. Ein Eckchen ungenutztes Land, das keiner braucht, damit wir ein bißchen Gemüse anbauen können. Vielleicht ein Fuder Holz aus dem Wald, wenn es keiner sieht. Ist das wirklich so viel, so schlimm?«

»Nein, aber die Welt ist groß. Warum grade wir? Warum werden grade wir dieser Ehre teilhaftig und nicht irgend jemand anderes?«

»Wir wissen von Ihnen und haben gehofft, daß Sie auch von uns gehört haben, daß wir Ihnen nicht fremd sind und wir nicht an Fremde geraten.«

»Ach, Sie meinen Krüger, mit dem Sie verwandt sind? Wie bringen Sie es fertig, so etwas in unserer Zeit ins Feld zu führen?«

Mikulizyn war ein Mann mit regelmäßigen Gesichtszügen, warf oft die Haare zurück, trat mit dem ganzen Fuß auf und trug ein Russenhemd, um das sich eine Schnur mit Troddel schlang. In alten Zeiten waren solche Männer Flußpiraten, in der neuen Zeit aber bildeten sie den Typ des ewigen Studenten, Lehrers und Träumers.

Awerki Mikulizyn hatte seine Jugend der Befreiungsbewegung und der Revolution gewidmet und nur gefürchtet, sie nicht mehr zu erleben oder, wenn doch, seine radikalen Ansichten und seinen Blutdurst durch ihre Mäßigung enttäuscht zu sehen. Nun war sie gekommen und hatte seine kühnsten Erwartungen über den Haufen geworfen. Von Haus aus ein treuer Freund der Arbeiter, hatte er als einer der ersten im »Swjatogora Bogatyr« ein Werkkomitee gegründet und ihm die Arbeiterkontrolle übertragen, doch dann hatte er das Nachsehen, war arbeitslos und saß in der leeren Siedlung, aus der die Arbeiter weggelaufen waren, weil sie teilweise den Menschewiken anhingen. Und nun diese Absurdität, die ungebetenen Krügerschen Nachfahren – das empfand er geradezu als Hohn des Schicksals, als vorsätzliche Schikane, die das Maß seiner Geduld zum Überlaufen brachte.

»Nein, das ist ja sagenhaft. Das ist ja nicht zu fassen. Begreifen Sie nicht, welch eine Gefahr Sie für mich sind, in was für eine Lage Sie mich bringen? Ich muß wohl schon verrückt geworden sein. Ich verstehe nicht, ich verstehe gar nichts, und ich werde es nie verstehen.«

»Ist Ihnen überhaupt klar, auf was für einem Vulkan wir hier auch ohne Sie schon sitzen?«

»Warte, Lena. Meine Frau hat völlig recht. Es ist auch ohne Sie kein Zuckerlecken. Ein Hundeleben, ein Irrenhaus. Ständig zwischen Baum und Borke, nirgends ein Ausweg. Die einen reden mir nach, daß ich einen roten Sohn habe, einen Bolschewiken, einen Liebling des Volkes. Den anderen mißfällt, daß man mich in die Konstituierende Versammlung gewählt hat. Keinem kann man es recht machen, und da zappelt man nun. Und jetzt kommen auch noch Sie. Das wird die reinste Freude, Ihretwegen zur Erschießung zu gehen.«

»Was sagen Sie da! Besinnen Sie sich! Gott soll Sie schützen!«

Nach einiger Zeit, als Mikulizyns Zorn verraucht war, sagte er: »Na, wir haben uns angebellt im Hof, nun reicht es. Das können wir im Hause fortsetzen. Mir schwant natürlich nichts Gutes, aber das ist dunkles Wasser in den Wolken, Schwarzseherei. Schließlich sind wir keine Janitscharen und keine Muselmänner. Wir werden Sie schon nicht in den Wald jagen, wo Meister Petz Sie auffrißt. Ich denke, Lena, wir gehen am besten ins Palmenzimmer neben meinem Arbeitszimmer. Dort besprechen wir, wo wir sie unterbringen, ich denke, im Park. Kommen Sie bitte ins Haus. Herzlich willkommen. Bring die Sachen rein, Wakch. Hilf den Leuten.«

Wakch führte den Befehl aus und seufzte: »Heilige Jungfrau Maria! So wenig Habe wie Wallfahrer. Nur Bündelchen. Kein einziger Koffer!«

10

Eine kalte Nacht brach an. Die Ankömmlinge wuschen sich. Die Frauen richteten in dem ihnen zugewiesenen Zimmer das Nachtlager. Saschenka, der daran gewöhnt war, daß seine kindlichen Aussprüche die Erwachsenen entzückten, und darum hingebungsvoll Unsinn redete, um sie zu erfreuen, kam heute nicht auf seine Kosten. Sein Geschwätz hatte keinen Erfolg, er wurde nicht beachtet. Er nörgelte, weil das schwarze Fohlen nicht mit ins Haus durfte, und als man ihn anfuhr, er solle still sein, heulte er los, denn er fürchtete, die Eltern würden ihn als schlechtes Kind und Taugenichts in den Kinderladen zurückbringen, von wo er, wie er glaubte, einst ins Haus der Eltern gebracht worden war. Das waren aufrichtige Ängste, und er äußerte sie lautstark, aber seine niedlichen Albernheiten erzielten nicht die gewohnte Wirkung. Die Älteren, irritiert durch ihr Verweilen in dem fremden Hause, bewegten sich hastiger als sonst und waren schweigsam in ihre Sorgen versunken. Saschenka war beleidigt und quengelte, wie Kinderfrauen sagen. Er bekam zu essen und wurde mühsam zu Bett gebracht. Endlich schlief er. Mikulizyns Ustinja nahm Njuscha mit in ihr Zimmer, gab ihr ein Abendessen und weihte sie in die Geheimnisse des Hauses ein. Tonja und die Herren wurden zum Tee gebeten.

Gromeko und Shiwago baten um Erlaubnis, sich noch kurz entfernen zu dürfen, und gingen auf die Vortreppe, um frische Luft zu schöpfen.

»Soviel Sterne!« sagte Alexander Gromeko.

Es war stockdunkel. Schwiegersohn und Schwiegervater, die zwei Schritte auseinander standen, konnten sich nicht sehen. Hinter der Hausecke fiel Lampenlicht aus dem Fenster in die Schlucht. In seinem Schein standen, dunstig von der feuchten Kälte, Büsche, Bäume und irgendwelche Gegenstände. Der Lichtstreif drang nicht bis zu den beiden Männern, er machte die Dunkelheit rundum noch dichter.

»Morgen müssen wir gleich früh den Anbau untersuchen, den er uns angeboten hat, und ihn instand setzen, wenn er zum Wohnen taugt. In der Zeit, in der wir unser Heim in Ordnung bringen, taut der Boden, und die Erde erwärmt sich. Dann müssen wir Beete anlegen. Ich habe herausgehört, daß er uns Saatkartoffeln versprochen hat. Oder irre ich mich?«

»Nein, er hat sie versprochen. Und anderes Saatgut. Ich hab's selber gehört. Das Gebäude, das er uns anbietet, haben wir im Vorbeifahren im Park gesehen. Wissen Sie, wo? Hinter dem Herrenhaus, da ist alles voller Brennesseln. Der Anbau ist aus Holz, während das Haus aus Steinen gemauert ist. Ich hab's Ihnen vom Wagen aus gezeigt, wissen Sie noch? Da würde ich auch die Beete anlegen. Es müßten dort Reste eines Blumengartens vorhanden sein. Von weitem ist es mir so vorgekommen. Vielleicht täusche ich mich. Die Wege werden wir lassen müssen, aber die Erde der alten Beete ist wahrscheinlich gründlich gedüngt und reich an Humus.«

»Wir sehen uns das morgen an. Ich weiß es nicht. Der Boden ist bestimmt schrecklich verunkrautet und steinhart. Das Gut muß doch einen Gemüsegarten gehabt haben. Vielleicht ist er unbebaut. All das wird sich morgen zeigen. Sicherlich sind morgens noch Fröste. In den Nächten bestimmt. Welches Glück, daß wir schon am Ziel sind. Dazu können wir uns Glück wünschen. Es ist schön hier. Mir gefällt's.«

»Die Leute sind sehr angenehm. Besonders er. Sie ist ein bißchen eine Zierpuppe. Aus irgendwelchen Gründen scheint sie mit sich selber unzufrieden zu sein, irgendwas an ihrer Person gefällt ihr nicht. Daher diese unermüdliche, gespielt-unsinnige Geschwätzigkeit. Es ist, als wollte sie die Aufmerksamkeit von ihrem Aussehen ablenken und einem ungünstigen Eindruck vorbeugen. Daß sie vergißt, den Hut abzunehmen, und ihn auf dem Rücken baumeln läßt, ist auch nicht aus Zerstreutheit. Es steht ihr!«

»Gehen wir wieder hinein. Wir sind schon zu lange draußen. Es ist unhöflich.«

Auf dem Weg ins beleuchtete Eßzimmer, wo die Gastgeber und Tonja unter der Hängelampe um den runden Tisch beim Samowar saßen und Tee tranken, kamen Schwiegervater und Schwiegersohn durch das dunkle Arbeitszimmer des Direktors.

Es hatte ein durchgehendes, die ganze Wand einnehmendes Fenster, das über die Schlucht ragte. Von hier aus bot sich, wie der Arzt schon bemerkt hatte, als es noch hell war, ein weiter Blick auf die Ebene jenseits der Schlucht, über die Wakch sie hierhergebracht hatte. Am Fenster stand ein breiter Projektierungs- oder Zeichentisch, der ebenfalls die ganze Wand einnahm. Darauf lag längs das Jagdgewehr, das auf beiden Seiten Raum ließ, so daß der Tisch noch länger wirkte.

Als sie jetzt durch das Arbeitszimmer gingen, sah Shiwago wieder neidvoll das Fenster mit dem weiten Ausblick, den großen Tisch und die gute Einrichtung, und als er mit seinem Schwiegervater ins Eßzimmer zu dem Teetisch trat, sagte er begeistert: »Eine herrliche Gegend ist das hier. Und was Sie für ein großartiges Arbeitszimmer haben! Das verlockt gradezu zum Schaffen und verspricht Inspiration.«

»Möchten Sie den Tee im Glas oder in der Tasse? Und mögen Sie ihn schwach oder stark?«

»Sieh mal, Jura, dieses Stereoskop hat Awerki Stepanowitschs Sohn gebastelt, als er noch klein war.«

»Er ist bis heute nicht erwachsen, noch nicht zur Vernunft gekommen, obwohl er dem Komutsch für die Sowjetmacht ein Gebiet nach dem anderen abnimmt.«

»Was war das für ein Wort?«

»Komutsch.«

»Was ist das?«

»So nennen wir die Truppen der Sibirischen Regierung, die für die Wiederherstellung der Macht der Konstituierenden Versammlung eintreten.«

»Wir hören schon den ganzen Tag Loblieder auf Ihren Sohn. Sie können stolz auf ihn sein.«

»Dies sind Ansichten vom Ural, doppelt, stereoskopisch, die hat er mit einem selbstgebauten Objektiv aufgenommen.«

»Sind die Kekse mit Saccharin gebacken? Sie schmekken wunderbar.«

»Ich bitte Sie! Wo sollte in dieser Einöde Saccharin herkommen! Nein, das ist richtiger Zucker. Ich habe doch welchen aus der Zuckerdose in Ihren Tee getan. Haben Sie das nicht bemerkt?«

»Ja, doch. Ich hatte gerade die Fotografien betrachtet. Es scheint auch echter Tee zu sein?«

»Selbstverständlich. Mit Aroma.«

»Wo haben Sie das alles her?«

»Wir haben ein Tischleindeckdich. Das ist ein Bekannter. Ein Funktionär. Sehr links orientiert. Offizieller Vertreter des Gouvernementsvolkswirtschaftsrats. Er holt von uns Holz für die Stadt, und uns bringt er aus alter Bekanntschaft Graupen, Öl und Mehl. Awerki, gib mir mal die Zuckerdose rüber. Jetzt möchte ich Sie was fragen: In welchem Jahr starb Gribojedow?«

»Geboren ist er, glaub ich, siebzehnhundertfünfundneunzig. Wann er ermordet wurde, kann ich nicht genau sagen.«

»Noch Tee?«

»Nein, danke.«

»Noch eine Frage. Sagen Sie, wann wurde der Frieden von Nymwegen geschlossen und zwischen welchen Ländern?«

»Quäl sie doch nicht, Lena. Laß die Leute sich erst mal erholen von der Reise.«

»Eines möchte ich noch wissen. Zählen Sie bitte auf, welche Arten von Vergrößerungsgläsern es gibt und in welchen Fällen reelle, umgekehrte, aufrechte und verkleinerte Bilder entstehen.«

»Wo haben Sie diese Physikkenntnisse her?«

»Wir hatten in Jurjatin einen hervorragenden Mathematiklehrer. Der hat am Jungengymnasium und bei uns in der Mädchenschule unterrichtet. Wie der erklären konnte, einfach großartig! Wie ein Gott! Manchmal hat er einem alles geradezu vorgekaut und in den Mund gelegt. Antipow hieß er, er war mit einer hiesigen Lehrerin verheiratet. Sämtliche Mädchen waren in ihn verliebt. Er ist als Freiwilliger in den Krieg gegangen und nicht zurückgekehrt, ist gefallen. Es wird behauptet, unsere Gottesgeißel und Himmelsstrafe, Kommissar Strelnikow, soll der auferstandene Antipow sein. Eine Legende natürlich. Paßt auch nicht zu ihm. Aber wer weiß? Möglich ist alles. Noch ein Täßchen?«

Neunter Teil

Warykino

1

Im Winter, als mehr Zeit war, machte sich Doktor Shiwago allerlei Notizen. So schrieb er:

»Wie oft wollte ich in diesem Sommer mit Tjutschew sagen:

> Oh, welch ein Sommer, welch ein Sommer!
> Es ist die reinste Zauberei.
> Wir haben so auf ihn gewartet,
> und nun kommt er so rasch herbei.

Welch ein Glücksgefühl, von früh bis spät für sich und die Familie zu arbeiten, ein eigenes Hauswesen zu errichten, die Erde für das tägliche Brot zu bebauen, wie Robinson eine eigene Welt zu schaffen, so wie der Schöpfer das All schuf, und dem Beispiel der Mutter folgend immer wieder neu sich zu gebären!

Wieviel Gedanken ziehen durch das Bewußtsein, wieviel Neues geht einem durch den Kopf, während man mit körperlicher Arbeit beschäftigt ist und sich vernünftige, physisch lösbare Aufgaben stellt, für deren Ausführung man mit Freude und Erfolg belohnt wird, während man sechs Stunden hintereinander mit dem Beil etwas behaut oder die Erde umgräbt unter freiem Himmel, der einen mit seinem wohltätigen Atem versengt. Daß diese Gedanken, Überlegungen und Vergleiche sich nicht zu Papier bringen lassen und in ihrer beiläufigen Flüchtigkeit vergessen werden, ist kein Verlust, sondern ein Gewinn. Städtischer Einsiedler, der du mit starkem schwarzem Kaffee oder mit Tabak deine schwachen Nerven und deine Phantasie aufpeitschst, du kennst nicht das stärkste Narkotikum: echte Not und gute Gesundheit.

Darüber will ich nicht hinausgehen, ich predige nicht wie Tolstoi Anspruchslosigkeit und Rückkehr zur Scholle, ich erfinde keine Korrektur des Sozialismus in der Agrarfrage. Ich stelle lediglich ein Faktum fest und erhebe nicht unser zufällig so gefügtes Schicksal zum System. Unser Beispiel ist anfechtbar und taugt nicht für Schlußfolgerungen. Unsere Wirtschaft setzt sich gar zu uneinheitlich zusammen. Nur einen kleinen Teil davon, unsern Vorrat an Gemüse und Kartoffeln, verdanken wir unserer Hände Arbeit. Alles übrige stammt aus anderer Quelle.

Unsere Nutzung des Bodens ist ungesetzlich. Wir haben sie eigenmächtig der von der Staatsmacht festgelegten Kontrolle entzogen. Wenn wir Holz schlagen, ist es Diebstahl, nicht entschuldbar dadurch, daß wir es dem Staat aus der Tasche stehlen, die früher die Tasche der Krügers war. Uns deckt Mikulizyn, der dies duldet und auf ähnliche Weise lebt, und uns rettet die Entfernung zur Stadt, wo man zum Glück noch nichts von unserm Tun weiß.

Ich habe die Medizin aufgegeben und verschweige, daß ich Arzt bin, um nicht meine Freiheit einzuschränken. Aber immer wieder erfährt eine gute Seele am Ende der Welt, daß sich in Warykino ein Arzt niedergelassen hat, und kommt dreißig Werst weit, um sich Rat zu holen, einer mit einem Hähnchen, einer mit Eiern, einer mit Butter oder sonst etwas. Wie ich solche Honorare auch zurückweisen möchte, ich kann es nicht, denn die Leute glauben nicht an die Wirksamkeit von kostenlos erteilten Ratschlägen. Also, einiges bringt die ärztliche Praxis mir ein, doch unsere und Mikulizyns Hauptstütze ist Samdewjatow.

Es ist nicht zu fassen, was für Gegensätze dieser Mann in sich vereint. Er ist aufrichtig für die Revolution und verdient durchaus das Vertrauen, das der Jurjatiner Stadtsowjet in ihn setzt. Mit seinen unbegrenzten Vollmachten könnte er den ganzen Wald von Warykino requirieren und abtransportieren, ohne uns und den Mikulizyns etwas davon sagen zu müssen, und wir dürften nicht mal mit der Wimper zucken. Wenn er andererseits den Staat bestehlen wollte, könnte er in aller Ruhe in die eigene Tasche wirtschaften, und es würde auch niemand mucksen. Er braucht mit niemandem zu teilen und niemanden zu beschenken. Was bewegt ihn, für uns zu sorgen, den Mikulizyns zu helfen und alle in der Gegend zu unterstützen wie zum Beispiel den Stationsvorsteher von Torfjanaja? Er ist dauernd unterwegs, um etwas zu besorgen und heranzuschaffen, er analysiert und deutet Dostojewskis ›Dämonen‹ und das Kommunistische Manifest gleichermaßen fesselnd, und ich glaube, wenn er sich das Leben nicht unnötigerweise erschwerte, würde er vor Langeweile sterben.«

2

Etwas später schrieb Doktor Shiwago:

»Wir haben den hinteren Teil des alten Herrenhauses bezogen und wohnen in den zwei Zimmern des hölzernen Anbaus, die in Anna Iwanownas Kindheit von Krüger für auserwählte Leute vom Gesinde vorgesehen waren, für die Hausschneiderin, die Wirtschafterin und eine frühere Kinderfrau.

Dieser Teil des Gebäudes war recht verfallen. Wir haben ihn ziemlich schnell ausgebessert. Mit Hilfe von

Fachleuten haben wir den Ofen, der beide Zimmer beheizt, neu gesetzt. So wie die Züge jetzt liegen, gibt er mehr Wärme.

An dieser Stelle des Parks waren die früheren Wege zugewuchert. Jetzt im Winter, wo alles ringsum tot ist und das Lebendige das Gestorbene nicht mehr verhüllt, treten die Umrisse unter dem Schnee deutlich hervor.

Wir haben Glück gehabt. Wir hatten einen trockenen und warmen Herbst. Die Kartoffeln waren vor den Regenfällen und den ersten Frösten aus der Erde. Ohne das, was wir den Mikulizyns schuldeten und zurückerstattet haben, sind uns zwanzig Säcke geblieben, die liegen in dem größten Verschlag des Kellers, mit Heu und alten zerrissenen Decken zugedeckt. Im Keller stehen auch zwei Fässer Gurken, die Tonja eingesalzen hat, und zwei Fässer Sauerkohl. An den Stützpfosten hängen zu zweien die frischen Kohlköpfe. In trockenem Sand sind Möhren eingelegt, auch eine stattliche Menge Rettiche, rote Bete und Rüben. Im Hause haben wir einen tüchtigen Vorrat an Erbsen und Bohnen. Das Holz im Schuppen reicht bis zum Frühjahr. Ich liebe im Winter den warmen Kellergeruch nach Wurzeln, Erde und Schnee, der in die Nase dringt, wenn man frühmorgens die Klappe öffnet und mit einem schwachen Flämmchen, das jederzeit ausgehen kann, hinuntersteigt.

Verläßt man dann das Haus, so hat der Tag noch nicht begonnen. Wenn die Tür knarrt, man niesen muß oder der Schnee unter den Füßen knirscht, springen auf den hinteren Gemüsebeeten mit den aus dem Schnee ragenden Kohlstrünken Hasen auf und flitzen davon. Ihre schwungvollen Spuren furchen den Schnee kreuz und quer. In der Umgebung bellen noch lange die Hunde. Die letzten Hähne haben schon gekräht, sie schweigen jetzt. Es wird hell.

Außer den Hasenspuren finden sich auf der unübersehbaren verschneiten Ebene auch Luchsfährten, Tritt hinter Tritt, wie aufgefädelt. Der Luchs schnürt wie eine Katze, Pfote vor Pfote, und er kann, wie behauptet wird, in einer Nacht viele Werst zurücklegen.

Den Luchsen werden Fallen gestellt, doch statt ihrer fangen sich darin oft die armen Langohren, die steifgefroren und halbverschneit herausgenommen werden.

Anfangs, im Frühjahr und im Sommer, hatten wir es sehr schwer. Wir waren ganz entkräftet. Jetzt an den Winterabenden ruhen wir aus. Dank Samdewjatow, der uns mit Petroleum versorgt, können wir rund um die Lampe sitzen. Die Frauen nähen oder stricken, und ich oder der Schwiegervater lesen vor. Der Ofen ist geheizt, und ich als anerkannter Heizfachmann beobachte ihn, um rechtzeitig die Klappe zu schließen, damit keine Wärme entweicht. Wenn ein noch nicht durchglühtes Scheit das verzögert, trage ich es, in Qualm gehüllt, laufend über die Schwelle und werfe es möglichst weit in den Schnee. Funkensprühend fliegt es wie eine brennende Fackel durch die Luft, beleuchtet den Rand des schlafenden schwarzen Parks mit den weißen Vierecken der Lichtungen und fällt zischend und erlöschend in den Schnee.

Wir lesen immer wieder ›Krieg und Frieden‹, ›Eugen Onegin‹ und die Poeme, wir lesen in russischer Übersetzung ›Rot und Schwarz‹ von Stendhal, ›Eine Geschichte aus zwei Städten‹ von Dickens und die Novellen von Kleist.«

3

Als es schon auf den Frühling ging, notierte Doktor Shiwago:

»Ich glaube, Tonja ist in anderen Umständen. Ich habe es ihr gesagt. Sie teilt meine Vermutung nicht, aber ich bin mir sicher. Ich täusche mich nicht über die ersten, kaum erkennbaren Merkmale, die den eindeutigen vorausgehen.

Das Gesicht einer Frau verändert sich. Man kann nicht sagen, daß es häßlicher würde. Aber ihr Äußeres, vorher ständig von ihr beobachtet, entgleitet ihrer Kontrolle. Über sie verfügt jetzt die Zukunft, die aus ihr hervorgehen wird und nicht mehr sie selbst ist. Diese Tatsache wirkt wie eine physische Verwirrtheit, in der ihr Gesicht glanzlos, ihre Haut gröber wird und ihre Augen anders glänzen, als sie will, als hätte sie all das nicht mehr im Griff oder vernachlässige es.

Tonja und ich haben uns immer nahegestanden. Aber dieses arbeitsreiche Jahr hat uns einander noch näher gebracht. Ich konnte beobachten, wie flink, stark und unermüdlich sie ist, wie umsichtig in der Wahl der Arbeiten, damit beim Wechsel möglichst wenig Zeit verlorengeht.

Ich habe schon immer geglaubt, daß jede Empfängnis unbefleckt ist und daß dieses Dogma, das die Gottesmutter betrifft, die Gesamtidee der Mutterschaft ausdrückt.

Auf jeder Gebärenden liegt der gleiche Widerschein von Einsamkeit und Verlassenheit. Der Mann hat in diesem wesentlichsten aller Augenblicke so wenig damit zu tun, als wäre er überhaupt nicht beteiligt, und alles wäre vom Himmel gefallen.

Die Frau allein bringt ihre Nachkommenschaft zur Welt, sie zieht sich mit ihr auf eine zweite Ebene des Daseins zurück, wo es stiller ist und wo sie ohne Befürchtungen die Wiege aufstellen kann. Sie allein nährt sie in schweigender Demut und zieht sie groß.

Man betet zur Gottesmutter um eifrige Fürbitte bei ihrem Sohn und ihrem Gott. Man legt ihr Teile des Psalms in den Mund: ›Und mein Geist freuet sich Gottes, meines Heilandes. Denn er hat die Niedrigkeit seiner Magd angesehen. Siehe, von nun an werden mich selig preisen alle Kindeskinder.‹ Sie spricht von ihrem Kind, und Gott hebt sie empor (›Denn er hat große Dinge an mir getan, der da mächtig ist‹), er ist ihr Ruhm. Das kann jede Frau sagen. Ihr Gott ist in ihrem Kind. Die Mütter großer Menschen müssen dieses Gefühl kennen. Aber alle Mütter sind Mütter von großen Menschen, und es ist nicht ihre Schuld, wenn das Leben sie später täuscht.«

4

»Wir lesen immer wieder ›Eugen Onegin‹ und die Poeme. Gestern war Samdewjatow hier, brachte Geschenke. Wir genießen und bilden uns. Endlose Gespräche über die Kunst.

Es ist ein ganz alter Gedanke von mir, daß Kunst nicht die Bezeichnung eines Gebiets ist, das unzählige Begriffe und miteinander verflochtene Erscheinungen umfaßt, sondern etwas Begrenztes und Konzentriertes, die Bezeichnung eines Prinzips, das in das Kunstwerk eingeht, der Name einer darin angewendeten Kraft oder erarbeiteten Wahrheit. Ich habe in der Kunst nie nur die Form gesehen, sondern eher einen geheimnisvollen und verborgenen Teil des Inhalts. Das ist mir so klar wie der lichte Tag, ich spüre es mit allen meinen Fasern, aber wie soll ich diesen Gedanken ausdrücken und formulieren?

Kunstwerke sprechen durch vieles: Themen, Thesen, Sujets, Helden. Vor allem aber durch die ihnen innewohnende Kunst. Die Kunst in dem Roman ›Schuld und Sühne‹ erschüttert mehr als das Verbrechen Raskolnikows.

Die eigentliche Kunst, die ägyptische, die griechische, unsere Kunst, ist sicherlich über viele Jahrtausende hinweg ein und dieselbe Kunst, die nur im Singular existiert. Sie ist ein Gedanke, eine Bestätigung des Lebens, wegen ihrer allumfassenden Weite nicht in Einzelwörter zerlegbar, und wenn ein Teil dieser Kraft eingeht in den Bestand eines komplizierteren Gemischs, überwiegt die Beigabe von Kunst an Bedeutung alles übrige und erweist sich als das Wesen, die Seele und die Grundlage des Dargestellten.«

5

»Ich bin ein wenig erkältet, huste und habe wohl etwas Fieber. Den ganzen Tag benimmt es mir den Atem, als ob ich einen Klumpen in der Kehle habe. Ich fühle mich schlecht. Das ist die Aorta. Die ersten Warnungen des Erbes von meiner armen Mutter, die ihr Leben lang herzkrank war. Sollte das wirklich so sein? So früh? Dann werde ich auf dieser schönen Welt nicht lange zu leben haben.

Das Zimmer ist etwas dunstig. Es riecht nach Plätten. Sie plätten ja auch, holen immer wieder glühende Kohlen aus dem Ofen und schütten sie in das Plätteisen mit dem klappernden Deckel. Das erinnert mich an etwas. Woran nur? Die Krankheit macht mich vergeßlich.

Aus lauter Freude darüber, daß Samdewjatow Kernseife mitgebracht hat, wurde sogleich mit großer Wäsche begonnen, und Saschenka ist zwei Tage ohne Aufsicht. Während ich schreibe, kriecht er unter den Tisch, setzt sich auf die Querleiste zwischen den Tischbeinen und tut so, als ob er mich im Schlitten spazierenfährt, was Samdewjatow bei jedem Besuch mit ihm tut.

Wenn ich wieder gesund bin, muß ich mal in die Berge fahren, muß über Ethnographie und Geschichte der Region nachlesen. Es soll hier eine großartige Stadtbibliothek geben, die aus den Spenden einiger Reicher besteht. Ich möchte schreiben. Ich muß mich beeilen. Ehe man sich's versieht, ist Frühling. Dann ist keine Zeit mehr zum Lesen und Schreiben.

Der Kopfschmerz wird immer schlimmer. Ich habe schlecht geschlafen und hatte einen jener verworrenen Träume, die man beim Aufwachen sogleich vergißt. Er ist weg aus meinem Kopf, und ich weiß nur noch, daß mich eine Frauenstimme weckte, die in meinem Traum durch die Luft schallte. Ihr Klang ist mir in Erinnerung geblieben, und als ich ihn mir ins Gedächtnis rief, ging ich in Gedanken die mir bekannten Frauen durch, um herauszufinden, welcher von ihnen diese schwere, weiche Bruststimme gehört. Sie gehört keiner von ihnen. Ich dachte, meine übermäßige Gewöhnung an Tonja hinderte mich, sie zu erkennen. Darum versuchte ich zu vergessen, daß sie meine Frau ist, und schob ihr Bild in eine Entfernung, die hinreichte, die Wahrheit zu erkennen. Nein, es war auch nicht ihre Stimme. Die Frage blieb ungeklärt.

Apropos Träume. Es wird gewöhnlich angenommen, daß man nachts das träumt, was am Tag in wachem Zustand den stärksten Eindruck hinterlassen hat. Ich habe das Gegenteil beobachtet.

Mir ist schon oft aufgefallen, daß gerade die Dinge, die man tagsüber kaum bemerkt, die Gedanken, die man nicht bis zur Klarheit geführt, die Wörter, die man seelenlos dahingesagt hat und die unbeachtet geblieben sind, in der Nacht wiederkehren, Fleisch und Blut gewinnen und zum Traumthema werden, gleichsam als Vergeltung für die ihnen am Tag entgegengebrachte Geringschätzung.«

6

»Eine klare Frostnacht. Alles Sichtbare ist ungewöhnlich markant und in sich geschlossen. Erde, Luft, Mond und Sterne sind wie vom Frost zusammengeschmiedet. Im Park liegen quer zu den Alleen die deutlichen Schatten der Bäume, sie sehen plastisch aus und wie gedrechselt.

Immerfort glaubt man, irgendwelche schwarzen Gestalten gingen unentwegt an verschiedenen Stellen über den Weg. Die großen Sterne hängen im Wald wie blaue Glimmerlaternen zwischen den Zweigen. Von kleinen Sternen ist der Himmel übersät wie eine Sommerwiese von Margeriten.

An den Abenden weitere Gespräche über Puschkin. Wir nahmen uns die Lyzeumsgedichte des ersten Bandes vor. Wie wichtig ist doch die Wahl des Versmaßes!

In den Gedichten mit den langen Zeilen mag der ›Arsamas‹ seinen Jünglingsehrgeiz beflügelt haben, der Wunsch, den Älteren nicht nachzustehen, dem lieben Onkel Sand in die Augen zu streuen mit Schwulst, Mythologismen, vorgeblicher Verdorbenheit, Epikureertum und frühzeitigem, vorgetäuschtem gesundem Menschenverstand.

Aber von den Nachahmungen Ossians oder Parnys, von den ›Erinnerungen in Zarskoje Selo‹ fand der junge Mann zu kurzen Zeilen wie im ›Städtchen‹ oder im ›Brief an die Schwester‹ oder im späten, in Kischinjow geschriebenen ›An mein Tintenfaß‹ wie auch zu den Rhythmen des ›Briefes an Judin‹, und hier erwachte in ihm schon der ganze spätere Puschkin.

In das Gedicht drangen wie durch ein Fenster von draußen Licht und Luft, der Lärm des Lebens, Dinge, Inhalte. Die Gegenstände der Außenwelt, Gebrauchsgegenstände, Substantive ballten sich zusammen, bemächtigten sich der Verszeilen und verdrängten die weniger konkreten Redeteile. Gegenstände, Gegenstände, Gegenstände reihten sich in gereimten Kolonnen an den Rändern des Gedichts.

Der später berühmte vierfüßige Jambus Puschkins ist wohl zur Maßeinheit des russischen Lebens geworden, als hätte der Dichter dem ganzen russischen Dasein Maß genommen, so wie man die Form eines Fußes abzeichnet, wenn ein Schuh gefertigt werden soll, oder wie man seine Handschuhnummer angibt, wenn der Handschuh passen soll.

So fanden später die Rhythmen des sprechenden Rußland, die Klänge seiner Umgangssprache Ausdruck in den Größenordnungen von Nekrassows dreihebigen Verszeilen und seinen daktylischen Reimen.«

7

»Wie gern möchte ich neben meiner ländlichen Arbeit oder der Arztpraxis etwas Großes, Bleibendes hervorbringen, eine wissenschaftliche Arbeit oder etwas Schöngeistiges schreiben.

Jeder wird als Faust geboren, um alles zu erfassen, alles zu erproben, alles auszudrücken. Daß Faust Gelehrter wurde, dafür sorgten die Fehler seiner Vorgänger und seiner Zeitgenossen. Ein Schritt vorwärts in der Wissenschaft vollzieht sich nach dem Gesetz der Abstoßung, er beginnt mit der Widerlegung von herrschenden Irrtümern und falschen Theorien.

Daß Faust Künstler wurde, dafür sorgten die ansteckenden Beispiele der Lehrmeister. Ein Schritt vorwärts in der Kunst vollzieht sich nach dem Gesetz der Anziehung, er beginnt mit der Nachahmung, Nachfolge und Verehrung eines geliebten Vorgängers.

Was hindert mich, zu arbeiten, zu heilen und zu schreiben? Ich denke, nicht die Entbehrungen und das Wanderleben, nicht die Unsicherheit und die häufigen Veränderungen, sondern der heutzutage dominierende Geist der tönenden Phrase, der solche Verbreitung gefunden hat, diese: Morgenröte der Zukunft, Aufbau der neuen Welt, Fackel der Menschheit. Wenn man das hört, denkt man zunächst, welche Breite der Phantasie, welcher Reichtum!

In Wirklichkeit ist das so hochtrabend infolge von Unfähigkeit.

Ungewöhnlich ist nur das Einfache, wenn es von der Hand des Genies berührt wird. Das beste Beispiel dafür ist Puschkin. Welch ein Lobgesang auf die ehrliche Arbeit, auf die Pflicht, auf die Gewohnheiten des Alltags! Kleinbürger, Bürgersmann, das klingt jetzt bei uns wie ein Vorwurf. Diesen Vorwurf hat Puschkin im ›Stammbaum‹ vorweggenommen:

›Ich bin ein schlichter Bürgersmann.‹

Und in der ›Reise Onegins‹:

›Mein Ideal ist jetzt die Alte,
Die mich verpflegt, mein Wunsch die Ruh,
Ein Leben schlicht und frei dazu.‹

Von allem Russischen liebe ich jetzt am meisten die russische Kindlichkeit Puschkins und Tschechows, ihre schüchterne Unbekümmertheit vor so hochtrabenden Dingen wie den Zielen der Menschheit oder ihrem eigenen Seelenheil. Darüber wußten sie gut Bescheid, aber was sollten ihnen solche Protzereien, das entsprach nicht ihrer Stellung und ihrer Würde! Gogol, Tolstoi, Dostojewski bereiteten sich beunruhigt auf den Tod vor, suchten nach Sinn, zogen Bilanz, während Puschkin und Tschechow bis zu ihrem Ende abgelenkt waren von den Besonderheiten ihrer künstlerischen Berufung, mit ihnen lebten sie unauffällig ihr Leben, auch eine persönliche Besonderheit, die niemanden etwas anging. Aber diese Besonderheit erweist sich heute als allgemeine Angelegenheit, sie reifte kontinuierlich wie ein vom Baum gepflückter Apfel, der sich immer mehr mit Süße und mit Sinn füllt.«

8

»Erste Vorboten des Frühlings, Tauwetter. Die Luft riecht nach Plinsen und Wodka wie in der Butterwoche, wie der Kalender sie spielerisch nennt. Schläfrig, mit buttrigen Augen blinzelt die Sonne im Wald, schläfrig zwinkert der Wald mit den Wimpern der Nadeln, buttrig blinken mittags die Pfützen. Die Natur gähnt, streckt sich, wälzt sich auf die andere Seite und schläft wieder ein.

Im siebenten Kapitel des ›Eugen Onegin‹ ist Frühling, das Herrenhaus steht nach Onegins Abreise leer. Drunten am Wasser, am Fuß des Hügels, liegt Lenskis Grab.

›Da lockt der Nachtigall Gekose
Den Lenz; da blüht die Heckenrose.‹*

Warum Gekose? Doch eigentlich ist dieses Bild natürlich und passend. Wirklich, Gekose. Außerdem reimt sich das Wort auf ›Heckenrose‹. Aber vielleicht ist das lautliche Vorbild auch der ›Räuber Nachtigall‹ aus der Byline? In der Byline heißt er Räuber Nachtigall, Odichmantis Sohn. Wie schön wird da von ihm gesprochen!

Macht er es, macht's der Schlag der Nachtigall,
Macht er es, macht's der Schrei des wilden Tiers,
Daß Gräser, Emsen eilig sich verkriechen,
Daß blaue Blütenblätter niederrieseln,
Im dunklen Wald die Bäume sich verneigen
Und alle Menschen tot zu Boden sinken?

Wir sind bei Frühlingsanfang in Warykino eingetroffen. Bald war alles grün, besonders in der Schutma, der Schlucht unterhalb von Mikulizyns Haus – Faulbaum, Erle, Haselnuß. Ein paar Nächte danach schlugen die Nachtigallen.

* Nachdichtung von Rolf-Dietrich Keil. – Im Original reimt sich ljubownik (Liebhaber) auf schipownik (Heckenrose).

Und wieder, als hörte ich sie zum erstenmal, staunte ich, wie sich ihr Gesang von den anderen Vogelstimmen unterschied, was für einen jähen Sprung die Natur zu dem Reichtum und der Einmaligkeit dieses Schlags vollführt hat. Welche Vielfalt im Wechsel der Triller, welche Kraft in dem klaren, weithin schallenden Laut! Bei Turgenjew sind irgendwo diese Strophen beschrieben – Waldgeistpfeife, Lerchentriller. Besonders auffallend zwei Wendungen: ein häufiges, gieriges und überfließendes ›tiok-tiok-tiok‹, mitunter dreimalig, mitunter ungezählt. Als Antwort darauf schüttelt das Gebüsch die Tautropfen ab, wird schöner, erschauert wie gekitzelt. Die zweite Wendung zerfällt in zwei Silben, rufend, zu Herzen gehend, flehend wie eine Bitte oder eine Mahnung: ›Wach auf. Wach auf! Wach auf!‹«

9

»Frühling. Wir bereiten uns auf die Gartenarbeit vor. Für das Tagebuch ist keine Zeit mehr. Die Aufzeichnungen haben mir aber Spaß gemacht. Jetzt muß ich sie auf den Winter verschieben.

Vor ein paar Tagen, diesmal wirklich in der Butterwoche, als sämtliche Wege aufgeweicht waren, fuhr ein Schlitten durch Wasser und Schlamm in den Hof und brachte einen kranken Bauern. Natürlich lehnte ich ab, ihn zu behandeln. ›Sei mir nicht böse, mein Lieber, ich beschäftige mich nicht mehr damit, ich habe keine Medikamente und auch nicht die nötigen Geräte.‹ Aber damit ließ er sich nicht abspeisen. ›Hilf mir. Meine Haut ist krank. Sei barmherzig. Es kommt von innen.‹

Was tun? Mein Herz ist nicht aus Stein. Ich überlegte es mir anders. ›Zieh dich aus.‹ Ich untersuchte ihn. ›Du hast Lupus.‹ Während ich mich mit ihm abgab, warf ich einen Blick zum Fenster, wo die große Flasche mit Karbolsäure steht. (Gott der Gerechte, man frage mich nicht, wo ich sie und anderes Notwendige her habe! Alles von Samdewjatow.) Wie ich so hinaussah, kam ein anderer Schlitten in den Hof, wieder mit einem Patienten, wie ich zunächst glaubte. Darin saß, wie vom Himmel gefallen, mein Bruder Jewgraf. Für einige Zeit wurde er vom ganzen Haus, von Tonja, Saschenka und meinem Schwiegervater mit Beschlag belegt. Als ich wieder frei war, gesellte ich mich dazu. Das Ausfragen begann – wie, woher? Und wie gewöhnlich antwortete er ausweichend, nichts Direktes, Lächeln, Wunder, Rätsel.

Er war fast zwei Wochen unser Gast, fuhr des öfteren nach Jurjatin und verschwand dann plötzlich wie vom Erdboden verschluckt. In dieser Zeit habe ich bemerkt, daß er noch einflußreicher als Samdewjatow ist, aber von seinen Aufgaben und Verbindungen weiß ich noch weniger. Wo kommt er her? Woher hat er diese Macht? Was treibt er? Vor seinem Verschwinden versprach er, uns die Wirtschaft zu erleichtern, damit Tonja mehr Zeit hat für Saschenkas Erziehung und ich mehr Zeit für die Medizin und die Literatur. Wir fragten, was er dazu tun wolle. Wieder lächelndes Schweigen. Aber er hat uns nicht getäuscht. Es gibt Anzeichen, daß sich unsere Lebensbedingungen wirklich ändern.

Erstaunlich! Er ist mein Stiefbruder und trägt den gleichen Namen wie ich. Dabei kenne ich ihn eigentlich weniger als jeden anderen.

Schon das zweite Jahr wirkt er in meinem Leben wie ein guter Genius, wie ein Retter in der Not, der alle Schwierigkeiten beseitigt. Vielleicht gibt es im Leben jedes Menschen eine geheime Kraft, eine fast symbolische Person, die ungerufen zu Hilfe kommt, und vielleicht spielt diese wohltätige Rolle bei mir mein Bruder Jewgraf.«

Damit enden die Aufzeichnungen Juri Shiwagos. Er hat sie nicht fortgesetzt.

10

Im Lesesaal der Jurjatiner Stadtbibliothek sah Juri Shiwago die bestellten Bücher durch. Der Saal mit den vielen Fenstern faßte etwa hundert Menschen und hatte mehrere Reihen langer Tische, deren Schmalseiten den Fenstern zugewandt waren. Mit Anbruch der Dunkelheit wurde der Saal geschlossen. Im Frühjahr war die Stadt abends nicht beleuchtet. Aber Juri Shiwago saß ohnehin nie bis zur Dämmerung, er blieb nicht einmal über die Mittagszeit hinaus. Das Pferd, das ihm die Mikulizyns gaben, ließ er im Ausspannhof bei Samdewjatow, dann las er den ganzen Vormittag und ritt in der zweiten Tageshälfte zurück nach Warykino.

Bevor er die Bibliothek zu besuchen begann, war er selten in Jurjatin gewesen. Er hatte in der Stadt nichts zu tun, kannte sie auch schlecht. Wenn sich der Saal nach und nach mit Jurjatiner Einwohnern füllte, die sich teils weiter weg, teils neben ihn setzten, hatte er das Gefühl, die Stadt kennenzulernen, als stünde er an einer belebten Kreuzung, und ihm schien, als strömten hier nicht Leser zusammen, sondern die Häuser und Straßen, in denen sie lebten.

Aber auch das wirkliche Jurjatin war durch die Fenster zu sehen. Bei dem mittleren, größten Fenster stand ein Behälter mit abgekochtem Wasser. Wenn die Besucher des Lesesaals eine Pause machen wollten, gingen sie im Treppenhaus rauchen oder umstanden den Behälter, tranken Wasser, kippten die Neige ins Spülgefäß und betrachteten durchs Fenster die Stadt.

Es gab zwei Arten von Lesern, alteingesessene Einwohner, die zur Intelligenz zählten, das war die Mehrzahl, und Leute aus dem einfachen Volk.

Die Erstgenannten, zumeist ärmlich gekleidete Frauen, die nicht mehr auf sich hielten und ungepflegt aussahen, hatten ungesunde, spitze Gesichter, die gedunsen wirkten von Hunger, Gallenleiden oder Wassersucht. Sie waren ständige Besucher, kannten die Bibliotheksangestellten persönlich und fühlten sich hier wie zu Hause.

Die Leute aus dem Volk hatten schöne gesunde Gesichter, waren festlich angezogen, betraten den Saal schüchtern und verlegen wie eine Kirche und verhielten sich lauter als üblich, nicht weil sie die Ordnung nicht kannten, sondern eben weil sie lautlos sein wollten und doch ihre gesunden Schritte und Stimmen nicht zu dämpfen vermochten.

Gegenüber den Fenstern hatte die Wand eine Vertiefung. In dieser Nische, deren Fußboden erhöht und durch eine Barriere vom übrigen Saal getrennt war, gingen die Angestellten ihrer Tätigkeit nach, der Bibliothekar und zwei Gehilfinnen. Die eine von ihnen, übellaunig, in einem Wollkleid, nahm fortwährend den Zwicker ab und setzte ihn wieder auf, offensichtlich nicht, um besser zu sehen, sondern wegen ihrer wechselnden Stimmungen. Die andere, die eine schwarze Seidenbluse trug, hatte es wohl auf der Brust, denn sie hielt ständig ein Taschentuch vor Mund und Nase, durch das sie auch sprach und atmete.

Die Mitarbeiter der Bibliothek hatten ebenso spitze und dabei gedunsene Gesichter wie die Hälfte der Leser, eine ebenso schlaffe, faltige Haut, grünlich und erdfarben wie Salzgurken oder Schimmel. Alle drei taten abwechselnd das gleiche, nämlich sie erläuterten Neulingen flüsternd die Regeln für die Benutzung der Bücher, sortierten Bestellzettel, gaben Bücher aus und nahmen sie entgegen und arbeiteten zwischendurch an irgendwelchen Jahresberichten.

Und merkwürdig, durch eine unbewußte Gedankenverbindung mußte Shiwago angesichts der wirklichen Stadt vor den Fenstern und der Phantasiestadt im Saal, aber auch wegen der allgemeinen leblosen Gedunsenheit, als ob alle einen Kropf hätten, an die mißmutige Weichenstellerin am Morgen ihrer Ankunft in Jurjatin denken, an das Panorama der Stadt aus der Ferne, an den neben ihm im Waggon sitzenden Samdewjatow und an seine Erklärungen. Diese Erklärungen weit draußen vor der Stadt wollte er mit dem verbinden, was er jetzt aus der Nähe sah. Aber daraus wurde nichts, denn er konnte sich an Samdewjatows Worte nicht erinnern.

11

Juri Shiwago saß, von Büchern umgeben, in einer hinteren Ecke des Saals. Vor ihm lagen Zeitschriften über die Agrarstatistik dieser Gegend und ein paar Arbeiten über ihre Ethnographie. Er hatte noch zwei Bücher über die Geschichte Pugatschows bestellen wollen, aber die Bibliothekarin in der Seidenbluse hatte ihm durch das vor den Mund gepreßte Taschentuch flüsternd erklärt, so viele Bücher würden nicht auf einmal ausgegeben, und um die ihn interessierenden neuen zu bekommen, müsse er einen Teil der schon entliehenen Bücher und Zeitschriften zurückbringen.

Darum war er nun eifrig und eilig dabei, sich die Bücher anzusehen, um das Wichtigste aus dem Stapel aussondern und den Rest gegen die gewünschten historischen Arbeiten umtauschen zu können. Rasch blätterte er die Sammelbände durch und überflog die Überschriften, ohne aufzublicken und sich ablenken zu lassen. Die vielen Menschen im Saal störten ihn nicht. Er hatte seine Nachbarn gut studiert und sah sie mit dem inneren Blick, ohne die Augen vom Buch zu heben, dabei hatte er das Gefühl, sie würden bis zu seinem Weggang dieselben bleiben, wie ja auch die Kirchen und Gebäude der Stadt, die durchs Fenster zu sehen waren, nicht von ihrem Platz rückten.

Inzwischen war die Sonne weitergewandert. Sie hatte in diesen Stunden den östlichen Winkel der Bibliothek hinter sich gelassen und schien jetzt durch die südlichen Fenster herein, was die Leser blendete und beim Lesen störte.

Die erkältete Bibliothekarin verließ die Nische und ging zu den Fenstern. Diese hatten gefaltete Gardinen aus weißem Stoff, die das Licht angenehm dämpften. Die Frau zog sie an allen Fenstern zu außer einem, das noch im Schatten lag. Sie zog an einer Schnur, öffnete die Lüftungsklappe und nieste.

Als sie zum zehnten oder zwölften Mal nieste, wußte Juri Shiwago, daß es die Schwägerin Mikulizyns war, eine der Schwestern Tunzewa, von der Samdewjatow erzählt hatte. So wie die anderen Leser hob auch er den Kopf und blickte zu ihr hin.

Da bemerkte er, daß es im Saal eine Veränderung gegeben hatte. Am anderen Ende war eine neue Besucherin hinzugekommen. Sofort erkannte er Schwester Antipowa. Sie saß mit dem Rücken zu den vorderen Tischen, wo er seinen Platz hatte, und sprach halblaut mit der erkälteten Bibliothekarin, die sich zu ihr beugte. Das Gespräch schien wohltuend auf die Bibliothekarin zu wirken, denn sie war im Nu nicht nur von ihrem ärgerlichen Schnupfen befreit, sondern auch von ihrer nervösen Verkrampftheit. Mit einem freundlichen, dankbaren Blick auf Lara Antipowa nahm sie das Taschentuch vom Mund, das sie die ganze Zeit davorgehalten hatte, steckte es in die Tasche und kehrte glücklich, selbstsicher und lächelnd hinter die Barriere zurück.

Diese rührende kleine Szene war einigen der Anwesenden nicht entgangen. Lara Antipowa trafen lächelnde Blicke voller Sympathie. Daraus ersah Juri Shiwago, daß sie in der Stadt bekannt und beliebt war.

Sein erster Impuls war, aufzustehen und zu ihr zu gehen. Aber dann gewann die seiner Natur eigentlich fremde, ihr gegenüber jedoch in ihm entstandene Gehemmtheit die Oberhand. Er beschloß, sie nicht zu stören und auch die eigene Arbeit nicht zu unterbrechen. Um nicht dauernd zu ihr hinzublicken, stellte er seinen Stuhl seitlich zum Tisch, so daß er den Lesern fast den Rücken zukehrte, und vertiefte sich in seine Bücher, von denen er eines in der Hand hielt, während das andere aufgeschlagen auf seinen Knien lag.

Seine Gedanken aber waren unendlich weit entfernt von seinen Studien. Er begriff plötzlich, daß die Stimme, die er in einer Winternacht in Warykino geträumt hatte, ihre Stimme war. Diese Entdeckung verblüffte ihn; er erregte die Aufmerksamkeit seiner Nachbarn, als er hastig den Stuhl wieder zurückstellte, um von seinem Platz aus Schwester Antipowa zu sehen.

Er sah sie im Halbprofil, beinahe von hinten. Sie trug eine helle karierte Bluse mit einem Gürtel und las selbstvergessen wie ein Kind, den Kopf ein wenig geneigt. Manchmal kam sie ins Nachdenken, hob den Blick zur Decke oder sah mit eingekniffenen Augen in die Ferne, dann stützte sie wieder den Ellbogen auf, legte den Kopf in die Hand und schrieb schwungvoll mit Bleistift Auszüge aus einem Buch in ihr Heft.

Juri Shiwago prüfte seine alten Meljusejewer Beobachtungen und fand sie bestätigt. Sie legt keinen Wert darauf, zu gefallen, schön und gewinnend zu sein, dachte er. Sie verachtet diese Seite des weiblichen Wesens und hadert gleichsam mit sich wegen ihrer Schönheit. Diese stolze Feindseligkeit gegen sich selbst macht sie noch zehnmal anziehender.

Wie schön ist alles, was sie tut. Sie liest, als wäre das

nicht die höchste Tätigkeit des Menschen, sondern etwas ganz Einfaches, was auch Tiere können. Als ob sie Wasser trägt oder Kartoffeln schält.

Bei diesen Überlegungen beruhigte sich Shiwago. Seltener Frieden senkte sich in seine Seele. Seine Gedanken liefen nicht mehr durcheinander, sprangen nicht mehr von einem Gegenstand zum andern. Er mußte lächeln. Die Anwesenheit Schwester Antipowas hatte auf ihn die gleiche Wirkung wie auf die nervöse Bibliothekarin.

Ohne sich darum zu kümmern, wie sein Stuhl stand, und ohne Furcht vor Störungen oder Ablenkungen arbeitete er noch anderthalb Stunden, fleißiger und konzentrierter als vor Lara Antipowas Ankunft. Er wühlte sich durch den Bücherstapel, suchte das Notwendigste heraus und las sogar zwei wesentliche Artikel. Dann beschloß er, sich mit dem Getanen zu begnügen, und raffte die Bücher zusammen, um sie zur Ausgabe zurückzubringen. Alle abseitigen Gedanken, die sein Bewußtsein gestört hatten, waren weg. Reinen Gewissens und ohne Hintergedanken glaubte er, mit seiner redlich abgearbeiteten Lektion das Recht verdient zu haben, sich mit einer guten alten Bekannten zu treffen und sich ganz legal diese Freude zu gönnen. Als er aber aufstand und den Lesesaal mit dem Blick überflog, war Schwester Antipowa nicht mehr im Saal.

Auf der Theke, wo der Arzt seine Bücher und Broschüren hintrug, lag noch die Literatur, die sie zurückgegeben hatte. Es waren durchweg Handbücher über Marxismus. Die ehemalige Lehrerin, die sich wohl neu orientieren wollte, machte politisches Selbststudium.

In die Bücher waren die Bestellzettel für den Katalog eingelegt, sie schauten mit den Enden heraus. Darauf konnte Juri Shiwago Schwester Antipowas Adresse lesen. Er notierte sie und wunderte sich über den seltsamen Namen: »Kupetscheskaja-Straße, gegenüber dem Haus mit den Figuren.«

Er erkundigte sich bei jemandem und erfuhr, daß die Bezeichnung »Haus mit den Figuren« in Jurjatin ebenso bekannt war wie der Name der Kirchspiele in Moskau oder die Bezeichnung »bei den fünf Ecken« in Petersburg.

So hieß ein dunkelgraues Haus mit Karyatiden und Standbildern antiker Musen, die Glöckchen, Leiern und Masken in den Händen hielten. Es war im vorigen Jahrhundert von einem theaterbegeisterten Kaufmann für sein eigenes Haustheater gebaut worden. Seine Erben hatten es an das Kaufmannschaftsamt verkauft, dem die Straße ihren Namen Kupetscheskaja verdankte. Es war ein Eckhaus. Nach diesem Haus mit den Figuren wurde das ganze umliegende Viertel benannt. Jetzt befand sich darin das Stadtkomitee der Partei, und an der Wand des schräg abfallenden Fundaments, wo früher Theaterzettel und Zirkusplakate geklebt hatten, waren jetzt die Dekrete und Beschlüsse der Regierung ausgehängt.

13

Es war ein kalter windiger Tag Anfang Mai. Juri Shiwago, der in der Stadt etwas erledigt und kurz in die Bibliothek hineingeschaut hatte, warf auf einmal alle Pläne über den Haufen und machte sich auf den Weg zu Schwester Antipowa.

Unterwegs mußte er des öfteren stehenbleiben, denn der Wind blies ihm mit Sand- und Staubwolken entgegen. Dann wandte er sich ab, kniff die Augen zu, zog den Kopf ein und wartete, bis der Staub vorüber war, dann ging er weiter.

Schwester Antipowa wohnte in der Kupetscheskaja-Straße, Ecke Nowoswalotschny-Gasse, gegenüber dem dunklen, jetzt blau erscheinenden Haus mit den Figuren, das Doktor Shiwago zum erstenmal sah. Es entsprach tatsächlich seinem Namen und machte einen merkwürdigen, bedrohlichen Eindruck.

Das Obergeschoß war umstanden von weiblichen mythologischen Figuren in anderthalbfacher menschlicher Größe. Zwischen zwei Windstößen, die die Fassade verbargen, kam es dem Arzt für einen Moment so vor, als wäre die weibliche Bevölkerung des Hauses auf den Balkon getreten, beugte sich übers Geländer und betrachtete ihn und die drunten vorbeiführende Kupetscheskaja-Straße.

Zu Schwester Antipowa führten zwei Eingänge, die Haustür in der Straße und von der Gasse über den Hof. Da Shiwago den ersten Eingang nicht kannte, wählte er den zweiten.

Als er den Hof betrat, wirbelte ein Windstoß Erde und Müll auf und verhüllte den Blick in den Hof. Hinter dem schwarzen Vorhang stoben kakelnd Hühner davon, um sich vor dem Hahn, der sie verfolgte, in Sicherheit zu bringen.

Als sich die Wolke aufgelöst hatte, sah der Arzt am Brunnen Schwester Antipowa. Der Wirbelwind erfaßte sie, nachdem sie schon beide Eimer mit Wasser gefüllt hatte; das Tragjoch lag auf ihren Schultern. Sie hatte in aller Eile das Kopftuch umgebunden, damit ihre Haare nicht vollstaubten, und es auf der Stirn zum »Kuckuck« geknotet, und sie klemmte mit den Knien den Saum des Rockes fest, damit der Wind ihn nicht hochblies. Sie wollte mit dem Wasser zum Hause gehen, blieb aber bei einem neuen Windstoß stehen, der ihr das Tuch vom Kopf riß, ihr die Haare zauste und das Tuch zum hinteren Ende des Zauns wehte, wo noch immer die Hühner kakelten.

Shiwago lief dem Tuch hinterher, hob es auf und reichte es Schwester Antipowa. Aber getreu ihrer Natur gab sie nicht zu erkennen, wie verblüfft sie war. Ihr entfuhr lediglich: »Shiwago!«

»Larissa Fjodorowna!«

»Was für ein Wunder! Wie kommen Sie denn hierher?«

»Setzen Sie die Eimer ab. Ich trage sie.«

»Ich bleibe nie auf halbem Wege stehen und lasse Angefangenes nie liegen. Wenn Sie zu mir wollen, kommen Sie.«

»Zu wem sonst?«

»Wer weiß das schon bei Ihnen.«

»Lassen Sie mich doch noch das Tragjoch nehmen. Ich kann nicht zusehen, wenn Sie arbeiten.«

»Was ist das schon für eine Arbeit. Es bleibt dabei. Sie kleckern mir bloß die Treppe voll. Sagen Sie mir lieber, welcher Wind Sie hergeweht hat. Sie sind schon über ein Jahr hier und haben sich bisher nicht aufraffen können.«

»Woher wissen Sie das?«

»Die Welt ist voll von Gerüchten. Außerdem habe ich Sie in der Bibliothek gesehen.«

»Warum haben Sie mich nicht angesprochen?«

»Sie wollen mir doch nicht weismachen, daß Sie mich nicht gesehen haben.«

Der Arzt folgte ihren sacht schwankenden Eimern in den niedrigen Hausflur. Es war der Hintereingang zum Parterre. Hier ging Lara Antipowa leicht in die Knie, setzte die Eimer auf den Erdboden, befreite die Schulter von dem Tragjoch, richtete sich auf und wischte die Hände mit einem Tüchlein, das sie irgendwo hervorgeholt hatte.

»Kommen Sie, ich führe Sie durch den Gang zur Vordertreppe. Dort ist es hell. Dort können Sie warten. Ich bringe das Wasser über die Hintertreppe hinauf, mache oben ein wenig Ordnung, ziehe mich um. Schauen Sie sich unsere Treppe an. Gußeiserne Stufen mit Mustern. Von oben kann man durch sie hindurchsehen. Es ist ein altes Haus. Während des Beschusses wurde es erschüttert. Es waren ja Kanonen. Sehen Sie, hier haben sich die

Steine gelockert. Zwischen den Ziegeln sind Löcher und Risse. In dieses Loch stecken wir immer die Schlüssel, Katenka und ich, und schieben einen Ziegel davor, wenn wir gehen. Sie sollten sich das merken. Vielleicht kommen Sie mal und treffen mich nicht an, dann herzlich willkommen, Sie können aufschließen, hineingehen und sich wie zu Hause fühlen. Ich komme dann auch bald. Hier ist er, der Schlüssel. Aber ich brauche ihn nicht, ich gehe durch den Hintereingang in die Wohnung und mache von innen auf. Das Schlimmste sind die Ratten. Es sind unzählige, sie lassen einem keine Ruhe, springen über den Kopf. Das Haus ist baufällig, die Mauern haben überall Risse. Wo ich kann, stopfe ich sie zu, kämpfe gegen die Biester. Es hilft kaum. Vielleicht kommen Sie mal und helfen mir? Dann verstopfen wir die Fußböden und die Scheuerleisten. Wie wär's? So, Sie können hier unten stehenbleiben und nachdenken. Es dauert nicht lange, ich rufe Sie.«

Wartend ließ Shiwago die Blicke über die abbröckelnden Wände und die gußeisernen Treppenstufen schweifen. Er dachte: Im Lesesaal habe ich ihr hingebungsvolles Lesen mit physischer Arbeit verglichen. Und siehe da, sie trägt das Wasser genauso, wie sie liest, leicht und mühelos. Diese Leichtigkeit hat sie in allem. Es scheint, daß sie schon als Kind einen grundlegenden Anlauf ins Leben genommen hat und jetzt alles aus diesem Schwung heraus verrichtet, wie von selbst, mit der Leichtigkeit einer logischen Schlußfolgerung. Das hat sie auch in der Rückenlinie, wenn sie sich bückt, in ihrem Lächeln, das ihre Lippen öffnet und das Kinn rundet, und in ihren Worten und Gedanken.

»Shiwago!« rief sie aus ihrer Wohnungstür auf dem oberen Treppenabsatz. Der Arzt stieg hinauf.

14

»Geben Sie mir die Hand und folgen Sie mir getrost. Wir kommen durch zwei Räume, die dunkel und bis zur Decke vollgestellt sind. Stoßen Sie sich nicht.«

»Das ist ja wirklich ein Labyrinth. Ich hätte nie den Weg gefunden. Wie kommt das? Wird renoviert?«

»Nein, überhaupt nicht. Dies ist eine fremde Wohnung. Ich weiß nicht einmal, wem sie gehört. Wir hatten eine eigene vom Staat, im Gebäude des Gymnasiums. Als das Wohnungsamt von Jurjatin das Gymnasium für sich beanspruchte, mußte ich mit meiner Tochter einen Teil dieser verlassenen Wohnung beziehen. Es war noch die Einrichtung der ehemaligen Bewohner drin. Viele Möbel. Ich brauche keine fremde Habe, darum habe ich die Sachen in die beiden Zimmer gestellt und die Fenster geweißt. Halten Sie meine Hand fest, sonst gehen Sie fehl. So, jetzt nach rechts, das Labyrinth liegt hinter uns. Das ist die Tür zu meinem Zimmer. Gleich wird es hell. Die Schwelle. Stolpern Sie nicht.«

Als Shiwago mit seiner Führerin das Zimmer betrat, erblickte er gegenüber ein Fenster. Was er darin sah, verblüffte ihn. Es ging auf den Hof, auf die Hinterhöfe der Nachbarhäuser und auf die städtischen Brachflächen am Fluß. Darauf weideten Schafe und Ziegen, die mit ihrem langen Fell den Staub aufwirbelten wie mit einem offenen Pelzmantel. Außerdem standen dort zwei Pfähle mit dem wohlbekannten Firmenschild: Moreau und Wetschinkin. Sämaschinen. Dreschmaschinen.

Unter dem Eindruck dieses Schildes erzählte der Arzt Lara sogleich von seiner Ankunft mit der Familie im Ural. Er vergaß die Verbindung, die der Stadtklatsch zwischen Strelnikow und Laras Mann herstellte, und schilderte ihr seine Begegnung mit dem Kommissar im Waggon. Dieser Teil seines Berichts interessierte sie besonders.

»Sie haben Strelnikow gesehen?« fragte sie lebhaft. »Ich will vorerst nichts weiter dazu sagen. Aber das ist bedeutsam! Daß Sie sich begegnen, scheint geradezu vorherbestimmt. Wenn ich Ihnen das später erkläre, werden Sie nur so staunen. Wenn ich Sie richtig verstehe, hat er auf Sie einen eher angenehmen Eindruck gemacht?«

»Ich glaube schon. Er hätte mich eigentlich abstoßen sollen. Wir sind nämlich durch Gegenden gefahren, in denen er gewütet hat, und haben die Zerstörungen gesehen. Ich hatte einen Henker erwartet, ein Stück Soldateska oder einen manischen Würgeknecht der Revolution, doch er war weder das eine noch das andere. Es ist gut, wenn jemand unsere Erwartungen enttäuscht, wenn er abweicht von dem Bild, das man sich von ihm gemacht hat. Ein Mensch, der einem Typ angehört, ist am Ende, ist verdammt. Wenn man ihn nicht in ein Schubfach einsortieren kann und wenn er ohne klares Profil ist, dann ist die Hälfte dessen, was man von ihm erwartet, schon erfüllt. Er ist frei von sich und hat ein Teilchen Unsterblichkeit erreicht.«

»Er soll parteilos sein.«

»Ja, ich glaube. Was nimmt für ihn ein? Er ist zum Untergang verurteilt. Ich glaube, er wird ein schlimmes Ende nehmen. Er wird das Böse, das er angerichtet hat, sühnen müssen. Die selbsternannten Vollstrecker der Revolution sind nicht deshalb so grausig, weil sie Unholde wären, sondern weil sie wie unlenkbare Mechanismen sind, wie entgleiste Lokomotiven. Strelnikow ist auch solch ein Wahnsinniger, aber er ist nicht über den Büchern verrückt geworden, sondern über dem, was er erlebt und durchgemacht hat. Ich kenne sein Geheimnis nicht, aber ich bin sicher, daß er eines hat. Sein Bündnis mit den Bolschewiken ist zufällig. Solange er ihnen nützt, werden sie ihn dulden. Aber sobald sie ihn nicht mehr brauchen, werden sie ihn ohne Erbarmen wegwerfen und zerstampfen wie schon so viele Militärspezialisten vor ihm.«

»Meinen Sie?«

»Ganz sicher.«

»Aber gibt es denn keine Rettung für ihn? Flucht zum Beispiel?«

»Wohin, Larissa Fjodorowna? Früher beim Zaren ging das. Versuchen Sie das mal heute.«

»Er tut mir leid. Das hat Ihre Erzählung bewirkt. Aber Sie haben sich verändert. Früher haben sie nicht so scharf, so gereizt über die Revolution geurteilt.«

»Das ist es ja gerade, alles hat seine Grenzen, Larissa Fjodorowna. In diesem Zeitraum hätten die eigentlich schon etwas erreichen müssen. Es zeigt sich aber, daß die Inspiratoren der Revolution im Chaos der Veränderungen und Umstellungen in ihrem Element sind und daß sie nicht Brot wollen, sondern irgend etwas von globalem Maßstab. Der Aufbau von Welten, Übergangsperioden, das ist ihnen Selbstzweck. Etwas anderes haben sie nicht gelernt, sie können nichts. Wissen Sie, woher die Hektik dieser ewigen Vorbereitungen kommt? Vom Fehlen ausgeprägter Begabungen, von ihrer Unfähigkeit. Der Mensch wird geboren, um zu leben, nicht, um sich aufs Leben vorzubereiten. Das Leben selbst, die Erscheinung des Lebens, das Geschenk des Lebens sind so zwingend ernst! Warum statt dessen die kindische Harlekinade unausgegorener Einfälle, die Flucht von Tschechows Schülern nach Amerika? Aber genug. Jetzt bin ich an der Reihe zu fragen. Wir kamen am Morgen des Umschwungs vor der Stadt an. War es damals sehr schlimm für Sie?«

»Na, und ob! Natürlich. Überall hat es gebrannt. Wir wären beinahe mit verbrannt. Ich habe Ihnen doch erzählt, wie unser Haus gewackelt hat! Auf dem Hof liegt noch immer ein Blindgänger am Tor. Plünderungen, Bombardements, Gewalttaten. Wie bei jedem Machtwechsel. Aber wir hatten schon unsere Erfahrungen, wir waren es gewohnt. Es war nicht das erstemal. Was unter den Weißen los war! Hinterhältige Morde aus persönlicher Rache, Erpressungen, wilde Gelage! Ja, aber das Wichtigste habe ich Ihnen noch gar nicht gesagt. Unser Galiullin! Der war unter den Tschechen ein ganz großer Bonze. Irgend so was wie Generalgouverneur.«

»Ich weiß. Habe davon gehört. Haben Sie ihn gesehen?«

»Sehr oft. Wie vielen konnte ich das Leben retten dank ihm! Wie viele habe ich versteckt! Man muß ihm Gerechtigkeit widerfahren lassen. Er hat sich makellos, ritterlich benommen, nicht so wie all die kleinen Kosakenjessaule und Polizeiwachtmeister. Aber den Ton gaben damals ausgerechnet diese Kleinen an und nicht die anständigen Leute. Galiullin hat mir sehr geholfen, ich bin ihm zu Dank verpflichtet. Schließlich sind wir alte Bekannte. Ich war als kleines Mädchen oft in dem Hof, wo er aufgewachsen ist. In dem Haus lebten Eisenbahner. Als Kind habe ich Not und Arbeit aus der Nähe kennengelernt. Dadurch habe ich eine andere Einstellung zur Revolution als Sie. Sie ist mir näher. Vieles an ihr ist mir verwandt. Auf einmal wird er Oberst, dieser kleine Junge, Sohn eines Hausmeisters. Oder sogar weißer General. Ich komme aus zivilem Milieu und weiß mit den Dienstgraden nicht so Bescheid. Von Beruf bin ich Geschichtslehrerin. Ja, so ist das, Shiwago. Vielen habe ich helfen können. Ich bin immer wieder zu ihm gegangen. Wir haben auch von Ihnen gesprochen. Ich habe schließlich in allen Regierungen Freunde, Verbindungen, und ich habe unter jeder Macht Kummer und Verluste gehabt. Das gibt's ja nur in schlechten Büchern, daß die Menschen in zwei Lager geteilt sind und keine Berührung haben. In Wirklichkeit ist alles miteinander verflochten! Was für ein unverbesserlicher Niemand muß man sein, um im Leben nur eine Rolle zu spielen, in der Gesellschaft nur einen Platz einzunehmen, immer nur ein und dasselbe zu bedeuten! – Ach, du bist hier?«

Ein kleines Mädchen von vielleicht acht Jahren mit zwei dünnen Zöpfchen war hereingekommen. Die schmalen, schrägen Augen verliehen ihr ein übermütiges, verschmitztes Aussehen. Wenn sie lachte, zog sie die Augenbrauen hoch. Sie hatte schon vor der Tür gemerkt, daß ihre Mutter Besuch hatte, doch als sie hereinkam, hielt sie es für notwendig, plötzliche Verwunderung zu mimen, machte einen Knicks und warf dem Arzt den starren, furchtlosen Blick des schon früh nachdenkenden, allein aufwachsenden Kindes zu.

»Meine Tochter Katenka. Sie sollten sie liebhaben und besuchen.«

»Sie haben mir in Meljusejew Fotos gezeigt. Sie ist ja so groß geworden, hat sich verändert!«

»Du bist also zu Hause? Ich dachte, du wärst spazieren. Ich habe dich nicht kommen hören.«

»Wie ich den Schlüssel aus dem Loch genommen hab, war da eine riesengroße Ratte! Ich hab geschrien und bin zur Seite gesprungen! Ich dachte, ich sterbe vor Angst.«

Während Katenka sprach, verzog sie das niedliche Gesichtchen, riß die Schelmenaugen weit auf und schürzte das Mündchen wie ein aus dem Wasser gezogener Fisch.

»Na, geh in dein Zimmer. Ich will den Onkel überreden, zum Essen zu bleiben. Wenn ich die Kascha aus der Backröhre hole, rufe ich.«

»Danke, aber ich muß ablehnen. Da ich oft in die Stadt reite, essen wir um sechs zu Mittag. Ich bin es gewohnt, pünktlich zu sein, und ich habe über drei Stunden zu reiten, wenn nicht vier. Darum kam ich so früh zu Ihnen. Entschuldigen Sie, aber ich muß bald los.«

»Ein halbes Stündchen noch.«

»Mit Vergnügen.«

15

»Und jetzt Offenheit gegen Offenheit. Strelnikow, von dem Sie mir erzählt haben, ist mein Mann Pawluscha, Pawel Pawlowitsch Antipow, den ich damals an der Front gesucht und an dessen Tod zu glauben ich mich mit Recht geweigert habe.«

»Das überrascht mich nicht, ich war darauf vorbereitet. Ich habe dieses Märchen oft gehört und hielt es für Unsinn. Darum bin ich so weit gegangen, in aller Offenheit und Unvorsichtigkeit mit Ihnen von ihm zu sprechen, als gäbe es diese Gerüchte nicht. Und die machen auch keinen Sinn. Ich habe den Mann gesehen. Was könnte Sie mit ihm verbinden? Was haben Sie gemeinsam?«

»Und doch stimmt es, Juri Andrejewitsch. Strelnikow ist Antipow, mein Mann. Ich bin wie alle der Meinung. Katenka weiß es auch und ist stolz auf ihren Vater. Strelnikow ist ein Deckname, ein Pseudonym, wie alle Berufsrevolutionäre es haben. Aus irgendwelchen Erwägungen muß er unter fremdem Namen leben und agieren.

Er ist es, der Jurjatin eingenommen und uns mit Granaten beschossen hat, obwohl er wußte, daß wir hier sind. Er hat sich kein einziges Mal erkundigt, ob wir noch leben, um sein Geheimnis nicht zu lüften. Das war natürlich seine Pflicht. Wenn er uns gefragt hätte, wie er sich verhalten soll, würden wir ihm dasselbe geraten haben. Sie werden zugeben, meine Unantastbarkeit, die erträglichen Lebensbedingungen, die uns der Stadtsowjet gewährt hat, und andere Dinge beweisen indirekt, daß er insgeheim für uns gesorgt hat. Trotzdem werden Sie mir das nicht erklären können. Er war ganz in der Nähe und hat der Versuchung widerstanden, uns zu sehen! Das will mir nicht in den Kopf, das geht über meinen Verstand. Das ist für mich unfaßbar, das ist nicht Leben, sondern eine Art römische Opferbereitschaft, eine der heute üblichen Superweisheiten. Und doch erliege ich nicht Ihrem Einfluß, singe nicht mit Ihrer Stimme. Ich möchte das nicht. Wir beide sind nicht gleichgesinnt. Es gibt etwas Unfaßbares, Unbestimmtes, das wir auf gleiche Weise begreifen. Aber in den bedeutenderen Dingen, in der Philosophie des Lebens wollen wir doch lieber Gegner bleiben. Doch zurück zu Strelnikow.

Jetzt ist er in Sibirien, und Sie haben recht, ich habe auch schon Informationen, daß es Beschwerden gegen ihn gibt, die mir Angst machen. Er ist jetzt in Sibirien, auf einem unserer weit vorgeschobenen Abschnitte, und wird seinem Freund aus der Kindheit und späteren Frontkameraden, dem armen Galiullin, eine Niederlage beibringen. Dieser kennt das Geheimnis seines Namens, weiß von unserer Ehe und besaß doch das unschätzbare Taktgefühl, mich das nie fühlen zu lassen, obwohl er bei dem Namen Strelnikow gewöhnlich brüllt und tobt und außer sich gerät. Ja, er ist jetzt in Sibirien.

Als er hier war, und er war lange hier und hat die ganze Zeit auf den Gleisen gewohnt, in dem Waggon, wo Sie ihn sahen, habe ich immer wieder versucht, irgendwie zufällig mit ihm zusammenzutreffen. Manchmal fuhr er zum Stab in das Haus, in dem früher die Militärverwaltung für die Truppen der Konstituierenden Versammlung war. Seltsames Spiel des Zufalls. Der Eingang zum Stab war in demselben Nebengebäude, wo mich früher Galiullin empfing, wenn ich zu ihm wollte, um für andere zu bitten. Eine Geschichte zum Beispiel hat viel Staub aufgewirbelt, die mit dem Kadettenkorps. Die Kadetten hatten angefangen, unbeliebten Lehrern aufzulauern und sie zu erschießen unter dem Vorwand, sie wären Anhänger des Bolschewismus. Oder als die Judenverfolgungen einsetzten und das Gemetzel begann. Apropos, von den Stadtbewohnern und den Intellektuellen, die ich kenne, sind die Hälfte Juden. In solchen Pogromzeiten, wenn diese entsetzlichen

Greuel losgehen, empfinden wir außer Empörung, Scham und Mitleid auch noch eine belastende Zwiespältigkeit, weil unser Mitgefühl zur Hälfte aus dem Kopf kommt, mit einem Anflug von Unaufrichtigkeit.

Diese Juden, die einst die Menschheit vom Joch der Götzenanbetung befreiten und sich jetzt in so großer Zahl ihrer Befreiung vom sozialen Übel widmen, haben nicht die Kraft, sich von sich selbst zu befreien, die Treue zu ihrem überlebten vorsintflutlichen Volksnamen aufzugeben, der seine Bedeutung verloren hat, sie können sich nicht über sich selbst erheben und spurlos mit den anderen Menschen verschmelzen, deren religiöse Ursprünge sie selbst legten und die ihnen so nahe wären, wenn sie sie besser kennten.

Sicherlich sind es die schlimmen Verfolgungen, die sie zu dieser sinnlosen und zerstörerischen Haltung, zu dieser beschämenden, nur Unglück bringenden, fatalistischen Abkapselung verpflichten, aber selbst darin ist auch eine innere Altersschwäche, eine historische Müdigkeit durch die vielen Jahrhunderte. Ich mag es nicht, wie sie sich ironisch selber Mut machen, ich mag nicht die alltägliche Dürftigkeit ihrer Begriffe, ihrer mutlosen Phantasie. Das reizt mich ebenso wie die Gespräche von Alten über das Alter, von Kranken über die Krankheit. Stimmen Sie mir zu?«

»Ich habe noch nicht darüber nachgedacht. Aber ein Kamerad von mir, ein gewisser Gordon, ist derselben Meinung.«

»Ich bin also hingegangen, um Pawluscha abzupassen, ich wollte ihn sehen. In dem Gebäude war früher die Kanzlei des Generalgouverneurs. Jetzt hängt an der Tür ein Schild: Büro für Anträge. Vielleicht haben Sie es gesehen? Es ist der schönste Fleck der Stadt. Der Platz vor der Tür ist holzgepflastert. Gegenüber liegt der Stadtpark. Ahorn, Weißdorn, Schneeballsträucher. Ich trat zu dem

Häuflein der Bittsteller und wartete. Natürlich habe ich mich nicht vorgedrängt, nicht gesagt, daß ich seine Frau bin. Wir haben ja verschiedene Namen. Was sollte hier auch die Stimme des Herzens? Bei denen gelten ja ganz andere Regeln. Zum Beispiel sein Vater, Pawel Ferapontowitsch Antipow, Arbeiter und früher aus politischen Gründen deportiert, der ist hier irgendwo bei Gericht tätig, an seinem früheren Verbannungsort. Und sein Freund Tiwersin. Beide sind Mitglieder des Revolutionstribunals. Und was meinen Sie? Der Sohn hat sich dem Vater auch nicht entdeckt, und der findet das selbstverständlich und nimmt es nicht übel. Wenn der Sohn sich tarnt, muß es so sein. Das sind Steine, keine Menschen. Prinzipien, Disziplin.

Und schließlich, selbst wenn ich gesagt hätte, daß ich seine Frau bin, na und? Haben die Sinn für die Ehefrauen? Ist das die Zeit dafür? Weltproletariat, Umgestaltung des Alls, das ist was anderes, das ja. Aber ein zweibeiniges Wesen wie eine Ehefrau ist bei denen, pfui, so etwas wie ein Floh oder eine Laus.

Ein Adjutant kam heraus und fragte die Leute. Einige ließ er hinein. Ich sagte ihm nicht meinen Namen, und als er nach meinem Anliegen fragte, antwortete ich ihm, es sei persönlich. Ich hätte mir vorher sagen können, daß das keinen Zweck hatte. Der Adjutant zuckte die Achseln und sah mich mißtrauisch an. So konnte ich meinen Mann kein einziges Mal sehen.

Und wenn Sie nun meinen, er verabscheut uns, liebt uns nicht mehr, denkt nicht mehr an uns – im Gegenteil! Ich kenne ihn! Aus einem Übermaß an Gefühl hat er sich etwas Besonderes ausgedacht! Er will uns seinen ganzen Kriegslorbeer zu Füßen legen, er will nicht mit leeren Händen zurückkommen, sondern als ruhmreicher Sieger! Er will uns unsterblich machen, er will uns blenden! Wie ein Kind!«

Wieder kam Katenka ins Zimmer. Lara Antipowa nahm das verständnislose Mädchen in die Arme, wiegte es, kitzelte und küßte es und erstickte es fast in ihren Armen.

16

Juri Shiwago ritt von der Stadt nach Warykino. Da er diese Strecke schon oft zurückgelegt hatte und sie kannte, nahm er sie nicht mehr wahr.

Er näherte sich der Stelle im Wald, wo von dem geraden Weg nach Warykino ein Seitenweg zu der Fischersiedlung Wassiljewskoje an der Sakma führte. An dieser Stelle stand auch ein Pfahl mit einer Reklametafel für landwirtschaftliche Maschinen. An dieser Weggabelung erlebte der Arzt gewöhnlich den Sonnenuntergang. Auch jetzt wurde es Abend.

Mehr als zwei Monate waren vergangen, seit er von einem seiner Ritte in die Stadt abends nicht nach Hause zurückgekehrt, sondern bei Lara Antipowa geblieben war. Zu Hause hatte er gesagt, er wäre in der Stadt aufgehalten worden und hätte in Samdewjatows Ausspannhof übernachtet. Seit langem war er mit Lara Antipowa per »du« und nannte sie Lara, während sie ihn mit Shiwago anredete. Der Arzt betrog Tonja und verschwieg ihr die Sache, die immer ernsthafter und unzulässiger wurde. Das war noch nie vorgekommen.

Er vergötterte Tonja. Ihre Seelenwelt, ihre innere Ruhe waren ihm teurer als alles auf der Welt. Wie ein Berg stand er für ihre Ehre, mehr noch als ihr Vater und sie selbst. Um sie vor verletztem Stolz zu schützen, würde er jeden Beleidiger mit eigenen Händen zerfleischt haben. Nun war er selbst zum Beleidiger geworden.

Zu Hause, im Familienkreis, fühlte er sich wie ein nicht entlarvter Verbrecher. Die Ahnungslosigkeit seiner Hausgenossen, ihre gewohnte Freundlichkeit brachten ihn um. Wenn ihm mitten im Gespräch plötzlich seine Schuld einfiel, erstarrte er, hörte und begriff nichts mehr.

Wenn das bei Tisch geschah, blieb ihm der Bissen im Halse stecken, dann legte er den Löffel hin und schob den Teller von sich. Tränen würgten ihn. »Was hast du?« fragte Tonja verständnislos. »Hast du in der Stadt etwas Schlimmes erfahren? Ist jemand eingesperrt worden? Oder erschossen? Sage es mir. Fürchte nicht, mich zu verstimmen. Es ist dann leichter für dich.«

Verriet er Tonja, indem er ihr eine andere vorzog? Nein, er hatte nicht nach einer anderen Frau gesucht, er zog keine Vergleiche. Die Ideen der »freien Liebe«, Wörter wie »die Rechte und Ansprüche des Gefühls« waren ihm fremd. Über so etwas zu reden und nachzudenken empfand er als abgeschmackt. Er pflückte nicht die »Blumen des Vergnügens«, er zählte sich nicht zu den Halbgöttern und Übermenschen, er beanspruchte keine besonderen Vorrechte und Privilegien. Unter dem Druck des schlechten Gewissens fühlte er sich erschöpft.

Wie soll es weitergehen? fragte er sich manchmal, und er fand keine Antwort, er hoffte auf ein Wunder, auf irgendwelche unvorhergesehenen Umstände, die eine Lösung brächten.

Aber die blieben aus. Er beschloß, den Knoten mit Gewalt durchzuhauen. Sein Entschluß stand fest. Er wollte Tonja alles erzählen, sie um Verzeihung bitten und Lara nie wieder sehen.

Das war freilich nicht leicht. Es schien ihm auch jetzt noch nicht ganz klar, daß er für immer, für alle Zeiten mit Lara gebrochen hatte. Heute früh hatte er ihr gesagt, daß er Tonja alles beichten wolle und daß sie sich nicht mehr sehen dürften, aber nun hatte er das Gefühl, es ihr nicht entschlossen genug gesagt zu haben.

Lara wollte ihn nicht mit unangenehmen Szenen belasten. Sie begriff, daß er sich ohnehin schon quälte. Darum gab sie sich Mühe, möglichst gelassen zu bleiben. Ihr Gespräch fand in dem unbewohnten Zimmer der früheren Wohnungsmieter statt, dessen Fenster in die Kupetscheskaja blickten. Über Laras Wangen liefen Tränen, die sie ebenso wenig wahrnahm wie die steinernen Figuren gegenüber, die Regentropfen, die ihnen über die Gesichter rannen. Aufrichtig, ohne gespielte Großmut, sagte sie leise: »Handle so, wie es für dich am besten ist, nimm auf mich keine Rücksicht. Ich werde es überstehen.« Sie wußte nicht, daß sie weinte, und sie wischte die Tränen nicht weg.

Bei dem Gedanken, Lara könnte ihn falsch verstanden haben, und er habe sie vielleicht mit irrigen, falschen Hoffnungen zurückgelassen, war er drauf und dran, umzukehren und wieder in die Stadt zu reiten, um das Ungesagte auszusprechen und sich vor allem noch viel heißer und zärtlicher zu verabschieden, wie es sich bei einer Trennung fürs ganze Leben gehörte. Nur mühsam bezwang er sich und setzte seinen Weg fort.

Je tiefer die Sonne sank, desto mehr füllte sich der Wald mit Kälte und Dunkelheit. Es roch nach feuchtem Laub wie nach den Bunden erhitzter Birkenzweige im Vorraum des Dampfbads. In der Luft hingen wie Korkschwimmer im Wasser unbewegliche Mückenschwärme, von denen ein sirrendes Unisono ausging. Der Arzt schlug sich immer wieder auf Stirn und Hals, und das Klatschen seiner Hand gegen den schweißigen Körper paßte überraschend gut zu den anderen Geräuschen beim Reiten: dem Knarren der Sattelriemen, den schweren Huftritten in dem schmatzenden Schlamm und den trocken knallenden Salven aus dem Gedärm des Pferdes. Plötzlich schlug fern in der Richtung des Sonnenuntergangs eine Nachtigall.

Wach auf! Wach auf! rief sie eindringlich, und es klang

beinahe wie vor Ostern: Meine Seele, meine Seele, stehe auf und schlafe nicht!

Da kam Shiwago ein einfacher Gedanke wie eine Erleuchtung. Wozu die Eile? Er würde nicht das Wort brechen, das er sich selbst gegeben hatte. Die Selbstentlarvung würde stattfinden. Aber wer sagte denn, daß das noch heute sein müsse? Noch hatte er Tonja nichts gebeichtet. Noch konnte er die Erklärung bis zum nächsten Mal aufschieben. Er würde noch einmal in die Stadt reiten und das Gespräch mit Lara zu Ende führen, tief und herzlich, so daß alle seine Leiden gesühnt wären. Oh, wie schön! Wie wunderbar! Erstaunlich, daß er darauf nicht schon eher gekommen war!

Bei dem Gedanken, er werde Lara noch einmal sehen, war Shiwago wie verrückt vor Freude. Sein Herz hämmerte. Begeistert erlebte er alles noch einmal.

Die Holzhäuser in den Gassen am Stadtrand, die hölzernen Bürgersteige. Er geht zu ihr. Jetzt ist er in der Noswalotschny-Gasse, die unbebauten Flächen und der hölzerne Teil der Stadt liegen hinter ihm, und es beginnt der steinerne Teil. Die Häuschen der Vorstadt sind vorübergehuscht wie die Seiten eines Buches, die man nicht mit dem Zeigefinger umblättert, sondern am Daumen vorüberschnurren läßt. Atemberaubend! Dort wohnt sie, da drüben, unter dem hellen Streifen des gegen Abend aufgeklarten regnerischen Himmels. Wie er diese wohlbekannten Häuschen auf dem Weg zu ihr liebt! Am liebsten würde er sie von der Erde in die Hände nehmen und abküssen! Da, die quer auf die Dächer gestülpten einäugigen Mansarden! Die Leuchtbeeren der in den Pfützen gespiegelten Lichter und Lämpchen! Darüber der helle Streifen des regnerischen Straßenhimmels. Dort wird er wieder aus den Händen Gottes, ihres Schöpfers, diese weiße Pracht zum Geschenk erhalten. Die dunkel vermummte Gestalt wird die Tür öffnen. Dann wird die Verheißung ihrer Nähe, kalt und zurückhaltend wie die helle Nacht des Nordens, niemandem gehörend, ihm entgegenrollen wie die erste Meereswelle, der man im Dunkeln durch den Sand entgegenläuft.

Juri Shiwago ließ die Zügel los, beugte sich im Sattel vor, legte dem Pferd die Arme um den Hals und vergrub das Gesicht in der Mähne. Das Pferd, das diese Zärtlichkeit als Aufforderung nahm, alle Kraft zu geben, fiel in Galopp.

In dem weichen Flug des Reitens, in den Zwischenräumen zwischen den kaum spürbaren Berührungen der Hufe mit der Erde, die sich von den Hufen löste und nach hinten flog, hörte Shiwago außer den Schlägen seines Herzens, das vor Freude raste, noch irgendwelche Rufe, die er sich jedoch nur einzubilden wähnte.

Ein naher Schuß betäubte ihn. Er hob den Kopf, griff nach dem Zügel, zog ihn straff. Das Pferd machte aus dem vollen Lauf ein paar breitbeinige Sprünge zur Seite und bäumte sich auf.

Weiter vorn gabelte sich der Weg. Shiwago sah in den Strahlen der untergehenden Sonne das Firmenschild glänzen: »Moreau und Wetschinkin. Sämaschinen. Dreschmaschinen«. Quer über den Weg standen, ihn blockierend, drei bewaffnete Reiter. Ein Realschüler in Uniformmütze und Mantel, über Kreuz mit Maschinengewehrgurten behängt, ein Kavallerist im Offiziersmantel, eine Kubanka auf dem Kopf, und ein wie zum Maskenball herausgeputzter Dickwanst mit Stepphose, Wattejacke und einem tief ins Gesicht gezogenen breitkrempigen Popenhut.

»Nicht von der Stelle, Genosse Arzt«, sagte der älteste der drei, der Kavallerist mit der Kubanka, ruhig und gelassen. »Wenn Sie sich fügen, garantiere ich Ihnen völlige Sicherheit. Andernfalls, nicht böse sein, erschießen wir Sie. Der Feldscher unserer Abteilung ist gefallen.

Wir mobilisieren Sie zwangsweise als medizinischen Arbeiter. Steigen Sie ab und geben Sie den Zügel dem jüngsten Genossen. Ich wiederhole: Beim kleinsten Fluchtversuch wird nicht gefackelt.«

»Sind Sie Mikulizyns Sohn Liweri, der Genosse Lesnych?«

»Nein, ich bin sein Nachrichtenchef Kamennodworski.«

Zehnter Teil

Auf der großen Straße

1

Städte, Dörfer, Bahnstationen. Die Stadt Krestowosdwishensk, die Staniza Omeltschino, Pashinsk, Tyssjazkoje, die Siedlung Jaglinskoje, das Dorf Swonarskaja, die Bahnstation Wolnoje, Gurtowstschiki, das Waldgehöft Keshemskaja, die Staniza Kasejewo, das Dorf Kutejny Possad, das Dorf Maly Jermolai.

Durch sie hindurch führte die Straße, uralt, die älteste in Sibirien, die alte Poststraße. Wie ein Messer zerschnitt sie die Städte, als wären es Brotlaibe, und die Dörfer durchlief sie, ohne sich umzudrehen, und ließ die Spaliere der Häuserreihen weit hinter sich oder umbog sie im Halbkreis oder mit dem Haken einer plötzlichen Kurve.

In ferner Vergangenheit, noch vor dem Bau der Eisenbahn durch Chodatskoje, brausten Posttroikas die Straße entlang. In die eine Richtung fuhren Fuhrwerke mit Tee, Getreide und Eisenwaren, in die andere Richtung wurden etappenweise bewachte Häftlingskolonnen getrieben. Sie gingen im Gleichschritt und klirrten rhythmisch mit den eisernen Fesselketten, verlorene, verzweifelte arme Teufel, furchteinflößend wie Blitze vom Himmel. Ringsum rauschten die Wälder, finster, undurchdringlich.

Die Straße war wie eine große Familie. Man kannte sich

und war verwandt von Stadt zu Stadt, von Siedlung zu Siedlung. In Chodatskoje, wo sie die Eisenbahnstrecke kreuzte, befanden sich Lokomotivenausbesserungswerke und mechanische Werkstätten, die der Eisenbahn dienten, hier fristeten Habenichtse ihr Dasein, in Kasernen gepfercht, krank, dahinsiechend. Politische Verbannte mit technischen Kenntnissen, die ihre Katorgastrafen verbüßt hatten, kamen als Meister hierher, wurden seßhaft.

Entlang dieser ganzen Linie waren die ursprünglichen Sowjets längst gestürzt worden. Eine Zeitlang hatte sich die Macht der Provisorischen Regierung Sibiriens gehalten, doch sie war jetzt in der gesamten Region durch die Macht des Obersten Regenten Koltschak abgelöst worden.

2

An einer Stelle führte die Straße lange bergan. Der Ausblick in die Ferne weitete sich immer mehr. Der Anstieg schien kein Ende zu nehmen. Als die Pferde und die Menschen müde waren und stehenblieben, um Atem zu schöpfen, hörte die Steigung auf. Vor ihnen stürzte sich der reißende Fluß Keshma unter eine Straßenbrücke.

Jenseits des Flusses zeigte sich auf einer noch steileren Anhöhe die Ziegelmauer des Wosdwishenski-Klosters. Die Straße führte unten um den Klosterberg herum und fädelte sich mit ein paar Windungen zwischen den Hinterhöfen am Stadtrand in die Stadt hinein.

Auf diese Weise berührte sie noch einmal die Grenze des Klostergeländes am Hauptplatz, auf den das grüngestrichene Eisentor des Klosters blickte. Die Ikone im Eingangsgewölbe war im Halbkreis von einer goldenen Schrift umrahmt: »Freue dich, lebenspendendes Kreuz, unbezwinglicher Sieg des frommen Glaubens.«

Der Winter ging zu Ende. Karfreitag, Ende der großen Fasten. Der Schnee auf den Wegen wurde schwarz und verriet damit den Beginn des Tauwetters, doch auf den Dächern war er noch weiß und bildete überhängende pralle Mützen.

Für die Jungen, die zu den Glöcknern auf den Glockenturm des Klosters gestiegen waren, wirkten die Häuser von oben wie ein Häuflein zusammengeschobener Kästchen und Schränkchen. Den Häusern näherten sich wie Punkte schwarze Menschlein. Die Jungen konnten einige davon an ihren Bewegungen erkennen. Die Leute, die zur Klostermauer kamen, lasen die dort angeklebten Plakate mit dem Erlaß des Obersten Regenten über die Einberufung dreier Jahrgänge zur Armee.

3

Die Nacht brachte viel Unvorhergesehenes. Es wurde ungewöhnlich warm für die Jahreszeit. Ein Sprühregen ging nieder, so luftig, daß er die Erde nicht zu erreichen und wie eine Dunstwolke aus Wasserstaub in der Luft zu verschweben schien. Aber das trog. Die warmen Wasserströme waren reichlich genug, um den Schnee von der Erde zu waschen, die jetzt ganz schwarz war und schweißig glänzte.

Die niedrigen Apfelbäume voller Knospen streckten auf wundersame Weise ihre Zweige über die Zäune auf die Straße. Von ihnen fielen mit unregelmäßigem Platschen Tropfen auf die hölzernen Gehsteige. Ihr Getrommel tönte durch die ganze Stadt.

Im Hof der fotografischen Anstalt bellte und winselte bis zum Morgen der angekettete junge Hund Tomik. Eine Krähe im Garten der Galusins, vielleicht von seinem Bellen gereizt, krächzte, daß es durch die Stadt schallte.

Im unteren Teil der Stadt wurden dem Kaufmann Ljubesnow drei Fuhrwerke mit Frachtgütern angeliefert. Er verweigerte die Annahme, weil das ein Irrtum sei und er diese Waren nie bestellt habe. Unter Berufung auf die späte Stunde baten ihn die jungen Lastfuhrleute um ein Nachtlager. Der Kaufmann beschimpfte sie, jagte sie davon, öffnete nicht das Hoftor. Auch dieses Gezänk war in der ganzen Stadt zu hören.

In der siebten Kirchenstunde, nach der allgemeinen Zeitrechnung um ein Uhr nachts, löste sich von der schwersten Glocke des Klosters, die sich kaum bewegte, eine Welle leisen, dunklen und süßen Geläuts und vermischte sich mit der dunklen Feuchtigkeit des Regens. Sie stieß sich von der Glocke ab, so wie sich bei Hochwasser ein unterspülter Erdbatzen vom Ufer losreißt, untergeht und sich im Fluß auflöst.

Es war die Nacht auf Gründonnerstag, den Tag der zwölf Evangelien. Hinter dem Netz des Regenschleiers bewegten sich und schwebten kaum unterscheidbar kleine Lichter und von ihnen beschienene Stirnen, Nasen und Gesichter. Die Fastenden gingen zur Frühmesse.

Eine Viertelstunde später waren vom Kloster her näher kommende Schritte auf dem Gehsteig zu hören. Es war die Krämerin Galusina, die den kaum begonnenen Gottesdienst verlassen hatte. Sie ging ungleichmäßig, lief ein Stück, blieb wieder stehen; sie hatte ein Tuch über den Kopf geworfen und trug einen offenen Fellmantel. In der schwülen Luft der Kirche war ihr schlecht geworden, darum war sie an die Luft gegangen, doch jetzt schämte sie sich und bedauerte, daß sie den Gottesdienst versäumte und schon das zweite Jahr nicht fastete. Aber nicht das war der Grund ihres Kummers. Am Tag hatte sie betrübt den überall aushängenden Mobilmachungsbefehl gelesen, unter den auch ihr armer Dummkopf von Sohn Terescha fiel. Sie verdrängte die mißvergnügten Gedanken, aber das überall in der Dunkelheit weiß schimmernde Plakat erinnerte sie daran.

Ihr Haus lag um die Ecke, ein Katzensprung. Aber im Freien fühlte sie sich wohler. Sie wollte noch ein Weilchen an der Luft bleiben, es zog sie nicht in die Stickigkeit des Hauses.

Traurige Gedanken bestürmten sie. Wenn sie sie laut und folgerichtig gedacht hätte, würden ihr Wortschatz und die Zeit bis zum Sonnenuntergang nicht ausgereicht haben. Hier draußen auf der Straße stürzten die unfrohen Überlegungen haufenweise auf sie ein, doch mit ihnen konnte sie in wenigen Minuten fertig werden, während sie ein paarmal von der Ecke des Klosters bis zur Ecke des Platzes ging.

Das lichte Fest steht vor der Tür, und im Hause ist keine lebende Seele, alle sind weg und haben sie allein gelassen. Oder etwa nicht? Doch, natürlich. Die Adoptivtochter Xjuscha zählt nicht. Wer ist sie überhaupt? Eine fremde Seele ist immer ein dunkles Geheimnis. Vielleicht ein Freund, vielleicht ein Feind, vielleicht eine geheime Rivalin. Sie ist das Erbe aus seiner ersten Ehe, Wlassuschkas angenommene Tochter. Aber vielleicht ist sie nicht angenommen, sondern unehelich? Vielleicht ist sie auch überhaupt keine Tochter, sondern etwas ganz anderes! Wer kann schon in der Seele eines Mannes lesen? Im übrigen ist gegen das Mädchen nichts einzuwenden. Klug, schön, mustergültig. Viel klüger als der dumme Terescha und der Adoptivvater.

Nun war sie kurz vor der Osternacht mutterseelenallein, alle waren weg, jeder woanders.

Ihr Mann Wlassuschka zieht die große Straße entlang, um den Rekruten Reden zu halten und sie zu Heldentaten anzuspornen. Der Dummkopf soll sich lieber um den eigenen Sohn kümmern und ihn vor der tödlichen Gefahr schützen.

Terescha hat es auch nicht ausgehalten, sondern vor dem großen Fest das Weite gesucht. Er ist nach Kutejny Possad zu Verwandten gefahren, um sich zu amüsieren und sich über das erlittene Unrecht hinwegzutrösten. Der Junge ist von der Realschule gewiesen worden. Die Hälfte der Klassen hat er zweimal gemacht, ohne Folgen, doch in der Achten haben sie ihn erbarmungslos hinausgeworfen.

Ach, wie traurig! O Gott! Warum ist mir nur so schlecht? Ich mag gar nichts mehr anfangen, alles fällt mir aus den Händen, ich habe das Leben satt! Wovon kommt das? Liegt es daran, daß wir Revolution haben? Nein, ach nein! Vom Krieg ist es. Im Krieg ist die ganze Blüte der Männer gefallen, und die Faulen, Untauglichen sind geblieben.

Wie schön war es dagegen im Elternhaus, bei ihrem Vater, dem Unternehmer. Er trank nicht, konnte lesen und schreiben, im Hause war von allem genug. Auch zwei Schwestern hatte sie, Polja und Olja. Und so gut, wie die Namen zusammenpaßten, vertrugen sie sich untereinander und waren eine immer schöner als die andere. Zimmerleute, Vorarbeiter besuchten den Vater, angesehene, stattliche, gewinnmachende Männer. Die Schwestern kamen, nicht aus Not, auf die Idee, aus Wolle Schals zu strikken, ein guter Einfall, und sie entwickelten dabei soviel Geschick, daß ihre Schals im ganzen Umkreis berühmt wurden. Damals freute sie alles, weil das Leben ausgefüllt und harmonisch war – der Gottesdienst, das Tanzen, die Menschen, die Manieren, dabei stammte die Familie aus einfachen Verhältnissen, es waren Kleinbürger aus dem Stand der Bauern und Arbeiter. Rußland war auch noch eine Jungfrau und hatte wirkliche Verehrer, wirkliche Verteidiger, kein Vergleich mit den heutigen. Jetzt ist von allem der Glanz herunter, überall das Zivilgesindel der Advokaten, und das Judenpack kaut Tag und Nacht unablässig an Wörtern und erstickt fast daran. Wlassuschka und seine Kumpels wollen die goldene alte Zeit mit Champagner und guten Wünschen wieder zurückholen. Aber kann man so eine verlorene Liebe zurückgewinnen? Dazu muß man Steine bewegen, Berge versetzen, Erde graben!

4

Frau Galusina war schon ein paarmal bis zum Marktplatz von Krestowosdwishensk gegangen. Von hier aus ging es links um die Ecke zu ihrem Haus. Aber sie überlegte es sich jedesmal wieder anders, kehrte um und drang wieder in die an das Kloster grenzenden Winkel.

Der Marktplatz hatte die Größe eines großen Feldes. Früher, wenn Markttag war, stand er voll mit den Fuhrwerken der Bauern. Auf der einen Seite grenzte er ans Ende der Jeljoninskaja-Straße. Die andere Seite war in einem schiefen Bogen mit kleinen Häusern zugebaut, ein- oder zweistöckig. Sie alle beherbergten Speicher, Kontore, Geschäfte, Werkstätten von Handwerkern.

Hier pflegte in den ruhigen Zeiten vor dem besonders breiten Tor mit den vier Flügeln ein bärenhafter Grobian mit Brille und langem Gehrock auf einem Stuhl zu sitzen und eine billige Zeitung zu lesen, der Frauenhasser Brjuchanow, der mit Leder, Teer, Rädern, Pferdegeschirren, Hafer und Heu handelte.

Hier verstaubten hinter einem kleinen trüben Schaufenster jahrelang ein paar Pappkartons mit Schleifenpaaren, Sträußchen und Hochzeitskerzen. Hinter dem Fenster, in einer leeren Kammer ohne Möbel und fast ohne Waren, wenn man die übereinandergestapelten Wachskuchen nicht rechnete, wurden Geschäfte über Tausende von Rubeln abgeschlossen, Aufträge für Mastix, Wachs und Kerzen; die Besteller waren Beauftragte eines irgendwo lebenden Kerzenmillionärs.

In der Mitte dieser Häuserzeile befand sich der Kolonialwarenladen der Galusins mit seinen drei Schaufenstern. Der rissige, ungestrichene Fußboden wurde dreimal am Tag mit dünnem Tee ausgefegt, wie ihn der Hausherr und seine Gehilfen den ganzen Tag ohne Maß tranken. Die junge Hausfrau saß oft und gern hinter der Kasse. Ihre Lieblingsfarbe war lila, violett, die Farbe der feierlichen Kirchengewänder, die Farbe des knospenden Flieders, die Farbe ihres besten Samtkleids, die Farbe ihres Weins bei Tisch. Die Farbe des Glücks, die Farbe der Erinnerungen, die Farbe der untergegangenen Jungfräulichkeit Rußlands vor der Revolution war, wie sie glaubte, ebenfalls hellfliederblau. Sie saß gern hinter der Kasse im Laden, denn das nach Stärke, Zucker und den dunkellila Schwarze-Johannisbeer-Bonbons im Glas duftende violette Dämmerlicht des Ladens paßte zu ihrer Lieblingsfarbe.

Hier an der Ecke, neben einem Holzspeicher, stand ein altes, zweistöckiges Holzhaus, das in die Erde eingesunken war und wie ein klappriger Reisewagen aussah. Es hatte vier Wohnungen und zwei Eingänge an beiden Ecken der Vorderfront. In der linken Hälfte war die Apotheke von Salkind, in der rechten das Büro eines Notars. Über der Apotheke wohnte der betagte Damenschneider Schmulewitsch mit seiner großen Familie. Auf der anderen Seite, über dem Notar, wohnten viele Mieter, auf deren Berufe Schilder und Tafeln hindeuteten, die die ganze Eingangstür bedeckten. Hier wurden Uhren repariert, und ein Schuhmacher nahm Aufträge entgegen. Hier unterhielten die Kompagnons Shuk und Schtrodach ihre fotografische Anstalt, und hier befand sich die Graviererei von Kaminski.

Wegen der Enge in der überfüllten Wohnung hatten sich die jungen Gehilfen der beiden Fotografen, der Retuscheur Senja Magidson und der Student Blashejin, eine

Art Laboratorium im Hof eingerichtet, im Durchgang des Holzspeichers. Dort waren sie offensichtlich auch jetzt beschäftigt, nach dem bösen Auge des roten Entwicklerlämpchens zu urteilen, das trüb durch ein Fensterchen im Durchgang blinkte. Unter diesem Fensterchen saß angekettet der junge Hund Tomik, dessen Gewinsel durch die ganze Jeljoninskaja-Straße schallte.

Da ist wieder der ganze Kahal beisammen, dachte Frau Galusina, als sie an dem grauen Gebäude vorbeikam. Eine Spelunke von Armut und Schmutz. Aber gleich darauf ging ihr durch den Sinn, daß ihr Mann Wlassuschka, Wlas Pachomowitsch, mit seinem Judenhaß unrecht hatte. Diese Leute waren gar zu kleine Fische, als daß sie für das Schicksal des Reiches irgendeine Bedeutung hätten. Im übrigen, wenn man den alten Schmulewitsch fragte, wo Zwist und Unordnung herkämen, krümmte er sich, verzog das Gesicht und sagte zähnefletschend: »Das sind alles Lejbotschkas Streiche.«

Ach, worüber, worüber dachte sie nur nach, was beschäftigte ihren Kopf? Ging es denn darum, kam daher das Unglück? Das Unglück kam von den Städten. Nicht sie waren Rußlands Stütze. Die Menschen liebäugelten mit der Bildung, eiferten den Städtern nach und holten sie doch nicht ein. Sie waren von ihrem Ufer abgefahren, hatten aber am anderen noch nicht angelegt.

Vielleicht aber kam auch alles von der Unwissenheit. Ein Gebildeter durchschaut die ganze Erde und weiß alles vorher. Wir dagegen, wenn man uns den Kopf abschlägt, greifen nach der Mütze. Wie im finsteren Wald leben wir. Die Gebildeten haben jetzt auch kein Zuckerlecken. Der Hunger treibt sie aus den Städten. Aus alldem soll man nun klug werden. Da bricht sich selbst der Teufel ein Bein.

Trotzdem, mit unserer dörflichen Verwandtschaft ist es anders. Da sind die Selitwins, die Schelaburins, Pamfil

Palych, die Brüder Nestor und Pankrat Modych. Sie verlassen sich auf sich selbst, richten sich nach ihrem eigenen Kopf, sind Hausherren. Die Höfe längs der großen Straße sind neu, eine Augenweide. Fünfzehn Deßjatinen Ackerland hat jeder, dazu Pferde, Schafe, Kühe, Schweine. Der Getreidevorrat reicht für drei Jahre. Die Gerätschaften sind eine Pracht. Erntemaschinen. Um sie bemüht sich Koltschak, er möchte sie auf seine Seite ziehen, und die Kommissare wollen sie für die Waldarmee gewinnen. Aus dem Krieg kamen sie mit Georgskreuzen behängt, und sie wurden sofort alle als Instrukteure genommen. Ob sie Schulterklappen trugen oder nicht. Bist du ein Mensch mit Kenntnissen, so wirst du immer gebraucht. Da gehst du nicht unter.

Aber nun mußte sie nach Hause. Es schickte sich einfach nicht für eine Frau, so lange spazierenzugehen. Im Garten, das ginge noch an, aber der war aufgeweicht, man blieb im Schlamm stecken. Sie fühlte sich ein bißchen besser.

Als sie sich in ihren Grübeleien gänzlich verheddert und den Faden verloren hatte, ging sie nach Hause. Bevor sie jedoch die Schwelle überschritt, stand sie noch ein Weilchen bei der Vortreppe, trat von einem Fuß auf den andern und versank in Gedanken.

Sie dachte an die jetzigen Führer in Chodatskoje, von denen sie eine recht gute Vorstellung hatte, an die politisch Verbannten aus der Hauptstadt, Tiwersin, Antipow, den Anarchisten Wdowitschenko, genannt Schwarze Fahne, den hiesigen Schlosser Gorshenja den Rasenden. Das sind alles Leute, die ihren Kopf für sich haben. Sie haben in ihrem Leben schon viel umgekrempelt und bereiten sicherlich wieder was vor. Ohne das geht es nicht bei ihnen. Sie haben ihr Leben an Maschinen verbracht und sind selber kalt und erbarmungslos wie Maschinen. Sie tragen über dem Unterhemd kurze Jacken, rauchen Zigaretten in beinernen Spitzen und trinken, um sich keine Krankheit zu holen, abgekochtes Wasser. Wlassuschka wird keinen Erfolg haben, diese Männer werden alles auf ihre Weise umwälzen, sie setzen ihrs durch.

Sie dachte auch an sich. Sie wußte, daß sie eine prachtvolle, selbständige Frau war, gut beieinander, gescheit und kein schlechter Mensch. Keine dieser Eigenschaften hatte in diesem Krähwinkel oder sonstwo Anerkennung gefunden. Und die unanständigen kleinen Liedchen über die dumme Sentetjuricha, die in ganz Transuralien bekannt waren und von denen man nur die Anfangszeilen zitieren konnte:

Sentetjuricha verkaufte ihren Wagen
wollte eine Balalaika haben,

weil dann Zoten folgten, wurden in Krestowosdwishensk, wie sie argwöhnte, mit Anspielung auf sie gesungen.

Bitterlich seufzend trat sie ins Haus.

5

Ohne sich in der Diele aufzuhalten, ging sie im Fellmantel in ihr Schlafzimmer, dessen Fenster in den Garten blickten. Jetzt in der Nacht schienen die aufgetürmten Schatten im Zimmer und draußen vor dem Fenster einander zu wiederholen. Die bauschig drapierten Gardinen ähnelten den sackartigen kahlen schwarzen Bäumen im Hof mit ihren verwaschenen Konturen. Die taftige nächtliche Finsternis des ausgehenden Winters im Garten wurde gewärmt von der aus der Erde dringenden schwarzlila Glut des nahenden Frühlings. Im Zimmer gab es eine ähnliche Verknüpfung zweier Dinge, denn die staubige Stickigkeit der schlecht ausgeklopften Vorhänge wurde gemildert und aufgefrischt von der dunkelvioletten Glut des bevorstehenden Festes.

Die Gottesmutter auf der Ikone streckte die nach oben gekehrten schmalen, dunklen Hände aus der silbernen Kutte des Beschlags. Es war, als hielte sie in jeder Hand den griechischen Anfangs- und Endbuchstaben ihres byzantinischen Namens: Meter Theou, Mutter Gottes. Die in eine goldene Unterschale gestellte ewige Lampe aus Granatglas, dunkel wie ein Tintenfaß, warf ein gestirnartig zersplittertes Flimmern auf den Teppich.

Frau Galusina legte Tuch und Fellmantel ab. Bei einer ungeschickten Bewegung spürte sie wieder das Stechen in der Seite und den Druck unterm Schulterblatt. Sie schrie erschrocken auf, stammelte: »Du große Beschützerin aller Traurigen, du reine Gottesmutter, du schnelle Helferin, du Beschirmerin der Welt«, und brach in Tränen aus. Als der Schmerz nachließ, begann sie sich auszuziehen. Die hinteren Haken am Kragen und auf dem Rücken des Mieders entglitten ihren Händen und verhakten sich in den Falten des grauen Stoffes. Mühsam tastete sie danach.

Ins Zimmer trat Xjuscha, die bei ihrem Kommen aufgewacht war.

»Warum im Dunkeln, Mama? Soll ich die Lampe bringen?«

»Nein. Ich sehe auch so.«

»Mama, Olga Nilowna, kommen Sie, ich mach hinten auf. Quälen Sie sich nicht.«

»Die Finger wollen nicht mehr, ich könnte heulen. Der blöde Kerl hat die Haken nicht richtig angenäht, dieses blinde Huhn. Man müßte die ganze Kante abtrennen und ihm um die Ohren schlagen.«

»Schön haben sie gesungen in der Kirche. Die Nacht ist so still, da hat's bis hier geklungen.«

»Gesungen haben sie schön. Aber mir geht's schlecht, Mädchen. Schon wieder sticht es hier und hier. Überall. Ein Jammer. Ich weiß nicht, was ich machen soll.«

»Der Homöopath Stydobski hat Ihnen doch geholfen.«

»Aber seine Ratschläge kann man nicht befolgen. Ein Kurpfuscher ist dein Homöopath. Keine Ahnung von Tuten und Blasen. Und außerdem, er ist weg. Abgereist. Und nicht er allein. Vor dem Fest sind alle weggelaufen aus der Stadt. Ist vielleicht ein Erdbeben zu erwarten?«

»Aber der gefangene ungarische Arzt, der hat Ihnen damals gut geholfen.«

»Schon wieder Quatsch mit Soße. Ich sage dir, keiner ist geblieben, alle sind weg. Der Lajos Kerényi und die anderen Ungarn stecken hinter der Demarkationslinie. Sie müssen dienen, die Braven. Man hat sie in die Rote Armee geholt.«

»Aber manches bilden Sie sich auch nur ein. Ihr Herz ist nervös. Das Besprechen wie bei den einfachen Leuten wirkt da Wunder. Erinnern Sie sich, die Soldatenfrau hat Sie damals mit Erfolg besprochen. Alles war weg. Ich weiß bloß nicht mehr, wie sie heißt, hab den Namen vergessen.«

»Nein, du scheinst mich wirklich für dumm zu halten. Womöglich singst du sogar hinter meinem Rücken das Lied von der Sentetjuricha.«

»Sagen Sie nicht so was! Versündigen Sie sich nicht, Mama. Sagen Sie mir lieber, wie die Soldatenfrau heißt. Ich hab's auf der Zunge, es läßt mir keine Ruhe.«

»Ach, die hat mehr Namen als Röcke. Such dir einen aus. Brummkreisel wird sie genannt und Bärin und Zauberin. Und wohl noch ein Dutzend anderer. Sie ist auch nicht mehr da. Ihr Gastspiel war zu Ende, nun suche sie mal. Sie haben die Gottesmagd ins Gefängnis von Keshma gesperrt. Wegen Abtreibung und wegen ihren Pülverchen. Sie aber, statt sich im Kittchen zu langweilen, ist abgehauen, irgendwo nach dem Fernen Osten. Ich sag dir doch, alle sind weg. Mein Mann Wlas Pachomowitsch, Terescha, Tante Polja, die gute Seele. Von allen redlichen Frauen sind nur wir beiden dummen Gänse noch in der Stadt, im Ernst. Und keine ärztliche Hilfe. Wenn was passiert, ist Schluß, dann kann man niemanden holen lassen. In Jurjatin soll ein berühmter Professor aus Moskau sein, Sohn eines sibirischen Kaufmanns, der sich umgebracht hat. Aber während ich noch überlegt habe, ihn herzubitten, haben die Roten zwanzig Sperren auf der Straße errichtet – da ist kein Durchkommen. Aber geh jetzt schlafen, ich leg mich auch hin. Der Student Blashejin verdreht dir den Kopf. Bestreite es nicht. Verheimlichen kannst du es sowieso nicht, du bist rot wie ein Krebs. Dein unglückseliger Student arbeitet in der heiligen Nacht, entwickelt und vergrößert meine Fotografien. Sie schlafen nicht und lassen auch die anderen nicht schlafen. Tomik wird noch die ganze Stadt wachkläffen. Und die verdammte Krähe krächzt auf unserm Apfelbaum, ich werd wohl die Nacht kein Auge zukriegen. Aber du bist ja scheint's wirklich beleidigt, du Kräutlein Rührmichnichtan? Studenten sind doch dazu da, um den Mädchen zu gefallen.«

6

»Warum der Hund wohl so tobt? Man müßte mal nachsehen. Der bellt doch nicht ohne Grund. Lidotschka, warte mal, halt den Mund, sei einen Moment still. Wir müssen das klären. Womöglich kommt Polente. Du bleib, Ustin. Und du auch, Siwobljui. Es wird ohne euch gehen.«

Der Vertreter des Zentrums hatte die Bitte, einen Moment innezuhalten, nicht gehört und setzte müde seine hastige Rede fort: »Die in Sibirien bestehende bürgerliche Militärmacht wird mit ihrer Politik von Raub, Gewalt, Abgaben, Erschießungen und Folterungen allen Verirrten die Augen öffnen. Sie ist ein Feind nicht nur der Arbeiterklasse, sondern nach Lage der Dinge auch der werktätigen Bauernschaft. Die werktätige Bauernschaft Sibiriens und des Ural muß begreifen, daß nur im Bündnis mit dem städtischen Proletariat und den Soldaten, im Bündnis mit der kirgisischen und burjatischen Armut...«

Endlich bekam er mit, daß er unterbrechen sollte, er schwieg also, wischte sich mit dem Taschentuch das schweißige Gesicht, senkte erschöpft die geschwollenen Lider und schloß die Augen.

Ein Mann, der neben ihm stand, sagte halblaut: »Ruh dich ein bißchen aus. Trink einen Schluck Wasser.«

Dem beunruhigten Partisanenführer wurde gemeldet: »Kein Grund zur Aufregung. Alles in Ordnung. Die Signallampe ist im Fenster. Der Wachposten, um es bildlich zu sagen, kuckt Löcher in die Luft. Ich denke, der Vortrag kann fortgesetzt werden. Sprechen Sie, Genosse Lidotschka.«

In dem großen Schuppen war das Brennholz zum Teil beiseite geräumt. Hier fand die illegale Versammlung statt. Ein Holzstapel bis zur Decke diente als Tarnung und verdeckte die leere Hälfte vom Eingang. Im Falle einer Gefahr konnten die Versammlungsteilnehmer unter dem Fußboden verschwinden und durch einen unterirdischen Gang bei den Hinterhöfen der Konstantinowski-Gasse jenseits der Klostermauer wieder herauskommen.

Der Referent mit der schwarzen Kalikomütze, die seine Glatze bedeckte, hatte ein mattblasses, etwas olivfarbenes Gesicht und einen schwarzen Vollbart und litt an nervösen Schweißausbrüchen. Gierig zündete er einen Zigarettenstummel an dem heißen Luftstrom der Petroleumlampe an und bückte sich zu den auf dem Tisch verstreuten Papieren. Rasch und nervös überflog er sie mit seinen kurzsichtigen Augen, als wollte er sie beschnuppern, dann sprach er mit müder Stimme weiter: »Dieses Bündnis der städtischen und dörflichen Armut können wir nur durch die Sowjets verwirklichen. Die sibirische Bauernschaft, ob sie will oder nicht, muß sich jetzt den Bestrebungen anschließen, für die die sibirische Arbeiterklasse schon lange kämpft. Ihr gemeinsames Ziel ist der Sturz der verhaßten Selbstherrschaft der Admirale und Atamane und die Errichtung der Sowjetmacht der Bauern und Soldaten durch einen bewaffneten Volksaufstand. Im Kampf gegen die bis an die Zähne bewaffneten Offiziere und Kosaken, diese Mietlinge der Bourgeoisie, müssen die Aufständischen einen regelrechten Frontkrieg führen, der langwierig sein wird.«

Er hielt wieder inne, wischte sich den Schweiß ab, schloß die Augen. Gegen das Reglement stand jemand auf, hob die Hand, wollte eine Bemerkung einwerfen.

Der Partisanenführer, genauer gesagt, der militärische Führer des Keshmaer Verbandes der Partisanen Transuraliens, saß herausfordernd lässig direkt vor dem Referenten und unterbrach ihn immer wieder grob und ohne den geringsten Respekt. Es war kaum zu glauben, daß ein so junger Militär, fast noch ein Junge, ganze Armeen und Verbände befehligte, daß man ihm gehorchte und ihm Achtung erwies. Er saß da, Arme und Beine in den Kavalleristenmantel gewickelt. Das über die Stuhllehne geworfene Oberteil des Mantels mit den Ärmeln ließ den Oberkörper in der Feldbluse frei, die noch die dunklen Spuren der abgetrennten Fähnrichsschulterklappen zeigte.

Rechts und links von ihm standen schweigend seine beiden jungen Leibwächter, so alt wie er; sie trugen kurze, schon leicht angegraute weiße Schaffelljacken mit kräuseligem Persianerbesatz. Ihre schönen steinernen Gesichter zeigten nichts als blinde Ergebenheit für ihren Vorgesetzten und die Bereitschaft, alles, aber auch alles für ihn zu tun. Die Versammlung, die aufgeworfenen Fragen, der Verlauf der Debatte ließen sie gleichgültig, sie sagten nichts und lächelten nicht.

Außer diesen Leuten waren noch anderthalb Dutzend

Männer im Schuppen. Einige standen, andere saßen auf dem Fußboden, die Beine ausgestreckt oder die Knie angezogen, und lehnten sich an die Wand aus kalfaterten Stämmen.

Für die Ehrengäste gab es Stühle. Darauf saßen drei oder vier Mann, Arbeiter, Teilnehmer der ersten Revolution, unter ihnen der finstere, veränderte Tiwersin und sein Freund, der alte Antipow, der ihm stets in allem recht gab. Von der Revolution zu Göttern erhoben, denen sie alle ihre Gaben und Opfer zu Füßen legte, saßen sie da, schweigsame, strenge Götzenbilder, denen der politische Hochmut alles Lebendige, Menschliche genommen hatte.

Es gab noch mehr Gestalten in dem Schuppen, die Aufmerksamkeit verdienten. Ein Mann stand immer wieder ruhelos vom Fußboden auf, setzte sich hin, ging auf und ab und blieb mitten im Raum stehen. Es war die Säule des russischen Anarchismus, Wdowitschenko, Schwarze Fahne, ein beleibter Riese mit mächtigem Schädel, breitem Mund und Löwenmähne, ein Offizier, Teilnehmer nachgerade des letzten Russisch-Türkischen, zumindest aber des Russisch-Japanischen Krieges, ein ewig von seinen Phantastereien in Anspruch genommener Träumer.

Seine grenzenlose Gutmütigkeit und sein riesenhafter Wuchs hinderten ihn, kleinere, geringere Erscheinungen wahrzunehmen, und bewirkten, daß er dem Geschehen ungenügend Aufmerksamkeit entgegenbrachte, alles falsch verstand, entgegengesetzte Meinungen für seine eigenen hielt und allem beipflichtete.

Neben ihm saß auf dem Fußboden sein Bekannter, der Waldjäger und Tierfänger Swirid. Obwohl er kein Bauer war, blickte seine erdgebundene, bäurische Herkunft durch den Ausschnitt seines dunklen Tuchhemdes, das er mitsamt dem Kreuzchen am Hals klumpig zusammenraffte, um sich damit die Brust zu scheuern. Er war ein Halbburjate, ein herzensguter Analphabet mit dünnsträhnigen Haaren, spärlichem Schnurrbart und noch spärlicherem Kinnbart, der nur aus wenigen Fäden bestand. Der mongolische Einschlag ließ sein Gesicht älter erscheinen, zumal es ständig von einem mitfühlenden Lächeln gefältelt wurde.

Der Referent, der Sibirien mit militärischen Instruktionen des Zentralkomitees bereiste, weilte mit seinen Gedanken in den weiten Räumen, die er noch erfassen mußte. Die meisten Anwesenden hier waren ihm gleichgültig. Aber als Revolutionär und Volksfreund von Kindesbeinen an blickte er vergötternd auf den vor ihm sitzenden jungen Feldherrn. Nicht nur verzieh er ihm sämtliche Grobheiten, die er, der Ältere, als Stimme des ursprünglichen, tief verwurzelten revolutionären Geistes empfand, nein, er nahm sie mit Entzücken auf, die dreisten Ausfälle, so wie eine verliebte Frau die freche Hemdsärmeligkeit ihres Gebieters leiden mag.

Der Partisanenführer war Mikulizyns Sohn Liweri, der Referent aus dem Zentrum war der ehemalige werktätige Genossenschafter Kostojed vom Amur, der früher zu den Sozialrevolutionären gehört hatte. In letzter Zeit hatte er seine Positionen überdacht, die Fehlerhaftigkeit seiner Plattform eingestanden, in mehreren ausführlichen Erklärungen Reue bekundet und war nicht nur in die Kommunistische Partei aufgenommen, sondern bald darauf schon mit solch verantwortungsvoller Arbeit betraut worden.

Diese Arbeit hatte man ihm, dem gänzlich unmilitärischen Menschen, übertragen aus Achtung vor seinem revolutionären Dienstalter, vor seinen Leidenszeiten im Gefängnis, aber auch aus der Erwägung, der ehemalige Genossenschafter müsse die Stimmungen der Bauernmassen in dem vom Aufstand erfaßten Westsibirien gut kennen. Diese vermutete Kenntnis war hier wichtiger als militärisches Wissen.

Der Wechsel seiner politischen Überzeugungen hatte

Kostojed bis zur Unkenntlichkeit verändert. Das galt für sein Aussehen, seine Bewegungen, seine Manieren. Niemand konnte sich erinnern, daß er früher kahlköpfig und bärtig gewesen war. Aber vielleicht hatte er einen falschen Bart getragen? Die Partei hatte ihm strengste Tarnung zur Pflicht gemacht. Seine Decknamen waren Berendej und Genosse Lidotschka.

Als sich der Lärm nach Wdowitschenkos voreiliger Erklärung, er sei mit den verlesenen Punkten der Instruktion einverstanden, gelegt hatte, sprach Kostojed weiter: »Um die anwachsende Bewegung der Bauernmassen voll in die Hand zu bekommen, ist es erforderlich, unverzüglich Verbindung mit allen Partisanenabteilungen im Bereich des Gouvernementsparteikomitees aufzunehmen.«

Ferner äußerte er sich über die Einführung von konspirativen Treffs, Parolen, Chiffren und Verbindungsmethoden. Dann kam er wieder auf Einzelheiten zu sprechen: »Den Abteilungen muß gesagt werden, an welchen Punkten die weißen Institutionen und Organisationen Vorratslager mit Waffen, Ausrüstung und Verpflegung unterhalten, wo große Geldmittel aufbewahrt werden und nach welchem System sie gesichert sind.

Detailliert, mit allen Einzelheiten, müssen Fragen geklärt werden wie der innere Aufbau der Abteilungen, die Vorgesetzten, die militärische und kameradschaftliche Disziplin, die Konspiration, die Verbindungen der Abteilungen mit der Außenwelt, das Verhältnis zur örtlichen Bevölkerung, die militärisch-revolutionären Feldgerichte, die Taktik der Unterminierungsarbeit auf dem Territorium des Gegners, als da sind Zerstörung der Brücken, der Eisenbahnstrecken, der Dampfer, Barken, Stationen, Werkstätten mitsamt ihrer technischen Ausrüstung, des Telegrafen, der Bergwerke und der Lebensmittelvorräte.«

Liweri litt und litt und hielt es nicht mehr aus. All das

empfand er als nicht zur Sache gehörendes Dilettantengeschwätz. Er sagte: »Eine sehr schöne Lektion. Ich schreib's mir hinter die Ohren. Wahrscheinlich müssen wir das alles widerspruchslos akzeptieren, wenn wir die Unterstützung der Roten Armee nicht verlieren wollen.«

»So ist es.«

»Aber was soll ich mit deinem Kinderspickzettel machen, meine wunderschöne Lidotschka, hör gut zu, wenn meine Streitkräfte, nämlich drei Regimenter, darunter Artillerie und Reiterei, längst auf dem Marsch sind und den Gegner prachtvoll schlagen?«

Herrlich! Was für eine Kraft! dachte Kostojed.

Tiwersin mischte sich in den Streit. Liweris respektloser Ton gefiel ihm nicht. Er sagte: »Entschuldigen Sie, Genosse Referent, ich bin nicht überzeugt. Vielleicht habe ich einen der Punkte der Instruktion falsch mitgeschrieben. Um mich zu vergewissern, lese ich vor: ›Es ist äußerst wünschenswert, für das Komitee alte Frontkämpfer zu gewinnen, die während der Revolution im Krieg waren und den Soldatenorganisationen angehört haben. Es ist wünschenswert, in dem Komitee einen oder zwei Unteroffiziere und Militärtechniker zu haben.‹ Habe ich richtig mitgeschrieben, Genosse Kostojed?«

»Richtig. Wort für Wort. Richtig.«

»Dann erlauben Sie mir, folgendes zu bemerken. Die Sache mit den Militärspezialisten beunruhigt mich. Wir Arbeiter, die an der Revolution neunzehnhundertfünf teilgenommen haben, trauen denen von der Armee nicht. Mit denen schleicht sich immer die Konterrevolution ein.«

Rundum wurden Stimmen laut: »Genug! Die Resolution! Die Resolution! Wir wollen nach Hause. Es ist schon spät.«

»Ich schließe mich der Meinung der Mehrheit an«, sagte Wdowitschenko mit dröhnendem Baß. »Um es poetisch auszudrücken: Die zivilen Institutionen müssen von unten wachsen, auf demokratischer Grundlage, wie in die Erde gesteckte und angewachsene Ableger eines Baums. Man darf sie nicht von oben einschlagen wie Zaunpfähle. Diesen Fehler hat die Jakobinerdiktatur gemacht, worauf der Konvent von den Thermidorianern zerschlagen wurde.«

»Das ist so klar wie Gottes lichter Tag«, pflichtete ihm der Freund seiner Wanderungen, Swirid, bei, »das begreift ein kleines Kind. Aber daran hätte man früher denken sollen, jetzt ist es zu spät. Jetzt müssen wir kämpfen ohne Rücksicht auf Verluste. Ächze, aber bieg dich. Sonst wär's ja so, als ob wir erst ausholen und dann zurückweichen. Jetzt müssen wir die eingebrockte Suppe auslöffeln. Wer ins Wasser geht, soll nicht jammern, wenn er ertrinkt.«

»Die Resolution, die Resolution!« rief es von allen Seiten. Es wurde noch ein Weilchen geredet, doch ohne Zusammenhang, wie Kraut und Rüben, und gegen Morgen wurde die Versammlung geschlossen. Alle gingen einzeln und unter größter Vorsicht.

7

Es war eine malerische Stelle an der großen Straße. An einem abschüssigen Hang lagen, von dem reißenden Flüßchen Pashinka getrennt, zwei Dörfer, die sich beinahe berührten: am Hang Kutejny Possad und darunter Maly Jermolai. In Kutejny Possad wurde mit den zum Militärdienst einberufenen Rekruten Abschied gefeiert, während in Maly Jermolai unter dem Vorsitz des Obersten Strese die Musterungskommission nach der Osterpause ihre Arbeit wieder aufnahm und die wehrpflichtige Jugend des Dorfes und einiger angrenzender Landkreise musterte.

Aus diesem Anlaß waren berittene Miliz und Kosaken im Dorf.

Es war der dritte Tag nach dem besonders späten Ostern und dem besonders zeitigen Frühling, ein stiller und warmer Tag. Die Tische mit dem Essen für die auszurüstenden Rekruten standen in Kutejny Possad unter freiem Himmel am Rande der großen Straße, um den Verkehr nicht zu behindern. Sie bildeten eine lange, nicht sehr gleichmäßige Reihe und zogen sich wie ein langer Darm hin, bedeckt mit weißen Tüchern, die bis auf die Erde hingen.

Für die Bewirtung der Rekruten hatten alle zusammengelegt. Da gab es die Reste des Ostermahls, zwei geräucherte Schinken, mehrere Osterkuchen und Quarkgebäck. Über die ganze Länge verteilt standen Schüsseln mit eingesalzenen Pilzen und Gurken und mit Sauerkohl, Teller mit grob geschnittenem Bauernbrot, große Schüsseln mit Haufen von bunt gefärbten Eiern. Bei den Farben überwogen rosa und hellblau.

Rund um die Tische war das Gras voller Eierschalen, hellblau, rosa und innen weiß. Hellblau und rosa waren auch die unter den Jacketts hervorschauenden Hemden der jungen Männer. Hellblau und rosa waren die Kleider der Mädchen. Hellblau war der Himmel. Rosa waren die Wolken, die so langsam und friedlich dahinschwebten, daß sich der Himmel mit ihnen zu bewegen schien.

Rosa war das von einem Seidengürtel umschlungene Hemd, das Wlas Galusin trug, als er mit klappernden Stiefelabsätzen, die Beine auswärts werfend, die hohe Treppe von Pafnutkins Haus – es stand oberhalb der Tische auf der Anhöhe – herunterkam und zu reden begann: »Dieses Glas mit dem selbstgebrannten Schnaps unseres Volkes leere ich anstatt Champagner auf euch, Jungs. Viele Jahre sollt ihr leben, liebe junge Leute! Meine Herren Rekruten! Ich wünsche euch Glück und Gesundheit in noch vielen Momenten und in jeder Beziehung. Ich bitte um Aufmerksamkeit. Der Kreuzweg, der sich wie eine lange Straße vor euch in die Ferne zieht, führt euch dahin, wo ihr mit eurer Brust die Heimat beschirmen werdet gegen die Gewalttäter, welche die Fluren der Heimat mit dem Blut des mörderischen Bruderzwists überschwemmen. Das Volk hatte gehofft, in Frieden über die Errungenschaften der Revolution diskutieren zu können, aber weil die Partei der Bolschewiken Dienerin des ausländischen Kapitals ist, wurde der sehnliche Wunsch des Volkes, die Konstituierende Versammlung, mit grober Gewalt der Bajonette auseinandergejagt, und das Blut strömt wie ein schutzloser Fluß. Liebe junge Leute, die ihr aufbrecht! Haltet sie hoch, die geschändete Ehre der russischen Waffen, denn ihr steht in der Pflicht gegenüber unseren ehrlichen Verbündeten; wir haben uns mit Schande bedeckt, als wir zuließen, daß nach den Roten auch Deutschland und Österreich wieder frech das Haupt erhoben. Mit uns ist Gott, Jungs«, sprach Galusin weiter, doch schon übertönten ihn Hurrageschrei und die Forderung, ihn in die Luft zu werfen. Er führte das Glas zum Munde und trank mit langsamen Schlucken die schlecht gereinigte, fuselige Flüssigkeit. Das Getränk mundete ihm nicht. Er war an Weine mit feineren Buketts gewöhnt. Aber das Bewußtsein, der Gesellschaft ein Opfer zu bringen, erfüllte ihn mit Befriedigung.

»Dein Vater ist ja ein Adler. Was der für Reden hindonnert! Dagegen ist Miljukow von der Duma ein Garnichts, wahrhaftig«, sagte in dem sich erhebenden trunkenen Stimmengewirr Goschka Rjabych mit etwas schwerer Zunge lobend zu seinem Freund und Tischnachbarn Terescha Galusin. »Wahrhaftig, ein Adler. Aber er macht sich die Mühe wohl nur, weil er dich vom Soldatendienst wegreden will.«

»Na sag mal, Goschka! Schäm dich was. Du hast Vorstellungen – wegreden! Wir beide haben doch am selben Tag die Einberufung gekriegt. Wir kommen in dieselbe Abteilung. Aus der Realschule haben sie mich rausgeschmissen, die Hunde. Meine Mutter ist ganz traurig. Wenn wir bloß nicht bei den Freiwilligen landen. Wir werden gemeine Soldaten. Aber Vaters Festreden, da hast du recht, er ist ein Meister. Und woher hat er das? Von Natur aus. Er hat nie eine systematische Bildung bekommen.«

»Hast du von Sanka Pafnutkin gehört?«

»Hab ich. Hat er sich wirklich angesteckt?«

»Fürs ganze Leben. An Rückenmarksschwindsucht wird er sterben. Aber er ist selber schuld. Sie haben ihn ja gewarnt, geh nicht hin. Es ist immer wichtig, mit wem man sich einläßt.«

»Was wird jetzt mit ihm werden?«

»Eine Tragödie. Er wollte sich schon erschießen. Heute hat ihn die Kommission in Maly Jermolai untersucht, sie nehmen ihn bestimmt. Er sagt, er geht zu den Partisanen. Rache will er nehmen für die Pestbeulen der Gesellschaft.«

»Hör mal, Goschka, du sprichst vom Anstecken. Aber wenn man nicht zu denen geht, kann man eine andere Krankheit kriegen.«

»Ich weiß, was du meinst. Damit beschäftigst du dich wohl. Das ist keine Krankheit, das ist ein heimliches Laster.«

»Ich knall dir gleich eine, Goschka. Beleidigst deinen Kameraden, du räudiges Lügenmaul!«

»Beruhige dich, es sollte ein Scherz sein. Aber ich wollte dir was anderes sagen. Ich hab in Pashinsk das erstemal wieder richtig gegessen nach dem Fasten. Dort hat ein Durchreisender einen Vortrag gehalten: ›Die Befreiung der Persönlichkeit‹. Sehr interessant. Hat mir gut gefallen. Weißt du was, du Armleuchter, ich geh zu den Anarchisten. Die Kraft steckt in uns, hat er gesagt. Geschlecht und Charakter, hat er gesagt, das ist erwachende tierische

Elektrizität. Na, ein richtiges Wunderkind. Aber ich bin ganz schön besoffen. Und von dem Gebrüll hier kannst du ja taub werden. Ich mag nicht mehr, Terescha, sei still, du Hundezitz, du Muttersöhnchen, halt den Mund.«

»Aber eins sag mir noch, Goschka. Ich weiß vom Sozialismus noch nicht alle Wörter. Zum Beispiel Saboteur. Was ist das für ein Ausdruck? Was bedeutet das?«

»Ich bin zwar Fachmann für diese Wörter, aber ich sag dir, Terescha, laß mich in Ruhe, ich bin besoffen. Saboteur, das ist einer, der mit anderen in einer Bande ist. Wenn dich einer Saboteur nennt, dann bist du mit ihm aus derselben Bande. Verstehst du das, du Holzkopf?«

»Ich hab mir schon gedacht, daß es ein Schimpfwort ist. Und mit der elektrischen Kraft, da hast du recht. Ich hab mir auf eine Annonce in Petersburg einen elektrischen Gürtel bestellt. Um die Tätigkeit zu steigern. Per Nachnahme. Aber dann auf einmal der Umsturz, da war nichts mehr mit dem Gürtel.«

Terescha sprach nicht weiter. Das trunkene Stimmengewirr wurde plötzlich aus nächster Nähe von einer donnernden Detonation übertönt. Der Lärm an den Tischen brach ab und setzte gleich darauf wieder ein. Die Leute sprangen auf. Wer noch etwas nüchtern war, blieb stehen. Andere wollten wankend davonstolpern, aber sie konnten sich nicht aufrecht halten, sie kippten unter den Tisch und begannen sogleich zu schnarchen. Frauen kreischten. Ein Tumult setzte ein.

Wlas Galusin sah sich nach allen Seiten um, um den Schuldigen zu finden. Sein Hals spannte sich, sein Gesicht lief rot an, und er brüllte: »Was ist das für ein Judas, der sich in unsere Reihen drängt und Schweinereien macht? Welcher Sohn einer Mutter schmeißt hier Handgranaten? Wer es auch sein mag, ich erwürge den Strolch, und wenn's mein eigener Sohn wär! Solche Scherze lassen wir uns nicht gefallen, Bürger! Ich verlange eine Razzia. Umstellen wir das Dorf Kutejny Possad! Wir erwischen den Provokateur! Der Hund darf uns nicht entkommen!«

Anfangs hörte man ihm zu. Dann wurde die Aufmerksamkeit von einer schwarzen Rauchsäule abgelenkt, die aus der Landkreisverwaltung von Maly Jermolai langsam gen Himmel stieg. Alle liefen nachsehen, was dort vorging.

Aus dem brennenden Verwaltungsgebäude rannten ein paar entkleidete Rekruten, einer barfuß und nackt, mit kaum hochgezogener Hose, sowie Oberst Strese mit den anderen Offizieren der Musterungskommission. Durch das Dorf ritten, peitschenschwingend und flach auf den gestreckten Pferdeleibern liegend wie auf sich windenden Schlangen, Kosaken und Milizionäre. Sie wollten irgend jemanden fangen. Die meisten Leute liefen auf der Straße nach Kutejny Possad. Auf dem Glockenturm von Maly Jermolai wurde dröhnend Alarm geläutet.

Die Ereignisse entwickelten sich erschreckend schnell. Als es schon dämmerte, stiegen Strese und seine Kosaken von Maly Jermolai hinauf nach Kutejny Possad. Rund um das Dorf wurden Posten aufgestellt, und dann durchsuchte man jedes Haus, jedes Grundstück.

Um diese Zeit war die Hälfte der gefeierten Rekruten schon bis zur Bewußtlosigkeit besoffen. Sie schliefen wie tot, die Köpfe auf dem Tisch oder längelang darunter. Als bekannt wurde, daß Miliz ins Dorf gekommen sei, war es schon dunkel.

Ein paar der Jungs stürzten vor der Miliz fluchtartig davon zu den hinteren Gärten, stießen einander mit Tritten und Püffen vorwärts und krochen unter die nicht ganz bis zur Erde reichende Bretterverkleidung des erstbesten Speichers. In der Dunkelheit war nicht zu erkennen, wem er gehörte, aber nach dem Fisch- und Petroleumgeruch zu urteilen, handelte es sich um den Keller des Konsums.

Die jungen Männer, die sich hier versteckten, hatten

nichts auf dem Gewissen. Es war ein Fehler, daß sie sich verkrochen. Die meisten hatten es übereilt getan, in der Trunkenheit, aus Dummheit. Manche von ihnen hatten Bekanntschaften, die jetzt vielleicht anrüchig waren und ihnen, wie sie glaubten, schaden konnten. Heutzutage bekam ja alles gleich einen politischen Anstrich. Übermut und Rowdytum wurden in der sowjetischen Zone als Beweis für Schwarzhundertertum angesehen, und in der Zone der Weißen galten Raufbolde als Bolschewiken.

Es stellte sich heraus, daß die geflohenen Jungs gewarnt worden waren. Der ganze Raum unter dem Fußboden des Speichers war voller junger Männer, unter ihnen auch ein paar aus Kutejny Possad und Maly Jermolai. Die ersteren waren tödlich betrunken. Sie schnarchten stöhnend, zähneknirschend und ab und zu aufheulend. Anderen war schlecht, und sie mußten brechen. Es war so dunkel, daß man nicht die Hand vor Augen sah, und in der stickigen Luft stank es fürchterlich. Die Letzten hatten von innen mit Erde und Steinen die Öffnung verstopft, durch die sie hereingekrochen waren. Allmählich hörte das Schnarchen und Stöhnen der Betrunkenen auf, und es wurde still. Alle schliefen ruhig. Nur in einer Ecke flüsterten zwei besonders Ruhelose, der zu Tode verängstigte Terescha Galusin und der Maly-Jermolaier Jungkulak und Raufbold Koska Nechwaljonych.

»Nicht so laut, du blöder Hund, wir kommen in Teufels Küche, du rotziger Satan. Du hörst doch, die von Strese laufen überall rum und suchen. Vom Dorfrand her kommen sie in Reihe, müssen bald hier sein. Da sind sie schon. Still, nicht atmen, ich erwürg dich! Na, dein Glück, sie sind weg, vorbei. Welcher Satan hat dich eigentlich hierhergeschleppt? Wieso hast du Trottel dich versteckt? Dir hätte doch keiner was getan!«

»Ich hab gehört, wie Goschka gerufen hat: Versteckt euch, ihr Holzköpfe! Da bin ich reingekrochen.«

»Bei Goschka ist das was anderes. Die Familie Rjabych wird überwacht, gilt als unzuverlässig. Die haben nämlich Verwandte in Chodatskoje. Fabrikknochen, Arbeiterpack. Zapple doch nicht so rum, du Armleuchter, lieg still. Hier auf der Seite ist doch alles vollgekotzt und vollgeschissen. Wenn du da reinkommst, saust du dich voll und beschmierst auch mich mit Scheiße. Du merkst doch, wie das stinkt. Warum Strese durch das Dorf tobt? Er sucht die aus Pashinsk.«

»Sag mal, Koska, was ist eigentlich passiert? Wie hat das angefangen?«

»Sanka hat das ganze Durcheinander angerichtet, Sanka Pafnutkin. Wir stehen nackt in einer Reihe, damit sie uns mustern. Sanka war grade dran. Er wollte sich nicht ausziehen. Er war stinkbesoffen in die Amtsstube gekommen. Der Schreiber macht eine Bemerkung. Ziehen Sie sich aus, sagt er. Höflich. Sagt ›Sie‹ zu Sanka. Der Militärschreiber. Darauf Sanka grob zu ihm: Ich zieh mich nicht aus. Ich will nicht, daß alle meine Körperteile sehen. So als ob er sich schämt. Und rückt so seitlich an den Schreiber ran, als ob er ihm eine knallen will. Ja. Und was soll ich dir sagen, ehe wir's uns versehen, bückt sich Sanka, packt den Kanzleitisch am Bein und kippt ihn um mit allem, was drauf ist, Tintenfaß, Rekrutenlisten, alles auf die Erde! Da kommt Strese durch die Tür. Er schreit: ›Ich dulde keine Verstöße, ich werd's euch zeigen, von wegen unblutige Revolution und Mißachtung des Gesetzes in einem Amtsraum. Wer ist der Anstifter?‹

Da springt Sanka zum Fenster. ›Hilfe‹, schreit er, ›greift euch die Klamotten! Sie machen uns hier fertig, Leute!‹ Da hab ich mir meine Sachen geschnappt, mich im Laufen angezogen und bin hinter Sanka her. Sanka hat die Fensterscheibe zerschlagen mit der Faust und raus durchs Fenster. Den fang mal. Ich immer mit. Und noch ein paar.

Gerannt sind wir! Und die andern hinter uns her, verfolgen uns. Wenn du mich fragst, wieso das Ganze – das weiß kein Mensch!«

»Und die Bombe?«

»Was für eine Bombe?«

»Da hat doch einer 'ne Bombe geworfen. Na, keine Bombe, 'ne Handgranate.«

»Mein Gott, wir etwa?«

»Wer denn sonst?«

»Woher soll ich das wissen? Irgendwer. Bei dem Durcheinander wird er sich gedacht haben, bei dem Krach kann er den Landkreis in die Luft sprengen. Weil andere in Verdacht geraten. Ein Politischer. Hier wimmelt's ja von den Politischen aus Pashinsk. Still. Halt den Mund. Stimmen. Du hörst doch. Die von Strese kommen zurück. So, jetzt sind wir dran. Still, sag ich.«

Die Stimmen kamen näher. Stiefel knarrten, Sporen klirrten.

»Streiten Sie nicht. Mich legt man nicht so schnell rein. Irgendwo hab ich Stimmen gehört«, sagte, immer deutlicher, die Stimme des Obersten aus Petersburg.

»Das täuscht manchmal, Euer Exzellenz«, beruhigte ihn der Starost von Maly Jermolai, der alte Fischer Otwjashistin. »Aber wenn Sie Stimmen gehört haben, kein Wunder, wir sind im Dorf und nicht auf dem Friedhof. Bestimmt wurde gesprochen. In den Häusern leben ja keine stummen Kreaturen. Vielleicht hat auch irgendwo der Hausgeist jemanden im Schlaf gewürgt.«

»Na hören Sie mal! Ich werd Ihnen schon zeigen, sich hier dumm zu stellen, das Kasaner Waisenkind zu spielen! Hausgeist! Ihr seid ja hier total verwildert. Eure Schlauheit bringt euch noch zur Internationale, dann ist es zu spät. Von wegen Hausgeist!«

»Ich bitte Sie, Euer Exzellenz, Herr Oberst! Internationale, hier? Das sind doch alles Hinterwäldler, total rückständig. Die lesen in alten Gesangbüchern, ohne was zu kapieren. Was schert sie die Revolution.«

»So redet ihr alle, bis man euch überführt hat. Der Konsum wird von oben bis unten durchsucht. In allen Kisten nachsehen, unter die Ladentische schauen. Die angrenzenden Bauten kontrollieren.«

»Zu Befehl, Euer Exzellenz.«

»Pawnutkin, Rjabych und Nechwaljonych will ich haben, lebendig oder tot. Und wenn ihr sie mir vom Meeresboden hochholt. Auch den Bengel von Galusin. Es interessiert mich nicht, daß sein Herr Vater patriotische Reden schwingt und einen dumm und dämlich quatscht. Im Gegenteil. Damit kann er uns nicht einschläfern. Wenn ein Krämer Reden hält, stimmt was nicht. Das ist verdächtig. Das ist gegen die Natur. Wir haben geheime Informationen, daß er auf seinem Hof in Krestowosdwishensk Politische versteckt und geheime Versammlungen abhält. Den Bengel schnappen wir uns. Ich weiß noch nicht, was ich mit ihm mache, aber wenn ich etwas finde, lasse ich ihn gnadenlos aufknüpfen, den anderen zur Abschreckung.«

Die Leute entfernten sich. Als sie weit genug weg waren, fragte Koska Nechwaljonych den zu Tode verängstigten Terescha Galusin:

»Mitgekriegt?«

»Ja«, flüsterte der entsetzt.

»Jetzt haben wir beide, Sanka und Goschka nur noch eine Wahl – in den Wald. Ich sage nicht, für immer. Irgendwann kommen die zur Vernunft. Dann sehen wir weiter. Vielleicht kommen wir zurück.«

Elfter Teil
Das Waldheer

1

Juri Shiwago war schon das zweite Jahr Gefangener der Partisanen. Die Grenzen seiner Unfreiheit waren verschwommen. Der Ort seiner Gefangenschaft hatte keine Mauer. Er wurde nicht bewacht, nicht beobachtet. Die Partisanenarmee war ständig in Bewegung, und er bewegte sich mit ihr. Das Heer war nicht getrennt, nicht isoliert von dem übrigen Volk, durch dessen Siedlungen und Gebiete es marschierte. Es verschmolz mit dem Volk, löste sich darin auf.

Es hatte den Anschein, als gäbe es keine Abhängigkeit, keine Gefangenschaft, als wäre der Arzt frei und verstünde es nur nicht, dies zu nutzen. Seine Abhängigkeit, seine Gefangenschaft unterschied sich nicht von anderen Formen des Zwangs im Leben, die ebenso unsichtbar und unspürbar waren und ebenfalls eine Schimäre, eine Erfindung zu sein schienen. Trotz des Fehlens von Augen, Ketten und Wachen mußte sich der Arzt in seine Unfreiheit schicken, die nur scheinbar ein Phantasiegespinst war.

Drei Fluchtversuche hatten damit geendet, daß er wieder eingefangen wurde. Das blieb ohne Folgen, aber es war ein Spiel mit dem Feuer. Er versuchte es nicht wieder.

Der Partisanenführer Liweri Mikulizyn ließ Nachsicht walten, nahm ihn zur Nacht mit in sein Zelt und war gern in seiner Gesellschaft. Die erzwungene Nähe belastete den Arzt.

2

Es war eine Zeit, in der sich die Partisanen ständig nach Osten bewegten. Dann und wann war ihre Bewegung Teil eines Gesamtangriffsplans zur Vertreibung Koltschaks aus Westsibirien. Dann und wann, wenn die Partisanen die Weißen umgingen und sie einzukreisen versuchten, verwandelte sich die Bewegung in einen Rückzug. Der Arzt konnte diese Weisheit lange nicht begreifen.

Der Rückzug vollzog sich manchmal auf der großen Straße, meistens aber parallel zu ihr. Die Städtchen und Dörfer an der Straße waren je nach dem wechselnden Kriegsglück weiß oder rot. Ihnen war selten anzusehen, was für eine Macht gerade herrschte.

Wenn das Bauernheer durch diese Städtchen und Siedlungen zog, wurde es darin zum beherrschenden Element. Die Häuser rechts und links der Straße wurden gleichsam eingesaugt und sanken in die Erde, und die den Schlamm aufwühlenden Reiter, Pferde, Geschütze und die hochgewachsenen Schützen mit ihren zusammengerollten Mänteln erschienen höher als die Häuser.

Eines Tages nahm der Arzt in solch einem Städtchen einen erbeuteten Vorrat englischer Medikamente entgegen, den die Offiziere einer Kappel-Formation bei ihrem Abzug zurückgelassen hatten.

Es war ein düsterer Regentag mit nur zwei Farben. Alles Beleuchtete erschien weiß, alles Unbeleuchtete schwarz. Auch innerlich empfand man die Finsternis der Vereinfachung ohne mildernde Nuancen und Zwischentöne.

Die von den häufigen Militärbewegungen völlig vernichtete Straße war ein schwarzer Schlammstrom, den man selten trockenen Fußes überqueren konnte. Man tat es an einzelnen, weit auseinanderliegenden Stellen, zu denen man auf beiden Seiten große Umwege machen mußte. Hier traf der Arzt in Pashinsk seine ehemalige Reisegefährtin Pelageja Tjagunowa wieder.

Sie erkannte ihn zuerst. Er wußte nicht gleich, wer die Frau mit dem bekannten Gesicht war, die ihm über die Straße hinweg wie von einem Kanalufer zum andern zwiespältige Blicke zuwarf, teils entschlossen, ihn zu grüßen, wenn er sie erkannte, teils bereit zu verzichten.

Doch gleich darauf entsann er sich an alles. Mitten in dem Bild des überfüllten Güterwaggons, der zur Zwangsarbeit Getriebenen, ihrer Bewacher und der Frau mit den über die Brust fallenden Zöpfen sah er seine Angehörigen. Einzelheiten der Reise mit der Familie vor zwei Jahren traten mit aller Deutlichkeit hervor. Die vertrauten Gesichter, nach denen er tödliche Sehnsucht hatte, wuchsen lebendig vor ihm auf.

Mit einer Kopfbewegung gab er ihr zu verstehen, sie solle ein Stück die Straße hinaufgehen bis zu einer Stelle, wo man sie auf Steinen überqueren konnte, ging selbst dorthin, hinüber zu Frau Tjagunowa und begrüßte sie.

Sie hatte viel zu erzählen. Nachdem sie ihn an den widerrechtlich zur Zwangsarbeit verschleppten, unverdorbenen, schönen Jungen Wassja erinnert hatte, der mit ihnen in dem Waggon gewesen war, beschrieb sie ihr Leben in dem Dorf Weretenniki bei Wassjas Mutter. Dort war es ihr gut gegangen. Aber das Dorf war gegen sie eingenommen, weil sie eine Fremde war. Man warf ihr vor, sie habe Wassjas intime Nähe gesucht. Darum mußte sie abreisen, um nicht womöglich umgebracht zu werden. In der Stadt Krestowosdwishensk ließ sie sich bei der Schwester von Olga Galusina nieder. Gerüchte, in Pashinsk wäre Prituljew gesehen worden, hatten sie hergelockt. Das erwies sich als unzutreffend, doch sie war hier hängengeblieben und hatte auch Arbeit gefunden.

Inzwischen waren die ihr nahestehenden Menschen in Weretenniki ins Unglück geraten. Von dort kam die Nachricht, im Dorf habe wegen Ungehorsams gegen das Lebensmittelablieferungsgesetz eine militärische Strafaktion stattgefunden. Dabei sollte das Haus der Brykins niedergebrannt und jemand aus Wassjas Familie umgekommen sein. In Krestowosdwishensk hatte man den Galusins Haus und Hof weggenommen. Der Schwager saß im Gefängnis oder war erschossen worden. Der Neffe Terescha war spurlos verschwunden. In der ersten Zeit danach litt Olga Galusina große Not und hungerte. Und jetzt diente sie, nur für die Kost, bei einer verwandten Bauernfamilie in Swonarskaja Sloboda.

Pelageja Tjagunowa war zufällig Geschirrwäscherin in der Pashinsker Apotheke, deren Bestände für den Arzt requiriert werden sollten. Alle, die von der Apotheke lebten, auch sie, waren davon existentiell betroffen. Aber es stand nicht in der Macht des Arztes, dies zu ändern. Frau Tjagunowa wohnte der Übergabe bei.

Das Fuhrwerk des Arztes wurde auf den Hof der Apotheke zur Tür des Warenlagers gefahren. Man trug Ballen, weidenumflochtene Glasballons und Kisten heraus.

Zusammen mit den Menschen beobachtete die magere, räudige Mähre des Apothekers aus ihrer Box traurig das Verladen. Der regnerische Tag neigte sich dem Abend zu. Der Himmel klarte ein wenig auf. Für einen Moment zeigte sich die von Wolken eingeklemmte untergehende Sonne. Ihre Strahlen spritzten wie dunkle Bronze in den Hof und tauchten die Dunglachen in böses goldenes Licht. Der Wind vermochte sie nicht zu bewegen, die drekkige Brühe war zu schwer. Dafür kräuselte sich das Wasser auf der großen Straße und flimmerte zinnoberrot.

Das Heer aber zog und zog die Straße entlang, umging und umfuhr die tiefsten Pfützen und Schlaglöcher. Unter den beschlagnahmten Arzneimitteln befand sich ein Glasgefäß voll Kokain, das der Partisanenführer in letzter Zeit schnupfte.

3

Bei den Partisanen hatte der Arzt alle Hände voll zu tun. Im Winter Bauchtyphus, im Sommer Dysenterie, außerdem mußte er nach den wiederaufgenommenen Kampfhandlungen immer mehr Verwundete behandeln.

Ungeachtet der Rückschläge und des fortgesetzten Rückzugs füllten sich die Reihen der Partisanen in den Orten, durch die die Bauernscharen zogen, immer wieder mit neuen Aufständischen und mit Überläufern aus dem gegnerischen Lager. In den anderthalb Jahren, die der Arzt nun schon bei den Partisanen war, hatte sich das Heer verzehnfacht. Als Liweri Mikulizyn auf der Sitzung des illegalen Stabs in Krestowosdwishensk die Zahlenstärke seiner Truppen nannte, hatte er etwa um das Zehnfache übertrieben. Jetzt würde die Zahl gestimmt haben.

Juri Shiwago hatte ein paar Gehilfen, frischgebackene Sanitäter mit einiger Erfahrung. Seine rechte Hand bei der ärztlichen Tätigkeit waren der ungarische Kommunist und gefangene Militärarzt Lajos Kerényi, den sie im Lager den bellenden Genossen nannten, und der kroatische Feldscher Angeljar, ebenfalls österreichischer Kriegsgefangener. Mit dem erstgenannten unterhielt sich Doktor Shiwago auf deutsch, während der zweite, der vom slawischen Balkan stammte, leidlich russisch verstand.

4

Nach der internationalen Konvention über das Rote Kreuz dürfen Militärärzte und Mitarbeiter von Sanitätsabteilungen nicht an bewaffneten Kampfhandlungen teilnehmen. Eines Tages aber mußte Doktor Shiwago wider Willen gegen diese Regel verstoßen. Es entspann sich ein Gefecht, das ihn zwang, das Schicksal der Kämpfenden zu teilen und gleichfalls zu schießen.

Die Partisanenkette, bei der der Arzt vom Feuer überrascht wurde und sich neben dem Telefonisten zu Boden warf, hielt einen Waldrand besetzt. Hinter den Partisanen war die Taiga, und vor ihnen lag eine kahle, ungeschützte Lichtung, auf der die Weißen zum Angriff vorrückten.

Sie kamen immer näher und waren schon ganz nahe. Der Arzt konnte sie gut sehen und jedes einzelne Gesicht erkennen. Es waren Knaben und Jünglinge aus den zivilen Schichten der hauptstädtischen Gesellschaft und ältere Reservemänner, die man mobilisiert hatte. Aber den Ton gaben die Jugendlichen an, Studenten des ersten Studienjahres und Gymnasiasten der achten Klasse, die sich vor kurzem freiwillig gemeldet hatten.

Doktor Shiwago kannte keinen von ihnen, aber die Hälfte der Gesichter kam ihm bekannt und vertraut vor. Manche erinnerten ihn an einstige Schulkameraden. Ob es deren jüngere Brüder waren? Andere glaubte er früher im Theater oder auf der Straße in der Menge gesehen zu haben. Ihre ausdrucksvollen, sympathischen Gesichter empfand er als nahestehend, als verwandt.

Die Pflichttreue, so wie sie sie verstanden, begeisterte sie für eine Tollkühnheit, die sinnlos, herausfordernd war. Sie gingen in lockerer Kette, hochaufgerichtet, mit ihrer Haltung die der Gardisten übertreffend, und da sie mit der Gefahr kokettierten, verschmähten sie Sprung-auf-marsch-marsch, obwohl es auf der Lichtung Huckel und

Bülten gab, hinter denen sie Deckung gefunden hätten. Die Kugeln der Partisanen warfen sie beinahe Mann für Mann nieder.

Mitten auf der breiten Lichtung stand ein verbrannter toter Baum. Er war von einem Blitz oder einem Lagerfeuer verkohlt, vielleicht auch von früheren Kämpfen. Jeder der vorgehenden freiwilligen Schützen sah zu ihm hin und kämpfte gegen die Versuchung, hinter den Stamm zu treten, um sicherer und sorgfältiger zielen zu können, widerstand jedoch und ging weiter.

Die Partisanen hatten nur eine begrenzte Zahl von Patronen und mußten sparen. Darum gab es einen mündlich weitergegebenen Befehl, nur auf kurze Entfernung zu schießen und nur einmal auf jedes Ziel.

Der Arzt lag unbewaffnet im Gras und beobachtete das Gefecht. All seine Sympathie war auf seiten der heldenhaft sterbenden Kinder. Er wünschte ihnen von Herzen Erfolg. Es waren Sprößlinge von Familien, die ihm sicherlich in Geist und Erziehung, in sittlicher Haltung und in den Ehrbegriffen nahestanden.

Ihn durchzuckte der Gedanke, zu ihnen auf die Lichtung zu laufen und sich zu ergeben, um auf diese Weise freizukommen. Aber das wäre ein riskanter, gefährlicher Schritt gewesen.

Wenn er mit erhobenen Armen zur Mitte der Lichtung liefe, konnte er von beiden Seiten beschossen werden, in die Brust und in den Rücken, von den Seinen als Strafe für den Verrat, von den anderen, weil die seine Absicht nicht kannten. Er war schon öfter in ähnlicher Lage gewesen, hatte alle Möglichkeiten durchdacht und solche Rettungspläne für untauglich befunden. Darum schickte er sich in die Zwiespältigkeit seiner Gefühle, blieb flach liegen und beobachtete vom Gras aus unbewaffnet das Gefecht.

Aber zuzuschauen und in dem tobenden Kampf auf Leben und Tod untätig zu bleiben war unmöglich und überstieg menschliche Kraft. Es ging nicht um die Treue zu dem Lager, an das er zwangsweise gekettet war, auch nicht um die eigene Selbstverteidigung, sondern darum, der Ordnung des Geschehens zu folgen, sich den Gesetzen dessen zu fügen, was sich vor ihm und um ihn abspielte. Es war gegen die Regeln, teilnahmslos zu bleiben. Er mußte das gleiche tun wie die andern. Es wurde gekämpft. Auf ihn und seine Kameraden wurde geschossen. Er mußte zurückschießen.

Und als der Telefonist neben ihm krampfartig zuckte, sich dann streckte und reglos erstarrte, kroch Doktor Shiwago zu ihm, nahm dessen Tasche und Gewehr, kehrte an seinen Platz zurück und feuerte nun auch Schuß um Schuß.

Das Mitleid aber verbot ihm, auf die jungen Leute zu zielen, die er gern sah und mit denen er sympathisierte. Einfach in die Luft zu schießen jedoch wäre dumm und müßig gewesen und würde seinen Absichten widersprochen haben. So wählte er denn Momente, in denen zwischen ihm und seinem Ziel keiner der Angreifer war, und schoß auf den verkohlten Baum.

Zielend und das Ziel immer genauer anvisierend, zog er den Abzugsbügel bis zum Druckpunkt durch, bis sich der Schuß gleichsam von selbst löste, und er schoß mit gewohnter Treffsicherheit die unteren verdorrten Äste von dem Baum.

Doch entsetzlich! Wie er sich auch bemühte, niemanden zu treffen, geschah es doch ein paarmal, daß im Moment des Schusses einer der Angreifer die Ziellinie kreuzte. Zwei von ihnen traf und verwundete er, den dritten Unglücklichen, den er unweit des Baumes traf, kostete es das Leben.

Endlich erkannte die Führung der Weißen die Sinnlosigkeit des Versuchs und ordnete den Rückzug an.

Die Partisanen waren nur wenige. Ihre Hauptkräfte befanden sich teilweise auf dem Marsch, teilweise waren sie seitlich abgeschwenkt, um größere Verbände des Gegners zu bekämpfen. Darum verfolgte die Abteilung die zurückweichenden Weißen nicht, um nicht ihre geringe Zahl preiszugeben.

Der Feldscher Angeljar führte zwei Sanitäter mit Tragen zum Waldrand. Der Arzt befahl ihm, sich der Verwundeten anzunehmen, und ging zu dem reglos daliegenden Telefonisten. Er hoffte vage, daß dieser noch lebte. Aber der Mann war tot. Um sich dessen zu vergewissern, knöpfte ihm Doktor Shiwago das Hemd auf und horchte an seiner Brust. Das Herz schlug nicht mehr.

Am Hals des Toten hing ein Amulett an einer Schnur, Shiwago nahm es an sich. Darin fand sich, in ein Läppchen genäht, ein vergilbtes und an den Faltstellen durchgewetztes Stück Papier. Shiwago entfaltete die schon auseinanderfallenden Teile.

Das Papier enthielt Auszüge aus dem einundneunzigsten Psalm mit den Veränderungen und Abweichungen, die das Volk in die Gebete einbringt, so daß sie sich allmählich vom Original entfernen. Der kirchenslawische Text war hier ins Russische übertragen.

In dem Psalm heißt es: »Wer unter dem Schirm des Höchsten sitzt.« Auf dem Zettel war daraus die Überschrift einer Beschwörungsformel geworden: »Der Höchste beschirme dich.« Die Zeile des Psalms: »Daß du nicht erschrecken müssest... vor den Pfeilen, die des Tages fliegen«, hatte sich in aufmunternde Worte verwandelt: »Fürchte nicht den fliegenden Pfeil des Krieges.« – »Er kennt meinen Namen, darum will ich ihn schützen«, heißt es im Psalm. Auf dem Zettel stand: »In seinem Namen wird er mich schützen.«

Der Text des Psalms galt als wundertätig und sollte gegen Kugeln feien. Schon im letzten Krieg hatten die Soldaten ihn als Talisman getragen. Jahrzehnte später trugen

Häftlinge ihn eingenäht in ihren Kleidern und sprachen ihn vor sich hin, wenn sie zu nächtlichen Verhören geholt wurden.

Von dem Telefonisten ging Doktor Shiwago zu dem jungen Weißgardisten, den er getötet hatte. Das schöne Gesicht des Jünglings zeigte Züge von Unschuld und alles verzeihendem Leiden. Warum habe ich ihn getötet? dachte der Arzt.

Er knöpfte den Uniformmantel des Toten auf und schlug ihn weit auseinander. In das Futter hatte eine fleißige, liebende Hand, sicherlich die seiner Mutter, seinen Namen eingestickt: Serjosha Ranzewitsch.

Aus Serjoshas Hemdausschnitt rutschten an einem Kettchen ein kleines Kreuz, ein Medaillon und ein flaches goldenes Futteral oder Döschen, das eine Beschädigung aufwies, als hätte jemand einen Nagel in den Deckel geschlagen; das Döschen stand halb offen. Heraus fiel ein gefalteter Zettel. Der Arzt entfaltete ihn und traute seinen Augen nicht. Es war derselbe einundneunzigste Psalm, aber gedruckt und in seiner kirchenslawischen Urform.

In diesem Moment stöhnte Serjosha und streckte sich. Er lebte. Wie sich dann zeigte, war er auf Grund einer inneren Prellung bewußtlos gewesen. Die Kugel hatte den Deckel des Amuletts getroffen, und dieses hatte ihm das Leben gerettet. Aber was war mit dem Bewußtlosen zu tun?

Die Roheit der Kämpfenden hatte um diese Zeit ihren Höhepunkt erreicht. Gefangene erreichten nicht lebend ihren Bestimmungsort, gegnerische Verwundete wurden gleich auf dem Schlachtfeld erstochen.

Bei der wechselnden Zusammensetzung der Waldarmee, in die immer wieder neue Freiwillige eintraten, während länger Kämpfende zum Feind überliefen, konnte man Serjosha Ranzewitsch bei strenger Geheimhaltung für einen neuen Mitkämpfer ausgeben, der sich erst kürzlich angeschlossen hatte.

Doktor Shiwago streifte dem toten Telefonisten die Oberkleidung ab und zog sie mit Hilfe Angeljars, den er eingeweiht hatte, dem zu Bewußtsein gekommenen Jüngling an.

Er und der Feldscher pflegten den Jungen gesund. Als sich Serjosha gänzlich erholt hatte, ließen sie ihn gehen, obwohl er seinen Rettern nicht verhehlte, daß er zur Koltschak-Armee zurückkehren und den Kampf gegen die Roten fortsetzen wolle.

5

Im Herbst befand sich das Lager der Partisanen auf dem Fuchswerder, einem kleinen Waldstück auf einem hohen Hügel, den von drei Seiten, seine Ufer unterspülend, ein reißendes Flüßchen umströmte.

Vor den Partisanen hatte hier die Kappel-Formation überwintert. Die Offiziere hatten den Wald mit eigenen Kräften und mit Hilfe der einheimischen Bevölkerung befestigt und ihn im Frühjahr verlassen. In den nicht gesprengten Unterständen, Schützengräben und Verbindungsgängen hausten jetzt die Partisanen.

Liweri Mikulizyn teilte seine Erdhütte mit Doktor Shiwago. Schon die zweite Nacht verwickelte er ihn in Gespräche und ließ ihn nicht schlafen.

»Ich möchte mal wissen, was mein hochverehrter Erzeuger jetzt macht, mein geehrter Vater, mein Papilein.«

Mein Gott, ich kann diesen schnoddrigen Ton nicht ausstehen, dachte der Arzt seufzend. Dabei ist er seinem Vater wie aus dem Gesicht geschnitten!

»Wie ich aus unseren früheren Gesprächen schließe, haben Sie meinen Vater Awerki Stepanowitsch gut gekannt. Und ich glaube, Sie haben eine recht positive Meinung von ihm. Nicht wahr, liebwerter Herr?«

»Liweri Awerkijewitsch, morgen haben wir die Wahlversammlung auf dem freien Platz. Außerdem ist die Gerichtsverhandlung gegen die Sanitäter, die Schnaps gebrannt haben. Lajos und ich haben das nötige Material noch nicht beisammen. Deshalb wollen wir uns morgen noch zusammensetzen. Ich habe zwei Nächte nicht geschlafen. Verschieben wir die Unterhaltung. Seien Sie barmherzig.«

»Nein, noch einmal zurück zu meinem Vater Awerki Stepanowitsch. Was halten Sie von dem alten Herrn?«

»Ihr Vater ist noch jung, Liweri Awerkijewitsch. Warum sprechen Sie so über ihn? Aber ich will Ihnen antworten. Ich habe Ihnen schon oft gesagt, daß ich mich in den Prozentstärken der verschiedenen sozialistischen Aufgüsse schlecht auskenne, und ich sehe keinen besonderen Unterschied zwischen den Bolschewiken und den anderen Sozialisten. Ihr Vater gehört zu den Leuten, denen Rußland die Unruhen und die Unordnung der letzten Zeit verdankt. Er ist ein revolutionärer Typ und Charakter, genau wie Sie, er ist ein Vertreter des russischen Prinzips der Gärung.«

»Ist das ein Lob oder eine Rüge?«

»Ich bitte Sie noch einmal, diesen Disput auf eine günstigere Zeit zu verschieben. Außerdem mache ich Sie darauf aufmerksam, daß Sie unmäßig Kokain schnupfen. Sie nehmen es eigenmächtig aus den Vorräten, für die ich verantwortlich bin. Sie gebrauchen es zweckentfremdet, ganz zu schweigen davon, daß es ein Gift ist und ich mich um Ihre Gesundheit zu kümmern habe.«

»Sie waren gestern schon wieder nicht zur Schulung. Ihre gesellschaftliche Ader ist so unterentwickelt wie bei analphabetischen Dorfweibern und eingefleischten, verknöcherten Spießern. Dabei sind Sie Arzt, haben viel gelesen und schreiben auch selbst. Wie reimt sich das zusammen?«

»Weiß ich nicht. Wahrscheinlich reimt es sich überhaupt nicht zusammen, damit muß ich leben. Ich verdiene Mitleid.«

»Demut ist schlimmer als Stolz. Statt zu spötteln, sollten Sie lieber unsere Schulungskurse besuchen und Ihren Hochmut als unangebracht erkennen.«

»Ich bitte Sie, Liweri Awerkijewitsch, wo soll bei mir Hochmut herkommen? Ihre Erziehungsarbeit erfüllt mich mit Ehrfurcht. Die Themen, die in den Schulungskursen behandelt werden, wiederholen sich, ich habe sie gelesen. Ihre Gedanken über die geistige Entwicklung der Soldaten sind mir bekannt. Ich bin geradezu begeistert. Alles, was bei Ihnen über die Haltung eines Soldaten der Volksarmee zu seinen Kameraden, zu den Schwachen, den Schutzlosen, zur Frau, zur Idee der Reinheit und der Ehre gesagt wird, ist fast genau das gleiche, was die Gemeinschaft der Duchoborzen zusammengeführt hat, diese Spielart des Tolstojanismus, es ist der Traum von einem würdigen Dasein, meine ganze Jugend war voll davon. Und darüber soll ich lachen?

Aber erstens, die Ideen der allgemeinen Vervollkommnung, wie sie seit dem Oktober verstanden werden, können mich nicht hinreißen. Zweitens ist das alles von der Verwirklichung weit entfernt, und nur das Gerede darüber wurde mit solchen Strömen von Blut bezahlt, daß der Zweck gewiß nicht die Mittel heiligt. Drittens, und das ist die Hauptsache, wenn ich von der Umgestaltung des Lebens höre, verliere ich meine Beherrschung und falle in Verzweiflung.

Umgestaltung des Lebens! So können nur Menschen denken, die vielleicht vieles erlebt, das Leben aber nie wirklich kennengelernt, nie seinen Geist, seine Seele gefühlt haben. Für sie ist das Dasein ein Klumpen groben

Materials, das noch nicht durch ihre Berührung veredelt wurde und der Bearbeitung durch sie bedarf. Aber Material, Stoff ist das Leben niemals. Wenn Sie's wissen wollen, es erneuert sich ununterbrochen selbst, es ist ein ewig sich selbst umarbeitendes Prinzip, es gestaltet sich selbst ewig neu und verwandelt sich, es steht unendlich höher als Ihre und meine stumpfsinnigen Theorien.«

»Trotzdem, der Besuch der Versammlungen und der Umgang mit unseren wunderbaren, großartigen Menschen würde Ihre Stimmung heben, das wage ich zu behaupten. Sie würden sich dann nicht mehr der Melancholie ergeben. Ich weiß, wo die herkommt. Es bedrückt Sie, daß wir geschlagen werden, und Sie sehen keinen Hoffnungsschimmer. Aber, mein Freund, man darf nie in Panik verfallen. Ich weiß von viel schrecklicheren Dingen, die mich persönlich betreffen, sie sind vorerst geheim, und doch lasse ich den Mut nicht sinken. Unsere Mißerfolge sind vorübergehend. Der Untergang Koltschaks ist unabwendbar. Denken Sie an meine Worte. Sie werden es sehen. Wir werden siegen. Trösten Sie sich.«

Nein, das ist ja nicht zu fassen! dachte der Arzt. Wie ein kleines Kind! Diese Kurzsichtigkeit! Ich sage ihm immer wieder, wie konträr unsere Ansichten sind, er hat mich mit Gewalt geschnappt und hält mich mit Gewalt bei sich fest, und dann bildet er sich ein, daß seine Mißerfolge mich verdrießen und seine Hoffnungen und Erwartungen mich aufmuntern. Welche Selbstverblendung! Die Interessen der Revolution und die Existenz des Sonnensystems sind für ihn ein und dasselbe!

Shiwago gab sich einen Ruck. Er antwortete nicht und zuckte nur die Achseln, versuchte auch gar nicht zu verbergen, daß Liweris Naivität das Maß seiner Geduld überstieg und er sich kaum noch beherrschen konnte. Dies entging Liweri nicht.

»Jupiter, du bist ärgerlich, folglich hast du unrecht«, sagte er.

»So begreifen Sie doch endlich, daß ich von alldem gar nichts halte. ›Jupiter‹, ›Man darf nie in Panik verfallen‹, ›Wer A sagt, muß auch B sagen‹, ›Der Mohr hat seine Schuldigkeit getan, der Mohr kann gehen‹, alle diese Plattitüden, diese Sprüche sind nichts für mich. Ich sage A, aber nicht B, und wenn Sie platzen. Von mir aus, ihr seid Fackeln und Befreier Rußlands, das ohne euch verloren wäre und in Armut und Unwissenheit versänke, und trotzdem habe ich nichts mit euch im Sinn, ich pfeife auf euch, ich kann euch nicht leiden und wünsche euch alle zum Teufel.

Eure Machthaber ergehen sich in Sprichwörtern, aber das wichtigste Sprichwort haben sie vergessen, daß nämlich mit Gewalt keine Zuneigung zu gewinnen ist, und sie haben es sich zur festen Gewohnheit gemacht, besonders diejenigen zu befreien und zu beglücken, die gar nicht darum gebeten haben. Vermutlich bilden Sie sich ein, daß es für mich keinen schöneren Platz auf der Welt gibt als Ihr Lager und Ihre Gesellschaft. Vermutlich soll ich Sie segnen und Ihnen danken dafür, daß Sie mich gefangengenommen und mich befreit haben von meiner Familie, meinem Sohn, meinem Zuhause, meiner Arbeit, von allem, was mir teuer ist und was mein Leben ausmacht.

Es gehen Gerüchte, wonach eine unbekannte nichtrussische Abteilung Warykino überfallen hat. Warykino soll verwüstet und ausgeplündert worden sein. Kamennodworski bestreitet es nicht. Meinen und Ihren Angehörigen soll es gelungen sein zu fliehen. Irgendwelche geheimnisvollen schlitzäugigen Kerle in Wattejacke und Papacha haben bei klirrender Kälte die zugefrorene Rynwa überquert, ohne ein Wort alles Lebendige in der Siedlung umgebracht und sind dann ebenso rätselhaft wieder verschwunden, wie sie gekommen waren. Was wissen Sie darüber? Stimmt das?«

»Quatsch. Erfindungen. Gerede, das von Gerüchtemachern verbreitet wird.«

»Wenn Sie so gütig und großmütig sind, wie es in Ihren Auslassungen über die sittliche Erziehung der Soldaten heißt, dann lassen Sie mich gehen. Ich will meine Angehörigen suchen, von denen ich nicht einmal weiß, ob sie noch leben und wo sie sind. Wenn Sie das nicht wollen, dann lassen Sie mich gefälligst in Ruhe, denn alles andere interessiert mich nicht, und ich kann nicht mehr für mich bürgen. Ich habe ja wohl verdammt noch mal das Recht, einfach schlafen zu wollen!«

Doktor Shiwago legte sich bäuchlings auf die Pritsche und vergrub das Gesicht ins Kissen. Er gab sich alle Mühe, die Rechtfertigungen Liweris nicht zu hören, der immer wieder beruhigend auf ihn einredete, im Frühjahr würden die Weißen ganz sicher geschlagen. Der Bürgerkrieg würde zu Ende sein, und dann kämen Freiheit, Wohlstand und Frieden. Dann würde niemand mehr wagen, den Arzt festzuhalten. Bis dahin müsse er es freilich hinnehmen. Nach allem, was sie durchgemacht hätten, nach so vielen Opfern und so geduldigem Warten werde man nun nicht mehr lange warten müssen. Und wo wolle der Arzt jetzt auch hin? Um seiner eigenen Sicherheit willen könne man ihn jetzt nicht gehen lassen!

Dieser Satan, immer die alte Leier! Wie der die Zunge wetzt! Schämt er sich gar nicht, so viele Jahre schon immer wieder denselben Priem zu kauen? Shiwago holte ärgerlich tief Luft. Er hört sich gern reden, dieser Quatschkopf, dieser unglückliche Kokainist. Die Nacht ist für ihn keine Nacht, er läßt einem keine Ruhe, der verdammte Kerl. Wie ich ihn hasse! Weiß Gott, eines Tages bring ich ihn um.

Tonja, mein armes Mädchen! Lebst du noch? Wo bist

du? Ach Gott, du mußt ja schon längst entbunden haben! Wie war die Geburt? Haben wir einen Jungen oder ein Mädchen? Meine Lieben, wie geht es euch? Tonja, mein ewiger Vorwurf und meine Schuld! Lara, ich habe Angst, deinen Namen zu nennen, um nicht mit deinem Namen auf meinen Lippen meine Seele auszuhauchen. Mein Gott! Mein Gott! Und der Kerl quatscht und quatscht und gibt keine Ruhe, diese verhaßte, fühllose Bestie! Eines Tages halt ich's nicht mehr aus und bring ihn um, ich bring ihn um.

6

Der Altweibersommer war vorüber. Nun kamen die klaren Tage des goldenen Herbstes. An der westlichen Ecke des Fuchswerders stand der hölzerne Turm eines erhalten gebliebenen Blockhauses der Freiwilligen. Hier wollte sich Juri Shiwago mit seinem Assistenten, Doktor Lajos Kerényi, treffen und ein paar Angelegenheiten besprechen. In Erwartung des Gefährten ging er am Rande eines eingestürzten Grabens auf und ab, stieg auf den Wachturm und blickte durch die leeren Schießscharten der MG-Nester auf die unendlichen Wälder jenseits des Flusses.

Der Herbst zeichnete die Grenze zwischen Laub- und Nadelwald schon recht deutlich. Der letztere stand wie eine finstere, fast schwarze borstige Wand, während der erste mittendrin in feuerroten Flecken leuchtete, als stünde dort eine alte Stadt mit Zitadelle und Turmhäusern mit vergoldeten Dächern, erbaut aus Stämmen, die an Ort und Stelle gefällt worden waren.

Die Erde im Graben zu Füßen des Arztes und in den Fahrspuren des von den Morgenfrösten gehärteten Waldweges trug eine dicke Schicht von kleinen, dürren, gleichsam abgeschnittenen, zu Röhrchen gedrehten Blättern der kahl gewordenen Weide. Der Herbst roch nach diesen bitteren braunen Blättern und nach vielen anderen Kräutern. Shiwago atmete gierig das verwirrende Duftgemisch nach eiskalten eingemachten Äpfeln, bitterer Trockenheit, süßer Feuchtigkeit und blauem Septemberdunst, ähnlich dem Geruch eines mit Wasser gelöschten Brandes oder Lagerfeuers.

Der Arzt merkte gar nicht, das Lajos von hinten zu ihm trat.

»Guten Tag, Kollege«, sagte er auf deutsch. Sie wandten sich gleich ihren Angelegenheiten zu.

»Wir haben drei Punkte. Die Schwarzbrenner, die Reorganisierung des Lazaretts und der Apotheke und, das schlage ich vor, die ambulante Behandlung von Geisteskranken unter marschmäßigen Bedingungen. Vielleicht halten Sie das nicht für notwendig, aber nach meinen Beobachtungen sind wir alle drauf und dran, den Verstand zu verlieren, mein lieber Lajos, und die Formen des zeitgenössischen Wahnsinns sind Infektionen, sind ansteckend.«

»Eine sehr interessante Frage. Ich komme nachher darauf zurück. Zunächst etwas anderes. Im Lager gärt es. Die Leute sympathisieren mit den Schnapsbrennern. Außerdem sind viele besorgt um ihre Familien, die vor den Weißen aus ihren Dörfern geflohen sind. Ein Teil der Partisanen weigert sich, das Lager zu verlassen, da der Treck mit ihren Frauen, Kindern und Alten nicht mehr weit ist.«

»Ja, man wird auf sie warten müssen.«

»Und das alles vor den Wahlen der einheitlichen Führung, der auch andere, nicht zu uns gehörende Abteilungen unterstellt werden sollen. Ich glaube, einziger Kandidat ist der Genosse Liweri. Eine Gruppe junger Leute will einen anderen, Wdowitschenko. Für ihn tritt der uns fremde Flügel ein, der sich dem Kreis der Schwarzbrenner angeschlossen hat, Söhne von Kulaken und Krämern und Deserteure aus der Koltschak-Armee. Sie schlagen den größten Krach.«

»Was meinen Sie, was wird mit den Sanitätern, die Schnaps gebrannt und verkauft haben?«

»Ich nehme an, man wird sie zum Tod durch Erschießen verurteilen und dann auf Bewährung begnadigen.«

»Wir haben uns verplaudert. Zurück zu unseren Angelegenheiten. Die Reorganisierung des Lazaretts. Darüber wollte ich hauptsächlich mit Ihnen reden.«

»Gut. Aber ich muß sagen, Ihr Vorschlag einer psychiatrischen Prophylaxe kommt für mich nicht überraschend. Ich bin der gleichen Meinung. Es treten verbreitet Geisteskrankheiten ganz typischer Art auf, die bestimmte Züge der Zeit tragen, unmittelbar hervorgerufen durch die historischen Besonderheiten der Epoche. Bei uns ist ein Soldat der zaristischen Armee, ein Mann mit politischem Bewußtsein und angeborenem Klasseninstinkt, Pamfil Palych. Genau darüber ist er verrückt geworden. Er hat Angst um seine Angehörigen, denn wenn er den Tod findet und sie den Weißen in die Hände fallen, werden sie es für ihn ausbaden müssen. Eine sehr schwierige Psychologie. Seine Leute sind offenbar in dem Flüchtlingstreck, der auf dem Weg zu uns ist. Meine mangelhaften Sprachkenntnisse hindern mich, ihn richtig zu befragen. Erkundigen Sie sich bei Angeljar oder Kamennodworski. Man müßte ihn untersuchen.«

»Ich kenne Palych sehr gut. Wie sollte ich nicht. Wir sind im Armeesowjet oft aneinandergeraten. Ein schwarzhaariger, grausamer Kerl mit niedriger Stirn. Ich verstehe nicht, was Sie Gutes an ihm finden. Er ist stets für extreme Maßnahmen, für Strenge, für Hinrichtungen. Er hat mich immer abgestoßen. Na schön, ich kümmere mich um ihn.«

7

Es war ein klarer, sonniger Tag mit stillem, trockenem Wetter wie schon die ganze Woche.

Aus der Tiefe des Lagers tönten verworren die Geräusche einer großen Menschenansammlung wie entfernte Meeresbrandung: Schritte im Wald, Stimmen, Axtschläge, das Klirren eines Ambosses, Pferdewiehern, Hundegebell und das Krähen von Hähnen. Durch den Wald zogen sonnengebräunte, weißzähnig lächelnde Menschen. Die den Arzt kannten, grüßten ihn, andere gingen achtlos vorüber.

Die Partisanen weigerten sich, den Fuchswerder zu verlassen, ehe ihre Familien mit den Fuhrwerken eintrafen, die noch ein paar Tagesmärsche vom Lager entfernt waren, dennoch liefen im Wald schon die Vorbereitungen auf die rasche Räumung des Lagers und seine Verlegung weiter nach Osten. Da wurde ausgebessert, gesäubert, Kisten wurden vernagelt, die Fuhrwerke gezählt und überprüft.

Mitten im Wald lag eine große festgetrampelte Lichtung, darauf gab es eine Art Kurgan oder alte Siedlung, die hier Kirchhof genannt wurde. Dort fanden gewöhnlich die Versammlungen statt. Heute war eine allgemeine Zusammenkunft angesetzt, auf der etwas Wichtiges verkündet werden sollte.

Der Wald hatte noch viel Grün. Das Laub war hier fast durchweg noch frisch. Die niedrigstehende Nachmittagssonne durchdrang den Wald mit ihren Strahlen. Die Blätter ließen das Sonnenlicht durchscheinen und glühten inwendig im grünen Feuer durchsichtigen Flaschenglases.

Auf der offenen Lichtung war der Nachrichtenchef Kamennodworski damit beschäftigt, Papiere durchzusehen, die aus der Regimentskanzlei Kappels und aus der Partisanenabteilung stammten, und Überflüssiges zu verbrennen. Das Feuer war so angelegt, daß es gegen die Sonne stand. Diese durchschien die durchsichtigen Flammen wie das Laub des Waldes. Dadurch war das Feuer nicht zu sehen, nur der flimmernde, glimmerartige Strom der heißen Luft zeigte an, daß etwas brannte.

Da und dort war der Wald gesprenkelt von allerlei Arten reifer Früchte: die schmucken Anhängsel der Kuckucksblume, ziegelbrauner welker Holunder, weißrosa schillernde Beerentrauben des Schneeballstrauchs. Mit ihren gläsernen Flügelchen flirrend, huschten gefleckte Libellen durch die Luft, durchsichtig wie das Feuer und der Wald.

Doktor Shiwago liebte seit seiner Kindheit den vom Feuer des Sonnenuntergangs durchleuchteten abendlichen Wald. In solchen Momenten war ihm, als ließe auch er die Lichtsäulen durch sich hindurch, als strömte die Gabe des lebendigen Geistes in seine Brust, durchdränge ihn ganz und käme wie ein Flügelpaar unter den Schulterblättern wieder nach draußen. Dieses Urbild aus der Jünglingszeit, das sich in jedem Menschen formt, ihm später für immer dient und von ihm als sein inneres Gesicht, seine Persönlichkeit empfunden wird, erwachte mit seiner vollen ursprünglichen Kraft in ihm und bewog die Natur, den Wald, den Sonnenuntergang und alles Sichtbare, sich in das ebenso ursprüngliche und allumfassende Ebenbild eines Mädchens zu verwandeln. »Lara!« wandte er sich mit geschlossenen Augen flüsternd oder auch nur in Gedanken an sein ganzes Leben, die ganze Welt Gottes, den ganzen, von der Sonne beschienenen Raum, der sich vor ihm ausbreitete.

Aber der Alltag holte ihn wieder ein, in Rußland hatte die Oktoberrevolution stattgefunden, und er befand sich bei den Partisanen. Ohne es zu merken, trat er zu Kamennodworski ans Feuer.

»Sie verbrennen den Schriftverkehr? Jetzt erst?«

»Na ja! Von dem Zeug ist ein Haufen da.«

Mit der Stiefelspitze stieß der Arzt einen Papierstoß auseinander. Es waren Stabstelegramme der Weißen. Da kam ihm die trübe Vermutung, in den Papieren könnte er auf den Namen Ranzewitsch stoßen, doch das war trügerisch. Sie war uninteressant, diese Sammlung von chiffrierten Berichten in unverständlichen Kürzeln aus dem Vorjahr, so wie die folgende Mitteilung: »Omsk Genquart Kopie an Befehlshab Omsk Stachef Omsker Militbez Karte vierzig Werst Jenissej-Reg nicht eingetroffen.«

Er scharrte mit dem Fuß einen anderen Stoß auseinander. Es waren Protokolle von Partisanenversammlungen. Obenauf lag ein Papier: »Äußerst dringend. Betrifft Urlaub. Neuwahlen der Mitglieder für die Revisionskommission. Laufendes. In Anbetracht der unbewiesenen Beschuldigungen gegen die Lehrerin aus dem Dorf Ignatodworzy beschließt der Armeesowjet...«

Kamennodworski holte ein Papier aus der Tasche, gab es dem Arzt und sagte: »Hier ist die Inventarliste Ihrer medizinischen Abteilung für den Fall, daß wir das Lager verlassen. Die Fuhrwerke mit den Partisanenfamilien sind nicht mehr weit. Die Unstimmigkeiten im Lager werden heute beigelegt. Wir können jederzeit aufbrechen.«

Der Arzt warf einen Blick auf das Papier und ächzte.

»Das ist ja noch weniger als letztes Mal. Dabei sind so viele Verwundete hinzugekommen! Die Leichtverwundeten können zu Fuß gehen. Aber sie sind in der Minderheit. Womit soll ich die schweren Fälle transportieren? Und die Medikamente, die Pritschen, die Ausrüstung?«

»Sie müssen sich irgendwie einschränken. Man hat sich den Umständen anzupassen. Jetzt etwas anderes. Eine Bitte von allen an Sie. Wir haben einen gestählten, erprobten, der Sache treu ergebenen und tapferen Kämpfer. Mit dem stimmt was nicht.«

»Palych. Lajos hat's mir schon gesagt.«

»Ja. Gehen Sie zu ihm. Untersuchen Sie ihn.«

»Etwas Psychisches?«

»Ich nehm's an. Er sieht irgendwelche Gespenster, wie er sagt. Vermutlich Halluzinationen. Schlaflosigkeit. Kopfschmerzen.«

»Gut. Ich gehe gleich hin. Ich habe grade Zeit. Wann fängt die Versammlung an?«

»Ich denke, man versammelt sich bereits. Aber was wollen Sie dort? Sie sehen, ich geh auch nicht hin. Die kommen ohne uns aus.«

»Dann geh ich jetzt zu Palych. Dabei bin ich müde zum Umfallen. Liweri liebt es, nachts zu philosophieren und mir die Ohren vollzureden. Wo finde ich Palych? Wo ist er untergebracht?«

»Sie kennen das Birkenwäldchen hinter der Steingrube? Im Birkenwäldchen.«

»Ich werde es finden.«

»Auf der Lichtung dort stehen die Kommandeurszelte. Eines davon haben wir ihm gegeben. Er wartet auf seine Familie. Seine Frau und die Kinder kommen mit dem Treck. Ja, in einem der Kommandeurszelte ist er. Wie ein Bataillonskommandeur. Für seine revolutionären Verdienste.«

8

Auf dem Weg zu Pamfil Palych merkte Doktor Shiwago, daß er sich kaum noch auf den Beinen halten konnte. Die Müdigkeit war zu groß. Er kam nicht mehr dagegen an, es war eine Folge der schlaflosen Nächte. Nun hätte er in seinen Unterstand gehen und eine Runde schlafen können. Aber das wollte er nicht, denn womöglich kam Liweri und störte ihn.

Auf einer Lichtung, die mit dem abgefallenen goldenen Laub der umstehenden Bäume bedeckt war, legte er sich hin. Die Blätter bildeten ein beinahe schachbrettartiges Muster. Die Sonnenstrahlen ließen den goldenen Teppich noch buntgescheckter erscheinen. Es flimmerte Shiwago vor den Augen angesichts dieser doppelten Buntheit. Sie wirkte einschläfernd wie kleingedruckter Lesestoff oder wie einförmiges Murmeln.

Der Arzt lag auf dem seidig raschelnden Laub, eine Hand unterm Kopf auf dem Moos, das wie ein Kissen auf den knotigen Wurzeln eines Baumes wuchs. Er schlief auf der Stelle ein. Die Buntheit der Sonnenflecke, die ihn eingeschläfert hatte, bedeckte seinen ausgestreckten Körper wie ein Tarnnetz und machte ihn unsichtbar, er war in dem Kaleidoskop von Strahlen und Blättern nicht zu unterscheiden.

Aber die übergroße Müdigkeit, die ihn den Schlaf herbeisehnen ließ und den er so nötig hatte, weckte ihn bald wieder auf. Direkte Ursachen wirken nur in angemessenen Grenzen. Abweichungen vom Maß bewirken das Gegenteil. Das hellwache Bewußtsein, das keine Ruhe fand, arbeitete fieberhaft im Leerlauf. Bruchstücke von Gedanken wirbelten durch seinen Kopf, sie ratterten beinahe wie ein defekter Motor. Seelische Verwirrung quälte und ärgerte den Arzt. Liweri ist ein Halunke, dachte er empört. Es genügt ihm nicht, daß es jetzt Hunderte von Gründen gibt, verrückt zu werden. Mit meiner Gefangennahme, mit seiner Freundschaft und seinem blödsinnigen Geschwätz macht er ohne Not einen Neurastheniker aus mir. Eines Tages bring ich ihn um.

Wie ein sich faltender und wieder ausbreitender bunter Stoffetzen kam von der Sonnenseite ein braungesprenkelter Schmetterling geflogen. Mit schläfrigen Blicken folgte Shiwago seinem Flug. Der Schmetterling setzte sich an eine Stelle, die mehr als alles andere seiner Färbung glich, nämlich auf die braungesprenkelte, schuppige Rinde einer Kiefer, mit der er gänzlich verschmolz. Er verschwand darauf ebenso, wie Shiwago unter dem auf ihm spielenden Netz aus Sonnenstrahlen und Schatten für ein fremdes Auge unsichtbar geworden war.

Ein bekannter Gedankenkreis bemächtigte sich seiner, in vielen Arbeiten über medizinische Themen hatte er ihn gestreift: Wille und Zweckmäßigkeit als Folge der sich vervollkommnenden Anpassung. Mimikry und Schutzfarben, angepaßt an die Umgebung. Das Überleben der am besten Angepaßten, die Frage, ob vielleicht der Weg der natürlichen Auslese auch der Weg der Geburt und Herausbildung des Bewußtseins ist. Was ist ein Subjekt? Was ist ein Objekt? Wie definiert man ihre Identität? In den Überlegungen des Arztes begegneten sich Darwin und Schelling, der Schmetterling mit der modernen Malerei, mit dem Impressionismus. Er dachte nach über Schöpfung, Geschöpfe, Schaffen, Anschaffung.

Wieder schlief er ein und erwachte gleich darauf. Diesmal hatte ihn ein gedämpftes Gespräch in der Nähe geweckt. Ein paar Worte, die er auffing, ließen ihn erkennen, daß dort etwas Geheimes, Ungesetzliches verabredet wurde. Die dort sprachen, hatten ihn offensichtlich nicht bemerkt und ahnten nichts von seiner Anwesenheit. Wenn er sich jetzt bewegte und sein Hiersein verriet, würde es ihn das Leben kosten. So lag er reglos da und horchte.

Ein paar Stimmen kannte er. Das war Gelichter, das Lumpenpack der Partisanenarmee, das sich eingeschlichen hatte: Sanka Pafnutkin, Goschka Rjabych, Koska Nechwaljonych und der ihnen nachlaufende Terescha Galusin, junge Bengels, Anstifter aller möglichen Gemeinheiten und Sauereien. Zu ihnen gehörte auch Sachar Gorasdych, ein noch schlimmerer Typ, der sich an der Schnapsbrennerei beteiligt hatte, aber zunächst nicht zur Verantwortung gezogen worden war, da er die Hauptschuldigen preisgegeben hatte. Shiwago wunderte sich, daß auch ein Partisan aus der »silbernen Kompanie« dabei war, Siwobljui, der zur Leibwache des Partisanenführers gehörte. In der Tradition, die von Rasin und Pugatschow herkam, wurde er wegen des Vertrauens, das Liweri ihm erwies, »Ohr des Atamans« genannt. Also gehörte er auch zu den Verschwörern.

Die Verschwörer verhandelten mit Abgesandten der gegnerischen Vorhut. Von diesen Parlamentären war nichts zu hören, so leise redeten sie mit den Verrätern, und nur den Pausen im Geflüster der Spießgesellen konnte Shiwago entnehmen, daß die Vertreter des Gegners sprachen.

Zumeist aber sprach, immer wieder wüst fluchend, mit heiserer Stimme der Säufer Sachar Gorasdych. Er war vermutlich der Rädelsführer.

»So, nun hört mal zu, Hauptsache, mucksmäuschenstill, ganz geheim. Falls einer aussteigt, uns verpfeift, seht ihr das Finnenmesser? Damit schlitz ich ihm den Bauch auf. Verstanden? Wir können jetzt nicht mehr zurück, und wie ihr's dreht und wendet, auf uns wartet der Galgen. Wir müssen uns Vergebung verdienen. Wir müssen ein Ding drehen, wie es die Welt noch nicht gesehen hat, ganz einmalig. Sie wollen ihn lebendig, gefesselt. Jetzt hören wir, ihr Anführer Gulewoi kommt in diese Wälder.« (Er hatte den Namen falsch gehört, sie sagten es ihm, und er verbesserte sich: General Galejew.) »Eine solche Gelegenheit kommt nicht wieder. Dies sind seine Delegierten. Sie werden euch alles erklären. Sie wollen ihn unbedingt lebendig und gefesselt. Ihr könnt sie selber fragen. Macht das, wenn ihr wollt. Sagt ihnen was, Brüder.«

Nun sprachen die fremden Abgesandten. Shiwago verstand nicht ein einziges Wort. Da das allgemeine Schweigen lange dauerte, konnte er sich vorstellen, wie umständlich alles dargelegt wurde. Dann sprach wieder Gorasdych: »Habt ihr gehört, Leute? Jetzt seht ihr selber, was wir für ein Goldstück erwischt haben, was für ein Leckerhäppchen. Für solch einen Kerl sollen wir unsere Haut zu Markte tragen? Ist das überhaupt ein Mensch? Ein verdorbener, verrückter Halbwüchsiger ist das, ein Einsiedler. Wieher nicht so, Terescha! Was bleckst du die Zähne, du Sodomit? Ich sag das nicht, damit du grienst. Ja. Der soll in seiner Jugend Einsiedler gewesen sein. Wenn du dem folgst, macht er dich noch zum Mönch und kastriert dich. Was will er uns einreden? Wir dulden in unserer Mitte keine Zotenreißerei, Kampf dem Suff, Einstellung zu den Frauen. Kann man so leben? Mein letztes Wort. Heute abend am Flußübergang, wo die Steine liegen. Ich lock ihn in den Tannenwald. Dann alle Mann drauf. Mit dem fertig zu werden, ist das eine Kunst? Ein Kinderspiel. Wo liegt der Haken? Sie wollen ihn lebendig. Gefesselt. Wenn ich seh, das klappt nicht, erledige ich ihn, erwürg ihn mit meinen Händen. Sie wollen uns ja Leute zu Hilfe schicken.«

Der Sprecher entwickelte den Verschwörungsplan weiter, doch er und die anderen entfernten sich dabei, und Doktor Shiwago hörte nichts mehr.

Sie reden von Liweri, die Lumpen! dachte er entsetzt und entrüstet und vergaß dabei, wie oft er selber seinen Quälgeist verflucht und ihm den Tod gewünscht hatte. Die Strolche wollen ihn den Weißen ausliefern oder umbringen. Wie kann ich das verhindern? Ob ich wie zufällig zu dem Feuer gehe und ohne Namensnennung Kamennodworski verständige? Ich muß doch Liweri vor der Gefahr warnen.

Kamennodworski war nicht mehr bei dem Feuer. Es war niedergebrannt. Damit es nicht um sich griff, wurde es von seinem Adjutanten bewacht.

Aber es kam nicht zu dem Anschlag. Er wurde unterbunden. Es stellte sich heraus, daß die Führung von der Verschwörung gewußt hatte. Die Beteiligten wurden verhaftet. Siwobljui hatte die Doppelrolle des Spitzels und des Anstifters gespielt. Shiwago fand das Ganze scheußlich.

9

Es wurde bekannt, daß die Flüchtlingsfrauen mit den Kindern nur noch zwei Tagesmärsche vor sich hatten. Auf dem Fuchswerder bereiteten sich alle auf das baldige Wiedersehen mit ihren Angehörigen vor. Gleich darauf sollte abgerückt werden. Doktor Shiwago ging zu Pamfil Palych.

Er fand ihn vor dem Zelteingang mit einer Axt in der Hand. Vor dem Zelt lag ein großer Haufen junger Birken, die er gefällt hatte, da er Stangen brauchte. Behauen waren sie noch nicht. Einige hatte er hier gefällt, sie waren mit vollem Gewicht niedergebrochen und hatten die Spitzen der geknickten Äste ins feuchte Erdreich gebohrt. Andere hatte er aus einiger Entfernung herbeigeschleppt und obendrauf gepackt. Die gepreßten Zweige schwankten und federten, so daß die Birken nicht fest auf der Erde und auch nicht fest aufeinander lagen. Wie mit Armen wehrten sie sich gegen Palych, der sie gefällt hatte, und versperrten ihm mit ihrem lebendigen Grün den Eingang ins Zelt.

»Ich erwarte liebe Gäste«, sagte Palych, um seine Beschäftigung zu erklären. »Für meine Frau und die Kinder ist das Zelt zu niedrig. Außerdem regnet es durch. Ich will es mit den Pfählen höher machen, darum habe ich die Birken geschlagen.«

»Du irrst dich, Pamfil, wenn du meinst, sie lassen deine Familie mit dir im Zelt leben. Wo hätte man je gesehen, daß Zivilisten, Frauen und Kinder, bei der Truppe wohnen dürfen? Man wird sie irgendwo am Rand beim Troß unterbringen. Du wirst in deiner Freizeit schön zu ihnen gehen müssen, wenn du sie sehen willst. In einem Armeezelt? Wohl kaum. Doch ich bin nicht deshalb gekommen. Ich habe gehört, du magerst ab, trinkst und ißt nicht mehr, kannst nicht schlafen? Aber schlecht siehst du nicht aus. Nur ein bißchen unrasiert.«

Pamfil Palych war ein kräftig gebauter Mushik mit struppigen schwarzen Haaren, einem Bart und einer gebuckelten Stirn, die den Eindruck erweckte, als hätte einst eine Art Ring oder Kupferreifen um seinen Kopf gelegen und das Stirnbein eingedrückt. Das gab ihm das ungute, drohende Aussehen eines Menschen, der ständig unter gesenkter Stirn hervorblickt.

Zu Beginn der Revolution, als allgemein befürchtet wurde, sie könnte nach dem Beispiel von neunzehnhundertfünf wieder nur ein kurzfristiges Ereignis in der Geschichte der gebildeten Oberschichten bleiben, die unteren Schichten dagegen unberührt lassen und keine Wirkung auf sie haben, war man bemüht gewesen, das Volk nach Kräften zu agitieren, zu revolutionieren, aufzurühren, aufzuregen und aufzustacheln.

In diesen ersten Tagen schienen Menschen wie der Soldat Pamfil Palych, die ohne jegliche Agitation Intelligenzler, Gutsbesitzer und Offiziere mit tierischem Haß verfolgten, für die begeisterten linken Intellektuellen kostbare Entdeckungen von furchtbarem Wert zu sein. Deren Unmenschlichkeit dünkte sie ein Wunder von Klassenbewußtsein, ihre Barbarei wurde als mustergültige proletarische Härte und als revolutionärer Instinkt empfunden. Solcherart war der Ruhm, den sich Pamfil Palych erworben hatte. Er stand bei den Partisanenhäuptlingen und Parteiführern in gutem Ansehen.

Der Arzt sah in dem finsteren, wenig umgänglichen Kraftkerl eine nicht ganz normale Ausgeburt wegen seiner Seelenlosigkeit und der Einförmigkeit und Dürftigkeit seiner Interessen und Bedürfnisse.

»Gehen wir ins Zelt«, lud Palych ihn ein.

»Nein, wozu, da passe ich nicht rein. An der frischen Luft ist es schöner.«

»Gut. Wie du willst. Ist ja wirklich eine Höhle. Setzen wir uns auf die Knüppel« (so nannte er die gefällten Bäume) »und reden wir.«

Sie setzten sich auf den federnden Birkenstapel.

»Wie man so sagt, ein Märchen ist schnell erzählt, doch ein Werk ist nicht so schnell getan. Aber auch mein Märchen ist nicht so schnell erzählt. Dazu bräuchte ich mehr als drei Jahre. Ich weiß gar nicht, wo ich anfangen soll.

Na, vielleicht so. Ich hab mit meiner Hausfrau gelebt. Wir waren jung. Sie hat den Haushalt besorgt. Ich konnte mich nicht beklagen. Ich war Bauer. Hatte Kinder. Dann holten sie mich zu den Soldaten. Schickten mich als Flügelmann in den Krieg. Na ja, der Krieg, von dem brauch ich dir nichts erzählen, du hast ihn gesehen, Genosse Arzt. Na, dann die Revolution. Sie hat mir die Augen geöffnet. Mein Feind war nicht der Deutsche, der Germane, der Fremde, sondern er stand im eigenen Land. Die Soldaten der Weltrevolution haben die Bajonette in die Erde gesteckt und ab nach Hause von der Front, drauf auf die Burshuis! Und so weiter. Das weißt du ja alles selber, Genosse Militärarzt. Und so weiter. Bürgerkrieg. Ich zu den Partisanen. Jetzt laß ich eine Menge weg, sonst werd ich nie fertig. Wenn ich jetzt kuck, was seh ich im gewärtigen Moment? Der Parasit hat von der russischen Front das erste und zweite Stawropoler Regiment und das erste Orenburger Kosakenregiment abgezogen. Bin ich ein Kind, daß ich das nicht kapier? Hab ich etwa nicht in der Armee gedient? Unsere Sache steht schlecht, Genosse Militärarzt, ganz schlecht. Was will der Lump? Er will sich mit der ganzen Bande auf uns stürzen. Einkesseln will er uns.

Und dann hab ich meine Frau bei mir und die Kinderchen. Wenn er jetzt siegt, wo sollen sie hin, um sich vor ihm zu verbergen? Kapiert er denn überhaupt, daß sie ganz unschuldig sind, daß sie nichts damit zu tun haben? Das wird ihn nicht scheren. Wegen mir werden sie der Frau die Hände fesseln, sie foltern, wegen mir werden sie Frau und Kinder totquälen, ihnen die Knochen und Gelenke brechen. Und da soll ich ruhig schlafen und essen? Erlaube mal. Da kann man noch so eiserne Nerven haben, da wird man verrückt.«

»Komisch bist du, Pamfil. Ich verstehe dich nicht. Du bist doch jahrelang ohne sie ausgekommen, hast nichts von ihnen gewußt, nicht um sie getrauert. Jetzt wirst du sie heute oder morgen sehen, und statt dich zu freuen, sprichst du ihnen das Totengebet.«

»Zwischen früher und heute ist ein großer Unterschied. Das Lumpenpack mit den weißen Schulterklappen wird uns besiegen. Davon rede ich nicht. Mir winkt das Grab. Darum komm ich nicht herum. Aber ich will doch meine Lieben nicht mitnehmen ins Jenseits. Sie werden denen in die Hände fallen. Er wird ihnen das Blut abzapfen bis auf den letzten Tropfen.«

»Und davon kommen deine Gespenster? Ich habe gehört, daß dir Gespenster erscheinen.«

»Laß man, Doktor. Ich hab dir nicht alles gesagt. Die Hauptsache fehlt noch. Na schön, hör sie dir an, meine stachlige Wahrheit, und sei mir nicht böse, wenn ich sie dir ins Gesicht sag.

Von euch Brüdern hab ich viele vernichtet. An mir klebt eine Menge Blut von Herrschaften und Offizieren, und es hat mir nie etwas ausgemacht. Zahlen und Namen weiß ich nicht, das ist von mir abgelaufen wie Wasser. Aber ein junger Kerl will mir nicht aus dem Kopf, den hab ich erledigt, und ich kann's nicht vergessen. Wofür hab ich den Bengel umgebracht? Totgelacht hab ich mich über den. Beim Lachen hab ich ihn abgeknallt, aus Blödheit. Für nichts und wieder nichts.

Das war im Februar. Unter Kerenski. Wir haben gemeutert. Bei einer Eisenbahnstrecke war das. Sie schickten uns solch ein Jüngelchen von Agitator, der sollte uns mit dem Maul zum Angriff anfeuern. Kämpfen sollten wir bis zum siegreichen Ende. Dieser mickrige kleine Kadett kam also, um uns mit dem Maul zahm zu machen. ›Bis zum siegreichen Ende‹, war seine Losung. Damit ist er auf ein Wasserfaß für die Feuerwehr gesprungen, das hat da auf der Station gestanden. Er ist also raufgeklettert, um uns von da oben zum Kampf zu rufen. Und auf einmal ist der Deckel unter ihm umgekippt, und er mit den Beinen rein ins Wasser. Er war falsch aufgetreten. Hab ich gelacht! Gekringelt hab ich mich, ich dachte, ich muß sterben. War das komisch! Und ich hatte das Gewehr in der Hand. Gelacht und gelacht hab ich, und das war alles, mehr war nicht. Als ob er mich totgekitzelt hat. Na, da hab ich angelegt und ihn abgeknallt. Ich kapier selber nicht, wie das gekommen ist. Als ob mich jemand angestoßen hat.

Und von daher kommen meine Gesichte. In der Nacht träum ich von der Bahnstation. Damals war's komisch, und jetzt tut's mir leid.«

»War das in der Stadt Meljusejew, Station Birjutschi?«

»Vergessen.«

»Ihr hattet mit den Einwohnern von Sybuschino gemeutert?«

»Vergessen.«

»An welcher Front war das? An der Westfront?«

»Ich glaub schon. Kann sein. Vergessen.«

Zwölfter Teil

Eberesche in Zucker

1

Die Partisanenfamilien mit ihren Fuhrwerken, den Kindern und Habseligkeiten folgten seit langem dem Heer. Den Schluß des Trecks bildeten riesige Viehherden, vorwiegend Rinder, mehrere tausend Stück.

Mit den Frauen erschien im Lager der Partisanen ein neues Gesicht, die Soldatenfrau »Bärin« oder »Brummkreisel«, Tierärztin und insgeheim auch Zauberin.

Sie trug ein Mützchen, das aussah wie ein Brötchen, schräg aufgesetzt, und einen erbsengrünen Uniformmantel der königlich schottischen Schützen, der aus den britischen Lieferungen an den Obersten Regenten stammte, aber sie versicherte, diese Sachen aus einer Häftlingskappe und einem Häftlingskittel geschneidert zu haben, als die Roten sie aus dem Keshmaer Zentralgefängnis befreiten, in das Koltschak sie aus unbekannten Gründen eingesperrt hatte.

Um diese Zeit befanden sich die Partisanen schon am neuen Ort. Es wurde angenommen, daß der Aufenthalt hier nur kurz sein würde, bis man die Umgebung erkundet und einen Platz gefunden hätte, der sich besser für das Winterlager eignete. Aber die Umstände entwickelten sich anders und zwangen die Partisanen, schon an dieser Stelle zu überwintern.

Dieser neue Standort hatte keinerlei Ähnlichkeit mit dem verlassenen Fuchswerder. Es war ein dichter, undurchdringlicher Taigawald. Auf der einen Seite, der Straße und dem Lager abgekehrt, war kein Ende abzusehen. In den ersten Tagen, während das Heer das neue Biwak aufschlug, um sich einzurichten, hatte Shiwago viel Freizeit. Er drang in verschiedenen Richtungen in den Wald ein, um ihn zu erkunden, und überzeugte sich, wie leicht man sich darin verirren konnte. Zwei Stellen erregten seine Aufmerksamkeit und prägten sich ihm schon beim ersten Erkundungsgang ein.

Beim Ausgang aus dem Lager zum Wald, der jetzt herbstlich kahl und so durchsichtig war, als wäre sein Tor geöffnet worden, stand einsam eine schöne Eberesche, die als einziger Baum noch ihr rostrotes Laub behalten hatte. Sie erhob sich auf einem Hügel oberhalb des moosbedeckten Moorbodens und streckte die flachen Dolden ihrer harten roten Beeren gen Himmel, in das dunkle Blei des vorwinterlichen Schlechtwetters. Die Wintervögel, Gimpel und Meisen, deren Gefiederfarbe an frostkaltes Morgenrot erinnerte, setzten sich auf den Baum, pickten langsam, wählerisch die großen Beeren, streckten Hals und Köpfchen aufwärts und schluckten sie mühsam hinunter.

Zwischen den Vögeln auf dem Baum war eine lebendige Vertrautheit entstanden, als hätte die Eberesche alles gesehen, sich lange gesträubt, dann aber nachgegeben, sich der Vöglein erbarmt, sich aufgetan und ihnen die Brust gegeben wie eine Amme dem Säugling. Was soll ich mit euch machen, eßt schon, eßt mich, nährt euch. Und lachte.

Die andere Stelle im Wald war noch bemerkenswerter.

Es war eine Anhöhe, ein Berg, der auf einer Seite steil abfiel. Es schien, als müßte unterhalb dieses Steilhangs etwas anderes liegen als oben, ein Fluß oder eine Schlucht oder eine einsame, nie gemähte Wiese. Aber unten wiederholte sich das, was auch oben war, nur in schwindelnder Tiefe, und man sah auf die Baumwipfel drunten hinab. Wahrscheinlich hatte es hier einst einen Erdrutsch gegeben.

Es sah so aus, als wäre der düstere, bis unter die Wolken ragende, reckenhafte Wald einstmals gestolpert und ganz und gar in die Tiefe hinuntergeflogen und hätte durch die Erde hindurch bis in die Hölle stürzen müssen, wäre aber im entscheidenden Moment durch ein Wunder auf der Erde festgehalten worden und läge nun heil und unversehrt rauschend dort unten.

Aber nicht das, sondern etwas anderes machte diesen bewaldeten Berg so bemerkenswert. Sein Rand war ringsum gesäumt von hochkant stehenden Granitblökken. Sie erinnerten an die behauenen Steinplatten prähistorischer Grabstätten. Als Shiwago das erstemal hierher kam, hätte er schwören mögen, daß dieser Platz mit den Steinen nicht natürlichen Ursprungs sei, sondern die Spuren von Menschenhänden trage. Hier mochte in alten Zeiten ein heidnischer Tempel unbekannter Götzenanbeter gewesen sein, eine Stätte ihrer Gottesdienste und Opferungen.

An dieser Stelle sollte an einem kalten trüben Morgen an den elf Hauptschuldigen der Verschwörung und den beiden Schnapsbrennern das Todesurteil vollstreckt werden.

Zwanzig Partisanen, die der Revolution besonders treu ergeben waren und deren Kern die Stabswache bildete, eskortierten die Verurteilten hierher. Der Konvoi bildete einen Halbkreis um die Verurteilten und drängte sie, das Gewehr im Anschlag, rasch gegen die Steinblöcke am Rand der oberen Plattform, von wo sie keinen Fluchtweg hatten, es sei denn, sie sprängen in den Abgrund.

Die Verhöre, die lange Haft unter Bewachung und die durchlebten Erniedrigungen hatten ihnen das menschliche Aussehen genommen. Sie waren bartstoppelig, schwarzgesichtig, erschöpft und wirkten furchteinflößend wie Gespenster.

Gleich zu Beginn der Untersuchung waren sie entwaffnet worden. Niemand hatte daran gedacht, sie vor der Hinrichtung noch einmal abzutasten. Das empfanden sie als eine zusätzliche Gemeinheit, eine Verhöhnung der Menschen unmittelbar vor ihrem Tod.

Neben Wdowitschenko ging sein Freund Rshanizki, wie er ein alter überzeugter Anarchist. Plötzlich feuerte er auf Siwobljui, der in der Kette der Begleitsoldaten ging, drei Schüsse ab. Rshanizki war ein ausgezeichneter Schütze, aber seine Hand zitterte vor Erregung, und er schoß fehl. Wieder hinderte ein Taktgefühl, ein Mitleid mit dem ehemaligen Kameraden die Eskorte, sich auf ihn zu stürzen oder mit einer vorzeitigen Salve dem Erschießungsbefehl zuvorzukommen. Rshanizki blieben noch drei Schüsse, aber vielleicht hatte er das in der Aufregung vergessen. Vor Wut über den Fehlschuß warf er den Browning gegen einen der Steine. Durch den Aufprall löste sich ein vierter Schuß, der den verurteilten Patschkolja ins Bein traf.

Der Sanitäter Patschkolja schrie auf, griff sich ans Bein, schlug lang hin und winselte vor Schmerzen. Pafnutkin und Gorasdych, die neben ihm standen, hoben ihn auf, faßten ihn unter den Achseln und schleppten ihn mit, damit die Kameraden nicht über ihn hinwegtrampelten, denn keiner der Verurteilten war ganz bei Sinnen. Patschkolja ging springend, humpelnd zum steinernen Rand der Anhöhe, gegen den die Todeskandidaten gedrängt wurden, er konnte mit dem getroffenen Bein nicht mehr auftreten und schrie unaufhörlich. Sein unmenschliches Geheul war ansteckend. Wie auf Kommando verloren alle die

Selbstbeherrschung. Eine grauenhafte Szene folgte. Es hagelte Schimpfworte, flehentliche Bitten, Klagen, Flüche.

Der junge Terescha Galusin nahm die Realschülermütze mit dem gelben Rand, die er noch immer trug, ab, fiel auf die Knie und kroch rückwärts zu den furchtbaren Steinen. Immer wieder verbeugte er sich bis zur Erde vor den Soldaten, schluchzte herzzerreißend und flehte sie halb bewußtlos singend an: »Verzeiht mir, Brüder, erbarmt euch, ich tu's nie wieder. Bringt mich nicht um. Tötet mich nicht. Ich hab noch gar nicht gelebt, ich bin zu jung zum Sterben. Laßt mich noch ein Weilchen leben, ich möcht meine liebe Mutter noch einmal sehen. Vergebt mir, Brüder, erbarmt euch. Ich will euch die Füße küssen. Ich will Wasser für euch tragen. Dieses Unglück, dieses Unglück, ich bin verloren, Mutter, Mutter.«

Mittendrin jammerte einer, und es war nicht zu erkennen, wer: »Genossen, ihr Lieben, ihr Guten! Wie könnt ihr nur? Besinnt euch. Wir haben zusammen in zwei Kriegen unser Blut vergossen. Wir haben für dieselbe Sache gekämpft. Habt Mitleid, laßt uns frei. Wir werden eure Güte nie vergessen, wir werden sie uns verdienen, wir werden sie mit der Tat beweisen. Seid ihr taub, daß ihr nicht antwortet? Tragt ihr denn kein Kreuz?«

Siwobljui schrien sie zu: »Du Judas, du Christusverkäufer! Was sind wir gegen dich für Verräter? Du Hund bist ein dreifacher Verräter, erwürgt gehörst du! Deinem Zaren hast du den Eid geschworen, und deinen rechtmäßigen Zaren hast du umgebracht, uns hast du Treue geschworen, und uns hast du verraten. Jetzt kannst du deinem Liweri, diesem Satan, den Judaskuß geben, wenn du ihn noch nicht verraten hast. Du wirst es tun.«

Wdowitschenko blieb sich auch am Rand des Grabes treu. Den Kopf mit den wehenden grauen Haaren hocherhoben, rief er so laut, daß alle es hörten, Rshanizki zu wie ein Kommunarde einem Kommunarden: »Erniedrige dich nicht, Bonifazi! Dein Protest erreicht die gar nicht. Sie verstehen dich sowieso nicht, diese neuen Opritschniki, diese neuen Henker und Folterknechte. Aber laß den Mut nicht sinken, die Geschichte wird alles zurechtrücken. Unsere Nachfahren werden die Häscher der Kommissarsmacht und ihr finsteres Geschäft an den Schandpfahl nageln. Wir sterben als Märtyrer in der Morgenröte der Weltrevolution. Es lebe die Revolution des Geistes! Es lebe die Weltanarchie!«

Ein lautloses, nur von den Schützen aufgefangenes Kommando, und eine Salve aus zwanzig Gewehren mähte die Hälfte der Verurteilten nieder, die meisten tödlich. Die übrigen starben unter der zweiten Salve. Am längsten zuckte der junge Terescha Galusin, aber auch er wurde schließlich still und streckte sich.

2

Der Plan, das Lager für den Winter weiter nach Osten zu verlegen, wurde nicht sofort aufgegeben. Die Erkundung des Geländes jenseits der großen Straße entlang der Wyt-Keshmaer Wasserscheide wurde noch lange fortgesetzt. Liweri verließ oft das Lager, um in die Taiga zu gehen, und dann blieb Juri Shiwago allein.

Aber zum Weiterziehen war es schon zu spät, und man wußte auch nicht wohin. Es war die Zeit, in der die Partisanen die größten Fehlschläge hinnehmen mußten. Die Weißen wollten vor ihrem endgültigen Zusammenbruch die irregulären Abteilungen im Wald mit einem Schlag vernichten und sie mit vereinten Kräften einkesseln. Sie bedrängten die Partisanen von allen Seiten. Das wäre für sie die Katastrophe geworden, wenn der Radius des Kessels kleiner gewesen wäre. Die Weite der Umklammerung rettete sie. Vor dem Winter war der Gegner nicht imstande, seine Flanken in der undurchdringlichen grenzenlosen Taiga zusammenzuziehen und das Bauernheer enger einzuschließen.

In jedem Falle war es unmöglich geworden weiterzumarschieren. Gewiß, wenn es einen Plan für die Verlegung des Lagers gegeben hätte, der bestimmte militärische Vorteile versprach, hätte man sich kämpfend aus der Umklammerung schlagen und eine neue Stellung beziehen können.

Aber einen solchen ausgearbeiteten Plan gab es nicht. Die Menschen waren entkräftet. Die jüngeren Kommandeure, denen der Mut gesunken war, verloren den Einfluß auf ihre Untergebenen. Die Älteren trafen sich allabendlich zum Kriegsrat und schlugen widersprüchliche Entscheidungen vor.

Man mußte die Suche nach einem anderen Winterlager aufgeben und das besetzte Waldgebiet für den Winter befestigen. Der hohe Schnee machte den Winterwald für den Gegner, der kaum Skier hatte, undurchdringlich. Man mußte sich eingraben und große Lebensmittelvorräte anlegen.

Der für die Wirtschaft verantwortliche Partisan Bissjurin meldete einen empfindlichen Mangel an Mehl und Kartoffeln. Vieh gab es genügend, und Bissjurin sah voraus, daß im Winter die Hauptnahrung Fleisch und Milch sein würden.

Es fehlte an Winterkleidung. Ein Teil der Partisanen lief halbnackt herum. Im Lager wurden sämtliche Hunde getötet. Aus den Fellen nähten Partisanen, die sich auf die Kürschnerei verstanden, Pelzjoppen mit dem Fell nach außen.

Doktor Shiwago bekam keine Transportmittel mehr. Die Fahrzeuge wurden für Wichtigeres gebraucht. Auf dem letzten Marsch waren die Schwerkranken vierzig Werst weit zu Fuß auf Tragen geschleppt worden.

An Medikamenten hatte Shiwago nur noch Jod, Chinin

und Glaubersalz. Das für Operationen und Verbände notwendige Jod war kristallisiert und mußte in Alkohol aufgelöst werden. Nun bedauerte man, den selbstgebrannten Schnaps vernichtet zu haben, und übertrug den weniger schuldigen, freigesprochenen Schnapsbrennern die Aufgabe, die zerstörten Apparate instand zu setzen oder neue zu bauen. Die unterbrochene Schnapsbrennerei wurde zu medizinischen Zwecken wieder aufgenommen. Im Lager zwinkerte man sich zu und schüttelte den Kopf. Neuerliche Fälle von Trunkenheit trugen zum fortschreitenden Zerfall des Lagers bei.

Es gelang, fast hundertprozentigen Alkohol zu brennen. In dieser Flüssigkeit lösten sich kristallisierte Präparate gut auf. Mit auf Chinarinde angesetztem Selbstgebrannten behandelte Shiwago später, zu Beginn des Winters, die mit der Kälte neu entstandenen Fälle von Flecktyphus.

3

In diesen Tagen sah Doktor Shiwago Pamfil Palych mit seiner Familie. Die Frau und die Kinder hatten den vergangenen Sommer während ihrer Flucht auf staubigen Straßen und unter freiem Himmel verbracht. Sie waren verängstigt durch die erlebten Grausigkeiten und waren auf neue gefaßt. Das Wanderleben hatte bleibende Spuren in ihnen hinterlassen. Palychs Frau und seine drei Kinder, ein Söhnchen und zwei Töchter, hatten von der Sonne gebleichte flachsblonde Haare und strenge weiße Augenbrauen in den wettergegerbten, von der Sonne schwarz gebrannten Gesichtern. Die Kinder waren noch zu klein, um Zeichen ihrer schlimmen Erlebnisse zu tragen, aber das Gesicht ihrer Mutter hatte von den durchstandenen Strapazen und Gefahren jede lebendige Mimik verloren und nur eine trockene Regelmäßigkeit der Züge, fadendünn zusammengepreßte Lippen und eine gespannte Starrheit des Leidens zurückbehalten, bereit zur Selbstverteidigung.

Palych liebte seine Familie besinnungslos, besonders die Kinder, und schnitzte ihnen so geschickt, daß der Arzt nur so staunte, mit einer Ecke des scharfgeschliffenen Beils Spielzeug aus Holz: Hasen, Bären, Hähne.

Seit er die Familie bei sich hatte, war er fröhlicher geworden, hatte Mut gefaßt und begann sich zu erholen. Aber dann wurde bekannt, daß wegen des schädlichen Einflusses, den die Anwesenheit der Familien auf die Stimmung im Lager ausübte, die Partisanen von ihren Angehörigen getrennt, das Lager von dem nichtmilitärischen Anhang befreit und der Flüchtlingstreck unter ausreichender Bewachung zu einem entlegenen Winterlager gebracht werden sollte. Das Gerede über diese Trennung war größer als die wirklichen Vorkehrungen. Der Arzt hielt die Maßnahme für undurchführbar. Aber Palych wurde finster, und die früheren Gespenster kehrten zu ihm zurück.

4

An der Schwelle des Winters machten sich im Lager aus mehreren Gründen langanhaltende Unruhe, Ungewißheit, gefährliche und verworrene Vermutungen und sonderbare Ungereimtheiten breit.

Die Weißen hatten die geplante Einschließung der Aufständischen vollzogen. Die Operation war von den Generalen Wizyn, Kwadri und Bassalygo geleitet worden. Sie waren berühmt für ihre Härte und ihre unbeugsame Entschlossenheit. Allein ihre Namen flößten den Frauen im Lager und der friedlichen Bevölkerung, die in ihren Dörfern hinter der gegnerischen Umfassungskette geblieben war, Entsetzen ein.

Wie schon gesagt, vorerst würde der Feind den Kreis nicht enger ziehen können. In dieser Hinsicht konnte man ruhig sein. Aber die Umklammerung außer acht zu lassen war unmöglich. Wenn sich die Partisanen in die Umstände geschickt hätten, würde dies den Gegner moralisch gestärkt haben. Sie mußten versuchen, den Ring zu durchbrechen, auch wenn er ungefährlich war, und sei es nur zwecks militärischer Demonstration.

Hierfür wurden größere Partisanenkräfte bereitgestellt und gegen den westlichen Bogen des Kreises konzentriert. Nach tagelangen heißen Kämpfen brachten die Partisanen dem Feind eine Niederlage bei, durchbrachen seine Linien und gelangten in seinen Rücken.

Der freie Korridor, den der Durchbruch bildete, ergab einen Zugang zu den Aufständischen in der Taiga. Weitere Massen von Flüchtlingen strömten herbei, um sich ihnen anzuschließen. Dieser Zustrom friedlicher Dorfbewohner bestand nicht nur aus Angehörigen der Partisanen. Die Bauernschaft der Umgebung, verängstigt von den Strafmaßnahmen der Weißen, verließ ihre Wohnorte, ihre Brandstätten und drängte natürlicherweise zu dem Bauernheer im Wald, bei dem sie sich geschützt fühlte.

Aber im Lager war man bestrebt, sich diese Kostgänger vom Leibe zu halten. Eine Partisanenabteilung sollte den Fremden entgegenreiten, sie auf dem Weg stoppen und sie zu einer Mühle auf dem Rodeland am Fluß Tschilimka schicken. Dort gab es einen Ort, der aus Höfen von Zuwanderern rund um die Mühle bestand, er hieß Dwory. In diesem Dwory sollten die Flüchtlinge ihr Winterlager aufschlagen und mit den ihnen zugeteilten Lebensmitteln ein Vorratslager anlegen.

Während diese Beschlüsse gefaßt wurden, nahmen die Dinge ihren Lauf, und die Lagerführung konnte mit ihnen nicht Schritt halten.

Die Situation nach dem Sieg über den Feind komplizierte sich. Die Weißen hatten die Partisanengruppierung, die sie geschlagen hatte, passieren lassen und schlossen den Ring wieder. Dadurch war ihr der Rückweg zu den Ihren abgeschnitten.

Auch die Flüchtlingsfrauen gerieten in Not. In dem undurchdringlichen Waldesdickicht konnte man sich leicht verfehlen. Die ihnen entgegengesandten Partisanen fanden keine Spur von ihnen und kehrten zurück, und die Frauen drangen wie ein elementarer Strom ins Innere der Taiga, dabei vollbrachten sie unterwegs Wunder an Findigkeit, fällten zu beiden Seiten Bäume, bauten Brücken und Knüppeldämme, bahnten Wege.

All das lief den Absichten des Partisanenstabs zuwider und warf Liweris Pläne über den Haufen.

5

Darum schäumte er vor Wut, als er mit Swirid unweit der großen Straße stand, die hier durch die Taiga lief. Auf der Straße stritten seine Unterführer darüber, ob sie die Telegrafendrähte längs der Straße kappen sollten oder nicht. Das letzte Wort sollte Liweri haben, der sich mit dem Vagabunden und Tierfänger verplaudert hatte. Liweri winkte ihnen, er werde gleich kommen, sie möchten warten und nicht weggehen.

Swirid konnte lange nicht die Verurteilung und Erschießung Wdowitschenkos verwinden, der sich nichts hatte zuschulden kommen lassen, außer daß sein Einfluß im Lager Liweris Autorität untergrub und es mit Spaltung bedrohte. Swirid wollte weg von den Partisanen, um sein ungebundenes Leben wieder aufzunehmen. Aber damit war's nichts. Er hatte sich verdingt, verkauft, und die Waldbrüder würden ihn erschießen, wenn er jetzt wegginge.

Das Wetter war so scheußlich, daß es sich nicht schlimmer vorstellen ließ. Die scharfen Windböen jagten tief über der Erde Wolkenfetzen dahin, schwarz wie fliegende Rußflocken. Plötzlich begann es daraus zu schneien, so krampfhaft stürmisch, als wäre weißer Irrsinn ausgebrochen.

Binnen einer Minute waren die Fernen von einem weißen Leichentuch verhangen, und auf der Erde lag ein weißer Schleier. Im nächsten Moment war der Schleier verbrannt, zerfallen. Die kohlschwarze Erde trat zutage, und über den schwarzen Himmel zogen die schrägen Ströme fernen Regens. Die Erde konnte das Wasser nicht mehr aufnehmen. Manchmal klarte es etwas auf, dann traten die Wolken auseinander, als wären droben, um den Himmel zu lüften, Fenster geöffnet worden, die in kaltem, gläsernem Weiß schimmerten. Das vom Erdboden nicht aufgesaugte stehende Wasser antwortete von unten mit den aufgerissenen Fensterflügeln der Pfützen und Seen, die ebenso glänzten.

Das Unwetter glitt wie Rauch über die nach Harz und Terpentin riechenden Nadelwälder, in deren Nadeln nichts eindrang, als wären sie aus Wachstuch. An den Telegrafendrähten hingen Regentropfen wie aufgefädelte Perlen. Sie hingen dicht beieinander und fielen nicht ab.

Swirid gehörte zu den Männern, die den Flüchtlingsfrauen in die Taiga entgegengeschickt worden waren. Er wollte dem Partisanenführer erzählen, was er gesehen hatte. Von dem Durcheinander, das aus dem Aufeinandertreffen verschiedener unausführbarer Befehle entstanden war. Von den Irrsinnstaten der schwächeren Frauen, die jeden Glauben verloren hatten. Die Frauen, die sich zu Fuß bewegten, beladen mit Bündeln, Säcken und Säuglingen, hatten keine Milch mehr, waren abgekämpft und halb wahnsinnig, sie warfen unterwegs ihre Kinder weg, schüttelten das Mehl aus den Säcken und kehrten um.

Besser ein schneller Tod als langes Verhungern. Lieber dem Feind in die Hände geraten als den Raubtieren des Waldes in die Zähne.

Andere, stärkere, zeigten Musterbeispiele an Ausdauer und Tapferkeit, wie die Männer sie nicht kannten. Swirid hatte noch vieles mitzuteilen. Er wollte den Partisanenführer warnen vor der drohenden Gefahr eines neuen Aufruhrs im Lager, gefährlicher als der unterdrückte, doch er fand keine Worte, denn die Ungeduld Liweris, der ihn gereizt zur Eile trieb, raubte ihm endgültig die Rednergabe. Liweri unterbrach ihn immer wieder, nicht nur weil sie ihn auf der Straße erwarteten und winkten und riefen, sondern weil er in den letzten beiden Wochen oft auf diese Themen angesprochen worden war und all dies wußte.

»Treibe mich nicht, Genosse Natschalnik. Ich kann auch so schon nicht gut reden. Mir bleibt das Wort in den Zähnen stecken, und ich ersticke daran. Was will ich dir sagen? Geh zum Treck, zu den Flüchtlingen, und sag den Tschaldonfrauen*, was Sache ist. Die sind ja so runtergekommen. Ich frage dich, was haben wir: ›Alle Mann gegen Koltschak!‹ oder eine Weiberschlacht?«

»Mach's kurz, Swirid. Du siehst ja, sie rufen mich. Spann mich nicht auf die Folter.«

»Und dann noch diese Kurpfuscherin Brummkreisel, weiß der Köter, wer das Weib ist. Sie hat gesagt, man soll sie als Veteranin zu dem Vieh lassen.«

»Veterinärin, Swirid.«

»Was sag ich denn? Ich sag ja, das Weib will die Tiere als Veteranin von den Seuchen kurieren. Das kann doch nicht so weitergehen mit deinem Vieh, sie ist ja eine Altgläubige geworden, die nichts von den Popen hält, sie liest für die Kühe Messen, bringt immer mehr Flüchtlingsfrauen vom richtigen Weg ab. Ihr seid selber schuld, sagt sie denen, das kommt davon, wenn man mit gerafften Röcken hinter

* Die alteingesessenen Sibirier bezeichnen sich selbst als Tschaldon.

der roten Fahne herläuft. Nächstes Mal bleibt lieber zu Hause.«

»Ich verstehe nicht, von was für Flüchtlingsfrauen sprichst du? Von unseren Partisanenfrauen oder von noch anderen?«

»Natürlich von den anderen. Von den neuen, aus anderen Gegenden.«

»Aber es war doch angeordnet, die sollen in das Dorf Dwory bei der Mühle an der Tschilimka. Wie kommen die überhaupt hierher?«

»Von wegen, Dorf Dwory. Dein Dwory ist eine einzige Brandstätte. Die Mühle ist verbrannt und alles Drumherum auf dem Rodeland auch. Wie die Frauen an die Tschilimka kamen, haben sie gesehen, alles leer und kahl. Da hat die Hälfte den Verstand verloren, fürchterlich geheult und ist zurück zu den Weißen. Die andern haben die Deichsel umgedreht und sind hierher zu uns mit dem ganzen Treck.«

»Durch den Urwald, durch Sumpf und Morast?«

»Wozu sind denn Äxte und Sägen da? Wir haben doch Männer hingeschickt, um sie zu beschützen und ihnen zu helfen. Eine dreißig Werst lange Straße haben sie geschlagen. Auch Brücken gebaut, diese Bestien. Da sage einer noch, das wären bloß Weiber. Diese armen Weiber schaffen in drei Tagen mehr, als du dir vorstellen kannst.«

»Du bist mir einer! Da freust du dich noch, du Stute, dreißig Werst Straße. Das kommt doch Wizyn und Kwadri entgegen. Nun ist der Weg in die Taiga offen. Da können sie sogar mit Artillerie anrücken.«

»Eine Sperre. Stell eine Sperre auf, und die Sache hat sich.«

»Mit Gottes Hilfe wäre ich da auch selber draufgekommen.«

6

Die Tage wurden kürzer. Schon um fünf war es dunkel. Zu Beginn der Dämmerung überquerte Doktor Shiwago die Straße an der Stelle, wo sich dieser Tage Liweri mit Swirid gestritten hatte. Der Arzt wollte ins Lager. Kurz vor der Lichtung mit der Anhöhe, auf der die Eberesche stand, die als Grenzmarke des Lagers galt, hörte er die zänkische Stimme von Brummkreisel, seiner Konkurrentin, wie er die Quacksalberin scherzhaft nannte. Mit kreischender Stimme sang sie etwas Fröhliches, Übermütiges, wahrscheinlich ein Scherzliedchen. Sie hatte Zuhörer, denn ab und zu unterbrach sie Gelächter von Männern und Frauen. Danach war wieder alles still. Vielleicht hatten sich ihre Zuhörer entfernt.

Sie sang jetzt anders, für sich und aus vollem Halse, da sie sich allein wähnte. Shiwago ging in der Dämmerung langsam und vorsichtig, um nicht in ein Sumpfloch zu treten, den Pfad entlang, der die morastige Lichtung vor der Eberesche umrundete, und blieb wie angewurzelt stehen. Die Quacksalberin sang ein altes russisches Lied, das er nicht kannte. Improvisierte sie?

Das russische Lied ist wie Wasser in einem Staubecken. Es scheint stillzustehen und sich nicht zu bewegen. In der Tiefe aber fließt es unaufhörlich aus den Dammluken, und die Stille an der Oberfläche ist trügerisch.

Mit allen Mitteln, Wiederholungen und Parallelismen, verzögert es den Ablauf des allmählich sich entwickelnden Inhalts. An irgendeinem Punkt erschließt es sich plötzlich, und wir sind verblüfft. Auf diese Weise äußert sich seine strenge, beherrschte, sich selbst disziplinierende, schwermütige Kraft. Es ist der verrückte Versuch, mit Worten die Zeit anzuhalten.

Es war eine Art Sprechgesang, was die Quacksalberin von sich gab:

»Und es lief ein Häslein durch die weiße Welt,
durch die weiße Welt und durch den weißen Schnee.
Meister Lampe lief und lief zur Eberesche,
zu der Eberesche, klagte ihr sein Leid.
Bin ein Hase, sagt' er, hab ein scheues Herz,
hab ein scheues Herz, und mir ist kalt darum.
Bin ein Hase, fürcht die Spur der wilden Tiere,
ihre Spur und auch des Wolfes Hungerrachen.
Habe Mitleid mit mir, Eberesche,
Ebereschenbaum, des Waldes Zierde.
Schenke deine Schönheit nicht dem grimmen Feinde,
nicht dem Feinde, nicht dem bösen Raben.
Streue deine roten Beeren in den Wind,
in den Wind und auf den weißen Schnee.
Wirf sie reichlich auf die heimatliche Erde,
in das letzte Haus am Rand des Dorfes.
In das letzte Fenster, in die kleine Stube.
Dort verbirgt sich einsam wohl ein Mädchen,
meine Liebste, meine Heißersehnte.
Sage meiner Liebsten leis ins Öhrchen
heiße Worte, liebevolle Worte.
Bin gefangen, bin Soldat schon lange,
schlimm ist es für den Soldaten in der Fremde.
Da bin ich der Gefangenschaft entflohen,
entflohen und will nun zu meiner Schönen.«

7

Die Quacksalberin wollte die kranke Kuh von Palychs Frau Agafja Fotijewna, kurz Fatewna genannt, besprechen. Die Kuh wurde von der Herde weg in ein Gebüsch gebracht und mit den Hörnern an einen Baum gebunden. Vor den Vorderbeinen der Kuh saß auf einem Baumstumpf die Besitzerin, bei den Hinterbeinen auf einem Melkbänkchen die Soldatenfrau und Zauberin.

Die gewaltige Viehherde drängte sich auf der kleinen Lichtung. Der dunkle Wald umstand sie wie eine Wand aus bergeshohen dreieckigen Fichten, die gleichsam mit den dicken Hinterteilen ihrer weitgespreizten unteren Zweige auf der Erde saßen.

In Sibirien wurde eine preisgekrönte Schweizer Rinderrasse gezüchtet. Fast alle Tiere hatten das gleiche Fell, schwarz und weiß gefleckt. Die Kühe waren nicht minder als die Menschen erschöpft von den Entbehrungen, den langen Märschen und der unerträglichen Enge. Mit den Seiten aneinandergepreßt, wurden sie fast wahnsinnig. In ihrem Stumpfsinn vergaßen sie ihr Geschlecht und stiegen wie Bullen eine auf die andere, wobei die schweren Euter sie behinderten. Die bestiegenen Färsen rissen sich, den Schwanz gereckt, von ihnen los, brachen durch Gebüsch und Gezweig, flohen ins Dickicht, wohin die alten Hirten und die Hütejungen ihnen schreiend folgten.

Und wie die in dem engen Kreis, den die Fichtenwipfel in den Winterhimmel zeichneten, zusammengepferchten Tiere drängten sich, ebenso stürmisch und ungeordnet, sich bäumend und übereinandertürmend, die schwarzweißen Schneewolken über der Lichtung im Walde.

Das Häuflein Neugieriger, das aus einiger Entfernung zusah, störte die Kurpfuscherin. Mit bösem Blick maß sie sie von Kopf bis Fuß. Aber es war unter ihrer Würde, einzugestehen, daß sie sich behindert fühlte. Künstlerstolz hielt sie davon ab. Darum tat sie, als ob sie sie nicht bemerkte. Der Arzt beobachtete sie aus den hinteren Reihen, und sie konnte ihn nicht sehen.

Zum erstenmal betrachtete er sie genauer. Sie trug ihre englische Mütze und den erbsengrünen Interventenmantel mit den nachlässig aufgekrempelten Manschetten. Im übrigen zeigten die hochmütigen Züge dumpfer Leidenschaftlichkeit und die jung gebliebenen schwarzen Augen und Brauen der nicht mehr jungen Frau deutlich, wie egal es ihr war, was sie trug.

Aber das Aussehen von Palychs Frau bestürzte Doktor Shiwago. Er erkannte sie fast nicht wieder. In den wenigen Tagen war sie schrecklich gealtert. Die vorquellenden Augen drohten aus den Höhlen zu treten. An ihrem Hals, langgestreckt wie eine Wagendeichsel, klopfte eine Ader. Das hatten die heimlichen Ängste aus ihr gemacht.

»Sie gibt keine Milch, die Gute«, sagte Agafja. »Ich dachte erst, sie steht trocken, aber nein, sie müßte doch Milch geben, und sie tut es nicht.«

»Nein, sie steht nicht trocken. Da, an der Zitze ist sie wund, da hat sie einen Karbunkel. Ich geb dir Kräuteröl zum Einreiben. Vorher besprech ich sie natürlich.«

»Mein zweites Unglück ist mein Mann.«

»Ich mach einen Zauber, damit er nicht mehr trinkt und bummelt. Das geht. Dann wird er an dir kleben, daß du ihn nicht losreißen kannst. Sag mir dein drittes Unglück.«

»Er bummelt ja gar nicht. Wenn's das man wär. Im Gegenteil, das Unglück ist ja grade, er hängt dermaßen an mir und den Kindern, daß seine Seele vertrocknet um unsertwegen. Ich weiß, was er denkt. Er denkt, die Lager werden geteilt, und sie reißen uns auseinander. Wenn wir zu den Bassalyshskern kommen und er nicht mehr bei uns sein kann. Dann ist keiner mehr da, der für uns einsteht. Dann quälen sie uns zu Tode und freuen sich an unsern Qualen. Ich kenn seine Gedanken. Wenn er sich bloß nichts antut.«

»Ich überleg's mir. Wir nehmen ihm den Kummer. Sag mir dein drittes Unglück.«

»Ich hab kein drittes. Das ist alles, die Kuh und der Mann.«

»Arm bist du an Unglück, Frau! Denk doch, wie gnädig

Gott dir ist. Solche wie dich kann man am Tag mit der Laterne suchen. Zwei Unglücke hat die arme Frau, und eins davon ist ihr mitfühlender Mann. Was gibst du mir für die Kuh? Laß uns verhandeln.«

»Was willst du denn?«

»Ein Weizenbrot und den Ehemann.«

Gelächter ringsum.

»Willst du mich verspotten?«

»Na, wenn dir das zu teuer ist, verzicht ich auf das Brot. Einigen wir uns auf den Ehemann.«

Das Gelächter ringsum verzehnfachte sich.

»Wie ist der Name? Nicht von deinem Mann, von der Kuh.«

»Schöne.«

»Hier heißt die halbe Herde so. Na gut. Sie sei gesegnet.«

Sie begann die Kuh zu besprechen. Anfangs galten ihre Zaubersprüche tatsächlich dem Tier. Dann aber kam sie in Schwung und hielt Agafja eine ganze Vorlesung über Zauberei und ihre Anwendungen. Shiwago lauschte wie verzaubert dem altertümlichen Singsang wie seinerzeit auf der Reise aus dem europäischen Rußland nach Sibirien dem blumigen Gerede des Fuhrmanns Wakch.

Die Soldatenfrau sagte: »Tante Morgossja, wenn du Zeit hast, sei unser Gast. Dienstag auf Mittwoch, der Schaden muß weg doch. Nimm der Kuh den Grind von der Zitze geschwind. Schöne, steh stumm, kipp die Bank nicht um. Steh wie ein Berg, gib einen See voller Milch. Weggekratzt, weggeschreckt, weggeschält der räudige Schorf und weg damit in die Brennesseln. Stark wie ein Zarenwort ist das Wort der Kurpfuscherin.

Agafja, man muß das alles kennen: Wegzaubern, Herzaubern, das Wort zum Heilen, das Wort zum Feien. Du kuckst zum Beispiel und denkst, das ist ein Wald. Dabei ist es die böse Kraft, die mit einem Heer von Engeln kämpft, so wie ihr mit den Bassalyshskern.

Oder schau mal dorthin, wohin ich zeige. Nein, nicht da, meine Liebe. Mit den Augen sollst du kucken, nicht mit dem Hinterkopf, ich zeig's dir ja mit dem Finger. Da, da. Was meinst du, was das ist? Du glaubst bestimmt, das ist eine Birke, deren Zweige der Wind verdreht und verwikkelt? Du meinst, ein Vogel baut sein Nest? Dem ist nicht so. Das ist wirklich ein dämonischer Einfall. Die Waldnixe flicht ihrer Tochter einen Kranz. Wenn Menschen vorbeigehen, hört sie erschrocken auf. In der Nacht flicht sie den Kranz fertig, du wirst es sehen.

Oder nehmen wir eure rote Fahne. Du meinst bestimmt, das wär wirklich eine Fahne. Das ist überhaupt keine Fahne, nein, die Pesthexen winken mit dem himbeerroten Tuch, und wem winken sie? Sie winken den jungen Männern, sie zwinkern ihnen zu, sie locken sie zur Schlachtbank, in den Tod, sie hexen ihnen die Pest an. Und ihr glaubt, das wären Fahnen, dabei kommen zu mir Arme und Proleten aller Länder.

Heute muß man alles wissen, Mutter Agafja, alles, alles, wie es ist. Was für ein Vogel, was für ein Stein, was für eine Pflanze. Dieser Vogel zum Beispiel ist der Märchenvogel Star. Das Tier ist ein Dachs.

Wenn du zum Beispiel mit irgendwem dein Vergnügen haben möchtest, brauchst du's bloß zu sagen. Dann hex ich ihm Liebe zu dir an. Selbst wenn es euer Natschalnik ist, euer Liweri, oder Koltschak oder des Zaren Sohn Iwan. Du meinst wohl, ich prahle, ich lüge? Nein, ich lüge nicht. Schau her, hör zu. Der Winter kommt, der Sturm treibt wirbelnde Schneesäulen übers Feld. Wenn ich in solch eine Schneesäule, in solch einen Schneewirbel das Messer stoß bis an den Griff, zieh ich's rot von Blut wieder raus. Na, gesehen? Na? Und du dachtest, ich lüge. Und nun sag mir, wo kommt das Blut in dem Schneewirbel her? Das ist ja Luft, Wind, Schneestaub. Aber das ist es eben, Gevatterin, das ist kein Wind und kein Schneesturm, das ist die geschiedene Hexenfrau, die ihr Hexenkind verloren hat, sie sucht es im Feld und weint und kann es nicht finden. Und die hat mein Messer getroffen. Davon kommt das Blut. Mit diesem Messer kann ich dir jedermanns Schatten wegnehmen, abschneiden und mit Seide an deinen Rocksaum nähen. Und ob das nun Koltschak ist oder Strelnikow oder ein neuer Zar, er wird sich an deine Fersen heften und dir überallhin folgen. Und du hast gedacht, ich lüge, dabei kommen zu mir Arme und Proleten aller Länder.

Oder zum Beispiel, vom Himmel fallen Steine, sie fallen wie Regen. Der Mensch tritt aus seinem Haus, und die Steine treffen ihn. Manche haben Reiter gesehen, die sind über den Himmel geritten, und ihre Pferde haben mit den Hufen die Dächer berührt. Oder was schon Zauberer im Altertum entdeckt haben: Eine Frau trägt in sich Korn oder Honig oder ein Marderfell. Männer mit Harnisch öffnen ihr die Schulter, so wie man einen Krug aufmacht, und holen mit dem Schwert bei der einen Weizen heraus, bei der anderen ein Eichhörnchen, bei der dritten eine Bienenwabe.«

Manchmal begegnet einem auf der Welt ein großes und starkes Gefühl. Ihm ist stets Mitleid beigegeben. Der Gegenstand unserer Anbetung, je stärker wir ihn lieben, dünkt uns desto mehr ein Opfer. Bei manchen übersteigt das Mitleid mit der Frau alle nur denkbaren Grenzen. Ihre Anteilnahme stellt die Frau in die unmöglichsten, auf der Welt nicht vorkommenden, nur in ihrer Phantasie existierenden Situationen, und sie sind eifersüchtig auf die sie umhüllende Luft, auf die Naturgesetze, auf die vorangegangenen Jahrtausende.

Doktor Shiwago war gebildet genug, um in den letzten Worten der Zauberin Stellen aus einer Chronik zu vermuten, aus der Nowgoroder oder der Ipatjewer Chronik, deren ursprünglicher Text durch Abwandlungen in Apokryphe verwandelt worden war. Jahrhundertelang hatten Zauberer und Märchenerzähler sie mündlich von einer Generation an die nächste weitergegeben. Noch früher hatten Abschreiber sie verändert und entstellt.

Warum konnte die Macht der Legende ihn dermaßen fesseln? Warum nahm er den unverständlichen Unsinn, die sinnlosen Märchen so auf, als wären es reale Dinge?

Lara wurde die linke Schulter geöffnet. So wie man den Schlüssel in das Geheimtürchen eines in den Schrank eingebauten Safes steckt, wurde ihr mit einer Schwertdrehung das Schulterblatt geöffnet. In der Tiefe des offenen Seelenraums zeigten sich ihre verborgenen Geheimnisse. Fremde Städte, die sie besucht hatte, fremde Straßen, fremde Häuser, fremde Weiten wickelten sich wie Bänder von Knäueln, und ganze Büschel von Bändern flatterten nach draußen.

Wie er sie liebte! Wie schön sie war! Sie war genauso beschaffen, wie er immer geglaubt und geträumt hatte, daß es für ihn notwendig sei! Aber wodurch, mit welcher Seite ihres Wesens? Ließ sich das benennen oder analysieren? O nein, nein! Es war die unvergleichliche einfache und behende Linie, mit der der Schöpfer sie in einem einzigen Zug gezeichnet hatte, und dieser göttliche Umriß war seiner Seele in die Hände gegeben, so wie ein gebadetes Kind in das Laken gewickelt wird.

Wo war er jetzt, und was widerfuhr ihm? Der Wald, Sibirien, die Partisanen. Sie waren eingekesselt, und er würde das allgemeine Los teilen. Was für eine Teufelei, was für eine Unerhörtheit! Wieder fühlte Shiwago, wie seine Augen sich trübten und sein Kopf sich verwirrte. Vor ihm verwischte sich alles. In diesem Moment fiel statt des erwarteten Schnees ein Nieselregen. Wie ein in einer städtischen Straße von Haus zu Haus gespanntes Transparent zog sich in der Luft von einer Seite der Waldlichtung zur anderen das verschwommene, vielfach vergrößerte, geisterhafte Bild eines von Gott geschaffenen wunderschönen Kopfes. Der Kopf weinte, und der zunehmende Regen küßte und umspülte ihn.

»Geh«, sagte die Zauberin zu Agafja, »deine Kuh habe ich besprochen, sie wird gesund. Bete zur Gottesmutter. Sie ist der Lichtquell und das Buch des Lebens.«

8

An den Westgrenzen der Taiga kam es zu Kampfhandlungen. Aber die Taiga war so groß, daß sie sich an der fernen Staatsgrenze abzuspielen schienen, und das Lager im Wald war so voller Menschen, daß noch so viele von dort in den Kampf ziehen konnten und immer noch genug zurückblieben, so daß es niemals leer stand.

Das Grollen der fernen Schlacht drang kaum bis zu dem Lager. Doch plötzlich knallten im Wald ganz in der Nähe Schüsse, und es kam zu einer wilden Schießerei. Von dort stürmten Männer davon. Die Leute von den Hilfstruppen liefen zu ihren Fuhrwerken. Ein Tumult entstand. Alle machten sich kampfbereit.

Aber der Tumult legte sich bald wieder. Es war falscher Alarm gewesen. Immer mehr Menschen strömten zu der Stelle, wo geschossen worden war. Zu denen, die schon dort standen, kamen immer neue.

Die Menge umringte einen auf der Erde liegenden blutüberströmten, grauenhaft verstümmelten Mann. Dieser atmete kaum noch. Der rechte Arm und das linke Bein waren ihm abgehackt worden. Es war unbegreiflich, wie der Unglückliche mit den verbliebenen Gliedmaßen kriechend das Lager erreicht hatte. Die abgehackten blutigen Glieder waren ihm auf den Rücken gebunden mitsamt einem Brett, auf dem, mit wüsten Flüchen durchsetzt, geschrieben stand, daß dies die Vergeltung für Bestialitäten der und der Roten Abteilung sei, mit der die Partisanen aus der Waldbruderschaft nichts zu tun hatten. Außerdem war beigefügt, daß so mit allen verfahren würde, wenn die Partisanen sich nicht bis zu einem bestimmten Termin ergäben und ihre Waffen an Vertreter von Wizyns Korps ablieferten.

Der Krüppel, dieser blutüberströmte Märtyrer, erzählte abgerissen mit schwacher Stimme und versagender Zunge, aller Augenblicke das Bewußtsein verlierend, von den Folterungen bei den rückwärtigen Untersuchungs- und Strafabteilungen General Wizyns. Er war zum Tod durch Erhängen verurteilt worden, doch sie hatten ihn zum Abhacken eines Arms und eines Beins begnadigt und ihn so verstümmelt zwecks Abschreckung zu dem Partisanenlager geschafft. Bis zu der bewachten Lagerzone hatten sie ihn getragen, dann hatten sie ihn auf die Erde gelegt, ihm befohlen, weiterzukriechen, und ihn mit ein paar Schüssen in die Luft angetrieben.

Der Gequälte konnte kaum die Lippen bewegen. Um sein undeutliches Stammeln zu hören, beugte man sich tief über ihn. Er sagte: »Paßt auf, Brüder. Er ist zu euch durchgebrochen.«

»Wir haben Sperrabteilungen hingeschickt. Dort ist eine große Schlägerei. Wir halten stand.«

»Er ist durchgebrochen. Bestimmt. Er will euch überraschend ans Leder. Ich weiß es. Ach, ich kann nicht mehr, Brüder. Ihr seht, ich verblute, ich spucke Blut. Gleich ist es zu Ende.«

»Lieg still, ruh dich aus. Und sag nichts. Und ihr stellt ihm keine Fragen, ihr Unmenschen. Ihr seht doch, es schadet ihm.«

»Er hat keine heile Stelle an mir übriggelassen, der Blutsäufer, der Hund. Er hat gesagt, mit meinem Blut soll ich mich reinwaschen, und ich soll ihm sagen, wer ich bin. Aber wenn ich das sag, Brüder, was dann, ich bin ja ein richtiger Disertör. Ja. Ich bin ja von ihm zu euch übergelaufen.«

»Du sagst immer er. Wer ist es, der dich so verstümmelt hat?«

»Ach, Brüder, innen drin kehrt sich alles um. Laßt mich Luft holen. Gleich sag ich's. Bekeschin, der Ataman. Oberst Strese. Wizyn und seine Leute. Ihr hier im Wald, ihr wißt gar nichts. Die Städte stöhnen. Aus lebendigen Menschen wird Eisen gekocht. Aus lebendigen Menschen werden Riemen geschnitten. Sie packen dich am Kragen und stecken dich in irgendein stockfinsteres Loch. Du tastest rum, ein Käfig, ein Waggon. Allein in dem Käfig mehr als vierzig Menschen in Unterzeug. Immer wieder macht einer den Käfig auf, und eine Riesenpranke greift in den Waggon. Schnappt sich den erstbesten. Raus mit ihm. Das ist wie Hühnerschlachten. Wahrhaftig. Der eine wird aufgehängt, der andere mit Ladestöcken geprügelt, noch einer zum Verhör. Sie ziehen ihn aus, streuen ihm Salz in die Wunden, begießen ihn mit kochendem Wasser. Wenn einer weich wird und unter sich macht, zwingen sie ihn, es aufzufressen. Und mit den Kinderchen, und mit den Frauen erst, o Gott!«

Der Unglückliche lag in den letzten Zügen. Er sprach nicht zu Ende, schrie, schluchzte und gab den Geist auf. Das begriffen alle sofort, sie zogen die Mütze und bekreuzigten sich.

Am Abend verbreitete sich im Lager eine noch grauenhaftere Neuigkeit wie ein Lauffeuer.

In der Menge, die den Sterbenden umstand, war auch Pamfil Palych gewesen. Er hatte alles gesehen und gehört und auch die Drohungen auf dem Brett gelesen.

Die ständige Angst um das Schicksal seiner Familie im Falle seines Todes packte ihn stärker als je zuvor. In seiner

Phantasie sah er sie schon der langsamen Folter ausgeliefert, sah ihre qualverzerrten Gesichter, hörte sie stöhnen und um Hilfe rufen. Um sie vor solchen Leiden zu bewahren und seine eigenen abzukürzen, brachte er sie in seiner rasenden Trauer selber um. Er erschlug seine Frau und die drei Kinder mit dem rasiermesserscharfen Beil, mit dem er den Mädchen und dem geliebten Sohn Fljonuschka Spielzeug geschnitzt hatte.

Erstaunlich war, daß er nach seiner Tat nicht Hand an sich legte. Was dachte er sich dabei, glaubte er, noch eine Zukunft zu haben? Was hatte er für Aussichten und Absichten? Er war eindeutig ein Wahnsinniger, der mit seinem Dasein unwiderruflich abgeschlossen hatte.

Während Liweri, Doktor Shiwago und die Mitglieder des Armeesowjets tagten und erörterten, was mit ihm zu geschehen habe, streifte er frei durchs Lager, ließ den Kopf auf die Brust hängen, und seine trübgelben, unter gesenkten Brauen blickenden Augen sahen nichts. Das stumpf flackernde Lächeln unmenschlichen, durch nichts zu besiegenden Leides wich nicht von seinem Gesicht.

Niemand hatte Mitleid mit ihm. Alle wichen vor ihm zurück. Es erhoben sich Stimmen, die zur Selbstjustiz aufriefen. Sie fanden kein Gehör.

Er hatte auf der Welt nichts mehr zu tun. Gegen Morgen verschwand er aus dem Lager, so wie ein tollwütiges Tier vor sich selbst davonläuft.

9

Längst war Winter, und es herrschte klirrender Frost. Abgerissene Laute und Formen ohne erkennbaren Zusammenhang zeigten sich in dem frostigen Dunst, standen da, bewegten sich, verschwanden. Nicht die Sonne, an die man auf Erden gewöhnt war, sondern etwas anderes, Untergeschobenes hing als dunkelrote Kugel im Wald. Von ihr gingen zäh und langsam wie im Traum oder im Märchen Strahlen aus, dick wie Honig, von bernsteingelber Farbe, erstarrten in der Luft und froren an den Bäumen fest. Unsichtbare Füße in Filzstiefeln, kaum die Erde berührend und mit jedem Schritt im Schnee ein lautes Knirschen auslösend, bewegten sich in allen Richtungen, und die dazugehörenden Gestalten in Baschlyk und Pelzjoppe schwebten losgelöst durch die Luft wie am Firmament kreisende Sterne.

Bekannte blieben stehen, kamen ins Gespräch. Sie näherten einander die Gesichter, die tiefrot waren wie nach der Sauna, mit den vereisten Bastwischen ihrer Bärte. Wolken von dickem, zähem Dampf entfuhren den Mündern, so gewaltig, daß sie nicht zu den gleichsam erfrorenen Worten ihres kargen Gesprächs paßten.

Auf einem Pfad traf Liweri den Arzt.

»Ach, Sie? Lange nicht gesehen! Kommen Sie bitte abends in meine Erdhütte. Sie können bei mir übernachten. Dann reden wir von alten Zeiten. Ich habe auch eine Mitteilung für Sie.«

»Ist der Kurier zurück? Was Neues aus Warykino?«

»Von meinen und Ihren Angehörigen steht nichts in der Meldung. Aber grade daraus ziehe ich tröstliche Schlüsse. Sie müssen sich rechtzeitig in Sicherheit gebracht haben. Sonst wäre es erwähnt. Aber wir reden heute abend über alles. Also, ich erwarte Sie.«

In der Erdhütte wiederholte der Arzt seine Frage: »Sagen Sie mir nur, was wissen Sie von unseren Familien?«

»Sie wollen schon wieder nicht weiter sehen als bis zu Ihrer Nasenspitze. Es scheint, daß die Unsrigen leben und in Sicherheit sind. Aber um sie geht es gar nicht. Es gibt großartige Neuigkeiten. Möchten Sie Fleisch essen? Ich habe kalten Kalbsbraten.«

»Nein, danke. Nicht alles auf einmal. Kommen Sie zur Sache.«

»Wie Sie wollen. Ich esse was. Wir haben Skorbut im Lager. Die Leute wissen nicht mehr, was das ist, Brot und Gemüse. Wir hätten im Herbst das Sammeln von Nüssen und Beeren organisieren müssen, als noch die Flüchtlingsfrauen hier waren. Ich sage Ihnen, um unsere Sache steht es bestens. Was ich immer prophezeit habe, ist eingetreten. Das Eis ist gebrochen. Koltschak zieht sich an allen Fronten zurück. Das ist eine vollständige, sich elementar entwickelnde Niederlage. Sehen Sie? Was habe ich gesagt? Und Sie haben den Kopf hängenlassen.«

»Wann habe ich den Kopf hängenlassen?«

»Unentwegt, besonders, als Wizyn uns bedrängte.«

Doktor Shiwago erinnerte sich an den noch nicht lange zurückliegenden Herbst, an die Erschießung der Meuterer, an den Mord Palychs an seiner Frau und seinen Kindern, an die blutigen Schlägereien und Gemetzel, deren Ende nicht abzusehen war. Weiße und Rote überboten sich gegenseitig an Fanatismus und Grausamkeit, die von Mal zu Mal schlimmer wurden. Vom Blut wurde einem übel, es stand bis an den Hals, stieg zum Kopf, füllte die Augen. Er hatte den Kopf nicht hängenlassen, der Ausdruck war unpassend, es war etwas ganz anderes gewesen. Aber wie sollte er Liweri das erklären?

In der Erdhütte roch es stickig nach Qualm. Er setzte sich am Gaumen ab, kitzelte Hals und Nase. Licht gab nur ein brennender Holzspan, der in einem eisernen Dreibein steckte. Wenn er niedergebrannt war, fiel der verkohlte Rest in eine daruntergestellte Schüssel mit Wasser, und Liweri klemmte einen angezündeten neuen Span in den Ring.

»Sie sehen, was ich hier anzünde. Das Öl ist alle. Das Holz ist zu trocken, darum brennt der Span so schnell herunter. Ja, wir haben Skorbut im Lager. Sie wollen wirklich kein Kalbfleisch? Skorbut. Warum gucken Sie so, Doktor? Man müßte den Stab zusammenrufen, die Lage besprechen, der Führung einen Vortrag halten über den Skorbut und seine Bekämpfung.«

»Spannen Sie mich doch nicht so auf die Folter, um Gottes willen. Was wissen Sie über unsere Angehörigen?«

»Ich sagte Ihnen doch, ich habe keine genauen Informationen. Aber ich bin noch nicht fertig mit dem, was ich aus den letzten Kriegsnachrichten weiß. Der Bürgerkrieg ist zu Ende. Koltschak ist völlig geschlagen. Die Rote Armee treibt ihn längs der Eisenbahnmagistrale nach Osten, um ihn ins Meer zu werfen. Andere Teilkräfte der Roten Armee sind auf dem Weg zu uns, um sich mit uns zu vereinigen und seine zahlreichen, überall verstreuten rückwärtigen Kräfte zu vernichten. Der Süden Rußlands ist gesäubert. Freuen Sie sich nicht? Ist Ihnen das zu wenig?«

»Doch, ich freue mich. Aber wo sind unsere Familien?«

»Nicht in Warykino, und das ist ein großes Glück. Kamennodworskis Legenden im vorigen Sommer haben sich nicht bestätigt, wie ich's mir dachte – erinnern Sie sich an die dummen Gerüchte, wonach eine rätselhafte Völkerschaft über Warykino hergefallen sein sollte? Aber die Siedlung ist vollständig leer. Irgend etwas muß es dort wohl doch gegeben haben, und zum Glück sind beide Familien rechtzeitig weggegangen. Lassen Sie uns glauben, daß sie in Sicherheit sind. Dies sind nach dem, was meine Aufklärung sagt, Vermutungen der wenigen Gebliebenen.«

»Und Jurjatin? Was ist dort? In wessen Händen ist die Stadt?«

»Das ist auch so widersinnig. Es kann auch gar nicht stimmen.«

»Nämlich?«

»Dort sollen noch die Weißen sein. Das ist völlig absurd und ganz unmöglich. Ich will es Ihnen durch den Augenschein beweisen.«

Liweri zündete einen neuen Span an, faltete die zerknitterte, zerfledderte Karte 1:50000 so, daß die entsprechenden Planquadrate sich oben befanden, und erklärte mit dem Bleistift in der Hand: »Schauen Sie her. Auf allen diesen Abschnitten sind die Weißen zurückgeworfen. Hier, hier und hier, in dem ganzen Kreis. Können Sie mir folgen?«

»Ja.«

»In Richtung Jurjatin können keine mehr sein. Andernfalls wären ihre Verbindungen abgeschnitten, und sie säßen unweigerlich im Kessel. Ihre Generäle, so unfähig sie auch sein mögen, müssen das begreifen. Sie ziehen die Pelzjoppe an? Wo wollen Sie hin?«

»Entschuldigen Sie, ich gehe kurz hinaus, komme gleich wieder. Hier ist alles verqualmt von Machorka und dem Span. Mir ist schlecht. Ich will frische Luft schnappen.«

Doktor Shiwago stieg aus der Erdhütte nach oben, wischte mit dem Fäustling den Schnee von dem dicken Baumstamm, der als Sitzbank neben dem Eingang lag, setzte sich darauf, stützte den Kopf in beide Hände und dachte nach. Die winterliche Taiga, das Lager im Wald, die achtzehn Monate, die er bei den Partisanen verbracht hatte, all das schien es nicht mehr zu geben. Er hatte alles vergessen. Vor sich sah er nur die Angehörigen, über die er Vermutungen anstellte, eine immer schrecklicher als die andere.

Da geht Tonja im Schneesturm über ein Feld, Saschenka in den Armen. Sie wickelt ihn fest in eine Decke, ihre Füße sinken im Schnee ein, sie zieht sie mühsam heraus, der Schneesturm zerrt an ihr, wirft sie zu Boden, sie stürzt, rafft sich wieder auf, hat nicht die Kraft, auf den geschwächten, nachgebenden Beinen stehen zu bleiben. Oh, das vergißt er immer wieder, sie hat ja zwei Kinder, das Kleinere stillt sie noch. Sie hat keine Hand frei wie die

Flüchtlingsfrauen an der Tschilimka, die vom Kummer und von den unvorstellbaren Anstrengungen den Verstand verloren haben.

Sie hat keine Hand frei, und weit und breit ist niemand, der ihr helfen könnte. Saschenkas Vater ist verschollen. Weit weg ist er, sein Leben verläuft fern von ihnen, und ist das überhaupt ein Vater, wie er sein muß? Und wo ist ihr Vater, Alexander Gromeko? Wo ist Njuscha? Wo sind die anderen? Oh, lieber nicht solche Fragen stellen, lieber nicht nachdenken, lieber nicht grübeln.

Der Arzt stand von dem Baumstamm auf, um wieder in die Erdhütte hinunterzusteigen. Aber plötzlich nahmen seine Gedanken eine andere Richtung. Er überlegte es sich anders.

Skier, ein Rucksack mit Dörrbrot und alles für die Flucht Notwendige lagen seit langem in einem Versteck. Er hatte die Sachen außerhalb der bewachten Lagerzone im Schnee vergraben, unter einer hohen Fichte, deren Rinde er mit einem Merkzeichen versehen hatte. Dorthin ging er jetzt auf einem Trampelpfad zwischen den Schneewehen. Es war eine klare Nacht. Der Vollmond schien. Der Arzt wußte, wo die Posten standen, und umging sie erfolgreich. Aber auf der Lichtung mit der vereisten Eberesche rief ihn schon von weitem ein Posten an und kam auf schnell gleitenden Skiern auf ihn zu.

»Halt! Ich schieße!« Wer da? Parole!

»Bist du verrückt geworden, Kumpel? Erkennst du mich nicht? Ich bin doch euer Arzt, Shiwago.«

»Entschuldigung! Nicht böse sein, Genosse Shiwag. Ich hab dich nich erkannt. Auch wenn du Shiwag bist, weiter laß ich dich nich. Es muß alles seine Richtigkeit haben.«

»Also bitte. Die Parole ist ›Rotes Sibirien‹, die Antwort ›Nieder mit den Interventen‹.«

»Das ist was anderes. Geh, wohin du willst. Welcher Schaitan treibt dich nachts um? Gehst du zu Kranken?«

»Ich kann nicht schlafen und habe Durst. Da habe ich mir gedacht, ich geh ein bißchen spazieren und steck mir Schnee in den Mund. Dann hab ich die Eberesche gesehen und wollte von den gefrorenen Beeren nehmen.«

»Wieder so eine Herrenlaune, im Winter nach Beeren. Drei Jahre dreschen wir euch schon, aber es ist euch nicht auszutreiben. Kein bißchen politisches Bewußtsein. Hol dir deine Ebereschen, du Verrückter. Was kümmert's mich?«

Der Posten nahm Anlauf und glitt auf seinen langen pfeifenden Skiern immer schneller durch den unberührten Schnee, weiter und immer weiter hinter die kahlen Wintersträucher, die an spärlichen Haarwuchs erinnerten. Der Pfad, auf dem der Arzt ging, führte ihn zu der Eberesche.

Sie war zur Hälfte verschneit, zur Hälfte voller gefrorener Blätter und Beeren, und sie streckte ihm zwei verschneite Zweige entgegen. Er dachte an Laras runde, zärtliche weiße Arme, ergriff die Zweige und zog den Baum zu sich herunter. Es war wie eine Antwort, daß die Eberesche ihn von oben bis unten mit Schnee bestäubte.

»Komm her, meine Schöne, meine Königin Eberesche mit den roten Beeren.«

Es war eine klare Nacht. Der Mond schien. Doktor Shiwago drang weiter in die Taiga bis zu seiner Fichte, grub seine Sachen aus und verließ das Lager.

Dreizehnter Teil

Gegenüber dem Haus mit den Figuren

1

Die Bolschaja Kupetscheskaja-Straße führte hinunter zur Malaja Spasskaja-Straße und zur Nowoswalotschny-Gasse. Auf sie blickten die Häuser und Kirchen der höher gelegenen Stadtteile.

An der Ecke stand das dunkelgraue Haus mit den Figuren. Auf den mächtigen Vierkantsteinen seines schrägen Fundaments klebten die neusten Nummern von Zeitungen, Dekreten und Beschlüssen der Regierung. Häuflein von Passanten standen lange davor auf dem Bürgersteig und lasen schweigend diese Literatur.

Nach dem kürzlichen Tauwetter herrschte Trockenheit. Es war leichter Frost, der sich spürbar verstärkte. In den Stunden, in denen es noch vor kurzem dunkel gewesen war, war es jetzt hell. Der Winter war unlängst zu Ende gegangen. Die Leere des freigewordenen Raums war von Licht erfüllt, das sich bis in die Abende hinein hielt. Es erregte, zog in die Ferne, ängstigte, stimmte mißtrauisch.

Die Weißen waren vor kurzem aus der Stadt abgezogen und hatten sie den Roten überlassen. Beschießungen, Blutvergießen, kriegerische Unruhen waren vorüber. Auch das ängstigte und stimmte mißtrauisch, so wie das Ende des Winters und die längeren Frühlingstage.

Die Bekanntmachungen, die die Straßenpassanten im Licht des verlängerten Tages lasen, lauteten etwa:

»Der Bevölkerung zur Kenntnis. Arbeitsbücher für Vermögende werden für 50 Rubel pro Stück in der Lebensmittelabteilung des Jurjatiner Stadtsowjets ausgegeben, Oktjabrskaja-Straße, ehemalige Generalgubernatorskaja-Straße 5, Zimmer 137.

Wer kein Arbeitsbuch besitzt oder falsche oder gar erlogene Eintragungen macht, wird mit aller Strenge der Kriegszeit bestraft. Eine genaue Instruktion zur Führung des Arbeitsbuches wurde in der I.J.E. Nr. 86 (1013) dieses Jahres veröffentlicht, sie hängt aus in der Lebensmittelabteilung des Jurjatiner Stadtsowjets, Zimmer 137.«

In einer anderen Bekanntmachung hieß es, in der Stadt seien ausreichend Lebensmittelvorräte vorhanden, die lediglich von der Bourgeoisie gehortet würden, um die Verteilung zu desorganisieren und Chaos in die Lebensmittelversorgung zu bringen. Die Bekanntmachung schloß mit den Worten:

»Wer des Hortens und Hamsterns von Lebensmittelvorräten überführt wird, ist auf der Stelle zu erschießen.«

Eine dritte Bekanntmachung enthielt das Angebot:

»Im Interesse einer funktionierenden Lebensmittelversorgung schließen sich die nicht zu den Ausbeuterelementen gehörenden Einwohner zu Verbraucherkommunen zusammen. Auskünfte über die Einzelheiten erteilt die Lebensmittelabteilung des Jurjatiner Stadtsowjets, Oktjabrskaja-Straße, ehemalige Generalgubernatorskaja-Straße 5, Zimmer 137.«

Militärangehörige wurden gewarnt:

»Wer seine Waffen nicht abgibt oder sie ohne entsprechende Genehmigung neueren Datums führt, wird mit aller Strenge des Gesetzes bestraft. Waffenscheine werden im Jurjatiner Revkom, Oktjabrskaja-Straße 6, Zimmer 63 umgetauscht.«

2

Zu der Gruppe der Lesenden trat ein ausgemergelter Mann, der sich offenbar lange nicht gewaschen hatte und daher dunkelhäutig aussah. Er war verwildert, trug einen Schultersack und einen Stock. Die nicht geschnittenen Haare zeigten noch kein Grau, doch der dunkelbraune Vollbart hatte schon Silberfäden. Der Mann war Doktor Juri Shiwago. Die Pelzjoppe mochte man ihm längst unterwegs weggenommen haben, oder er hatte sie gegen Lebensmittel getauscht. Er war bekleidet mit einer abgetragenen Jacke mit zu kurzen Ärmeln, die ihn nicht wärmte.

Der Sack enthielt einen Kanten Brot, den er im letzten Dorf vor der Stadt geschenkt bekommen hatte, und ein Stück Speck. Vor einer Stunde war er von der Eisenbahnseite her in die Stadt gekommen, so lange hatte er bis zu dieser Kreuzung gebraucht, so schwach und erschöpft war er von den Fußmärschen der letzten Tage. Er blieb oft stehen und hätte sich am liebsten zu Boden geworfen und die Steine dieser Stadt geküßt, die noch einmal wiederzusehen er nicht hatte hoffen können und über deren Anblick er sich freute wie über ein lebendiges Wesen.

Eine weite Strecke, die Hälfte seines Fußmarsches, war er den Eisenbahnschienen gefolgt. Sie waren gänzlich verwahrlost, unbenutzt und von Schnee verweht. Sein Weg führte ihn vorbei an weißgardistischen Zügen, Personen- und Güterzügen, die infolge der Verwehungen, der Niederlage Koltschaks und des Brennstoffmangels steckengeblieben waren. Die unter Schnee begrabenen Züge zogen sich fast ununterbrochen über viele Dutzende von Werst hin. Sie dienten bewaffneten Banden von Straßenräubern und kriminellen und politischen Flüchtlingen, den unfreiwilligen Vagabunden jener Zeit, die sich verstecken mußten, als Festung und Zuflucht, mehr noch aber als Massengrab und Gemeinschaftsgruft für solche, die erfroren oder am Flecktyphus gestorben waren; die Seuche wütete längs der Strecke und hatte in der Umgebung ganze Dörfer hinweggerafft.

Diese Zeit bestätigte das alte Sprichwort: Der Mensch ist des Menschen Wolf. Wenn ein Wanderer einem anderen begegnete, wich er ihm seitlich aus, denn einer pflegte den anderen zu töten, um nicht selbst getötet zu werden. Vereinzelt gab es Fälle von Menschenfresserei. Die Gesetze der menschlichen Zivilisation galten nicht mehr. Es herrschte das Gesetz der Tiere. Der Mensch hatte prähistorische Träume aus dem Höhlenzeitalter.

Vereinzelte Schatten, die sich manchmal seitlich an Shiwago vorbeistahlen oder furchtsam weit vor oder hinter ihm den Weg überquerten und denen auch er möglichst auswich, kamen ihm gelegentlich bekannt vor, als hätte er sie schon irgendwo gesehen. Es dünkte ihm, als kämen sie alle aus dem Partisanenlager. In den meisten Fällen täuschte er sich, aber einmal trog ihn sein Blick nicht. Ein Halbwüchsiger kroch aus einem Schneeberg, unter dem sich ein internationaler Schlafwagen verbarg, heraus und schlüpfte nach Verrichtung seiner Notdurft wieder hinein, und das war tatsächlich einer von den Waldbrüdern, nämlich der vermeintlich erschossene Terescha Galusin. Er war nicht tödlich getroffen worden, hatte lange bewußtlos gelegen, war wieder zu sich gekommen, von der Hinrichtungsstätte weggekrochen und hatte sich im Wald versteckt, wo er sich von seinen Wunden erholte. Jetzt schlug er sich heimlich unter anderem Namen zu den Seinen nach Krestowosdwishensk durch und versteckte sich unterwegs in den eingeschneiten Zügen.

Diese Bilder und Anblicke erweckten den Eindruck, als wären sie nicht von dieser Welt. Sie wirkten wie Teilchen irgendwelcher unbekannter Existenzen von anderen Sternen, die irrtümlich auf die Erde gelangt waren. Nur die Natur war der Geschichte treu geblieben und bot sich so dem Blick, wie die Maler der neueren Zeit sie darzustellen pflegten.

Es gab stille Winterabende, hellgrau oder dunkelrosa. Vor einem lichten Sonnenaufgang hoben sich schwarze Birkenwipfel ab, feingestrichelt wie alte Schriftzeichen. Schwarze Bäche flossen unter rauchgrauer Eiskruste zwischen weißen Bergen, die unten vom Flußwasser geschwärzt wurden. Solch ein Abend, frostig, von durchscheinendem Grau, mitleidsvoll wie Weidenkätzchen, würde in ein oder zwei Stunden gegenüber dem Hause mit den Figuren in Jurjatin anbrechen.

Der Arzt trat zu der Tafel mit der Zentralpresse an der Hausmauer, um die staatlichen Verlautbarungen durchzusehen. Aber sein Blick wanderte immer wieder auf die andere Straßenseite und blieb an mehreren Fenstern im ersten Stock des Hauses hängen. Diese Fenster zur Straße waren früher mit Kreide geweißt gewesen. In den dahinterliegenden Zimmern hatte Lara die Möbel der Wohnungsinhaber aufbewahrt. Obwohl der Frost die unteren Hälften der Scheiben mit einer dünnen Kristallkruste überzogen hatte, war zu sehen, daß sie jetzt durchsichtig und von der Kreide freigewaschen waren. Was hatte diese Veränderung zu bedeuten? Waren die Wohnungsinhaber zurückgekehrt? Oder war Lara ausgezogen, die Wohnung von anderen Mietern bewohnt und alles dort anders geworden?

Die Ungewißheit setzte Juri Shiwago zu. Er konnte seiner Erregung nicht Herr werden. Darum überquerte er die Straße, öffnete die Haustür und stieg die wohlbekannte und geliebte Vordertreppe hinauf. Wie oft hatte er sich im Waldlager an das Gittermuster der gußeisernen Stufen erinnert, wo er jeden Schnörkel kannte! Auf dem Treppenabsatz konnte man durch das Gitter nach unten blicken, wo alte Eimer, Schüsseln und zerbrochene Stühle lagen. Das war alles noch da. Der Arzt empfand beinahe

Dankbarkeit gegenüber der Treppe für ihre Treue zur Vergangenheit.

Früher war an der Tür eine Klingel gewesen, aber die hatte schon vor seiner Gefangenschaft im Wald nicht funktioniert. Er wollte klopfen, da sah er, daß sie auf neue Art verschlossen war, nämlich mit einem schweren Vorhängeschloß, dessen Bügel durch zwei grob in die alte Eichentür mit ihrem schönen und stellenweise abgefallenen Schnitzwerk geschraubte Ringe lief. Eine derartige Barbarei wäre früher undenkbar gewesen. Damals benutzte man sorgfältig eingepaßte Türschlösser, die gut schlossen, und wenn sie defekt waren, gab es Schlosser, die sie in Ordnung brachten. Dieses nichtige Detail zeugte auf seine Weise von der allgemeinen, weit fortgeschrittenen Verschlechterung.

Doktor Shiwago war überzeugt, daß Lara und Katenka nicht zu Hause seien; vielleicht waren sie gar nicht in Jurjatin und vielleicht auch nicht mehr auf der Welt. Er war auf das Schlimmste gefaßt. Nur um sein Gewissen zu beruhigen, wollte er in das Loch greifen, vor dem er und Katenka solche Angst hatten, und er trat zunächst mit dem Fuß gegen die Wand, um nicht in dem Loch auf eine Ratte zu stoßen, ohne Hoffnung, an dieser vereinbarten Stelle etwas vorzufinden. In dem Loch steckte der Ziegelstein. Der Arzt nahm ihn heraus und griff in die Vertiefung. O Wunder! Ein Schlüssel und ein Brief. Der Brief war ziemlich lang, es war ein großes Blatt. Shiwago ging zum Fenster des Treppenabsatzes. Ein noch größeres Wunder, noch unwahrscheinlicher! Der Brief war an ihn gerichtet! Rasch las er:

»Mein Gott, welches Glück! Ich höre, Du lebst und hast Dich wieder angefunden. Leute haben Dich in der Umgebung gesehen, sie kamen gelaufen und sagten es mir. In der Annahme, du würdest als erstes nach Warykino eilen, bin ich mit Katenka dorthin gefahren. Für alle Fälle findest Du hier den Schlüssel. Warte auf mich, gehe nicht weg. Ja, das weißt Du noch gar nicht, ich wohne jetzt im vorderen Teil der Wohnung, in den Zimmern zur Straße. Aber Du wirst es Dir denken können. Im Haus ist viel Platz, alles verwahrlost, ich habe einen Teil der Möbel verkaufen müssen. Ich lasse Dir ein wenig Essen da, vor allem gekochte Kartoffeln. Beschwere den Kasserollendeckel mit einem Plätteisen oder etwas anderem, damit die Ratten nicht daran können. Ich bin verrückt vor Freude.«

Damit endete die Vorderseite des Briefes. Der Arzt bemerkte nicht, daß auch die Rückseite beschrieben war. Er führte das entfaltete Blatt an die Lippen, legte es dann zusammen, ohne es noch einmal anzusehen, und steckte es mit dem Schlüssel in die Tasche. In seine wahnsinnige Freude mischte sich ein furchtbarer, reißender Schmerz. Wenn sie ohne Zögern, ohne jeden Vorbehalt nach Warykino gegangen war, konnte seine Familie nicht mehr dort sein. Außer der Unruhe, die dies in ihm hervorrief, empfand er unerträglichen Schmerz und Kummer um die Seinen. Warum hatte Lara sie mit keinem Wort erwähnt und sich nicht dazu geäußert, wo sie waren, als ob sie nicht mehr existierten?

Aber zum Grübeln war keine Zeit. Draußen begann es zu dunkeln. Er mußte noch eine Menge Dinge erledigen, solange es hell war, vor allem die draußen ausgehängten Dekrete studieren. Es war eine schlimme Zeit. Für den Verstoß gegen irgendeine obligate Bestimmung aus Unkenntnis konnte man mit dem Leben bezahlen. Ohne die Tür zu öffnen und ohne den Sack von der wund gescheuerten Schulter zu nehmen, ging er hinunter auf die Straße und trat zu der Wand, die auf einer großen Fläche dicht an dicht mit bedruckten Blättern beklebt war.

3

Da gab es Zeitungsartikel, Redeprotokolle von Sitzungen und Dekrete. Shiwago überflog die Schlagzeilen. »Über die Ordnung der Requirierungen und Besteuerungen der besitzenden Klassen. Über die Arbeiterkontrolle. Über die Fabrik- und Werkkomitees.« Es waren Anordnungen der neuen Macht in der Stadt, die an die Stelle der bisherigen Ordnung getreten war. Sie erinnerte an die Unantastbarkeit ihrer Grundlagen für den Fall, daß die Einwohner sie während der zeitweiligen Verwaltung der Weißen vergessen hätten. Aber dem Arzt schwirrte der Kopf von der Endlosigkeit dieser monotonen Wiederholungen. Aus welchen Jahren stammten die Texte? Aus dem vorigen Jahr? Dem vorvorigen? Einmal im Leben hatte er sich für die Entschiedenheit dieser Sprache und für die Geradlinigkeit dieser Denkweise begeistert. Sollte er etwa für diese voreilige Begeisterung damit bezahlen, daß er nie wieder etwas anderes zu sehen bekam als diese über lange Jahre hinweg unveränderten blödsinnigen Aufrufe und Forderungen, die mit der Zeit immer lebloser, unverständlicher, unausführbarer wurden? Hatte er sich etwa mit seiner kurzzeitigen Sympathie für ewig ausgeliefert?

Sein Blick fiel auf ein irgendwo abgerissenes Stück eines Berichts. Er las:

»Die Informationen über die Hungersnot zeugen von einer unglaublichen Tatenlosigkeit der örtlichen Organisationen. Fälle von Mißbrauch sind an der Tagesordnung, die Spekulation ist ungeheuerlich, aber was hat das Büro der örtlichen Gewerkschaftsorganisationen, was haben die Fabrik- und Werkkomitees in der Stadt und der Region getan? Solange wir nicht massenhaft Durchsuchungen der Speicher auf dem Jurjatiner Güterbahnhof, in den Bereichen Jurjatin-Raswilje und Raswilje-Rybalka durchführen, solange wir nicht härteste Terrormaßnahmen einleiten bis hin zur Erschießung der Spekulanten an Ort und Stelle, wird es keine Rettung von der Hungersnot geben.«

Welch beneidenswerte Verblendung! dachte Juri Shiwago. Von was für Getreide kann die Rede sein, wenn es Getreide in der Natur längst nicht mehr gibt? Was heißt denn besitzende Klassen, was heißt Spekulanten? Die sind doch auf Grund früherer Dekrete längst ausgerottet. Was für Bauern, was für Dörfer? Die existieren doch gar nicht mehr. Wie kann man denn in solchem Maße seine eigenen Bestimmungen und Maßnahmen vergessen, die längst keinen Stein mehr auf dem anderen gelassen haben? Was für Menschen müssen das sein, die jahrein, jahraus in nicht abkühlendem Fieberwahn über nicht existierende, längst erledigte Themen faseln und nicht zur Kenntnis nehmen, was ringsum vorgeht!

Dem Arzt schwindelte der Kopf. Er verlor das Bewußtsein und sank auf den Bürgersteig nieder. Als er wieder zu sich kam, halfen Leute ihm auf und boten ihm an, ihn dorthin zu bringen, wohin er wollte. Er bedankte sich und schlug die Hilfe aus, da er nur über die Straße müsse.

4

Wieder stieg er die Treppe hinauf und öffnete mit dem Schlüssel Laras Wohnungstür. Auf dem Treppenabsatz war es noch ganz hell und nicht ein bißchen dunkler als vorher. Mit dankbarer Freude vermerkte er, daß ihn die Sonne nicht zur Eile trieb.

Das Knirschen des Schlüssels im Türschloß löste drinnen einen Aufruhr aus. Die menschenleere Wohnung empfing ihn mit dem Klirren und Poltern umkippender und herunterfallender Blechgefäße. Ratten platschten auf den Fußboden und stoben auseinander. Dem Arzt wurde ganz schlecht vom Gefühl der Hilflosigkeit gegenüber diesen abscheulichen Tieren, die sich hier wahrscheinlich in Unmassen vermehrt hatten.

Ehe er irgendeinen Versuch unternahm, sich für die Übernachtung einzurichten, beschloß er, als erstes gegen diese Plage vorzugehen und, nachdem er ein leicht abteilbares und gut verschließbares Zimmer ausgesucht hatte, die Rattenlöcher dort mit Glasscherben und Eisenteilen zu verstopfen.

Aus der Diele wandte er sich nach links, in den Teil der Wohnung, den er noch nicht kannte. Nachdem er ein dunkles Durchgangszimmer passiert hatte, gelangte er in einen hellen Raum mit zwei Fenstern zur Straße. Gegenüber sah er das dunkle Haus mit den Figuren. Das Fundament war mit den Zeitungen beklebt. Passanten standen mit dem Rücken zu ihm und lasen.

Das Licht im Zimmer und draußen war genau das gleiche, es war das junge, frische Abendlicht des beginnenden Frühlings. Die Gleichheit des Lichts drinnen und draußen war so groß, als wäre das Zimmer nicht von der Straße abgetrennt. Nur einen kleinen Unterschied gab es. In Laras Schlafzimmer, in dem Shiwago stand, war es kälter als draußen in der Kupetscheskaja-Straße.

Als der Arzt auf seinem letzten Tagesmarsch vor ein oder zwei Stunden die Stadt erreichte und durchschritt, hatte er seine über die Maßen zunehmende Schwäche als Vorzeichen einer drohenden Erkrankung gesehen und war erschrocken.

Jetzt bereitete ihm die Gleichheit des Lichts im Hause und außerhalb eine ebenso grundlose Freude. Die abgekühlte Luftsäule, die im Hof und in der Wohnung identisch war, brachte ihn den abendlichen Straßenpassanten, den Stimmungen in der Stadt, dem Leben auf der Welt näher. Seine Ängste verflogen. Er glaubte nicht mehr, daß er erkranken werde. Die abendliche Durchsichtigkeit des allgegenwärtigen Frühlingslichts dünkte ihn ein Unterpfand ferner und freigebiger Hoffnungen. Er wollte gern glauben, daß alles gut ausgehen, er alles im Leben erreichen, seine Lieben finden und versöhnen, alles zu Ende denken und zum Ausdruck bringen würde. Und die Freuden des Wiedersehens mit Lara erwartete er als bevorstehendes Unterpfand.

An die Stelle seines Kräfteverfalls traten wahnsinnige Erregung und ungezügelte Betriebsamkeit. Diese Belebung war ein noch sichereres Symptom der beginnenden Krankheit als die Schwäche. Der Arzt fand keine Ruhe zum Sitzen. Es trieb ihn wieder auf die Straße. Aus folgendem Anlaß.

Bevor er sich hier häuslich niederließ, wollte er sich die Haare und den Bart scheren lassen. Darum hatte er schon bei seinem Weg durch die Stadt nach den früheren Frisiersalons Ausschau gehalten. Ein Teil von ihnen stand leer oder diente jetzt anderen Zwecken. Andere, die noch ihre frühere Bestimmung hatten, waren verschlossen. Wo sollte er sich die Haare schneiden und rasieren lassen? Ein eigenes Rasiermesser besaß er nicht. Eine Schere, wenn sich bei Lara eine fand, hätte ihm aus der Verlegenheit helfen können. Aber als er hastig ihr Toilettentischchen durchsuchte, fand sich keine Schere.

Er entsann sich, daß in der Malaja Spasskaja früher eine Schneiderwerkstatt gewesen war. Wenn diese noch bestand, dort noch gearbeitet wurde und er es bis zur Schließung schaffte, so dachte er, könnte er eine der Schneiderinnen um eine Schere bitten. Noch einmal ging er hinaus auf die Straße.

5

Die Erinnerung hatte ihn nicht getäuscht. Die Werkstatt befand sich noch dort, und es wurde gearbeitet. Sie nahm ein ebenerdiges Ladengeschäft ein und hatte ein breites Schaufenster zur Straße. Durch das Fenster konnte man bis zur hinteren Wand sehen. Die Schneiderinnen arbeiteten im Blickfeld der Straßenpassanten.

Drinnen herrschte drangvolle Enge. Außer den Mitarbeiterinnen hatten sich dort offenbar Amateurschneiderinnen eingefunden, ältere Damen aus der Jurjatiner Gesellschaft, um ein Arbeitsbuch zu bekommen, von dem in dem Dekret an der Wand des Hauses mit den Figuren die Rede war.

Ihre Bewegungen waren längst nicht so flink wie die der gelernten Schneiderinnen. In der Werkstatt wurden nur Militärsachen genäht, wattierte Hosen, Steppjacken und Windblusen, aber auch Sachen, wie Shiwago sie schon im Partisanenlager gesehen hatte, närrisch aussehende Pelzmäntel aus verschiedenfarbigen Hundefellen. Die Amateurschneiderinnen bogen mit ungeschickten Fingern die Säume um und schoben sie unter die Nadel der Maschine, sie kamen mit der ungewohnten Kürschnerarbeit nur schwer zurecht.

Shiwago klopfte ans Fenster und machte Zeichen, man möge ihn einlassen. Mit ebensolchen Zeichen wurde ihm geantwortet, daß Privataufträge nicht angenommen würden. Shiwago ließ nicht locker, wiederholte seine Gesten und beharrte darauf, man möge ihn einlassen und anhören. Ablehnende Gesten gaben ihm zu verstehen, man habe eilige Arbeiten, er solle sich entfernen und nicht länger stören. Eine der Schneiderinnen zeigte ein verständnisloses Gesicht, streckte ihm verdrossen die Hände entgegen und fragte mit den Blicken, was er denn eigentlich wolle. Mit dem Zeige- und dem Mittelfinger machte er die Schnipp-

Schnapp-Bewegung einer Schere. Sie verstand ihn nicht, glaubte an eine Anstößigkeit oder er wolle sie necken oder hänseln. Mit seiner abgerissenen Kleidung und dem seltsamen Benehmen erweckte er den Eindruck eines Kranken oder Verrückten. Die Schneiderinnen kicherten und lachten und fuchtelten mit den Händen, um ihn vom Fenster wegzujagen. Schließlich kam er auf die Idee, über den Hof des Hauses hineinzugelangen, fand die Tür zur Werkstatt und klopfte an den Hintereingang.

6

Ihm öffnete eine bejahrte Schneiderin mit dunklem Gesicht, in einem dunklen Kleid, eine strenge Frau, vielleicht die Chefin des Unternehmens.

»Na, so was Aufdringliches! Das ist ja die reinste Strafe. Los, schnell, was wollen Sie? Ich hab keine Zeit.«

»Eine Schere brauche ich, wundern Sie sich nicht. Ich möchte sie mir für ein paar Minuten ausbitten. Ich will mir in Ihrer Gegenwart den Bart abschneiden, dann gebe ich sie Ihnen mit Dank zurück.«

In den Augen der Schneiderin zeigte sich mißtrauische Verwunderung.

Es war deutlich zu sehen, daß sie am Geisteszustand dieses Mannes zweifelte.

»Ich komme von weit her. Bin eben erst in der Stadt eingetroffen, und ich bin ganz zugewachsen. Ich möchte mir die Haare schneiden. Kein einziger Friseurladen hat offen. Ich würde es ja selber tun, aber ich habe keine Schere. Borgen Sie mir bitte eine.«

»Gut. Ich schneide Ihnen die Haare. Aber wenn Sie etwas anderes im Sinn haben, irgendeine Hinterlist, eine Veränderung Ihres Aussehens zur Tarnung, etwas Politisches, dann gehen Sie lieber. Ihretwegen wollen wir nicht unser Leben riskieren, dann melden wir Sie bei der zuständigen Stelle. Die Zeiten sind jetzt so.«

»Ich bitte Sie, was für Befürchtungen!«

Die Schneiderin ließ Doktor Shiwago hinein, führte ihn in ein Seitenstübchen, das nicht größer war als eine Kammer, und gleich darauf saß er auf einem Stuhl wie beim Friseur, eingehüllt in ein straff um den Hals gebundenes und hinter den Kragen gestopftes Laken.

Die Schneiderin ging ihr Gerät holen und kehrte mit einer Schere, einem Kamm, mehreren Schneidemaschinen verschiedener Größe, einem Riemen und einem Rasiermesser zurück.

»Ich hab im Leben schon alles durchprobiert«, erklärte sie, als sie ihn darüber staunen sah, daß sie alle diese Dinge zur Hand hatte. »Ich war auch Friseurin. Im letzten Krieg hab ich als Krankenschwester Rasieren und Haareschneiden gelernt. An den Bart gehen wir erst mal mit der Schere ran, dann rasieren wir sauber nach.«

»Die Haare bitte möglichst kurz.«

»Ich geb mir Mühe. Intelligente Menschen, aber sie stellen sich unwissend. Jetzt geht's doch nicht mehr nach Wochen, sondern nach Dekaden. Heute haben wir den Siebzehnten, und an den Tagen mit der Sieben haben die Friseure frei. Als ob Sie das nicht wüßten.«

»Wirklich nicht. Warum sollte ich mich verstellen? Ich sag Ihnen doch, ich komme von weit her. Ich bin nicht von hier.«

»Stillhalten, nicht so rucken, sonst schneid ich Sie noch. Sie sind also fremd hier? Wie sind Sie hergekommen?«

»Auf meinen zwei Beinen.«

»Auf der großen Straße?«

»Teilweise, den Rest längs der Eisenbahn. Da sind lauter Züge im Schnee steckengeblieben! Alle möglichen, Luxuszüge, Eilzüge.«

»Hier ist nur noch ein Stückchen. Das nehmen wir weg, und fertig. Familienangelegenheiten?«

»Nein, keine Familienangelegenheiten! Im Auftrag der früheren Vereinigung der Kreditgenossenschaften. Ich bin Reiseinspektor. Ich sollte überall Revisionen machen. Weiß der Teufel wo alles. Da bin ich in Ostsibirien hängengeblieben. Keine Möglichkeit zur Rückreise. Keine Züge. Ich mußte zu Fuß gehen, was blieb mir übrig? Anderthalb Monate war ich unterwegs. Was ich da alles gesehen hab, das kann ich mein Lebtag nicht erzählen.«

»Das ist auch besser so, ich sag's Ihnen im guten. So, hier haben Sie einen Spiegel. Strecken Sie die Hand unterm Laken hervor und halten Sie ihn fest. Schauen Sie sich an. Wie gefällt es Ihnen?«

»Ich finde, Sie haben zuwenig weggenommen. Ich hätte es gern kürzer gehabt.«

»Dann würden die Haare zu Berge stehen. Ich sage Ihnen, erzählen Sie nichts. Heutzutage ist es am besten, man sagt gar nichts. Kreditgenossenschaften, Luxuszüge im Schnee, Inspektoren und Revisoren, diese Wörter sollten Sie schleunigst vergessen. Sonst können Sie ganz schön reinrasseln! So was paßt nicht in die heutige Zeit. Schwindeln Sie lieber, Sie wären Arzt oder Lehrer. So, der Bart ist grob runter, jetzt rasieren wir sauber nach. Eingeseift, schnipp, schnapp!, und schon sehen wir zehn Jahre jünger aus. Ich geh mal Wasser warm machen.«

Wer ist sie bloß, diese Frau? überlegte Doktor Shiwago. Ich muß ihr schon mal begegnet sein, ich kenne sie doch. Vielleicht erinnert sie mich auch an jemanden. Aber an wen zum Teufel?

Die Schneiderin kam wieder herein.

»So, jetzt wird rasiert. Ja, wie gesagt, es ist am besten, kein unnötiges Wort zu verlieren. Eine alte Wahrheit. Reden ist Silber, Schweigen ist Gold. Züge für Dienstreisende und Kreditgenossenschaften! Denken Sie sich lieber aus, Sie wären Arzt oder Lehrer. Was Sie alles erlebt haben, das behalten Sie schön für sich. Wen wollen Sie heutzutage damit verwundern? Wie ist das Messer?«

»Es kratzt ein wenig.«

»Ja, es kratzt, es muß kratzen, ich weiß. Halten Sie's aus, mein Lieber. Es geht nicht anders. Die Haare sind lang gewachsen und grob geworden, und die Haut ist es nicht mehr gewöhnt. Ja. Mit solchen Erlebnissen ist heutzutage kein Mensch mehr zu verwundern. Die Leute sind abgebrüht. Wir haben eine Menge durchgemacht. Was hier unter den Atamanen los war! Raub, Mord, Entführung. Auf Menschen wurde Jagd gemacht. Zum Beispiel solch ein kleiner Despot, ein Sapunow-Mann, verstehen Sie, der hatte einen Rochus auf einen Oberleutnant. Also hat er Soldaten losgeschickt, die sollten ihm am Stadtwäldchen auflauern, gegenüber dem Krapulski-Haus. Sie haben ihn entwaffnet und unter Bewachung nach Raswilje gebracht. Und Raswilje, das war damals bei uns so was Ähnliches wie heute die Gouvernements-Tscheka. Eine Richtstätte. Warum schütteln Sie den Kopf? Weil es kratzt? Ich weiß, mein Guter, ich weiß. Aber es geht nicht anders. Ich muß hier unten gegen den Strich schaben, und die Haare sind wie Borsten. Störrisch. Das ist solch eine Stelle. Also, die Frau natürlich ganz hysterisch. Die Frau von dem Oberleutnant. Kolja! Mein Kolja! Und hin zum Obersten. Aber das ist leicht gesagt. An den kommt sie gar nicht ran. Da braucht sie Protektion. Eine Frau aus der Nebenstraße hatte Zugang zum Obersten, die hat sich für alle eingesetzt. Der war ein ganz humaner Mann, nicht so wie andere, hilfsbereit. General Galiullin. Sonst überall Selbstjustiz, Greuel, Eifersuchtsdramen. Genau wie in spanischen Romanen.«

Sie spricht von Lara, dachte Doktor Shiwago, aber er schwieg aus Vorsicht und fragte sie nicht weiter aus. Und als sie sagte, »wie in spanischen Romanen«, hat sie mich wieder sehr an irgendwen erinnert. Grade mit diesem Ausdruck, der gar nicht hierher paßt.

»Jetzt ist alles natürlich ganz anders. Wollen mal sagen, Untersuchungen, Denunziationen, Erschießungen gibt's auch jetzt noch mehr als genug. Aber von der Idee her ist das ganz anders. Erstens, die neue Macht. Sie ist ja noch nicht lange am Ruder, ist noch nicht auf den Geschmack gekommen. Zweitens, da kann man sagen, was man will, sie ist für das einfache Volk, darin liegt ihre Stärke. Um von mir zu reden, wir waren vier Schwestern. Und alle werktätig. Natürlich neigen wir zu den Bolschewiken. Die eine Schwester ist gestorben, sie war mit einem Politischen verheiratet. Ihr Mann war Verwalter in einem hiesigen Werk. Ihr Sohn, mein Neffe, ist der Anführer unserer ländlichen Aufständischen, man kann sagen, eine Berühmtheit.«

Da kam Shiwago die Erleuchtung. Sieh mal einer an, die Tante von Liweri, die hier in aller Munde ist, die Schwägerin von Mikulizyn, Friseuse, Schneiderin, Weichenstellerin, stadtbekannte Meisterin, die alles kann. Aber ich werde lieber schweigen, um mich nicht zu verraten.

»Diesen Hang zum Volk hat mein Neffe schon als Kind gehabt. Er ist bei seinem Vater unter Arbeitern auf dem Swjatogor Bogatyr aufgewachsen. Vielleicht haben Sie von den Werken in Warykino gehört? Aber was mach ich da mit Ihnen! Ich bin wirklich zu dumm! Das halbe Kinn ist glatt und die andere Hälfte stoppelig. Das kommt vom Plaudern. Warum haben Sie nichts gesagt? Die Seife im Gesicht ist angetrocknet. Ich mach noch mal Wasser warm. Es ist schon kalt.«

Als Frau Tunzewa zurückkam, fragte Shiwago: »Warykino, ist das nicht solch eine gottverlassene Einöde mitten im Wald, die von all den Erschütterungen verschont geblieben ist?«

»Na, von wegen gottverlassen. In diesem tiefen Wald haben die Leute vielleicht mehr durchgemacht als unsereins. Durch Warykino sind irgendwelche Banden gezogen, niemand weiß, was für welche das waren. Sie haben nicht russisch gesprochen. Aus allen Häusern haben sie die Leute rausgeholt und erschossen. Dann sind sie weitergezogen. Die Toten sind einfach im Schnee liegengeblieben. Das war ja im Winter. Halten Sie doch den Kopf still, sonst komm ich noch mit dem Messer an die Kehle.«

»Aber Sie haben doch gesagt, Ihr Schwager hat in Warykino gewohnt. Sind die Greuel auch an ihm nicht vorübergegangen?«

»Doch, schon. Gott ist barmherzig. Er und seine Frau sind rechtzeitig dort weggegangen. Die neue, zweite Frau. Wo sie sind, weiß ich nicht, aber daß sie gerettet sind, steht fest. Dort waren in letzter Zeit neue Leute eingezogen. Eine Familie aus Moskau. Zugereiste. Die sind noch früher weg. Der jüngere Mann, Arzt und Haupt der Familie, ist spurlos verschwunden. Aber was heißt spurlos! Das sagt man dann so, um die Leute nicht zu betrüben. In Wirklichkeit ist er bestimmt tot, umgebracht. Sie haben lange nach ihm gesucht und ihn nicht gefunden. Der andere Mann in der Familie, ein alter Professor für Landwirtschaft, ist in seine Heimat zurückgerufen worden. Die Anforderung soll direkt von der Regierung gekommen sein. Sie sind über Jurjatin zurückgereist, bevor die Weißen das zweitemal hier waren. Schon wieder, lieber Genosse? Wenn Sie beim Rasieren so rucken und zappeln, dann dauert's nicht lange, und der Friseur hat seinen Kunden umgebracht. Sie verlangen ein bißchen viel.«

Also in Moskau sind sie!

7

In Moskau! In Moskau, hallte es bei jedem Schritt in ihm wider, als er zum drittenmal die eiserne Treppe hinaufstieg. Die leere Wohnung empfing ihn wieder mit einem Getümmel von springenden, fallenden, davonstiebenden Ratten. Juri Shiwago war klar, daß er in der Nachbarschaft der scheußlichen Tiere kein Auge würde schließen können, so erschöpft er auch war. Seine Vorbereitungen auf die Nachtruhe begannen damit, daß er die Rattenlöcher verstopfte. Zum Glück waren es im Schlafzimmer weit weniger als in der übrigen Wohnung, wo die Fußböden und der untere Teil der Wände nicht so intakt waren. Aber er mußte sich beeilen. Die Nacht rückte näher. Zwar wartete in der Küche auf dem Tisch eine halbvolle Petroleumlampe, die vielleicht im Hinblick auf sein Kommen dort hingestellt worden war, daneben lag eine offene Streichholzschachtel mit Streichhölzern, zehn Stück, wie er gezählt hatte. Aber beides, Petroleum und Streichhölzer, sollte besser aufgespart werden. Im Schlafzimmer hatte der Arzt noch ein Nachtlämpchen mit einem Docht und Resten von Lampenöl entdeckt, das die Ratten größtenteils ausgetrunken hatten.

Die Scheuerleisten standen an mehreren Stellen vom Fußboden ab, Shiwago schob geschichtet Glasscherben hinein, die Spitzen nach unten. Die Schlafzimmertür lag der Schwelle gut an. Sie ließ sich fest schließen, und damit war der Raum mit den verstopften Löchern von der übrigen Wohnung gut abgetrennt. Nach etwas über einer Stunde war Shiwago damit fertig.

In einer Ecke des Schlafzimmers stand schräg ein Kachelofen mit einem Sims, der nicht ganz bis zur Decke reichte. In der Küche lag ein Dutzend Bündel Brennholz. Der Arzt wollte Lara um zwei Arme voll berauben, er setzte ein Knie auf den Fußboden, sammelte die Scheite auf den linken Arm, trug sie ins Schlafzimmer, legte sie beim Ofen ab, sah nach, wie der gebaut war, und prüfte flüchtig den Zustand. Gern hätte er die Tür zugeschlossen, aber das Türschloß funktionierte nicht, darum klemmte er ein vielfach gefaltetes Stück Papier darin fest, damit sie nicht von allein aufging, und heizte in aller Ruhe den Ofen.

Als er die Scheite hineinschob, entdeckte er darauf Zeichen. Verwundert erkannte er sie wieder. Es waren Spuren der alten Markierung, die beiden Anfangsbuchstaben »K« und »D«, die auf den Schnittflächen der gefällten Bäume angebracht wurden und das Lager bezeichneten, aus dem sie kamen. Mit diesen Buchstaben waren zu Krügers Zeiten die Stämme aus dem Warykinoer Waldrevier Kulabyschewo markiert worden, als die Werke noch das überschüssige Heizmaterial aus dem Wald verkauften.

Dieses Holz in Laras Wirtschaft war ein Beweis dafür, daß sie Samdewjatow kannte und daß er für sie sorgte, so wie er seinerzeit ihn und seine Familie mit allem Lebensnotwendigen versehen hatte. Diese Entdeckung war wie ein Messerstich ins Herz. Samdewjatows Hilfe war ihm schon damals unangenehm gewesen. Die Peinlichkeit dieser Gefälligkeiten wurde jetzt durch andere Empfindungen noch verstärkt.

Samdewjatows Wohltaten für Lara geschahen ja wohl kaum um ihrer schönen Augen willen. Shiwago dachte an dessen lockere Umgangsformen und an Laras weibliche Unüberlegtheit. Ausgeschlossen, daß zwischen ihnen nichts gewesen war.

Die trockenen Holzscheite aus Kulabyschewo brannten mit freundlichem Prasseln, und je stärker sie Feuer fingen, desto mehr wurde Shiwagos eifersüchtige Verblendung, die mit schwachen Vermutungen begonnen hatte, zur völligen Gewißheit.

Aber er war innerlich durch und durch voller Qualen,

so daß ein Schmerz den anderen verdrängte. Er brauchte seinen Verdacht nicht noch zu steigern. Seine Gedanken sprangen ohne sein Zutun von einem Gegenstand auf den anderen. Das Grübeln über seine Familie, das ihn mit neuer Kraft heimsuchte, verstellte für eine Zeitlang seine eifersüchtigen Mutmaßungen.

Ihr seid also in Moskau, meine Lieben? (Jetzt glaubte er schon, daß Frau Tunzewa ihm versichert hatte, sie seien wohlbehalten eingetroffen.) Ihr habt also die lange schwere Reise ohne mich gemacht? Wie seid ihr angekommen? Welcher Art ist der Dienstauftrag des Schwiegervaters, dieser Ruf nach Moskau? Sicherlich eine Einladung der Akademie, seine Lehrtätigkeit wieder aufzunehmen? Wie habt ihr unser Zuhause vorgefunden? Ach, existiert es überhaupt noch, dieses Zuhause? Wie schwer, wie schmerzlich ist mir ums Herz, Herrgott! Oh, nicht denken, nicht denken! Wie sich die Gedanken verwirren! Was ist mit mir los, Tonja? Es muß wohl eine Krankheit im Anzug sein. Was wird mit mir und mit euch, Tonja, Saschenka, Alexander Alexandrowitsch? Warum hast du mich verstoßen von deinem Angesicht, du unvergängliches Licht? Warum treibt es euch das ganze Leben lang immer wieder weg von mir? Warum sind wir fortwährend getrennt? Aber bald werden wir wieder beisammen sein, vereint, nicht wahr? Ich gehe zu Fuß zu euch, wenn es keine andere Möglichkeit gibt. Wir werden uns wiedersehen. Es kommt doch alles in Ordnung, nicht wahr?

Aber wie kann mich die Erde noch tragen, wenn ich immer wieder vergesse, daß Tonja gebären sollte und sicherlich geboren hat? Es ist ja nicht ihre erste Entbindung. Wie mag sie verlaufen sein? Auf der Reise nach Moskau sind sie durch Jurjatin gekommen. Lara war ja nicht mit ihnen bekannt, aber die Schneiderin und Friseuse, die ihnen ganz fern stand, wußte einiges von ihnen, während Lara in dem Brief kein Wort über sie verliert. Welch sonderbare, teilnahmslos wirkende Unaufmerksamkeit! Das ist genauso unerklärlich wie ihr Schweigen über ihre Beziehungen zu Samdewjatow.

Shiwago ließ den Blick nunmehr forschend über die Wände des Schlafzimmers gleiten. Er wußte, daß die hier stehenden und hängenden Gegenstände nicht Lara gehörten und daß die Einrichtung der früheren unbekannten und verschwundenen Mieter in keiner Weise von Laras Geschmack zeugen konnte.

Aber wie dem auch sei, ihm wurde auf einmal ganz unbehaglich inmitten der von den Wänden blickenden Männer und Frauen auf den vergrößerten Fotografien. Ein Hauch von Feindseligkeit wehte ihn an von den häßlichen Möbeln. Er fühlte sich hier fremd und überflüssig.

Dumm, wie er war, hatte er oft an dieses Haus gedacht, hatte sich danach gesehnt, war in dieses Zimmer getreten nicht wie in einen Raum, sondern wie in eine Sehnsucht nach Lara! Diese Art zu fühlen war, von außen betrachtet, gewiß lächerlich. Starke, praktische, schöne Männer wie Samdewjatow hatten sicherlich eine ganz andere Art, zu leben, sich zu benehmen, sich auszudrücken! Warum sollte Lara seine Charakterlosigkeit, die dunkle, irreale Sprache seiner Anbetung Samdewjatow vorziehen? Was sollte ihr etwas so Verworrenes? Wollte sie selbst diejenige sein, die sie für ihn war?

Aber was war sie denn für ihn? Oh, auf diese Frage hatte er stets eine Antwort bereit.

Draußen der Frühlingsabend. Die Luft war ganz und gar von Geräuschen markiert. Die Stimmen der spielenden Kinder waren auf verschiedene Entfernungen verteilt wie zum Zeichen dafür, daß der Raum noch durch und durch lebendig war. Und diese Ferne – Rußland, seine unvergleichliche, in aller Welt von sich reden machende, berühmte Mutter, die Märtyrerin, dickköpfig, unvernünftig, übermütig, vergöttert, immer wieder gut für majestätische und verhängnisvolle Ausbrüche, die sich nie voraussehen ließen! Wie süß war es zu existieren! Wie süß war es, auf der Welt zu leben und das Leben zu lieben! Wie gern war man jederzeit bereit, dem Leben, dem Dasein selbst danke ins Gesicht zu sagen!

Das alles war Lara. Mit dem Leben, dem Dasein konnte man nicht reden, aber sie war deren Vertreterin, deren Ausdruck, deren Gehör und Sprache, ein Geschenk der stimmlosen Daseinsprinzipien.

Und unwahr, tausendmal unwahr war alles, was er hier in den Momenten des Zweifels von ihr gedacht hatte. Wie vollkommen und makellos war alles an ihr!

Tränen des Entzückens und der Reue verschleierten ihm den Blick. Er öffnete die Ofenklappe und schürte mit dem Haken das Feuer. Die flammende reine Glut schob er ganz nach hinten, und die noch nicht verbrannten Scheite zog er nach vorn, wo der Zug stärker war. Eine Zeitlang ließ er die Klappe offen. Mit Genuß fühlte er das Spiel von Wärme und Licht im Gesicht und auf den Händen. Der huschende Widerschein der Flammen ernüchterte ihn vollends. Oh, wie sie ihm jetzt fehlte, wie sehr er sie brauchte, wie spürbar sie war!

Er holte den zerdrückten Brief aus der Tasche. Da fiel sein Blick auf die Rückseite, und er sah, daß auch sie beschrieben war. Er strich das Blatt glatt und las im tanzenden Licht des Feuers:

»Über die Deinen weißt Du Bescheid. Sie sind in Moskau. Tonja hat eine Tochter geboren.« Es folgten ein paar durchgestrichene Zeilen. Dann weiter: »Ich habe dies durchgestrichen, weil es dumm ist, darüber zu schreiben. Das werden wir unter vier Augen besprechen. Ich bin in Eile, denn ich muß mir noch das Pferd holen. Wenn ich es nicht bekomme, weiß ich nicht, was ich tun soll. Dann wird es schwierig mit Katenka...« Das Ende des Satzes war verwischt und unleserlich.

Das Pferd hat sie bestimmt von Samdewjatow holen wollen, und sie muß es bekommen haben, denn sie ist ja weg, überlegte Shiwago ruhig. Wenn ihr Gewissen in dieser Beziehung nicht vollkommen rein wäre, würde sie dieses Detail nicht erwähnt haben.

8

Als der Ofen durchgebrannt war, schloß Doktor Shiwago das Abzugsrohr und aß eine Kleinigkeit. Nach dem Essen befiel ihn unüberwindliche Schläfrigkeit. Angekleidet legte er sich aufs Sofa und schlief fest ein. Er hörte nicht das ohrenbetäubende und rücksichtslose Toben der Ratten hinter der Tür und den Wänden. Zwei schwere Träume suchten ihn nacheinander heim.

Er ist in Moskau, in einem Zimmer vor einer verschlossenen Glastür, deren Klinke er festhält. Hinter der Tür steht sein Saschenka, zappelt, weint und bittet, hereingelassen zu werden, er trägt einen Kindermantel, eine Matrosenhose und ein Mützchen, er ist hübsch und unglücklich. Hinter Saschenka stürzt, ihn und die Tür mit Spritzern überschüttend, brausend und tosend ein Wasserfall nieder, der aus der kaputten Wasserleitung oder aus der Kanalisation kommt, eine Alltagserscheinung jener Zeit, vielleicht aber mündet an dieser Tür auch eine wilde Bergschlucht mit einem wütend sie durchrasenden Wasserstrom und jahrhundertelang angesammelter Kälte und Dunkelheit.

Das niederbrausende Wasser ängstigt den Jungen zu Tode. Es ist nicht zu hören, was er schreit, das Tosen erstickt seine Rufe. Aber Shiwago sieht seine Lippen ein Wort formen: »Papa! Papa!«

Dem Vater zerreißt es das Herz. Mit aller Kraft verlangt es ihn, den Jungen in die Arme zu nehmen, an sich zu drücken und blindlings mit ihm davonzulaufen.

Statt dessen hält er tränenüberströmt die Klinke der verschlossenen Tür fest und läßt den Jungen nicht herein, opfert ihn einem falsch verstandenen Ehr- und Pflichtgefühl gegenüber der anderen Frau, die nicht die Mutter des Jungen ist und jeden Moment durch die andere Tür ins Zimmer treten kann.

Shiwago erwachte schweißgebadet und tränennaß. Ich habe Fieber, ich werde krank, dachte er sogleich. Das ist nicht Typhus. Das ist eine schwere, gefährliche Ermüdung, eine Krankheit mit einer Krise wie bei allen ernsthaften Infektionen, und es ist die Frage, was die Oberhand gewinnt, Leben oder Tod. Wie gern möchte ich schlafen! Und er schlief wieder ein.

Im Traum sah er einen dunklen Wintermorgen mit brennenden Laternen in einer belebten Moskauer Straße, allen Anzeichen nach vor der Revolution, was sich schließen ließ aus dem lebhaften Verkehr, aus dem Klingeln der ersten Straßenbahnen und aus dem Licht der Nachtlaternen, das den grauen Schnee auf den Bürgersteigen mit gelben Streifen musterte.

Er ist in einer langgestreckten Wohnung mit vielen Fenstern, alle nach derselben Seite, nicht sehr hoch über der Straße, im ersten Stock wohl, mit Gardinen bis auf den Fußboden. In der Wohnung schlafen in verschiedenen Stellungen straßenmäßig angezogene Menschen, und es herrscht eine Unordnung wie in einem Eisenbahnwaggon, auf fettigem Zeitungspapier liegen Speisereste, abgenagte Knochen von gebratenen Hühnern, von Flügeln und Keulen, überall auf dem Fußboden stehen paarweise zur Nacht ausgezogene Schuhe, die den nur kurz zu Besuch gekommenen durchreisenden und unbehausten Verwandten und Bekannten gehören. Durch die Wohnung läuft eilig und lautlos von einem Ende zum andern die Hausfrau,

Lara, in einem hastig gegürteten Morgenrock, und ihr auf den Fersen folgt aufdringlich er, ihr unentwegt dumm und unangebracht etwas auseinandersetzend, dabei hat sie keine Zeit für ihn und beantwortet seine Erklärungen im Gehen nur mit einer Wendung des Kopfes, mit leisen verständnislosen Blicken und unschuldigen Explosionen ihres unvergleichlich silberhellen Lachens, den einzigen Formen der Nähe, die ihnen geblieben sind. Fern, kalt und anziehend ist die Frau, der er alles gegeben, die er allem vorgezogen hat und verglichen mit der alles niedrig und wertlos ist!

9

Nicht er selbst, sondern etwas Allgemeineres als er schluchzte und weinte in ihm mit zarten und hellen, im Dunkel wie Phosphor leuchtenden Worten. Und mit seiner weinenden Seele weinte auch er. Er tat sich selber leid.

Ich werde krank, ich bin krank, dachte er in lichten Momenten zwischen Schlaf, Fieberphantasie und Bewußtlosigkeit. Das muß eine Art Typhus sein, der in den Lehrbüchern noch nicht beschrieben ist und den wir an der Medizinischen Fakultät nicht durchgenommen haben. Ich muß mir etwas zu essen machen, sonst sterbe ich vor Hunger.

Aber schon beim ersten Versuch, sich auf den Ellbogen zu stützen, merkte er, daß er nicht die Kraft hatte, sich zu bewegen; er verlor die Besinnung oder schlief ein.

Wie lange liege ich hier schon angezogen? überlegte er in einem lichten Moment. Wieviel Stunden? Wieviel Tage? Als ich krank wurde, fing der Frühling an. Jetzt sind die Fenster bereift. Der Reif ist so locker und so schmutzig, daß er das Zimmer verdunkelt.

In der Küche sausten die Ratten über klirrende Teller,

liefen die Wände hinauf, klatschten schwer zu Boden und winselten scheußlich in weinerlichem Kontraalt.

Wieder schlief er und wachte auf und sah das schneeige Reifnetz auf den Fenstern im Schein der Morgenröte rosig glühen wie Rotwein in Kristallgläsern. Er wußte nicht und fragte sich, ob es das rote Licht des Morgens oder des Abends war.

Einmal war ihm, als hörte er ganz in der Nähe menschliche Stimmen, und da sank ihm der Mut, denn er glaubte, das wäre beginnender Wahnsinn. Mit Tränen des Selbstmitleids murrte er lautlos wider den Himmel, der sich von ihm abgewandt und ihn verlassen habe. »Warum hast du mich verstoßen von deinem Angesicht, du unvergängliches Licht, und mich in fremde, verruchte Finsternis gehüllt?«

Und plötzlich erkannte er, daß er nicht träumte und daß es wirklich stimmte – er war ausgekleidet und gewaschen, trug ein reines Hemd und lag nicht auf dem Sofa, sondern im frisch bezogenen Bett, und an seinem Bett saß, über ihn gebeugt, ihre Haare und ihre Tränen mit den seinen vermischend, Lara. Da verlor er vor Glück das Bewußtsein.

10

In seinen Fieberphantasien hatte er den Himmel der Teilnahmslosigkeit geziehen, und da hatte sich der Himmel in seiner ganzen Weite auf sein Bett herabgesenkt, und zwei lange weiße Frauenarme streckten sich nach ihm aus. Vor Glück wurde ihm schwarz vor den Augen, und so wie man in Ohnmacht fällt, sank er in einen Abgrund der Seligkeit.

Sein Leben lang hatte er etwas getan, war er beschäftigt gewesen, hatte im Haushalt gearbeitet, hatte praktiziert, gedacht, studiert, produziert. Wie schön war es jetzt, nicht mehr zu handeln, zu streben, zu grübeln, sondern dies für eine Zeitlang der Natur zu überlassen und selber ein Gegenstand zu werden, eine Idee, ein Werk in ihren gnädigen, hinreißend schönen Armen.

Shiwago erholte sich rasch. Lara fütterte, pflegte ihn gesund mit ihrer Obsorge, ihrer schwanenweißen Schönheit, mit dem feucht atmenden kehligen Raunen ihrer Fragen und Antworten.

Ihre halblauten Gespräche, selbst wenn es um belanglose Dinge ging, waren voller Bedeutung wie Platos Dialoge.

Noch mehr als die seelische Gemeinschaft verband sie der Abgrund, der sie von der übrigen Welt trennte. Gleichermaßen verhaßt war ihnen beiden das so fatal Typische des zeitgenössischen Menschen – seine einstudierte Begeisterung, seine schreierische Schwülstigkeit und die tödliche Lähmung, die so fleißig verbreitet wurden von den unzähligen Mitarbeitern der Wissenschaften und Künste, so daß Genialität weiterhin eine große Seltenheit blieb.

Ihre Liebe war groß. Aber alle Menschen lieben, ohne sich der Einzigartigkeit ihrer Gefühle bewußt zu sein.

Für sie beide aber – und darin bestand ihre Einmaligkeit – waren die Augenblicke, in denen wie ein Hauch der Ewigkeit die Leidenschaft in ihr zum Untergang verurteiltes menschliches Dasein hineinwehte, Momente, in denen sie Neues und immer Neues über sich und das Leben entdeckten und erfuhren.

11

»Du mußt unbedingt zurück zu den Deinen. Ich halte dich nicht einen Tag länger als nötig. Aber du siehst, was sich tut. Kaum waren wir hier mit Sowjetrußland vereinigt, schon brach seine Zerrüttung über uns herein. Sibirien und der Osten sollen Rußlands Löcher stopfen. Du hast ja keine Ahnung. Während du krank warst, hat sich so viel in der Stadt verändert! Die Vorräte aus unseren Speichern werden nach Moskau transportiert. Für Moskau ist das ein Tropfen auf den heißen Stein, die Vorräte verschwinden dort wie in einem Faß ohne Boden, aber wir bleiben ohne Lebensmittel. Die Post funktioniert nicht, der Personenverkehr ist eingestellt, es fahren nur noch Getreidezüge. In der Stadt wird schon wieder gemurrt wie vor dem Aufstand Gaidas, und als Antwort auf Äußerungen der Unzufriedenheit wütet die Tscheka.

Du kannst dich jetzt nicht auf den Weg machen, so wie du aussiehst, Haut und Knochen, kaum noch eine Seele im Körper. Willst du etwa wieder zu Fuß gehen? Das schaffst du nie! Erhole dich, sammle Kräfte, dann sieht das schon anders aus.

Ich traue mich nicht, dir zu raten, aber ich an deiner Stelle würde bis zur Abreise zu deiner Familie eine Arbeit aufnehmen, unbedingt in deinem Beruf, das wird geschätzt, ich würde zum Beispiel zum Gouvgesundheitsamt gehen. Es ist in dem Haus, wo früher die ärztliche Verwaltung war.

Überleg doch mal. Du bist der Sohn eines sibirischen Millionärs, der sich umgebracht hat, deine Frau ist die Tochter eines hiesigen Fabrikanten und Grundbesitzers. Du warst bei den Partisanen und bist weggelaufen. Wie du's auch drehst und wendest, der Weggang von den Soldaten der Revolution gilt als Desertion. Du darfst auf keinen Fall ohne Arbeit und damit rechtlos bleiben. Meine Stellung ist auch nicht viel besser. Darum will ich arbeiten gehen, bei der Gouvvolksbildung. Auch mir brennt der Boden unter den Füßen.«

»Wieso das? Und Strelnikow?«

»Gerade wegen Strelnikow. Ich habe dir schon mal gesagt, wieviel Feinde er hat. Die Rote Armee hat gesiegt. Den parteilosen Offizieren, die den führenden Kreisen nahestanden und zu viel wissen, geht es jetzt an den Kragen.

Gut noch, wenn sie nicht unters Beil müssen, damit keine Spuren bleiben. Pawluscha gehört zu den ersten. Er ist in größter Gefahr. Er war im Fernen Osten. Ich habe gehört, er ist geflohen und untergetaucht. Sie sollen schon nach ihm suchen. Aber genug davon. Ich mag nicht weinen, und wenn ich noch ein Wort über ihn sage, dann muß ich weinen.«

»Du hast ihn geliebt, und du liebst ihn noch immer sehr, nicht?«

»Aber ich habe ihn doch geheiratet, er ist mein Mann, Jura. Er ist ein großer, lichter Charakter. Ich bin zutiefst schuldig vor ihm. Ich habe ihm nichts Böses getan, das zu sagen wäre unwahr. Er ist ein großer Mensch und überaus geradlinig, gegen ihn bin ich ein Dreck, ein Garnichts. Darin besteht meine Schuld. Doch laß es genug sein. Wir reden ein andermal darüber, das verspreche ich dir. Deine Tonja, das ist eine wunderbare Frau. Wie ein Gemälde von Botticelli. Ich war bei der Geburt dabei. Wir haben uns großartig verstanden. Aber auch darüber ein andermal, ich bitte dich. Ja, wir sollten zusammen arbeiten gehen. Dann bekommen wir jeden Monat unser Gehalt, es sind Milliarden. Bis zum letzten Umsturz waren bei uns sibirische Geldscheine im Umlauf. Sie sind erst kürzlich für ungültig erklärt worden, und wir haben die ganze Zeit, während du krank warst, ohne Geld gelebt. Ja, stell dir das vor, schwer zu glauben, aber auch das haben wir überstanden. Jetzt hat das ehemalige Finanzamt einen ganzen Güterzug voll Papiergeld bekommen, es sollen mindestens vierzig Waggons sein. Die Scheine sind in großen Bogen gedruckt, zweifarbig, rot und blau, wie Briefmarken, und in lauter kleine Felder eingeteilt. Die blauen Scheine sind fünf Millionen wert, die roten zehn Millionen. Der Druck ist schlecht, die Farben verblassen schnell.«

»Ich habe dieses Geld gesehen. Es wurde kurz vor unserer Abreise in Moskau eingeführt.«

12

»Was hast du so lange in Warykino gemacht? Da war doch kein Mensch. Was hat dich da gehalten?«

»Ich habe mit Katenka dein Haus aufgeräumt. Ich hatte mir gedacht, du würdest als erstes dorthin kommen. Du solltest euer Heim nicht so vorfinden.«

»Wie denn? Wie sah es aus, Zerstörung, Unordnung?«

»Unordnung. Schmutz. Ich habe aufgeräumt.«

»Welch ausweichende Wortkargheit. Du sagst doch nicht alles. Du verheimlichst mir etwas. Aber wie du magst, ich will nicht in dich dringen. Erzähl mir von Tonja. Welchen Namen hat die Tochter bekommen?«

»Mascha. Nach deiner Mutter.«

»Erzähl mir von ihnen.«

»Wenn du erlaubst, tu ich das später. Ich habe dir doch gesagt, ich kann die Tränen kaum zurückhalten.«

»Dieser Samdewjatow, der dir immer das Pferd gegeben hat, ist ein interessanter Mann, meinst du nicht auch?«

»Äußerst interessant.«

»Ich kenne ihn recht gut. Er war unser Hausfreund, als wir hier ganz neu waren, und hat uns viel geholfen.«

»Ich weiß. Er hat es mir erzählt.«

»Ihr seid bestimmt gute Freunde? Unterstützt er dich auch?«

»Er überschüttet mich geradezu mit Wohltaten. Ich weiß nicht, was ich ohne ihn getan hätte.«

»Das kann ich mir vorstellen. Ihr habt sicherlich rein kameradschaftliche Beziehungen, oder? Macht er dir den Hof?«

»Und ob. Unaufhörlich.«

»Und du? Aber entschuldige. Ich überschreite die Grenzen des Erlaubten. Was habe ich für ein Recht, dich auszufragen? Verzeih. Das war unpassend.«

»Oh, bitte. Die Art unserer Beziehungen muß dich ja interessieren. Du möchtest wissen, ob sich nicht in unsere gute Bekanntschaft etwas Persönlicheres eingeschlichen hat? Natürlich nicht. Ich bin ihm unendlich verpflichtet, ich stehe tief in seiner Schuld, aber auch wenn er auf die Idee käme, mich zu vergolden oder mir sein Leben zu opfern, würde mich das ihm nicht näherbringen. Menschen von solchem Charakter sind mir von klein auf fremd und verhaßt. In Alltagsdingen sind diese unternehmungslustigen, selbstsicheren, gebieterischen Menschen unverzichtbar. In Herzensangelegenheiten aber ist mir diese gockelhafte, schnurrbärtige, männliche Überheblichkeit zuwider. Ich habe andere Vorstellungen von Nähe und vom Leben. Und noch etwas. In moralischer Beziehung erinnert mich Samdewjatow an einen anderen, noch viel abstoßenderen Mann, der mich zu dem gemacht hat, was ich bin.«

»Ich verstehe nicht. Was bist du denn? Was meinst du? Erklär mir das. Du bist besser als alle Menschen auf der Welt.«

»Ach, Jura, was redest du? Ich spreche ernsthaft mit dir, und du machst mir Salonkomplimente. Du fragst, was ich bin. Gebrochen bin ich, ich habe einen Knacks fürs ganze Leben weg. Ich bin vorzeitig, verbrecherisch früh zur Frau gemacht und auf üble Weise in das Leben eingeweiht worden, nämlich in der verlogenen, boulevardhaften Anschauung eines von sich selbst überzeugten, schon bejahrten Schmarotzers der alten Zeit, der alles an sich raffte, sich alles herausnahm.«

»Ich errate. Ich habe mir schon so etwas gedacht. Aber weißt du, ich kann mir das gut vorstellen, deinen unkindlichen Schmerz damals, die Angst der verschüchterten Unerfahrenheit, die erste Kränkung des noch nicht erwachsenen Mädchens. Doch das ist Vergangenheit. Ich will sagen, darüber jetzt noch zu trauern, das ist nicht deine Sache, sondern die der Menschen, die dich lieben wie ich. Ich bin es, der sich die Haare raufen muß und verzweifeln, weil ich zu spät gekommen bin, weil ich nicht bei dir war und dich nicht davor bewahren konnte, da es so schlimm für dich war. Merkwürdig, ich glaube, so richtig tödlich, leidenschaftlich eifersüchtig könnte ich nur auf einen niedrigen Mann sein, der mir fremd ist. Rivalität mit Höheren weckt in mir ganz andere Gefühle. Wenn ein mir geistig Ebenbürtiger, den ich gern habe, dieselbe Frau liebgewinnen würde wie ich, hätte ich ein Gefühl der traurigen Bruderschaft mit ihm, nicht aber Feindschaft. Natürlich könnte ich meine Angebetete nicht mit ihm teilen. Aber ich würde zurücktreten mit dem Gefühl eines ganz anderen Leides, nicht mit Eifersucht, nicht mit Qualm und Blut. Das gleiche würde ich empfinden bei der Begegnung mit einem Maler, der mich mit der Überlegenheit seiner mir wesensverwandten Arbeiten bezwingt. Ich würde bestimmt verzichten auf meine Bemühungen, die ja nur Wiederholungen seiner Versuche wären, die mich besiegt haben.

Aber ich bin abgeschweift. Ich glaube, ich würde dich nicht so lieben, wenn du über nichts zu klagen und nichts zu bereuen hättest. Ich mag nicht die Gerechten, die nie gefallen noch fehlgetreten sind. Ihre Tugend ist tot und wertlos. Die Schönheit des Lebens hat sich ihnen nicht aufgetan.«

»Von dieser Schönheit spreche ich ja gerade. Ich finde, um sie sehen zu können, bedarf es reiner Phantasie, ursprünglicher Wahrnehmung. Und genau das ist mir genommen worden. Vielleicht würde sich bei mir ein eigener Blick auf das Leben herausgebildet haben, wenn ich es nicht schon bei den ersten Schritten in fremder, abgeschmackter Form gesehen hätte. Aber damit nicht genug. Da sich in mein beginnendes Leben ein so unmoralischer, mittelmäßiger Mann hereingedrängt hat, der nur auf sein eigenes Vergnügen bedacht war, ist später meine

Ehe mit dem großartigen, wunderbaren Mann gescheitert, der mich sehr liebte, was auf Gegenseitigkeit beruhte.«

»Warte. Von deinem Mann kannst du mir später erzählen. Ich sagte dir, eifersüchtig macht mich einer, der unter mir steht, nicht ein Gleichgestellter. Auf deinen Mann bin ich nicht eifersüchtig. Und jener?«

»Welcher jener?«

»Der leichtsinnige Kerl, der dich verdorben hat. Wer ist er?«

»Ein ziemlich bekannter Moskauer Advokat. Er war ein Freund meines Vaters und hat nach Vaters Tod meine Mutter materiell unterstützt, als wir in Not waren. Ein vermögender Junggeselle. Sicherlich messe ich ihm viel zuviel Bedeutung bei, indem ich so schlecht von ihm rede. Das ist eine normale Erscheinung. Wenn du willst, sag ich dir seinen Namen.«

»Nicht nötig. Ich kenne ihn. Ich habe ihn sogar schon gesehen.«

»Wirklich?«

»Einmal im Hotel, als deine Mutter sich vergiftet hatte. Spätabends. Wir waren damals noch Kinder, Gymnasiasten.«

»Ach ja, ich kann mich erinnern. Ihr wart gekommen und standet im dunklen Vorraum des Zimmers. Ich würde vielleicht nie an diese Szene zurückgedacht haben, aber du hast mir schon einmal geholfen, mich darauf zu besinnen. Ich glaube, das war in Meljusejew.«

»Komarowski war auch im Zimmer.«

»Tatsächlich? Durchaus möglich. Es war leicht, mich mit ihm zu treffen. Wir waren häufig beisammen.«

»Warum wirst du denn rot?«

»Der Name klingt aus deinem Mund so sonderbar. So ungewohnt, überraschend.«

»Mit mir war damals ein Mitschüler vom Gymnasium.

Der hat mir in dem Zimmer etwas erzählt. In Komarowski erkannte er den Mann, den er schon einmal gesehen hatte. Während einer Reise war dieser Junge, Mischa Gordon, zufällig Zeuge des Selbstmords meines Vaters geworden. Mein Vater war Millionär und Industrieller. Mischa fuhr mit ihm im selben Zug. Mein Vater hat sich aus dem fahrenden Zug gestürzt, um sich das Leben zu nehmen, und war auch gleich tot. Mit ihm reiste Komarowski, sein Rechtsbeistand. Er verleitete meinen Vater zum Trinken, verwirrte seine geschäftlichen Angelegenheiten, trieb ihn in den Bankrott und in den Tod. Er ist schuld an seinem Selbstmord und daran, daß ich elternlos zurückblieb.«

»Das ist doch nicht möglich! Was für ein bedeutsames Zusammentreffen! Ist das wirklich wahr? Also war er auch dein böser Geist? Das bringt uns einander noch näher! Das ist ja wie eine Vorbestimmung!«

»Auf den werde ich immer eifersüchtig sein.«

»Wieso? Ich liebe ihn ja gar nicht. Ich verachte ihn.«

»Kennst du dich wirklich so genau? Die menschliche, besonders die weibliche Natur ist dunkel und widersprüchlich! In irgendeinem Winkelchen deines Abscheus bist du ihm vielleicht mehr hörig als irgend jemandem sonst, den du aus freien Stücken und ohne Zwang liebst.«

»Das ist ja schrecklich, was du sagst. Und wie immer so treffend, daß diese Widernatürlichkeit mir wahr vorkommt. Aber das ist ja entsetzlich!«

»Beruhige dich. Hör nicht auf mich. Was ich sagen wollte, ist, ich bin eifersüchtig auf das Dunkle, Unbewußte in dir, auf das, was zu erklären undenkbar, was nicht zu erraten ist. Ich bin eifersüchtig auf deine Toilettengegenstände, die Schweißtropfen auf deiner Haut, die in der Luft schwebenden ansteckenden Krankheiten, die dich befallen und dein Blut vergiften könnten. Und so, wie auf solch eine Ansteckung, bin ich auf Komarowski eifersüchtig, der dich mir eines Tages wegnehmen wird, so wie mein oder dein Tod uns eines Tages trennen wird. Ich weiß, das alles muß dir vorkommen wie eine Anhäufung von Unklarheiten. Ich kann es nicht besser und verständlicher sagen. Ich liebe dich ohne Verstand, ohne Besinnung, ohne Ende.«

13

»Erzähl mir mehr von deinem Mann. ›Im Schicksalsbuch stehn wir in einer Zeile‹, wie Shakespeare sagt.«

»Woraus ist das?«

»Aus ›Romeo und Julia‹.«

»Ich habe dir damals in Meljusejew viel von ihm erzählt, als ich nach ihm suchte. Und dann später hier in Jurjatin, bei unsern ersten Begegnungen, als ich von dir erfuhr, daß er dich in seinem Waggon verhaften wollte. Ich glaube, ich habe dir erzählt, vielleicht auch nicht, daß ich ihn einmal von weitem gesehen habe, als er in den Wagen stieg. Du kannst dir nicht vorstellen, wie sie ihn bewacht haben! Ich fand, er hatte sich gar nicht verändert. Dasselbe schöne, ehrliche, entschlossene Gesicht, das ehrlichste von allen Gesichtern, die ich je gesehen habe. Nichts Gekünsteltes, ein mannhafter Charakter, kein bißchen Pose. So war es immer gewesen, und so war es geblieben. Aber eine Veränderung habe ich doch bemerkt, und die hat mich beunruhigt.

Es war gewissermaßen etwas Abstraktes in dieses Gesicht eingegangen und hatte es farblos gemacht. Das lebendige menschliche Gesicht war zu einer Verkörperung geworden, zu einem Prinzip, zum Abbild einer Idee. Bei dieser Feststellung hat sich mir das Herz zusammengepreßt. Ich habe begriffen, daß dies die Auswirkung der Kräfte war, in deren Hände er sich gegeben hatte, höherer Kräfte, doch tötend und erbarmungslos, Kräfte, die auch ihn irgendwann nicht verschonen würden. Mir schien er gezeichnet wie vom Finger des Verhängnisses. Aber vielleicht irre ich mich. Vielleicht wirken in mir deine Ausdrücke nach, als du mir eure Begegnung beschrieben hast. Abgesehen von unseren gemeinsamen Gefühlen gibt es ja so viel, was ich von dir übernehme!«

»Nein, erzähl mir von eurem Leben vor der Revolution.«

»Schon als kleines Kind begann ich von Reinheit zu träumen. Er war die verkörperte Reinheit. Wir sind ja fast im selben Hof aufgewachsen. Ich, er und Galiullin. Ich war sein kindlicher Schwarm. Er erstarb, und ihm wurde kalt, wenn er mich sah. Vielleicht ist es nicht schön, daß ich das weiß und davon rede. Aber es wäre noch schlimmer, wenn ich mich unwissend stellte. Ich war seine kindliche Leidenschaft, eine versklavende Leidenschaft, die man geheim hält, weil der kindliche Stolz es nicht zuläßt, sie zu offenbaren, und die doch im Gesicht geschrieben steht und für jedermann sichtbar ist. Wir waren gute Freunde. Wir waren so verschieden voneinander, wie wir beide gleich sind, du und ich. Ich habe ihn mit dem Herzen gewählt. Ich wollte mein Leben mit diesem wunderbaren Jungen verbinden, wenn wir erwachsen geworden sind, und ich habe mich schon damals in Gedanken mit ihm verlobt.

Und denk mal, was er für ungewöhnliche Fähigkeiten hat! Er ist der Sohn eines einfachen Weichenstellers oder Bahnwärters, und er hat allein mit seiner Begabung und seiner Ausdauer, fast hätte ich gesagt, das Niveau, aber ich muß sagen, die Höhen des zeitgenössischen Universitätswissens auf zwei Spezialgebieten erreicht, der Mathematik und der Geisteswissenschaften. Und das ist keine Kleinigkeit!«

»Wenn das so ist, was hat dann euren häuslichen Frieden gestört, zumal ihr euch so sehr liebtet?«

»Ach, das ist schwer zu beantworten. Ich versuche, es dir zu erzählen. Aber merkwürdig, ich, eine schwache Frau, soll einem so klugen Mann wie dir erklären, was gegenwärtig mit dem Leben überhaupt geschieht, mit dem menschlichen Leben in Rußland, warum Familien auseinanderbrechen, auch deine und meine. Ach, als ob es dabei auf die Menschen ankäme, auf die Ähnlichkeit oder Unähnlichkeit der Charaktere, auf die Liebe oder Nichtliebe. Alles Überkommene, Eingefahrene, alles, was mit dem täglichen Leben, dem häuslichen Nest und der menschlichen Ordnung zu tun hat, ist im Zusammenhang mit dem Umsturz der Gesellschaft und ihrem Umbau zu Staub zerfallen. Alle Sitten und Gebräuche sind umgestoßen und zerstört. Geblieben ist einzig die nicht alltägliche, unbemühte Macht der nackten, bis auf den letzten Faden ausgeplünderten Herzenswärme, für die sich nichts geändert hat, denn sie hat zu allen Zeiten gefroren, gezittert und sich hingezogen gefühlt zu einer anderen Herzenswärme, die genauso nackt und einsam war. Du und ich, wir sind wie die beiden ersten Menschen, wie Adam und Eva, die am Anfang der Welt nichts hatten, um ihre Blöße zu bedecken, und wir sind jetzt am Ende der Welt ebenso nackt und unbehaust. Wir beide sind die letzte Erinnerung an all das unermeßlich Große, was in den vielen Jahrtausenden zwischen ihnen und uns geschaffen wurde, und in der Erinnerung an diese verschwundenen Wunder atmen wir und lieben und weinen und halten uns fest und schmiegen uns aneinander.«

14

Nach einer kurzen Pause fuhr sie bedeutend ruhiger fort: »Ich will dir etwas sagen. Wenn aus Strelnikow wieder Pawluscha Antipow würde. Wenn er aufhörte, zu rasen und zu wüten. Wenn sich die Zeit zurückdrehen ließe.

Wenn irgendwo in der Ferne, am Ende der Welt, durch ein Wunder das Fenster unseres Hauses warm leuchtete, mit der Lampe und den Büchern auf Pawluschas Schreibtisch, ich glaube, ich würde auf den Knien dorthin kriechen. Alles in mir würde zusammenzucken. Ich würde dem Ruf der Vergangenheit, dem Ruf der Treue nicht widerstehen können. Ich würde alles opfern. Selbst das Kostbarste. Dich. Meine Nähe zu dir, die so leicht ist, so ungezwungen, so selbstverständlich. Oh, verzeih. Ich sage etwas Falsches. Das stimmt nicht.«

Sie fiel ihm um den Hals und brach in Schluchzen aus. Doch bald faßte sie sich wieder. Die Tränen wegwischend, fuhr sie fort: »Aber das ist ja die gleiche Stimme der Pflicht, die dich zu Tonja ruft. Mein Gott, sind wir arm! Was soll aus uns werden? Was sollen wir tun?«

Als sie sich wieder in der Gewalt hatte, sprach sie weiter: »Ich habe dir noch nicht die Frage beantwortet, was unser Glück zerstört hat. Richtig begriffen habe ich das erst spät. Ich sage es dir. Es ist eine Geschichte, die nicht nur von uns handelt. Sie ist das Schicksal vieler Menschen geworden.«

»Sprich, mein kluges Mädchen.«

»Wir haben schon vor dem Krieg geheiratet, zwei Jahre ehe er ausbrach. Kaum aber hatten wir angefangen, nach unseren Vorstellungen zu leben, und unser Hauswesen eingerichtet, da kam der Krieg. Ich bin jetzt überzeugt, daß er schuld ist an all dem Unglück, das unsere unglückliche Generation bis heute heimsucht. Ich kann mich gut an meine Kindheit erinnern. Ich habe die Zeit erlebt, in der die Begriffe des friedlichen vorigen Jahrhunderts noch wirksam waren. Es war üblich, der Stimme des Verstandes zu vertrauen. Das, was das Gewissen einem sagte, galt als natürlich und notwendig. Der Tod eines Menschen von der Hand eines anderen war eine Seltenheit, eine außergewöhnliche, aus der Reihe fallende Erscheinung.

Mord, so nahm man an, gab es nur in Tragödien, Kriminalromanen und auf den Lokalseiten der Zeitungen, nicht aber im gewöhnlichen Leben.

Und da plötzlich dieser Sprung aus dem geruhsamen, unschuldigen Gleichmaß in Blut und Geheul, in allgemeinen Wahnsinn und in die Verrohung durch täglichen und stündlichen, legalisierten und verherrlichten Mord.

So etwas geht nie spurlos vorüber. Du erinnerst dich bestimmt besser als ich, wie schlagartig die allgemeine Zerrüttung einsetzte: Zugverkehr, Versorgung der Städte mit Lebensmitteln, die Grundlagen des Bewußtseins.«

»Sprich weiter. Ich weiß, was du sagen willst. Wie du das alles analysierst! Es ist eine Freude, dir zuzuhören.«

»Damals kam die Ungerechtigkeit über das russische Land. Das größte Unglück, die Wurzel alles späteren Übels war der Verlust des Glaubens an den Wert der eigenen Meinung. Man ging davon aus, daß die Zeit, in der man den Eingebungen des sittlichen Gespürs folgte, vorüber sei, daß man jetzt mit der Stimme der Allgemeinheit zu singen und nach fremden, allen aufgezwungenen Vorstellungen zu leben habe. In wachsendem Maße begann die Herrschaft der Phrase, anfangs der monarchistischen, später der revolutionären Phrase.

Diese Verirrung der Gesellschaft war allumfassend und ansteckend. Alles geriet unter ihren Einfluß. Auch unser Hauswesen hielt dem Verhängnis nicht stand. Es geriet ins Wanken. Statt der natürlichen Lebendigkeit, die stets bei uns geherrscht hatte, drang ein Teilchen der idiotischen Deklamiersucht auch in unsere Gespräche, es war ein zur Schau gestelltes, obligatorisches Herumklügeln über obligatorische Weltthemen. Konnte ein so feinsinniger und gegen sich selbst so anspruchsvoller Mann wie Pawluscha, der den Schein vom Sein so genau zu unterscheiden wußte, an dieser eingeschlichenen Falschheit vorbeigehen, ohne sie zu bemerken?

Und hier beging er einen verhängnisvollen Fehler, der alles im voraus entschied. Er nahm die Zeichen der Zeit, das gesellschaftliche Übel für eine Erscheinung seines Hauses. Den unnatürlichen Ton, die amtliche Gezwungenheit unserer Unterhaltungen bezog er auf sich, sah sie als eine Folge davon, daß er ein trockener, mittelmäßiger Mann und beschränkter Spießer wäre. Dir wird es unwahrscheinlich vorkommen, daß solche Lappalien in unserm gemeinsamen Leben etwas bedeuten konnten. Du kannst dir nicht vorstellen, wie wesentlich das war, wieviel Dummheiten Pawluscha wegen dieser Kinderei beging.

Er zog in den Krieg, was niemand von ihm verlangt hatte. Das tat er, um uns von sich, von seiner vermeintlichen Unterdrückung zu befreien. Damit begann sein Irrwitz. Mit einer kindischen, fehlgeleiteten Eigenliebe nahm er dem Leben etwas übel, was man nicht übelnehmen darf. Er begann mit dem Verlauf der Ereignisse, mit der Geschichte zu hadern. Er fühlte sich mit ihr zerfallen. Bis auf den heutigen Tag begleicht er mit ihr seine Rechnungen. Von daher seine herausfordernden Tollheiten. Er geht wegen dieser dummen Ambitionen dem sicheren Untergang entgegen. Wenn ich ihm doch nur helfen könnte!«

»Wie unwahrscheinlich rein und stark du ihn liebst! Ja, liebe ihn. Auf ihn bin ich nicht eifersüchtig, da stell ich mich nicht dazwischen.«

15

Unbemerkt kam und ging der Sommer. Juri Shiwago wurde wieder gesund. Für einige Zeit, im Hinblick auf die geplante Abreise nach Moskau, hatte er drei Posten inne. Die rasch sich entwickelnde Geldentwertung zwang ihn, mehrere Tätigkeiten in Einklang zu bringen.

Er stand mit den Hühnern auf, trat hinaus in die Kupetscheskaja-Straße und ging am Kino »Gigant« vorbei hinunter zu der ehemaligen Druckerei des Uraler Kosakenheers, die jetzt »Der Rote Setzer« hieß. An der Ecke Gorodskaja begrüßte ihn an der Tür der Geschäftsverwaltung ein Schild mit der Aufschrift »Beschwerdebüro«. Schräg überquerte er den Platz und kam in die Malaja Bujanowka. An dem Stanhope-Werk vorbei gelangte er über den Hinterhof des Krankenhauses in das Ambulatorium des Militärlazaretts, das seine wichtigste Arbeitsstelle war.

Die Hälfte seines Weges lag im Schatten der sich über der Straße berührenden Baumkronen und führte vorbei an formenreichen, zumeist hölzernen Häuschen mit steil geknickten Dächern, mit Gitterzäunen, reich gemusterten Toren und geschnitzten Fensterrahmen.

In der Nachbarschaft des Ambulatoriums, im ehemaligen Erbpark der Kaufmannswitwe Goregljadowa, befand sich ein interessantes, nicht sehr hohes Haus von altrussischem Geschmack. Es war mit glasierten Kacheln verkleidet, deren kantige Pyramiden nach außen wiesen, und erinnerte an altertümliche Moskauer Bojarenpaläste.

Vom Ambulatorium begab sich Doktor Shiwago drei- oder viermal pro Dekade in das ehemalige Lighetti-Haus in der Staraja Mjasskaja-Straße zu den Sitzungen des hier untergebrachten Jurjatiner Gebietsgesundheitsamtes.

In einem anderen Stadtbezirk, am entgegengesetzten Ende stand das Haus, das Samdewjatows Vater Jefim zur Erinnerung an seine Frau, die bei Anfims Geburt gestorben war, der Stadt geschenkt hatte. In dem Haus befand sich das von Samdewjatow gegründete Institut für Gynäkologie und Geburtshilfe. Jetzt wurden hier die medizinisch-chirurgischen Schnellkurse »Rosa Luxemburg« abgehalten. Doktor Shiwago las allgemeine Pathologie und ein paar fakultative Fächer.

Von all diesen Tätigkeiten kam er erst nachts nach Hause, erschöpft und ausgehungert, und fand Lara bei ihren Hausarbeiten, am Herd oder am Waschtrog. Wenn sie so prosaisch und alltäglich aussah, zerzaust, mit aufgekrempelten Ärmeln und hochgerafftem Rocksaum, wirkte sie beinahe bestürzend attraktiv, majestätisch, atemberaubend, mehr noch, als hätte er sie in Abendgarderobe angetroffen, bereit, zum Ball zu gehen, gleichsam größer geworden auf den hohen Absätzen, in tief ausgeschnittenem Kleid und raschelnden weiten Röcken.

Sie kochte oder wusch, und mit dem übriggebliebenen Seifenwasser wischte sie die Fußböden. Manchmal war sie auch ruhiger und weniger erhitzt, wenn sie plättete und ihre, seine und Katenkas Wäsche ausbesserte. War sie mit dem Kochen, Waschen und Putzen schon fertig, so unterrichtete sie Katenka. Mitunter saß sie auch in ein Lehrbuch vertieft und widmete sich ihrer eigenen politischen Umerziehung, da sie vorhatte, als Lehrerin in die neue, umgestaltete Schule einzutreten.

Je näher ihm diese Frau und das Mädchen standen, desto weniger wagte er, sie als seine Familie zu betrachten, und desto strenger war das Verbot, das die Pflicht vor der eigenen Familie und der Schmerz wegen der gebrochenen Treue seiner Denkweise auferlegte. Diese Selbstbeschränkung hatte für Lara und Katenka nichts Kränkendes. Im Gegenteil, seine nichtfamiliäre Fühlweise barg in sich eine ganze Welt von Ehrfurcht und schloß Hemdsärmeligkeit und plumpe Vertraulichkeit aus.

Dennoch quälte und schmerzte ihn diese Spaltung, an die er sich gewöhnt hatte wie an eine nicht verheilende, oft aufbrechende Wunde.

16

So vergingen zwei oder drei Monate. Einmal im Oktober sagte Shiwago zu Lara: »Weißt du, ich glaube, ich muß meine Arbeit aufgeben. Es ist die alte, ewig wiederkehrende Geschichte. Anfangs könnte es gar nicht besser sein. ›Wir freuen uns immer über ehrliche Arbeit. Über neue Ideen besonders. Die begrüßen wir sehr. Herzlich willkommen. Arbeiten Sie, kämpfen Sie, forschen Sie.‹

Bei Lichte besehen zeigt sich jedoch, daß sie unter Ideen nur deren Anschein verstehen, das Wortgeklingel zur Verherrlichung der Revolution und der Machthaber. Das ist quälend und fällt mir auf die Nerven. Darauf verstehe ich mich nicht.

Wahrscheinlich haben die sogar recht. Natürlich bin ich nicht für die. Ich kann mich nicht damit abfinden, daß sie Helden sein sollen, lichte Persönlichkeiten, ich dagegen ein kleines Seelchen, das für Unwissenheit und Versklavung des Menschen steht. Hast du schon mal von Nikolai Wedenjapin gehört?«

»Aber ja. Schon bevor ich dich kannte und später oft aus deinen Erzählungen. Auch Serafima Tunzewa erwähnt ihn häufig. Sie ist eine Anhängerin von ihm. Aber seine Bücher habe ich zu meiner Schande nicht gelesen. Ich mache mir nichts aus rein philosophischen Werken. Ich finde, die Philosophie sollte eine sparsame Beigabe zur Kunst und zum Leben sein. Sich ausschließlich mit ihr zu befassen wäre ebenso sonderbar, als wollte man nur Meerrettich essen. Aber entschuldige, ich habe dich mit meinem dummen Gerede abgelenkt.«

»Nein, im Gegenteil. Ich bin der gleichen Meinung. Das ist eine mir sehr verwandte Denkweise. Ja, zu meinem Onkel. Vielleicht hat sein Einfluß mich wirklich verdorben. Aber sie selber schreien ja im Chor: genialer Diagnostiker, genialer Diagnostiker. Stimmt ja, ich irre mich selten bei einer Diagnose. Aber das kommt ja eben aus der ihnen so verhaßten Intuition, die ich mir angeblich zuschulden kommen lasse, aus dem ganzheitlichen Erkennen eines Bildes.

Ich interessiere mich brennend für Mimikry, die äußere Anpassung von Organismen an die Farbe ihrer Umgebung. In dieser farblichen Angleichung ist ein erstaunlicher Übergang von Äußerem zu Innerem verborgen.

Ich habe mir herausgenommen, dies in meinen Vorlesungen zu erwähnen. Und schon ging's los! ›Idealismus, Mystik. Naturphilosophie von Goethe, Neoschellingianertum.‹

Ich muß kündigen. Vom Gesundheitsamt und vom Institut gehe ich auf eigenen Wunsch; im Lazarett will ich noch bleiben, bis sie mich wegjagen. Ich möchte dich nicht ängstigen, aber manchmal habe ich das Gefühl, ich könnte jeden Moment verhaftet werden.«

»Gott bewahre, Jura. Bis dahin ist es zum Glück noch lange hin. Aber du hast recht. Es kann nicht schaden, vorsichtiger zu sein. Soweit ich sehe, macht diese junge Macht mehrere Etappen durch. Am Anfang ist es der Triumph des Verstandes, der kritische Geist, der Kampf gegen Vorurteile.

Dann beginnt die zweite Periode. Die dunklen Kräfte der Anbiederer, der vorgeblichen Sympathisanten gewinnen die Oberhand. Es kommt zunehmend zu Verdächtigungen, Denunziationen, Intrigen, Haß und Feindschaft. Du hast ganz recht, wir befinden uns im Anfang der zweiten Phase.

Nach einem Beispiel brauchen wir nicht lange zu suchen. Zwei alte Polithäftlinge sind ans hiesige Kollegium des Revtribunals versetzt worden, zwei Arbeiter, Tiwersin und Antipow.

Beide kennen mich sehr gut, der eine ist sogar der Vater meines Mannes, mein Schwiegervater. Aber eigentlich erst seit ihrer Versetzung hierher zittere ich um mein und Katenkas Leben. Bei den beiden muß man auf alles gefaßt sein. Der alte Antipow kann mich nicht ausstehen. Es kommt noch so weit, daß sie eines schönen Tages mich und sogar Pawluscha vernichten im Namen der höchsten revolutionären Gerechtigkeit.«

Zu einer Fortsetzung dieses Gesprächs kam es ziemlich bald. In der Malaja Bujanowka Nummer achtundvierzig neben dem Ambulatorium fand bei der Witwe Goregljadowa eine nächtliche Haussuchung statt. Dabei wurde ein Waffenlager gefunden und eine konterrevolutionäre Organisation ausgehoben. In der Stadt wurden viele Menschen verhaftet. Haussuchungen und Verhaftungen gingen weiter. Aus diesem Anlaß wurde gemunkelt, ein Teil der Verdächtigen sei über den Fluß gegangen. Es wurden Überlegungen dieser Art angestellt: »Was hilft es ihnen? Fluß ist nicht gleich Fluß. Es gibt natürlich auch Flüsse. In Blagowestschensk am Amur zum Beispiel herrscht am einen Ufer die Sowjetmacht, am andern Ufer liegt China. Du springst ins Wasser, schwimmst hinüber, und adieu! weg bist du. Das ist dann ein richtiger Fluß. Das ist ganz was anderes.«

»Die Luft wird immer dicker«, sagte Lara. »Die Zeit, in der wir sicher waren, ist vorbei. Man wird uns ganz sicher verhaften, dich und mich. Was wird dann aus Katenka? Ich bin ihre Mutter. Ich muß dem Unglück zuvorkommen und mir etwas einfallen lassen. Es muß alles vorbereitet sein, wenn es soweit ist. Der Gedanke daran macht mich ganz verrückt.«

»Laß uns überlegen. Was können wir tun? Liegt es in unseren Kräften, diesen Schlag abzuwenden? Das ist eine Überlebensfrage.«

»Fliehen können wir nicht. Wohin auch? Aber wir können uns zurückziehen. Zum Beispiel nach Warykino. Ich denke an das Haus dort. Das ist ziemlich weit weg, und es ist einsam und verlassen. Da fallen wir niemandem auf wie hier. Der Winter steht vor der Tür. Ich würde die Mühe auf mich nehmen, dort zu überwintern. Bis sie uns finden, haben wir ein weiteres Jahr Leben herausgeschlagen, und das ist ein Gewinn. Samdewjatow könnte uns helfen, die Verbindung zur Stadt aufrechtzuerhalten. Vielleicht ist er bereit, uns zu verstecken. Na, was meinst du? Da ist jetzt freilich kein Mensch, es ist wüst und unheimlich. So war es zumindest im März, als ich dort war. Außerdem soll es Wölfe geben. Schrecklich. Aber die Menschen, besonders solche wie Antipow oder Tiwersin, sind jetzt schlimmer als Wölfe.«

»Ich weiß nicht recht, was ich sagen soll. Du selber versuchst mich ja ständig nach Moskau zu jagen, du redest mir zu, die Abreise nicht länger aufzuschieben. Das ist jetzt leichter geworden. Ich habe mich auf dem Bahnhof erkundigt. Mit den Hamsterern scheinen sie nicht mehr so streng zu sein. Nicht alle Schwarzfahrer werden mehr aus den Zügen geholt. Man ist der ewigen Erschießungen müde geworden, sie kommen seltener vor.

Mich beunruhigt, daß alle meine Briefe nach Moskau ohne Antwort geblieben sind. Ich muß hin, muß herausfinden, was mit meinen Leuten ist. Du sagst das auch immer wieder. Aber was soll ich dann von deinen Plänen mit Warykino halten? Willst du etwa ohne mich in diese schreckliche Einöde ziehen?«

»Nein, ohne dich ist das natürlich unvorstellbar.«

»Und dann schickst du mich nach Moskau?«

»Ja, das muß sein.«

»Hör mal, weißt du was? Ich habe eine großartige Idee. Wir fahren nach Moskau. Du und Katenka, ihr kommt mit.«

»Nach Moskau? Du bist ja verrückt. Wieso denn? Nein, ich muß hierbleiben. Ich muß mich bereithalten. Hier wird sich Pawluschas Schicksal entscheiden. Bis dahin muß ich warten, um notfalls zur Stelle zu sein.«

»Dann laß uns über Katenka nachdenken.«

»Mich besucht manchmal Serafima Tunzewa. Wir haben dieser Tage von ihr gesprochen.«

»Aber ja, ich sehe sie oft bei dir.«

»Ich kann mich über dich nur wundern. Wo habt ihr Männer eure Augen? Ich an deiner Stelle würde mich bestimmt in sie verlieben. Sie ist doch reizend! Wie sie aussieht! Groß. Schlank. Klug. Belesen. Gütig. Klares Urteil.«

»An dem Tag, als ich aus der Gefangenschaft hierher zurückkam, hat mich ihre Schwester Glafira, die Schneiderin, rasiert.«

»Ich weiß. Die beiden Schwestern leben zusammen mit der Ältesten, Agrippina, der Bibliothekarin. Es ist eine ehrliche, arbeitsame Familie. Ich möchte die Schwestern bitten, im schlimmsten Falle, wenn wir beide verhaftet werden, Katenka zu sich zu nehmen, in ihre Obhut. Aber ich habe mich noch nicht fest entschlossen.«

»Aber wirklich nur, wenn es gar keinen anderen Ausweg gibt. Wenn Gott will, ist es bis zu solch einem Unglück noch lange hin.«

»Serafima soll ja nicht ganz bei sich sein. Wirklich, eine ganz normale Frau ist sie nicht. Aber das liegt an ihrer Tiefe und Originalität. Sie ist phänomenal gebildet, aber nicht wie die Intellektuellen, sondern auf eine volkstümliche Weise. Deine und ihre Ansichten sind sich verblüffend ähnlich. Ihrer Erziehung würde ich Katenka leichten Herzens anvertrauen.«

17

Wieder ging er zum Bahnhof und kehrte ergebnislos zurück. Alles blieb in der Schwebe. Seine und Laras Zukunft waren ungewiß. Es war ein kalter und düsterer Tag wie vor dem ersten Schnee. Der Himmel über den Straßenkreuzungen, wo er sich weiter ausdehnte als über den langgezogenen Straßenschluchten, sah winterlich aus.

Als Shiwago nach Hause kam, war Serafima Tunzewa bei Lara zu Besuch. Das Gespräch zwischen den beiden Frauen entwickelte sich zu einer Vorlesung, die die Besucherin ihrer Gastgeberin hielt. Shiwago wollte sich nicht einmischen. Außerdem hatte er Lust, ein wenig allein zu sein. Die beiden Frauen unterhielten sich im Nebenzimmer. Die Tür war nur angelehnt. Vor der Tür hing bis zum Fußboden eine Portiere, durch die er das Gespräch Wort für Wort verfolgen konnte.

»Ich werde nähen, lassen Sie sich nicht dadurch stören, Serafima, ich bin trotzdem ganz Ohr. Während meines Studiums habe ich Geschichte und Philosophie gehört. Ihre Gedankenwelt liegt mir sehr. Außerdem ist es für mich eine Erleichterung, Ihnen zuzuhören. Wir haben in den letzten Nächten vor lauter Sorgen zu wenig geschlafen. Meine Pflicht als Mutter ist es, Katenka für den Fall, daß wir Unannehmlichkeiten haben, in Sicherheit zu bringen. Ich muß nüchtern über sie nachdenken. Das ist nicht gerade meine Stärke. Es macht mich traurig, das einsehen zu müssen. Ich bin traurig vor Müdigkeit und Schlaflosigkeit. Es beruhigt mich, wenn Sie reden. Außerdem muß jeden Moment Schnee fallen. Wenn es schneit, ist es ein Genuß, kluge Gedanken zu hören. Wenn ich zum Fenster schaue, und es schneit, bilde ich mir wirklich ein, daß jemand über den Hof zum Hause kommt. Sprechen Sie, Serafima, ich höre Ihnen zu.«

»Wo waren wir letztes Mal stehengeblieben?«

Shiwago hörte nicht, was Lara antwortete. Er lauschte Serafimas Worten.

»Wir können Wörter wie Kultur oder Epoche benutzen. Aber sie lassen sich verschieden auffassen. Da ihr Sinn im Grunde unklar ist, wollen wir sie vermeiden und durch andere Ausdrücke ersetzen.

Ich würde sagen, der Mensch besteht aus zwei Teilen, aus Gott und aus Arbeit. Die Entwicklung des menschlichen Geistes zerfällt in einzelne Arbeiten von gewaltiger zeitlicher Dauer. Sie wurden von Generationen verrichtet und folgten eine auf die andere. Eine solche Arbeit war Ägypten, eine solche Arbeit war Griechenland, eine solche Arbeit war die biblische Gotteserkenntnis der Propheten. Eine solche Arbeit, die letzte in der Zeit, die noch von keiner anderen abgelöst wurde, ist eine von der gesamten zeitgenössischen Geistigkeit verrichtete Arbeit – das Christentum.

Um Ihnen das Neue, Niedagewesene, das es gebracht hat, in aller Frische vorzuführen, überraschend, nicht so, wie Sie es kennen und gewohnt sind, sondern schlichter, unmittelbarer, lassen Sie uns gemeinsam ein paar Auszüge aus liturgischen Texten untersuchen, nur ganz wenige und in verkürzter Form.

Die meisten kirchlichen Lobgesänge sind eine Verbindung nebeneinandergesetzter Vorstellungen aus dem Alten und dem Neuen Testament. Leitbildern aus der alten Welt – der brennende Dornbusch, der Auszug Israels aus Ägypten, die Jünglinge im Feuerofen, Jonas im Walfischbauch und anderen – werden Leitbilder aus der neuen Welt zur Seite gestellt, etwa die Vorstellung von der Empfängnis der Gottesmutter oder von der Auferstehung Christi.

In dieser häufigen, fast ständigen Verbindung werden das Alter des Alten, die Neuheit des Neuen und ihre Unterschiede besonders deutlich.

In sehr vielen Versen wird die unbefleckte Mutterschaft Marias mit dem Zug der Juden durch das Rote Meer verglichen. Beispielsweise in dem Vers: ›Das Rote Meer wurde manchmal als Bild für die Heilige Jungfrau gebraucht, da heißt es: Nach dem Durchzug Israels war das Meer wieder unbegehbar, und so soll die Unbefleckte nach der Geburt Immanuels unvergänglich sein.‹ Das bedeutet: Nach dem Durchzug Israels war das Meer wieder unpassierbar, und die Jungfrau, die den Herrn gebar, blieb unberührt. Was für Vorkommnisse sind hier nebeneinandergestellt? Beide Ereignisse sind übernatürlich, beide gelten gleichermaßen als Wunder. Worin haben die verschiedenen Zeiten das Wunder gesehen, die älteste, die Anfangszeit und die weit fortgeschrittene, neue, nachrömische Zeit?

In dem einen Falle teilte sich auf Geheiß des Volksführers Moses und auf einen Wink seines Stabs das Meer und ließ ein ganzes Volk durch, ein unermeßlich großes Volk, Hunderttausende von Menschen, und als der letzte durch war, schloß es sich wieder und verschlang die ägyptischen Verfolger. Ein Schauspiel im Geiste des Altertums – das Element gehorcht der Stimme des Zauberers, Massen von Menschen wie die römischen Heere auf ihren Feldzügen, Volk und Führer, sind sichtbare und hörbare, ohrenbetäubend hörbare Dinge.

Im anderen Falle schenkt eine Jungfrau – ein ganz gewöhnlicher Vorgang, auf den die alte Welt nicht geachtet hätte – still und heimlich einem Kind das Leben, bringt Leben zur Welt, das Wunder des Lebens, ›das Leben aller‹, wie er später genannt wird. Seine Geburt ist nicht nur vom Standpunkt der Schriftgelehrten ungesetzlich, da die Eltern nicht verheiratet sind. Sie widerspricht auch den Gesetzen der Natur. Die Jungfrau gebiert nicht aus Notwendigkeit, sondern durch ein Wunder, durch eine Inspiration. Das ist die gleiche Inspiration, auf der das Evangelium, das dem Gewöhnlichen die Einmaligkeit und dem

Alltag den Festtag entgegenstellt, das Leben aufbauen will, entgegen jedem Zwang.

Von welch gewaltiger Bedeutung ist diese Veränderung! Auf welche Weise wurde für den Himmel (denn man muß das mit den Augen des Himmels sehen, vor dem Angesicht des Himmels, im geheiligten Rahmen der Einzigartigkeit geschieht das alles), auf welche Weise wurde für den Himmel eine menschliche Privatsache, die vom Standpunkt des Altertums nichtig ist, der Wanderung eines ganzen Volkes gleichgesetzt?

In der Welt hatte sich etwas verschoben. Es war zu Ende mit Rom, mit der Macht der Menge, mit der gewaltsam eingetrichterten Verpflichtung, innerhalb eines Volkes zu leben. Führer und Völker wurden Vergangenheit.

Die Persönlichkeit, die Verkündigung der Freiheit traten an ihre Stelle. Das einzelne menschliche Leben wurde Gottes Wort, füllte mit seinem Inhalt den Raum des Alls. Wie es in einem feierlichen Lied zu Mariä Verkündigung lautet: Adam wollte Gott werden und irrte, er wurde nicht Gott, doch jetzt wird Gott zum Menschen, um Adam zum Gott zu machen (›der Mensch ist Gott, und er schafft den Gott Adam‹).«

Serafima sprach weiter: »Ich will Ihnen noch etwas zu diesem Thema sagen. Zunächst aber eine kleine Abschweifung. Was die Sorge um die Werktätigen betrifft, den Mutterschutz, den Kampf gegen die Macht des leichten Gewinns, ist unsere revolutionäre Zeit eine niedagewesene, unvergeßliche Zeit mit bleibenden Errungenschaften. Was jedoch das Verständnis des Lebens, die Philosophie des Glücks angeht, die gegenwärtig propagiert wird, so möchte man einfach nicht glauben, daß das ernst gemeint ist, so lächerlich ist diese übernommene Auffassung. Die Deklamationen über Führer und Völker könnten uns zurückbringen in die alttestamentlichen Zeiten der Viehzüchterstämme und der Patriarchen, wenn sie die

Macht hätten, das Leben rückwärtszukehren und die Geschichte um Jahrtausende zurückzuwerfen. Zum Glück ist das unmöglich.

Ein paar Worte über Christus und Magdalena. Das ist nicht aus dem Evangelium, sondern aus den Gebeten zur Karwoche, ich glaube, für den großen Dienstag oder Mittwoch. Aber das wissen Sie selber gut genug, Larissa Fjodorowna. Ich möchte Ihnen nur einiges in Erinnerung rufen, nicht aber Sie belehren.

Wie Sie wissen, bedeutet das Wort ›strast‹ im Slawischen vor allem Leiden, Leiden des Herrn, der Herr, der freiwillig Leiden auf sich nimmt. Darüber hinaus wird dieses Wort im späteren Russischen für Laster und Begierden gebraucht. ›Als Begierden die Würde meiner Seele knechteten, ward ich zum Vieh.‹ – ›Ausgetrieben aus dem Paradies, trachten wir durch Unterdrückung der Begierden wieder hineinzugelangen‹ usw. Wahrscheinlich bin ich sehr verdorben, aber ich mag nicht die vorösterlichen Lesungen in dieser Richtung – Zügelung der Sinnlichkeit und Abtötung des Fleisches. Ich denke mir immer, diese groben, platten Gebete, denen die Poesie der anderen geistlichen Texte fehlt, müssen von fetten, dickwänstigen Mönchen geschrieben sein. Dabei geht es gar nicht darum, daß sie selbst nicht nach den Regeln lebten und andere täuschten. Vielleicht haben sie sogar nach ihrem Gewissen gelebt. Nicht um sie geht es, sondern um den Inhalt dieser Texte. Die traurigen Redensarten verleihen den Schwächen des Körpers und dem Umstand, ob er wohlgenährt oder ausgezehrt ist, eine übermäßige Bedeutung, die ihnen nicht zukommt. Scheußlich ist das. Eine schmutzige, bedeutungslose Zweitrangigkeit ist auf eine ungebührliche, ihr nicht zustehende Höhe gehoben. Entschuldigen Sie, daß ich die Hauptsache so hinausziehe. Gleich werde ich Sie für meine Langatmigkeit entschädigen.

Mich hat schon immer beschäftigt, warum die Erwähnung Magdalenas erst unmittelbar vor dem Osterfest geschieht, an der Schwelle von Christi Tod und Christi Auferstehung. Ich kenne die Gründe nicht, aber die Erinnerung daran, daß dies Leben ist, kommt zeitlich so passend im Moment des Abschieds vom Leben und in der Vorahnung seiner Wiederkehr. Jetzt hören Sie, mit welch wirklicher Leidenschaft, mit welch rücksichtsloser Direktheit diese Erwähnung geschieht.

Es gibt einen Streit darüber, ob das Magdalena ist oder Maria von Ägypten oder irgendeine andere Maria. Wie dem auch sei, sie bittet den Herrn: ›Löse mich von meiner Schuld, so wie ich meine Haare löse.‹ Wie stofflich ist der Durst nach Vergebung, nach Reue ausgedrückt! Man kann es mit den Händen greifen.

Und ein ähnlicher Ausruf in einem anderen Troparion auf den gleichen Tag, noch ausführlicher, mit dem unzweifelhaft Magdalena gemeint ist.

Hier trauert sie mit schrecklicher Spürbarkeit um die Vergangenheit, darum, daß jede Nacht die früheren tiefverwurzelten Empfindungen in ihr weckt. ›Kaum wird es Nacht, so entzündet sich in mir ungezügelte Begierde, der finstere und mondlose Drang nach Sünde.‹ Sie bittet Christus, ihre Reuetränen anzunehmen und sich zu ihren Herzensklagen herabzuneigen, damit sie seine reinen Füße mit ihren Haaren trocknen kann, Haaren, in deren Rascheln sich einst im Paradies die bestürzte und beschämte Eva hüllte. ›Ich will liebkosen Deine reinen Füße und sie trocknen mit den Haaren meines Hauptes, so wie Eva im Paradies sich angstvoll in ihr rauschendes Haar hüllte.‹ Und dann bricht plötzlich der Ausruf hervor: ›Meiner Sünden sind viele, doch wer erforscht Deine abgrundtiefen Schicksale?‹ Welche Kürze, welche Gleichsetzung von Gott und Leben, Gott und Persönlichkeit, Gott und Frau!«

18

Doktor Shiwago war müde vom Bahnhof zurückgekommen. Es war sein freier Tag in der Dekade. Gewöhnlich schlief er sich an diesen Tagen für die ganze Woche aus. Zurückgelehnt saß er auf dem Sofa, nahm zeitweilig eine halb liegende Stellung ein oder streckte sich ganz aus. Obwohl er Serafima nur im Halbschlaf hörte, bereiteten ihm ihre Ausführungen Vergnügen. Natürlich hat sie das alles von Onkel Nikolai, dachte er. Aber wie klug und begabt sie ist!

Er sprang vom Sofa auf und trat ans Fenster. Es blickte in den Hof wie auch das Nebenzimmer, in dem Lara und Serafima jetzt leise flüsterten.

Das Wetter hatte sich verschlechtert. Draußen war es dunkel. In den Hof flogen zwei Elstern und suchten nach einer Stelle, wo sie sich setzen konnten. Der Wind plusterte ihr Gefieder. Sie setzten sich auf den Deckel des Müllkastens, flogen hinüber zum Zaun, dann auf die Erde und spazierten im Hof herum.

Elstern bedeuten Schnee, dachte Juri Shiwago. In diesem Moment hörte er durch die Portiere: »Elstern bedeuten eine Nachricht«, sagte Serafima zu Lara. »Jemand will Sie besuchen. Oder Sie kriegen einen Brief.«

Bald darauf läutete an der Wohnungstür das Glöckchen am Draht, das Shiwago kurz zuvor in Ordnung gebracht hatte. Lara kam hinter der Portiere hervor und ging mit raschen Schritten in die Diele, um zu öffnen. Nach dem, was sie an der Tür sagte, erkannte der Arzt, daß Serafimas Schwester Glafira gekommen war.

»Sie wollen Ihre Schwester abholen?« fragte Lara. »Serafima ist bei uns.«

»Eigentlich nicht. Aber wenn sie nach Hause will, können wir ja zusammen gehen. Nein, ich habe hier einen Brief für Ihren Freund. Er kann von Glück sagen, daß ich früher bei der Post gearbeitet habe. Der Brief ist durch ...zig Hände gegangen und aus alter Bekanntschaft zu mir gelangt. Aus Moskau. Fünf Monate war er unterwegs. Der Empfänger war nicht zu finden. Aber ich weiß, wer er ist. Er hat sich einmal von mir rasieren lassen.«

Der Brief, viele Seiten lang, zerdrückt, fleckig, geöffnet und in verblichenem Kuvert, kam von Tonja. Es erreichte Juri Shiwago nicht, wie Lara ihm das Kuvert aushändigte. Als er zu lesen begann, wußte er noch, in welcher Stadt er war und in welchem Haus, doch während er las, ging ihm auch das verloren. Serafima kam herein, grüßte und wollte sich gleich wieder verabschieden. Er antwortete mechanisch, wie es sich gehörte, aber er beachtete sie nicht. Ihren Weggang nahm er gar nicht wahr. Allmählich vergaß er immer mehr, wo er war und was ihn umgab.

»Jura«, schrieb ihm seine Frau Tonja, »weißt Du, daß wir eine Tochter haben? Sie wurde auf den Namen Mascha getauft, nach Deiner verstorbenen Mutter Maria Nikolajewna.

Nun zu etwas anderem. Eine Reihe angesehener Vertreter der Öffentlichkeit, Professoren von der Partei der Kadetten und rechte Sozialisten, Melgunow, Kiesewetter, Kuskow und noch ein paar andere, darunter auch mein Onkel Nikolai Gromeko, mein Vater und wir als seine Familienangehörigen, werden aus Rußland verbannt.

Das ist ein Unglück, besonders weil Du nicht da bist, aber wir müssen uns fügen und können noch Gott danken für die milde Form der Austreibung in dieser schrecklichen Zeit, es hätte ja auch viel schlimmer kommen können. Wenn Du Dich angefunden hättest und hier wärst, würdest Du mit uns fahren. Aber wo steckst Du jetzt? Ich schicke diesen Brief an die Adresse von Schwester Antipowa, sie wird ihn Dir geben, wenn sie Dich findet. Mich quält die Ungewißheit, ob sie die Maßnahme auch auf Dich ausdehnen, denn Du gehörst ja zu unserer Familie, wenn Du Dich, falls es Dir beschieden ist, wieder anfindest, und ob Du wie wir alle die Ausreisegenehmigung bekommst. Ich möchte glauben, daß Du lebst und Dich wieder anfindest. Das sagt mir mein liebendes Herz, auf dessen Stimme ich vertraue. Wenn Du wieder zum Vorschein kommst, werden sich die Lebensbedingungen in Rußland möglicherweise etwas verbessert haben, und Du kannst um eine Sondergenehmigung für eine Auslandsreise einkommen, dann werden wir alle wieder beisammen sein. Aber während ich dies schreibe, kann ich nicht daran glauben, daß es ein solches Glück geben wird.

Mein Kummer besteht darin, daß ich Dich liebe, Du mich aber nicht. Ich versuche, dahinterzukommen, warum das so ist, versuche diesen Umstand zu deuten, zu rechtfertigen, ich grabe, wühle in mir, gehe unser ganzes Leben durch und alles, was ich von mir weiß, und ich sehe den Anfang nicht und kann mich nicht erinnern, was ich getan und womit ich dieses Unglück auf mich heraufbeschworen habe. Du siehst mich irgendwie verkehrt, mit unguten Augen, entstellt wie in einem Zerrspiegel.

Aber ich liebe Dich. Ach, wie ich Dich liebe, wenn Du Dir das vorstellen könntest! Ich liebe alles Besondere an Dir, alle Deine Vorzüge und Nachteile, alle Deine gewöhnlichen Seiten, die mir in ihrer ungewöhnlichen Verbindung teuer sind, ich liebe Dein beseeltes Gesicht, das ohne dies womöglich unschön wäre, ich liebe Dein Talent und Deinen Verstand, die gleichsam den Platz der gänzlich fehlenden Willenskraft besetzt halten. All das ist mir teuer, und ich kenne keinen Menschen, der besser wäre als Du.

Aber ich will Dir etwas sagen: Selbst wenn Du mir nicht so teuer wärst, selbst wenn Du mir nicht so gut gefielest, selbst dann würde sich mir die traurige Wahrheit meiner Kälte nicht erschließen, selbst dann würde ich glauben, Dich zu lieben. Allein aus Angst davor, welch erniedrigende, vernichtende Strafe es ist, nicht zu lieben, würde ich unbewußt die Erkenntnis verdrängen, daß ich Dich nicht liebe. Weder ich noch Du würden es jemals erfahren. Mein eigenes Herz würde es vor mir verbergen, denn Nichtliebe ist beinahe wie Mord, und diesen Schlag würde ich niemandem zufügen können.

Zwar ist noch nichts endgültig entschieden, doch voraussichtlich werden wir nach Paris fahren. Ich werde die fernen Gegenden sehen, die Du als Junge erlebt hast und wo mein Vater und mein Onkel aufgewachsen sind. Mein Vater läßt Dich grüßen. Saschenka ist schon groß, nicht unbedingt schön, aber ein großer, kräftiger Junge. Wenn Du erwähnt wirst, weint er jedesmal bitter und untröstlich. Ich kann nicht mehr. Von den Tränen bricht mir das Herz. Leb wohl. Ich bekreuzige Dich für die ganze unendliche Trennung, für die Prüfungen, die Ungewißheit, für Deinen ganzen langen, langen, dunklen Weg. Ich habe Dir nichts vorzuwerfen, nicht das geringste, gestalte Dein Leben, wie Du möchtest, nur daß es Dir gut geht.

Vor der Abreise aus dem furchtbaren und für uns so verhängnisvollen Ural habe ich Larissa Fjodorowna für kurze Zeit kennengelernt. Ich habe ihr zu danken, sie war bei mir, als es mir schlecht ging, und sie hat mir bei der Geburt geholfen. Ich muß aufrichtig gestehen, sie ist ein guter Mensch, aber ich will nicht heucheln, sie ist das genaue Gegenteil von mir. Ich bin dazu geboren, das Leben zu vereinfachen und den richtigen Ausweg zu finden, sie aber, um es zu erschweren und zu verwirren.

Leb wohl, ich muß Schluß machen. Jemand kommt, um den Brief abzuholen, und ich muß schleunigst packen. O Jura, Jura, mein lieber, teurer Mann, Vater meiner Kinder, was ist das bloß? Wir werden uns ja niemals, niemals wiedersehen. Das habe ich nun hingeschrieben, bist Du Dir über die Bedeutung dieser Worte klar? Verstehst Du das, verstehst Du das? Man drängt mich, und das ist wie ein Zeichen, daß man mich holen kommt, um mich zur Hinrichtung zu führen. Jura! Jura!«

Juri Shiwago hob den geistesabwesenden, tränenlosen Blick, nirgendwohin gerichtet, trocken vor Gram, leer vor Leid. Er sah nichts, erkannte nichts.

Draußen schneite es. Der Wind trieb die Flocken schräg durch die Luft, immer schneller, immer dichter, wie um auf diese Weise etwas nachzuholen, und der Arzt blickte aus dem Fenster, als wäre das kein Schnee, sondern als lese er Tonjas Brief weiter und als flögen dort nicht trokkene Schneesternchen vorüber, sondern die kleinen Zwischenräume weißen Papiers zwischen den kleinen schwarzen Buchstaben, weiß, weiß, ohne Ende, ohne Ende.

Juri Shiwago stöhnte auf und griff sich an die Brust. Er spürte, daß er in Ohnmacht fiel, machte ein paar taumelige Schritte zum Sofa hin und sank besinnungslos darauf nieder.

Vierzehnter Teil

Wieder in Warykino

1

Der Winter war eingekehrt. In großen Flocken fiel Schnee. Doktor Shiwago kam vom Krankenhaus nach Hause.

»Komarowski ist da«, sagte Lara, die ihm in der Diele entgegenging, mit bedrückter, heiserer Stimme. Sie sah verstört aus, als wäre sie geschlagen worden.

»Wo? Bei wem? Ist er bei uns?«

»Natürlich nicht. Er war am Morgen hier und wollte am Abend wiederkommen. Bald wird er dasein. Er muß mit dir sprechen.«

»Weswegen ist er gekommen?«

»Ich habe nicht alles verstanden, was er sagte. Er ist hier auf der Durchreise nach dem Fernen Osten und hat absichtlich einen Umweg über Jurjatin gemacht, um uns zu sehen. Es geht ihm vor allem um dich und Pawluscha. Von euch beiden hat er viel gesprochen. Er behauptet, wir drei, das heißt du, Pawluscha und ich, seien in Lebensgefahr, und nur er könne uns retten, wenn wir auf ihn hören.«

»Ich gehe weg. Ich will ihn nicht sehen.«

Lara brach in Tränen aus, versuchte, vor ihm niederzuknien, seine Beine zu umklammern und sich mit dem Kopf an sie zu pressen, doch er hinderte sie daran, hielt sie gewaltsam fest.

»Bleib um meinetwillen, ich flehe dich an. Ich habe von keiner Seite her Angst, mit ihm unter vier Augen zu sprechen. Aber es belastet mich. Laß mich nicht mit ihm allein. Außerdem ist er ein praktischer, erfahrener Mann. Vielleicht kann er uns wirklich einen guten Rat geben. Dein Abscheu ihm gegenüber ist ganz natürlich. Aber bitte, überwinde dich. Bleib hier.«

»Was hast du bloß, mein Engel? Beruhige dich. Was machst du? Falle nicht auf die Knie. Steh auf. Sei wieder fröhlich. Verscheuche die Gespenster, die dich verfolgen. Er hat dir fürs ganze Leben Angst eingejagt. Ich bin ja bei dir. Wenn es sein muß, wenn du es mir befiehlst, bringe ich ihn um.«

Eine halbe Stunde später brach der Abend an. Es wurde stockdunkel. Schon seit einem halben Jahr waren die Löcher im Fußboden verstopft. Der Arzt hatte unentwegt darauf geachtet, ob neue entstanden, und sie sogleich geschlossen. Außerdem hatten sie sich einen großen, puscheligen Kater angeschafft, der seine Zeit in regloser, geheimnisvoller Beschaulichkeit verbrachte. Die Ratten hatten das Haus nicht verlassen, aber sie waren vorsichtiger geworden.

In Erwartung Komarowskis schnitt Lara Schwarzbrot von ihrer Ration und stellte einen Teller mit ein paar gekochten Kartoffeln auf den Tisch. Der Besucher sollte im Wohnzimmer der ehemaligen Wohnungsinhaber empfangen werden, das seine einstige Bestimmung beibehalten hatte. Darin standen ein gewaltiger Eichentisch und ein großes schweres Büfett, ebenfalls aus dunkler Eiche. Auf dem Tisch brannte das Lämpchen des Arztes, ein Fläschchen Rhizinusöl mit einem hineingesenkten Docht.

Komarowski kam aus der Dunkelheit des Dezember, über und über beschneit. Der Schnee fiel in ganzen Schichten von seinem Pelzmantel, von der Fellmütze und den Galoschen und schmolz auf dem Fußboden zu Pfützen. Schnurrbart und Vollbart, die er früher rasiert hatte, jetzt aber wachsen ließ, verliehen ihm mit dem daran haftenden Schnee das Aussehen eines Clowns, eines Hanswurstes. Er trug einen guterhaltenen Anzug, Jackett und gestreifte Hose mit Bügelfalte. Bevor er grüßte oder sonst etwas sagte, kämmte er lange die angedrückten nassen Haare mit einem Taschenkamm und wischte mit einem Taschentuch die Nässe vom Schnurrbart und von den Augenbrauen. Dann streckte er mit einem Ausdruck vielsagender Wortlosigkeit gleichzeitig beide Hände aus, die linke Lara, die rechte Doktor Shiwago entgegen.

»Gehen wir davon aus, daß wir uns kennen«, sagte er zu dem Arzt. »Ich hatte ein gutes Verhältnis zu Ihrem Vater, das wird Ihnen bekannt sein. Er hat in meinen Armen seinen Geist aufgegeben. Ich schaue Sie an und suche nach Ähnlichkeit. Nein, Sie kommen wohl nicht nach Ihrem Herrn Vater. Er war ein Mensch mit einer großzügigen Natur. Ein heftiger, impulsiver Mensch. So wie Sie aussehen, kommen Sie eher nach Ihrer Frau Mutter. Sie war eine sanfte Frau. Eine Träumerin.«

»Larissa Fjodorowna hat mich gebeten, Sie anzuhören. Sie sagte mir, Sie hätten ein Anliegen an mich. Ich habe ihrer Bitte entsprochen. Unser Gespräch, so oder so, ist erzwungen. Wenn es nach mir gegangen wäre, ich hätte die Bekanntschaft mit Ihnen nicht gesucht, und ich gehe nicht davon aus, daß wir uns kennen. Also zur Sache. Was wünschen Sie?«

»Guten Tag, meine Lieben. Ich fühle alles, aber auch alles durch und durch, und ich verstehe völlig. Verzeihen Sie mir die Kühnheit, aber Sie sind einander schrecklich ähnlich. Sie sind ein im höchsten Grade harmonisches Paar.«

»Ich muß Sie unterbrechen. Bitte mischen Sie sich nicht in Dinge ein, die Sie nichts angehen. Ihr Mitgefühl ist unerwünscht. Sie vergessen sich.«

»Aber doch nicht gleich so aufbrausen, junger Mann. Nein, Sie sind Ihrem Vater ja doch ähnlich. Ebenso leicht entflammbar. Ja, mit Ihrer Erlaubnis, ich gratuliere euch, meine Kinder. Bedauerlicherweise seid ihr nicht nur nach meiner Anrede, sondern auch in Wirklichkeit Kinder, die nichts wissen und über nichts nachdenken. Ich bin erst seit zwei Tagen hier und habe mehr über euch erfahren, als ihr nur ahnen könnt. Ihr steht, ohne es zu wissen, am Rande des Abgrunds. Wenn die Gefahr nicht irgendwie abgewendet wird, sind die Tage eurer Freiheit und vielleicht eures Lebens gezählt.

Es gibt einen gewissen kommunistischen Stil. In dieses Maß paßt kaum ein Mensch hinein. Aber niemand verstößt so offensichtlich gegen diese Lebens- und Denkweise wie Sie, Juri Andrejewitsch. Wozu schlafende Hunde wecken? Sie sind eine Verhöhnung, eine Beleidigung dieser Welt. Wenn das wenigstens Ihr Geheimnis wäre. Aber es gibt hier einflußreiche Leute aus Moskau, die kennen Ihre innere Welt gründlich. Sie beide gehen den hiesigen Themispriestern gewaltig gegen den Strich. Die Genossen Antipow und Tiwersin wollen Larissa Fjodorowna und Ihnen ans Leder.

Sie sind ein Mann, ein freier Kosak oder wie man das nennt. Ein unsinniges Benehmen, ein Spiel mit dem eigenen Leben, das ist Ihr heiliges Recht. Aber Larissa Fjodorowna ist nicht frei. Sie ist Mutter. In ihren Händen liegt das Leben, das Schicksal ihres Kindes. Phantasieren, über den Wolken schweben, dazu hat sie nicht das Recht.

Ich habe den ganzen Vormittag damit zugebracht, ihr zuzureden, sie davon zu überzeugen, die Situation ernst zu nehmen. Sie will nicht auf mich hören. Setzen Sie Ihre Autorität ein, machen Sie Ihren Einfluß auf Larissa Fjodorowna geltend. Sie hat nicht das Recht, Katenkas Sicherheit auf die leichte Schulter zu nehmen, sie darf meine Erwägungen nicht in den Wind schlagen.«

»Ich habe nie im Leben jemanden gezwungen oder zu überzeugen versucht. Schon gar nicht Menschen, die mir nahestanden. Larissa Fjodorowna steht es frei, Sie anzuhören oder auch nicht. Das ist ihre Sache. Außerdem habe ich nicht die geringste Ahnung, worum es geht. Das, was Sie Ihre Erwägungen nennen, ist mir unbekannt.«

»Nein, Sie erinnern mich immer mehr an Ihren Vater. Er war genauso eigensinnig. Also, zur Hauptsache. Aber da das eine recht komplizierte Geschichte ist, fassen Sie sich in Geduld. Bitte hören Sie mich an und unterbrechen Sie mich nicht.

An der Spitze sind große Veränderungen in Vorbereitung. Doch, doch, das habe ich aus ganz sicherer Quelle, Sie brauchen nicht zu zweifeln. Vorgesehen ist ein Übergang auf demokratischere Gleise, ein Zugeständnis an die allgemeine Gesetzlichkeit, und das in allernächster Zukunft.

Aber gerade deshalb werden die Strafinstitutionen, deren Auflösung vorgesehen ist, zum Schluß um so schlimmer wüten und um so eiliger ihre örtlichen Rechnungen begleichen. Ihre Vernichtung ist beschlossene Sache, Juri Andrejewitsch. Ihr Name steht auf der Liste. Ich sage das nicht im Scherz, ich habe es selbst gesehen, Sie können mir glauben. Denken Sie an Ihre Rettung, sonst könnte es zu spät sein.

Aber all das war nur die Vorrede. Ich komme jetzt zum Kern der Dinge.

Im Primorje, am Stillen Ozean, werden politische Kräfte zusammengezogen, die der gestürzten Provisorischen Regierung und der aufgelösten Konstituierenden Versammlung treu geblieben sind. Dort versammeln sich Dumaangehörige, Staatsfunktionäre, angesehene ehemalige Semstwomitarbeiter, Geschäftsleute, Industrielle. Die Generäle der Freiwilligenarmeen konzentrieren dort die Reste ihrer Truppen.

Die Sowjetmacht toleriert das Entstehen der Fernöstlichen Republik. Die Existenz eines solchen Gebildes am Rande des Landes ist vorteilhaft für sie, denn es wirkt wie ein Puffer zwischen dem Roten Sibirien und der Außenwelt. Die Regierung der Republik wird sich gemischt zusammensetzen. Mehr als die Hälfte der Posten hat Moskau für Kommunisten beansprucht, um mit deren Hilfe, sobald es günstig ist, den Umschwung zu vollziehen und sich die Republik gefügig zu machen. Dieser Plan ist vollkommen durchschaubar, und es geht nur darum, daß man es versteht, die verbleibende Zeit zu nutzen.

Ich habe vor der Revolution die Geschäfte der Brüder Archarow, Merkulow und anderer Handels- und Bankhäuser in Wladiwostok geführt, man kennt mich dort. Ein Geheimemissär der entstehenden Regierung hat mir halb geheim, halb mit offizieller Duldung der Sowjets die Einladung gebracht, als Justizminister in die Fernöstliche Regierung einzutreten. Ich habe zugestimmt und bin dorthin unterwegs. Alles, was ich jetzt gesagt habe, geschieht mit Wissen und stillschweigendem Einverständnis der Sowjetmacht, doch wiederum nicht so offen, daß man es ausplaudern sollte.

Ich kann Sie und Larissa Fjodorowna mitnehmen. Von dort können Sie leicht übers Meer zu Ihren Angehörigen gelangen. Diese sind ausgewiesen worden, das dürfte Ihnen bekannt sein. Die Geschichte hat von sich reden gemacht, in Moskau haben es die Spatzen von den Dächern gepfiffen. Ich habe Larissa Fjodorowna versprochen, den Schlag abzuwenden, der ihrem Mann Pawel Antipow droht. Als Mitglied einer selbständigen und anerkannten Regierung werde ich Strelnikow, wie er sich nennt, in Ostsibirien ausfindig machen und dafür sorgen, daß er auf unser autonomes Gebiet übertritt. Wenn es ihm nicht gelingt zu fliehen, werde ich vorschlagen, ihn gegen eine von unseren Verbündeten festgehaltene Person auszutauschen, die für die Moskauer Zentralmacht wichtig ist.«

Lara folgte nur mühsam dem Gespräch, dessen Sinn ihr häufig entglitt. Bei den letzten Worten Komarowskis aber, die die Sicherheit Doktor Shiwagos und ihres Mannes betrafen, trat sie aus dem Zustand nachdenklicher Teilnahmslosigkeit heraus, horchte auf und warf leicht errötend ein: »Verstehst du, Jura, wie wichtig diese Überlegungen für dich und Pawluscha sind?«

»Du bist zu vertrauensselig. Man kann doch nicht kaum Durchdachtes für bereits Vollzogenes nehmen. Ich will ja gar nicht sagen, daß Viktor Ippolitowitsch uns absichtlich an der Nase herumführt. Aber das Ganze ist doch völlig ungewiß! Und nun, Viktor Ippolitowitsch, ein paar Worte von meiner Seite. Ich danke Ihnen für Ihre Teilnahme an meinem Schicksal, aber glauben Sie wirklich, daß ich Ihnen gestatten werde, es zu gestalten? Was Ihre Sorge um Strelnikow angeht, so muß Larissa Fjodorowna darüber nachdenken.«

»Worauf läuft das Ganze hinaus? Darauf, ob wir mit ihm fahren, wie er uns anbietet, oder nicht. Du weißt sehr gut, daß ich ohne dich nicht fahre.«

Komarowski trank fleißig von dem verdünnten Sprit, den Doktor Shiwago aus dem Ambulatorium mitgebracht und auf den Tisch gestellt hatte, kaute Kartoffeln und wurde allmählich betrunken.

2

Es war schon spät. Der von Zeit zu Zeit entschuppte Docht des Lämpchens brannte knisternd hell, dann sank das Zimmer wieder in Dunkelheit. Shiwago und Lara waren müde, überdies mußten sie allein miteinander sprechen. Komarowski aber ging und ging nicht. Seine Anwesenheit war ebenso belastend wie der Anblick des schweren Eichenbüfetts und die eisige Dunkelheit des Dezember vor den Fenstern.

Er sah nicht sie an, sondern über sie hinweg, starrte mit betrunkenen runden Augen auf einen fernen Punkt und redete mit schwerer Zunge endlos langweiliges Zeug, immer wieder dasselbe. Sein Steckenpferd war der Ferne Osten. Darüber ließ er sich umständlich aus und entwickelte Lara und dem Arzt seine Überlegungen zu der politischen Bedeutung der Mongolei.

Doktor Shiwago und Lara hatten nicht mitbekommen, an welchem Punkt der Unterhaltung er auf die Mongolei gekommen war. Der Umstand, daß sie diesen Übergang verpaßt hatten, machte ihnen das fremde, abseitige Thema noch lästiger.

Komarowski sagte: »Sibirien, das ist das wahrhaft Neue Amerika, wie es genannt wird. Es birgt überaus reiche Möglichkeiten. Es ist die Wiege der großen russischen Zukunft, das Unterpfand unserer Demokratisierung, unseres Florierens, unserer politischen Gesundung. Noch mehr lockende Möglichkeiten bietet die Zukunft der Mongolei, der Äußeren Mongolei, unseres großen fernöstlichen Nachbarlandes. Was wissen Sie über dieses Land? Sie schämen sich nicht zu gähnen, und vor Desinteresse fallen Ihnen die Augen zu, dabei hat das Land eine Fläche von anderthalb Millionen Quadratwerst mit unerforschten Bodenschätzen und ist im Zustand prähistorischer Jungfräulichkeit. Nach diesem Land greifen die gierigen Hände Chinas, Japans und Amerikas, zum Schaden unserer russischen Interessen, die von allen Konkurrenten akzeptiert werden, gleichviel wie die Einflußsphären in diesem fernen Winkel des Erdballs aufgeteilt werden.

China zieht Nutzen aus der feudal-theokratischen Rückständigkeit der Mongolei, es nimmt Einfluß auf ihre Lamas und Chutagte. Japan stützt sich auf die dortigen

Leibeigenschaftsfürsten, die auf mongolisch Choschuns heißen. Das rote kommunistische Rußland findet seine Bundesgenossen in der revolutionären Assoziation der aufständischen Araten. Ich selbst möchte die Mongolei wirklich in Wohlstand sehen, regiert von einem frei gewählten Churaltai. Uns persönlich sollte folgendes beschäftigen. Ein Schritt über die mongolische Grenze, und die Welt liegt Ihnen zu Füßen, und Sie sind frei wie ein Vogel.«

Seine wortreichen Auslassungen über das lästige Thema, das mit ihnen rein gar nichts zu tun hatte, versetzten Lara in gereizte Stimmung. Von dem langweiligen Besuch, der sich endlos in die Länge zog, völlig erschöpft, streckte sie Komarowski entschlossen die Hand hin, um ihn zu verabschieden, und sagte ohne Umschweife, mit unverhohlener Feindseligkeit: »Es ist schon spät. Sie müssen gehen. Ich bin müde.«

»Ich hoffe, Sie werden nicht so ungastlich sein, mich jetzt vor die Tür zu setzen. Ich bin nicht sicher, ob ich mich so spät in der Nacht in der fremden, unbeleuchteten Stadt zurechtfinde.«

»Das hätten Sie sich früher überlegen müssen, statt sich hier so lange festzusetzen. Niemand hat Sie gehalten.«

»Oh, warum sprechen Sie so schroff mit mir? Sie fragen ja nicht einmal, ob ich hier irgendeine Unterkunft habe.«

»Das interessiert mich nicht. Aber Sie werden schon für sich sorgen können. Falls Sie aber hier übernachten wollen, in dem Zimmer, wo wir und Katenka schlafen, das geht gar nicht. In den anderen Räumen werden Ihnen die Ratten keine Ruhe lassen.«

»Die fürchte ich nicht.«

»Na, wie Sie meinen.«

3

»Was hast du, mein Engel? Wie viele Nächte hast du nicht geschlafen, bei Tisch rührst du das Essen nicht an, und den ganzen Tag läufst du herum wie entrückt. Und immerzu denkst du nach. Was verfolgt dich? Du darfst den quälenden Gedanken nicht freien Lauf lassen.«

»Der Krankenhauswächter Isot war wieder da. Er hat hier im Hause eine Liebschaft mit der Wäscherin. Da ist er kurz vorbeigekommen und hat mir was erzählt. ›Ein schreckliches Geheimnis‹, sagt er. ›Der Deinige kommt um den Knast nicht drum rum. Sie können ihn jeden Moment holen. Und dann auch dich Ärmste.‹ Ich habe ihn gefragt, woher er das weiß. ›Du kannst dich darauf verlassen‹, sagt er. ›Ich hab's aus dem Exer.‹ Mit Exer, das kannst du dir denken, ist das Exekutivkomitee gemeint.«

Lara und Doktor Shiwago lachten.

»Er hat völlig recht. Die Gefahr ist herangereift und steht schon vor der Tür. Wir müssen sofort verschwinden. Fragt sich nur wohin. Nach Moskau zu fahren, daran ist nicht zu denken. Die Vorbereitungen sind viel zu kompliziert, würden auch auffallen. Wir müssen es klammheimlich machen, so daß niemand etwas merkt. Weißt du was, mein Herz? Laß uns deine Idee verwirklichen. Für eine Zeitlang müssen wir irgendwo untertauchen. Dieser Ort soll Warykino sein. Wir wollen für ein paar Wochen hinfahren.«

»Danke, Liebster, danke. Wie ich mich freue! Ich verstehe, wie schwer dir dieser Entschluß fällt. Aber wir müssen ja nicht in euer Haus ziehen. Dort zu wohnen wäre für dich tatsächlich unvorstellbar. Die leeren Zimmer, Vorwürfe, Vergleiche. Meinst du, ich verstehe das nicht? Das hieße, unser Glück auf dem Leid anderer aufzubauen und zu zertrampeln, was dem Herzen teuer und heilig ist. Ein solches Opfer würde ich nie von dir annehmen. Aber darum geht es nicht. Euer Haus ist ohnehin so verwüstet, daß es uns kaum gelingen würde, die Zimmer halbwegs bewohnbar zu machen. Ich habe eher an die verlassene Wohnung der Mikulizyns gedacht.«

»Alles richtig. Ich danke dir für dein Feingefühl. Aber warte, ich will dich schon die ganze Zeit fragen und vergesse es immer wieder: Wo ist Komarowski? Ist er noch hier oder schon abgereist? Seit meinem Streit mit ihm und seit ich ihn hinausgeworfen habe, weiß ich nichts von ihm.«

»Ich weiß auch nichts. Zum Teufel mit ihm. Was willst du von ihm?«

»Ich komme immer mehr zu der Überzeugung, wir hätten seinen Vorschlag auf unterschiedliche Weise annehmen sollen. Wir sind nicht in der gleichen Situation. Du hast die Verantwortung für deine Tochter. Selbst wenn du meinen Untergang teilen wolltest, hättest du nicht das Recht dazu.

Doch zurück zu Warykino. Selbstredend, in diese verwilderte Einöde im strengen Winter zu fliehen, ohne Vorräte, ohne Kräfte, ohne Hoffnungen, das wäre heller Wahnsinn. Aber laß uns eben wahnsinnig sein, mein Herz, wenn uns außer Wahnsinn nichts mehr bleibt. Erniedrigen wir uns noch einmal. Bitten wir Samdewjatow um ein Pferd. Bitten wir ihn, oder nicht einmal ihn, sondern die Schieber, die er unter sich hat, um Mehl und Kartoffeln, und laden wir uns damit eine Schuld auf, für die wir keine Sicherheit bieten können. Wir wollen ihn überreden, daß wir seine Wohltat nicht sofort entgelten müssen, sondern erst gegen Ende, wenn er sein Pferd holen kommt. Laß uns eine Weile allein sein. Fahren wir, mein Herz. Wir wollen in einer Woche soviel Holz verheizen, wie es bei gewissenhaftem Wirtschaften für ein Jahr reichen würde.

Und noch etwas. Verzeih mir die Aufregung, die in meinen Worten durchbricht. Wie gern möchte ich ohne dieses dumme Pathos mit dir sprechen! Aber wir haben ja wirklich keine Wahl. Nenne es, wie du willst, der Untergang klopft tatsächlich an unsere Tür. Wir haben nur noch gezählte Tage. Nutzen wir sie auf unsere Weise. Verbrauchen wir sie für unser Leben, für das letzte Zusammensein vor der Trennung. Verabschieden wir uns von allem, was uns teuer war, von unseren gewohnten Begriffen, von dem, wie wir zu leben träumten und was das Gewissen uns lehrte, begraben wir unsere Hoffnungen, nehmen wir Abschied voneinander. Sagen wir uns noch einmal all unsere geheimen nächtlichen Worte, die so groß und so still sind wie der Name des asiatischen Ozeans. Du stehst nicht zufällig am Ende meines Lebens, mein heimlicher, verbotener Engel, unter dem Himmel der Kriege und Aufstände, du hast ja schon am Anfang meines Lebens gestanden, unter dem friedlichen Himmel der Kindheit.

Damals in der Nacht, als Gymnasiastin der höheren Klassen, im braunen Schulkleid, im Halbdunkel hinter der Trennwand im Hotelzimmer, warst du vollkommen die gleiche wie jetzt, genauso bestürzend schön.

Später im Leben habe ich oft versucht, das Licht der Verzauberung zu bestimmen und zu benennen, das damals von dir auf mich überging, den allmählich matter werdenden Strahl und den ersterbenden Laut, die sich seither in meinem ganzen Dasein ausbreiteten und dank dir zum Schlüssel für alles übrige auf der Welt wurden.

Als du wie ein Schatten im Schulkleid aus der Dunkelheit des Hotelzimmers hervortratst, habe ich, ein Knabe, der nichts von dir wußte, mit der ganzen Qual der auf dich antwortenden Kraft begriffen: Dieses zierliche, schmale Mädchen ist bis ans äußerste aufgeladen mit aller Weiblichkeit der Welt wie mit elektrischem Strom. Wenn ich zu ihr trete oder sie mit dem Finger berühre, wird ein Funke das Zimmer erleuchten und mich entweder auf der Stelle töten oder mich fürs ganze Leben elektrisieren mit magnetisch anziehender, klagender Zuneigung und Trauer. Ich war voll von verworrenen Tränen, und innerlich habe ich gestrahlt und geweint. Ich tat mir selber tödlich leid, ich, der Junge, und noch mehr tatst du mir leid, das Mädchen. Mein ganzes Wesen staunte und fragte: Wenn es dermaßen weh tut, zu lieben und Elektrizität aufzunehmen, wieviel mehr weh muß es tun, eine Frau zu sein, Elektrizität zu sein, Liebe einzuflößen?

So, nun ist es endlich gesagt. Es ist zum Verrücktwerden. Und ich bin ganz gefangen darin.«

Lara lag angekleidet auf dem Bettrand und schien sich nicht wohl zu fühlen. Sie hatte sich zusammengerollt und ein Tuch über sich gezogen. Shiwago saß auf einem Stuhl neben ihr und sprach leise, mit langen Pausen. Manchmal stützte sich Lara auf den Ellbogen, legte das Kinn in die Hand und sah ihn mit offenem Mund an. Manchmal drückte sie sich an seine Schulter und weinte leise und selig, ohne ihrer Tränen gewahr zu werden. Endlich legte sie die Arme um ihn und flüsterte voller Freude: »Jura, Jura, wie klug du bist! Du weißt alles, du errätst alles. Jura, du bist meine feste Burg und meine Zuflucht und meine Bestätigung, möge Gott mir die Lästerung verzeihen. Ich bin ja so glücklich! Fahren wir, fahren wir, mein Lieber. Dort an Ort und Stelle sage ich dir, was mich beunruhigt.«

Er glaubte, sie spiele auf ihre vermutete Schwangerschaft an, worin sie sich wohl irrte, und sagte: »Ich weiß.«

4

An einem grauen Wintermorgen verließen sie die Stadt. Es war ein Werktag. Die Menschen waren in ihren Angelegenheiten unterwegs. Mehrfach trafen sie Bekannte.

An den holperigen Kreuzungen bei den alten Wasserbuden standen Schlangen von Frauen, die zu Hause keinen Brunnen hatten, Eimer und Tragjoche neben sich, und warteten, bis sie an der Reihe waren. Doktor Shiwago zügelte Samdewjatows dahinpreschenden Falben, einen graugelben Wjatkaer mit gekräuseltem Fell, und lenkte ihn vorsichtig um die wartenden Frauen herum. Der Schlitten glitt auf dem buckligen, von verschüttetem Wasser vereisten Pflaster der Fahrbahn seitlich zum Gehsteig und stieß gegen Laternenpfähle und Prellsteine.

In voller Fahrt holten sie den die Straßen entlanggehenden Samdewjatow ein und sausten vorüber, ohne sich umzusehen, ob er sie und sein Pferd erkannt habe und ihnen etwas hinterherrufe. Ein Stück weiter überholten sie ebenso grußlos Komarowski, von dem sie nun wußten, daß er noch in Jurjatin war.

Glafira Tunzewa rief vom andern Gehsteig über die Straße: »Die Leute haben erzählt, ihr wärt schon gestern abgereist. Da soll man ihnen noch glauben. Ihr holt wohl Kartoffeln?« Sie machte ein Zeichen mit der Hand, daß sie die Antwort nicht hörte, und winkte ihnen zum Abschied.

Wegen Serafima versuchten sie auf einer Anhöhe zu halten, die dazu wenig geeignet war. Shiwago mußte das Pferd ohnehin ständig zügeln. Serafima war von oben bis unten in Tücher gewickelt, die ihr das Aussehen eines Baumstammes verliehen. Steifbeinig kam sie zum Schlitten, der mitten auf der Fahrbahn zum Stehen gekommen war, verabschiedete sich und wünschte ihnen eine glückliche Fahrt.

»Wenn Sie zurück sind, müssen wir miteinander reden, Juri Andrejewitsch.«

Endlich fuhren sie aus der Stadt hinaus. Shiwago hatte diese Strecke zwar schon im Winter zurückgelegt, doch er erinnerte sich hauptsächlich an ihr sommerliches Aussehen und erkannte sie jetzt nicht wieder.

Die Säcke mit dem Proviant und das übrige Gepäck waren im Vorderteil des Schlittens tief ins Heu geschoben und sicher festgebunden worden. Shiwago lenkte das Pferd, indem er auf dem Boden des breiten Bauernschlittens kniete oder auf dem Seitenbrett saß, wobei er die Beine in den Filzstiefeln, die er von Samdewjatow bekommen hatte, herabhängen ließ.

Nach der Mittagsstunde, als das trügerische winterliche Licht lange vor Sonnenuntergang den Eindruck erweckte, daß schon der Abend nahte, peitschte Shiwago unbarmherzig den Falben. Der stürmte pfeilgeschwind dahin. Der Schlitten schwankte wie ein Boot, wenn er in die Unebenheiten des zerfahrenen Weges tauchte. Lara und Katenka trugen Pelzmäntel, die sie in ihren Bewegungen behinderten. Wenn der Schlitten sich neigte oder durch ein Schlagloch holperte, kreischten sie und lachten sich halbtot, während sie im Schlitten hin und her kullerten und sich wie schwerfällige Säcke ins Heu wühlten. Manchmal lenkte Doktor Shiwago den Schlitten spaßeshalber mit der einen Kufe über einen Schneehügel, so daß der Schlitten zur Seite kippte und Lara und Katenka in den Schnee fielen, ohne Schaden zu nehmen. Nun zog er die Zügelleine straff, brachte den Falben zum Stehen, richtete den Schlitten wieder auf und bezog einen Rüffel von Lara und Katenka, die sich abklopften und lachend und ärgerlich wieder einstiegen.

»Ich zeige euch die Stelle, wo mich die Partisanen angehalten haben«, versprach ihnen der Arzt, als sie schon ein ganzes Stück von der Stadt entfernt waren, aber er konnte nicht Wort halten, weil die winterliche Kahlheit der Wälder, die tote Stille und die Leere ringsum die Landschaft bis zur Unkenntlichkeit verändert hatten. »Hier!« rief er, als er das erste Firmenschild von Moreau und Wetschinkin im Feld irrtümlich für das andere im Wald hielt, wo sie ihn gefangen hatten. Als sie dann an diesem zweiten vorbeikamen, das noch an seiner früheren Stelle im Dickicht bei der Weggabelung nahe der Sakma stand, waren die Pfähle in dem flimmernden Gitterwerk des dichtbereiften Waldes, der an geschwärztes Silberfiligran erinnerte, nicht auszumachen.

Noch bei Tageslicht kamen sie in Warykino an und hielten vor dem alten Haus der Shiwagos, denn es war das erste am Wege, näher als das der Mikulizyns. Wie Räuber drangen sie in das Haus ein, hastig, denn es mußte bald dunkel werden. Im Hause war es schon dunkel. Die Hälfte der Zerstörungen und Scheußlichkeiten nahm Shiwago in der Eile gar nicht wahr. Ein Teil des wohlbekannten Mobiliars war noch vorhanden. Es gab in Warykino niemanden mehr, der die begonnene Zerstörung hätte zu Ende führen können. Von dem Hausgerät fand der Arzt nichts mehr vor. Aber er war ja bei der Abreise der Familie nicht hier gewesen und konnte nicht wissen, was die Seinen mitgenommen und was sie zurückgelassen hatten. Lara sagte: »Wir müssen uns beeilen. Es wird gleich Nacht. Zum Grübeln ist keine Zeit. Wenn wir uns hier einquartieren, muß das Pferd in den Schuppen, der Proviant in die Diele, und wir richten uns in diesem Zimmer ein. Aber es behagt mir nicht. Wir haben ja darüber gesprochen. Für dich und damit auch für mich wäre es schwer. Was ist das hier, euer Schlafzimmer? Nein, das Kinderzimmer. Das Bettchen deines Sohnes. Für Katenka zu klein. Andererseits sind die Fenster heil, Wände und Decke ohne Ritzen. Außerdem gibt's da den großartigen Ofen, von dem war ich schon letztes Mal begeistert. Wenn du darauf bestehst, daß wir hier bleiben, obwohl ich dagegen bin, muß ich den Pelz ausziehen und mich schleunigst an die Arbeit machen. Zuallererst mal heizen. Heizen, heizen und nochmals heizen. Die ersten vierundzwanzig Stunden ununterbrochen. Aber was hast du denn, mein Liebster? Du sagst ja gar nichts.«

»Gleich. Es ist nichts. Entschuldige bitte. Nein, weißt du, wir sehen uns wirklich lieber das Haus der Mikulizyns an.«

Sie fuhren weiter.

5

Das Haus der Mikulizyns war mit einem Vorhängeschloß versperrt, dessen Bügel durch die Löcher des Türriegels ging. Shiwago schlug lange darauf ein und riß es schließlich mitsamt dem an den Schrauben hängenden Holzstück ab. Wie schon in das andere Haus drangen sie hastig ein und gingen im Pelz, mit Mütze und Filzstiefeln durch die Zimmer.

Als erstes fiel ihnen die Ordnung in einigen Teilen des Hauses auf, zum Beispiel in Mikulizyns Arbeitszimmer. Hier hatte noch vor kurzem jemand gewohnt. Aber wer? Wenn es die Eigentümer waren oder einer von ihnen, wo waren sie dann geblieben, und warum hatten sie die Haustür nicht mit dem Türschloß versperrt, sondern mit dem Vorhängeschloß? Außerdem, wenn die Eigentümer hier lange und ständig gewohnt hatten, wäre das Haus ganz und nicht nur teilweise aufgeräumt gewesen. Etwas sagte den Eindringlingen, daß es nicht die Mikulizyns gewesen waren. Wer dann? Diese Ungewißheit beunruhigte Lara und Shiwago nicht weiter. Sie zerbrachen sich nicht den Kopf. Es gab ja jetzt genug verlassene Behausungen, die zur Hälfte geplündert waren. Und es gab genug Verfolgte, die sich verstecken mußten. »Vielleicht ein gesuchter weißer Offizier«, schlossen sie einhellig. »Wenn er kommt, werden wir uns schon vertragen und verständigen.«

Wieder, wie schon einmal, blieb Shiwago auf der Schwelle des Arbeitszimmers stehen und freute sich über dessen Geräumigkeit und über die Breite und Bequemlichkeit des Arbeitstischs am Fenster. Und wieder dachte er, wie sehr doch dieser ernste Raum Lust machen mußte auf geduldige, fruchtbare Arbeit.

Unter den Wirtschaftsgebäuden auf dem Hof der Mikulizyns gab es einen Pferdestall, der an die Scheune angebaut war. Er war verschlossen, und Shiwago wußte nicht, in welchem Zustand er sich befand. Um keine Zeit zu verlieren, beschloß er, das Pferd für die erste Nacht in der offenstehenden Scheune unterzubringen. Er spannte den Falben aus, und als das Tier abgekühlt war, brachte er ihm vom Brunnen Wasser. Er wollte ihm auch Heu aus dem Schlitten geben, aber es war von den Schlitteninsassen zu Mulm zerbröckelt und taugte nicht mehr als Futter. Glücklicherweise fand sich auf dem geräumigen Heuboden über der Scheune und dem Pferdestall noch genügend Heu.

Zur Nacht deckten sie sich, angekleidet, mit den Pelzen zu und schliefen selig, fest und süß wie Kinder, die einen ganzen Tag lang herumgetollt und Streiche verübt haben.

6

Nachdem sie aufgestanden waren, liebäugelte Shiwago schon vom frühen Morgen an mit dem Tisch am Fenster. Es juckte ihm in den Händen, sich zum Schreiben hinzusetzen. Aber dieses Recht verschob er auf den Abend, wenn Lara und Katenka zu Bett gegangen wären. Einstweilen hatten sie zu tun, um wenigstens zwei Zimmer in Ordnung zu bringen.

In seinen Träumen von der Arbeit am Abend setzte er sich keine großen Ziele. Ihn beherrschte schlicht die Leidenschaft nach Tinte, Feder und Schreibarbeit.

Er wollte kritzeln, irgend etwas hinstricheln. Zunächst

würde er sich damit begnügen, etwas aus der Erinnerung zu notieren, um die abgestandenen Fähigkeiten, die so lange brachgelegen hatten, wieder in Bewegung zu bringen. Vielleicht, so hoffte er, konnten Lara und er länger hierbleiben, und er würde genug Zeit haben, etwas Neues, Bedeutendes in Angriff zu nehmen.

»Du bist beschäftigt? Was machst du?«

»Ich heize und heize. Warum?«

»Ich brauche einen Trog.«

»Wenn wir weiter so heizen, reicht das Holz höchstens drei Tage. Wir müssen den Schuppen an unserem Haus untersuchen. Vielleicht ist da noch Holz. Wenn wir genug finden, hole ich es mit ein paar Fuhren hierher. Das mache ich morgen. Einen Trog brauchst du? Stell dir vor, ich habe einen gesehen, aber wo, hab ich total vergessen.«

»Mir geht's genauso. Irgendwo habe ich ihn auch gesehen. Wahrscheinlich an einer Stelle, wo er nicht hingehört, da vergißt man's dann. Aber zum Teufel damit. Weißt du, ich muß eine Menge Wasser warm machen zum Aufwischen. Mit dem, was übrigbleibt, will ich Sachen von mir und Katenka waschen. Gib mir auch deine schmutzige Wäsche. Am Abend, wenn wir mit allem fertig sind und uns über die nächsten Pläne einig werden, können wir uns vor dem Schlafengehen noch waschen.«

»Ich hole gleich meine Wäsche. Danke. Die Schränke und die schweren Möbel hab ich schon von den Wänden abgerückt, wie du sagtest.«

»Gut. Dann nehm ich eben statt des Trogs die Abwaschschüssel. Bloß die ist sehr fettig. Ich muß sie vorher auswaschen.«

»Sobald der Ofen durchgebrannt ist, dreh ich ihn zu und durchsuche noch die letzten Schubladen. Auf Schritt und Tritt finde ich etwas, im Schreibtisch und in der Kommode. Seife, Streichhölzer, Bleistifte, Papier, Schreibutensilien. Und ich bin überrascht, was alles so offen herumliegt. Zum Beispiel die Lampe auf dem Schreibtisch, sie ist mit Petroleum gefüllt. Das ist nicht von Mikulizyn, das weiß ich. Es stammt aus einer anderen Quelle.«

»Ja, wir haben erstaunliches Glück. Das kommt alles von dem geheimnisvollen Bewohner. Eine Geschichte wie bei Jules Verne. Ach, schon wieder haben wir uns festgeplaudert, wir reden und reden, und mein Kessel kocht über.«

Hastig liefen sie mit vollen Händen von Zimmer zu Zimmer, stießen aufeinander oder auf Katenka, die ihnen im Weg war oder vor ihren Füßen herumzappelte. Das Mädchen trottete von einer Ecke in die andere, störte sie beim Aufräumen und schmollte, wenn sie getadelt wurde. Sie fror und klagte über die Kälte.

Arme Kinder der heutigen Zeit, Opfer unseres Zigeunerlebens, folgsame Beteiligte an unserem Umherziehen, dachte Juri Shiwago und sagte zu dem Mädchen: »Entschuldige, liebes Kind. Du kannst nicht frieren. Du schwindelst und hast Launen. Der Ofen glüht ja.«

»Der Ofen hat's vielleicht warm, aber mir ist kalt.«

»Dann halte es aus, Katenka. Am Abend heiz ich ihn noch einmal, dann wird er heiß, ganz heiß, und deine Mama hat gesagt, sie wird dich baden, hörst du? Einstweilen nimm das hier.« Er holte aus der ausgekühlten Kammer einen Haufen alter Spielsachen von Liweri, teils heil, teils zerbrochen, Bauklötzchen und kleine Würfel, Waggons und Lokomotiven, auch Papptafeln, in viereckige Kästchen eingeteilt, mit Farben ausgemalt, voller Zahlen, dazu Spielmarken und Spielsteine, und häufte alles auf den Fußboden.

»Ich muß doch bitten, Juri Andrejewitsch«, sagte Katenka, beleidigt wie eine Erwachsene. »Das gehört uns doch gar nicht. Und es ist für kleine Kinder. Ich bin aber schon groß.«

Bald jedoch setzte sie sich bequem auf den Teppich,

und die Spielsachen wurden in ihren Händen zu Baumaterial, aus dem sie für ihre aus der Stadt mitgebrachte Puppe Nina ein Haus baute, viel zweckmäßiger und stabiler als die wechselnden fremden Behausungen, in denen sie schon hatte wohnen müssen.

»Welch ein Instinkt für Häuslichkeit, welch ewiger Hang nach Nestbau und Ordnung!« sagte Lara, die dem Spiel ihrer Tochter von der Küche aus zusah. »Kinder sind aufrichtig, unverklemmt, und scheuen die Wahrheit nicht, während wir aus Furcht, rückständig zu erscheinen, bereit sind, das Teuerste zu verraten, Abstoßendes zu preisen und Unbegreifliches zu befürworten.«

»Ich habe den Trog gefunden«, unterbrach sie der Arzt, der aus der dunklen Diele kam. »Er war tatsächlich nicht da, wo er hingehört. Er hat seit dem Herbst an einer Stelle gestanden, wo es wohl durchregnet.«

7

Zum Mittag, das Lara aus den angebrochenen Vorräten gleich für drei Tage bereitet hatte, trug sie ganz unerhörte Gerichte auf, Kartoffelsuppe und gebratenes Hammelfleisch mit Kartoffeln. Davon konnte Katenka nicht genug bekommen, sie lachte hell und war übermütig, doch als sie dann satt und von der Wärme ermattet war, deckte sie sich mit dem Plaid ihrer Mutter zu und schlummerte süß auf dem Sofa.

Lara, die die ganze Zeit am Herd gestanden hatte und jetzt müde, verschwitzt und schläfrig war wie ihre Tochter, dabei aber zufrieden mit der Wirkung ihrer Kochkunst, hatte es nicht eilig, den Tisch abzuräumen, saß da und ruhte sich aus. Nachdem sie sich überzeugt hatte, daß ihre Tochter schlief, beugte sie sich über den Tisch, stützte den Kopf auf und sagte: »Ich würde keine Kräfte scheuen und mein Glück darin finden, wenn ich nur wüßte, daß dies alles nicht vergeblich ist und zu irgendeinem Ziel führt. Du mußt mich immer wieder daran erinnern, daß wir hier sind, um zusammen zu sein. Du mußt mir Mut machen und mich nicht zur Besinnung kommen lassen. Denn strenggenommen, wenn wir's nüchtern betrachten, was machen wir eigentlich? Wir sind in eine fremde Wohnung eingedrungen, wir verfügen darüber, wir treiben uns ständig zur Eile, um nicht zu sehen, daß dies kein Leben ist, sondern eine Theateraufführung, nichts Ernstes, sondern ›zum Spaß‹, wie die Kinder sagen, eine Puppenkomödie. Da lachen ja die Hühner.«

»Aber mein Engel, du hast doch selber gewollt, daß wir hierherfahren. Erinnere dich, ich war lange dagegen und nicht einverstanden.«

»Das stimmt. Das bestreite ich nicht. Ich bin wirklich schuld. Du kannst natürlich zaudern und überlegen, aber bei mir muß alles konsequent und logisch zugehen. Wir haben das Haus betreten, du hast das Kinderbett deines Sohnes gesehen, und dir ist schlecht geworden, du wärst vor Schmerz beinahe in Ohnmacht gefallen. Das ist dein gutes Recht, doch ich darf das nicht, die Angst um Katenka, die Gedanken an die Zukunft müssen zurücktreten vor meiner Liebe zu dir.«

»Lara, mein Engel, komm zu dir. Sich etwas anders überlegen, von einem Entschluß zurücktreten, dazu ist es nie zu spät. Ich habe dir als erster geraten, Komarowskis Vorschlag ernst zu nehmen. Wir haben ein Pferd. Wenn du willst, sausen wir morgen zurück nach Jurjatin. Komarowski ist noch dort, ist nicht abgereist. Wir haben ihn ja vom Schlitten aus gesehen, wobei er uns, glaube ich, nicht bemerkt hat. Wir treffen ihn bestimmt an.«

»Ich habe noch fast gar nichts gesagt, und schon klingt deine Stimme unzufrieden. Aber habe ich nicht recht? Ein so unsicheres Versteck, auf gut Glück, hätten wir auch in

Jurjatin finden können. Um uns wirklich in Sicherheit zu bringen, hätten wir einen wohldurchdachten Plan haben müssen, wie es uns dieser gewiefte und nüchterne, wenn auch widerliche Mann letzten Endes vorgeschlagen hat. Hier sind wir ja der Gefahr viel näher als irgendwo sonst. Diese grenzenlose Ebene, offen für alle Wirbelstürme. Und wir mutterseelenallein mittendrin. In einer einzigen Nacht schneit es uns womöglich so zu, daß wir uns am Morgen nicht mehr freischaufeln können. Oder unser geheimnisvoller Wohltäter, der immer mal wieder ins Haus kommt, taucht plötzlich auf, erweist sich als Räuber und sticht uns ab. Hast du wenigstens eine Waffe? Nein, siehst du. Mich ängstigt deine Unbekümmertheit, die mich ansteckt. Meine Gedanken sind völlig durcheinander.«

»Wenn's so ist, was willst du? Was soll ich tun?«

»Das weiß ich ja selber nicht. Du mußt mich ständig beherrschen. Du mußt mich immer wieder daran erinnern, daß ich deine Sklavin ohne eigenes Urteil bin, die dich blind liebt. Oh, ich sage dir, unsere Angehörigen, deine und meine, sind tausendmal besser als wir. Aber geht es darum? Die Gabe der Liebe ist wie jede andere Gabe. Sie kann auch groß sein, aber ohne Segen offenbart sie sich nicht. Uns ist gewissermaßen beigebracht worden, uns im Himmel zu küssen, und dann wurden wir als Kinder losgeschickt, um in derselben Zeit zu leben und diese Fähigkeit aneinander auszuprobieren. Die Krone der Gemeinsamkeit, die gleiche Seite, die gleiche Stufe, nicht hoch noch niedrig, die Gleichwertigkeit des ganzen Wesens, all das bereitet Freude, all das ist zu einer Seele geworden. Aber in dieser immerfort lauernden, wilden Zärtlichkeit ist etwas kindlich Ungezügeltes, Unerlaubtes. Es ist ein eigenmächtiges, zerstörerisches Element, dem häuslichen Frieden feindlich gesonnen. Es ist meine Pflicht, es zu fürchten und ihm nicht zu vertrauen.«

Sie schlang ihm die Arme um den Hals und schloß, mit den Tränen kämpfend: »Verstehst du, wir sind in verschiedenen Situationen. Das Beflügeltsein ist dir gegeben, damit du über den Wolken schweben kannst, während ich, die Frau, mich an die Erde drücken und mit den Flügeln meinen Nestling vor Gefahren beschirmen muß.«

Alles, was sie sagte, gefiel ihm sehr, doch er zeigte es nicht, um nicht sentimental zu werden. Zurückhaltend sagte er: »Unser Wanderleben ist tatsächlich falsch und anormal, da hast du recht. Aber wir haben es uns nicht ausgesucht. Dieses verrückte Herumziehen ist das Los aller Menschen, es liegt im Geist der Zeit.

Ich selbst denke heute schon seit dem Morgen über etwa das gleiche nach. Ich wollte eigentlich alles tun, um so lange wie möglich hierzubleiben. Ich kann dir gar nicht sagen, wie ich mich nach Arbeit sehne. Ich meine nicht die landwirtschaftliche Arbeit. Wir haben uns hier damals mit der ganzen Familie hineingekniet, und sie ist uns gut von der Hand gegangen. Aber das könnte ich nicht noch einmal. Ich habe anderes im Sinn.

Das Leben kommt von allen Seiten her allmählich wieder in Ordnung. Vielleicht werden irgendwann auch wieder Bücher herausgegeben.

Ich habe mir folgendes überlegt. Könnten wir nicht mit Samdewjatow ein Abkommen treffen, daß er uns ein halbes Jahr lang hier versorgt, zu vorteilhaften Bedingungen für ihn? Seine Garantie wäre die Arbeit, die ich in dieser Zeit hier schreiben würde, ein medizinisches Fachbuch etwa oder etwas Schöngeistiges, zum Beispiel einen Gedichtband. Oder, sagen wir, ich könnte ein berühmtes Buch der Weltliteratur ins Russische übersetzen. Ich kann doch Sprachen, und ich habe kürzlich ein Inserat von einem großen Petersburger Verlag gelesen, der nur Übersetzungsliteratur veröffentlicht. Arbeiten dieser Art haben sicherlich ihren Wert, der sich in Geld ausdrücken läßt. Ich wäre so glücklich, irgend etwas in dieser Art zu tun.«

»Gut, daß du mich daran erinnerst. Ich habe heute auch schon an so etwas gedacht. Doch ich glaube nicht, daß wir uns hier halten können. Im Gegenteil, ich habe das Vorgefühl, daß es uns bald weitertreiben wird. Einstweilen aber haben wir diese Behausung, und ich möchte dich um etwas bitten. Opfere mir in den nächsten Nächten ein paar Stunden und schreibe bitte all das auf, was du mir zu verschiedenen Zeiten aus der Erinnerung vorgetragen hast. Die Hälfte davon ist verloren, die andere Hälfte nicht festgehalten, und ich fürchte, du könntest alles vergessen, dann wäre es weg, wie es dir schon oft passiert ist, das hast du mir erzählt.«

8

Am Abend hatten sich alle mit dem warmen Wasser gewaschen, das von der Reinigungsaktion reichlich übriggeblieben war. Lara hatte Katenka gebadet. Shiwago saß mit dem wohligen Gefühl der Sauberkeit am Schreibtisch, mit dem Rücken zum Zimmer, wo Lara, duftend, in einen Bademantel gehüllt, ein Frottierhandtuch als Turban um die nassen Haare geschlungen, Katenka zu Bett brachte. Shiwago, erfüllt vom Vorgenuß der konzentrierten Arbeit, nahm alles durch einen Schleier zärtlicher und allumfassender Aufmerksamkeit wahr.

Es war ein Uhr nachts, als Lara, die sich bislang schlafend gestellt hatte, wirklich einschlief. Ihre und Katenkas Leibwäsche und die Bettücher, geplättet und spitzenverziert, strahlten in reinem Weiß. Lara brachte es selbst in dieser Zeit fertig, ihre Wäsche zu stärken.

Der Arzt war umgeben von seligem, glückerfülltem, süß atmendem Leben und von Stille. Das Lampenlicht fiel in ruhigem Gelb auf das weiße Papier, und in der Tinte im Tintenfaß schwamm ein goldenes Lichtpünktchen. Vor dem Fenster stand hellblau die frostige Winternacht. Er ging ins kalte, unbeleuchtete Nebenzimmer, von wo alles besser zu sehen war, und blickte hinaus. Das Licht des Vollmonds überzog die verschneite Ebene mit fühlbarer Klebrigkeit wie Eiweiß oder Bleiweiß. Die Pracht der Frostnacht war unbeschreiblich. In der Seele des Arztes war Frieden. Er kehrte in das helle, warmgeheizte Zimmer zurück und begann zu schreiben.

Mit schwungvoller Handschrift, darum besorgt, daß das Geschriebene die lebendige Bewegung der Hand wiedergab, nicht aber ihren Charakter verlor und stumm und seelenlos wurde, bemühte er seine Erinnerung, schrieb auf, was er noch besonders fest im Gedächtnis hatte, und variierte es so, daß die Verse allmählich immer besser wurden, »Stern der Geburt«, »Winternacht« und eine Anzahl ähnlicher Gedichte, die später in Vergessenheit gerieten, verlorengingen und nicht mehr aufgefunden wurden.

Von den ausgereiften und vollendeten Gedichten kam er zu begonnenen, die er später aufgegeben hatte, fand sich in ihren Ton wieder hinein und entwarf Fortsetzungen, ohne die geringste Hoffnung, sie jetzt vollenden zu können. Dann geriet er in Fahrt, ließ sich hinreißen und ging zu Neuem über.

Nach zwei oder drei Strophen, die ihm leicht aus der Feder flossen, und etlichen Vergleichen, die ihn selber überraschten, nahm ihn die Arbeit gänzlich gefangen, und er spürte das Nahen dessen, was man Inspiration nennt. Das Zusammenwirken der Kräfte, die das schöpferische Schreiben lenken, stellt sich gleichsam auf den Kopf. Den Vorrang hat nicht mehr der Mensch mit seiner seelischen Verfassung, für die er den Ausdruck sucht, sondern die Sprache, mit der er ihn ausdrücken möchte. Die Sprache, Heimat und Gefäß der Schönheit und des Sinns, beginnt von selbst für den Menschen zu denken und zu sprechen und wird Musik, nicht als äußerer lautlicher Klang, sondern als schnelles und mächtiges inneres Strömen. Dann schafft die Sprache wie ein sich dahinwälzender gewaltiger Strom, der durch seine Bewegung die Steine am Grunde rund schleift und Mühlräder treibt, durch die Kraft ihrer Gesetze wie nebenbei Metrik und Reime und Tausende andere Formen und Bildungen, die noch wichtiger sind, bislang aber nicht erkannt, nicht benutzt, nicht benannt wurden.

In solchen Momenten spürte Shiwago, daß die Hauptarbeit nicht er selbst tat, sondern etwas, was über ihm stand und ihn leitete: der Zustand des Weltdenkens und der Weltpoesie, ihre vorbestimmte Zukunft und der nächstfolgende Schritt, den sie in ihrer historischen Entwicklung tun mußte. Und er fühlte sich nur als Anlaß und Stützpunkt dafür, daß sie in Bewegung käme.

Er wurde frei von den Selbstvorwürfen, von der Unzufriedenheit mit sich selbst, und das Gefühl der eigenen Nichtigkeit verließ ihn für einige Zeit. Er sah sich um, blickte in die Runde.

Er sah die Köpfe von Lara und Katenka, die auf den schneeweißen Kissen schliefen. Die Reinheit der Wäsche, die Reinheit der Zimmer, die Reinheit ihrer Umrisse verschmolz mit der Reinheit der Nacht, des Schnees, der Sterne und des Mondes zu einer einzigen Woge, die durch sein Herz ging und ihn frohlocken und weinen ließ aus dem Gefühl der triumphierenden Reinheit des Daseins.

O Gott! O Gott! hätte er am liebsten geflüstert. Und das alles mir! Wofür soviel für mich? Wie hast du mich zu dir gelassen, wie hast du mir erlaubt, deine unendlich kostbare Erde zu betreten, mich unter diese deine Sterne zu verlaufen, zu den Füßen dieser unbesonnenen, ergebenen, unglücklichen, teuersten Frau?

Es war drei Uhr nachts, als Shiwago den Blick vom Tisch und vom Papier hob. Aus der entrückten Konzentration, in der er völlig aufgegangen war, kehrte er zurück zu sich, in die Wirklichkeit, glücklich, stark, ruhig. Plötzlich hörte er im Schweigen der fernen Räume, die sich vor dem Fenster erstreckten, einen traurigen, wehmütigen Laut.

Er ging in das dunkle Nebenzimmer, um von dort aus dem Fenster zu schauen. In den Stunden, die er mit Schreiben verbracht hatte, waren die Scheiben stark bereift und undurchsichtig geworden. Er zog den zusammengerollten Teppich weg, der vor der Außentür lag, damit es nicht hereinzog, warf den Pelzmantel über die Schultern und trat auf die Vortreppe.

Das weiße Feuer des Mondlichts auf dem schattenlosen Schnee blendete ihn. Zunächst konnte er nichts sehen und nichts erkennen. Bald darauf aber hörte er ein durch die Entfernung geschwächtes, langgedehntes, winselndes Heulen, und da sah er am Rande der Lichtung jenseits der Schlucht vier Schatten, nicht größer als ein kleiner Strich.

Die Wölfe standen nebeneinander, die Schnauzen dem Hause zugewandt, die Köpfe hocherhoben, sie heulten den Mond an oder die silbrig schimmernden Fenster des Mikulizyn-Hauses. Ein paar Augenblicke blieben sie unbeweglich, doch kaum hatte Shiwago begriffen, daß es Wölfe waren, trippelten sie wie Hunde, das Hinterteil gesenkt, weg von der Lichtung, als hätten die Gedanken des Arztes sie erreicht. Shiwago konnte nicht einmal feststellen, in welcher Richtung sie sich entfernt hatten.

Scheußliche Neuigkeit! dachte er. Das hat uns gerade noch gefehlt. Womöglich haben die hier ganz in der Nähe ihr Lager? Vielleicht sogar in der Schlucht? Schrecklich! Und wir haben auch noch Samdewjatows Falben im Stall. Bestimmt haben sie das Pferd gewittert.

Er beschloß, Lara vorläufig nichts davon zu erzählen, um sie nicht zu ängstigen, ging wieder hinein, verschloß die Außentür, machte die Zwischentür zu, die die kalte Hälfte des Hauses von der warmen trennte, verstopfte die Ritzen und Öffnungen und setzte sich an den Schreibtisch.

Die Lampe brannte hell und freundlich wie zuvor. Aber er hatte keine Lust mehr zum Schreiben. Er fand keine Ruhe. Nur noch die Wölfe und die anderen drohenden Schwierigkeiten geisterten in seinem Kopf. Er war auch müde. In diesem Moment erwachte Lara.

»Du brennst und leuchtest immerzu, mein reines Licht!« sagte sie leise mit feuchter, vom Schlaf belegter Stimme. »Setz dich für einen Moment zu mir. Ich will dir erzählen, was ich geträumt habe.«

Er löschte die Lampe.

9

Ein weiterer Tag verging in stiller Entrücktheit. Im Hause fand sich ein Kinderschlitten. Shiwago hatte im Hof einen Eisberg errichtet, indem er Schnee häufte, mit dem Spaten festklopfte und mit Wasser begoß. Von diesem Hügel rodelte Katenka im Pelzmäntelchen, rot im Gesicht, laut lachend hinunter auf die ungefegten Wege. Unermüdlich stieg sie immer wieder mit erstarrtem Lächeln hinauf, zog den Schlitten an der Leine hinter sich her.

Der Frost hatte spürbar zugenommen. Draußen schien die Sonne. Der Schnee schimmerte gelb unter ihren mittäglichen Strahlen, und in das Messinggelb floß wie ein süßer Bodensatz das apfelsinenfarbene Licht des früh anbrechenden Abends.

Nach dem gestrigen Waschen und Baden war das Haus voller Feuchtigkeit. Lockerer Reif überzog die Fenster, und über die vom Dampf feuchten Tapeten liefen von der Decke zum Fußboden schwarze Tropfen. Die Zimmer waren dunkel und ungemütlich. Shiwago schleppte Holz und Wasser und setzte die unterbrochene Durchsuchung des Hauses fort, wobei er immer wieder Entdeckungen machte. Er half Lara bei den Hausarbeiten, die sie vom Morgen an unablässig in Anspruch nahmen.

Mitten in irgendeiner Arbeit berührten sich ihre Hände und verschränkten sich, der schwere Gegenstand, den sie gemeinsam heben wollten, sank zurück auf den Fußboden, und eine benebelnde, unüberwindliche Zärtlichkeit machte sie waffenlos. Wieder fiel ihnen alles aus den Händen, flog ihnen alles aus dem Kopf. Abermals verstrichen Minuten, fügten sich zu Stunden, und es wurde spät, und beiden wurde mit Schrecken bewußt, daß sie Katenka ganz vergessen hatten, auch das ungefütterte und ungetränkte Pferd, da stürmten sie Hals über Kopf los, um das Versäumte nachzuholen, den Schaden wiedergutzumachen, und sie litten an Gewissensbissen.

Shiwago, unausgeschlafen, hatte Kopfschmerzen. In seinem Kopf war ein süßer Nebel, als wäre er beschwipst, und seinen Körper hatte eine ziehende, wohlige Schwäche erfaßt. Ungeduldig wartete er auf den Abend, um zu seiner nächtlichen Arbeit zurückkehren zu können.

Die erste Hälfte der Arbeit verrichtete für ihn der schläfrige Dunst, der ihn erfüllte und alles, auch seine Gedanken, einhüllte. Die allgemeine Verschwommenheit ging der präzisen, endgültigen Darstellung voraus. So wie die Verworrenheit der ersten Rohentwürfe diente die peinigende Müßigkeit des Tages als notwendige Vorbereitung für die Arbeitsnacht.

Die Müdigkeit infolge des Nichtstuns ließ nichts unberührt, unverwandelt. Alles veränderte sich, nahm ein anderes Aussehen an.

Shiwago fühlte, daß seine Träume von einem längeren Aufenthalt in Warykino sich nicht erfüllen würden, daß die Stunde der Trennung von Lara nahe war, daß er sie unweigerlich verlieren würde und mit ihr den Lebenswillen, vielleicht auch das Leben. Schwermut nagte an ihm. Noch mehr aber quälte ihn das Warten auf den Abend und der Wunsch, diese Schwermut so ausdrucksstark hinauszuweinen, daß jeder Leser darüber weinen mußte.

Die Wölfe, an die er den ganzen Tag dachte, waren nicht mehr Wölfe im Schnee, im Mondschein, sondern sie waren ein Thema, die Vorstellung von einer feindlichen Kraft, die ihn und Lara verderben oder aus Warykino vertreiben wollte. Die Idee dieser Feindlichkeit verstärkte sich und erreichte bis zum Abend eine solche Kraft, als hätten sich in der Schlucht Schutma die Spuren eines vorsintflutlichen Ungeheuers gefunden oder als lebte dort ein gewaltiger Lindwurm wie im Märchen, der nach seinem und Laras Blut gierte.

Es wurde Abend. So wie tags zuvor zündete Shiwago die Lampe auf dem Schreibtisch an. Lara und Katenka legten sich früher als gestern zu Bett.

Was er in der Nacht geschrieben hatte, zerfiel in zwei Kategorien. Das Alte, mit Varianten ins reine geschriebene, stand in sauberer Schönschrift da. Das Neue war flüchtig hingeworfen, skizziert, mit Punkten, kaum leserlich.

Während Shiwago dieses Gekrakel entzifferte, widerfuhr ihm die gewohnte Enttäuschung. In der vergangenen Nacht hatten ihn die Bruchstücke seiner Entwürfe zu Tränen gerührt, und einiges Gelungene hatte ihn verblüfft. Aber gerade dieses vermeintlich Gelungene betrübte ihn jetzt mit seiner Gezwungenheit.

Sein Leben lang hatte er geträumt von einer originellen, geglätteten und gedämpften, äußerlich nicht erkennbaren, durch allgemeine Gebräuchlichkeit und Gewohnheit getarnten Form. Sein Leben lang hatte er gestrebt nach einem zurückhaltenden, anspruchslosen Stil, der dem Leser und Hörer den Inhalt vermittelte, ohne daß dieser bemerkte, auf welche Weise. Sein Leben lang hatte er sich um einen unauffälligen Stil bemüht, der niemandes Aufmerksamkeit erregte, und jetzt war er entsetzt darüber, wie weit er noch von diesem Ideal entfernt war.

In seinen Entwürfen vom Vorabend hatte er mit Mitteln, die in ihrer Einfachheit bis zum Stammeln gingen und an die Innigkeit eines Wiegenliedes erinnerten, seine gemischte Stimmung von Liebe und Angst und Wehmut und Tapferkeit so ausdrücken wollen, daß sie gleichsam an der Sprache vorbei, durch sich selbst herüberkäme.

Als er jetzt diese Versuche durchsah, fand er, daß der inhaltliche Zusammenhalt fehlte, der die einzelnen Strophen zu einem Ganzen verbunden hätte. Nach und nach schrieb er die Entwürfe um, und dann gestaltete er in der gleichen lyrischen Manier die Legende vom Tapferen Georg. Er begann mit fünfhebigen Zeilen, die ihm viel Raum boten. Der Wohlklang, der diesem Versmaß unabhängig vom Inhalt eigen ist, verdroß ihn mit seinem hölzernen, falschen Singsang. Da gab er das aufgeblasene Metrum mit seiner Zäsur auf und drängte die Zeilen auf vier Hebungen zusammen, so wie man in der Prosa gegen den Wortreichtum kämpft. Nun wurde das Schreiben schwerer und zugleich verlockender. Die Arbeit lief lebhaft, und doch war noch immer Geschwätzigkeit zu spüren. Da zwang er sich, die Zeilen noch mehr zu verkürzen. In der dreihebigen Zeile wurde es den Wörtern zu eng, die letzten Spuren der Schläfrigkeit verließen den Schreibenden, er war hellwach, geriet in Feuer, die knappen Zwischenräume in den Zeilen sagten von selbst, womit sie gefüllt werden wollten. Die kaum mit Wörtern benannten Gegenstände wurden aus dem Zusammenhang ersichtlich. Er hörte den Gang des Pferdes im Gedicht, so wie das Straucheln des Paßgängers in einer Ballade von Chopin zu hören ist. Georg der Siegbringende sprengte durch den unendlichen Raum der Steppe, und Shiwago sah ihn in der Ferne immer kleiner werden. Er schrieb mit fieberhafter Eile, kam kaum nach mit den Wörtern und Zeilen, die ihm nur so zuströmten.

Er merkte gar nicht, daß Lara aufgestanden und zu ihm an den Schreibtisch getreten war. Sie kam ihm in ihrem fußlangen Nachthemd dünn und mager vor und größer, als sie war. Er zuckte vor Überraschung zusammen, als sie auf einmal bleich, erschrocken neben ihm stand, den Arm nach ihm ausstreckte und flüsternd fragte: »Hörst du? Ein Hund heult. Zwei sogar. Ach, ich habe Angst, das ist ein böses Vorzeichen. Wir werden bis zum Morgen aushalten, dann fahren wir. Keine Minute länger will ich hierbleiben.«

Eine Stunde später, nachdem er ihr lange zugeredet und sie sich beruhigt hatte, schlief sie wieder ein. Der Arzt trat auf die Vortreppe. Die Wölfe waren näher als in der vorigen Nacht und verschwanden noch schneller. Wieder konnte er nicht erkennen, wohin sie gelaufen waren. Im Rudel hatten sie dagestanden, und er hatte sie nicht zählen können. Aber er hatte den Eindruck, daß es mehr geworden waren.

10

Der dreizehnte Tag ihres Aufenthalts in Warykino brach an, und er unterschied sich nicht von den vorangegangenen. Am vorherigen Abend hatten erneut die Wölfe geheult, die in der Mitte der Woche verschwunden waren. Lara, die sie für Hunde hielt und ein böses Vorzeichen in ihnen sah, beschloß wieder einmal, am nächsten Tag abzureisen. Zustände inneren Gleichgewichts wechselten bei ihr mit Anfällen schwermütiger Unruhe, was ganz natürlich war bei einer Frau wie ihr, die die Arbeit liebte und nicht gewöhnt war an ganztägige Herzensergüsse und den müßigen, unstatthaften Luxus übermäßiger Zärtlichkeiten.

Alles wiederholte sich, und als sie an diesem Morgen in der zweiten Woche wieder, wie schon so oft, zur Abreise rüsten wollte, hätte man denken können, daß die anderthalb Wochen zwischendurch nicht gewesen wären.

Wieder war es feucht und dunkel in den Zimmern, denn es war ein grauer, düsterer Tag. Der Frost hatte nachgelassen, und von dem finsteren Himmel, den niedrige Wolken verhängten, konnte jeden Moment Schnee fallen. Seelische und körperliche Müdigkeit hatte Shiwago infolge des wenigen Schlafs stark mitgenommen. Seine Gedanken verwirrten sich, seine Kräfte waren angeschlagen, er fror heftig vor Schwäche, duckte sich fröstelnd, rieb sich die kalten Hände, ging durch das ungeheizte Zimmer und wußte nicht, was Lara beschließen und was er demzufolge würde in Angriff nehmen müssen.

Ihre Absichten waren unklar. Sie würde jetzt das halbe Leben dafür gegeben haben, daß sie beide nicht so chaotisch frei wären, sondern sich irgendeiner strengen, doch ein für allemal festgelegten Ordnung hätten fügen müssen – zur Arbeit gehen, Pflichten haben, vernünftig und ehrlich leben.

Sie begann den Tag wie üblich damit, daß sie die Betten machte, die Zimmer aufräumte und fegte und dem Arzt und Katenka Frühstück bereitete. Danach begann sie zu packen und bat Shiwago, das Pferd anzuspannen. Ihr Entschluß zur Abreise stand unerschütterlich fest.

Er versuchte nicht, es ihr auszureden. Auf dem Höhepunkt der Verhaftungswelle in die Stadt zurückzukehren, die sie erst kürzlich verlassen hatten, war heller Wahnsinn. Aber es war kaum vernünftiger, ohne Waffen hierzubleiben in der winterlichen Einöde, in der es gleichfalls von Gefahren wimmelte.

Hinzu kam, daß das Heu, das Shiwago aus den Scheunen der Nachbarschaft zusammengekratzt hatte, zur Neige ging und weiteres nicht aufzutreiben war. Gewiß, wäre es möglich gewesen, sich hier auf Dauer niederzulassen, so würde er die weitere Umgebung abgesucht und sich um die Ergänzung der Vorräte an Lebensmitteln und Pferdefutter gekümmert haben. Wegen eines kurzen und fraglichen Aufenthalts aber lohnten solche Erkundungsgänge nicht. Shiwago machte eine wegwerfende Handbewegung und ging das Pferd anspannen.

Er stellte sich ungeschickt an. Samdewjatow hatte es ihm gezeigt, doch er hatte es vergessen. Seine ungeübten Hände taten jedoch das Notwendige. Das metallbeschlagene Ende des Riemens, der das Krummholz mit der Gabeldeichsel verband, befestigte er am Ende einer der beiden Deichseln, indem er es ein paarmal herumwickelte, dann stemmte er dem Pferd den Fuß in die Seite, zog die Enden des Krummholzes zusammen, verrichtete auch noch alles übrige, führte dann das Pferd zur Vortreppe, band es fest und ging hinein, um Lara zu sagen, daß sie losfahren könnten.

Er fand sie in äußerster Verwirrung. Sie und Katenka waren schon reisefertig angezogen, und alles war gepackt, aber sie bat ihn, händeringend und die Tränen zurückhaltend, sich für einen Moment zu setzen, warf sich in einen Sessel, stand immer wieder auf, spickte ihre Rede mit »stimmt es nicht?« und sprach hastig, unzusammenhängend, mit hoher, singender und klagender Stimme: »Ich kann nichts dafür. Ich weiß ja selber nicht, wie das gekommen ist. Können wir jetzt noch losfahren? Bald wird es dunkel. Die Nacht wird uns unterwegs einholen. Und das in deinem schrecklichen Wald. Stimmt es nicht? Ich werde tun, was du sagst, aber mein eigener Wille gibt keinen Entschluß her. Etwas hält mich zurück. Ich bin innerlich sehr unruhig. Aber wie du meinst. Stimmt es nicht? Warum schweigst du, warum sagst du kein Wort? Wir vertrödeln den ganzen Vormittag, wir vertun einen halben Tag. Das darf sich morgen nicht wiederholen, wir werden vernünftiger sein, stimmt es nicht? Vielleicht bleiben wir noch einen Tag länger? Morgen stehen wir früher auf, kaum daß es hell wird, um sieben oder schon um sechs. Was meinst du? Du heizt den Ofen, du schreibst noch einen Abend, wir übernachten ein letztes Mal hier. Das wäre doch einmalig, zauberhaft! Warum sagst du nichts? Schon wieder bin ich schuldig, ich Unglückliche!«

»Du übertreibst. Bis zur Dämmerung ist es noch lange hin. Es ist früher Nachmittag. Aber wie du willst. Gut. Wir bleiben. Nur beruhige dich. Du bist ja ganz außer dir. Wirklich, wir stellen das Gepäck ab, ziehen die Pelzmäntel aus. Katenka ist schon ganz hungrig. Wir wollen was essen. Du hast ja recht, heute abzureisen, das wäre zu plötzlich, zu unvorbereitet. Um Gottes willen, beruhige dich, hör auf zu weinen. Gleich mach ich Feuer. Aber da das Pferd einmal eingespannt ist und mit dem Schlitten vor der Tür steht, fahre ich noch schnell zum Schuppen unseres früheren Hauses und hole das letzte Holz, denn hier ist keins mehr. Hör auf zu weinen. Ich bin bald zurück.«

11

Im Schnee vor dem Schuppen schlängelten sich die Schlittenspuren seiner früheren Fahrten. An der Tür war der Schnee zertrampelt und verschmutzt vom vorgestrigen Holzholen.

Die Wolken, die von früh an den Himmel verhängt hatten, lösten sich auf, und es wurde klar. Es herrschte leichter Frost. Der Park von Warykino trat bis an den Schuppen heran, wie um dem Arzt ins Gesicht zu blicken und ihn an etwas zu erinnern. Der Schnee lag hoch in diesem Winter und überragte die Schwelle des Schuppens, so daß sich der Querbalken der Tür gesenkt zu haben schien. Der Schuppen sah bucklig aus. Auf seinem Dach lag gleichsam der Hut eines gewaltigen Pilzes, und die unberührte Schneeschicht hing Shiwago fast bis auf den Kopf. Direkt über dem Dach stand, wie mit der Klinge im Schnee stekkend, die soeben aufgegangene Sichel des Mondes und leuchtete in grauer Glut.

Es war noch Tag und ganz hell, gleichwohl hatte der Arzt das Empfinden, als stünde er spätabends im tiefen, dunklen Wald seines Lebens. In seiner Seele war eine solche Finsternis, daß er ganz traurig wurde. Und wie ein Vorbote der Trennung, wie ein Sinnbild der Einsamkeit leuchtete vor ihm, in der Höhe seines Gesichts, der junge Mond.

Müdigkeit bemächtigte sich seiner. Als er durch die Schuppentür Holz in den Schlitten warf, raffte er jedesmal weniger Scheite zusammen. Die eisigen Knüppel mit dem daran haftenden Schnee anzufassen war bei der Kälte selbst mit Handschuhen schmerzhaft. Die raschen Bewegungen erwärmten ihn nicht. In ihm war etwas stehengeblieben und gerissen. Er schmähte sein unglückseliges Schicksal und flehte zu Gott, das Leben der schönen, traurigen, demütigen, herzensguten Frau zu erhalten und zu bewahren. Der Mond stand noch immer über dem Schuppen und brannte, ohne zu wärmen, schien, ohne zu leuchten. Plötzlich wandte sich das Pferd in die Richtung, aus der sie gekommen waren, hob den Kopf und wieherte zunächst leise und zaghaft, dann laut und zuversichtlich.

Was hat es denn? fragte sich der Arzt. Worüber freut es sich? Vor Angst wird es ja wohl nicht wiehern. Kein Pferd wiehert vor Angst, das wäre ja dumm. So blöd wird es ja nicht sein, mit seiner Stimme den Wölfen ein Zeichen zu geben, wenn es sie gewittert hat. Wie lustig es ist! Es freut sich wohl auf zu Hause, will zurück. Warte, gleich geht's los.

Shiwago sammelte im Schuppen zum Anheizen noch Späne und ein großes Stück Birkenrinde, zusammengerollt wie ein Stiefelschaft, breitete eine Bastmatte über den Holzhaufen, schnürte eine Leine darum und ging dann neben dem Schlitten her zum Schuppen der Mikulizyns.

Wieder wieherte das Pferd als Antwort auf ein deutliches Wiehern in der Ferne. Shiwago horchte auf. Bei wem mag das sein? Wir haben doch geglaubt, in Warykino wäre kein Mensch. Da müssen wir uns geirrt haben. Ihm kam nicht in den Sinn, daß sie Besuch hatten und das andere Pferd im Vorgarten des Mikulizyn-Hauses stand. Er führte den Falben hinten herum zu den Wirtschaftsgebäuden und konnte so die Vorderseite des Hauses nicht sehen.

Ohne sich zu beeilen (wozu auch?), warf er das Holz vom Schlitten in den Schuppen, spannte das Pferd aus, ließ den Schlitten im Schuppen stehen und führte das Pferd in den ausgekühlten Pferdestall nebenan. Er brachte es in die letzte Box rechts in der Ecke, wo es am wenigsten zog, holte aus dem Schuppen ein paar Armvoll von dem restlichen Heu und häufte es in das schräge Holzgitter der Futterraufe.

Mit innerer Unruhe ging er zum Haus. An der Treppe stand ein sehr breiter bequemer Bauernschlitten, vor den ein gut herausgefütterter Rapphengst gespannt war. Ein junger Mann ging um das Pferd herum, klopfte ihm auf die Flanken und untersuchte seine Fesseln. Er sah genauso glatt und satt aus wie das Pferd und trug einen guten Mantel.

Im Haus wurde gesprochen. Shiwago, der nichts hören wollte und konnte, blieb unwillkürlich wie angewurzelt stehen. Ohne ein Wort zu verstehen, erkannte er die Stimmen von Komarowski, Lara und Katenka. Wahrscheinlich waren sie gleich im ersten Zimmer hinter der Haustür. Komarowski stritt mit Lara, und sie war, nach dem Klang ihrer Antworten zu urteilen, aufgeregt, weinte, widersprach heftig und stimmte dann auch wieder zu. An irgendwelchen Merkmalen glaubte Shiwago zu erkennen, daß Komarowski das Gespräch eben auf ihn brachte, offenbar in dem Sinne, daß er ein unsicherer Kantonist sei (»Diener zweier Herren«, ging es Shiwago durch den Kopf), daß man nicht wissen könne, wer ihm lieber sei, seine Familie oder Lara, und daß Lara sich nicht auf ihn verlassen dürfe, denn wenn sie ihm vertraue, jage sie zwei Hasen gleichzeitig nach und setze sich zwischen zwei Stühle. Doktor Shiwago ging ins Haus.

Tatsächlich, gleich im ersten Zimmer stand in einem fußlangen Pelzmantel Komarowski. Lara zog Katenkas Pelzkragen zusammen, um den Haken in die Öse zu bringen. Sie war ärgerlich auf die Tochter und schrie, sie solle nicht so herumzappeln, doch Katenka jammerte: »Vorsichtig, Mama, du erwürgst mich ja.« Alle waren angekleidet und reisefertig. Als Shiwago eintrat, stürzten ihm Lara und Komarowski entgegen.

»Wo warst du denn so lange? Wir brauchen dich!«

»Guten Tag, Juri Andrejewitsch! Trotz der Grobheiten, die wir uns letztes Mal an den Kopf geworfen haben, bin ich schon wieder ungebeten hier, wie Sie sehen.«

»Guten Tag, Viktor Ippolitowitsch.«

»Wo warst du denn so lange? Hör dir an, was er zu sagen hat, und entscheide dann für dich und mich. Wir haben keine Zeit. Wir müssen uns beeilen.«

»Warum stehen wir denn? Nehmen Sie Platz, Viktor Ippolitowitsch. Wo soll ich schon gewesen sein, Lara? Du weißt doch, ich war Holz holen und habe noch das Pferd versorgt. Viktor Ippolitowitsch, bitte nehmen Sie Platz.«

»Du bist nicht überrascht, du wunderst dich gar nicht? Wir haben bedauert, daß dieser Mann abgereist war und wir sein Angebot nicht angenommen haben, und nun steht er vor dir, und du staunst überhaupt nicht. Noch überraschender sind seine jüngsten Neuigkeiten. Erzählen Sie, Viktor Ippolitowitsch.«

»Ich weiß nicht, was Larissa Fjodorowna meint, aber

ich möchte folgendes sagen. Ich habe absichtlich das Gerücht ausgestreut, ich wäre abgereist, bin aber noch ein paar Tage geblieben, um Ihnen und Larissa Fjodorowna Zeit zu lassen, die von uns berührten Fragen noch einmal zu überdenken und nach reiflichem Überlegen vielleicht einen weniger überstürzten Entschluß zu fassen.«

»Nun dürfen wir es nicht mehr aufschieben. Zur Abreise ist jetzt der günstigste Moment. Morgen früh. Aber Viktor Ippolitowitsch soll es dir lieber selbst erzählen.«

»Einen Moment, Lara. Entschuldigen Sie, Viktor Ippolitowitsch. Warum stehen wir hier im Mantel? Legen wir ab und setzen wir uns. Es ist immerhin ein ernsthaftes Gespräch. Wir dürfen nichts übereilen. Verzeihung, Viktor Ippolitowitsch. Unsere Streitereien berühren seelische Feinheiten. Darüber zu reden wäre lächerlich und unangebracht. Ich habe niemals daran gedacht, mit Ihnen zu reisen. Bei Larissa Fjodorowna ist das etwas anderes. In den seltenen Fällen, wenn unsere innere Unruhe voneinander losgelöst war und wir uns erinnerten, daß wir nicht ein Wesen sind, sondern zwei mit getrenntem Schicksal, war ich der Meinung, sie müsse schon Katenkas wegen gründlich über Ihre Pläne nachdenken. Das tut sie auch unablässig, sie kommt immer wieder auf die Möglichkeiten zurück.«

»Aber nur unter der Bedingung, daß du mitfährst.«

»Es fällt uns gleichermaßen schwer, an eine Trennung zu denken, aber vielleicht müssen wir uns überwinden und dieses Opfer bringen. Denn daß ich mitfahre, davon kann überhaupt keine Rede sein.«

»Aber du weißt doch noch gar nichts. Höre erst einmal zu. Morgen früh... Viktor Ippolitowitsch!«

»Larissa Fjodorowna meint wohl die Informationen, die ich mitgebracht und ihr schon mitgeteilt habe. Auf dem Bahnhof in Jurjatin steht unter Dampf ein Sonderzug der Fernöstlichen Regierung. Gestern ist er von Moskau eingetroffen, und morgen fährt er weiter. Der Zug gehört unserm Ministerium für Verkehrswesen. Er besteht zur Hälfte aus internationalen Schlafwagen.

Mit diesem Zug muß ich fahren. Ich habe Plätze frei für Personen, die ich in mein Arbeitskollegium berufen will. Wir würden mit allem Komfort reisen. Eine solche Gelegenheit bietet sich nie wieder. Ich weiß, daß Sie Ihre Worte wägen und Ihre Absage nicht umstoßen werden. Sie sind ein Mann von festen Entschlüssen, das weiß ich. Und trotzdem. Überwinden Sie sich um Larissa Fjodorownas willen. Sie haben es gehört, ohne Sie reist sie nicht ab. Fahren Sie mit uns, und wenn nicht bis Wladiwostok, dann wenigstens bis Jurjatin. Dort sehen wir weiter. Aber es ist Eile geboten. Wir dürfen keine Minute verlieren. Ich habe einen Mann mit, denn ich bin kein guter Fuhrmann. Mit ihm wären wir zu fünft. Das ist zuviel für meinen Schlitten. Wenn ich mich nicht irre, haben Sie das Pferd von Samdewjatow hier. Sie sagten ja, Sie hätten damit Holz geholt. Ist es noch angespannt?«

»Nein, ich habe es in den Stall gebracht.«

»Spannen Sie es rasch wieder an. Mein Kutscher kann Ihnen helfen. Aber wissen Sie was, zum Teufel mit dem zweiten Schlitten. Irgendwie schaffen wir's auch mit meinem. Aber beeilen Sie sich um Gottes willen. Nehmen Sie nur das Notwendigste mit, was gerade greifbar ist. Das Haus kann unverschlossen bleiben. Wir müssen das Leben des Kindes retten und nicht Schlüssel sammeln.«

»Ich verstehe Sie nicht, Viktor Ippolitowitsch. Sie reden so, als ob ich schon eingewilligt hätte. Fahren Sie mit Gott, wenn Lara es möchte. Um das Haus machen Sie sich keine Sorgen. Ich bleibe hier, und wenn Sie weg sind, werde ich es aufräumen und abschließen.«

»Was redest du, Jura? Was soll dieser offenkundige Blödsinn, an den du ja selbst nicht glaubst? ›Wenn Lara es möchte.‹ Dabei weißt du ganz genau, daß ohne dich an meine Abreise überhaupt nicht zu denken ist. Also was soll der Satz: ›Ich werde aufräumen und abschließen‹?«

»Sie sind also unerbittlich. Dann etwas anderes. Mit Erlaubnis Larissa Fjodorownas möchte ich Ihnen unter vier Augen ein paar Worte sagen.«

»Gut. Wenn das sein muß, gehen wir in die Küche. Du hast doch nichts dagegen, Lara?«

12

»Strelnikow ist gefaßt worden. Man hat ihn zur Höchststrafe verurteilt, und das Urteil wurde vollstreckt.«

»Grauenhaft. Ist das wirklich wahr?«

»So habe ich's gehört. Ich bin davon überzeugt.«

»Sagen Sie es nicht Lara. Es würde sie um den Verstand bringen.«

»Das fehlte noch. Deswegen habe ich Sie ja um diese Unterredung gebeten. Nach seiner Erschießung sind sie und die Tochter in unmittelbarer Lebensgefahr. Helfen Sie mir, sie in Sicherheit zu bringen. Sie bleiben dabei, daß Sie nicht mitfahren?«

»Ich habe es Ihnen gesagt. Natürlich.«

»Aber ohne Sie fährt sie nicht mit. Ich weiß gar nicht, was ich machen soll. Dann müssen Sie eben auf andere Weise helfen. Äußern Sie, wenn auch nur zum Schein, Ihre Bereitschaft mitzufahren, tun Sie so, als ob Sie sich haben überreden lassen. Ich mag mir den Abschied zwischen Ihnen beiden gar nicht vorstellen, weder hier noch auf dem Bahnhof in Jurjatin, falls Sie tatsächlich mitfahren, um uns zum Zug zu bringen. Wir müssen erreichen, daß sie glaubt, Sie fahren mit. Wenn nicht jetzt gleich mit uns, dann von mir aus etwas später, wenn ich Ihnen eine neue Möglichkeit biete, von der Gebrauch zu machen Sie versprechen. Sie müssen es über sich bringen, ihr einen solchen falschen Schwur zu leisten. Das ist von mir nicht in den Wind gesprochen. Ich versichere Ihnen bei meiner Ehre, Sie jederzeit, sobald Sie den Wunsch äußern, von hier wegzuholen und dorthin zu bringen, wohin Sie möchten. Larissa Fjodorowna muß überzeugt sein, daß Sie uns begleiten. Versichern Sie es ihr mit aller Überzeugungskraft. So könnten Sie etwa loslaufen, um das Pferd anzuspannen, uns auffordern, nicht auf Sie zu warten, sondern schon immer loszufahren, während Sie noch anspannen, und uns unterwegs einholen.«

»Ich bin erschüttert über die Nachricht von Pawel Strelnikows Erschießung und kann es nicht fassen. Darum macht es mir Mühe, Ihnen zu folgen. Aber ich pflichte Ihnen bei. Nach der Abrechnung mit Strelnikow ist entsprechend unserer heutigen Logik das Leben von Larissa Fjodorowna und Katenka in Gefahr. Einer von uns wird mit Sicherheit verhaftet werden, folglich würden wir so oder so getrennt. Dann ist es wirklich besser, Sie trennen uns und bringen die beiden weg, ans Ende der Welt. Jetzt geht ohnehin schon alles so, wie Sie wollen. Ich werde es wohl nicht durchhalten, darum muß ich meinen Stolz und meine Selbstachtung unterdrücken und werde gehorsam bei Ihnen angekrochen kommen, um aus Ihren Händen sie und das Leben und die Fahrt übers Meer zu meinen Angehörigen und meine eigene Rettung zu empfangen. Aber in alldem muß ich mich erst einmal zurechtfinden. Ihre Nachricht hat mich ganz verstört. Das Leid drückt mich nieder und nimmt mir die Fähigkeit, zu denken und zu urteilen. Indem ich mich Ihnen füge, mache ich vielleicht einen verhängnisvollen, irreparablen Fehler, der mein ganzes Leben mit Entsetzen überschatten wird. Aber in dem Nebel des Schmerzes, der mir die Kraft raubt, ist das einzige, was ich jetzt tun kann, Ihnen mechanisch zuzustimmen und Ihnen blindlings, willenlos zu gehorchen. Also, um ihretwillen werde ich ihr jetzt zum

Schein sagen, daß ich das Pferd anspannen gehe und Ihnen hinterherfahre, in Wirklichkeit aber bleibe ich hier. Eine Kleinigkeit noch. Wollen Sie wirklich jetzt bei einbrechender Nacht losfahren? Der Weg führt durch den Wald, überall sind Wölfe, seien Sie vorsichtig.«

»Ich weiß. Ich habe ein Gewehr und einen Revolver bei mir. Seien Sie unbesorgt. Übrigens, ich habe ein wenig Sprit mitgebracht, falls Frost kommt. Die Menge reicht aus. Ich lasse Ihnen etwas da, einverstanden?«

13

Was habe ich getan? Was habe ich getan? Ich habe sie hergegeben, auf sie verzichtet, sie ihm überlassen. Ich muß hinterherlaufen, sie zurückholen. Lara! Lara!

Sie hören es nicht. Der Wind bläst mir entgegen. Wahrscheinlich unterhalten sie sich laut. Sie hat ja allen Grund, fröhlich und gelassen zu sein. Sie ist ja auf die Täuschung hereingefallen und ahnt nicht, wie sehr sie irregeführt wird.

Wahrscheinlich denkt sie jetzt: Alles hat sich bestens gefügt, ganz nach ihren Wünschen. Ihr Jura, dieser Phantast und Dickkopf, hat endlich nachgegeben, dem Schöpfer sei Dank, und fährt mit ihr in eine sichere Gegend, zu Menschen, die klüger sind als sie, unter den Schutz von Gesetz und Ordnung. Selbst wenn er, um seinen Kopf durchzusetzen, sich sträubt und morgen nicht mit in den Zug steigt, schickt Viktor Ippolitowitsch ihm einen anderen Zug, und er kommt in allernächster Zukunft nach.

Jetzt ist er natürlich schon im Pferdestall, spannt mit vor Hast und Erregung zitternden, ungehorsamen Händen den Falben an und saust ihnen dann in vollem Tempo hinterher, so daß er sie noch vor dem Wald einholt.

Das etwa sind sicherlich ihre Gedanken. Sie haben sich

ja nicht einmal richtig verabschiedet, er hat ihnen nur nachgewinkt und sich abgewandt, um den Schmerz hinunterzuschlucken, der ihn würgte wie ein Stück Apfel.

Juri Shiwago, den Pelz über die eine Schulter geworfen, stand auf der Vortreppe. Mit der freien Hand umklammerte er die gedrechselte Holzsäule unterm Vordach mit solcher Kraft, als wollte er sie erwürgen. Sein ganzes Bewußtsein bündelte sich auf einen fernen Punkt. Dort war ein kleines Stück des bergan führenden Wegs zwischen den vereinzelten Birken zu sehen. Auf diese freie Stelle fiel eben jetzt das Licht der untergehenden Sonne. Auf dem beleuchteten Wegstück mußte jeden Moment aus einer flachen Senke, in die er für kurze Zeit getaucht war, der Schlitten in Sicht kommen.

»Leb wohl, leb wohl«, sagte er, diesen Moment vorweg auskostend, tonlos und ohne Besinnung, stieß die kaum atmenden Laute aus der Brust in die abendliche Frostluft. »Leb wohl, einzig Geliebte, für immer Verlorene!«

»Da sind sie! Da sind sie!« flüsterten seine weißen Lippen hastig, als der Schlitten pfeilgeschwind an den Birken vorüber bergan sauste, langsamer wurde und, o Freude, bei der letzten Birke hielt.

Oh, wie schlug ihm das Herz, die Beine gaben nach, vor Erregung wurde er weich wie Filz, wie der von der Schulter gleitende Pelz! O Gott, hast du etwa beschlossen, sie mir zurückzugeben? Was ist dort geschehen? Was geht vor auf dem fernen abschüssigen Weg? Warum halten sie? Nein, sie sind weg. Verschwunden. Weitergebraust. Sie wird ihn gebeten haben, einen Moment zu halten, um noch einen Abschiedsblick auf das Haus zu werfen. Vielleicht wollte sie sich auch vergewissern, ob ich schon losgefahren bin und ihnen hinterherjage. Sie sind weg. Sie sind weg.

Wenn sie rasch fuhren, würden sie, ehe die Sonne sank (bei Dunkelheit würde er sie nicht sehen können), noch einmal in Sicht kommen, ein letztes Mal, jenseits der Schlucht, auf der Lichtung, wo in der vorletzten Nacht die Wölfe gestanden hatten.

Nun war dieser Moment gekommen. Die dunkelrote Sonne stand noch rund über der blauen Linie der Schneeverwehungen. Gierig saugte der Schnee die Ananassüße ein, die sie über ihn ausgoß. Und da war der Schlitten, er sauste vorüber. Leb wohl, Lara, auf Wiedersehen in der anderen Welt, leb wohl, meine Schöne, leb wohl, mein Glück, du warst so unendlich tief, unerschöpflich, ewig! Ich sehe dich nie wieder, niemals, nie im Leben, niemals sehe ich dich wieder!

Es war dunkel geworden. Die über den Schnee verstreuten bronzeroten Lichtflecke des Sonnenuntergangs verblichen rasch und erloschen. Die aschgraue Weichheit des Raums senkte sich herab in die fliederblaue Dämmerung, die immer violetter wurde. Mit ihrem grauen Dunst verschmolz das feine Filigranwerk der Birken am Weg, das wie mit der Hand auf den blaßrosa, gleichsam versandeten Himmel gezeichnet schien.

Das Herzeleid schärfte Shiwagos Empfinden. Er nahm alles mit zehnfacher Deutlichkeit wahr. Die ganze Umgebung, sogar die Luft gewann Züge einer seltenen Einmaligkeit. Teilnahmsvoll wie nie zuvor, atmete der Winterabend wie ein mitfühlender Zeuge. Es schien, als wäre es nie zuvor Nacht geworden, heute das erstemal, als Trost für den verwaisten, vereinsamten Menschen. Es schien, als stünden die umliegenden Wälder nicht einfach so als Panorama auf den Hügeln, sondern hätten dort eben erst Aufstellung genommen, um ihr Mitleid zu bekunden.

Shiwago wehrte sie beinahe ab, die fühlbare Schönheit dieser Stunde, wie eine Menge aufdringlicher Kondolenten, und er war drauf und dran, den letzten Lichtstrahlen zuzuflüstern: Danke, nicht nötig.

Er stand noch immer auf der Vortreppe, das Gesicht

der geschlossenen Tür zugewandt, der Welt abgekehrt. Meine helle Sonne ist untergegangen, sagte etwas in ihm immer wieder. Er hatte nicht die Kraft, diese Worte nacheinander auszusprechen, seine Kehle war wie zugeschnürt.

Er ging ins Haus. Ein doppelter Monolog begann und vollzog sich in ihm: trocken, scheinbar sachlich in bezug auf sich selbst, und dahinfließend, uferlos in bezug auf Lara: Jetzt nach Moskau. Vor allem überleben. Die Schlaflosigkeit bekämpfen. Nicht schlafen gehen. Nächtelang arbeiten bis zur Benommenheit, bis die Müdigkeit totenähnlichen Schlaf bringt. Und noch etwas. Sofort im Schlafzimmer heizen, um nicht nachts unnötig zu frieren.

Aber auch so sprach er mit sich selbst: Du meine unvergeßliche Herzensfreude! Solange meine Arme dich erinnern, solange meine Hände und Lippen dich spüren, bin ich mit dir zusammen. Meine Tränen um dich sollen etwas Würdiges, Bleibendes hervorbringen. Ich werde die Erinnerung an dich in einer sehr zarten, bedrückend traurigen Darstellung festhalten. Ich bleibe hier, bis ich das getan habe. Dann fahre auch ich weg. Und so will ich dich zeichnen: Ich werde deine Züge aufs Papier bringen, wie nach einem furchtbaren Sturm, der das Meer bis zum Grunde aufgewühlt hat, die Spuren der stärksten, am weitesten vorgerollten Welle sich in den Sand legen. In einer gebrochenen, geschlängelten Linie wirft das Meer Bimsstein, Korken, Muscheln, Wasserpflanzen an Land, all das Leichte, Gewichtslose, was es vom Grunde hochholen konnte. Das ist die endlos sich in die Ferne ziehende Grenzlinie der stärksten Brandungswelle am Ufer. So hat der Sturm des Lebens dich zu mir geschleudert, du mein Stolz. So will ich dich darstellen.

Er ging also ins Haus, verschloß die Tür, legte den Pelz ab. Als er in das Zimmer trat, das Lara am Morgen so schön und so fleißig aufgeräumt und das die überstürzte

Abreise wieder in Unordnung gebracht hatte, als er das zerwühlte Bett und die herumliegenden Gegenstände auf dem Fußboden und auf den Stühlen sah, sank er wie ein kleiner Junge vor dem Bett auf die Knie, preßte die Brust an die harte Kante, legte das Gesicht in das herabhängende Federbett und weinte kindlich-leicht und bitterlich. Das dauerte nicht lange. Shiwago stand auf, wischte rasch die Tränen weg, blickte verwundert, zerstreut, müde, abwesend in die Runde, nahm die von Komarowski zurückgelassene Flasche, entkorkte sie, goß ein Glas halbvoll, fügte Wasser hinzu, rührte Schnee hinein und trank dieses Gemisch mit einem Genuß, der den soeben vergossenen untröstlichen Tränen fast gleichkam, in langsamen, gierigen Zügen.

14

Mit Juri Shiwago ging etwas Sonderbares vor. Er verlor langsam den Verstand. Noch nie hatte er ein so seltsames Leben geführt. Er vernachlässigte das Haus, kümmerte sich nicht mehr um sich, verwandelte die Nächte in Tage und verlor das Gefühl für die Zeit, die seit Laras Abreise vergangen war.

Er trank und schrieb Texte, die ihr gewidmet waren, aber die Lara seiner Gedichte und Aufzeichnungen entfernte sich durch seine Streichungen und Wortänderungen immer weiter von ihrem eigentlichen Urbild, von der lebendigen Mutter Katenkas, die mit ihrer Tochter auf der Reise war.

Die Streichungen nahm er der Genauigkeit und der Ausdruckskraft wegen vor, aber sie entsprachen auch Eingebungen seiner inneren Zurückhaltung, die es ihm nicht erlaubte, das persönlich Erlebte und nicht ausgedachte Vergangene gar zu offen bloßzulegen, um die unmittelbar Beteiligten nicht zu verletzen. So wurde das Lebendige, Frische, nicht Abgekühlte aus den Gedichten verbannt, und statt des Blutenden und Schmerzhaften in ihnen zeigte sich befriedete Weite, die den privaten Vorfall zu bekannter Allgemeingültigkeit erhob. Dieses Ziel hatte er nicht erreichen wollen, aber die Weite kam von selbst als Trost, den sie ihm persönlich als fernen Gruß von der Reise schickte, kam wie ihr Erscheinen im Traum oder wie eine Berührung ihrer Hand an seiner Stirn. Und er liebte in den Gedichten dieses veredelnde Gepräge.

Nach den Klageliedern um Lara schrieb er seine Aufzeichnungen aus verschiedenen Zeiten über alles mögliche zu Ende, über die Natur, über Alltagsdinge. Wie auch früher schon, flogen ihm bei dieser Arbeit nebenbei viele Gedanken über sein eigenes Leben und über das Leben der Gesellschaft zu.

Wieder wurde ihm bewußt, daß er sich die Geschichte, das, was man den Lauf der Geschichte nennt, anders als üblich vorstellte, nämlich so ähnlich wie das Leben der Pflanzenwelt. Im Winter sehen die kahlen Zweige des Laubwaldes im Schnee dürr und jämmerlich aus wie Haare auf der Warze eines Greises. Im Frühjahr verwandelt sich der Wald in wenigen Tagen, steigt bis zu den Wolken auf, und in seinem Dickicht aus Laub kann man sich verlieren und verstecken. Diese Verwandlung geschieht durch eine Bewegung, die an Schnelligkeit die Bewegungen der Tiere übertrifft, denn ein Tier wächst nicht so schnell wie eine Pflanze, und es ist eine Bewegung, die man niemals beobachten kann. Der Wald rührt sich nicht von der Stelle, wir können ihn bei keiner Ortsveränderung ertappen. Wir sehen ihn immer nur in Reglosigkeit. In der gleichen Reglosigkeit sehen wir das ewig wachsende, ewig sich verändernde, in seinen Verwandlungen nicht beobachtbare Leben der Gesellschaft, die Geschichte.

Tolstoi hat seinen Gedanken nicht zu Ende geführt, als er Napoleon, Regenten, Feldherren die Bahnbrecherrolle absprach. Er dachte so, sprach es aber nicht mit letzter Klarheit aus. Die Geschichte wird von niemandem gemacht, sie ist ebensowenig zu sehen wie das Wachsen des Grases. Kriege, Revolutionen, Zaren, Robespierres sind ihre organischen Erreger, ihre Gärhefe. Revolutionen werden von aktiven, einseitigen Fanatikern gemacht, von Genies der Selbstbeschränkung. Diese stürzen in wenigen Stunden oder Tagen eine alte Ordnung um. Solche Umschwünge dauern Wochen oder Jahre, und hinterher verbeugt man sich jahrzehnte-, jahrhundertelang vor dem Geist der Beschränkung, der den Umschwung herbeigeführt hat, wie vor einem Heiligtum.

In seinen Klageliedern um Lara beweinte er auch den fernen Sommer in Meljusejew, in dem die Revolution noch der vom Himmel auf die Erde herabgestiegene Gott war, der Gott jenes Sommers, in dem jeder auf seine Weise verrückt war und das Leben jedes Menschen für sich selbst existierte, nicht aber als Erläuterung, Illustration und Rechtfertigung der hohen Politik.

Bei seinen Aufzeichnungen über die verschiedensten Dinge prüfte und vermerkte er wieder einmal, daß die Kunst immer der Schönheit zu dienen habe, daß Schönheit das Glück der Formbeherrschung sei, die Form aber der organische Schlüssel des Daseins, daß alles Lebende einer Form bedürfe, um zu existieren, und daß somit die Kunst, auch die tragische Kunst, vom Glück des Daseins erzähle. Diese Überlegungen und Aufzeichnungen bescherten ihm auch ein Glück, das tragisch und voller Tränen war, so daß er davon ermüdete und Kopfschmerzen bekam.

Einmal besuchte ihn Anfim Samdewjatow. Er brachte Wodka mit und erzählte ihm von der Abreise Larissa Antipowas mit ihrer Tochter in Begleitung Komarowskis. Samdewjatow war mit einer Draisine auf dem Eisenbahngleis gekommen. Er schalt den Arzt, der das Pferd schlecht versorgt hatte, und nahm es mit, obwohl Shiwago ihn bat, es ihm noch ein paar Tage zu lassen. Statt dessen versprach er, ihn nach Ablauf dieser Frist abzuholen und endgültig von Warykino wegzubringen.

Manchmal, wenn Shiwago lange geschrieben und gearbeitet hatte, erinnerte er sich plötzlich mit aller Deutlichkeit an Lara und verlor den Kopf vor Zärtlichkeit und Schmerz über den Verlust. Wie in seiner Kindheit, wenn er in der Pracht der sommerlichen Natur im Gezwitscher der Vögel die Stimme seiner verstorbenen Mutter zu hören glaubte, täuschte ihn jetzt manchmal sein an Lara und ihre Stimme gewohntes Gehör. »Jura«, glaubte er dann aus dem Nebenzimmer zu hören, eine akustische Halluzination.

In dieser Woche widerfuhren ihm auch andere Fälle von Sinnestäuschungen. Am Ende der Woche erwachte er auf einmal nachts nach einem schweren, unsinnigen Traum von einer Drachenhöhle unter dem Haus. Er öffnete die Augen. Plötzlich zuckte ein Feuerschein über den Boden der Schlucht, und er hörte den nachhallenden Knall eines Schusses. Erstaunlich, daß Shiwago nach diesem ungewöhnlichen Vorfall gleich wieder einschlief. Am Morgen glaubte er, geträumt zu haben.

15

Und dies geschah etwas später. Doktor Shiwago hörte endlich auf die Stimme der Vernunft. Er sagte sich, wenn er sich schon um jeden Preis ruinieren wolle, könne er sich auch eine wirksamere und weniger quälende Methode aussuchen. Er gab sich selbst das Wort, wenn Samdewjatow ihn abholen komme, sofort mit ihm abzureisen.

Vor der Abenddämmerung, als es noch hell war, hörte er laut knirschende Schritte im Schnee. Jemand kam in forschem, entschlossenem Gang ruhig auf das Haus zu.

Merkwürdig. Wer konnte das sein? Samdewjatow wäre mit dem Pferd gekommen. Zufällige Passanten gab es nicht in dem menschenleeren Warykino. Ich werde abgeholt, dachte der Arzt. Eine Aufforderung, in die Stadt zu kommen. Oder ich soll verhaftet werden. Aber womit wollen sie mich in die Stadt bringen? Sie würden auch zu zweit kommen. Es muß Awerki Mikulizyn sein, mutmaßte er erfreut, nachdem er den Besucher an seinem Gang erkannt zu haben glaubte. Der Mann, der noch ein Rätsel war, stand ein Weilchen vor der Tür mit dem abgerissenen Riegel, an dem er nicht das Vorhängeschloß fand, dann ging er mit sicheren Schritten und wissenden Bewegungen wie der Hausherr weiter, öffnete die Haustür und schloß sie sorglich hinter sich.

Diese Merkwürdigkeiten erlebte Shiwago am Schreibtisch, an dem er mit dem Rücken zur Tür saß. Als er vom Stuhl aufstand und sich der Tür zuwandte, um den Fremden zu sehen, stand dieser bereits wie angewurzelt auf der Schwelle.

»Zu wem wollen Sie?« entfuhr es dem Arzt so unbewußt, daß die Frage zu keiner Antwort verpflichtete, und als sie dann auch ausblieb, wunderte er sich nicht.

Der Eingetretene war ein kräftiger, stattlicher Mann mit schönem Gesicht, er trug eine kurze Pelzjoppe, eine Pelzhose und warme Stiefel aus Ziegenfell und hatte ein Gewehr am Riemen über der Schulter.

Nur der Moment seines Erscheinens war eine Überraschung für Juri Shiwago, nicht aber sein Kommen. Die Funde im Haus und andere Anzeichen hatten ihn auf diese Begegnung vorbereitet. Der Ankömmling war offensichtlich der Mann, dem die Vorräte im Haus gehörten. Er kam dem Arzt bekannt vor. Der Mann war offenbar auch darauf gefaßt gewesen, daß das Haus nicht leer stand, denn er wunderte sich kaum über den Bewohner. Vielleicht war ihm gesagt worden, wen er darin vorfinden würde. Vielleicht kannte er den Arzt.

Wer ist das? Wer ist das? Shiwago suchte mühsam in seinem Gedächtnis. Herr du mein Gott, wo habe ich den schon gesehen? Ist es die Möglichkeit? Ein heißer Maimorgen vor Urzeiten. Bahnstation Raswilje. Der Waggon des Kommissars, der nichts Gutes verhieß. Klarheit der Begriffe, Geradlinigkeit, Prinzipienstrenge, Selbstgerechtigkeit, Selbstgerechtigkeit. Strelnikow!

16

Sie unterhielten sich schon geschlagene Stunden, wie nur russische Menschen in Rußland sich unterhalten können, insbesondere wenn es verängstigte und sehnsüchtige, wutgeladene und überspannte Menschen sind, und das waren damals alle. Es wurde Abend. Die Dunkelheit brach herein.

Nicht nur aus unruhiger Redseligkeit, die Strelnikow mit allen teilte, sprach er unentwegt, er hatte auch noch einen anderen, persönlichen Grund.

Er hatte sich nie richtig aussprechen können und klammerte sich nun an die Unterhaltung mit Doktor Shiwago, um der Einsamkeit zu entgehen. Fürchtete er Gewissensbisse oder traurige Erinnerungen, die ihn verfolgten, oder peinigte ihn Unzufriedenheit mit sich, die den Menschen sich selbst unausstehlich und verhaßt macht und bereit, vor Scham zu sterben? Oder hatte er einen furchtbaren, unabänderlichen Entschluß gefaßt, mit dem er nicht allein bleiben und dessen Ausführung er möglichst lange hinausschieben wollte durch das Reden mit dem Arzt?

Wie auch immer, Strelnikow verbarg ein wichtiges, ihn

belastendes Geheimnis, als er sich über alles andere mit geradezu verschwenderischen Herzensergüssen ausließ.

Es war die Krankheit des Jahrhunderts, der revolutionäre Aberwitz der Epoche. In ihren Gedanken waren die Menschen anders als in ihren Worten und in ihren äußeren Erscheinungen. Niemand hatte ein reines Gewissen. Jeder konnte sich begründetermaßen an allem schuldig fühlen, als heimlicher Verbrecher, als nicht entlarvter Betrüger. Kaum gab es einen Anlaß, erreichte die schwelgerische, selbstbezichtigende Einbildungskraft die letzten Grenzen. Die Menschen phantasierten, beschuldigten sich nicht nur aus Angst, sondern auch aus einer zerstörerischen, krankhaften Neigung, freiwillig, in einem Zustand metaphysischer Trance und leidenschaftlicher Selbstzerfleischung, der man nur die Zügel zu lockern brauchte, um sie unaufhaltsam zu machen.

Wie viele solcher Aussagen vor dem Tode, schriftlich und mündlich, hatte der große Militär und zeitweilige Militärrichter Strelnikow seinerzeit gelesen und gehört. Jetzt war auch er besessen von einem ähnlich gearteten Zustand der Selbstentlarvung, wobei er sich gewaltig überschätzte, als er Bilanz zog, und alles in einer fieberhaften Verzerrung sah.

Er erzählte ungeordnet, sprang von Geständnis zu Geständnis.

»Das war bei Tschita. Sie haben sich gewundert über die Kinkerlitzchen, mit denen ich die Schränke und Schubkästen in diesem Hause vollgestopft habe? Stammt alles aus militärischen Requirierungen, die wir bei der Einnahme Ostsibiriens durch die Rote Armee vorgenommen haben. Natürlich habe ich das alles nicht selber hergeschleppt. Das Leben hat mich immer verwöhnt mit treuen, zuverlässigen Menschen. Kerzen, Kaffee, Tee, Streichhölzer, Schreibutensilien und das sonstige Zeug stammten aus tschechischen Militärbeständen, zum Teil auch aus japanischen und englischen. Unglaublich, stimmt es nicht? ›Stimmt es nicht‹ war der Lieblingsausdruck meiner Frau, das wird Ihnen aufgefallen sein. Ich wußte nicht, ob ich Ihnen das gleich sagen soll, aber jetzt will ich es gestehen. Ich bin gekommen, um sie und die Tochter zu sehen. Man hat mich zu spät wissen lassen, daß sie hier sind. Ich bin zu spät gekommen. Als ich aus Klatsch und Meldungen erfuhr, daß Sie ihr nahestehen, und man mir das erste Mal den Namen Doktor Shiwago nannte, hatte ich unter den Tausenden Gesichtern, die in diesen Jahren an mir vorbeigezogen sind, unglaublicherweise sofort den Mann vor Augen, der mir zum Verhör vorgeführt wurde.«

»Und Sie haben bedauert, ihn nicht erschossen zu haben?«

Strelnikow ließ diese Frage unbeachtet. Vielleicht hatte er den Einwurf gar nicht gehört. Zerstreut und nachdenklich sprach er weiter: »Natürlich war ich eifersüchtig und bin es auch jetzt noch. Könnte es anders sein? In der hiesigen Gegend verstecke ich mich erst seit ein paar Monaten, nachdem andere Unterschlupfe weit im Osten aufgeflogen sind. Man wollte mich auf Grund einer Verleumdung vors Kriegsgericht stellen. Der Ausgang war leicht vorauszusehen. Ich war mir keiner Schuld bewußt. Ich hatte die Hoffnung, mich später, unter günstigeren Voraussetzungen, rechtfertigen zu können und meinen guten Namen wiederherzustellen. Darum mußte ich rechtzeitig vor der Verhaftung verschwinden und mich eine Zeitlang verstekken, umherziehen, den Einsiedler spielen. Vielleicht hätte ich mich auch gerettet, aber ein junger Spitzbube, der sich in mein Vertrauen geschlichen hatte, hat mich hereingelegt.

Ich bin im Winter zu Fuß durch Sibirien nach Westen gegangen, habe mich versteckt, gehungert, mich in Schneewehen gewühlt, in zugeschneiten Zügen übernachtet, die damals in unendlichen Reihen auf der sibirischen Magistrale standen.

Meine Wanderungen führten mich mit einem jugendlichen Vagabunden zusammen, der angeblich bei einer Erschießung durch die Partisanen überlebt hatte. Er sagte mir, er sei unter den Toten hervorgekrochen, habe lange gelegen, sei wieder gesund geworden und dann von einem Versteck zum nächsten gewandert wie ich. Jedenfalls hat er es so erzählt. Er taugte nichts, dieser Halbwüchsige, er war verdorben, rückständig, ein sitzengebliebener Realschüler, den sie wegen Unfähigkeit von der Schule gejagt hatten.«

Je ausführlicher Strelnikow erzählte, desto genauer erkannte Juri Shiwago den Jungen.

»Hieß er vielleicht Terescha Galusin?«

»Ja.«

»Dann stimmt das mit der Erschießung durch die Partisanen. Er hat es sich nicht ausgedacht.«

»Das einzig Gute an dem Jungen war, daß er seine Mutter bis zum Wahnsinn liebte. Sein Vater war bei einer Geiselverhaftung verschüttgegangen. Er wußte, daß seine Mutter im Gefängnis war und das Los seines Vaters teilte, und war zu allem entschlossen, um sie freizubekommen. Darum ging er zur Kreis-Tscheka, um ein Schuldgeständnis abzulegen und seine Dienste anzubieten, und dort waren sie auch bereit, ihm alle Sünden zu vergeben, wenn er dafür irgendeine große Sache aufdeckte. Da verriet er ihnen, wo ich mich versteckte. Es gelang mir aber, rechtzeitig abzuhauen.

Unter sagenhaften Anstrengungen und Tausenden von Abenteuern bin ich durch Sibirien gezogen und in diese Gegend gekommen, wo man weiß, daß ich geächtet bin, und mich am wenigsten suchen wird, weil man mir eine solche Frechheit nicht zutraut. Und wirklich, sie haben noch lange in der Gegend von Tschita nach mir gefahndet, während ich mich schon hier verkrochen hatte, mal in diesem Haus, mal in anderen Unterschlupfen in der Umgebung. Aber jetzt ist Schluß. Sie haben mich auch hier aufgespürt. Hören Sie, es wird schon dunkel. Bald ist die Stunde da, die ich nicht mag, weil ich schon seit langem nicht mehr schlafen kann. Sie wissen, was für eine Qual das ist. Wenn Sie noch nicht alle meine Kerzen verbraucht haben – sie sind schön, die Stearinkerzen, stimmt es nicht? –, lassen Sie uns noch ein Weilchen plaudern. Wir wollen uns unterhalten, solange Sie dazu imstande sind, mit allem Luxus, die ganze Nacht, bei Kerzenschein.«

»Die Kerzen sind alle noch da. Eine einzige Packung ist angebrochen. Ich habe Petroleum benutzt.«

»Haben Sie Brot?«

»Nein.«

»Wovon haben Sie denn gelebt? Aber ich rede dummes Zeug. Von Kartoffeln. Ich weiß es ja.«

»Ja. Davon sind genug vorhanden. Die Leute hier waren erfahren und vorsorglich. Sie wußten, wie man Kartoffeln einmietet. Der Keller ist voll. Sie sind nicht angefault oder angefroren.«

Plötzlich kam Strelnikow auf die Revolution zu sprechen.

17

»All das ist nichts für Sie. Sie können das nicht verstehen. Sie sind anders aufgewachsen. Da war die Welt des Stadtrands, der Bahngleise und der Arbeiterkasernen. Schmutz, Enge, Armut, Verhöhnung des werktätigen Menschen, Verhöhnung der Frau. Und da war die lachende, ungestrafte Dreistigkeit der Ausschweifung, da waren die Muttersöhnchen, die adligen Studenten und die Kaufmannssprößlinge. Mit Scherzen oder mit verächtlicher Gereiztheit setzten sie sich über die Tränen und

Klagen der erniedrigten, getäuschten Habenichtse hinweg. Welch eine Olympiade der Nichtstuer, die nur dadurch bemerkenswert waren, daß sie sich nichts abverlangten, nichts suchten, der Welt nichts gaben, nichts hinterließen!

Wir dagegen faßten das Leben als einen militärischen Feldzug auf, wir schufteten wie wild für die, die wir liebten. Und obwohl wir ihnen nichts brachten außer Leid, hätten wir sie nie beleidigen können, weil wir selber noch größere Märtyrer waren als sie.

Aber bevor ich weiterspreche, fühle ich mich verpflichtet, Ihnen folgendes zu sagen. Sie müssen hier so schnell wie möglich weg, wenn Ihnen Ihr Leben lieb ist. Der Ring um mich zieht sich immer enger zusammen, und wie es auch enden mag, man wird Sie in die Sache verwickeln, Sie sind allein schon dadurch schuldig, daß Sie mit mir sprechen. Außerdem sind hier viele Wölfe, ich habe vor ein paar Tagen auf sie geschossen.«

»Ach, Sie waren das?«

»Ja. Sie haben es natürlich gehört? Ich war auf dem Weg zu einem andern Unterschlupf, aber ich bin umgekehrt, als ich an verschiedenen Merkmalen erkannte, daß er enttarnt und die Leute dort sicherlich umgekommen waren. Ich bleibe nicht lange bei Ihnen, nur die eine Nacht, am Morgen gehe ich weg. Und nun will ich mit Ihrer Erlaubnis fortfahren.

Gab es die Stutzer aus den Twerskije-Jamskije-Straßen, die mit ihren Mädchen in Kutschen herumsausten, mit schief aufgesetzten Mützen und Hosen mit Fußband, gab es die denn nur in Moskau, nur in Rußland? Die Straße, die abendliche Straße, die abendliche Straße des Jahrhunderts, die Traber, die Falben waren überall. Was einte die Epoche, was machte das neunzehnte Jahrhundert zu einem einheitlichen historischen Abschnitt? Die Geburt der sozialistischen Idee. Revolutionen fanden statt, opferbereite junge Menschen gingen auf die Barrikaden. Die Publizisten zerbrachen sich den Kopf, wie die tierische Unverschämtheit des Kapitals zu zügeln, wie die menschliche Würde der Armen zu heben, zu verteidigen wäre. Der Marxismus kam. Er fand die Wurzel des Übels und das Mittel zu seiner Heilung. Er wurde die mächtige Kraft des Jahrhunderts. Das alles war die Zeit der Twerskije-Jamskije-Straßen, war Schmutz, strahlende Heiligkeit, Ausschweifung, Arbeiterviertel, Proklamationen und Barrikaden.

Ach, wie schön war sie als junges Mädchen, als Gymnasiastin! Sie können sich das nicht vorstellen. Oft besuchte sie ihre Schulfreundin in dem Haus, in dem die Angestellten der Moskau–Brester Eisenbahn wohnten. So hat diese Strecke anfangs geheißen, später wurde sie ein paarmal umbenannt. Mein Vater, heute Mitglied des Jurjatiner Tribunals, war damals Streckenmeister auf dem Bahnhof. Ich ging oft dorthin und bin ihr so manches Mal begegnet. Sie war noch ein kleines Mädchen, ein Kind, aber das aufgestörte Denken, die Unruhe des Jahrhunderts war schon in ihrem Gesicht, in ihren Augen. Alle Themen der Zeit, alle ihre Tränen und Demütigungen, alle ihre Impulse, ihre angestaute Rachsucht, ihr Stolz waren ihrem Gesicht, ihrer Haltung, dem Gemisch ihrer mädchenhaften Scham und kühnen Schönheit abzulesen. Die Anklage gegen das Jahrhundert konnte in ihrem Namen, mit ihrem Mund vorgebracht werden. Sie müssen zugeben, das ist nicht wenig. Zu so etwas ist man vorbestimmt, vorgeprägt. Das muß man von Natur aus mitbringen, dazu muß man ein Recht haben.«

»Sie sprechen sehr schön von ihr. Ich habe sie in der gleichen Zeit gesehen, und sie war genauso, wie Sie sie beschreiben. Sie war Gymnasiastin und zugleich Heldin eines unkindlichen Geheimnisses. Ihr Schatten an der Wand war eine Bewegung hellhörigen Selbstschutzes. So habe ich sie gesehen. So habe ich sie in Erinnerung. Sie haben das verblüffend gut ausgedrückt.«

»Sie haben sie gesehen und erinnern sich? Was haben Sie denn dazu getan?«

»Das ist eine ganz andere Frage.«

»Also, schauen Sie, dieses ganze neunzehnte Jahrhundert mit seinen Revolutionen in Paris, mehrere Generationen russischer Emigration seit Alexander Herzen, alle geplanten Zarenmorde, ob ausgeführt oder nicht, die gesamte Arbeiterbewegung der Welt, der ganze Marxismus in den Parlamenten und Universitäten von Europa, das ganze neue System von Ideen, die Neuartigkeit und Schnelligkeit der Schlußfolgerungen, die Spottlust, die um der Barmherzigkeit willen herausgearbeitete helfende Erbarmungslosigkeit, all das hat Lenin in sich aufgenommen und verallgemeinert, um als verkörperte Vergeltung für alles Geschehene über das Alte herzufallen.

An seiner Seite erhob sich unauslöschlich das gewaltige Bild Rußlands, das vor den Augen der ganzen Welt plötzlich aufflammte als Licht der Erlösung für alles Elend, alle Mißlichkeiten der Menschheit. Aber wozu sage ich Ihnen das alles? Für Sie ist das ja doch nur leeres Wortgeklingel.

Um dieses Mädchens willen besuchte ich die Universität, um ihretwillen wurde ich Lehrer und fuhr in dieses mir damals noch unbekannte Jurjatin. Ich habe einen Berg Bücher verschlungen und eine Unmasse Wissen erworben, um ihr nützlich zu sein und ihr zur Verfügung zu stehen, wenn sie meine Hilfe brauchte. Ich ging in den Krieg, um sie nach drei Jahren Ehe neu zu erobern. Nach dem Krieg und meiner Rückkehr aus der Gefangenschaft habe ich den Umstand, daß man mich für gefallen hielt, dazu benutzt, unter fremdem Namen ganz in der Revolution aufzugehen, um all das heimzuzahlen, was sie durchlitten hatte, um die traurigen Erinnerungen radikal wegzuwaschen, damit es keine Rückkehr zur Vergangenheit mehr geben konnte, damit die Twerskije-Jamskije-Straßen nicht mehr existierten. Und die beiden, sie und die Tochter, waren ganz in der Nähe, waren hier! Was hat es mich für Kraft gekostet, den Wunsch zu unterdrücken, zu ihnen zu eilen und sie zu sehen! Aber ich wollte zunächst meine Lebensaufgabe zu Ende führen. Was würde ich jetzt nicht dafür geben, sie noch einmal sehen zu können. Wenn sie ins Zimmer kam, war es, als wäre das Fenster geöffnet worden und das Zimmer hätte sich mit Licht und Luft gefüllt.«

»Ich weiß, wie teuer sie Ihnen war. Aber wenn ich fragen darf, haben Sie eine Vorstellung, wie sehr sie Sie geliebt hat?«

»Verzeihung, was haben Sie gesagt?«

»Ich sage, können Sie sich vorstellen, wie teuer Sie ihr waren? Teurer als alles auf der Welt.«

»Woher wissen Sie das?«

»Sie hat es mir selbst gesagt.«

»Sie? Ihnen?«

»Ja.«

»Entschuldigen Sie, ich verstehe ja, daß meine Bitte kaum zu erfüllen ist, aber wenn Ihre Zurückhaltung es erlaubt und Sie die Kraft aufbringen, dann erzählen Sie mir bitte möglichst genau, was sie Ihnen gesagt hat.«

»Sehr gern. Sie nannte Sie das Musterbild eines Menschen, wie sie ihn sonst nirgends gesehen hatte, einzigartig in seiner Natürlichkeit, und sie sagte, wenn irgendwo noch einmal in weiter Ferne nur die Vision des Hauswesens erschiene, das sie einst mit Ihnen teilte, würde sie auf den Knien dorthin rutschen, und wenn es ans Ende der Welt wäre.«

»Entschuldigen Sie, wenn das nicht etwas für Sie Unantastbares berührt, versuchen Sie sich zu erinnern, wann und unter welchen Umständen sie Ihnen das gesagt hat.«

»Sie räumte gerade dieses Zimmer auf. Dann ging sie hinaus an die Luft, um den Teppich auszuschütteln.«

»Entschuldigen Sie, welcher war das? Hier sind zwei.«

»Der größere da.«

»Das konnte sie allein nicht schaffen. Sie haben ihr geholfen?«

»Ja.«

»Sie haben die beiden Enden des Teppichs festgehalten, sie hat sich zurückgelehnt wie auf der Schaukel, den Teppich mit beiden Händen hochgeschwungen, sich von dem Staub abgewandt, die Augen zugekniffen und gelacht, stimmt es nicht? Wie ich ihre Gewohnheiten kenne! Dann sind Sie aufeinander zugegangen, haben den schweren Teppich einmal, zweimal zusammengelegt, sie hat gescherzt und allerlei Späße gemacht, stimmt es nicht? Stimmt es nicht?«

Sie standen von ihren Plätzen auf, traten an verschiedene Fenster und blickten in verschiedene Richtungen. Nach einigem Schweigen ging Strelnikow auf Shiwago zu, ergriff dessen Hände, drückte sie an seine Brust und sprach hastig wie zuvor weiter: »Entschuldigen Sie, ich weiß, daß ich Dinge berühre, die Ihnen heilig und kostbar sind. Aber wenn ich darf, möchte ich Sie noch weiter ausfragen. Gehen Sie nicht weg, lassen Sie mich nicht allein. Bald gehe ich selber weg. Bedenken Sie, sechs Jahre Trennung, sechs Jahre unvorstellbarer Selbstbeherrschung. Aber ich habe geglaubt, die Freiheit noch nicht ganz erobert zu haben. Ich wollte erst einmal sie gewinnen, um dann ganz den Meinen zu gehören und ungebunden zu sein. Alle meine Vorstellungen sind jedoch zusammengebrochen. Morgen werden sie mich ergreifen. Sie sind ein Mensch, der ihr nahesteht. Vielleicht sehen Sie sie irgendwann wieder. Doch nein, um was will ich Sie bitten? Das ist ja Wahnsinn. Sie werden mich ergreifen und mir keine Gelegenheit geben, mich zu rechtfertigen, sondern sich auf mich stürzen und mir mit Drohgeschrei und Schimpfreden den Mund verschließen. Wer wüßte besser als ich, wie das gemacht wird?«

18

Endlich würde er sich richtig ausschlafen. Zum erstenmal seit langem schlief Shiwago ein, kaum daß er sich im Bett ausgestreckt hatte. Strelnikow blieb über Nacht. Shiwago hatte ihn im Nebenzimmer untergebracht. In den kurzen Augenblicken, in denen er wach wurde, um sich auf die andere Seite zu drehen oder die herabgeglittene Decke hochzuziehen, spürte er die kräftigende Macht seines gesunden Schlafs und schlummerte mit Genuß wieder ein. In der zweiten Nachthälfte hatte er kurze, rasch wechselnde Träume, die in seiner Kindheit spielten, mit klaren und üppigen Einzelheiten, so daß er sie leicht für Wirklichkeit halten konnte.

Beispielsweise geschah in seinem Traum, daß ein Aquarell seiner Mutter, das eine italienische Küstenlandschaft darstellte, plötzlich von der Wand fiel. Das Splittern des Glases weckte ihn. Er öffnete die Augen. Nein, das war etwas anderes. Wahrscheinlich war es Antipow, Laras Mann, Pawel Pawlowitsch, der sich jetzt Strelnikow nannte, der in der Schutma-Schlucht schon wieder, wie Wakch gesagt hatte, die Wölfe erschreckte. Doch nein, so ein Quatsch. Natürlich war das Bild von der Wand gefallen. Da lag es ja zerschlagen auf dem Boden, wie er sich, in den weitergehenden Traum zurückgekehrt, vergewisserte.

Er erwachte mit Kopfschmerzen, weil er zu lange geschlafen hatte. Nicht sofort wußte er, wer und in welcher Welt er war.

Plötzlich fiel ihm ein: Strelnikow übernachtet ja bei mir. Es ist schon spät. Ich muß mich anziehen. Bestimmt ist er schon aufgestanden; wenn nicht, wecke ich ihn, koche Kaffee, und wir frühstücken.

»Pawel Pawlowitsch!«

Keine Antwort. Also schläft er noch. Dann hat er aber einen festen Schlaf! Shiwago zog sich ohne Eile an und ging ins Nebenzimmer. Auf dem Tisch lag Strelnikows Militärpapacha, er selbst war nicht da. Wahrscheinlich geht er spazieren, dachte der Arzt. Noch dazu ohne Mütze. Er härtet sich ab. Dabei wollte ich heute endgültig von Warykino weg in die Stadt. Zu spät. Ich habe wieder verschlafen. So geht das jeden Morgen.

Shiwago machte Feuer im Herd, nahm den Eimer und ging zum Brunnen. Ein paar Schritte von der Vortreppe lag quer zum Weg, den Kopf im Schnee, Pawel Pawlowitsch. Er hatte sich erschossen. Der Schnee unter seiner linken Schläfe war zu einem roten Klumpen zusammengebacken, der in einer Blutlache lag. Weggespritzte kleine Blutstropfen hatten sich im Schnee zu roten Kügelchen gerollt, die wie gefrorene Vogelbeeren aussahen.

Fünfzehnter Teil

Schluß

1

Sie muß nun zu Ende erzählt werden, die einfache Geschichte der letzten acht oder neun Lebensjahre Juri Shiwagos, in denen er immer mehr abbaute und herunterkam, seine Kenntnisse und Fertigkeiten als Arzt wie auch als Schriftsteller einbüßte, kurzfristig aus dem Zustand von Depression und Verfall herausfand, lebhaft und tätig wurde und nach diesem kurzen Aufflackern wieder in anhaltende Gleichgültigkeit gegenüber sich selbst und allem auf der Welt verfiel. In diesen Jahren verschlimmerte sich sein altes Herzleiden, das er schon früher bei sich selbst diagnostiziert hatte, von dessen Schwere er jedoch keine Vorstellung besaß.

Zu Beginn der NÖP, der zweideutigsten und verlogensten aller sowjetischen Perioden, kam er nach Moskau, noch abgemagerter, struppiger und verwilderter als während seiner Wanderung aus der Gefangenschaft der Partisanen nach Jurjatin. Unterwegs hatte er nach und nach wieder alles, was einigen Wert besaß, von sich getan und gegen Brot und irgendwelche Lumpen getauscht, um nicht nackt zu sein. So hatte er abermals einen Pelzmantel und einen Anzug aufgegessen und zeigte sich in den Moskauer Straßen mit einer grauen Papacha auf dem Kopf, die Beine mit irgendwelchem Zeug umwickelt und in einem verwetzten Soldatenmantel, von dem sämtliche Knöpfe abgetrennt waren, so daß er wie ein Sträflingskittel aussah. In dieser Aufmachung unterschied er sich nicht von den zahllosen Rotarmisten, deren Mengen die Plätze, Boulevards und Bahnhöfe der Hauptstadt überschwemmten.

Als er in Moskau ankam, war er nicht allein. Ihm folgte stets ein schöner Bauernjunge, gleichfalls in Soldatensachen gekleidet. In diesem Aufzug besuchten sie die noch bestehenden Moskauer Salons, in denen sich seine Kindheit abgespielt hatte, wo man sich seiner entsann und ihn samt seinem Begleiter aufnahm, nachdem man sich taktvoll erkundigt hatte, ob sie nach der Reise schon im Dampfbad gewesen seien, denn der Flecktyphus grassierte noch immer. Und wo man ihm gleich in den ersten Tagen von der Abreise seiner Angehörigen ins Ausland erzählte.

Beide gingen den Menschen aus dem Weg, und aus übertriebener Scheu vermieden sie es, allein Besuche zu machen, denn allein konnte man nicht schweigen und mußte sich am Gespräch beteiligen. Gewöhnlich zeigten sich die beiden hochaufgeschossenen Gestalten bei Bekannten, wenn diese Gesellschaft hatten, verkrochen sich unauffällig in eine Ecke und verbrachten den Abend schweigend, ohne zur Unterhaltung beizutragen.

Der hagere Arzt sah in seiner häßlichen Kleidung wie ein Wahrheitssucher aus dem einfachen Volk aus, sein junger Begleiter aber wie der gehorsame, ihm blind ergebene Schüler. Wer war dieser junge Gefährte?

2

Den letzten Teil seines Weges, nicht mehr weit von Moskau, hatte Shiwago mit der Eisenbahn zurückgelegt, den erheblich größeren ersten Teil war er zu Fuß gegangen.

Der Anblick der Dörfer, durch die er kam, war nicht besser als das, was er während seiner Flucht aus der Gefangenschaft in Sibirien und im Ural gesehen hatte. Nur war er damals im Winter durchs Land gegangen, und diesmal war es Spätsommer, ein warmer, trockener Herbst, was alles sehr erleichterte.

Die Hälfte der Dörfer, durch die er kam, war menschenleer wie nach einem feindlichen Feldzug, die Felder waren verlassen und nicht abgeerntet, und das waren in der Tat die Folgen eines Krieges, nämlich des Bürgerkriegs.

Zwei oder drei Tage lang, Ende September, führte sein Weg am abschüssigen Ufer eines Flusses entlang. Die Strömung trieb ihm entgegen, der Fluß lag zu seiner Rechten. Links von ihm erstreckten sich bis zu der mit Wolken vollgetürmten Horizontlinie endlose Felder, nur selten von Laubwäldern unterbrochen, vornehmlich Eichen, Ulmen und Ahorn. Die Wälder zogen sich in tiefen Schluchten zum Fluß, deren Hänge die Straße durchschnitten.

Auf den nicht abgeernteten Feldern hielten sich die Roggenkörner nicht mehr in den überreifen Ähren und rieselten zu Boden. Shiwago stopfte einige Hände voll in den Mund, zermahlte sie mühsam mit den Zähnen und ernährte sich auf diese Weise in den schweren Zeiten, wenn er keine Möglichkeit fand, aus den Körnern Grütze zu kochen. Sein Magen hatte Mühe, das rohe, schlechtgekaute Futter zu verdauen.

Shiwago hatte noch nie Roggen von so unheilverkündend brauner Farbe alten nachgedunkelten Goldes gesehen. Normalerweise, wenn rechtzeitig geerntet wurde, sah das Korn viel heller aus.

An diese rot, ohne Feuer brennenden, an diese stumm um Hilfe schreienden Felder grenzte in kalter Ruhe ein gewaltiger, schon dem Winter zugewandter Himmel, über den wie Schatten über ein Antlitz unaufhaltsam langgestreckte, geschichtete Schneewolken mit schwarzer Mitte und weißen Rändern glitten.

Und alles befand sich in Bewegung, langsam, gleichmäßig. Der Fluß strömte. Ihm entgegen lief die Straße. Auf ihr schritt Juri Shiwago dahin. In der gleichen Richtung wie er zogen die Wolken. Aber auch die Felder verharrten nicht unbeweglich. Auf ihnen regte sich etwas, sie waren erfaßt von einem winzigen unaufhörlichen Gewimmel, das Ekel erregte.

In nie gesehener, nie dagewesener Menge hatten auf den Feldern die Mäuse geheckt. Sie flitzten über Gesicht und Hände des Arztes, sie huschten durch seine Ärmel und Hosenbeine, wenn ihn die Nacht auf dem Feld ereilte und er sich irgendwo am Rain schlafen legen mußte. Bei Tag sausten ihre unermeßlichen, herausgefressenen Schwärme zu seinen Füßen über den Weg und wurden zu schlierigem, piepsend zappelndem Matsch, wenn er auf sie trat.

Furchteinflößende, verwilderte, zottige Hofköter folgten ihm in respektvollem Abstand und wechselten Blicke, als ratschlagten sie, wann sie sich auf ihn stürzen sollten, um ihn zu zerfleischen. Sie ernährten sich von Aas, verschmähten aber auch die Mäuse nicht, von denen die Felder wimmelten, sie beäugten den Arzt von weitem und folgten ihm zuversichtlich, wobei sie ständig auf etwas warteten. Merkwürdigerweise mieden sie den Wald, dann blieben sie allmählich zurück, kehrten um und verschwanden.

Wald und Feld bildeten völlige Gegensätze. Die Felder waren ohne den Menschen verwaist, als hätte sein Verschwinden sie einem Fluch überantwortet. Die Wälder ohne den Menschen hingegen waren in der Freiheit aufgelebt wie freigelassene Häftlinge.

Normalerweise ließen die Menschen, hauptsächlich die Dorfkinder, die Nüsse nicht reif werden und rupften sie schon grün ab. Jetzt waren die bewaldeten Hänge und Schluchten dicht mit unberührtem, rauhem, goldenem Laub bedeckt, das infolge der herbstlichen Glut verstaubt und vergröbert schien. Darin hingen hübsch gespreizt, wie gebunden oder geknotet, zu dreien und vieren zusammengewachsene Nüsse, reif und bereit, aus ihren Hüllen zu fallen, noch aber sich darin haltend. Shiwago knackte und kaute sie endlos während seiner Wanderung. Seine Hosentaschen und sein Schultersack waren mit ihnen vollgestopft. Eine Woche lang bildeten die Nüsse seine Hauptnahrung.

Er hatte das Gefühl, daß er die Felder schwerkrank, im Fieberdelirium sähe, den Wald hingegen im lichten Zustand der Genesung, und er glaubte, daß im Wald der Herrgott wohnte, über die Felder aber sich das spöttische Lächeln des Satans schlängelte.

3

In diesen Tagen seiner Wanderung erreichte Doktor Shiwago ein niedergebranntes, von seinen Bewohnern verlassenes Dorf. Vor dem Brand hatte es aus einer einzigen Häuserzeile bestanden, zwischen der und dem Fluß die Straße verlief. Die Flußseite war unbebaut.

In dem Dorf waren einige wenige Häuser heil geblieben, auch sie außen brandgeschwärzt. Sie waren jedoch ebenfalls leer und unbewohnt. Die übrigen Häuser hatten sich in verkohlte Schutthaufen verwandelt, aus denen die schwarz verräucherten Ziegelsäulen der Schornsteine aufragten.

Die hohe Uferböschung hatte eine Menge Gruben, aus denen die Dorfbewohner Steine geholt hatten, um sie zu Mühlsteinen zu verarbeiten; davon hatten sie früher gelebt. Drei solche Mühlsteine, nicht fertig bearbeitet, lagen gegenüber dem letzten Haus des Dorfes, einem der heil gebliebenen. Wie alle anderen stand es leer.

Shiwago ging hinein. Es war ein stiller Abend, aber kaum hatte er das Haus betreten, folgte ihm ein Windstoß. Auf dem Fußboden stoben Büschel von Heu und Werg nach allen Seiten, und an den Wänden schaukelten Papierfetzen. Alles im Hause bewegte sich raschelnd. Piepsend liefen Mäuse davon, von denen es hier wimmelte wie überall in der Umgebung.

Shiwago verließ das Haus. Hinter den Feldern ging die Sonne unter. Ihr goldener Schein legte sich wärmend auf das gegenüberliegende Ufer mit seinen Landzungen voller Büsche, deren Spiegelbilder bis in die Mitte des Flusses blinkten. Shiwago überquerte die Straße und setzte sich auf einen der Mühlsteine im Gras, um auszuruhen.

Vor ihm schob sich der langhaarige, hellblonde Kopf eines Halbwüchsigen über die Uferböschung, dann folgten Schultern und Arme. Er kam vom Fluß einen Pfad herauf, einen Eimer Wasser in der Hand, sah den Arzt und blieb stehen.

»Soll ich dir zu trinken geben, guter Mensch? Tu mir nichts zuleide, ich rühr dich auch nicht an.«

»Danke. Gib mir was, ich trinke gern. Komm ruhig näher, habe keine Angst. Warum sollte ich dir etwas tun?«

Der Wasserträger, der nun ganz heraufkam, war barfuß, zerlumpt und zottelhaarig.

Trotz seiner freundlichen Worte musterte er den Arzt unruhig mit durchdringendem Blick. Aus unerklärlichen Gründen sonderbar erregt, stellte er den Eimer ab, lief plötzlich auf den Arzt zu, blieb auf halbem Wege stehen und murmelte: »Das ist ja... Das ist ja... Aber nein, das kann nicht sein, das kommt mir nur so vor. Entschuldigen Sie, erlauben Sie mir eine Frage. Sie kommen mir irgendwie bekannt vor. Aber ja! Aber ja! Der Onkel Doktor?«

»Wer bist du denn?«

»Sie erkennen mich nicht?«

»Nein.«

»Wir sind doch zusammen von Moskau im selben Waggon gefahren. Ich wurde zur Zwangsarbeit getrieben. Unter Bewachung.«

Es war Wassja Brykin. Er warf sich vor Juri Shiwago zu Boden, küßte ihm die Hände und weinte.

Die Brandstätte war Wassjas Heimatdorf Weretenniki. Seine Mutter lebte nicht mehr. Bei der Vergeltungsaktion gegen das Dorf und während des Brandes hatte sich Wassja in einem der Erdlöcher versteckt, und seine Mutter glaubte, er wäre in die Stadt verschleppt worden, da verlor sie vor Gram den Verstand und ertränkte sich in dem Fluß Pelga, an dessen Ufer der Arzt und Wassja jetzt plaudernd saßen. Wassjas Schwestern Aljonka und Arischka lebten nach ungenauen Angaben in einem anderen Landkreis im Waisenhaus. Shiwago nahm Wassja mit nach Moskau. Unterwegs erzählte ihm der Junge eine Menge entsetzlicher Geschichten.

4

»Da, das Wintergetreide vom vorigen Herbst, die Körner fallen aus. Kaum waren wir mit der Aussaat fertig, ging das Unglück los. Als Tante Polja wegfuhr. Erinnern Sie sich an sie?«

»Nein. Ich habe sie nie gekannt. Wer ist das?«

»Wieso denn nicht? Sie ist doch mit uns gefahren. Pelageja Nilowna Tjagunowa. Offenes Gesicht, üppig, hellhäutig.«

»Ach, die andauernd ihre Zöpfe geflochten und wieder gelöst hat?«

»Ja, die Zöpfe! Ja doch! Genau. Die Zöpfe!«

»Ja, ich erinnere mich. Warte mal. Die habe ich doch später in Sibirien wieder getroffen, in einer Stadt, auf der Straße.«

»Ist es die Möglichkeit! Tante Polja?«

»Was hast du denn, Wassja? Warum schüttelst du mir die Hände wie ein Verrückter? Paß auf, daß du sie mir nicht abreißt. Du bist ja knallrot wie ein schönes Mädchen.«

»Wie geht es ihr dort? Erzählen Sie rasch.«

»Als ich sie sah, war sie lebendig und gesund. Sie hat von euch erzählt. Daß sie bei euch gewohnt hat oder zu Besuch war, ich kann mich erinnern. Vielleicht irre ich mich auch.«

»Nein, nein! Sie war ja bei uns! Meine Mutter hat sie liebgehabt wie eine Schwester. Sie war so still. Und fleißig. Machte Handarbeiten. Solange sie bei uns gewohnt hat, ist es uns gut gegangen. Man hat sie rausgeekelt aus Weretenniki, hat ihr mit bösem Tratsch keine Ruhe gelassen.

Wir hatten im Dorf einen Kerl, Charlam Gniloi. Der hat sich an Polja rangemacht. So ein Verleumder ohne Nase. Sie hat ihn gar nicht angeguckt. Da hatte er einen Rochus auf mich deswegen. Tante Polja und mir hat er Übles nachgeredet. Na, da ist sie weggefahren. Schlimm hat er ihr zugesetzt. Und dann ging's los.

Nicht weit von hier hat sich ein furchtbarer Mord abgespielt. In der Nähe von Buiskoje hat eine einsame Witwe gelebt, in einem Gehöft dicht am Wald. Männerschuhe mit Schlaufen und Gummisohlen hat sie getragen. Rund um das Gehöft lief ein böser Hund an einem Draht, der hieß Gorlan. Mit der Wirtschaft und mit dem Land ist sie selber fertig geworden, ohne Hilfe. Na ja, auf einmal wurde es Winter, als noch niemand daran dachte. Schon früh fiel Schnee. Die Witwe hatte ihre Kartoffeln noch nicht aus der Erde. Da kam sie nach Weretenniki und bat um Hilfe. Ich geb euch einen Anteil oder zahle Geld, hat sie gesagt.

Da hab ich ihr angeboten, Kartoffeln zu buddeln. Wie ich zu ihr auf den Hof kam, war Charlam schon da. Er hatte sich schon vor mir bei ihr gemeldet. Davon hat sie mir nichts gesagt. Na, deswegen braucht man sich nicht gleich zu schlagen. Wir haben uns gemeinsam an die Arbeit gemacht. Beim schlimmsten Unwetter haben wir Kartoffeln gebuddelt. Regen, Schnee, Dreck, Schlamm. Wir haben gebuddelt und gebuddelt, Kartoffelkraut verbrannt, mit dem warmen Rauch die Kartoffeln getrocknet. Wie wir fertig waren, hat sie ehrlich mit uns abgerechnet. Charlam, den hat sie weggeschickt, und mir hat sie zugeplinkert, daß sie noch was von mir will, ich soll später wiederkommen oder gleich bleiben.

Ich bin also noch einmal zu ihr hin. Da hat sie zu mir gesagt, sie will nicht, daß ihre Überschüsse beschlagnahmt werden und die Kartoffeln in die staatliche Verteilung kommen. Du bist ein guter Junge, hat sie gesagt, ich weiß, du verrätst mich nicht. Du siehst ja, ich verheimliche nichts vor dir. Ich würde ja selber die Grube schaufeln und sie verstecken, aber bei dem Wetter? Ich hab zu spät gemerkt, daß Winter ist. Allein schaff ich das nicht. Schaufle mir die Grube, du wirst es nicht bereuen. Wir trocknen die Kartoffeln und schütten sie rein.

Da hab ich ihr die Grube geschaufelt, ein Geheimversteck, wie es sich gehört, nach unten zu breiter, wie ein Krug, mit einer schmalen Öffnung nach oben. Die Grube haben wir auch mit Rauch getrocknet und angewärmt. Dabei war Schneesturm. Wir haben die Kartoffeln nach allen Regeln der Kunst versteckt. Alles einwandfrei. Ich hab natürlich keinem von der Grube erzählt. Keiner Menschenseele. Nicht mal meiner Mutter oder den Schwestern. Gott behüte!

Also, einen Monat später wurde das Gehöft ausgeraubt. Leute aus Buiskoje sind dort vorbeigekommen und haben erzählt, Türen und Fenster stehen offen, alles geplündert, die Witwe spurlos verschwunden, der Hund Gorlan hat sich von der Kette losgerissen und ist weggelaufen.

Noch eine Zeit verging. Wie es im Winter zum erstenmal taute, Neujahr war's, Silvester, da hat es am Abend geregnet, den Schnee von den Hügeln gespült und die Erde freigelegt. Auf einmal kommt Gorlan angelaufen und scharrt mit den Pfoten in der Erde, die schon aufgetaut war, genau da, wo die Kartoffeln vergraben lagen. Er hat gescharrt und die Erde zurückgeworfen, da gucken aus der Grube die Füße der Witwe in den Schuhen mit Gummisohle. Schrecklich!

In Weretenniki hat die Witwe allen leid getan, und alle haben ihrer gedacht. Auf Charlam hatte niemand einen Verdacht. Woher auch? Wär das denkbar? Wenn er's war, wieso blieb er dann in Weretenniki und stolzierte durchs Dorf? Dann hätt er doch müssen weglaufen von uns, so weit wie möglich.

Die Untat in dem Waldgehöft freute die Kulaken und Anstifter in unserm Dorf. Sie fingen an, das Dorf aufzurühren. Da seht ihr's, haben sie gesagt, wozu die Städtischen imstande sind. Das soll eine Lehre für euch sein, eine Abschreckung. Damit ihr kein Getreide versteckt, keine Kartoffeln vergrabt. Ihr seid ja schön dumm, ihr redet von Räubern aus dem Wald, Räuber wollt ihr gesehen haben in dem Gehöft. Ihr seid doch zu blöd! Hört mal ruhig noch mehr auf die Städter. Die zeigen euch noch ganz andere Dinger, die hungern euch aus. Wenn ihr Gutes wollt, ihr Dörfler, dann geht mit uns. Wir bringen euch schon zu Verstand. Wenn sie kommen und wollen euch das mit Schweiß Erworbene wegholen, dann müßt ihr sagen, was für Überschüsse, wir haben ja selber kein Körnchen mehr von unserm Roggen. Wenn nicht anders, müßt ihr eben zur Mistgabel greifen. Wer sich aber gegen die Dorfgemeinde stellt, soll sich in acht nehmen. So lärmten die Alten, prahlten herum, taten sich zusammen. Charlam, der Verleumder, dem war's grade recht. Mütze auf, und ab in die Stadt. Und dort tuschel-tuschel. Im Dorf tut sich was, und ihr sitzt hier und seht zu? Wir brauchen ein Komitee der Dorfarmut. Wenn ihr's mir sagt, bring ich dort die Brüder gegeneinander auf. Danach hat er sich aus unsrer Gegend verdrückt und sich nie wieder blicken lassen.

Alles, was weiter passierte, kam ganz von selbst. Keiner hat daran gedreht, keiner ist daran schuld. Sie schickten Rotarmisten aus der Stadt. Und ein Gericht. Als ersten haben sie mich geholt. Charlam hatte mich verpfiffen. Ich wär ein Flüchtiger und hätt mich der Arbeitspflicht entzogen, ich hätt das Dorf zur Meuterei aufgewiegelt und die Witwe umgebracht. Da haben sie mich eingesperrt. Zum Glück kam ich darauf, ein Dielenbrett loszumachen, dann bin ich abgehauen. In einem Erdloch hab ich mich verkrochen. Über mir hat das Dorf gebrannt, und ich hab's nicht gesehen, über mir hat sich meine liebe Mutter in ein Eisloch gestürzt, und ich hab's nicht gewußt. Alles ist von selbst gekommen. Die Dörfler haben den Rotarmisten ein Haus gegeben und sie mit Wodka versorgt, da haben die sich unheimlich vollaufen lassen. In der Nacht hat einer mit dem Feuer nicht aufgepaßt, da ist das Haus abgebrannt, und das Feuer hat auf die Nachbarhäuser übergegriffen. Unsere Leute, als das Feuer losging, sind ins Freie gesprungen, aber die Rotarmisten, bei denen natürlich keiner Feuer gelegt hat, die sind allesamt bei lebendigem Leibe verbrannt. Unsere Abgebrannten von Weretenniki hat kein Mensch von ihren Brandstätten vertrieben. Vor lauter Angst sind die abgehauen, falls wieder was passiert. Wieder hatten die reichen Bauern ihnen eingeredet, jeder zehnte würde erschossen. Ich hab keinen mehr vorgefunden, sie haben sich in alle Winde zerstreut und fristen irgendwo ihr Dasein.«

5

Doktor Shiwago und Wassja kamen im Frühjahr zweiundzwanzig nach Moskau, als gerade die NÖP begann. Das Wetter war freundlich. Die Sonnenlichter, von den goldenen Kuppeln der Erlöserkirche zurückgeworfen, fielen auf die viereckig behauenen Pflastersteine des Platzes, in deren Ritzen Gras wuchs.

Die Verbote für das private Unternehmertum waren aufgehoben worden, und freier Handel war in strengen Grenzen erlaubt. Auf den Trödelmärkten blühte der Tauschhandel. Die winzige Größenordnung der Geschäfte förderte die Spekulation und führte zu Übergriffen. Die Schacherei der Händler brachte nichts Neues hervor, verhalf der verarmten Stadt nicht zu materiellen Gütern. Mit dem sinnlosen Weiterverkauf schon zehnmal verkaufter Gegenstände wurden Vermögen erworben.

Die Besitzer einiger recht bescheidener Hausbibliotheken trugen die Bücher aus ihren Schränken an einer Stelle zusammen. Beim Stadtsowjet beantragten sie, einen kooperativen Buchhandel eröffnen zu dürfen, und baten um eine geeignete Räumlichkeit. Sie erhielten einen seit der Revolution leerstehenden Schuhspeicher oder das Treibhaus einer zur gleichen Zeit geschlossenen Gärtnerei und verkauften in den geräumigen Gewölben ihre kärglichen und zufälligen Büchersammlungen.

Professorengattinnen, die in der schweren Zeit auch schon früher trotz des Verbots heimlich weiße Brötchen gebacken und verkauft hatten, boten sie jetzt offen in einer Fahrradwerkstatt feil, die in all den Jahren leer gestanden hatte. Sie hatten sich umorientiert, akzeptierten die Revolution und sagten nun »das mag schon sein« statt »ja« oder »gut«.

In Moskau sagte Doktor Shiwago: »Wassja, du wirst etwas lernen müssen.«

»Ich denke mir, ich möchte studieren.«

»Versteht sich.«

»Ich habe einen Traum. Ich möchte meine Mutter aus der Erinnerung zeichnen.«

»Sehr gut. Aber dazu mußt du zeichnen können. Hast du es schon einmal versucht?«

»Auf dem Apraxin-Hof, wenn's der Onkel nicht gesehen hat, hab ich mit Kohle probiert.«

»Na schön, dann viel Glück. Wir wollen's versuchen.«

Eine besondere Begabung zum Zeichnen hatte Wassja nicht, aber es reichte hin, sich in der angewandten Kunst zu versuchen. Mit Hilfe von Bekannten brachte Shiwago ihn in der allgemeinbildenden Abteilung der ehemaligen Stroganow-Schule unter, von wo er an die polygraphische Fakultät überwechselte. Hier studierte er die Technik der Lithographie, Buchdruck und Buchbinderei wie auch die Kunst der Buchillustration.

Doktor Shiwago und Wassja vereinigten ihre Bemühungen. Der Arzt schrieb kleine Bücher vom Umfang eines Verlagsbogens über die verschiedensten Themen, und Wassja druckte sie in seiner Hochschule, wo sie ihm als Examensarbeiten angerechnet wurden. Die Bücher, die nur in wenigen Exemplaren erschienen, wurden in den neueröffneten, von gemeinsamen Bekannten betriebenen Antiquariaten verkauft.

Diese Büchlein enthielten Shiwagos Philosophie, eine Darlegung seiner medizinischen Erkenntnisse, seine Definition von Gesundheit und Krankheit, seine Gedanken zu

Transformismus und Evolution wie auch zur Persönlichkeit als der biologischen Grundlage des Organismus, Betrachtungen zur Geschichte und Religion, die mit denen seines Onkels und Serafima Tunzewas nahezu übereinstimmten, Skizzen über die Stätten Pugatschows, die der Arzt besucht hatte, sowie eigene Gedichte und Erzählungen.

Diese Arbeiten waren leicht verständlich, in Dialogform geschrieben, aber sie waren weit entfernt von den Zielen, die Popularisatoren sich stellten, denn sie enthielten strittige, eigenwillige Ansichten, die unzureichend überprüft waren, doch sie lasen sich stets lebendig und originell. Die Bücher wurden gekauft, Liebhaber wußten sie zu schätzen.

Um diese Zeit wurde alles zum Spezialistenberuf, das Dichten etwa oder die Kunst der schöngeistigen Übersetzung, über alles wurden theoretische Abhandlungen geschrieben, für alles Institute gegründet. Es entstanden alle möglichen Paläste des Denkens und Akademien künstlerischer Ideen. Bei der Hälfte dieser aufgeblähten Institutionen war Doktor Shiwago als Arzt angestellt.

Er und Wassja lebten lange als gute Freunde zusammen. Sie wechselten häufig Zimmer und halb zerfallene Winkel, die aus verschiedenen Gründen kaum bewohnbar waren.

Gleich nach der Ankunft in Moskau hatte Shiwago sein einstiges Haus in Siwzew Wrashek aufgesucht, in dem seine Angehörigen, wie er erfuhr, auf der Durchreise gar nicht mehr gewesen waren. Ihre Ausweisung hatte alles verändert. Die für den Arzt und seine Familie reservierten Räume waren von anderen Leuten bewohnt, und von dem Familienbesitz war nichts mehr vorhanden. Man wich vor Shiwago zurück wie vor einem gefährlichen Menschen.

Markel war aufgestiegen und wohnte nicht mehr in Siwzew Wrashek. Er war jetzt Verwalter im Mehlstädtchen, wo ihm und seiner Familie eine Dienstwohnung zustand. Er zog es jedoch vor, in der alten Hausmeisterwohnung mit dem Erdfußboden zu bleiben, da sie fließendes Wasser und einen gewaltigen russischen Ofen hatte, der alle Räume beheizte. In den Gebäuden des Städtchens platzten im Winter die Wasserleitungen und Heizungsrohre, nur in der Hausmeisterwohnung war es warm, und die Leitungen froren nicht ein.

Zu dieser Zeit kam es zwischen dem Arzt und Wassja zur Entfremdung. Wassja nahm eine ungewöhnliche Entwicklung. Er redete und dachte ganz anders als in der Zeit, als er noch ein barfüßiger und langhaariger Junge in Weretenniki an der Pelga war. Die Durchschaubarkeit und Beweiskraft der von der Revolution verkündeten Wahrheiten hatte für ihn eine große Anziehungskraft. Die nicht immer verständliche, bildhafte Redeweise Shiwagos empfand er als die Stimme der behördlich verurteilten Unwahrheit, die sich ihrer Schwäche bewußt war und daher so ausweichend sprach.

Der Arzt suchte die verschiedensten Behörden auf. Er bemühte sich um die politische Rehabilitierung seiner Familie und ihre Rückkehr in die Heimat sowie um einen Auslandspaß für sich, mit der Genehmigung, nach Paris auszureisen, um seine Frau und die Kinder heimzuholen.

Wassja wunderte sich, wie kühl und lasch die Bemühungen des Arztes waren. Gar zu schnell war dieser geneigt, die Flinte ins Korn zu werfen, und gar zu überzeugt und beinahe mit Genugtuung erklärte er alle weiteren Versuche für sinnlos.

Immer öfter hatte Wassja an Shiwago etwas auszusetzen. Dieser nahm dem Jungen seine berechtigten Tadel nicht übel. Aber sein Verhältnis zu Wassja war gestört. Schließlich ging die Freundschaft in die Brüche, und die beiden trennten sich. Der Arzt überließ Wassja das Zimmer, das sie gemeinsam bewohnt hatten, und zog in das Mehlstädtchen, wo der allmächtige Markel ihm die hinteren Räume der ehemaligen Wohnung der Swentizkis gab. Dieser Teil der Wohnung bestand aus dem unbenutzbaren Badezimmer, einem einfenstrigen Raum daneben und der schiefen Küche mit dem Hintereingang, der sich gesenkt hatte und halb eingestürzt war. Hier zog Shiwago ein, gab die Medizin auf, wurde zu einem Schmutzfink, traf sich nicht mehr mit Bekannten und geriet in Armut.

6

Es war ein grauer Wintersonntag. Der Rauch aus den Öfen stieg nicht in Säulen über den Dächern auf, sondern rieselte in schwarzen Strömchen aus den Lüftungsklappen der Fenster, durch die noch immer ungeachtet des Verbots die Blechrohre der Öfchen hinausgeführt wurden. Der städtische Alltag funktionierte noch nicht wieder. Die Bewohner des Mehlstädtchens liefen ungewaschen und schmuddelig herum, litten an Furunkulose, froren und erkälteten sich immer aufs neue.

Weil Sonntag war, hatte sich Markel Stschapows Familie versammelt.

Die Stschapows aßen an demselben Tisch zu Mittag, auf dem in den Zeiten der Rationierung frühmorgens die Brotmarken aller Mieter abgeschnitten, sortiert, gezählt und nach Kategorien in Läppchen oder Papier gewickelt wurden, dann brachte man die Marken zur Bäckerei, und nach der Rückkehr von dort wurde das Brot geschnitten und für die Mieter portioniert. All das war jetzt nur noch Erinnerung. Die Lebensmittelrationierung war durch andere Kontrollformen ersetzt worden. Die Familie an dem langen Tisch aß mit Appetit, so daß es hinter den Ohren knackte, sie kaute und schmatzte.

Die Hälfte der Hausmeisterwohnung nahm der in der Mitte stehende breite russische Ofen ein, von dessen oberer Kante der Rand einer Steppdecke herabhing.

Aus der Wand neben dem Eingang ragte über dem Ausguß das Ende der Wasserleitung. An den Seitenwänden der Wohnung standen Bänke, unter denen in Säcken und Truhen alle möglichen Habseligkeiten verwahrt lagen. Links stand ein Küchentisch. Darüber hing an der Wand ein Geschirrschränkchen.

Der Ofen war geheizt. In der Wohnung war es sehr warm. Vor dem Ofen stand, die Ärmel bis zu den Ellbogen hochgekrempelt, Markels Frau Agafja Tichonowna und rückte mit dem langstieligen Topfgreifer die Töpfe im Ofen bald dichter aneinander, bald lockerer auseinander, je nach Notwendigkeit. Ihr schweißiges Gesicht wurde wechselweise von der Ofenglut beleuchtet und vom Dampf der kochenden Suppe verhüllt. Nachdem sie die Töpfe beiseite geschoben hatte, zog sie aus der Tiefe einen Kuchen auf einem Blech heraus, wendete ihn mit einem Schwung, so daß die obere Kruste nach unten zu liegen kam, und schob ihn für kurze Zeit wieder hinein, damit auch die andere Seite braun würde. Shiwago kam mit zwei Eimern herein.

»Wünsche wohl zu speisen.«

»Herzlich willkommen. Setz dich, sei unser Gast.«

»Danke, ich habe schon zu Mittag gegessen.«

»Das kennen wir schon. Setz dich hin und iß was Warmes. Hab dich nicht so. Gebackene Kartoffeln im Steintopf. Pastete mit Grütze. Griesbrei.«

»Nein, ich danke wirklich. Entschuldige, Markel, daß ich so oft komme und dir Kälte in die Wohnung bringe. Ich möchte mir möglichst viel Wasser auf Vorrat holen. Ich habe die Zinkwanne der Swentizkis blank geputzt, die will ich voll machen, auch alle anderen Gefäße. Fünfmal, vielleicht auch zehnmal schau ich noch rein, dann hast du eine Weile vor mir Ruhe. Entschuldige bitte, ich wüßte nicht, wo ich sonst Wasser herholen sollte.«

»Nimm dir nur, es ist mir nicht schade darum. Sirup habe ich nicht, aber Wasser, soviel du willst. Du kriegst es umsonst. Ich verlang nichts dafür.«

Die Familie am Tisch lachte.

Als Shiwago das dritte Mal kam, um den fünften und sechsten Eimer zu füllen, verlief das Gespräch schon in etwas anderem Ton.

»Die Schwäger fragen, wer du bist. Ich hab's ihnen gesagt, sie wollen's nicht glauben. Nimm dir nur Wasser, keine Hemmungen. Aber verschütte es nicht auf den Fußboden, du Tolpatsch. Da, die Schwelle ist schon naß. Wenn das friert, wirst du kaum kommen, um das Eis abzuschlagen. Und mach die Tür richtig zu, du Schlafmütze, es kommt doch kalt rein. Ja, ich hab den Schwägern gesagt, wer du bist, sie glauben es nicht. Was du für Geld gekostet hast! Du hast studiert und studiert, und was nützt es?«

Als Shiwago das fünfte oder sechste Mal kam, runzelte Markel die Stirn.

»Na, einmal noch, dann ist Schluß. Mal muß es genug sein, mein Lieber. Hier, Marina, unsere Jüngste, die verteidigt dich, sonst würd ich die Tür vor dir verschließen, und wenn du noch so vornehm bist. Kennst du Marina noch? Da, die kleine Schwarze am Tischende. Nanu, sie wird ja ganz rot! Kränken Sie ihn nicht, Papa, hat sie gesagt. Dabei tu ich dir doch gar nichts. Marina ist Telegrafistin auf der Hauptpost, sie kann auch ausländisch. Er ist unglücklich, hat sie gesagt. Sie würde für dich durchs Feuer gehen, so sehr tust du ihr leid. Kann ich was dafür, daß nichts aus dir geworden ist? Du hättest eben nicht sollen nach Sibirien abhauen und das Haus in so gefährlicher Zeit verlassen. Ihr seid selber schuld. Wir hier, wir haben die Hungerzeit und die Blockade der Weißen durchgestanden und uns nicht weggerührt, und wir haben's überlebt. Du bist selber schuld. Deine Tonja hast du nicht behütet, die treibt sich jetzt im Ausland herum. Aber was geht's mich an? Deine Sache. Sei mir nicht böse, bloß möchte ich doch wissen, wo schleppst du diese Wassermassen hin? Willst du den Hof in eine Eisbahn verwandeln? Ach, wie soll ich dir böse sein, du Hühnersohn.«

Wieder wurde am Tisch schallend gelacht. Marina sah die anderen ärgerlich an, errötete und sagte tadelnd etwas zu ihnen. Shiwago hörte ihre Stimme und war verblüfft, erkannte aber noch nicht, wo deren Geheimnis lag.

»Ich habe viel zu waschen, Markel. Ich muß aufräumen. Die Fußböden wischen. Auch Wäsche waschen.«

Die am Tisch wunderten sich.

»Schämst du dich nicht, so etwas zu sagen oder gar zu tun, das ist doch hier keine chinesische Wäscherei, so was!«

»Juri Andrejewitsch, wenn Sie erlauben, schicke ich Ihnen meine Tochter. Sie kommt zu Ihnen und wäscht. Wenn was kaputt ist, kann sie es in Ordnung bringen. Hab keine Angst vor ihm, Töchterchen. Du siehst ja, er ist anständig, nicht so wie andere. Keiner Fliege tut er was zuleide.«

»Nein, ich bitte Sie, Agafja Tichonowna, nicht nötig. Das lasse ich niemals zu, daß sich Marina meinetwegen schmutzig macht. Wieso sollte sie meine Putzfrau sein? Ich komme schon zurecht.«

»Sie können sich schmutzig machen und ich nicht? Seien Sie doch nicht so stur, Juri Andrejewitsch. Warum wollen Sie nicht? Und wenn ich zu Ihnen komme, schmeißen Sie mich dann raus?«

Marina hätte Sängerin werden können. Sie besaß eine wohlklingende Stimme von großer Höhe und Kraft. Obwohl sie nicht laut sprach, klang ihre Stimme stärker, als das Gespräch es erforderte, und war nicht mit ihr eins, sondern schien losgelöst, als tönte sie aus dem Nebenzimmer. Diese Stimme war ihr Schirm, ihr Schutzengel. Niemand würde eine Frau mit solch einer Stimme kränken oder betrüben wollen.

Mit diesem sonntäglichen Wasserholen begann die Freundschaft zwischen dem Arzt und Marina. Sie besuchte ihn häufig und half ihm im Haushalt. Eines Abends blieb sie bei ihm und kehrte nicht mehr in die Hausmeisterwohnung zurück. So wurde sie, ohne Standesamt, Shiwagos dritte Frau, während er von der ersten noch nicht geschieden war. Sie bekamen Kinder. Vater und Mutter Stschapow nannten Marina nicht ohne Stolz Frau Doktor. Markel murrte darüber, daß Shiwago seine Tochter nicht offiziell heiratete. »Bist du verrückt?« widersprach seine Frau. »Tonja lebt doch noch! Willst du eine Doppelehe?« – »Selber verrückt«, antwortete Markel. »Wozu auf Tonja Rücksicht nehmen? Die gibt's doch eigentlich gar nicht mehr. Für die tritt kein Gesetz mehr ein.«

Shiwago sagte manchmal im Scherz, ihr Zusammensein sei ein Roman in zwanzig Eimern, so wie es Romane in zwanzig Kapiteln oder zwanzig Briefen gebe.

Marina sah ihm die Absonderlichkeiten nach, die sich zu dieser Zeit bei ihm herausbildeten, die Grillen eines heruntergekommenen Menschen, der um seinen Niedergang wußte, auch seinen Schmutz und seine Unordnung. Sie duldete sein Genörgel, seine Schärfe, seine Reizbarkeit.

Ihre Aufopferung ging noch weiter. Als sie durch seine Schuld in Armut gerieten, gab Marina, um ihn nicht im Stich zu lassen, zeitweilig ihre Arbeit auf, wo sie sehr geschätzt wurde und wo man sie nach solchen Zwangspausen gern wieder aufnahm. Sie fügte sich einem Einfall Shiwagos und ging mit ihm auf den Höfen Geld verdienen. Gemeinsam sägten sie für die Mieter der Häuser Brennholz. Einige der Mieter, vornehmlich in der NÖP reich gewordene Schieber, aber auch Leute der Wissenschaft und Kunst, die der Regierung nahestanden, begannen sich einzurichten und zu möblieren. Eines Tages brachten Marina und Shiwago einen Brennholzvorrat in das Arbeitszimmer eines Mieters, dabei traten sie mit ihren Filzstiefeln behutsam auf die Teppiche, um nicht von draußen Sägespäne einzuschleppen. Der Mann war beleidigend in seine Lektüre vertieft und würdigte Säger und Sägerin keines Blicks. Mit ihnen verhandelte die Hausfrau, sie zahlte ihnen auch den Lohn.

Was mag diesen Halunken so fesseln? dachte Shiwago neugierig. Er schmiert ja so wütend mit dem Bleistift darin herum! Während er mit dem Brennholz um den Schreibtisch ging, warf er einen Blick über die Schulter des Lesers. Es war ein Büchlein von Juri Shiwago, das Wassja in seiner Anfangszeit an der Kunsthochschule herausgegeben hatte.

7

Marina und Doktor Shiwago wohnten in der Spiridonowka, und Mischa Gordon hatte sein Zimmer nebenan in der Malaja Bronnaja. Marina und der Arzt hatten zwei Mädchen, Kapka und Klaschka. Kapka war bald sieben, Klaschka erst ein halbes Jahr alt.

Zu Beginn des Sommers neunundzwanzig herrschte große Hitze. Wenn man einander besuchen ging, legte man den Weg durch die wenigen Straßen ohne Hut und Jackett zurück.

Gordons Zimmer war sonderbar beschaffen. Im Hause hatte einst ein Modeschneider seine Werkstatt gehabt, die aus Unter- und Obergeschoß bestand. Beide zusammen hatten zur Straße hin eine durchgehende Schaufensterscheibe, die in Goldbuchstaben den Namen und Beruf des

Schneiders angab. Im Innern führte eine Wendeltreppe aus dem unteren ins obere Geschoß.

Jetzt waren es drei Geschosse.

Durch den Einzug von Zwischenböden war in der Werkstatt ein zusätzliches Geschoß entstanden, das ein sonderbares Fenster hatte. Es war einen Meter hoch, befand sich in Höhe des Fußbodens und zeigte noch die Reste der Goldbuchstaben. Zwischen diesen sah man von draußen die Beine der Menschen im Zimmer bis zu den Knien. Hier wohnte Gordon. Bei ihm saßen Shiwago, Dudorow und Marina mit den Kindern. Anders als die Erwachsenen paßten die Kinder ganz in den Fensterrahmen. Marina und die Mädchen gingen vorzeitig. Die drei Männer blieben allein.

Sie führten eine sommerliche, träge, gelassene Unterhaltung, wie sie üblich ist zwischen Schulkameraden, deren Freundschaftsjahre nicht mehr zu zählen sind. Wie verhalten sich solche Leute?

Der eine hat einen hinreichenden Wortschatz, der ihn zufriedenstellt. Er spricht und denkt natürlich und zusammenhängend. In dieser Lage war Shiwago.

Seinen Freunden fehlte es an den notwendigen Ausdrücken. Sie waren nicht redegewandt. Um ihr armseliges Vokabular aufzubessern, gingen sie durchs Zimmer, während sie sprachen, zogen an der Papirossa, fuchtelten mit den Händen und wiederholten ihre Sätze (»Mein Lieber, das ist unredlich; genau, unredlich; jaja, unredlich«).

Sie waren sich nicht bewußt, daß solch dramatisches Getue im Umgang miteinander keineswegs Temperament und Charaktergröße bedeutete, sondern im Gegenteil Unvollkommenheit und Ausdrucksarmut.

Gordon und Dudorow gehörten zu einem guten Professorenkreis. Sie verbrachten ihr Leben inmitten guter Bücher, guter Denker, guter Komponisten, guter und nur guter Musik und wußten nicht, daß mittelmäßiger Geschmack ein größeres Unglück ist als Geschmacklosigkeit.

Gordon und Dudorow wußten nicht, daß selbst die Vorwürfe, mit denen sie Shiwago überschütteten, nicht der Freundestreue entsprangen und dem Wunsch, auf ihn einzuwirken, sondern lediglich ihrer Unfähigkeit, frei zu denken und ein Gespräch nach eigenem Willen zu führen. Der dahinrollende Wagen des Gesprächs trug sie in eine Richtung, die sie gar nicht gewollt hatten. Sie vermochten ihn nicht zu wenden und mußten letzten Endes gegen ein Hindernis prallen. So stießen sie mit ihren Predigten und Belehrungen in voller Fahrt gegen Juri Shiwago.

Die Triebfedern ihres Pathos, die Unbeständigkeit ihrer Teilnahme, der Mechanismus ihrer Äußerungen waren ihm sonnenklar. Aber er konnte ihnen ja nicht gut sagen: Liebe Freunde, wie hoffnungslos mittelmäßig seid ihr doch mitsamt dem Kreis, den ihr vertretet, mitsamt dem Glanz und der Kunst eurer geliebten Namen und Autoritäten. Das einzig Lebendige und Profilierte in euch ist die Tatsache, daß ihr in derselben Zeit wie ich gelebt und mich gekannt habt! Was wäre gewesen, wenn Shiwago den Freunden solche Geständnisse hätte machen können! Um sie nicht zu betrüben, hörte er ihnen geduldig zu.

Dudorow war vor kurzem aus seiner ersten Verbannung zurückgekehrt und hatte all seine Rechte zurückerhalten, die man ihm zeitweilig entzogen hatte. Auch durfte er seine Vorlesungen und Seminare an der Universität wiederaufnehmen.

Jetzt erzählte er den Freunden von seinen Empfindungen und Seelenzuständen in der Verbannung. Er sprach aufrichtig und ungeheuchelt. Seine Bemerkungen waren nicht von Feigheit oder abseitigen Erwägungen diktiert.

Er sagte, daß die Argumente der Anklage, die Behandlung, die er im Gefängnis und nach seiner Freilassung erfahren habe, und insbesondere die Gespräche mit dem Untersuchungsführer unter vier Augen ihm das Gehirn gelüftet, ihn politisch umerzogen und ihm für vieles die Augen geöffnet hätten, so daß er als Mensch gereift sei.

Dudorows abgedroschene Redensarten gefielen Gordon. Er nickte zustimmend und pflichtete ihm bei. Die stereotypen Sprüche und Gefühle rührten ihn besonders. Er hielt solch nachgeplapperte triviale Empfindungen für allgemeine Menschlichkeit.

Dudorows tugendsame Reden entsprachen dem Zeitgeist. Aber ihre gesetzmäßige und durchsichtige Scheinheiligkeit ließ Shiwago beinahe explodieren. Ein unfreier Mensch neigt stets dazu, seine Unfreiheit zu idealisieren. So war es schon im Mittelalter gewesen, darauf hatten die Jesuiten spekuliert. Shiwago konnte den politischen Mystizismus der sowjetischen Intelligenz nicht ausstehen, der ihre höchste Errungenschaft war oder, wie man damals gesagt haben würde, das geistige Dach der Epoche. Shiwago verbarg seinen Freunden auch diesen Eindruck, um Streit zu vermeiden.

Aber ihn interessierte etwas ganz anderes, nämlich das, was Dudorow von Wonifati Orlezow erzählte, seinem Zellengefährten, einem Priester und Tichon-Anhänger. Dieser hatte eine sechsjährige Tochter Christina. Die Verhaftung und das weitere Schicksal ihres geliebten Vaters war ein Schlag für sie gewesen. Wörter wie »Kultdiener«, »Rechtloser« und ähnliche empfand sie als Schandmale. Diese Schandmale vom guten Namen ihres Vaters wegzuwaschen mochte sie irgendwann in ihrem heißen kindlichen Herzen gelobt haben. Das so früh und so weit gesteckte Ziel, das als unumstößlicher Entschluß in ihr brannte, machte sie schon früh zu einer kindlich begeisterten Anhängerin von allem, was ihr am Kommunismus unwiderlegbar erschien.

»Ich gehe«, sagte Shiwago. »Sei mir nicht böse, Mischa. Es ist so stickig hier drinnen, und draußen diese Hitze. Mir wird die Luft knapp.«

»Du siehst, die Lüftungsklappe am Fußboden ist offen. Entschuldige, wir haben alles vollgequalmt. Wir vergessen immer wieder, daß in deiner Gegenwart nicht geraucht werden darf. Ich kann ja nichts dafür, daß das hier so blöd gebaut ist. Besorg mir ein anderes Zimmer.«

»Darum gehe ich, Gordon. Wir haben genug geredet. Ich danke euch für eure Sorge um mich, liebe Freunde. Es ist ja nicht, weil ich launisch wäre. Ich bin krank, Sklerose der Herzkranzgefäße, und der Herzmuskel ist angegriffen. Eines schönen Tages kann es versagen. Dabei bin ich noch keine vierzig. Und ich bin kein Säufer und kein Liederjan.«

»Du singst dein Sterbelied ein bißchen früh. Dummheiten. Du lebst noch eine Weile.«

»Heutzutage treten immer öfter mikroskopisch winzige Blutgerinsel im Herzen auf. Nicht alle sind tödlich. Es kommt vor, daß die Menschen sie überleben. Es ist eine Krankheit der jüngsten Zeit. Ich glaube, ihre Ursachen sind sittlicher Natur. Den meisten von uns wird ständig eine zum System erhobene Heuchelei abverlangt. Ohne Folgen für die Gesundheit kann man sich nicht tagtäglich anders geben, als man fühlt, sich für etwas einsetzen, was man nicht liebt, sich über etwas freuen, was einem Unglück bringt. Das Nervensystem ist kein leeres Wort, keine Erfindung. Es ist ein aus Fasern bestehender physikalischer Körper. Unsere Seele nimmt einen Platz im Raum ein und sitzt in uns, so wie die Zähne im Mund sitzen. Man kann ihr nicht endlos ungestraft Gewalt antun. Es ist mir schwergefallen, deinen Bericht über die Verbannung zu hören, Nika, darüber, wie du dort gereift bist und wie sie dich umerzogen hat. Das ist so, als ob ein Pferd erzählt, wie es sich selbst in der Manege zureitet.«

»Ich muß Dudorow in Schutz nehmen. Du bist einfach

an menschliche Worte nicht mehr gewöhnt. Sie erreichen dich nicht mehr.«

»Schon möglich, Mischa. Aber entschuldigt mich, laßt mich gehen. Das Atmen fällt mir schwer. Bei Gott, ich übertreibe nicht.«

»Warte. Das sind doch nur Ausflüchte. Wir lassen dich nicht weg, bevor du uns eine direkte, aufrichtige Antwort gegeben hast. Stimmst du uns zu, daß du dich ändern, dich bessern mußt? Was willst du in dieser Hinsicht tun? Du mußt deine Angelegenheiten mit Tonja, mit Marina in Ordnung bringen. Das sind lebendige Wesen, Frauen, die imstande sind zu leiden und zu fühlen, und nicht fruchtlose Ideen, die dir in willkürlichen Verbindungen durch den Kopf gehen. Außerdem ist es eine Schande, daß ein Mensch wie du so sinnlos vor die Hunde geht. Du mußt aufwachen aus Schlaf und Faulheit, du mußt Mut fassen, du mußt dich ohne unangebrachten Hochmut, ja, ja, ohne diese unzulässige Anmaßung in deiner Umwelt zurechtfinden, du mußt eine Arbeit aufnehmen, du mußt wieder praktizieren.«

»Schön, ich will euch antworten. Ich denke in letzter Zeit oft darüber nach, darum kann ich euch ohne Schamröte einiges versprechen. Ich denke, alles kommt in Ordnung. Und zwar bald. Ihr werdet es sehen. Doch, wirklich. Alles wird besser. Ich möchte unwahrscheinlich gern leben, und Leben bedeutet schließlich stets vorwärtszustreben, zum Höheren, zur Vollkommenheit, und sic zu erreichen.

Ich freue mich, Gordon, daß du Marina verteidigst, so wie du früher Tonjas Verteidiger warst. Aber ich habe ja keinen Zwist mit ihnen, ich führe keinen Krieg gegen sie noch gegen sonst jemanden. Du hast mir anfangs vorgeworfen, daß sie mich mit Sie anredet, während ich du sage, und mich beim Vor- und Vatersnamen nennt, als ob mich das nicht auch bedrückt hätte. Aber die viel tiefere Disharmonie, die dieser Widernatürlichkeit zugrunde lag, ist längst beseitigt, alles ist klar, und die Gleichheit ist hergestellt.

Ich kann euch eine angenehme Neuigkeit wissen lassen. Ich bekomme wieder Post aus Paris. Die Kinder sind herangewachsen und fühlen sich ganz frei unter ihren französischen Gleichaltrigen. Saschenka steht vor dem Abschluß der dortigen Grundschule, école primaire, Mascha kommt in die erste Klasse. Ich kenne ja meine Tochter überhaupt nicht. Ich weiß nicht warum, aber ich habe das Gefühl, daß meine Angehörigen trotz ihrer französischen Staatsbürgerschaft bald zurückkehren und auf irgendeine Weise alles in Ordnung kommt.

Vieles spricht dafür, daß mein Schwiegervater und Tonja von Marina und den beiden Mädchen wissen. Ich habe ihnen davon nichts geschrieben. Sie müssen es auf Umwegen erfahren haben. Mein Schwiegervater ist natürlich in seinen väterlichen Gefühlen verletzt, und es tut ihm um Tonjas willen weh. Daraus erklärt sich die fast fünfjährige Pause in unserm Briefwechsel. Ich habe ja nach meiner Rückkehr nach Moskau noch einige Zeit mit ihnen korrespondiert. Plötzlich kam keine Antwort mehr. Alles hörte auf.

In jüngster Zeit bekomme ich wieder Briefe von dort. Von ihnen allen, sogar von den Kindern. Warme, herzliche Briefe. Sie haben sich besänftigt. Vielleicht hat sich bei Tonja etwas geändert, vielleicht hat sie einen neuen Gefährten, geb's Gott. Ich weiß es nicht. Ich schreibe ihnen auch manchmal. Aber jetzt kann ich wirklich nicht mehr. Ich gehe, sonst bekomme ich noch einen Erstikkungsanfall. Auf Wiedersehen.«

Am nächsten Tag kam Marina in aller Frühe zu Gordon gelaufen, mehr tot als lebendig. Da sie niemanden hatte, den sie bei den Kindern lassen konnte, hatte sie die Jüngere, Klaschka, in eine Decke gewickelt und drückte sie mit einer Hand an die Brust, während sie mit der anderen die sich sträubende Kapka hinter sich her zog.

»Ist Jura bei euch, Mischa?« fragte sie mit ganz fremder Stimme.

»Hat er denn nicht zu Hause übernachtet?«

»Nein.«

»Dann muß er bei Dudorow sein.«

»Da war ich schon. Er hat Unterricht an der Universität. Aber die Nachbarn kennen Jura. Er war nicht dort.«

»Wo ist er dann?«

Marina legte Klaschka aufs Sofa. Sie bekam einen hysterischen Anfall.

8

Zwei Tage lang wichen Gordon und Dudorow nicht von Marinas Seite. Abwechselnd wachten sie bei ihr, denn sie wagten nicht, sie allein zu lassen. Zwischendurch fahndeten sie nach dem Arzt. Sie suchten alle Orte auf, wo er sein konnte, waren im Mehlstädtchen und in Siwzew Wrashek, gingen auch in die Denkpaläste und Ideenhäuser, wo er früher gearbeitet hatte, und befragten alle seine alten Bekannten, von denen sie irgendwie wußten und deren Adresse sie ausfindig machten. Die Nachforschungen blieben ohne Ergebnis.

Zur Miliz gingen sie nicht, um die Behörden nicht an einen Mann zu erinnern, der zwar gemeldet und nicht vorbestraft, doch nach derzeitigen Begriffen nicht gerade ein Vorbild war. Die Miliz sollte nur im äußersten Falle eingeschaltet werden.

Am dritten Tag bekamen Marina, Gordon und Dudorow zu verschiedenen Stunden einen Brief von Shiwago. Darin bedauerte er die Sorgen und Ängste, die er ihnen bereitete. Er bat sie, ihm zu verzeihen und sich zu beruhigen, und beschwor sie bei allem, was ihnen heilig war, die

Suche nach ihm einzustellen, da sie ohnehin zu nichts führen könne.

Er teilte ihnen mit, daß er mit dem Ziel der schleunigen und vollkommenen Umgestaltung seines Schicksals einige Zeit in Einsamkeit verbringen wolle, um sich konzentriert seinen Angelegenheiten zu widmen, und sobald er in seinem neuen Wirkungskreis ein wenig Fuß gefaßt und sich überzeugt habe, daß es nach dem vollzogenen Umschwung keine Rückkehr zum Alten geben werde, wolle er aus seiner geheimen Zuflucht zu Marina und den Kindern zurückkehren.

Gordon kündigte er in seinem Brief an, er werde ihm für Marina Geld überweisen. Er bat ihn, eine Kinderfrau zu besorgen, um Marina zu entlasten, damit sie zu ihrer Arbeit zurückkehren könne. Er wolle ihr das Geld nicht direkt schicken, um sie nicht in Gefahr zu bringen, bestohlen zu werden.

Bald kam das Geld, ein Betrag, der die Möglichkeiten des Arztes und seiner Freunde überstieg. Eine Kinderfrau wurde eingestellt. Marina kehrte zurück ins Telegrafenamt. Sie konnte sich lange nicht beruhigen, aber da sie sich an die früheren Absonderlichkeiten Shiwagos gewöhnt hatte, fand sie sich schließlich auch mit diesem Streich ab. Trotz der Bitten und Warnungen Shiwagos setzten die Freunde und Marina die Suche fort, doch sie mußten sich von der Richtigkeit seiner Vorhersage überzeugen. Sie fanden ihn nicht.

9

Dabei lebte er nur wenige Schritte von ihnen entfernt, direkt vor ihrer Nase und im innersten Kreis ihres Suchens.

Als er am Tag seines Verschwindens vor Anbruch der Dämmerung aus Gordons Zimmer in die Malaja Bronnaja trat, um nach Hause in die Spiridonowka zu gehen, hatte er noch keine hundert Schritt zurückgelegt, da kam ihm sein Halbbruder Jewgraf Shiwago entgegen. Der Arzt hatte ihn mehr als drei Jahre nicht gesehen und nichts von ihm gehört. Jewgraf erzählte ihm, er sei zufällig und noch gar nicht lange in Moskau. Wie immer war er gleichsam vom Himmel gefallen, und er beantwortete alle Fragen nur mit schweigendem Lächeln und mit Scherzen. Dafür vermied er jeden Alltagskleinkram, erfuhr mit wenigen gezielten Fragen von den Problemen und Kümmernissen Doktor Shiwagos und entwarf gleich hier in der schmalen, krummen Gasse, im Gedränge der in beiden Richtungen eilenden Passanten einen praktischen Plan, wie er dem Bruder helfen und ihn retten konnte. Shiwagos Verschwinden und sein Leben im Versteck waren Jewgrafs Idee, sein Werk.

Er mietete dem Arzt ein Zimmer in der Gasse, die damals noch den Namen Kamergerski trug, gleich neben dem Künstlertheater. Er versah ihn mit Geld und bemühte sich, ihm eine gute Stelle in einem Krankenhaus zu verschaffen, die auch Möglichkeiten für wissenschaftliche Arbeit bot. In allen Angelegenheiten des täglichen Lebens stand er dem Bruder hilfreich zur Seite. Zu guter Letzt versprach er ihm, daß die unsichere Situation seiner Familie in Paris so oder anders bald ein Ende haben werde. Juri könne zu den Seinen reisen, oder sie würden zu ihm zurückkehren. Er versprach, sich dieser Dinge persönlich anzunehmen und alles zu regeln. Die Unterstützung des Bruders beflügelte den Arzt. Das Geheimnis der Macht seines Bruders blieb, wie schon früher, im dunkeln. Juri Shiwago versuchte auch gar nicht, es aufzuklären.

10

Das Zimmer lag nach Süden. Seine zwei Fenster blickten auf die Dächer gegenüber dem Theater, hinter denen hoch über dem Ochotny Rjad die Sommersonne stand, die die Gasse im Schatten ließ.

Das Zimmer war für Shiwago mehr als ein Arbeitsraum. In dieser Zeit intensiven Tätigseins, in der seine Pläne und Vorhaben in den Aufzeichnungen auf dem Schreibtisch keinen Platz mehr fanden und die Bilder, die er ersann und vor sich sah, in der Luft und in den Ecken blieben, so wie in einem Maleratelier viele angefangene Bilder mit dem Gesicht zur Wand stehen, war das Wohnzimmer Doktor Shiwagos ein Festsaal des Geistes, eine Kammer der Verrücktheit, ein Lagerraum der Entdeckungen.

Glücklicherweise zogen sich die Verhandlungen mit der Krankenhausleitung in die Länge, und das Datum des Arbeitsantritts rückte in ungewisse Zukunft. Shiwago nutzte den Aufschub, um zu schreiben.

Er ordnete das bereits Geschriebene; Teile davon hatte er selbst in Erinnerung, anderes hatte Jewgraf ihm gebracht, zum Teil von Shiwagos Hand geschrieben, zum Teil von fremden Händen abgetippt. Die chaotische Unordnung des Materials zwang den Arzt, sich mehr zu verzetteln, als es eigentlich in seiner Natur lag. Darum gab er diese Arbeit bald auf und ging von der Wiederherstellung unvollendeter Texte zur Schaffung neuer über, beflügelt von seinen jüngsten Entwürfen.

Er schrieb die Rohfassungen von Artikeln, ähnlich seinen flüchtigen Aufzeichnungen über den ersten Aufenthalt in Warykino, Teile von Gedichten, die ihm einfielen, Anfänge, Schlüsse und Mittelstücke wahllos durcheinander. Manchmal wurde er mit den Gedanken, die auf ihn einstürmten, kaum fertig, schrieb Anfangsbuchstaben von Wörtern und Abkürzungen und kam trotz schnellen Schreibens kaum hinterher.

Er hatte es eilig. Wenn seine Vorstellungskraft ermüdete und die Arbeit ins Stocken geriet, trieb und peitschte er sie mit Zeichnungen weiter, die er an den Rand malte. Sie zeigten Waldschneisen und städtische Kreuzungen, mitten drauf ein Reklameschild »Moreau und Wetschinkin. Sämaschinen. Dreschmaschinen«.

Artikel und Gedichte hatten nur ein Thema: die Stadt.

11

Später fand sich unter seinen Papieren die Aufzeichnung:

»Als ich im Jahre zweiundzwanzig nach Moskau zurückkehrte, fand ich die Stadt leer und halb zerstört. So war sie aus den Prüfungen der ersten Revolutionsjahre hervorgegangen, so ist sie geblieben bis auf den heutigen Tag. Die Bevölkerung hat sich gelichtet, neue Häuser werden nicht gebaut, die alten nicht erneuert.

Aber auch in diesem Zustand bleibt Moskau eine moderne Großstadt, eine einzigartige Inspiratorin für eine wahrhaft moderne neue Kunst.

Die ungeordnete Aufzählung scheinbar nicht zusammenpassender und gleichsam willkürlich nebeneinandergestellter Dinge und Begriffe bei den Symbolisten, bei Block, Verhaeren und Whitman ist keineswegs eine stilistische Schrulle. Es ist die neue Ordnung der Eindrücke, im Leben entdeckt und nach der Natur aufgezeichnet.

So wie sie die Bilderfolgen durch ihre Verszeilen jagen, jagt die Stadt am Ausgang des neunzehnten Jahrhunderts ihre Menschenmengen, Kutschen und Equipagen durch ihre geschäftigen Straßen an uns vorbei; im darauffolgenden Jahrhundert sind es dann die Waggons der städtischen Straßen- und Untergrundbahnen.

Pastorale Schlichtheit ist unter diesen Umständen nirgends herzukriegen. Ihre vorgetäuschte Kunstlosigkeit ist literarische Fälschung, unnatürliche Affektiertheit, eine Erscheinung in der Buchsphäre, die nicht auf dem Land ihren Ursprung hat, sondern in den Regalen der akademischen Bibliotheken. Die lebendige, lebendig entstandene und dem heutigen Zeitgeist entsprechende Sprache ist die Sprache des Urbanismus.

Ich wohne an einer belebten städtischen Kreuzung. Das von der Sonne geblendete sommerliche Moskau mit seinen Hitze verströmenden Asphalthöfen, den gleißenden Fenstern der oberen Stockwerke und den blühenden Gewitterwolken und Boulevards wirbelt um mich herum, verdreht mir den Kopf und will, daß ich zu seinem Ruhm anderen den Kopf verdrehe. Dazu hat es mich erzogen und mir die Gabe der Kunst verliehen.

Unentwegt, Tag und Nacht, rauscht außerhalb der Wände die Straße und ist ebenso eng mit der zeitgenössischen Seele verbunden wie die Ouvertüre mit dem dunklen und geheimnisvollen, noch geschlossenen, doch schon von der Rampe her glutrot angestrahlten Bühnenvorhang. Die unablässig und nie verstummend vor den Türen und Fenstern sich bewegende und grollende Stadt ist das gewaltige Vorspiel zum Leben jedes einzelnen von uns. In dieser Art möchte ich über die Stadt schreiben.«

In dem erhalten gebliebenen Gedichtheft Shiwagos sind solche Gedichte nicht zu finden. Vielleicht gehört das Gedicht »Hamlet« in diese Kategorie?

12

Eines Morgens Ende August stieg Doktor Shiwago bei der Haltestelle an der Ecke Gasetny-Gasse in die Straßenbahn, die von der Universität die Bolschaja Nikitskaja hinauf zur Kudrinskaja fuhr. Er war auf dem Weg zum Botkin-Krankenhaus, das damals noch den Namen Soldatjonkowskaja trug. Es war überhaupt sein erster Arbeitstag dort.

Aber er hatte kein Glück. Der Wagen, den er bestiegen hatte, war schadhaft und von Pech verfolgt. Mal war ein Bauernfuhrwerk mit den Rädern in den Schienen steckengeblieben und versperrte ihm den Fahrweg. Mal war unter dem Wagen oder auf dem Dach eine Isolation kaputt, so daß es einen Kurzschluß gab und etwas knatternd durchbrannte.

Der Wagenführer stieg immer wieder mit einem Schraubenschlüssel von der Vorderplattform, ging um den Wagen herum und hockte sich hin, um zwischen den Rädern und der hinteren Plattform etwas zu reparieren.

Der unglückselige Wagen hielt auf der ganzen Linie den Verkehr auf. Hinter ihm sammelten sich immer mehr Straßenbahnen an und blockierten die Straße. Sie standen schon bis zur Manege und darüber hinaus. Die Fahrgäste der hinteren Bahnen stiegen um in die vordere, die die Stockung verursacht hatte, denn sie hofften, auf diese Weise Zeit zu gewinnen. Der Morgen war heiß und die Straßenbahn überfüllt, und es war eng und stickig. Über der Menge der durch die Straße laufenden Fahrgäste kroch vom Nikitskije-Tor her eine schwarzlila Wolke und stieg immer höher zum Himmel hinauf. Ein Gewitter rückte heran.

Shiwago saß links auf einem Einzelsitz und wurde gegen das Fenster gedrängt. Den linken Bürgersteig der Bolschaja Nikitskaja mit dem Konservatorium hatte er ständig im Blick. Mit der verminderten Aufmerksamkeit eines Menschen, der an etwas ganz anderes denkt, beäugte er die Menschen dort, und keiner entging seinem Blick.

Eine grauhaarige alte Dame, auf dem Kopf einen hellen Strohhut mit leinenen Margeriten und Kornblumen, in einem altmodischen, straffsitzenden, fliederblauen Kleid, schritt langsam, verpustend und sich mit einem flachen Päckchen Luft zufächelnd, diese Seite entlang. Sie war in ein Korsett gezwängt, litt unter der Hitze, war schweißüberströmt und wischte sich mit einem Spitzentüchlein immer wieder die feuchten Lippen und Augenbrauen.

Ihr Weg führte sie an den Straßenbahngleisen entlang. Shiwago hatte sie schon ein paarmal aus den Augen verloren, wenn die Straßenbahn, gerade repariert, wieder anfuhr und sie überholte. Sie kehrte mehrere Male in sein Blickfeld zurück, wenn eine neue Panne die Bahn zum Stehen brachte und die Dame sie einholte.

Shiwago erinnerte sich an die Schulaufgaben, bei denen Fahrzeit und Reihenfolge von zu verschiedenen Stunden abgefahrenen und mit verschiedener Geschwindigkeit dahineilenden Zügen berechnet werden mußten, und wollte sich die Methode ihrer Lösung ins Gedächtnis rufen, aber daraus wurde nichts, und ohne zu einem Ende gekommen zu sein, sprang er zu anderen, noch komplizierteren Überlegungen.

Er dachte an mehrere sich nebeneinander entwickelnde Existenzen, die sich mit verschiedener Geschwindigkeit nebeneinanderher bewegten, und daran, wie ein Schicksal das andere überholte und wer wen überlebte. Etwas wie ein Relativitätsprinzip im menschlichen Leben zeigte sich ihm, doch da geriet er endgültig durcheinander und gab seine Betrachtungen auf.

Ein Blitz zuckte, gefolgt von einem Donnerschlag. Die unglückselige Straßenbahn blieb zum x-tenmal auf der abschüssigen Strecke von der Kudrinskaja zur Soologitscheski-Gasse stehen. Die Dame in Lila erschien abermals im Fensterrahmen, passierte die Straßenbahn, entfernte sich. Die ersten großen Regentropfen klatschten auf den Bürgersteig, die Fahrbahn und die Dame. Ein staubiger Windstoß fuhr durch die Bäume, zerwirbelte das Laub, zerrte am Strohhut der Dame, fuhr ihr unter die Röcke und legte sich wieder.

Juri Shiwago fühlte, wie ihm schlecht wurde und die Kräfte schwanden. Seine Schwäche überwindend, stand er auf und ruckelte an den Riemen des Fensterrahmens, um das Fenster zu öffnen. Es wollte nicht nachgeben.

Fahrgäste riefen ihm zu, der Rahmen sei angeschraubt und lasse sich nicht öffnen, doch er, gegen den Anfall kämpfend und von innerer Unruhe erfaßt, bezog die Rufe nicht auf sich und nahm sie nicht zur Kenntnis. Er setzte seine Bemühungen fort, zerrte den Rahmen nach oben, nach unten und zu sich heran, da spürte er plötzlich einen niedagewesenen, anhaltenden Schmerz in seinem Innern, und er begriff, daß in ihm etwas gerissen war, daß er etwas Verhängnisvolles angerichtet hatte und alles vorbei war. In diesem Moment setzte sich die Straßenbahn in Bewegung, fuhr jedoch nur ein kurzes Stück die Presnja entlang und blieb wieder stehen.

Mit einer übermenschlichen Willensanstrengung, taumelnd und nur mühsam sich durch die Menschen im Gang zwängend, gewann Shiwago die hintere Plattform. Man wollte ihn nicht durchlassen, fauchte ihn an. Ihm war, als ob der Luftstrom ihn erfrischte und vielleicht noch nicht alles vorbei sei, und fühlte sich besser.

Während er sich durch die Menschen auf der hinteren Plattform drängte, gab es wieder Schimpfworte, Püffe und wütende Reaktionen. Er achtete nicht darauf, kämpfte sich zur Tür, stieg über die Stufen der haltenden Bahn auf den Fahrdamm, machte einen Schritt, noch einen, einen dritten, brach zusammen und blieb auf dem Pflaster liegen.

Lärm, Stimmengewirr, Streit, Ratschläge. Ein paar Leute stiegen von der Plattform und umstanden den Liegenden. Bald stellte man fest, daß er nicht mehr atmete und sein Herz nicht mehr schlug. Zu dem Häuflein um den Leichnam kamen Passanten von den Bürgersteigen, teils beruhigt, teils enttäuscht, daß der Mann nicht überfahren und die Straßenbahn an seinem Tod unschuldig war. Die Menge wurde immer größer. Auch die Dame in Lila trat herzu, blieb stehen, besah den Toten, horchte auf die Gespräche und ging weiter. Sie war Ausländerin, aber sie hatte verstanden, daß einige den Toten in die Straßenbahn bringen und ins Krankenhaus fahren, andere aber die Miliz holen wollten. Zu welchem Entschluß man kam, wartete sie nicht mehr ab.

Die Dame in Lila war die Schweizer Staatsbürgerin Mademoiselle Fleury aus Meljusejew, schon hochbetagt. Seit zwölf Jahren bemühte sie sich um die Genehmigung, in ihre Heimat auszureisen. Erst kürzlich waren ihre Bemühungen von Erfolg gekrönt worden. Sie war nach Moskau gekommen, um ihr Ausreisevisum abzuholen. Zu diesem Zweck war sie jetzt unterwegs zu ihrer Botschaft, und sie benutzte das eingewickelte und mit einem Band umschnürte Päckchen ihrer Papiere, um sich Luft zuzufächeln. Sie ging weiter, überholte zum zehntenmal die Straßenbahn und, ohne es zu wissen, auch Shiwago, den sie überlebt hatte.

13

Vom Korridor aus konnte man durch die Tür in das Zimmer sehen, in dem schräg ein Tisch stand. Darauf befand sich, das verjüngte Fußende der Tür zugewandt, der grob zusammengehauene Sarg, der an ein Boot erinnerte. An diesem Tisch hatte Shiwago früher geschrieben. Es gab keinen anderen in diesem Zimmer. Die Manuskripte waren in eine Kiste geräumt worden, damit der Sarg darauf stehen konnte. Die Kopfkissen waren hoch aufgeschüttelt, und der Leichnam lag im Sarg wie auf einer Anhöhe.

Er war von einer Blumenfülle umgeben, ganze Büsche des für die Jahreszeit seltenen weißen Flieders, Alpenveilchen, Zinerarien in Töpfen und Körben. Die Blumen verdunkelten das Licht, das nur sparsam durch die Fenster auf das wächserne Gesicht und die Hände des Toten sikkerte, auf das Holz und die Auskleidung des Sargs. Auf dem Tisch lag ein schönes Schattenmuster, das gleichsam eben erst aufgehört hatte, sich zu bewegen.

Verstorbene im Krematorium einzuäschern war dazumal weithin üblich. In der Hoffnung auf eine Rente für die Kinder, aus Sorge um ihr schulisches Fortkommen und um Marina auf ihrer Arbeitsstelle nicht zu schaden, hatte man auf eine kirchliche Trauerfeier verzichtet und beschlossen, sich mit einer weltlichen Einäscherung zu begnügen. Die Anträge bei den zuständigen Behörden waren eingereicht. Man wartete auf die Vertreter.

Das Zimmer war leer wie eine Wohnung zwischen dem Auszug der alten und dem Einzug der neuen Mieter. In der Stille hörte man nur die taktvollen Schritte auf Zehenspitzen und das unvorsichtige Füßeschurren der Trauergäste. Es waren nicht viele, doch immerhin weit mehr, als man hatte erwarten können. Die Nachricht vom Tode des beinahe namenlosen Menschen hatte sich mit ungeahnter Schnelligkeit in ihrem Kreis verbreitet. So kam doch eine Anzahl von Menschen zusammen, die den Verstorbenen zu verschiedenen Zeiten seines Lebens gekannt und die er zu verschiedenen Zeiten aus den Augen verloren und vergessen hatte. Seine wissenschaftlichen Ideen und seine Dichtungen hatten eine noch größere Zahl unbekannter Freunde gefunden, die den Mann, zu dem es sie zog, nie gesehen hatten und jetzt einen ersten und letzten Blick auf ihn warfen.

In diesen Stunden, in denen das allgemeine Schweigen, von keiner Zeremonie ausgefüllt, wie eine fast spürbare Entbehrung auf den Menschen lastete, waren nur die Blumen ein Ersatz für den fehlenden Gesang und die ausgefallene Zeremonie.

Sie blühten und dufteten nicht nur, sondern sie verströmten ihren Geruch gleichsam im Chor, den Zerfall damit vielleicht beschleunigend, sie teilten allen etwas von ihrer aromatischen Kraft mit, verrichteten gleichsam eine Handlung.

Das Reich der Pflanzen läßt sich leicht als nächsten Nachbarn des Reichs des Todes vorstellen. Hier, im Grün der Erde, zwischen den Friedhofsbäumen, inmitten der aus den Beeten sprießenden Blumenschößlinge, flossen vielleicht die Geheimnisse der Verwandlung und die Rätsel des Lebens zusammen, mit denen wir uns herumquälen. Den aus dem Grabe auferstandenen Jesus erkannte Maria nicht und hielt ihn im ersten Moment für den über den Friedhof gehenden Gärtner.

14

Als der Tote zu seinem letzten Wohnsitz in der Kamergerski-Gasse gebracht worden war, eilten die von seinem Tode verständigten und erschütterten Freunde in die weit offene Wohnung. Marina, von der schrecklichen Nachricht halb wahnsinnig, war lange Zeit ganz außer sich, lag auf dem Fußboden und schlug den Kopf gegen die Kante der langen Sitztruhe mit Rückenlehne in der Diele, auf die man den Verstorbenen gelegt hatte, bis der bestellte Sarg einträfe. Die Freunde brachten einstweilen das unaufgeräumte Zimmer in Ordnung. Marina war tränenüberströmt, flüsterte etwas, schrie immer wieder auf und verschluckte sich an den Wörtern der Totenklage, die ihr zur Hälfte gegen ihren Willen entfuhren. Sie redete drauflos, so wie man im Volke wehklagt, ohne jemanden zu scheuen noch überhaupt wahrzunehmen. Sie klammerte sich an den Leichnam, und es war unmöglich, sie von ihm zu lösen, um ihn in das Zimmer zu tragen, das aufgeräumt und von überflüssigen Möbeln befreit worden war, um ihn zu waschen und in den eingetroffenen Sarg zu betten. All das war gestern gewesen. Heute hatte sich ihr rasendes Leid ein wenig gelegt und einer stumpfen Niedergeschlagenheit Platz gemacht, aber sie war nach wie vor nicht ansprechbar, sagte nichts und wußte nichts von sich.

Hier hatte sie den Rest des gestrigen Tages und die ganze Nacht gesessen, ohne sich zu entfernen. Hierher brachte ihr die minderjährige Kinderfrau Klaschka zum Stillen und Kapka, und sie nahm die Kinder auch wieder mit.

Marina war umgeben von ihren Angehörigen, von Dudorow und Gordon, die mit ihr trauerten. Auf die Bank zu ihr setzte sich ihr Vater, der leise schluchzte und laut sich schneuzte. Hierher kamen weinend auch ihre Mutter und die Schwestern.

Und es waren zwei Menschen in dem allgemeinen Andrang, ein Mann und eine Frau, die sich von den übrigen Trauergästen unterschieden. Sie drängten sich nicht in die Nähe des Verstorbenen. Sie wetteiferten nicht in der Trauer mit Marina, ihren Töchtern und den Freunden und ließen ihnen den Vortritt. Die beiden hatten keinerlei Ansprüche, aber irgendwelche ganz besonderen Rechte auf den Toten. Diese unbegreiflichen und geheimen Vollmachten, mit denen sie auf seltsame Weise ausgestattet waren, wurden von niemandem angefochten oder in Frage gestellt. Gerade diese beiden hatten offensichtlich von Anfang an die Sorge um die Beisetzung übernommen und trafen ihre Anordnungen mit einer gleichmäßigen Gelassenheit, als ob ihnen dies Genugtuung bereitete. Solche Vornehmheit fiel allen auf und hinterließ einen seltsamen Eindruck. Es schien, daß diese beiden Menschen nicht nur an der Bestattung, sondern auch an dem Tod Anteil hatten, nicht etwa als Schuldige oder als indirekte Ursache, sondern als Personen, die nachträglich ihre Zustimmung zu dem Vorkommnis gegeben, sich mit ihm abgefunden hatten und ihm keine besondere Wichtigkeit mehr beimaßen. Einige der Trauergäste kannten die beiden, andere konnten sich denken, wer sie waren, doch die meisten hatten keinerlei Vorstellung von ihnen.

Aber als der Mann mit den forschenden und ärgerlich neugierigen schmalen Kirgisenaugen und die ohne eigenes Zutun schöne Frau das Zimmer betraten, in dem der Sarg stand, verließen alle, die in dem Raum waren oder auf und ab gingen, Marina nicht ausgenommen, ohne Widerspruch, wie auf Verabredung, den Raum, machten Platz, erhoben sich von den längs der Wände aufgestellten Stühlen und Hockern, drängten sich in den Korridor und die Diele, und der Mann und die Frau blieben allein hinter der angelehnten Tür wie zwei Sachkundige, die berufen waren, in völliger Stille, ohne Störungen und von niemandem behelligt, etwas sehr Wesentliches zu vollziehen, was unmittelbar mit der Bestattung zu tun hatte. So war es auch. Die beiden blieben allein, nahmen auf zwei Hokkern an der Wand Platz und sprachen zur Sache.

»Was haben Sie erfahren, Jewgraf Andrejewitsch?«

»Die Einäscherung ist heute abend. In einer halben Stunde kommen Vertreter der Medizinarbeitergewerkschaft und bringen den Toten in den Gewerkschaftsklub. Die weltliche Trauerfeier ist auf vier Uhr festgesetzt. Kein einziges der Papiere war in Ordnung. Das Arbeitsbuch war abgelaufen, das Mitgliedsbuch der Gewerkschaft alt und nicht umgetauscht, die Beiträge jahrelang nicht bezahlt. All das mußte ich regeln. Daher die Verzögerung und Verspätung. Vor dem Hinaustragen aus dem Hause, das ist übrigens bald, wir müssen uns bereithalten, lasse ich Sie hier allein, wie Sie gebeten haben. Entschuldigen Sie mich. Das Telefon hat geklingelt. Einen Moment.«

Jewgraf Shiwago ging in den Korridor, wo sich Mitarbeiter des Arztes, Schulfreunde, Krankenhausangestellte und Verlagsmitarbeiter aufhielten. Marina saß mit den Kindern auf der Bank, hatte sie unter ihren Mantel genommen und die Arme um sie gelegt (der Tag war kalt, und es zog von der Haustür her) und wartete, daß sich die Tür wieder öffnete, so wie eine Frau, die ihren inhaftierten Mann besucht, darauf wartet, vom Wachposten in den Empfangsraum des Gefängnisses gelassen zu werden. Die Menschen im Korridor drängten sich. Ein Teil der Trauergäste hatte keinen Platz darin gefunden. Die Wohnungstür war offen. Eine Menge Leute standen im Hausflur und auf dem Treppenabsatz und rauchten. Auch auf der Treppe zur Haustür standen Leute und unterhielten sich um so lauter und freier, je näher es zur Straße war. Jewgraf Shiwago mußte wegen des Stimmengewirrs sein Gehör anspannen; mit gedämpfter Stimme, wie es der Anstand erforderte, sprach er mit vorgelegter Hand in den Hörer und gab Antworten, die mit der Bestattung und den Todesumständen Doktor Shiwagos zu tun haben mochten. Dann kehrte er ins Zimmer zurück. Die Unterhaltung ging weiter.

»Bitte gehen Sie nicht weg nach der Einäscherung, Larissa Fjodorowna. Ich habe eine große Bitte an Sie. Ich weiß nicht, wo Sie untergekommen sind. Lassen Sie mich nicht im ungewissen, wo ich Sie finden kann. Ich möchte schon morgen oder übermorgen die Papiere meines Bruders sichten. Dazu brauche ich Ihre Hilfe. Sie wissen viel, wahrscheinlich mehr als alle anderen. Sie erwähnten beiläufig, daß Sie erst vorgestern aus Irkutsk gekommen sind, nicht lange in Moskau bleiben wollen und rein zufällig diese Wohnung aufgesucht haben, ohne zu wissen, daß mein Bruder die letzten Monate hier gewohnt hat und was hier geschehen ist. Was Sie sagten, habe ich teilweise nicht verstanden, und ich bitte auch nicht um Erklärungen, aber bitte verschwinden Sie nicht, ohne mir Ihre Anschrift zu geben. Das Beste wäre, wir würden die wenigen Tage, die das Sichten der Manuskripte dauern wird, unter einem Dach verbringen oder in geringer Entfernung voneinander, vielleicht in zwei Zimmern des Hauses. Ich könnte das arrangieren. Ich kenne den Hausverwalter.«

»Sie sagen, Sie hätten mich nicht verstanden. Was war denn unverständlich? Ich bin nach Moskau gekommen, habe meine Sachen in der Gepäckaufbewahrung gelassen, bin durch das alte Moskau gegangen, habe es zur Hälfte nicht wiedererkannt, wußte nichts mehr. Ich bin lange umhergewandert, den Kusnezki Most hinunter, die Kusnezki-Gasse hinauf, und plötzlich kam mir etwas erschrekkend bekannt vor – die Kamergerski-Gasse. Hier hatte mein verstorbener Mann Antipow, der erschossen wurde, als Student ein Zimmer gemietet, genau dieses Zimmer, in dem wir beide jetzt sitzen. Da wollte ich einfach mal nachschauen, ob ich Glück habe und die alten Wohnungsmieter noch leben. Daß sie längst vergessen sind und alles anders geworden ist, habe ich dann erfahren, am zweiten Tag und heute, ganz allmählich, durch Befragungen, aber Sie waren ja immer dabei, warum erzähle ich Ihnen das? Ich war wie vom Blitz getroffen, als die Tür weit offen, das Zimmer voller Menschen war, ein Sarg darin stand und im Sarg ein Toter lag. Was für ein Toter? Ich kam herein, trat näher und dachte, ich werde wahnsinnig, ich träume, aber Sie waren ja Zeuge, stimmt es nicht, warum erzähle ich Ihnen das alles?«

»Einen Moment, Larissa Fjodorowna, ich muß Sie unterbrechen. Ich sagte Ihnen schon, daß ich und mein Bruder keine Ahnung hatten, wieviel wundersame Erinnerungen an diesem Zimmer hängen. Zum Beispiel, daß Antipow mal hier gewohnt hat. Aber noch mehr wundere ich mich über einen Ausdruck von Ihnen. Ich sag's Ihnen gleich, entschuldigen Sie. Es geht um Antipow, um die militärische und revolutionäre Tätigkeit Strelnikows, von der ich eine Zeitlang, zu Beginn des Bürgerkriegs, oft und viel gehört habe, beinahe täglich; ein- oder zweimal habe ich ihn persönlich gesehen, ohne zu ahnen, in welch familiäre Nähe wir einmal geraten würden. Verzeihen Sie, vielleicht habe ich mich auch verhört, aber mir ist so, als ob Sie sagten, es war wohl ein Versprecher, daß Antipow erschossen wurde. Wissen Sie denn nicht, daß er sich selbst erschossen hat?«

»Eine solche Version gibt es, aber ich glaube nicht daran. Pawel Antipow war nie und nimmer ein Selbstmörder.«

»Und doch ist es absolut sicher. Antipow hat sich in dem Häuschen erschossen, das Sie, wie mein Bruder mir erzählte, verlassen haben, um nach Jurjatin zu fahren und dann nach Wladiwostok zu reisen. Es geschah kurz nach Ihrer Abreise mit Ihrer Tochter. Mein Bruder hat den Toten gefunden und begraben. Sind diese Informationen nie zu Ihnen gelangt?«

»Nein. Ich hatte andere. Er hat sich also wirklich erschossen? Viele haben es gesagt, und ich habe es nicht geglaubt. In unserm Häuschen? Unmöglich! Das ist ja eine unerhört wichtige Nachricht! Entschuldigen Sie, wissen Sie auch, ob er und Shiwago sich begegnet sind? Haben Sie darüber gesprochen?«

»Wie mir der verstorbene Juri sagte, hatten sie ein langes Gespräch miteinander.«

»Wirklich wahr? Gott sei Dank. Das ist gut.« Sie bekreuzigte sich langsam. »Was für eine erstaunliche, vom Himmel herabgesandte Verkettung von Umständen! Darf ich später noch einmal darauf zurückkommen und Sie nach Einzelheiten fragen? Hier ist mir jede Kleinigkeit kostbar. Jetzt bin ich dazu nicht in der Verfassung. Stimmt es nicht? Ich bin zu erregt. Ich will ein Weilchen schweigen, verschnaufen, meine Gedanken sammeln. Stimmt es nicht?«

»Aber gewiß, gewiß. Bitte.«

»Stimmt es nicht?«

»Natürlich.«

»Ach, fast hätte ich's vergessen. Sie haben mich gebeten, nach der Einäscherung nicht wegzugehen. Gut, ich verspreche es Ihnen. Ich werde nicht verschwinden. Ich kehre mit Ihnen in diese Wohnung zurück und bleibe, wo Sie es bestimmen und solange es nötig ist. Wir können Juras Manuskripte durchsehen, ich helfe Ihnen. Vielleicht kann ich Ihnen wirklich nützen. Das wird mir ein Trost sein! Ich fühle mit meinem Herzblut, mit jeder Fiber alle Schwingungen seiner Handschrift. Und dann habe ich auch noch ein Anliegen an Sie, Sie werden mir helfen, stimmt es nicht? Sie sind doch wohl Jurist oder jedenfalls ein guter Kenner der bestehenden Ordnung, der früheren wie der heutigen. Es ist ja so wichtig, zu wissen, an welche Behörde man sich wegen Bescheinigungen wenden muß. Darin kennt sich nicht jeder aus, stimmt es nicht? Ich brauche Ihren Rat in einer Angelegenheit, die mich bedrückt und ängstigt. Es geht um ein Kind. Aber davon später, nach unserer Rückkehr vom Krematorium. Mein Leben lang mußte ich jemanden suchen, stimmt es nicht? Wenn es, angenommen, notwendig wäre, die Spuren eines Kindes zu suchen, das zur Erziehung in fremde Hände gegeben wurde, möchte ich wissen, ob es ein allgemeines, die ganze Union erfassendes Archiv der bestehenden Kinderheime gibt und ob eine gesamtstaatliche Registratur obdachloser Kinder stattfindet. Aber bitte antworten Sie mir nicht gleich. Später, später. Oh, wie schrecklich, wie schrecklich! Das Leben ist wirklich etwas Schreckliches, stimmt es nicht? Ich weiß nicht, wie es weitergeht, wann meine Tochter kommt, aber vorerst kann ich in dieser Wohnung bleiben. Katenka zeigt hervorragende Fähigkeiten, teils schauspielerisch, teils musikalisch, sie kann jeden Menschen wunderbar imitieren und spielt ganze Szenen, die sie sich selber ausgedacht hat, außerdem singt sie nach Gehör Opernpartien, ein erstaunliches Kind, stimmt es nicht? Ich möchte meine Tochter in den Vorbereitungskurs des Theaterinstituts oder des Konservatoriums geben, je nachdem, wo man sie aufnimmt. Wohnen soll sie in einem Internat, zu diesem Zweck bin ich hergekommen, ohne sie zunächst, um alles zu regeln, dann will ich wieder zurück. Aber alles läßt sich nicht erzählen, stimmt es nicht? Später mehr darüber. Jetzt will ich warten, bis meine Erregung sich legt, ich will ein Weilchen schweigen, meine Gedanken sammeln, meine Ängste zu vertreiben suchen. Außerdem haben wir Juras Angehörige im Korridor viel zu lange warten lassen. Schon zweimal hatte ich den Eindruck, daß jemand klopft. Dort ist irgendwie Lärm und Bewegung. Sicherlich sind die Vertreter der Bestattungsbehörde eingetroffen. Während ich hier sitze und nachdenke, können Sie schon öffnen und die Leute hereinlassen. Es ist an der Zeit, stimmt es nicht? Warten Sie, einen Moment. Wir müssen die kleine Bank zu dem Sarg stellen, sonst reichen die Gäste nicht an Jura heran. Ich hab's auf Zehenspitzen versucht, es war sehr schwierig. Marina Markelowna und die Kinder müssen sich doch verabschieden. Außerdem bedarf es der Zeremonie. ›So küßt mich denn mit einem letzten Kuß.‹ Oh, ich kann nicht mehr, ich kann nicht mehr. Es tut so weh. Stimmt es nicht?«

»Gleich lasse ich die Leute herein. Aber vorher noch etwas. Sie haben so viel Geheimnisvolles gesagt und so viele Fragen aufgeworfen, die Sie zu bedrücken scheinen, daß ich Mühe haben werde zu antworten. Ich möchte jedoch, daß Sie eines wissen. Gern, von ganzem Herzen biete ich Ihnen meine Hilfe an in allem, was Ihnen Sorge macht. Denken Sie daran. Man darf niemals, unter gar keinen

Umständen verzweifeln. Hoffen und Handeln, das ist unsere Pflicht, wenn wir im Unglück sind. Untätige Verzweiflung, das ist Vergessen und Pflichtverletzung. Aber jetzt lasse ich die Trauergäste wirklich herein. Mit der Bank haben Sie recht. Ich hole sie und stelle sie hin.«

Aber Lara hörte nicht mehr zu. Sie hörte nicht, wie Jewgraf Shiwago die Tür öffnete und die Trauergäste aus dem Korridor hereinströmten, sie hörte nicht, wie er mit den Bestattern und den engsten Leidtragenden sprach, sie hörte nicht die schlurfenden Schritte, das Schluchzen Marinas, das Hüsteln der Männer, das Weinen der Frauen, die Aufschreie.

Die eintönigen Geräusche um sie herum lullten sie ein, und ihr wurde schlecht. Sie nahm sich mit aller Kraft zusammen, um nicht in Ohnmacht zu fallen. Ihr Herz drohte zu zerspringen, und der Kopf schmerzte. Sie senkte ihn und versank in Gedanken, Überlegungen, Erinnerungen. Darin ging sie dermaßen unter, als wäre sie für ein paar Stunden in ein späteres Alter versetzt, von dem noch nicht feststand, ob sie es erreichen würde, das sie aber zehn Jahre älter, zu einer alten Frau machte. Sie war so in ihren Grübeleien versunken, als wäre sie in die tiefste Tiefe, auf den untersten Grund ihres Unglücks gestürzt. Sie dachte: Jetzt ist keiner mehr da. Der eine ist gestorben. Der andere hat sich selbst umgebracht. Nur der eine ist am Leben geblieben, den man umbringen müßte, auf den ich geschossen, den ich jedoch verfehlt habe, dieser überflüssige, nichtswürdige Mensch, der mein Leben in eine Kette von Verbrechen verwandelt hat. Dieses Ungeheuer an Mittelmäßigkeit treibt sich in den mythischen Winkeln Asiens herum, die nur für Briefmarkensammler ein Begriff sind, doch von meinen Angehörigen und den Menschen, die ich brauchte, lebt keiner mehr.

Ach ja, zu Weihnachten ist das gewesen, vor dem geplanten Schuß auf das Gespenst der Abgeschmacktheit, da hatte ich im Dunkeln in diesem Zimmer mit Pawel eine Unterhaltung, und Juri, von dem ich jetzt hier Abschied nehme, hat es in meinem Leben noch gar nicht gegeben.

Sie bemühte ihre Erinnerung, um das weihnachtliche Gespräch mit Pawluscha zu rekonstruieren, aber ihr fiel nur noch die Kerze ein, die auf dem Fensterbrett brannte und ein rundes Loch in die Eiskruste der Scheibe geschmolzen hatte.

Konnte sie ahnen, daß der Verstorbene auf dem Tisch bei seiner Fahrt durch die Straße dieses Auge bemerkt und beachtet hatte? Daß mit dieser Flamme, die er von draußen sah – »Die Kerze brannte auf dem Tisch, die Kerze brannte« –, seine Vorbestimmung in sein Leben trat?

Ihre Gedanken verwirrten sich. Sie dachte: Es ist doch schade, daß er nicht kirchlich beigesetzt wird! Das Bestattungsritual ist so majestätisch und feierlich! Die meisten Verstorbenen verdienen es gar nicht. Jura wäre ein dankbarer Anlaß gewesen! Er hätte es verdient und gerechtfertigt, dieses Schluchzen am Grabe, »welches das Klagelied zum Halleluja werden läßt«.

Sie spürte eine Welle von Stolz und Erleichterung, wie immer bei dem Gedanken an Juri, wie immer in den kurzen Zeiten, die ihr Leben an seiner Seite verlief. Der Hauch von Freiheit und Sorglosigkeit, der stets von ihm ausging, berührte sie auch jetzt. Ungeduldig stand sie auf von dem Hocker, auf dem sie gesessen hatte. Etwas nicht ganz Begreifbares ging mit ihr vor. Sie wollte mit seiner Hilfe, wenn auch nur für kurze Zeit, hinaus ins Freie, in die frische Luft, hinaus aus dem sie umfangenden Leid, und wie schon so manches Mal das Glück der Befreiung empfinden. Als großes Glück erträumte sie den Abschied von ihm, das Recht und die Gelegenheit, ihn allein frei und ungehindert zu beweinen. Mit der Hast der Leidenschaft blickte sie über die Menge hin, und ihr Blick war gebrochen vom Schmerz, war blind und voller Tränen, als hätte ihr ein Augenarzt brennende Tropfen hineingeträufelt, und die Menschen kamen in Bewegung, schneuzten sich, wichen zur Seite, gingen aus dem Zimmer, ließen sie endlich allein hinter der angelehnten Tür, da bekreuzigte sie sich rasch im Gehen, trat zu dem Tisch mit dem Sarg, stieg auf das von Jewgraf hingestellte Bänkchen, schlug langsam drei große Kreuze über dem Leichnam und küßte die kalte Stirn und die Hände. Sie verdrängte die Empfindung, die erkaltete Stirn wäre kleiner geworden, so groß wie eine kleine Faust, und es gelang ihr, dies nicht wahrzunehmen. Sie erstarrte, und ein paar Augenblicke lang sprach sie nicht, dachte sie nicht und weinte sie nicht, sondern bedeckte die Mitte des Sargs, die Blumen und den Leichnam mit ihrem Körper, ihrem Kopf, ihrer Brust, ihrer Seele und ihren Händen, die so groß waren wie ihre Seele.

15

Das so lange zurückgehaltene Schluchzen erschütterte ihren ganzen Körper. Solange sie es vermochte, hatte sie sich beherrscht, doch plötzlich ging das über ihre Kräfte, die Tränen brachen hervor und netzten Wangen, Kleid, Hände und den Sarg, an den sie sich preßte.

Sie sagte nichts, dachte nichts. Gedanken, Gemeinsamkeiten, Erkenntnisse, Richtigkeiten strömten reihenweise dahin, eilten durch sie hindurch wie Wolken über den Himmel, wie zu Zeiten ihrer früheren nächtlichen Gespräche. Das war es, was ihr Glück und Befreiung brachte. Wissen, das nichts mit dem Kopf zu tun hatte, heißes Wissen, das sie einander einflößten, instinktiv, unmittelbar.

Solches Wissen erfüllte sie auch jetzt, dunkles, unbewußtes Wissen vom Tod, Bereitsein für den Tod, fehlende

Angst vor dem Tod. Es war, als hätte sie schon zwanzigmal auf der Welt gelebt, hätte Juri Shiwago unzählige Male verloren und so viel Herzenserfahrungen darüber gesammelt, daß alles, was sie an diesem Sarg fühlte und tat, zutreffend und angebracht war.

Oh, was war das für eine Liebe, frei, einzigartig, mit nichts zu vergleichen! Sie hatten so gedacht, wie andere vor sich hin singen.

Sie hatten einander nicht unter Zwang, nicht »von Leidenschaft versengt« geliebt, wie das oft fälschlich dargestellt wird. Sie hatten einander geliebt, weil alles ringsum es so wollte: die Erde unter ihnen, der Himmel über ihnen, die Wolken, die Bäume. Ihre Liebe gefiel ihrer Umgebung vielleicht noch mehr als ihnen selbst. Den Unbekannten auf der Straße, den weiten Fernen, die sich beim Spazierengehen vor ihnen dehnten, den Zimmern, in denen sie wohnten und sich trafen.

Ach, das war es, das Wichtigste, was sie einander nahebrachte und vereinte. Niemals, niemals, nicht einmal in den Momenten des höchsten Glücks, verließ sie dieses Erhabene, Ergreifende: die Seligkeit, gemeinsam die Welt zu formen, das Gefühl, Teil des Gesamtbildes zu sein, die Empfindung, zu dem schönen Schauspiel, zum Universum dazuzugehören.

Diese Gemeinschaftlichkeit war ihre Luft zum Atmen. Darum waren die Erhebung des Menschen über die übrige Natur, seine modische Verhätschelung und seine Anbetung nichts für sie. Die Prinzipien der verlogenen Vergesellschaftung, in Politik verwandelt, dünkten sie jämmerlich, hausbacken und blieben ihnen unbegreiflich.

16

Und nun verabschiedete sie sich von ihm mit den schlichten Worten einer munteren, zwanglosen Unterhaltung, die die Realität sprengte und ebensowenig Sinn hatte wie die Chöre und Monologe der Tragödien, die Sprache der Gedichte, die Musik und sonstige bedingte Kunstformen, deren einzige Rechtfertigung die Bedingtheit der Erregung ist. Die Bedingtheit des Anlasses, der die Spannung ihres leichten, unvoreingenommenen Gesprächs rechtfertigte, waren ihre Tränen, in denen ihre alltäglichen, unfeierlichen Wörter ertranken, badeten und schwammen.

Es schien, als flössen ihre tränennassen Wörter von selbst zusammen zu einem zärtlichen, hastigen Gestammel, so wie der Wind das von einem warmen Regen verwirrte seidige, nasse Laub bewegt.

»Nun sind wir wieder beisammen, Jurotschka. Gott hat uns eine neue Begegnung geschenkt. Wie schrecklich, denk doch nur! Oh, ich kann nicht mehr! Herrgott! Ich heule und heule! Denk doch nur! Wieder etwas in unserer Art, aus unserm Arsenal. Dein Weggang, mein Ende. Wieder etwas Großes, Unabwendbares. Das Rätsel des Lebens, das Rätsel des Todes, der Zauber des Genies, der Zauber der Entblößung, das ja, das verstanden wir. Dagegen das kleine Alltagsgezänk in der Welt, die Umgestaltung des Erdballs und so, nein danke, das war nichts für uns.

Leb wohl, mein Großer, mein Lieber, leb wohl, mein Stolz, leb wohl, mein tiefer, reißender Fluß, wie liebte ich dein tagelanges Plätschern, wie gern warf ich mich in deine kalten Wellen!

Weißt du noch, wie ich Abschied nahm von dir, damals dort im Schnee? Wie hast du mich getäuscht! Wäre ich je ohne dich abgefahren? Oh, ich weiß, ich weiß, es hat dich Überwindung gekostet, du hast es für mein vermeintliches Wohl getan. Damals ist alles zerbrochen. Mein Gott, was habe ich durchgemacht, was habe ich erdulden müssen! Aber du weißt nichts davon. Oh, was habe ich angerichtet, Jura, was habe ich nur getan! Ich bin eine solche Verbrecherin, du machst dir ja keinen Begriff! Aber ich kann nichts dafür. Ich habe damals drei Monate im Krankenhaus gelegen, einen davon ohne Bewußtsein. Seitdem habe ich kein Leben mehr, Jura. Meine Seele findet keinen Frieden vor Mitleid und Qual. Aber ich verschweige dir die Hauptsache. Es will mir nicht über die Lippen, ich habe nicht die Kraft. Wenn ich an diesen Punkt meines Lebens denke, sträuben sich mir die Haare vor Entsetzen. Weißt du, ich kann mich nicht einmal verbürgen, daß ich völlig normal bin. Aber du siehst, ich trinke nicht wie so viele, diesen Weg gehe ich nicht, denn eine betrunkene Frau, das ist das Ende, das ist unvorstellbar, stimmt es nicht?«

Sie redete weiter und schluchzte und quälte sich. Plötzlich hob sie verwundert den Kopf und sah sich um. Das Zimmer war längst voller Menschen, voller Unruhe und Bewegung. Sie stieg von der Bank, trat taumelnd weg von dem Sarg, fuhr mit der Hand über die Augen und wrang gleichsam den noch nicht geweinten Tränenrest heraus, um ihn mit der Hand zu Boden zu schleudern.

Männer traten zum Sarg und hoben ihn auf drei Handtüchern an. Das Hinaustragen begann.

17

Lara verbrachte noch ein paar Tage in der Kamergerski-Gasse. Sie half bei der Sichtung der Papiere, von der Jewgraf Shiwago gesprochen hatte, die jedoch nicht zu Ende geführt wurde. Es kam auch zu der Unterredung, um die sie ihn gebeten hatte. Er erfuhr Wichtiges von ihr.

Eines Tages verließ Lara das Haus und kehrte nicht zurück. Offensichtlich war sie auf der Straße verhaftet worden und später irgendwo gestorben oder verschollen, eine namenlose Nummer in einer verschwundenen Häftlingsliste in einem der unzähligen gemeinschaftlichen oder nur für Frauen bestimmten Konzentrationslager des Nordens.

Sechzehnter Teil

Epilog

1

Im Sommer neunzehnhundertdreiundvierzig, nach dem Frontdurchbruch am Kursker Bogen und der Befreiung von Orjol, kehrten der kürzlich zum Unterleutnant beförderte Gordon und Major Dudorow auf getrennten Wegen aus Moskau zu ihrem gemeinsamen Truppenteil zurück, der erste von einer Dienstreise, der zweite von einem dreitägigen Urlaub.

Auf dem Rückweg trafen sie sich und übernachteten in Tscherni, einer Kleinstadt, die zwar zerstört, doch nicht gänzlich vernichtet war wie die meisten besiedelten Punkte dieser »Zone der Verwüstung«, die der zurückweichende Gegner vom Antlitz der Erde getilgt hatte.

Inmitten der Ruinen, Bergen von Ziegelbruch und Kalkstaub fand sich eine unversehrte Scheune, in der sich die beiden am Abend schlafen legten.

Sie konnten jedoch nicht schlafen, darum unterhielten sie sich die ganze Nacht. Gegen drei in der Frühe, Dudorow war eingeschlafen, weckte ihn das Herumwirtschaften Gordons. Mit ungeschickten Bewegungen, wie im Wasser, untertauchend und sich herumdrehend in dem weichen Heu, packte er Leibwäsche zu einem Bündel und rutschte dann ebenso tolpatschig von der Höhe des Heubergs hinunter zur Scheunentür.

»Wo willst du hin mit deinem Zeug? Es ist noch früh.«

»Ich geh zum Fluß. Ein paar getragene Sachen waschen.«

»Du bist ja verrückt. Am Abend sind wir bei unserer Abteilung, dann gibt dir die Wäscheverwalterin Tatjana neue Sachen. Was soll die Ungeduld.«

»Ich mag es nicht aufschieben. Ich bin ganz durchgeschwitzt und verdreckt. Der Morgen wird heiß. Ich spül alles durch, wringe es aus, dann trocknet es schnell in der Sonne. Ich bade und ziehe mich um.«

»Weißt du, es ist peinlich. Schließlich bist du Offizier.«

»Es ist früh. Alle schlafen noch. Ich geh irgendwo hinters Gebüsch. Niemand wird mich sehen. Und du schlaf und rede nicht. Du verscheuchst doch den Schlaf.«

»Ich kann sowieso nicht mehr einschlafen. Ich komme mit.«

Vorbei an den von der soeben aufgegangenen Sonne schon erhitzten weißen Steinruinen gingen sie zum Fluß. Mitten auf den ehemaligen Straßen, auf der nackten Erde, schliefen verschwitzte, schnarchende, rotgesichtige Menschen. Es waren zumeist obdachlose Einwohner, Alte, Frauen und Kinder, dazwischen einzelne versprengte Rotarmisten, die ihren Einheiten folgten. Vorsichtig, um nicht auf sie zu treten, gingen Gordon und Dudorow zwischen ihnen hindurch.

»Sprich nicht so laut, sonst wecken wir die Stadt auf, und dann wird es nichts mit meinem Waschen.«

Halblaut setzten sie ihr nächtliches Gespräch fort.

»Was ist das für ein Fluß?«

»Ich weiß nicht. Hab nicht gefragt. Wahrscheinlich die Suscha.«

»Nein, nicht die Suscha. Ein anderer Fluß.«

»Dann weiß ich auch nicht.«

»An der Suscha hat sich doch das Ganze abgespielt. Mit Christina.«

»Ja, aber an einer anderen Stelle. Weiter unten. Die Kirche soll sie heiliggesprochen haben.«

»Da war ein steinernes Gebäude, das ›Pferdestall‹ genannt wurde. Es war tatsächlich der Pferdestall eines Sowchos-Gestüts. Dieser Name ist historisch geworden. Es war ein altertümliches Gebäude mit dicken Mauern. Die Deutschen hatten es befestigt und zu einer uneinnehmbaren Festung gemacht. Von dort aus konnten sie die ganze Umgebung unter Beschuß halten und unseren Angriff verzögern. Der Pferdestall mußte genommen werden. Durch ein Wunder von Tapferkeit und Schlauheit drang Christina Orlezowa in die deutsche Stellung ein, sprengte den Pferdestall in die Luft, wurde ergriffen und aufgehängt.«

»Warum eigentlich Christina Orlezowa und nicht Dudorowa?«

»Wir waren ja noch nicht verheiratet. Im Sommer einundvierzig hatten wir einander versprochen, gleich nach dem Krieg zu heiraten. Danach bin ich mit der Armee überall herumgezogen. Meine Abteilung wurde immer wieder verlegt. Durch den häufigen Ortswechsel habe ich sie aus den Augen verloren. Ich habe sie nie wiedergesehen. Von ihrer tapferen Tat und ihrem Heldentod habe ich aus Zeitungen und Regimentsbefehlen erfahren. Irgendwo hier soll ihr ein Denkmal gesetzt werden. Ich habe gehört, der Bruder des verstorbenen Juri, General

Shiwago, bereist diese Gegend und sammelt Informationen über Christina.«

»Entschuldige, daß ich das Gespräch auf sie gebracht habe. Es muß schwer für dich sein.«

»Darum geht's nicht. Aber wir haben uns verplaudert. Ich will dich nicht stören. Zieh dich aus, geh ins Wasser und erledige deine Wäsche. Ich mach mich am Ufer lang, kaue an einem Grashalm, denke nach und halte vielleicht ein Nickerchen.«

Bald danach nahmen sie ihre Unterhaltung wieder auf.

»Wo hast du waschen gelernt?«

»Die Notwendigkeit bringt es einem bei. Wir hatten kein Glück. Wir gerieten in das schlimmste aller Straflager. Nur wenige haben es überlebt. Es begann gleich bei unserer Ankunft. Unsere Partie wurde aus dem Waggon geholt. Eine verschneite Wüste. In weiter Ferne ein Wald. Wachposten, gesenkte Gewehre, Schäferhunde. Zur gleichen Zeit wurden weitere Gruppen herangetrieben. Wir mußten auf dem Feld als weites Vieleck antreten, den Rükken nach innen, um einander nicht zu sehen. Dann kam der Befehl, wir sollten uns hinknien und durften bei Strafe der Erschießung nicht nach rechts und links gucken. Nun begann die endlose, stundenlang sich hinziehende, demütigende Prozedur des Abzählens. Die ganze Zeit auf den Knien. Danach mußten wir aufstehen, andere Partien wurden zu ihren Sammelstellen geführt, und bei uns hieß es: ›Dies ist euer Lager. Richtet euch ein, wie ihr könnt.‹ Ein Schneefeld unter freiem Himmel, mittendrin ein Pfahl, auf dem Pfahl stand nur ›Gulag 92 JN 90‹.«

»Nein, bei uns war es leichter. Wir hatten Glück. Bei mir war es ja schon die zweite Lagerhaft, die der ersten folgt. Außerdem hatte ich einen anderen Paragraphen und andere Bedingungen. Nach meiner Freilassung haben sie mich rehabilitiert wie beim erstenmal, und ich bekam wieder die Erlaubnis, an der Universität Vorlesungen zu halten. Eingezogen wurde ich mit den vollen Rechten eines Majors, nicht in die Strafkompanie wie du.«

»Ja. Ein Pfahl mit der Nummer ›Gulag 92 JN 90‹, sonst nichts. In der ersten Zeit haben wir bei strengem Frost mit bloßen Händen dünne Stämme gebrochen, um Hütten zu bauen. Du wirst es nicht glauben, aber nach und nach haben wir uns selber eingebaut. Wir haben unsere eigenen Gefängnisse errichtet, drum herum Zäune, Karzer, Wachtürme – alles mit eigenen Händen. Danach mußten wir Bäume fällen. Je acht Mann vor den Schlitten, so haben wir die Stämme gezogen, bis zur Brust im Schnee. Daß Krieg ausgebrochen war, haben wir lange nicht erfahren. Sie haben's uns nicht gesagt. Plötzlich ein Angebot. Wer will, kann mit einer Strafkompanie an die Front, und wer die endlosen Kämpfe überlebt, bekommt die Freiheit. Dann Angriff um Angriff, kilometerlange Stacheldrahtverhaue, elektrisch geladen, Minen, Granatwerfer, monatelang orkanartiges Feuer. Nicht umsonst wurden wir in den Strafkompanien Todeskandidaten genannt. Die Leute wurden niedergemäht bis auf den letzten Mann. Wie ich das überlebt habe? Du mußt dir mal vorstellen, diese blutige Hölle war noch ein Glück, verglichen mit den Greueln des Konzentrationslagers, nicht wegen der schweren Bedingungen, sondern aus anderen Gründen.«

»Ja, mein Lieber, du hast eine Menge durchgemacht.«

»Da lernt man nicht nur waschen, da lernt man noch ganz was anderes.«

»Erstaunlich. Nicht nur für dich als Lagersträfling, sondern für das ganze Leben der dreißiger Jahre, selbst in Freiheit, selbst wenn es einem als Universitätslehrer gar nicht schlecht ging, mit Büchern, Geld und Komfort, selbst da kam der Krieg wie ein reinigender Sturm, wie ein frischer Windstoß, wie ein Wehen der Erlösung.

Ich meine, die Kollektivierung war eine falsche, mißlungene Maßnahme, und sie wollten nur nicht den Fehler zugeben. Um den Mißerfolg zu bemänteln, mußten sie den Menschen mit allen Abschreckungsmitteln das Denken und Urteilen abgewöhnen und sie zwingen, Nichtvorhandenes zu sehen und dem Augenschein Zuwiderlaufendes zu behaupten. Daher die beispiellose Grausamkeit der Jeshow-Zeit, die Verkündung der Verfassung, die gar nicht angewendet werden sollte, und die Einführung von Wahlen, die überhaupt nicht auf dem Wahlprinzip beruhten.

Als der Krieg ausbrach, waren seine realen Entsetzlichkeiten, seine realen Gefahren und seine realen Todesdrohungen geradezu ein Segen, verglichen mit der unmenschlichen Herrschaft von Ausgedachtem, sie brachten Erleichterung, denn sie schränkten die Zauberkraft des toten Buchstabens ein.

Die Menschen, nicht nur wie du in den Zwangsarbeitslagern, sondern alle, im Hinterland und an der Front, atmeten freier, mit voller Brust, und warfen sich berauscht, mit dem Gefühl wahren Glücks in den Schmelztiegel des tödlichen und rettenden Kampfes.«

»Der Krieg ist ein besonderes Glied in der Kette der revolutionären Jahrzehnte. Hier endete die Wirkung der Ursachen, die in der Natur des Umsturzes lagen. Nun äußerten sich indirekte Ergebnisse, Früchte der Früchte, Folgen der Folgen. Die Charakterfestigung, hervorgegangen aus dem Unglück, das Nichtverwöhntsein, das Heldentum, die Bereitschaft zu großen, verzweifelten, niedagewesenen Taten, das sind märchenhafte, frappierende Eigenschaften, und sie sind die sittliche Blüte der Generation.

Diese Beobachtungen geben mir ein Glücksgefühl, trotz Christinas Märtyrertod, trotz meiner Verwundungen, trotz unserer Verluste, trotz des hohen Blutzolls des Krieges. Christinas Tod zu tragen hilft mir das Licht der Selbstopferung, das um ihren Tod wie um das Leben jedes einzelnen von uns strahlt.

In der Zeit, in der du armer Kerl deine unzähligen Foltern ertragen mußtest, gelangte ich in die Freiheit, und Christina Orlezowa bezog die historische Fakultät. Ihre wissenschaftlichen Interessen führten sie unter meine Obhut. Mir war dieses bemerkenswerte Mädchen schon früher aufgefallen, nach meiner ersten Haftzeit im Konzentrationslager, als sie noch ein Kind war. Damals lebte Juri noch, erinnerst du dich, ich habe euch von ihr erzählt. Und nun war sie auf einmal unter meinen Hörerinnen.

Damals war es grade in Mode gekommen, daß die Studenten ihre Lehrer heruntermachten. Christina Orlezowa war mit Feuereifer dabei. Gott allein mag wissen, weswegen sie dermaßen wütend auf mich eindrosch. Ihre Angriffe waren so hartnäckig, kriegerisch und ungerecht, daß die übrigen Studenten manchmal aufbegehrten und für mich eintraten. Christina hatte großartigen Humor. Unter einem erfundenen Namen, unter dem mich jedoch alle erkannten, verspottete sie mich nach Herzenslust in der Wandzeitung. Auf einmal stellte sich rein zufällig heraus, daß diese verstockte Feindschaft eine Form der Tarnung ihrer jungen Liebe war, die sie seit langem für mich empfand. Das beruhte von Anfang an auf Gegenseitigkeit.

Wir hatten einundvierzig, vor und nach Kriegsbeginn, einen wundervollen Sommer. Mehrere junge Leute, Studenten und Studentinnen, darunter auch sie, wohnten in einer Datschensiedlung bei Moskau, wo meine Abteilung eingesetzt war. Unsere Freundschaft begann im Zuge der militärischen Ausbildung, der Aufstellung von Landwehrabteilungen in den Vororten, Christinas Fallschirmtraining, der nächtlichen Abwehr erster deutscher Luftangriffe von den Moskauer Dächern aus. Ich habe dir schon erzählt, daß wir damals unsere Verlobung feierten und bald danach durch meine dauernden

Verlegungen getrennt wurden. Ich habe sie nie wiedergesehen.

Als der Krieg eine für uns günstige Wendung nahm und die Deutschen sich zu Tausenden ergaben, wurde ich nach zweimaliger Verwundung und zweimaligem Lazarettaufenthalt von der Flakartillerie zur siebenten Stabsabteilung versetzt, wo sie Leute mit Fremdsprachenkenntnissen brauchten und wohin ich auch dich anforderte, nachdem ich dich sozusagen vom Meeresgrund heraufgeholt hatte.«

»Tatjana, die Wäscheverwalterin, hat Christina Orlezowa gut gekannt. Beide hatten sich an der Front kennengelernt und angefreundet. Sie weiß über Christina viel zu erzählen. Diese Tatjana hat eine Art, übers ganze Gesicht zu lächeln, wie Juri sie hatte, ist dir das aufgefallen? Dann verschwindet ihre Stupsnasigkeit und die Eckigkeit der Backenknochen, und ihr Gesicht wird lieb und anziehend. Dies ist bei uns ein sehr verbreiteter Typ.«

»Ich weiß, was du meinst. Vielleicht. Ich habe noch nicht darauf geachtet.«

»Was ist das für ein barbarischer, hundsgemeiner Name – Tatjana Besotscheredewa. Bestimmt ist das nicht ihr richtiger Name, sondern erfunden oder entstellt. Was meinst du?«

»Sie hat es doch erklärt. Sie war Besprisornik und kennt ihre Eltern nicht. Vermutlich hat man sie irgendwo in den Tiefen Rußlands, wo die Sprache noch rein und unverfälscht ist, Besotscheja* genannt. Auf der Straße wird man diesen Beinamen nicht verstanden haben, und da es dort üblich ist, alles nach Gehör aufzunehmen und zu verballhornen, wurde daraus Besotscheredewa, was dem Verständnis der Straße näherkommt.«

* (russ.) Vaterlose.

3

Es war in der dem Erdboden gleichgemachten Stadt Karatschow, kurz nachdem Gordon und Dudorow in Tscherni übernachtet und ihr nächtliches Gespräch geführt hatten. Die Freunde hatten ihre Armee eingeholt, sie waren auf rückwärtige Dienste gestoßen, die den Hauptkräften folgten.

Seit mehr als einem Monat herrschte ununterbrochen warmes, klares und freundliches Herbstwetter. Die vom wolkenlosen blauen Himmel in Gluthitze gehüllte fruchtbare Brynstschina, dieser gesegnete Landstrich zwischen Orjol und Brjansk, war von der Sonne braungebrannt wie Kaffee oder Schokolade.

Durch die Stadt schnitt sich schnurgerade die Hauptstraße, die in die Landstraße überging. Auf der einen Seite lagen eingestürzte Häuser, von Wurfgranaten in Schutthaufen verwandelt, und die entwurzelten, zersplitterten und angekohlten Bäume der eingeebneten Obstgärten. Auf der anderen Seite zog sich Ödland hin, vielleicht auch schon vor der Zerstörung der Stadt kaum bebaut, von Brand und Detonationen verschont, weil es hier nichts zu vernichten gab.

Auf der früher bebauten Seite stocherten obdachlos gewordene Einwohner in den Schutt- und Aschebergen, um noch etwas von ihrer Habe zu bergen, und trugen Gefundenes an einer Stelle zusammen. Andere schaufelten in aller Eile Erdgruben und stachen Grassoden aus, um diese Behausungen damit zu decken.

Auf der unbebauten Straßenseite standen weiße Zelte, dort drängten sich Lastautos und Pferdewagen aller möglichen Dienste der zweiten Staffel – versprengte Feldlazarette, verirrte, verängstigte und einander suchende Teile aller möglichen Fuhrparks, Intendanturen und Proviantlager. Hierher kamen magere, erschöpfte Halbwüchsige aus den Marschkompanien der Verstärkung, um sich zu entleeren, sich hinzusetzen, sich zu stärken, sich auszuschlafen und weiter nach Westen zu ziehen; sie trugen graue Käppis und schwere graue Militärmäntel und hatten ausgemergelte, erdgraue, von der Dysenterie blutleere Gesichter.

Die zur Hälfte gesprengte und in Schutt und Asche verwandelte Stadt brannte in der Ferne weiter, und dann und wann detonierten Zeitzünderminen. Die Grabenden in den Gärten unterbrachen immer wieder ihre Arbeit, wenn die Erde unter ihren Füßen bebte, richteten den gebeugten Rücken gerade, stützten sich auf den Schaufelstiel, wandten den Kopf in Richtung der Detonation, blickten lange, ruhten sich aus.

Dort stiegen zunächst in Säulen und Fontänen, dann in trägen schweren Wucherungen graue, schwarze, ziegelrote und rauchig feurige Wolken emporgewirbelten Schutts in die Luft, zerschwammen, entfalteten sich zu Federbüschen, fielen auseinander, sanken zu Boden. Dann nahmen die Leute ihre Arbeit wieder auf.

Eine der Wiesen auf der unbebauten Seite war von Büschen umsäumt und von alten Bäumen beschattet. Sie war gegen die übrige Welt abgeschirmt wie ein einzeln stehendes, in kühle Dämmerung getauchtes Gehöft.

Auf der Wiese warteten die Wäscheverwalterin Tatjana, zwei oder drei Regimentskameraden, ein paar Mann, die mitfahren wollten, und schließlich Gordon und Dudorow auf das Lastauto, das Tatjana und die ihr anvertraute Regimentshabe abholen sollte. Diese befand sich in mehreren übereinandergestellten Kisten. Tatjana wich keinen Schritt von ihnen, aber auch die anderen blieben in ihrer Nähe, um die Fahrgelegenheit, wenn sie sich bot, nicht zu verpassen.

Es dauerte lange, schon mehr als fünf Stunden. Die Wartenden hatten nichts zu tun. Sie lauschten dem unentwegten Geschwätz des plauderfreudigen und vielerfahrenen jungen Mädchens. Soeben erzählte sie von ihrer Begegnung mit Generalmajor Shiwago.

»Aber ja. Gestern war's. Sie haben mich zum General persönlich hingebracht. Generalmajor Shiwago. Er ist auf der Durchreise hier, interessiert sich für Christina, fragt alle aus. Augenzeugen, die sie gekannt haben. Da haben sie mich ihm gezeigt. Das ist ihre Freundin, haben sie ihm gesagt. Und er hat mich hinbestellt. Sie haben mich also zu ihm hingebracht. Er macht einem überhaupt keine Angst. Gar nichts Besonderes. Wie alle Leute. Schlitzaugen, schwarze Haare. Na, ich hab ihm erzählt, was ich weiß. Er hat zugehört und danke gesagt. Und du, hat er gesagt, wer bist du, wo kommst du her? Ich natürlich, so und so, hab alles abgestritten. Womit kann ich schon angeben? Ich war Besprisornik. Und überhaupt. Ihr wißt ja Bescheid. Besserungshäuser, Herumtreiben. Aber er, macht nichts, erzähl, sagt er, keine Bange, brauchst dich nicht schämen. Na, ich schüchtern, zuerst bloß paar Worte, da hat er genickt, und ich hab mir ein Herz gefaßt. Ich hab ja wirklich was zu erzählen. Wenn ihr das hört, ihr glaubt's mir nicht, dann sagt ihr, die spinnt. Na, er auch. Wie ich fertig war, ist er aufgestanden und immer auf und ab in der Stube. Sag bloß, meint er, das sind ja tolle Geschichten. Hör zu, sagt er. Jetzt habe ich keine Zeit. Aber ich finde dich wieder, keine Bange, ich bestell dich noch einmal her. Ich hätte nie gedacht, so was zu hören. Und dich laß ich nicht im Stich, hat er gesagt. Ich muß bloß noch paar Sachen klären, paar Einzelheiten. Womöglich, sagt er, werd ich noch dein Onkel, und du wirst eine Generalsnichte. Ich schick dich zum Studium auf die Hochschule, welche du willst. Bei Gott, ich sag die Wahrheit. Was es nicht alles für Witzbolde gibt.«

In diesem Moment erschien auf der Lichtung ein langgestrecktes schweres Fuhrwerk mit hohen Seiten, wie es in

Polen und Westrußland zum Einfahren von Getreide benutzt wird. Den mit zwei Pferden bespannten Wagen lenkte ein Trainsoldat, ein Fuhrmann, wie man früher sagte. Er sprang vom Bock und begann die Pferde auszuspannen. Alle, außer Tatjana und ein paar Soldaten, umstanden den Fuhrmann und redeten auf ihn ein, nicht auszuspannen, sondern sie zu ihrem Ziel zu fahren, für Geld natürlich. Der Soldat lehnte ab, denn er hatte nicht das Recht, über die Pferde und den Wagen zu verfügen, und mußte seine Aufträge ausführen. Er brachte die ausgespannten Pferde irgendwohin und zeigte sich nicht wieder. Alle, die auf der Erde saßen, standen auf und nahmen auf dem leeren Wagen Platz. Tatjana setzte ihre Erzählung fort, die vom Erscheinen des Wagens und von den Verhandlungen mit dem Fuhrmann unterbrochen worden war.

»Was hast du dem General erzählt?« fragte Gordon. »Wiederhol uns das, wenn du kannst.«

»Warum nicht?«

Und sie erzählte ihnen ihre grausige Geschichte.

4

»Ich hab wirklich was zu erzählen. Die Leute haben mir gesagt, ich stamme nicht aus einfachen Verhältnissen. Fremde haben es mir erzählt, vielleicht habe ich es auch selber im Herzen bewahrt, jedenfalls weiß ich, meine Mutter, Raissa Komarowa, war die Frau eines untergetauchten russischen Ministers in der Weißen Mongolei, des Genossen Komarow. Dieser Komarow war vermutlich nicht mein richtiger Vater. Na ja, ich bin natürlich ein ungebildetes Mädchen, ohne Eltern aufgewachsen. Ihr werdet vielleicht lachen, wie ich das so sag, aber ich erzähl, was ich weiß, versetzt euch in meine Lage.

Ja. Also, was ich jetzt erzähl, das hat sich hinter Kruschizy abgespielt, am andern Ende von Sibirien, jenseits von Kasachstan, nicht weit von der chinesischen Grenze. Wie wir damals, das heißt die Roten, auf ihre Weiße Hauptstadt vorrückten, hat dieser Minister Komarow meine Mutter mit der ganzen Familie in einen Sonderzug gesetzt und befohlen, sie wegzubringen, denn meine Mutter war ganz verängstigt und traute sich ohne ihn keinen Schritt zu gehen.

Von mir hat dieser Komarow gar nichts gewußt. Er wußte nicht, daß ich auf der Welt war. Meine Mutter hatte mich während der langen Trennung zur Welt gebracht, und sie hatte Todesangst, jemand könnte ihm das ausplaudern. Er konnte Kinder überhaupt nicht leiden, und er hat mit den Füßen gestampft und geschrien, das brächte bloß Dreck ins Haus und Unruhe. Ich kann das nicht leiden, hat er geschrien.

Also, wie die Roten näherrückten, schickte meine Mutter nach der Streckenwärterin Marfa auf dem Haltepunkt Nagornaja, drei Stationen von der Stadt. Ich erklär euch das. Zuerst kam die Station Nisowaja, dann der Haltepunkt Nagornaja und schließlich der Samsonowski-Paß. Ich überleg mir so, woher meine Mutter diese Streckenwärterin gekannt hat. Wahrscheinlich hat die Marfa in der Stadt mit Grünzeug gehandelt und Milch gebracht. Ja.

Was ich sagen wollte, irgendwas weiß ich wohl nicht. Ich glaube, man hat meine Mutter getäuscht und ihr was Falsches gesagt. Weiß Gott was, nur für eine Zeitlang sollte das sein, nur für ein paar Tage, bis sich das Durcheinander gelegt hätte. Nicht so, daß ich für immer in fremde Hände komme zur Erziehung. Sonst hätte meine Mutter doch nie ihr Kind weggegeben.

Na ja, wie das bei Kindern so ist. Du kommst zu der Tante, die Tante gibt dir einen Pfefferkuchen, die Tante ist gut, du hast keine Angst vor ihr. Wie ich dann später geheult und gejammert hab, wie mein Kinderherz vor Heimweh vergangen ist, daran will ich lieber nicht denken. Aufhängen wollt ich mich, so klein wie ich war, ich bin fast wahnsinnig geworden. Ich war ja noch ganz klein. Vermutlich hat Tante Marfa Geld gekriegt für meine Ernährung, viel Geld.

Der Hof bei dem Bahnwärterhaus war reich, eine Kuh und ein Pferd, allerlei Geflügel natürlich und für den Gemüseanbau soviel Land, wie man wollte auf dem Bahngelände, dazu natürlich eine mietfreie Wohnung, das Wärterhäuschen stand direkt an den Gleisen. Von meiner Heimat her kroch der Zug nur mühsam bergan, überwand die Steigung mit großer Mühe, doch wenn er von euch aus Rußland kam, machte er volle Fahrt und mußte bremsen. Im Herbst, wenn der Wald kahl wurde, konnte man unten die Station Nagornaja deutlich sehen.

Ihn, Onkel Wassili, hab ich, wie auf dem Dorf üblich, Papachen genannt. Er war ein lustiger und gutmütiger Mensch, bloß viel zu vertrauensselig; wenn er blau war, hat er alles von sich ausposaunt, wie man so sagt, das Schwein erzählt's dem Eber, und der Eber erzählt's der ganzen Stadt. Seine ganze Seele hat er jedem Hergelaufenen ausgebreitet.

Zu der Wärterin hab ich nie Mama sagen können. Schließlich hatte ich meine Mutter noch nicht vergessen, oder aus anderen Gründen, jedenfalls hatte ich schreckliche Angst vor Tante Marfa. Ja. Tante Marfa hab ich zu der Wärterin gesagt.

Na ja, die Zeit verging, Jahre vergingen. Wie viele, weiß ich nicht mehr. Wenn ein Zug vorbeikam, bin ich schon mit dem Fähnchen rausgelaufen. Das Pferd ausspannen oder die Kuh holen, das war nichts Besonderes für mich. Auch Spinnen hab ich von Tante Marfa gelernt. Hausarbeit sowieso. Fußboden fegen, aufräumen, kochen, Teig kneten, das war für mich nichts weiter, das hab ich alles gekonnt. Ach ja, fast hätt ich's vergessen, auf Petenka hab ich aufgepaßt. Der war drei Jahre alt und hatte gelähmte Beinchen, hat immer dagelegen, konnte nicht gehen, für den war ich das Kindermädchen. Soviel Jahre auch vergangen sind, mir wird noch immer ganz gruselig, wie Tante Marfa nach meinen gesunden Beinen geschielt hat, als ob sie sagen wollte, warum sind die nicht gelähmt, lieber bei mir als bei Petenka, sie hat so geguckt, als ob ich Schuld hätte, denkt bloß mal, was es für böse und unwissende Menschen gibt auf der Welt.

Und jetzt hört gut zu, alles bisher waren bloß Blümchen, wie man so sagt, ihr werdet nur so staunen, was jetzt kommt.

Wir hatten damals die NÖP, und tausend Rubel waren bloß eine Kopeke wert. Onkel Wassili hat unten im Ort eine Kuh verkauft und zwei Säcke Geld mitgebracht, Kerenski-Rubel hieß das, Entschuldigung, nein, Limonen sagte man damals, er hat gesoffen und seinen Reichtum in ganz Nagornaja ausposaunt.

Ich weiß noch, es war ein windiger Herbsttag, der Wind hat am Dach gezerrt und einen umgeworfen, und die Lokomotiven haben die Steigung nicht geschafft, wenn ihnen der Wind entgegenblies. Da ist von oben eine alte Frau gekommen, eine Wallfahrerin, und der Wind hat ihren Rock und das Tuch gezaust.

Die Wallfahrerin hat gestöhnt und sich den Bauch gehalten, und sie hat uns gebeten, sie ins Haus zu lassen. Wir haben sie auf die Bank gelegt, au, hat sie geschrien, ich kann nicht mehr, ich hab Magenkrämpfe, ich muß wohl sterben. Und dann hat sie gebeten, bringt mich um Christi willen ins Krankenhaus, ich kann auch bezahlen, es tut mir nicht leid ums Geld. Da hat Papachen den Draufgänger eingespannt, hat die alte Frau auf den Wagen gelegt und sie zum Semstwo-Krankenhaus gebracht, das war fünfzehn Werst von der Strecke weg.

Wie lange es gedauert hat, weiß ich nicht mehr, Tante Marfa und ich haben uns schlafen gelegt, da hörten wir, wie der Draufgänger vor dem Fenster wiehert und unser Wagen in den Hof fährt. Das war irgendwie viel zu früh. Na, Tante Marfa hat das Feuer angeblasen und die Jacke angezogen, sie wollte nicht warten, bis Papachen klopft, und hat selber den Haken aufgemacht.

Sie macht also den Haken auf, aber vor der Tür steht nicht Papachen, sondern ein fremder Kerl, schwarz und unheimlich, der sagt: ›Zeig mir, wo das Geld für die Kuh ist. Ich‹, sagt er, ›hab im Wald deinen Mann umgebracht, aber dir tu ich nichts, Weib, wenn du mir sagst, wo das Geld ist. Sagst du's aber nicht, dann weißt du ja Bescheid, dann bist du selber schuld. Laß mich besser nicht warten. Ich hab keine Zeit, mich hier mit dir zu amüsieren.‹

Du lieber Gott, Genossen, was uns da geschah, versetzt euch in unsere Lage! Wir haben gezittert, wir waren mehr tot als lebendig, wir konnten nicht reden vor Entsetzen, grauenhaft war's! Erstens, weil er Wassili umgebracht hat, er sagte uns, er hat ihn mit der Axt erschlagen. Und zweitens dieses Unglück: Wir allein mit dem Räuber in dem Wärterhaus; natürlich war das ein Räuber, den wir im Haus hatten.

In dem Moment wohl hat Tante Marfa den Verstand verloren, das Herz ist ihr fast geplatzt wegen ihrem Mann. Dabei mußte sie tapfer sein, durfte es nicht zeigen.

Als erstes ist sie ihm zu Füßen gefallen. Erbarm dich, hat sie gesagt, tu mir nichts, ich weiß von nichts, ich hab keine Ahnung von deinem Geld, was redest du, das hör ich zum erstenmal. Aber als ob der Verfluchte so einfältig wär, daß er sich mit Worten abspeisen ließ. Und da ist ihr ein Gedanke gekommen, wie sie ihn überlisten könnte. ›Na schön‹, hat sie gesagt, ›du sollst deinen Willen haben. Das

Geld ist unterm Fußboden‹, hat sie gesagt. ›Ich mach die Falltür auf, dann kannst du runtersteigen.‹ Der Satan aber hat ihre List durchschaut. ›Nein‹, hat er gesagt, ›du bist die Hausfrau, du kannst das besser. Steig selber runter‹, hat er gesagt. ›Wenn du willst, unterm Fußboden, wenn du willst, auf dem Dach, Hauptsache, ich krieg das Geld. Aber merk dir‹, hat er gesagt, ›mit mir ist nicht gut Kirschen essen.‹

Da sagt sie zu ihm: ›Gott sei mit dir, was zweifelst du? Ich würd's ja machen, aber ich kann nicht. Ich will dir lieber von der obersten Stufe leuchten. Keine Bange, damit du mir glaubst, geb ich dir meine Tochter mit runter‹ – so wie mich.

O mein Gott, liebe Genossen, stellt euch vor, wie mir wurde, als ich das hörte! Ich dachte, das ist das Ende. Mir wurde schwarz vor den Augen, die Beine sind mir eingeknickt, und ich hab gedacht, ich fall hin.

Aber der Bösewicht, wieder nicht dumm, hat uns beide angeguckt mit schmalen Augen und schief gegrinst. ›Denkste‹, hat er gesagt, ›mich legst du nicht rein.‹ Er hat gesehen, daß es ihr nicht leid war um mich, ich war nicht ihre Tochter, ich war fremdes Blut, da hat er Petenka am Arm geschnappt, mit der andern Hand nach dem Ring gegriffen und die Falltür aufgemacht. ›Leuchte mir‹, hat er gesagt, dann ist er mit Petenka die Leiter runter.

Ich denk mir, Tante Marfa muß da schon wahnsinnig gewesen sein, sie hat nichts mehr begriffen, hatte ihren Dachschaden weg. Kaum ist der Bösewicht mit Petenka unterm Fußboden, da hat sie die Falltür zugeknallt und das Schloß vorgelegt und die schwere Truhe auf die Luke geschoben und mir Zeichen gemacht, ich soll helfen, für sie allein ist es zu schwer. Sie hat die Truhe drübergeschoben und sich draufgesetzt und sich gefreut, die dumme Person. Kaum saß sie auf der Truhe, da hat der Räuber von unten losgebrüllt und gegen den Fußboden gehämmert, so als wie, laß mich lieber im Guten raus, sonst bring ich deinen Petenka um. Was er sagte, war durch die dicken Bretter nicht zu hören, aber das war auch nicht weiter wichtig. Wie ein wildes Tier aus dem Wald hat er gebrüllt, um uns Angst zu machen. Jetzt ist es aus mit deinem Petenka, hat er geschrien. Bloß sie hat nichts verstanden. Sie hat dagesessen, hat gelacht und mir zugezwinkert, so als wie, red du nur, ich sitz auf der Truhe und hab die Schlüssel in der Hand. Ich hab Tante Marfa auf alle mögliche Weise zugeredet. Ich hab ihr ins Ohr geschrien, ich wollte sie von der Truhe runterschubsen. Wir mußten den Keller aufmachen, um Petenka zu retten. Aber wie sollte ich das schaffen? Wie sollte ich mit ihr fertig werden?

Er hat gegen den Fußboden geklopft und geklopft, die Zeit verging, sie rollt mit den Augen und hört nichts.

Nach einiger Zeit – mein Gott, mein Gott, was hab ich nicht alles gesehen und erlebt, aber so was Grausiges nie wieder, und wenn ich ewig leb, immer werd ich Petenkas klägliches Stimmchen hören, wie er unterm Fußboden geschrien und gestöhnt hat, Petenka, das Engelsseelchen, er hat es totgebissen, der verfluchte Kerl.

Was mach ich jetzt, was mach ich jetzt, hab ich gedacht, mit der wahnsinnigen alten Frau und mit dem Räuber und Mörder? Die Zeit ging hin. Wie ich noch so überleg, hör ich vorm Fenster den Draufgänger wiehern, der hat ja noch angespannt dagestanden. Ja. Draufgänger hat gewiehert, als ob er sagen wollte, los, Tatjana, laß uns schnell zu guten Menschen fahren und Hilfe holen. Ich seh, es wird schon Morgen. Wie du meinst, hab ich gedacht, danke, Draufgänger, du hast mich auf die Idee gebracht, hast ja recht, laß uns losfahren. Und kaum hab ich das gedacht, da hör ich, als ob mir jemand aus dem Wald zuruft: ›Warte, nicht so eilig, Tatjana, wir erledigen das auf andere Weise.‹ Und ich war im Wald nicht mehr allein. Und auf einmal, als ob anheimelnd ein Hahn kräht, pfeift unten die wohlbekannte Lokomotive, und ich hab sie am Pfiff erkannt, nämlich sie hat in Nagornaja immer unter Dampf gestanden, und sie wurde Schieber genannt, denn sie mußte Güterzüge von hinten bergan schieben helfen, und jetzt kam ein gemischter Zug, der fuhr jede Nacht um diese Zeit vorbei, also, ich hör, wie mich die bekannte Lokomotive von unten ruft. Da hat mir das Herz ganz schön geklopft. Womöglich bin ich wie Tante Marfa nicht bei Verstand, hab ich mir gedacht, wenn ein lebendiges Wesen, eine stumme Maschine in deutlichem Russisch zu mir spricht.

Na ja, wozu lange überlegen, keine Zeit, der Zug war schon nah. Ich hab mir die Laterne geschnappt, es war ja noch nicht richtig hell, und wie eine Verrückte auf die Gleise; mitten zwischen den Schienen hab ich gestanden und die Laterne hin und her geschwenkt.

Was soll ich sagen, der Zug ist stehengeblieben, er war sowieso gegen den Wind ganz, ganz langsam gefahren. Ich hab ihn also angehalten, und der Lokführer, den kannte ich, der hat sich rausgebeugt und was gefragt, das hab ich nicht gehört wegen dem Wind. Ich hab ihm zugerufen, Überfall auf den Eisenbahnposten, Mord und Raub, der Räuber ist im Haus, hilf mir, Genosse Onkelchen, ich brauch schnell Hilfe. Wie ich das sag, springen Rotarmisten aus den Waggons runter auf den Bahndamm, einer nach dem andern, das war ein Militärzug, ja, die Rotarmisten springen runter und fragen, was los ist, und staunen, was das wohl soll, daß mitten im Wald auf der steilen Strecke der Zug angehalten wird.

Ich hab ihnen alles erzählt, da haben sie den Räuber aus dem Keller geholt, und er hat gepiepst, noch dünner als Petenka, erbarmt euch, gute Leute, hat er gesagt, laßt mich leben, ich tu's nie wieder. Sie haben ihn zwischen die Schienen gelegt, Arme und Beine an die Schienen gebunden und den Zug über den lebendigen Mann drübergefahren – Selbstjustiz.

Ich bin gar nicht mehr zurück ins Haus, um meine Sachen zu holen, solche Angst hatte ich. Ich hab sie gebeten, laßt mich mit dem Zug mitfahren, Onkelchens. Da haben sie mich mitgenommen und weggebracht. Später bin ich – wirklich wahr – die halbe Erde abgefahren, in der Fremde und bei uns, zusammen mit anderen Besprisorniks, wo ich nicht alles war! Da hab ich die Freiheit kennengelernt, ein Glück war das nach dem kindlichen Kummer! Freilich hab ich auch viel Not und Sünde kennengelernt. Das war aber alles später, das erzähl ich euch ein andermal. Damals ist ein Eisenbahner in das Wärterhaus gegangen, um das Staatseigentum zu übernehmen, sich um Tante Marfa zu kümmern und ihr Leben zu ordnen. Sie soll später im Irrenhaus gestorben sein. Andere sagen, sie ist wieder gesund geworden.«

Gordon und Dudorow gingen nach dem Gehörten noch lange schweigend auf der Wiese hin und her. Dann kam ein Lastwagen, plump und ungefüg, von der Straße auf die Wiese gefahren. Die Kisten wurden aufgeladen. Gordon sagte: »Hast du mitgekriegt, wer das ist, die Wäscheverwalterin Tatjana?«

»Oh, natürlich.«

»Jewgraf Shiwago will sich um sie kümmern.« Nach kurzem Schweigen fügte Gordon hinzu: »So war es schon oft in der Geschichte. Etwas Erfundenes – ideal, erhaben – vergröbert sich, wird zur Materie. So wurde aus Griechenland Rom, so wurde die russische Aufklärung zur russischen Revolution. Nimm bloß mal Blocks ›Wir Kinder von Rußlands Schreckensjahren‹, dann siehst du sofort den Unterschied der Epochen. Als Block das sagte, war es in übertragenem Sinne, bildlich zu verstehen. Die Kinder waren nicht Kinder, sondern Söhne, geistige Schöpfungen, Intelligenz, und die Schrecken waren nicht schrecklich, sondern providentiell, apokalyptisch, und das sind verschiedene Dinge. Jetzt ist alles Übertragene wörtlich geworden, die Kinder sind Kinder, die Schrekken sind schrecklich, das ist der Unterschied.«

5

Fünf oder zehn Jahre waren vergangen. An einem stillen Sommerabend saßen sie wieder beisammen, Gordon und Dudorow, irgendwo hoch droben über dem endlosen abendlichen Moskau am offenen Fenster. Sie blätterten in dem von Jewgraf zusammengestellten Heft mit Juris Schriften, die sie schon oft gelesen hatten und zur Hälfte auswendig wußten, wechselten Bemerkungen und gaben sich Betrachtungen hin. Darüber wurde es dunkel, sie konnten die Buchstaben nicht mehr erkennen und mußten Licht machen.

Drunten und in der Ferne lag Moskau, die Heimatstadt des Autors, in der er die Hälfte seines Lebens verbrachte. Die Stadt dünkte sie jetzt nicht Schauplatz dieser Ereignisse, sondern Hauptheldin einer langen Geschichte, deren Ende sie sich jetzt näherten mit dem Heft in der Hand.

Aufklärung und Befreiung, die sie nach dem Krieg so erhofft hatten, waren nach dem Sieg ausgeblieben, und doch schwebte in den Nachkriegsjahren eine Vorahnung der Freiheit in der Luft und bildete ihren einzigen historischen Gehalt.

Die gealterten Freunde am Fenster hatten den Eindruck, daß die innere Freiheit schon gekommen sei, daß sich gerade an diesem Abend die Zukunft spürbar in den Straßen drunten ausbreitete und daß sie selbst in diese Zukunft eingetreten waren und fortan in ihr sein würden. Ein glückliches, gerührtes Beruhigtsein um diese heilige Stadt und um die ganze Erde, um die noch lebenden Teilnehmer dieser Geschichte und ihre Kinder erfüllte sie und hüllte sie in die unhörbar strömende Musik des Glücks. Das Büchlein in ihren Händen schien all das zu wissen und verlieh ihren Gefühlen Unterstützung und Bestätigung.

Siebzehnter Teil

Die Gedichte Juri Shiwagos

1 Hamlet

Der Lärm verebbt. Ich trete auf die Bühne.
Und gelehnt ans Pfostenholz der Tür,
Erlausche ich im Nachhall ferner Töne,
Was im Leben noch geschieht mit mir.

Durchs Visier von tausend Operngläsern
Starrt auf mich des Raumes Dunkelheit.
Abba, Vater, wenn es möglich wäre,
Lenke diesen Kelch an mir vorbei.

Zwar liebe ich dein eigensinnig Planen
Und bin, meinen Part zu spielen, gewillt.
Dieses aber ist ein andres Drama,
Diesmal, bitte, schon dein Ebenbild.

Fest gewickelt ist die Handlungsspule,
Und die Tore sind aufs End gestellt.
Ich bin allein: im Pharisäerrudel.
Leben ist kein Gang durch freies Feld.

2 März

Sonne treibt den Schweiß aus allen Poren.
Es tost die Schlucht, gefüllt bis an den Rand.
Wie der drallen Viehmagd von der Forke
Geht dem Frühling alles von der Hand.

Schmilzt der Schnee, der blutarm bleiche,
Kraftlos in der blauen Adern Bahn,
Wallt das Leben in des Kuhstalls Reiche,
Blitzt voller Kraft der Gabel Zahn.

Diese Nächte, diese Tage, Nächte!
Dieses Tropfen um den Mittagsschrei,
Der Dacheiszapfen tauende Gebrechen
Und die Bäche, schlaflos allezeit!

Offen alles, Kuh- und Pferdeställe.
Ein Taubenschwarm, der seinen Hafer frißt.
Doch als Quell und Würze allen Lebens
Dampft und duftet frischer Mist.

3 In der Karwoche

Noch ist es dunkel wie im All,
Liegt Frühe auf den Halmen.
Die Sterne sind noch ohne Zahl,
Und jeder scheint mit hellem Strahl.
Blieb der Erde freie Wahl,
Verschliefe sie das Ostermahl
Beim Gesang der Psalmen.

Noch ist es dunkel wie im All:
Nichts weckt die Schattenpaare.
Der Platz, vom Eck zum Kreuzungspfahl,
Erstreckt sich wie ein ewiger Saal.
Zu Dämmerung und Sonnenstrahl
Sind's wohl noch tausend Jahre.

Noch ist die Erde splitternackt.
Zu steif sind ihre Glieder,
Um glockenläutend und im Takt
Dem Chorsang zu erwidern.

Vom grünen Donnerstage an
Bis hin zum Ostersamstag
Schießt Wasser in den Uferhang
Und läßt die Wirbel tanzen.

Der Wald steht bloß und ungedeckt.
Zur Leidenszeit des Herrn
Steht betend, zweiggereckt,
Das Spalier der Kiefern.

Und in der Stadt, auf engstem Raum,
Wie eine Schar Fürbitter,
Drängt nackend sich Baum an Baum
An den Kirchengittern.

Ihr Blick ist schreckgehemmt.
Verständlich das Betragen:
Den Gärten platzt das Lattenhemd,
Die Erde bebt im Fundament:
Dort trägt man Gott zu Grabe.

Man sieht ein Licht am Königstor.
Und schwarze Kleider, Kerzenflor,
Vertrauerte Gesichter –
Auf einmal naht der Kreuzeszug,
Mit dem Bahrtuch, dem verschwitzten.
Zwei Birken ragen zu weit vor
Und müssen seitwärts spritzen.

Der Zug umkurvt den Kirchenhof
Am Rand des Bürgersteiges,
Bringt Frühling und sein Flüsterwort,
Luft mit Geschmack von Osterbrot
Von draußen in den Gottesort
Und Feuerduft von Zweigen.

Und der März verteilt den Schnee
An eine Krüppelschar,
Als trät ein Mensch vor das Portal
Und leerte seinen Kleiderschrank
Bis auf den letzten Faden.

Noch bis zum Frührot singt der Chor,
Eh man sich ausgesungen.
Dann dringen, leiser, vor das Tor
In der Laternen öden Chor
Psalm und Apostelzunge.

Zur Mittnacht schweigen Mensch und Tier.
Der Lenz macht sie begreifen:
Tritt Tag erst durch die Himmelstür,
Unterliegt der Tod auch hier
Dem Auferstehn des Fleisches.

4 Weiße Nacht

Aus den Schluchten meines Gedächtnisses
Steigt ein Uferhaus in Petersburg.
Kind bist du einer armen Gutsherrin
Und Kursantin, gebürtig aus Kursk.

Lieb bist du, von Verehrern umringt.
Diese leuchtende Nacht durchschwatzen
Wir, gestützt auf den Fenstersims
Deines irdischen Wolkenkratzers.

Die Laternen: Schmetterlinge aus Gas.
Der Morgen rührt sie erschauernd.
Was ich dir flüstre, ernst und im Spaß,
Gleicht den verschlafenen Auen.

Uns verbindet die schüchterne, große
Treue, die wir zum Geheimnis bewahren.
Wie wir Petersburg durch die endlose
Newa als Panorama erfahren.

Dort, im dichtesten Waldgebiet,
Haben in dieser lenzweißen Nacht
Nachtigallen im schallenden Lied
Die Büsche zum Hallen gebracht.

In verrücktem Schnalzen verliert
Sich die Stimme des Federgewichts,
Weckt Begeisterung und irritiert
Die Tiefen des verzauberten Dickichts.

Orte wie diese sind's, wo die Nacht
Barfüßig den Zaun entlangstreift.
Vom Fenstersims folgt ihr der Pfad
Des belauschten Gesprächs.

Im Nachhall dieses Gesprächs
Verhüllen sich, Garten um Garten,
Kirsch- und Apfelzweige verschämt
In Schleiern von weißer Farbe.

Die Bäume, wie weiße Gespenster,
Erstürmen in Scharen den Weg,
Als möchten sie Abschied winken
Der Nacht, die so vieles gesehn.

5 Frühlingsweglosigkeit

Die Glut des Abendrots erlosch.
Durch Schlamm, Uralurwald
Quälte sich, zu einem Hof,
Eine berittene Gestalt.

Dem Pferde gluckste das Gedärm.
Dem Klatschen seiner Hufe
Folgte der gedämpfte Lärm
Der unterirdischen Strudel.

Ließ locker er die Zügel,
Und ging sein Pferd im Schritt,
Schwoll an der Fluten Wüten
Längs des Weges hin.

Da waren Lachen und Weinen,
Zerbrochene Klippen und Kies,
Wirbelverschluckte Steine,
Stümpfe, gerissen vom Fels.

Im Aschenest der Abendröte,
Auf Zweigen, fern und fahl,
Sang, wie eine Brandsirene,
Im Koller die Nachtigall.

Wo die Weide ihr Witwentuch wrang
Und niederließ in die Tiefe,
Hat sie, wie Räuber Nachtigall,
Auf sieben Eichen gepfiffen.

Welchem Unheil, welcher Flamme,
Galt ihr Feuereifer bloß,
Daß sie, im dichten Walde,
Solch Flintenschrot verschoß?

Es schien, sie käm als Waldgeist
Von flüchtigen Verbannten
Und ginge zu den Reitern
Und Wachen der Partisanen.

Und Erde, Himmel, Wald und Feld
Vernahmen ihre Laute,
Zu gleichen Teilen angefüllt
Von Wahn und Weh, Glück und Trauer.

6 Erklärung

Grundlos zurück kam das Leben,
Wie es sich einst unterbrach.
Dieselbe Straße, wo sich's begeben,
Alles wie damals: Stunde und Tag.

Gleiche Menschen, gleiche Sorgen
Und der Abendbrand nicht kalt.
Den, an die Manegenmauer,
Der Todesabend angenagelt.

Frauen in billigen Fetzen
Laufen die Hacken sich ab
Und werden auf den Eisenblechen
Der Dächer aufs Kreuz gepackt.

Da tritt eine, schweren Schritts,
Müde über die Schwelle
Ihrer Kellerwohnung ans Licht,
Sich übern Hof zu entfernen.

Wieder üb ich faule Reden,
Wieder ist mir's einerlei.
Die Nachbarin, ums Hofeck biegend,
Läßt uns beide nun allein.

Hör auf, sei still, heul nicht herum
Mit schiefgezogenem Munde.
Du reißt dir nur den Fieberschorf
Von den Frühlingswunden.

Nimm die Hand von meiner Brust,
Wir stehen unter Spannung.
Sonst reißt es uns, sei dir bewußt,
Von neuem ineinander.

Vergeht die Zeit, trägst du den Ring,
Vergißt das wilde Paar.
Frau werden ist ein großer Schritt,
Betören – eine Tat.

Ich steh vorm Wunder weicher Glieder,
Vor Rücken, Schultern, Hals,
Wie ein hundetreuer Diener,
Den ewig Ehrfurcht plagt.

Behält die enge Nacht mich auch
In ihrem Schmerzensbuch:
Noch stärker ist der Drang hinaus,
Verführt die Lust zum Bruch.

7 Sommer in der Stadt

Spätgespräche im Flüsterton
Und in feueriger Eile.
Und den Schopf hoch aufgetürmt,
Daß der Nacken freiliegt.

Unterm dicken Kamm aus Horn
Schaut behelmt eine Frau,
Ins Genick geworfen den Kopf
Und die Zöpfe verstaut.

Vor dem Fenster, die heiße
Nacht verspricht ein Gewitter.
Und die Fußgänger schleichen
Heim, mit schleppenden Schritten.

Draußen donnert's, wie abgehackt,
Mit verzögertem Hall.
Von den Windstößen hart gepackt,
Weht der Fenstervorhang.

Stille tritt nun ins Zimmer.
Satt und feucht ist die Luft.
Blitze zucken noch immer,
Horizonthin die Flucht.

Hat der lichthelle Morgen
In der steigenden Hitze
Alle Pfützen getrocknet,
Die vom Nachtguß geblieben,

Stehn verbiestert die Linden
In noch blühender Pracht.
Sie haben, hundertjährig,
Kein Auge zugemacht.

8 Wind

Ich bin am Ende, aber du bist wach.
Und der Wind, er weint und klagt,
Rüttelt Wald und Datschendach.
Nicht jede Kiefer, Baum und Borke,
Nein, das ganze Waldgebiet
Mit seiner Weite viele Morgen,

Wie die Segelflotte liegt
In der Bucht, gewiegt, geborgen.
Und dies nicht in tollem Torkeln
Oder Wut, die blindlings zielt;
Es ist, als such er heulend Worte,
Zu summen dir ein Wiegenlied.

9 Hopfen

Unter Weiden und Efeuranken
Suchen wir Schutz vor dem Regen.
Unsere Schultern deckt ein Mantel,
Derweil ich den Arm um dich lege.

Ich irrte. Nicht Efeu, Hopfen
War's, der die Büsche umschlang.
So laß uns den Mantel unterstopfen,
Hingebreitet, der Länge lang.

10 Altweibersommer

Der Johannisbeere grobsamtne Blätter.
Vom Gelächter klirren die Rahmen.
Man schnipselt, säuert und pfeffert,
Legt Nelken in Marinade.

Der Wald wirft, der alte Spötter,
Diesen Lärm an den steilen Hang,
Wo die Sonne die Haselnußblätter
Wie im Feuer geröstet hat.

Hier taumelt der Weg in die Schlucht,
Dauert dich brüchiges Holz,
Von Trödler Herbst zusammengesucht
Und in die Tiefe gerollt.

Daß die Welt sich schlichter dreht,
Als mancher Schlaukopf meint,
Daß der Hain in Trauer steht
Und alles sein Ende vereint.

Daß es sinnlos ist, die Lider zu klappen,
Wenn alles vor dir zerstiebt
Und des Herbstes weiße Asche
Wie Spinnweb ins Fenster fliegt.

Der Pfad führt durch fehlende Latten,
Verliert sich im Birkenwald.
Im Hause ist Zwitschern und Lachen,
Lachen und Zwitschern im Wald.

11 Hochzeit

Im Gänsereigen durch den Hof
Nahen die Bekannten,
Im Haus der Braut geht es hoch
Her mit der Taljanka.

Von eins bis sieben in der Früh
Hockt man in den Stuben.
Hinterm Türfilz scheinen die
Gespräche zu verstummen.

Im Morgenrot, im tiefsten Traum,
Wenn die Braven schlafen,
Spielt wieder das Akkordeon auf,
Tritt man auf die Straße.

Es zauberte der Musikant
Aus seiner Quetschkommode
Händeklatschen, Münzenklang,
Gejubel und Gejohle.

Wieder, wieder, noch einmal
Drangen Stegreiffetzen
Vom Ende dieser feuchten Nacht
Zu denen in den Betten.

Eine mit schneeweißer Haut,
In Lärm, Geschrei und Pfiffen,
Schwebte nochmals wie ein Pfau
Und schwenkte ihre Hüften.

Winkte mit dem Arm, dem Kopf,
Immerfort sich drehend.
Wie sie übers Pflaster schob:
Pfau bis in die Zehen.

Der Eifer und der Lärm des Ulks,
Der gestampfte Reigen,
Fuhren in den Tartarus,
Wo die Wellen treiben.

Widerhallend fing der Hof
Auch an aufzuwachen
Und mischte seinen Morgenton
In Witz, Gespräch und Lachen.

In des Himmels hohes Feld,
Gleich aufgescheuchten Flecken,
Stiegen Tauben, ungezählt,
Aus ihren Holzverschlägen.

Als hätte man den Reisestart
Des jungen Paars verschlafen
Und sende ihm nun Wünsche nach
Für viele gute Jahre.

Das Leben ist nur Augenblick,
Der endend sich verschwendet.
Aufgelöst in andern sind
Einander wir Geschenke.

Ist nur Hochzeit, wie sie laut
Bricht in unsere Laube,
Nur ein Lied, nur ein Traum,
Eine graue Taube.

12 Herbst

Die Nächsten ließ ich lange fahren,
Auch die Verwandten ließ ich ziehn,
So daß ich einsam nun verharre,
Wo Stille Herz und Welt erfüllt.

Und ich mit dir in dieser Hütte.
Der Wald ist öd und menschenleer.
Und zugewachsen, wie im Liede,
Sind zur Hälfte Weg und Steg.

Allein sind wir, in stummer Trauer
Von rohen Balken nur gesehn.
Wir werden keine Arche bauen,
Wir wollen offen untergehn.

Wir setzen uns für noch zwei Stunden,
Ich nehm ein Buch, du stickst.
Das Frühlicht findet uns im Schlummer,
Obwohl wir eben noch geküßt.

So rauscht und rauscht, ihr tollen Blätter,
In des Herbstes Glut entbrannt,
Und füllt den Kelch, den wermutbittren,
Mit neuer Schwermut, übern Rand.

Ach, Hangen, Bangen, Verlangen!
In den September gestreut!
Gib dich des Herbstes Pranken!
Erstirb, oder lebe befreit!

Verwirrt wirfst du dein Kleid zu Boden,
Wie seine Blätter läßt der Hain,
Wenn du in meine Arme torkelst,
Im Schlafgewand, so seidenweich.

Du bist das Heil des letzten Schrittes,
Wenn Leben schlimmer wird als Wahn.
Der Schönheit Wurzel ist – das Wagnis.
Das zieht und zieht und zieht uns an.

13 Märchen

Einst, in alten Zeiten,
Fern im Märchenland,
Zog ein Lanzenreiter
Durch den Steppensand.

Eilte er ins Schlachten,
Wuchs im Steppenstaub
Ein Wald von schwarzen Tannen,
Wo die Ferne blaut.

Schmerzte ihn die Seele,
Warnte ihn das Herz:
Achte auf die Tränke,
Zieh den Sattel fest.

Taub blieb unser Reiter,
Und im Streckgalopp
Flog er wie ein Adler
Auf den Hügelkopf.

Bog vom Hünengrabe
In ein trocknes Tal,
Querte eine Ebene,
Nahm den Bergeskamm.

Geriet in einen Hohlweg,
Und auf schmalem Pfad
Folgte er den Fährten
Bis zum Quellenrand.

Alles innere Rufen
Und Gespür blieb schwach.
Er führte seine Stute
Geradewegs zum Bach.

Am Bache eine Höhle,
Vor ihr – eine Furt.
Wie von Schwefelbränden
Glomm das Höllentor.

Und im Purpurdampfen
Das den Blick begrub,
Hörte er das Schallen
Eines fernen Rufs.

Aufgeschreckten Sinnes
Lenkte er sein Pferd
Rasch in jene Richtung,
Da er den Schrei gehört.

Geschmiegt an seine Lanze,
Sah er, kampfbereit:
Drachenhaupt und Pranken,
Schwanz und Schuppenleib.

Mit den Flammenzungen
Säte er das Licht.
Dreifach schwanzumschlungen
Hielt er ein schönes Kind.

Pfiff er mit dem Schwanze
Wie ein Peitschennest,
Hielt er mit dem Halse
Des Mädchens Schulter fest.

Jenes Landes Regeln
Forderten es kalt,
Eine Sklavin hinzugeben
Dem Untiere im Wald.

Ackerland und Hütte,
All ihr Hab und Gut,
Erkauften sich die Leute
Mit diesem Bluttribut.

Das Tier umwand die Arme,
Begeiferte den Hals.
Solche Höllenmarter
Ward als Zins gezahlt.

Nach einem Blick zum Himmel
Ist der Held bereit:
Den Drachen zu besiegen,
Legt er die Lanze ein.

Fest geschloßne Lider.
Gebirge. Wolkenwand.
Wasser. Pässe. Flüsse.
Zeit und Zeitenrand.

Am Boden lag der Reiter,
Enthelmt in seinem Blut.
Das treue Pferd, mit seinen
Hufen trat's den Wurm.

Roß und toter Lindwurm,
Leib an Leib im Sand.
Der Reiter und das Mädchen,
Bewußtlos Hand bei Hand.

Heller ward der Mittag,
Eh sein Blau zerfloß.
Wer war sie? Zarentochter?
Landkind? Fürstensproß?

Im Übermaß der Freude
Floß ein Tränenbach.
Die Seele, bald vergessend,
Bald schlafend, bald erwacht.

Mal spannen sich die Muskeln,
Mal liegen sie erschlafft
Vom Verlust des Blutes
Und dem Schwund der Kraft.

Doch ihre Herzen schlagen.
Manchmal sie, mal er,
Heben sie die Köpfe
Und finden sie zu schwer.

Fest geschloßne Lider.
Gebirge. Wolkenwand.
Wasser. Pässe. Flüsse.
Zeit und Zeitenrand.

14 August

Frühmorgens kam, wie sie versprochen,
Die Sonne in mein stilles Zimmer,
In schrägen, safrangelben Streifen
Glitt sie vom Vorhang bis zum Diwan.

Sie tauchte in ihr warmes Ocker
Den nahen Wald, des Dorfes Hütten,
Mein Bett, die naßgeschwitzten Kissen
Und die Wand bei meinen Büchern.

Da fiel mir ein, aus welchem Grunde
Mein Kissen so durchfeuchtet war:
Mir träumte, daß in langem Zuge
Ihr schrittet hinter meinem Sarg.

Ihr folgtet einzeln und zu Paaren.
Da kam mir's wieder in den Sinn,
Daß, alten Stils, der sechste Achte
Das Fest Christi Verklärung ist.

Gewöhnlich loht an diesem Tage
Der Taborberg, ganz ohne Flammen.
Der Herbst, so klar wie Gottesstrahlen,
Hält aller Blicke wie gefangen.

Ihr gingt durchs kleine, elende,
Durchs zitternackte Erlenholz
Zum ingwerroten Friedhofswäldchen,
Rot wie Pfefferkuchenguß.

Der Himmel war erhabener Nachbar
Der endlich still gewordenen Wipfel,
Und mit gedehnten Hahnenschreien
Grüßten sich die fernsten Winkel.

Auf dem Kirchhof, unter Bäumen,
Stand der Tod, ein Landvermesser.
Er schätzte mich mit Ellenblicken,
Um das Grab mir auszustechen.

Für alle deutlich hörbar, war
Eine Stimme zu vernehmen:
Meine Stimme, ruhig und klar,
Sprach im Tone des Propheten:

»Leb wohl, azurene Verklärung,
Vergoldeter sechster August.
Verstreichele durch Frauenhände
Die Schmerzen dem, der scheiden muß.

Lebt wohl, ihr ungelebten Jahre.
Und du, mein unerschrockenes Weib,
Das widerstand den Höllenzaren.
Hör, daß ich dein Schlachtfeld bleib.

Leb wohl, du Wucht gespreizter Schwingen,
Des Fluges freie Willensmacht,
Und Bild der Welt, im Wort erschienen,
Und Schöpfertum und Wunderkraft.«

15 Winternacht

Es wehte, wehte Tag und Nacht,
In alle Lande.
Die Kerze brannte auf dem Tisch,
Die Kerze brannte.

Wie sommers Mücken in das Licht
Der Flamme treiben,
So stiebten Flocken übern Hof,
An ihre Scheiben.

Die Böen pappten an das Glas
Schild und Lanze.
Dic Kcrzc brannte auf dem Tisch,
Die Kerze brannte.

An heller Decke neigten sich,
Wie Schattenpaare,
Gekreuzte Arme, gekreuzte Beine
Und Schicksalsjahre.

Zu Boden fielen kleine Schuh
Mit leisem Poltern,
Derweil, wie Tränen, auf das Kleid
Wachstropfen rollten.

Und alles schwand in weißer Nacht,
Ins grau Geflammte.
Die Kerze brannte auf dem Tisch,
Die Kerze brannte.

Die Kerze flackerte im Zug.
Verführung grüßte
Den Schatten, der die Schwingen hob
Zum Kreuz der Lüste.

So wehte es den Februar.
Kein Ende kannte
Die Kerze, brennend auf dem Tisch.
Die Kerze brannte.

16 Abschied

An der Schwelle steht ein Mann
Und findet fremd das Haus.
Ihr Fortgang war wie eine Flucht.
Vor ihm liegt alles kraus.

Verwüstung herrscht in allen Zimmern,
Die er nicht voll bemerkt,
Weil Tränen ihn am Sehen hindern,
Schmerz den Kopf durchfährt.

Die Ohren sausen seit dem Morgen.
Träumt oder grübelt er?
Weshalb verfolgt ihn immerfort
Der Gedanke an das Meer?

Wenn der Rauhreif an den Scheiben
Gottes Welt verhüllt,
Gleicht die eingesperrte Trauer
Dem öden Meeresbild.

So teuer ist sie ihm gewesen,
In allen ihren Zügen,
Wie sich Meer und Küstenfelsen
Ineinanderschmiegen.

Und wie das Schilf von jedem Sturm
Versenkt wird, überwallt,
So sank auf seiner Seele Grund
Ihr Wesen: die Gestalt.

In Jahren voller Not und Qualen,
In Zeiten, reich an Leid,
Hoben sie des Schicksals Wogen
Vom Grund an seine Seite.

Durch ein Gewirr von Hindernissen,
Vorüber an Gefahr,
Trugen sie die Wellenspitzen
Bis in seinen Arm.

Davongefahren ist sie plötzlich,
Mag sein, gezwungenermaßen.
Die Trennung wird sie beide töten,
Der Schmerz die Knochen nagen.

Betroffen blickt der Mann umher:
Sie hat ganz ungezielt
Das Unterste hinaufgekehrt
Und alles durchgewühlt.

Er geht umher, und bis zum Dunkeln
Füllt er die Kommoden
Mit hingeworfenen Flicken,
Schnitten, Musterproben.

Als er in eine Nadel faßt,
Vergessen, fortzunehmen,
Sieht er sie mit einmal ganz,
Steigen ihm die Tränen.

17 Wiedersehen

Schnee begräbt die Wege
Und überlädt das Dach.
Ich trete vor die Schwelle:
Und lauf dir in den Arm.

Allein, in dünnem Mantel,
Ohne Hut und Überschuh,
Versuchst du, dich zu fassen
Und hast noch Schnee im Mund.

Die Bäume und die Zäune
Versinken fern im Schwarz.
Allein im Schneegestöber,
Stehst du wie erstarrt.

Wasser rinnt vom Kopftuch
Bis in den Ärmelrand,
Und Glanz getauter Flocken
Hat dein Haar entflammt.

Die blondgelockten Strähnen
Umspinnen das Gesicht,
Das Kopftuch und den Mantel
Mit ihrem warmen Licht.

Schnee auf nassen Wimpern,
Dein wehmütiger Blick.
Und der Leib, die Glieder:
Gedreht aus einem Stück.

Als wärest du mit Eisen
– Getaucht in Antimon –
Mir tief ins Herz geschnitten
Als kleines Medaillon.

Von nun erfüllt es ewig
Die Demut dieses Gesichts.
Und darum ist es nichtig,
Wie hart das Weltherz ist.

Drum haben wir die ganze
Nacht in den Schnee graviert.
Ich finde keine Grenze
Zwischen dir und mir.

Wer wird nach diesen Zeiten
Noch wissen, wie's uns ging,
Wenn Schwätzer sich verbreiten,
Doch wir schon nicht mehr sind?

18 Stern der Geburt

Der Winter war lang.
Es wehte der Wind.
Und kalt war dem krippengebetteten Kind
Am Hügelhang.

Es wurde vom Atem des Ochsen gewärmt.
So stand Tier bei Tier
Im Höhlengeviert,
Und über der Krippe schwamm wohliger Dampf.

Die Hirten schüttelten Körner und Mulm
Des Betts aus den Pelzen
Und starrten vom Felsen
Verschlafen in den nächtlichen Grund.

Dort, hinterm Schneefeld, ein Friedhofsgelände,
Mauern und Gräber,
Deichseln und Räder
Und über allem ein Himmel voll Sterne.

Und weiter, und niemals gesehn,
Verschämt wie ein Lämpchen
Im Fenster der Hirten,
Blinkte ein Stern über Bethlehem.

Und er entflammte, hell wie ein Schober,
Nicht himmelsverwandt:
Wie gestifteter Brand
Einer Tenne, eines ganzen Hofes.

Und stieg, wie eine lodernde Garbe
Heu oder Stroh.
Lichterloh,
Schreckte der Jungstern das zitternde All.

Der wachsende rötliche Schein des Neuen
War wie ein Zeichen.
So folgten drei Weise
Eilig dem Ruf dieses fesselnden Feuers.

Sie kamen, mit Kamelen und Gaben;
Und Eselchen, eines kleiner
Als das andre, den Berghang hinab.

In seltsamem Vorschein künftiger Zeiten
Wuchs in der Ferne, was später kam.
Der Geist der Epochen, die Träume und Welten
Und alles Neue der Galerien und Museen,
Die Zaubererkünste und Streiche der Feen,
Die Weihnachtsbäume und kindlichen Freuden.

Das Flimmern brennender Kerzen, die Ketten
Und all des farbigen Flitters Prunken.
– Noch grimmiger wehte der Wind aus der Steppe –
Die Äpfel und alle goldenen Kugeln.

Den Teich am Wege deckten teils Erlen,
Doch von ihrer Warte sah man sie ziehn,
Durch Nester von Krähen und Kronenäste:
Kamele und Esel, am Ufer dahin,
Erkannten die Hirten von ihrem Felsen.
»Gehn wir gemeinsam, das Wunder zu schauen«,
Sprachen sie und zurrten die Pelze.

Der Marsch durch den Schnee erhitzt die Vermummten.
Durchs helle Feld, wie Blätter von Glimmer,
Führten Barfußspuren hinter die Hütte.
Und diese Spuren, wie brennende Stummel,
Verbellten die Hunde im Sternenflimmer.

Die frostige Nacht glich einem Märchen,
Und jemand, aus einer der Wehen getreten,
Ging unsichtbar den Gehenden zur Seite.
Die Hunde schlichen, sie spürten Gefahr.
Geschmiegt an die Hirten, knurrten sie leise.

In selbiger Gegend, auf nämlichem Weg,
Schritten Engel inmitten der Menge.
Körperlos, waren sie nicht zu sehn,
Doch ließen sie Tapfen, von ihren Füßen.

Am Felsenstall drängte sich lärmend die Menge.
Es tagte. Zedernstämme traten hervor.
»Wer seid ihr?« fragte Maria die Fremden.
»Hirten und Engel vom himmlischen Chor,
Gekommen, euch beide zu lobpreisen.« –
»Ihr seid zu viele. Wartet am Tor.«

Im fliehenden Dunkel des aschgrauen Morgens
Vertraten sich Hirten und Treiber die Beine,
Fluchte das Fußvolk auf die Reiter,
Drängten sich an der Tränke die Leiber
Schreiender Kamele und keilender Esel.

Es tagte. Die Dämmerung fegte die letzten
Sterne wie Asche vom Himmelszelt.
Und Maria ließ aus dem Gedränge
Nur die Weisen durch die Spalte im Fels.

Sie fanden ihn schlafend in der Krippe.
Wie Mondlicht im Hohlstamm strahlte das Kind.
Den fehlenden Schafpelz ersetzten ihm
Die Lippen des Esels, die Nüstern des Rinds.

Sie standen im schattendunklen Stall
Und suchten flüsternd das passende Wort.
Da faßte jemand eines Weisen Gewand
Und schob und zog ihn am Gurt,
Bis jener bemerkte: durch den Spalt
Begrüßte die Jungfrau der Stern der Geburt.

19 Morgendämmerung

In meinem Leben warst du alles.
Dann kamen Krieg und Untergang,
Und lange, lange keine Nachricht,
Die die Trennung überwand.

Jetzt, nach ungezählten Jahren,
Reizt mich aufs neue deine Stimme.
Die ganze Nacht bei deinen Worten,
Erwachten wieder meine Sinne.

Mich zieht's hinunter, in die Menge,
In ihr morgendliches Schwingen.
Ich bin bereit, sie zu zersprengen
Und alle in die Knie zu zwingen.

So stürze ich denn auf die Treppe,
Als wenn zum erstenmal ich haste
Auf diese eingeschneite Straße
Mit ihrem noch verwaisten Pflaster.

Rings steht man auf, macht Licht und Feuer,
Trinkt Tee und eilt zur Straßenbahn.
Nur wenige Minuten später
Sieht mich die Stadt ganz anders an.

Im Flockenwirbel vor den Toren
Flicht der Schneesturm seine Netze.
Im Hals die halbgeschluckten Brocken,
Ergibt man sich der Morgenhetze.

Als steckte ich in ihrer Haut
Und hätte keine anderen Sorgen,
Schmelz ich, wie die Flocke taut,
Heb die Brauen wie der Morgen.

Mit mir sind Menschen ohne Namen,
Bäume, Kinder, wer noch blieb.
Ich bin schwächer als sie alle,
Und nur darin liegt mein Sieg.

20 Das Wunder

Er zog von Bethanien nach Jerusalem,
Von künftiger Trauer beschwert.

Verbrannt stand das Dornengestrüpp am Hang,
Und über der Hütte tanzte kein Rauch.
Die Luft war heiß, das Schilf erstarrt,
Das Tote Meer: ein apathischer Bauch.

Wetteifernd mit dem bitteren Meer,
Zog er mit kleiner Wolkenschleppe
Auf staubigem Pfad einer Herberge zu,
In der Stadt die Jünger zu treffen.

So tief in Gedanken versunken war er,
Daß das Schwermutsfeld Wermutduft schwitzte.
Alles schwieg. Er stand allein.
Die Gegend ruhte vergessen, versteint.
Und alles mischte sich: Wüste und Hitze,
Eidechsen, Quellen, Bäche zum Meer.

Unweit erhob sich ein Feigenbaum,
Der trug keine Früchte, nur Zweige und Blätter.
Da sprach er zu ihm: »Nutzloser Stamm,
Wen freust du mit deiner tauben Blüte?

Ich hungere und durste, doch du bist geizig.
Man trifft auf dich wie auf Granit.
Hartherziger, wie kränkst du mich.
Nun bleibe so bis ans Ende der Zeiten!«

Den zitternden Baum durchfuhr der Fluch
Wie der Blitz den Blitzableiter,
Und Asche geworden, sank er zum Grund.

Wären Stamm und Wurzeln, Blätter und Zweige
Nur eine Minute frei gewesen,
Sie folgten Naturgegebenheiten.
Doch Wunder ist Wunder. Ist Gott.
Wenn wir in tiefster Verwirrung zweifeln,
Ereilt es uns – unverhofft.

21 Die Erde

In Moskaus Villenviertelruhe
Bricht der Lenz mit dreister Hand.
Die Motte enttaumelt dem Schrank
Und kriecht übers Sommergewand.
Die Pelze fliehn in die Truhe.

Auf holzgeschnitzten Konsolen
Stehen die Blumentöpfe
Mit Goldlack und Levkojen.
Verstaubt riecht noch der Boden,
Die Zimmer stehen geöffnet.

Vertraulich tut die Straße
Mit den kurzsichtigen Fensterrahmen.
Die weiße Nacht und die lahme
Sonne begegnen sich am Flusse.

Man hört vom Korridore,
Was vorgeht auf dem Hof
Und was, in Zufallsworten,
April dem Tau erzählt.
Er kennt Tausende Anekdoten
Von menschlichen Leidensproben,
Und zaunhin die Abendwolken
Spinnen den Faden beredt.

Dieselbe Mischung von Feuer und Schauder
Im Hause wie im Freien,
Und überall die Luft wie krank.
Und überall die Weidenkätzchen
Mit ihren Ruten, weißen Lätzchen,
Am Wegkreuz und im Fenster,
Vorm Haus und auf der Arbeitsbank.

Was weint die Ferne im Nebelzelt
Und duftet bitter der Mist?
Auch darum bin ich auf der Welt,
Daß Getrenntes zusammenfällt
Und hinterm Stadtgrenzschild
Die Erde nicht einsam ist.

Drum finden in Vorfrühlingstagen
Die Freunde sich bei mir ein.
Und Abschiede sind unsere Abende,
Vermächtnisse unsere Gelage,
Auf daß des Leidens feine Strahlen
Erwärmen die Kälte des Seins.

22 Schwere Tage

Als er in der letzten Woche
Hinein nach Jerusalem ritt,
Wurden ihm Zweige gebrochen,
Begrüßte die Menge ihn.

Doch dunkler wurden die Tage,
Die Herzen waren versteint.
Gesichter voll finsterer Fragen,
Zu Nachspiel und Ende vereint.

Mit bleierner Schwere drückten
Die Himmel auf die Höfe.
Die Pharisäer, wie schnürende Füchse,
Witterten Rechtsverstöße.

Die düsteren Tempelmächte
Erhoben den Mob zum Gericht.
Die ihm die Füße einst küßten,
Spuckten ihm nun ins Gesicht.

Die Nachbarn, zu beiden Seiten,
Spähten gierigen Blicks,
Beschwatzten die nahe Entscheidung,
Drängten vor und zurück.

Geflüster machte sich breit,
Gerüchte gewannen an Raum.
Die Flucht nach Ägypten, die Kindheit
Erschienen ihm wie im Traum.

Er sah den erhabenen Abhang
In der Wüste und jenes Massiv,
Von welchem ihm der Satan
Einst irdische Macht verhieß.

So auch die Hochzeit von Kana
Mit ihrem Wundertisch,
Das Meer, dessen neblige Wasser
Er trockenen Fußes beschritt.

Das Armengedräng in der Hütte,
Der Gang mit der Kerze hinab,
Wo plötzlich die Flamme verzischte,
Als aufstand der Tote vom Grab.

23 Magdalena I

Kaum ist es Nacht, erscheint mein Dämon,
Und läßt mich meine Taten büßen.
Erinnern ist mein Hurenlohn.
Es kommt und reißt mein Herz in Stücke,
Weil ich als Sklavin männlicher Not
Mich närrisch deren Grillen fügte,
Die Straße nur mir Bleibe bot.

Minuten nur, dann kommt der Tod
Und mit ihm seine Grabesruhe.
Doch ehe er dich zu sich holt
– Auch ich gedenke meiner Grube –,
Zerbrech ich dir mein Leben schon
Wie einen Alabasterkrug.

Sag, wo wäre ich derzeit,
Du mein Erlöser und auch Lehrer,
Wenn nachts am Tische, mir bereit,
Nicht wartete die Ewigkeit,
Ins Netz gegangen, mich zu frein
Wie ein gewonnener Verehrer?

Erkläre mir, was Sünde ist,
Tod und Hölle, Schwefelflamme,
Wenn vor aller Augen ich
In Wehmut dir verwachsen bin
Wie das Reis mit seinem Stamme.

Stütz ich, Jesus, deinen Fuß,
Ihn auf meinen Knien zu halten,
Gewinne ich vielleicht den Mut,
Ans Kreuz zu drängen meine Brust,
An deinen Leib, gefärbt von Blut,
Und dich fürs Grab zu salben.

24 Magdalena II

Festtag naht mit Saubermachen.
Abgewandt von dem Getriebe
Kniee ich mich hin und wasche
Mit Myrrhe deine reinen Füße.

Taste blind nach den Sandalen.
Tränen trüben mir den Blick.
Meine aufgelösten Haare
Fieln als Schleier vors Gesicht.

Deine Füße netzte ich mit Tränen
Und schlug sie in den Saum des Kleids,
Schnürte sie mit meinen Perlen,
Hüllte sie in meine Haare ein.

Kommen seh ich alles deutlich,
Als hättest du es aufgetan.
Weissagen könnt ich jetzt den Leuten,
Als riefen sie Sibyllen an.

Morgen reißt der Tempelvorhang,
Wenn abseits wir zum Kreis uns schließen.
Und die Erde, sie wird wanken,
Sei's, um mich im Leid zu stützen.

Umgeordnet wird die Wache,
Und die Reiter ziehen ab.
Wirbelnd über allen Nacken
Reißt das Kreuz man himmelan.

Nieder werf ich mich vorm Balken,
Taub und mit zerbißnen Lippen.
Zu viele wird dein Kreuzhang locken,
In deine Arme sich zu flüchten.

Für wen auf der Welt soviel Weite,
Solche Qualen und solche Macht?
Gibt es so viele beseelte Leiber,
Soviel Dörfer, Flüsse und Wald?

Binnen dreier solcher Tage
Werd ich durch solche Leere gehn,
Daß ich in dieser Schreckensspanne
Reife bis zum Auferstehn.

25 Garten Gethsemane

Das kalte Sternenglitzern gab
Dem Straßenbogen spärlich Licht.
Er folgte stets dem Ölberghang,
An dessen Fuß der Kidron fließt.

Die Wiese sah man bis zur Mitte.
Darüber lag die Milchstraße.
Olivenbäume, grau und silbern,
Schwebten scheinbar überm Grase.

Am Ende schließlich jener Garten.
Die Jünger sammelnd an der Tür,
Sprach er: »Wie ist mir todesbange,
So bleibet hier und wacht mit mir.«

Kein Streitwort kam aus seinem Munde.
Als hätte er sie nur geliehn,
Ließ ab von Allmacht er und Wundern
Und gab, uns gleich, sich sterblich hin.

Das weite Dunkel ward zur Zone
Der Zerstörung und des Nichts.
Niemand schien im All zu wohnen,
Außer hier in dem Geviert.

In die schwarze Tiefe starrend,
Die leer war und nicht abzusehn,
Bat er, im Blutschweiß, seinen Vater:
»Laß diesen Kelch vorübergehn.«

Besänftigt von Gebet und Schwäche
Trat er hin zum Gatterzaun.
Er fand die Jünger an der Erde,
Schlafgestreckt in Gras und Staub.

Er weckte sie: »Meine Tage
Teiltet ihr und wurdet übermannt.
Des Menschensohnes Stunde hat geschlagen.
Er gibt sich in der Sünder Hand.«

Kaum hatte er geendet, huschte
Der Häscherhaufen aus dem Busch.
Mit Fackeln, Schwertern – voran Judas,
Im Munde den Verräterkuß.

Petrus hielt die Halsabschneider
Und säbelte ein Ohr gar ab.
Hört: »Streit wird nicht beigelegt mit Eisen,
Stecke es an seinen Platz!

Könnte mein Vater, wunderbar,
Mir nicht Legionen Engel senden?
Man krümmte mir kein einziges Haar,
Und die Feinde wärn am Ende.

Die Seite hier im Buch des Lebens
Ist heiliger als alle andern.
Erfüllung will nun, was geschrieben.
Erfülle es sich. Amen.

Du siehst Jahrhunderte im Gleichnis
Und aus dem Laufe jäh entfacht.
Im Namen seiner Schreckensgröße
Wähl ich den Marterweg ins Grab;

Um aufzustehn am dritten Tage.
Und wie Kähne in des Stroms Geleit
Ziehn vors Gericht, das ich dann halte,
Jahrhunderte aus ihrer Dunkelheit.«

Anhang

Ein ganz gewöhnlicher Roman

Heute, am Morgen, las ich im »Doktor Shiwago« den Brief der Tonja an ihren Mann Juri Andrejewitsch; ich las und begrüßte dankbar die Tränen in meinen Augen, die aus der Tiefe der Verhärtung dieses sozialistischen Lebens quollen, weil die Sprache dieses Briefes es vollbrachte, den Verhängniskreis des Sozialismus mit einer humanistischen Gebärde zu verlassen ...

Gert Neumann, Elf Uhr. Siebenter September 1977. Frankfurt a. M. 1981

1

Pasternak hat immer ein ganz einfaches Buch schreiben wollen, das den Zustand und die Hoffnung seines Jahrhunderts mit einem Mal umfassen sollte. Dieses Buch könnte nur ein Roman sein, denn seine Gedichte hielt er höchstens für Entwürfe, Übungen unterwegs. Schon 1934, mehr als zehn Jahre vor dem eigentlichen Beginn der Arbeit, sehnt er sich nach einem »ganz gewöhnlichen Roman«, in den er »einige unansehnliche und armselige Worte des Alltags einzuführen« hoffe, die »kein Papier bisher angenommen« habe. Die Gewöhnlichkeit, die Pasternak vorschwebt, setzt er gegen den »Parfümerie-, Konditor- und Friseurgeschmack«, den der revolutionäre Staat der Dichtung abzugewinnen trachte. Einfach, gewöhnlich, das ist für ihn der »Faust«, Shakespeare, das Evangelium, das Märchen, und gleich aus der ersten Schilderung des Unterfangens wird die Tragweite seiner Entschlossenheit zu diesem »ganz gewöhnlichen Roman« deutlich. Am 13. Oktober 1946 schreibt Boris Pasternak an seine Cousine, die Altphilologin Olga Freudenberg in Leningrad:

»Ich sagte Dir bereits, daß ich einen großen Roman in Prosa begonnen habe. Im Grunde ist das mein erstes echtes Werk. Ich möchte darin ein historisches Bild vom Rußland der letzten fünfundvierzig Jahre geben, und zugleich wird dieser Text auf allen Ebenen des Sujets – eines schweren, traurigen und detailliert ausgearbeiteten Sujets, wie, im Idealfall, bei Dickens und Dostojewski – meine Ansichten von der Kunst, vom Evangelium, vom Leben des Menschen in der Geschichte und von vielem anderen zum Ausdruck bringen. Vorläufig heißt der Roman ›Jungen und Mädchen‹. Ich rechne darin mit dem Judentum ab, mit allen Spielarten des Nationalismus (auch der im Internationalismus enthaltenen) sowie mit allen Abstufungen des Antichristentums und dessen Annahme, es gäbe nach dem Niedergang des Römischen Reiches tatsächlich noch Völker und man könnte eine Kultur auf deren purem Nationalcharakter aufbauen.

Die Atmosphäre des Textes ist geprägt von meinem Christentum; in seiner Spannweite unterscheidet es sich ein wenig von dem der Quäker und dem Tolstois, es kommt noch von anderen Aspekten des Evangeliums her, zusätzlich zu den ethischen.

Das alles ist so wichtig und die Farben fügen sich so passend in die Umrisse des Entwurfs, daß ich es bestimmt kein Jahr lang mehr machen werde, wenn diese Verkörperung meiner selbst nicht leben und wachsen wird, denn mit fast physischer Konsequenz haben sich innere Organe und Nerventeile von mir in den Roman verpflanzt.«

Was Pasternak als seine Abrechnung mit dem Judentum versteht, dem er entstammt, würde die gedankliche Struktur des Romans ebenso bestimmen wie seine Poetik. Es ist die aufopfernde Abkapselung des einen Volkes, die ihn schmerzt und verwirrt und die er in der universalen Alltäglichkeit des Evangeliums aufgelöst sieht. Einmal heißt es im Gespräch: »In dieser vom Herzen ersonnenen neuen Daseinsweise und neuen Umgangsart, die sich Reich Gottes nennt, gibt es keine Völker, sondern nur Persönlichkeiten.« Aus diesem Geist auch sollte das Buch geschrieben sein: ohne die Schnörkel der einst modernen bruchstückartigen dichterischen Aphoristik und Kleinmalerei, eine Volksgeschichte; kein Zufall, daß ihm in den dreißiger Jahren die Prosa Andrej Platonows zugesagt hatte.

Pasternak ist sechsundfünfzig, er ist bereit, die Verantwortung seines Alters zu übernehmen. »Ich bin schon alt, sterbe vielleicht bald, und ich darf es einfach nicht ins Endlose hinausschieben, meine wahren Gedanken frei auszudrücken. Was ich dieses Jahr getan habe, waren erste Schritte auf diesem Weg, und sie sind ungewöhnlich. Man kann nicht endlos, mit dreißig wie mit vierzig und sechsundfünfzig, darin seine Erfüllung finden, worin auch ein achtjähriges Kind sie findet, nämlich in den passiven Merkmalen der eigenen Fähigkeiten und im Wohlwollen derer, die um einen sind – nach diesem künstlich beschränkten Programm ist das ganze Leben abgelaufen.«

Damit gibt es spätestens seit dem Sommer 1946 eine erklärte Absage an die kulturpolitischen Maximen der Zeit, die in dem Beschluß des ZK der KPdSU (B) vom 14. August 1946 über zwei Leningrader Zeitschriften, tatsächlich aber gegen die Veröffentlichung von Anna Achmatowa und Michail Sostschenko, unmißverständlich bekräftigt worden waren und mit geringen Milderungen bis zu seiner Aufhebung im Winter 1988 galten. Pasternak macht kein Hehl daraus, daß er diese Art, mit Schriftstellern zu sprechen, für »alt und dumm« hält, sagt das auch unumwunden im Schriftstellerverband und gibt alle Friedfertigkeit und Umgänglichkeit auf. Er richtet sich auf eine Zeit ein, in der er sein Geld mit Übersetzungen verdienen und damit seine wirkliche Arbeit, die Niederschrift des Romans, sichern würde. Er übersetzt Shakespeare: nach »Hamlet«, »Romeo und Julia«, »Antonius und Kleopatra«, »Othello«, »Heinrich IV.« jetzt den

»Lear« und »Macbeth«. Später »Faust«, Gedichte der Georgier.

Die zehn bis zwölf Kapitel, auf die Pasternak den Roman plante, dachte er in ein, zwei Jahren geschrieben zu haben. Doch die Arbeit zieht sich hin, über zehn Jahre, immer von der großen Sorge begleitet, er werde sie nicht vollenden können. Im Sommer 1955 entstehen die letzten Seiten des Epilogs. Im Dezember 1955 schließt Pasternak die Endredaktion des Manuskripts ab und schreibt am 10. Dezember 1955 an Nina Tabidse; die Frau seines georgischen Freundes Tizian, der ein Opfer des Terrors der 30er Jahre geworden war. Der Brief ist eine bewegte Rechenschaft, denn es war das Papier seines Freundes Tabidse, das – ein Geschenk seiner Frau – 1946 die ersten Worte des Romans angenommen hatte:

»Sie können sich nicht vorstellen, was da erreicht worden ist! Die Namen gefunden und gegeben all der Hexerei, die mich Jahrzehnte quälte, mir Unbehagen bereitete, Streit gebar, mich verwirrte und unglücklich werden ließ. Alles entwirrt, alles benannt, einfach, durchsichtig, traurig. Wieder in neuer Frische das Liebste und Wichtigste bestimmt, Himmel und Erde, die große Glut des Gefühls, der Geist der Poesie, Leben und Tod.«

2

Der Gewinn der inneren Freiheit ist ein überwältigendes Erlebnis für Pasternak und seine Umgebung. Pasternak ist glücklich und fühlt sich stark wie im Sommer 1917, als er »Meine Schwester – das Leben« schrieb. Die Behexung, die hier ihr Ende findet, ist die gefährlichste der Neuzeit, eine Behexung, die die bedeutendsten russischen Dichter des 20. Jahrhunderts das Leben kostete und auch Pasternak schwer zu schaffen machte, die Behexung durch ein ideologisches Staatsverständnis. Wenn der Staat geistige Werte verkörpert, wie der Anspruch lautet, und nicht nur ein Instrumentarium des Interessenausgleichs darstellt, dann stürzt jeder Zwist mit ihm den Gewissenhaften in einen tödlichen Konflikt. Den russischen Dichtern ist es so ergangen.

Alexander Block stirbt 1921 an der Unvereinbarkeit von Staatsdienst und Poesie, er hat keine Luft zum Atmen mehr. Nikolai Gumiljow wird im gleichen Jahr erschossen, da er einen Antrag von Verschwörern zwar ablehnt, nicht aber meldet. Sergej Jessenin kämpft, ehe er sich 1925 erhängt, gegen seine Mißachtung als Stiefsohn Rußlands: »Ich will hier Sänger sein und guter Bürger, für jeden Beispiel: Stolz und echter Sohn – kein in die Ehe eingebrachtes Ziehkind den großen Staaten der Sowjetunion.« Ende der zwanziger Jahre wird dieses Staatsverständnis endgültig das der persönlichen Vormundschaft: aller Vormund – Stalin. Wladimir Majakowski tritt seinem Lied auf die Kehle und will, daß in Stalins Rechenschaftsberichten auch von seinen Versen die Rede sei. Selbst Ossip Mandelstam, der nie jemandes Zeitgenosse hatte sein wollen, ergreift im Verbannungsort Woronesh 1935 die Verschmähungspanik. In seiner Verzweiflung schreibt er eine Stalinode, die er dann verwirft, gerät aber nach diesem Anfall auch in besonneneren Zeiten immer wieder in Trauer über seine vermeintliche Abtrünnigkeit.

Zweifellos ist Pasternak in der Annahme, Ergründung und Auflösung dieses ideologisch-vormundschaftlichen Staatsverständnisses am weitesten gegangen. Schon die Auseinandersetzung mit Majakowskis Selbstmord im »Schutzbrief« 1930 schließt mit jenen unerhörten Sätzen, in denen Pasternak Majakowski und den Staat als Zwillinge sieht:

»Plötzlich trat mir vorm Fenster unten sein Leben vor Augen, das jetzt schon reine Vergangenheit war. Es ging vom Fenster seitlich weg wie eine stille, mit Bäumen bestandene Straße von der Art der Powarskaja. Und als erstes stand auf ihr gleich bei der Hauswand unser Staat, unser in die Zeitalter brechender und für immer in sie aufgenommener, unerhörter, unmöglicher Staat. Er stand unten, man konnte ihn anreden und bei der Hand nehmen. In seiner unübersehbaren Ungewöhnlichkeit erinnerte er irgendwie an den Verstorbenen. Die Beziehung zwischen den beiden war so frappierend, daß sie Zwillinge zu sein schienen. Und dann dachte ich mit derselben Ungebundenheit, daß dieser Mensch eigentlich der einzige Bürger dieser Bürgerschaft war.« Als Stalin Pasternak dann 1934 wegen Mandelstams Verhaftung anruft, wovon im ersten Band unserer Ausgabe die Rede war, schlägt der Dichter ihm am Telefon vor, das Gespräch auf »Leben und Tod« auszudehnen; als er schließlich beim Tode von Stalins Frau Allilujewa das Beileid der Schriftsteller zu unterzeichnen verpaßt, gibt er einen eigenen Brief an die »Literaturnaja gaseta«: »Ich schließe mich den Empfindungen der Kameraden an. Am Abend zuvor dachte ich tief und lange an Stalin. Morgens las ich die ›Iswestija‹. Ich bin so erschüttert, als stünde ich in der Nähe, hätte es erlebt und gesehen.«

In einer so naiven wie verwegenen Ungebundenheit hat Pasternak das Unmögliche versucht: die Macht des Zaubers zu brechen, indem er mit dem Zauberer (Staat oder Stalin) wie mit einem ganz gewöhnlichen Geschöpf umgeht. Um sich aber aus der Starre der Behexung endgültig zu lösen, bedurfte es der unmittelbaren Erfahrung einer Gemeinsamkeit, die weder in ihren Formen noch in ihren Ausmaßen im geringsten verordnet war. Diese Erfahrung war der Krieg. Pasternak erlebte ihn als einen reinigenden Sturm. Seiner Gemeinsamkeit entsprang die Kraft, der Behexung zu widerstehen, das Leiden am Staat zu überwinden und seine Verantwortung nicht Institutionen, sondern ausschließlich seinem Gewissen gegenüber zu tragen. In einer Widmung des »Doktor Shiwago« für Olga Iwinskaja, seine Freundin aus der Zeitschrift »Nowy mir«, hat Pasternak auf diesem Zusammenhang bestanden:

»Die tragische schwere Zeit des Krieges war eine lebendige Zeit und in dieser Hinsicht die freie, frohe Rückkehr des Gefühls der Gemeinsamkeit mit allen. Aber als nach der Großmut des Schicksals, die sich in der Tatsache des Sieges erwies, und sei es eines um diesen Preis erkauften Sieges, als nach dieser Freigebigkeit der geschichtlichen Elementarkräfte zur Grausamkeit und Rechtsverdrehung der dumpfesten und dunkelsten Vorkriegsjahre zurückgekehrt wurde, da ergriff mich zum zweitenmal (nach 1936) das Gefühl erschütterter Abgestoßenheit von den geltenden Ordnungen, stärker und kategorischer als beim erstenmal.«

3

Daß so »ein ganz gewöhnlicher Roman« von den wichtigsten Dingen handelte und auf diese Weise mehr Menschen bewegen und die Gemüter mehr erhitzen würde als ein kompositionell und stilistisch auffälligeres Werk, ist Pasternak sogar von Freunden als unerlaubtes Kalkül vorgeworfen worden. Doch hat er sich zu dieser ausgeglichenen, gedämpften Originalität uneingeschränkt bekannt und gelegentlich mit herausfordernder Schärfe die Angemessenheit seines Verfahrens verteidigt. Seiner deutschen Freundin, Renate Schweitzer, schreibt er am 7. Mai 1958 deutsch nach Berlin:

»Das Erscheinen des Buches wird nicht nur Freude bringen. Es wird auch manche Angriffe hervorrufen. Politische – aus kommunistisch gestimmten Kreisen, aesthetische wegen der zeitwidrigen Naivetät, der Einfachheit, der

Durchsichtigkeit der Sprache, der langweiligen Gemeinplätze und der Plattheit halber. Sie selber werden sich über seinen Seiten langweilen und die Richtigkeit der Einwände einsehen. Dass es Sie dann nicht betrübe. Hüten Sie sich das zu Herzen zu nehmen. Ich kann Sie und mich selbst nicht mehr mit dem langen Schreiben ermüden, sonst hätte ich Ihnen deutlich ausgelegt, warum ein Buch über die wichtigsten Dinge, die dem Jahrhundert so viel Blut und Wahnsinn gekostet haben, einmal klar und einfältig geschrieben werden mußte.«

Tatsächlich ist es dann viel eher der lebendige – »klare und einfältige« – Anschluß an die Geburt und Passion Jesu Christi, an die Idee der freien Persönlichkeit des Evangeliums als die einzelnen Urteile über politische Ereignisse, was den Roman vom Arzt und Dichter Juri Shiwago zum Ärgernis macht. In seiner Gewöhnlichkeit, in seiner Häuslichkeit erscheint der Mann aus Galiläa im Roman als der erste freie Mensch, der das Ende der Völker und der Götter und damit das mögliche Ende der Kriege zwischen ihnen bedeutet.

»Und in diese Anhäufung marmorner und goldener Geschmacklosigkeit kam der leichtfüßige und von Glanz umhüllte, betont menschliche, absichtlich provinzielle Galiläer, und von diesem Moment an hörten Völker und Götter auf zu sein, und es begann der Mensch, der Mensch als Zimmermann, der Mensch als Pflüger, der Mensch als Hirt inmitten seiner Schafherde bei Sonnenuntergang, der Mensch, der keineswegs stolz klingt, der Mensch, der dankbar gefeiert wird in sämtlichen Wiegenliedern der Mütter und auf den Gemälden aller Galerien der Welt.« (II,10) Seinem Opfertod gilt das letzte Wort des Romans, Juri Shiwagos Gedicht »Garten Gethsemane«.

Damit stellt sich der Roman gegen alle geltenden Vereinbarungen der Zeit. Die Erschütterung, die er auslöst, als er inoffiziell in der Sowjetunion und öffentlich in der Welt bekannt wird, hält bis heute an. Im Mai 1956 gibt Pasternak ein Manuskript ohne großes Zögern an den italienischen Verleger Feltrinelli, weil er sich den geistfeindlichen Zensurvorschriften seines Landes nicht unterworfen fühlt. Im Sommer erwägt man in Moskau, das Buch in 3000 Exemplaren zu drucken, d. h. vor der Welt dem Vorwurf des Verbots zu entgehen, praktisch aber den Roman dennoch seinen Millionen Lesern vorzuenthalten. Doch selbst daraus wird nichts. Im September 1956 lehnt die Redaktion der Zeitschrift »Nowy mir« »Doktor Shiwago« ab und schreibt Pasternak jenen langen Brief, der nach der Verleihung des Nobelpreises im Oktober 1958 in der »Literaturnaja gaseta« veröffentlicht wird und zu der mörderischen Kampagne gegen Pasternak führt. Bezeichnenderweise ist es das Häusliche, das Gewöhnliche, das Essen- und Holzbesorgen, das Umgetriebensein und die Familiensorgen, was die Briefschreiber geradezu verstört, es irritiert bis heute, ist aber positiv gewendet die gültige Beschreibung der Tugend dieses Buchs. »Man sucht in seinem Gedächtnis wahrscheinlich vergebens nach einem Werk, in dem die Helden, die sich auf ihre höhere Geistigkeit etwas zugute halten, in den Jahren allergrößter Ereignisse sich so sehr ums Essen, um Kartoffeln, um Holz und alle Arten von Annehmlichkeiten und Unannehmlichkeiten des Lebens kümmern und davon reden wie in Ihrem Roman. Das sind keine Raffer und keine Genießer, und sie brauchen auch nicht viel Komfort, an sich brauchen sie das alles nicht, sondern nur als Grundlage für die ununterbrochene und gefahrlose Fortsetzung ihres geistigen Lebens... Meinen Sie nicht, daß in diesem beinahe pathologischen Individualismus die naive Erhabenheit von Leuten steckt, die um sich herum nichts entdecken können und wollen und daher sich selbst eine komisch übertriebene Bedeutung beimessen?« Pasternak hatte keine zwei

Jahre mehr zu leben. Es dauerte fast dreißig Jahre, bis »Doktor Shiwago« die Leser in der Sowjetunion erreichte. Aber mit den Jahren ist deutlich geworden, daß eine Vielzahl, ich vermute sogar: die Mehrzahl literarischer, politischer, philosophischer Entscheidungen im Hinblick auf den existent-nichtexistenten Roman getroffen wurde. Pasternak eröffnete mit seinem »Doktor Shiwago« den neuen Weg in die Beschreibung einer nicht-terroristischen, nicht-bürokratischen, aktueller gesagt, der nachstalinistischen Gesellschaft. Es bleibt darzustellen, wie Wassili Grossmans »Leben und Schicksal«, Solshenizyns »Krebsstation« und »Im ersten Kreis der Hölle«, wie Andrej Wosnessenskis und Jossif Brodskis Gedichte, wie Sinjawskis und Daniels Prosa, wie die weitverzweigte nichtoffizielle, verfolgte Literatur ebenso wie die offizielle Literatur in der Auseinandersetzung mit »Doktor Shiwago« entstand. Noch bevor das Nobelpreis-Gewitter über ihn hereinbrach, hat Boris Pasternak einen weiten Blick in die neue Zeit getan, in der wir ihn nun als unseren Verbündeten begrüßen. Am 11. Juni 1958 schreibt er an Nina Tabidse:

»Ich denke, daß es ungeachtet der Gewohnheit alles dessen, was uns weiterhin vor Augen steht und was wir weiter zu hören und zu lesen bekommen, das alles schon nicht mehr gibt, es ist vergangen, abgelaufen, eine riesige Periode, die ungeheure Kräfte gekostet hat, ist zu Ende und vorüber. Ein unermeßlich großer, einstweilen leerer, nicht besetzter Platz ist frei geworden für etwas Neues und Niedagewesenes, für etwas, das einmal von eines Menschen genialer Ungebundenheit und Frische enträtselt werden wird, für etwas, was das Leben neuer Daten und Tage eingeben und vorsprechen wird.

Die Qual der Künstler wird jetzt nicht mehr sein, ob sie anerkannt sind oder anerkannt sein werden von einer stekkengebliebenen, verspäteten politischen Gegenwart oder

Macht, sondern die Unfähigkeit, sich völlig loszureißen von den geläufigen Begriffen, die aufdringlichen Fertigkeiten zu vergessen, die Kontinuität zu durchbrechen... Man muß begreifen, daß alles schon Vergangenheit ist, daß das Ende des Gesehenen und Erlebten schon eingetreten ist und nicht erst noch bevorsteht. Man muß sich frei machen von dem Gedanken, daß alles weiterhin erst angekündigt wird, bevor es in sein Dasein tritt, und die Möglichkeit einer Zeit ins Auge fassen, da alles wieder ohne vorherige Ankündigung in Bewegung ist und sich verändert.«

Fritz Mierau

Inhalt

Erstes Buch

Erster Teil. Der Fünf-Uhr-Schnellzug 7
Zweiter Teil. Ein Mädchen aus anderen Kreisen ... 31
Dritter Teil. Weihnachten bei den Swentizkis 87
Vierter Teil. Herangereifte Unausbleiblichkeiten .. 125
Fünfter Teil. Abschied vom Althergebrachten 177
Sechster Teil. Das Moskauer Kriegslager 226
Siebenter Teil. Unterwegs 285

Zweites Buch

Achter Teil. Die Ankunft 349
Neunter Teil. Warykino 380
Zehnter Teil. Auf der großen Straße 420
Elfter Teil. Das Waldheer 450
Zwölfter Teil. Eberesche in Zucker 482
Dreizehnter Teil. Gegenüber dem Haus mit den Figuren 514
Vierzehnter Teil. Wieder in Warykino 573
Fünfzehnter Teil. Schluß 637
Sechzehnter Teil. Epilog 690
Siebzehnter Teil. Die Gedichte Juri Shiwagos 712

Anhang

Ein ganz gewöhnlicher Roman 755

Russische Literatur

Andrej Bitow
Die Rolle
Roman
Aus dem Russischen von Alexander Kaempfe
Band 9578

Daniil Charms
Zwischenfälle
Mit Zeichnungen des Autors
Herausgegeben von Lola Debüser
Aus dem Russischen von Ilse Tschörtner
Band 11123

Fjodor Dostojewski
Verbrechen und Strafe
Roman
Aus dem Russischen von Swetlana Geier
Band 12997

Fasil Iskander
Tschik
Geschichten aus dem Kaukasus
Aus dem Russischen von Alexander Kaempfe
Band 9190

Viktor Jerofejew
Die Moskauer Schönheit
Roman
Aus dem Russischen von Beate Rausch
Band 11410

Fischer Taschenbuch Verlag

fi 732 / 11